dtv
premium

ILKKA
REMES

DAS ERBE DES BÖSEN

Thriller

Aus dem Finnischen
von Stefan Moster

Deutscher Taschenbuch Verlag

Von Ilkka Remes
sind im Deutschen Taschenbuch Verlag erschienen:
Ewige Nacht (24498 und 20939)
Das Hiroshima-Tor (24535 und 21044)
Höllensturz (24572)
Blutglocke (24605)
Die Geiseln (24638)

FSC
Mix
Produktgruppe aus vorbildlich
bewirtschafteten Wäldern und
anderen kontrollierten Herkünften

Zert.-Nr. GFA-COC-1278
www.fsc.org
© 1996 Forest Stewardship Council

Deutsche Erstausgabe
Mai 2008
Deutscher Taschenbuch Verlag GmbH & Co. KG,
München
www.dtv.de

Titel der finnischen Originalausgabe:
›Pahan Perimä‹ (Werner Söderström, Helsinki 2007)

Umschlagkonzept: Balk & Brumshagen
Umschlagfotos: akg-images (Brandenburger Tor) und Corbis
Satz: Fotosatz Reinhard Amann, Aichstetten
Gesetzt aus der Aldus 10,75/13·
Druck und Bindung: CPI – Ebner & Spiegel, Ulm
Gedruckt auf säurefreiem, chlorfrei gebleichtem Papier
Printed in Germany · ISBN 978-3-423-24666-8

ERSTER TEIL

1

Im Sucher der Kamera sah man das unbewegte Meer, in dem sich schwere Wolken spiegelten. Der orange leuchtende Punkt einer Schwimmweste durchbrach den glatten Wasserspiegel. Ein zehnjähriges Mädchen schwamm im Wasser und fröhliche Schreie hallten durch die Luft.

Olivia.

Die Kamera schwenkte etwas zur Seite, fixierte dann eine Frau im Bikini, die am Ende des Bootsstegs hockte und von dem Mädchen nass gespritzt wurde. Die Frau stand auf, ihre blonden Haare waren zu einem Pferdeschwanz gebunden. Wohlproportionierter Körper, weiße Haut, kein Hinweis darauf, dass sie schon vierzig war. Der herangezoomte Ausschnitt erfasste eine ganze Weile das Bikinihöschen, das die Frau über ihrem Po zurechtzog.

Katja.

Der Sucher glitt am Steg entlang zum Ufer. Auf einem Brett, das sie als Bank über die Steine gelegt hatten, saß ein Junge mit einer Fernbedienung in der Hand. Er stand auf und lief zu seinem Modellauto, das im Sand stecken geblieben war.

Emil.

Der Mann nahm die Kamera von den Augen. Hinter dem dichten Laubwerk war er vom Steg aus nicht zu erkennen.

Da waren sie: Olivia, Katja und Emil.

Rolf Narva hätte doch seinen Stock mitnehmen sollen. Er blieb stehen, wischte sich mit einem Taschentuch über die Stirn und versuchte, tief durchzuatmen, ohne zu wissen, ob der leichte

Schwindel von der Anspannung kam oder von dieser schon so früh am Morgen schweißtreibenden Hitze.

Das dreistöckige Haus vor ihm sah genauso aus, wie er es in Erinnerung hatte. Nichts hatte sich verändert. Auch nicht die Flügeltür und das Bogenfenster darüber.

Nur war jetzt rechts neben der Tür eine Tafel mit dichter Beschriftung angebracht.

Rolf spürte, wie er beim Lesen anfing zu zittern.

> In diesem Gebäude befand sich von 1927 bis 1945 das Kaiser-Wilhelm-Institut für Anthropologie, menschliche Erblehre und Eugenik. Die Direktoren Eugen Fischer und Otmar von Verschuer lieferten mit ihren Mitarbeitern wissenschaftliche Begründungen für die menschenverachtende Rassen- und Geburtenpolitik des NS-Staates.

Die Buchstaben waren gut lesbar. Sie waren aus Messing gegossen und für die Ewigkeit gedacht.

> Die vom Reichsforschungsrat bewilligten und von der Deutschen Forschungsgemeinschaft finanzierten Zwillingsforschungen des Schülers und persönlichen Mitarbeiters von Verschuer, Josef Mengele, im KZ Auschwitz wurden in diesem Gebäude geplant und durch Untersuchungen an Organen selektierter und ermordeter Häftlinge unterstützt ...

Rolf senkte den Blick. Als er wieder hochsah, merkte er, dass er einem jungen Mann, der wie aus dem Nichts vor ihm aufgetaucht war, in die Augen starrte.

Unwillkürlich wich er dessen Blick aus und las auf den blauen Schildern links neben der Tür, wen das Gebäude heute beherbergte: das Institut für Politische Wissenschaft der Freien Universität Berlin. Der durchdringende, harte Blick des jungen Mannes mit den Locken brachte Rolf dazu, rasch weiterzugehen. Es fiel ihm schwer, das Gleichgewicht zu halten, er musste sich an der Kühlerhaube eines geparkten Wagens abstützen. Der Mann machte keine Anstalten, ihm zu helfen, sondern musterte ihn neugierig.

Schließlich ging Rolf mit unruhig pochendem Herzen auf der Ihnestraße davon, ohne sich noch einmal umzublicken.

Wie oft hatte er vor jener Flügeltür auf Ingrid und Katharina gewartet. Auch damals war es Spätsommer gewesen, aber wesentlich regnerischer und kühler als jetzt. Und auch damals hatte sein Herz heftig gepocht. Zu jener Zeit war es stark gewesen wie eine Strömberg-Wasserpumpe, jetzt schlug es schwächer und machte bisweilen derartige Verrenkungen, dass ihm immer häufiger die Angst vor dem letzten Herzschlag die Kehle zuschnürte.

Ein letztes Mal drehte Rolf sich zu dem Haus um. Tiefhängende dunkle Wolken trieben darüber hinweg. Auf der Straße fuhren keine Autos, nur das Gurren der Tauben brach die Stille.

Katharina …

Rolf hätte sich gern auf einer Bank ausgeruht, aber dafür musste er zuerst den Aufruhr in seinem Inneren loswerden, und das gelang ihm einfach nicht. Ihm war kalt und gleichzeitig schwitzte er, dieses Dahlem, überhaupt dieses ganze Berlin, brachte ihn noch viel mehr aus der Fassung, als er es befürchtet hatte. Außerdem war er zu warm angezogen. In Helsinki war es schon herbstlich gewesen, doch als er gestern Abend in Tegel aus dem Flugzeug gestiegen war, schlug ihm drückende Schwüle entgegen.

Die Gedanken in seinem Kopf sprangen hin und her, dabei waren die Erinnerungsbilder mindestens ebenso scharf wie das, was seine Augen vor ihm wahrnahmen. An der Ecke Garystraße war statt des Restaurants jetzt eine Feinkosthandlung. Einen Moment lang bildete Rolf sich ein, Katharina und Ingrid an der Tür des Hauses zu sehen, im lebhaften Gespräch …

Aus der Brusttasche seines Hemdes drang der flötende Klingelton seines Handys. Rolf zog es heraus und drückte mit steifen Fingern die Taste mit dem grünen Hörer.

»Was gibt's?«, sagte er, ohne sich die Mühe zu machen, einen freundlicheren Ton anzuschlagen.

»*Ich wollte nur mal fragen, wie es dir geht*«, antwortete Erik.

»Gut. Ich rufe dich an, wenn Grund dazu besteht.«

Rolf wollte das Handy wieder einstecken, aber er verfehlte die Brusttasche, und es fiel auf die Straße. Missmutig bückte er sich, um es aufzuheben. Seine Bewegungen waren schwerfällig und langsam, der Rücken schmerzte.

Sogleich bereute er es, Erik gegenüber so schroff gewesen zu sein, schließlich machte sich der Junge nur Sorgen. Rolf fand seinen körperlichen Zustand ja auch keineswegs perfekt, aber er war nicht der Meinung, dass man ihm ständig nachspionieren musste. Früher, als Erik noch in den Windeln lag, war Rolf oft mehr als ein Drittel des Jahres auf Reisen gewesen, und noch im letzten Jahr hatte er mehrere Fernreisen gemacht. Im Vergleich dazu lag Berlin quasi vor der Haustür.

Rolf untersuchte das Telefon genau. Es schien nicht eine Schramme abbekommen zu haben. In der Materialtechnik hatte man tatsächlich große Fortschritte gemacht. Nicht auszudenken, was für eine Erleichterung es gewesen wäre, wenn ihm seinerzeit schon Verbundstoffe zur Verfügung gestanden hätten.

Langsam ging er bis zur Harnackstraße weiter. Hier war Katharina immer in den Bus gesprungen und nach Hause gefahren. Vor seinem inneren Auge sah Rolf ihre funkelnden braunen Augen, ihr langes dunkles Haar, die Lippen, die sich zu einem Lächeln bogen, ihr kleines Muttermal im Mundwinkel.

Ihr wärt ein schönes Paar, hatten die Leute gesagt. Aber Hans war mutiger gewesen. Später dann … Doch daran wollte Rolf sich auf gar keinen Fall erinnern.

In der Garystraße war ein modernes, helles Gebäude entstanden, mit der Aufschrift FREIE UNIVERSITÄT BERLIN, HENRY-FORD-BAU. In der Boltzmannstraße war jedoch alles wie früher. Alte Einfamilienhäuser inmitten von Gärten – und schließlich seine Schule.

Bewegt betrachtete Rolf das braune, dreistöckige Gebäude mit dem vertrauten Zwiebelturm. Durch die Tür unter dem Turm waren damals so viele junge Menschen gegangen, voller Energie und jugendlichem Tatendrang, das ganze Leben noch vor sich.

Er hatte das Gebäude brandneu in Erinnerung – inzwischen bröckelte der Putz von den Wänden. An der Tür stand »Max-Planck-Institut«. Auf der Rückseite ragte noch immer der sogenannte »Turm der Blitze« auf, in dem der damals hypermoderne, zum Teilchenbeschleuniger ausgebaute Hochspannungsgenerator für kernphysikalische Elemente untergebracht war.

Rundum war es still. Rolf machte kehrt und tastete im Gehen nervös nach dem Zettel mit der Adresse in seiner Tasche. Er spürte, wie die Anspannung in seinem Magen brannte. Katharina zu begegnen hieß, der Vergangenheit ins Gesicht zu sehen – einer schmerzlichen Vergangenheit. Aber er war fest entschlossen, noch ein letztes Mal den Versuch zu wagen, alte Wunden zu heilen, tiefe, noch immer klaffende Wunden.

Wie Katharina wohl aussah? Und wie er wohl in ihren Augen aussehen würde …

2

Morgendunst schwebte über dem unbewegten Meeresspiegel um die Insel Pellinki an der finnischen Südküste, unweit von Porvoo. Ein gleichmäßig gebräunter Mann in kurzen Jeans stand mit dem Messer in der Hand neben einem Felsbrocken, dessen Oberseite flach war wie ein Tisch. Die Klinge des Messers war blutverschmiert, ebenso der Zeigefinger des Mannes, der auf den Bauch des aufgeschlitzten Barsches deutete.

»Und was ist das?«, fragte Erik Narva seine neben ihm hockende Tochter.

»Der Magen«, antwortete Olivia.

»Nein, der Magen ist hier. Das sind die Kiemen. Der Fisch braucht Kiemen, um zu atmen.«

»Unter Wasser gibt es doch gar keine Luft«, sagte Emil, der neben seiner Schwester kauerte. Wenn er in Finnland war, sprach er ein korrektes Finnisch mit etwas stärkerem Akzent als seine Schwester. »Wie kann der Fisch denn da atmen?«

»Das Blut transportiert Sauerstoff, genau wie beim Menschen.«

Erik wischte die Messerklinge am Gras ab, steckte das Messer in die Scheide und gab es Olivia zurück. »Als ich klein war, hatte ich Biologieunterricht bei Omi. Sie zeigte mir zum Beispiel, wie man eine Ratte aufschnitt.«

»Igitt.«

»Nein, das war interessant«, sagte Erik lächelnd. Er warf den Fisch ins Wasser und blickte auf das alte Breitling-Chronometer an seinem Handgelenk. »Überlassen wir den Barsch den Möwen als Leckerbissen. Habt ihr eure Sachen schon gepackt?«

»Papa«, sagte Emil mit leicht drängendem Unterton. »Können wir nicht noch hierbleiben? Ein paar Tage?«

Zärtlich fuhr Erik dem Jungen durchs gelockte, blonde Haar und schwieg. Emil erwartete auch gar keine Antwort auf seine Frage, die er ohnehin jedes Jahr am Ende ihres Finnlandurlaubs stellte. Erik wunderte sich kein bisschen darüber, dass es Emil hier gefiel. Er selbst war als Kind nur selten in der Heimat seines Vaters gewesen, aber umso unvergesslicher waren die Aufenthalte für ihn bis heute. Die Flüge von Florida über London zum alten Flughafen von Helsinki hatten ewig gedauert, und das Finnland der Siebzigerjahre war ein spannender, mystischer Ort in unmittelbarer Nachbarschaft der Sowjetunion gewesen – und im Vergleich zu Amerika in allem hintendran. Der Unterschied zum Finnland der Gegenwart war frappierend.

Die Kinder gingen zum Haus zurück, Erik blieb noch eine Weile am Ufer und schaute nachdenklich aufs Meer. Die Rückkehr nach England und in den Alltag kam wieder mal viel zu früh. Der Urlaub hatte seinen Zweck nicht erfüllt: Erik war innerlich nicht zur Ruhe gekommen, zu viele berufliche Projekte hatte er mit in den Urlaub genommen, die seine Energie aufgezehrt hatten. Er war Mitbegründer und Miteigentümer der Firma Gendo, einem erfolgreichen Biotechnologieunternehmen, das gerade in Verhandlungen mit China über das bedeutsamste Geschäft seiner Geschichte steckte.

»Erik!«

Katjas energische Stimme setzte Erik in Bewegung. Etwas widerwillig machte er sich auf den Weg zum Haus. Der Pfad, der stellenweise mit Kiefernnadeln übersät war, fühlte sich herrlich weich an unter den nackten Fußsohlen. Das Haus war ein Landhaus mit Mansardendach aus den zwanziger Jahren, aus Holz gebaut und in denkbar schlechtem Zustand. Sie hatten es sieben Jahre zuvor gekauft, in dem Jahr, in dem Emil geboren wurde. Mittlerweile hatten sie sogar schon mehrere Weihnachten hier verbracht, denn dank der drei Kachelöfen wurde es jetzt auch im Winter warm.

Auf der Veranda schnitt Katja gerade Olivia die Haare. Das Mädchen saß still auf einem Hocker, während die Schere klapperte und exakt geschnittenen blonden Flaum fallen ließ. Katjas Haare waren noch feucht, sie hatte sie mit einem violetten Handtuch zusammengebunden. Sie sah entspannt und attraktiv aus, aber ihr Kommandoton verdarb den Eindruck gleich wieder: »Hast du schon das Holz gehackt?«

»Gleich.«

»Ja, ja, ›gleich‹. Und dabei bleibt es dann wieder. Das Holz wird nass, die ganze Sägerei war umsonst, und im Winter…«

»Ich habe gerade meinen Vater angerufen. Er war seltsam kurz angebunden.«

Katjas Hände hielten einen Moment inne. Sie schaute Erik an.

»Was meinst du damit? Gesundheitliche Probleme?«

»Glaube ich nicht. Er klang so, als wollte er in Ruhe gelassen werden.«

»Rolf mag es nicht, wenn man ihm nicht mehr zutraut, dass er alleine klarkommt. Aber es wäre höchste Zeit, dass er sich daran gewöhnt.«

»Die ganze Reise hat etwas Merkwürdiges.«

»Wieso? Hat er dir denn nichts davon erzählt?«

»Angeblich war er bloß noch nie in Berlin und will sich die Stadt jetzt mal anschauen.«

»Du machst dir zu viele Gedanken. Deine Mutter hat übrigens gerade angerufen. Sie hat die Blumen gegossen und nach der Post gesehen.«

Erik seufzte. »Ich habe ihr doch gesagt, das ist nicht mehr nötig. Wir sind doch bald wieder da.«

»Ingrid genießt es, zu uns kommen, wenn das Haus leer ist. Beziehungsweise wenn ich nicht zu Hause bin…«

»Du redest hässlich über Omi«, sagte Olivia.

»Aber nein. Ich sage nur die Wahrheit, und das ist nicht hässlich. Ingrid war auch in der Firma«, fuhr Katja fort, und es gelang ihr, dabei gleichgültig und vorwurfsvoll zugleich zu klingen.

»Lass sie doch. Das stört keinen.«

Katja verkniff sich ungern jeden weiteren Kommentar zu diesem Thema und herrschte Erik stattdessen an: »Und wie wär's jetzt vielleicht mal mit dem Holz?«

»Ich muss erst noch schnell in Peking anrufen, bevor dort Feierabend ist.«

Erik ging zum oberen Teil des Grundstücks hinauf, zu dem Holzhaufen, der mit vereinten Kräften dort bereits gewachsen war. Katja stammte von einem Bauernhof. Sie war bei ihnen diejenige, die sich um die praktischen Dinge kümmerte. Erik zog das Handy aus der Tasche. Er hatte es während des Urlaubs zu oft in Gebrauch gehabt. Trotzdem spürte er ein angenehmes Kribbeln, als er jetzt im Speicher nach der Nummer des China-Repräsentanten von Gendo suchte.

Rolf war angespannt und durcheinander. Er saß auf der Rückbank eines Taxis, das von einem älteren Türken durch Wilmersdorf gesteuert wurde. Rolfs linke Hand zitterte ein wenig, und als er in Dahlem das Taxi bestiegen hatte, war ihm wieder leicht schwindlig gewesen. Er versuchte sich zu beruhigen, indem er sich auf den lebhafter werdenden morgendlichen Verkehr konzentrierte.

Die Stadt kam ihm fremd vor, die meisten Gebäude waren erst auf den Kriegsruinen entstanden. Und so schaute Rolf mit ganz neuen Augen auf Berlin, ähnlich wie bei seinem ersten Besuch 1937, und dabei verspürte er eine Wehmut, die ihm einen tiefen Stich versetzte. Jene Zeit lag einerseits in weiter Ferne, als gehörte sie zum Leben eines anderen Menschen, andererseits hatten die Erinnerungsbilder geradezu schmerzhaft scharfe Konturen.

Vor seinem inneren Auge flimmerte die Ostsee rings um die *S. S. Ariadne* auf ihrem Weg nach Stettin. Er stand an Deck, warmer Wind streichelte seine Haut, und er war voller Erwartung und Tatendrang. Er befand sich auf der Reise ins Land seiner Träume, ins Mekka der Wissenschaft und der Technik. Wilhelm Konrad Röntgen, Max Planck, Fritz Haber, Werner Heisenberg … In den ersten beiden Jahrzehnten des 20. Jahrhunderts waren über die Hälfte der naturwissenschaftlichen und medizinischen Nobelpreise an deutsche Wissenschaftler gegangen. Und die größte Macht hatte Deutschland auf dem Gebiet der Physik, insbesondere der neuen Physik, der Quantenmechanik und der Kernphysik.

Möglichst bald nach seiner Ankunft in Berlin wollte Rolf dem von Walter Villiger entworfenen Zeiss-Planetarium einen Besuch abstatten, wo man für jeden gewünschten Breitengrad die Umlaufbahnen der Planeten darstellen konnte. Denn mehr als an der Physik war Rolf an der Astronomie interessiert, obwohl er beschlossen hatte, den Rat seines Vaters zu befolgen: besser als Hauptfach Physik studieren, damit seien die Berufsaussichten wesentlich günstiger als im Bereich der Astronomie. Sein Vater musste wissen, wovon er sprach, denn er war Dozent für Mathematik an der Universität Helsinki.

Rolf fuhr aus seinen Gedanken auf, als das Taxi in einer ruhigen Nebenstraße in Charlottenburg zum Stehen kam.

Niebuhrstraße 35. Die Adresse, die Katharina ihm gegeben hatte.

Große Laubbäume beschatteten die Straße, es herrschte eine fast geisterhafte Atmosphäre der Erstarrung.

Rolf zahlte und stieg mühsam aus dem Taxi. Auf dem Gehweg betrachtete er das kunstvolle, massive Haus, holte tief Luft und ging langsam auf die mit Schnitzereien versehene Eichentür zu. Die Namensschilder am Klingelbrett waren teilweise stilvoll gedruckt, andere waren eilig bekritzelte Pappstücke oder Klebestreifen.

KATHARINA KLEVE stand auf dem Schild der Wohnung mit der Nummer 18. Fünfter Stock.

Rolf zögerte einen Moment, bevor er mit zittrigem Finger den Klingelknopf drückte. Das elektrische Schloss surrte, und er öffnete die schwere Tür. Im halbdunklen Treppenhaus war eine Reihe Briefkästen angebracht. An ihnen vorbei ging es zu einem alten Lift mit Gittertür. Er sah fast so aus wie in dem Haus im Helsinkier Stadtteil Katajanokka, in dem Rolf wohnte – und so wie in dem Haus, in dem er Anfang der Vierzigerjahre zum ersten Mal mit Ingrid zusammengewohnt hatte.

Heftig ruckelnd bewegte sich der Aufzug nach oben. Dabei kam Rolf ein seltsamer Gedanke. Katharina hatte unter einer solchen Höhenangst gelitten, dass sie unbedingt im Erdgeschoss wohnen wollte, als sie seinerzeit mit Ingrid eine Studentenwohnung in Dahlem suchte. Und wenn sie die physikalische Fakultät besuchte, weigerte sie sich, den »Turm der Blitze« zu betreten. Rolf fragte sich, ob es möglich war, dass ein Mensch im hohen Alter seine Phobien verlieren konnte. Langsam setzte der Lift seine Fahrt nach oben fort. Rolf korrigierte den Sitz seines digitalen Hörgeräts, betrachtete sich selbst im dunkel-fleckigen Spiegel und kämmte sich das spärliche Haar. Was für einen Schrecken würde es Katharina einjagen, wenn sie einen Greis vor sich sah, der in ihrer Erinnerung ein Mann im besten Alter war?

In seinem tiefsten Inneren war Rolf sich jedoch der Tatsache bewusst, dass er sich viel mehr vor dem fürchtete, was er selbst beim Anblick von Katharina empfinden würde, nach allem, was geschehen war... Ihren Briefen nach zu urteilen war sie immerhin noch rüstig, zumindest geistig.

Rolf zog das Gitter auf, trat aus dem Aufzug und blieb vor einer kunstvoll verzierten Tür stehen. Wie es aussah, führte Katharina ein Leben in soliden Verhältnissen.

Rolf brauchte eine Weile, um seinen Mut zusammenzunehmen. Er versuchte, möglichst aufrecht zu stehen und einen munteren, freundlichen Ausdruck in sein Gesicht zu bringen. Schließlich läutete er.

Er war überrascht, als ein etwa dreißigjähriger Mann die Tür öffnete.

»Herr Narva, bitte treten Sie ein«, sagte der dunkeläugige Mann freundlich und ließ Rolf an sich vorbei. Er war ordentlich gekleidet, hatte starke Augenbrauen und dichte, braune Locken. Ein Verwandter von Katharina?

Er ging in ein kühles, schattiges Wohnzimmer voran, streckte dort die Hand aus, und stellte sich als Dieter Hoffmann vor.

»Frau Kleve hat sehr auf Sie gewartet, aber leider musste sie gestern wegen starker Hüftbeschwerden in die Klinik. Sie hat mich gebeten, Sie dorthin zu fahren. Mein Wagen steht unten.«

Rolf nickte. In gewisser Weise erleichterte ihn der Aufschub dieser besonderen Begegnung. Er blickte sich interessiert um. Die Wohnung war überraschend modern, das galt auch für die hellen Möbel. Auf einer Kommode standen gerahmte Fotos. Rolf ließ den Blick darüber schweifen: Katharina am Strand, vielleicht in Sotschi, irgendwann in den Siebzigerjahren, auch im Alter von über fünfzig noch rank und schlank. Auf dem zweiten Bild war sie wesentlich älter. Sie trug einen Rucksack, und im Hintergrund sah man nebelverhangene Berge und den Teil eines Cafés mit polnischem Schild. Diese Aufnahme konnte aus der Tatra stammen. Auf den Fotos wirkte Katharina glücklich. War es ihr gelungen, die Gespenster der Vergangenheit aus ihren Erinnerungen zu verbannen?

Zumindest hielt sie nichts aus ihrer Geschichte versteckt, denn unter den Bildern waren auch alte Schwarzweißfotos. Rolf kniff die Augen zusammen. Zu seinem Erstaunen war auf einem Hans zu erkennen, der einige Monate zuvor gestorben war und von dem sich Katharina schon Anfang der Fünfzigerjahre hatte scheiden lassen. Hans sah auf dem Foto aus, wie er immer gewesen war: ein eleganter Charmeur im hellen Anzug.

Dann richtete Rolf seine Aufmerksamkeit auf ein Bild, das Katharina mit zwei anderen Frauen zeigte. Es war von schräg unten aufgenommen, und die Frauen schauten vor wolkenlosem Himmel an der Kamera vorbei und lächelten. Alle drei waren schön, und sie strahlten die Frische und den Zukunftsglauben der Jugend aus.

Plötzlich stutzte Rolf. Er kannte die beiden anderen Frauen auf dem Bild. Auch sie hatten in Dahlem Medizin studiert. Er erinnerte sich sogar an eine von ihnen: Hilda. Und im selben Augenblick erkannte er, was an dem Bild nicht stimmte.

Nachdem es gemacht worden war, hatte sich herausgestellt, dass Hans und Hilda ein Verhältnis hatten. Hans hatte Schluss gemacht, und Katharina war daraufhin bereit gewesen, Hans zurückzunehmen. Wenig später hatten sie geheiratet.

Warum, um Himmels willen, hatte Katharina ein Foto von der Geliebten ihres Mannes hier stehen? Ein Mensch konnte vielleicht seine Höhenangst überwinden, aber niemals den Betrug durch einen Geliebten. Auch nicht Jahrzehnte danach. Rolf wusste das aus eigener, bitterer Erfahrung nur zu gut.

»Sind Sie soweit?«, fragte der lächelnde Hoffmann mit der Hand auf der Türklinke.

Rolf räusperte sich leicht. »Mir ist gerade eingefallen, dass ich meine Medikamente im Hotel vergessen habe. Die muss ich zuerst holen.«

»Ich kann Sie gern hinbringen.«

»Nein«, sagte Rolf entschieden. Zu entschieden. Er durfte seinen Argwohn nicht verraten. »Diese Begegnung ist für mich nicht leicht. Aus verschiedenen Gründen ... Ich möchte ein wenig spazieren gehen, für mich alleine sein, und nachdenken. Das verstehen Sie doch?«

Hoffmann nickte, aber das Lächeln in seinem Gesicht war verschwunden. Diese Veränderung in der Miene des Mannes machte Rolf nervös. Er hatte gelernt, die Gesichter der Menschen zu lesen wie mathematische Formeln und technische Zeichnungen. Das war die Voraussetzung für sein Überleben gewesen.

»Könnten wir uns in einer Stunde wieder treffen?«, fragte er.

»In welchem Hotel wohnen Sie denn?«

»Im Hotel Kurfürstendamm, in der Nähe des Zoos«, log Rolf.

»Ich bin in einer Stunde da.« Hoffmann öffnete die Tür, und Rolf ging an ihm vorbei ins Treppenhaus. Der Mann sah ihm nach.

Draußen bog Rolf in die Bleibtreustraße ein und ging an Restaurants, Antiquitätenläden und Galerien vorbei zum Kurfürstendamm. Erst dort blieb er vor dem Bulgari-Schmuckgeschäft stehen, auf dem noblen, grünen Boulevard, über den der Montagsverkehr strömte. Sein schneller Schritt hatte ihn außer Atem gebracht, sein Puls wollte sich gar nicht mehr beruhigen. Er bereute es, sich am Morgen nicht mehr Zeit für das Frühstück gelassen zu haben.

Je mehr er darüber nachdachte, umso zweifelhafter kamen ihm Hoffmanns Worte und überhaupt die ganze Situation vor. Was war da los? Warum trieb Katharina ein solches Spiel mit ihm? Konnte es damit zu tun haben, dass … Natürlich nicht. Auf keinen Fall. Allein der Gedanke daran war paranoid.

Und doch drängten sich die alten, dunklen Geschichten in Rolfs Gedanken, die Zeiten, an die er sich nicht mehr erinnern wollte. Auch damals hatte er auf der Hut sein müssen, kleinste Zeichen deuten, die Absichten der Menschen wittern – und er hatte Angst gehabt, immerfort Angst gehabt …

Er zog das Telefon aus der Tasche. Dort war eine SMS von Erik eingegangen.

»ALLES OK? RUF AN!«

Verärgert löschte Rolf die Nachricht. Sein Blick fiel auf eine Bushaltestelle, wo ein elegant gekleideter Mann den Fahrplan studierte. Rolf fragte ihn höflich nach der Telefonnummer der Auskunft. Ohne Probleme bildete er die Wörter und Sätze, obwohl er seit Jahrzehnten die deutsche Sprache nicht mehr aktiv gebraucht hatte.

Die Auskunft kannte keine Katharina Kleve. Rolf dachte kurz nach, rief dann noch einmal an und bekam, was er suchte. Es gab nur eine Person mit dem Namen Arno Plögger. Arno war der Bruder von Hans, dem Exmann von Katharina – und der einzige Mensch, der etwas über Katharina wissen konnte.

Es war seltsam, jemanden anzurufen, den man seit Jahrzehnten nicht gesehen hatte. Nachdem Plögger sich gemeldet hatte, stellte sich Rolf vor und sprach ihm sein Beileid über den Tod seines Bruders aus, auch wenn der Todesfall bereits mehrere Monate zurücklag.

Plögger erinnerte sich sofort an Rolf. Er schien ein bemerkenswertes Gedächtnis zu haben …

»Bist du in Berlin?«, fragte Plögger.

»Ich wollte Katharina treffen, aber wie es aussieht, habe ich ihre Adresse verloren.« Rolf sah keinen Anlass, den wahren Grund für seinen Besuch zu nennen.

»Du bist in Berlin, um Katharina zu sehen?«

»Könntest du mir ihre Adresse geben?«

»Sicher...«

Nach einem Moment kam der offenbar erstaunte Plögger ans Telefon zurück und gab Rolf die Adresse eines kleinen Pflegeheims in Lichtenrade im Südosten von Berlin.

Rolf bedankte sich und sagte: »Es wäre schön, irgendwann einmal über die alten Zeiten zu reden. Es gibt nicht mehr viele, die sich daran erinnern können.«

»Vielleicht ist das auch besser so«, gab Plögger ungeniert zurück, und beide wussten, dass dies nicht nur ein Scherz war. Während des Krieges hatte Hans oft zu Rolf gesagt, dass ihm die Begeisterung seines kleinen Bruders in den Reihen der Hitlerjugend nicht gefiel, und erst recht nicht später in der Waffen-SS. Arno war der einzige Mensch, den Rolf kannte, der in Frankreich, auf dem Balkan und später, schon im Offiziersrang, in Russland in der SS gedient hatte. Er war mit Aufgaben betraut gewesen, die Hans augenscheinlich peinlich gewesen waren und von denen er darum nur ausweichend gesprochen hatte. Rolf war davon nur das Wort »Einsatzgruppe« in Erinnerung geblieben. Was es damit auf sich hatte, war ihm erst lange nach Kriegsende klar geworden.

Er steckte den Zettel mit Katharinas Adresse ein und machte sich auf den Weg, ein Taxi zu suchen.

Arno Plögger saß in der Küche seiner kleinen, kargen Wohnung in Neukölln, trank Bier direkt aus der Flasche und dachte über den Anruf von Rolf Narva nach.

Dann beschloss er, sein Glück zu versuchen.

Wenn dieser Hoffmann schon so ein unwahrscheinliches Interesse an dem toten Hans und dessen Exfrau an den Tag gelegt hatte, konnte er durchaus auch an einem Mann interessiert sein, der immer noch hinter Katharina her war.

Und wenn Hoffmann sich für etwas genügend interessierte, war er unter Umständen auch bereit, für Informationen zum Objekt seines Interesses zu zahlen.

Plögger nahm den Zettel zur Hand, auf dem er Hoffmanns Nummer notiert hatte. Natürlich glaubte er nicht einen Moment daran, dass »Hoffmann« der richtige Name des Mannes war.

3

Rolf saß in einem Taxi, das in Lichtenrade auf einer kleinen, kurvenreichen Straße durch den Laubwald fuhr. Den Zettel mit Katharinas Adresse hielt er in der Hand. Es war kurz vor zehn, in einer Viertelstunde würde Hoffmann ihn vor dem Hotel Kurfürstendamm erwarten.

Sollte er nur warten.

Die überraschende und seltsame Entwicklung hatte Rolfs Sinne und Gedanken geschärft. Der Anruf bei Hans' Bruder war wie die Kontaktaufnahme mit einer anderen Welt gewesen: der Welt der Vergangenheit. Hans' Tod hatte Rolf berührt, obwohl er Hans seit Jahren nicht gesehen hatte. Der schöne Berliner, wie ihn neidische Freunde und Widersacher genannt hatten, war Rolfs erster richtiger Freund in Deutschland gewesen. Ein Freund, mit dem er acht Jahre lang mehr geteilt hatte, als sich irgendein Mensch auf der Welt vorstellen konnte.

Der erste Herbst in Berlin hatte Rolf geradezu in einen Rausch versetzt. Wissenschaft und Technik blühten, der Geist der Zeit war an glatten, geraden Autobahnen und der klaren Linienführung von Olympiastadion und Flughafen Tempelhof ablesbar. Zu Rolfs besonderer Freude herrschte im Land eine große Begeisterung für Raketen und Raumfahrt, ausgelöst durch den Science-fiction-Film ›Frau im Mond‹ von Fritz Lang. Das Heer hatte in Peenemünde ein riesiges Raketenentwicklungszentrum gegründet, mit Labors, Windkanälen und Abschussrampen. Fritz von Opel veranstaltete Vorstellungen für das Volk, bei denen alle möglichen Fahrzeuge von der Straßenbahn bis zum Schlitten mit Hilfe von Raketen in Schwung gebracht wurden. Und Rolf hatte sogar Raketenliebhaber aus dem »Verein für Raumschiff-fahrt« kennengelernt.

Das Großartigste für ihn war jedoch sein Erfolg im Studium. Rolf konnte sich noch immer an das Gefühl erinnern, von dem er durch und durch erfüllt war, als er an einem regnerischen Herbsttag des Jahres 1938 mit Hans im Zimmer von Professor Reitiger stand. Der nüchterne, unspektakuläre Vorgang war die Wasserscheide in Rolfs Leben gewesen. Das erste Studienjahr hatte er mit Bravour absolviert, das wusste er selbst. Aber erst im Zimmer des Professors war ihm bewusst geworden, dass er tatsächlich zu der kleinen Elite zählte, die aus der Masse der Studenten ausgesiebt worden war. Sie, die Besten, setzten ihre eigenen Untersuchungen fort und wurden dabei von den erfahrensten Professoren angeleitet.

Ihr Alter – oder genauer gesagt ihre Jugend – war dabei gar nicht entscheidend. Was zählte, war der Funke zwischen den Ohren. Werner Heisenberg, der Halbgott aller Physiker, war erst einundzwanzig Jahre alt gewesen, als er Anfang der Zwanzigerjahre in Göttingen Bekanntschaft mit Niels Bohr schloss. Bohr war eingeladen worden, eine Vorlesung zu halten. Er war fast vierzig und berühmt wegen seiner Forschungen zum Aufbau des Atoms, Heisenberg hingegen nur ein vielversprechender Student. Dennoch entspann sich zwischen ihnen eine Freundschaft, da Bohr die Begabung des jungen Heisenberg erkannte.

In gleicher Weise, schien Rolf, war auch seine Begabung erkannt worden. Aber mindestens so zufrieden wie mit seinem Fortkommen im Studium war er mit dem Studentenleben. Der Berliner Vorort Dahlem war das »Oxford Deutschlands«, Wiege der Spitzenforschung und Campus ehrgeiziger junger Wissenschaftler. Rolf hatte Hans' ehemalige Klassenkameradin Katharina kennengelernt, die dort Medizin studierte. Sie hatte schüchtern und still gewirkt, stammte aus bescheidenen Verhältnissen und war in Rolfs Augen schön wie ein Engel: warme, braune Augen, Grübchen, wenn sie lächelte. Und sie lächelte oft, vor allem, wenn sie Rolf sah. Das verwirrte den jungen Mann zunächst und brachte ihn mehr als einmal zum Erröten, auch wenn Katharina ihrerseits ganz und gar arglos war.

Ihre schwedische Kommilitonin und Zimmernachbarin Ingrid hingegen ... Nun ja, Ingrid war ein Fall für sich. Anfangs fiel es Rolf schwer, sich auch nur einzugestehen, dass ihm die Schwedin gefiel, denn sie hatte so vieles an sich, was ihm fremd war. Ingrid Stormare: ein blondes, lebenslustiges Mädchen, das es direkt aus den vornehmsten Stockholmer Kreisen nach Berlin verschlagen hatte. So hatte Rolf zunächst gedacht. Ingrids Vater war Fabrikant gewesen und hatte einer der zahlreichen, bis aufs Blut zerstrittenen nationalistischen Parteien Schwedens vorgestanden.

Das Taxi fuhr auf einen von gewaltigen Buchen beschatteten Vorplatz mit großer Rasenfläche. Leichter Sprühregen fiel aus den Wolken, der Ort wirkte wie von der übrigen Welt vergessen. Das Pflegeheim war in einem mehrfach verzweigten Backsteinhaus aus dem 19. Jahrhundert untergebracht, an dessen Wänden wilder Wein emporrankte. Ein kastenförmiger Anbau war mit karoförmigen Eternitplatten verkleidet, die bereits schwarz geworden waren und Moos angesetzt hatten.

Was für eine Katharina würde er hier vorfinden, fragte sich Rolf. Seine Stimmung verdunkelte sich zunehmend. Und wer war dieser Hoffmann? Sollte er auf die Begegnung mit Katharina besser verzichten und nach Hause verschwinden? Natürlich nicht. Katharina sollte ihm selbst erklären, was das alles zu bedeuten hatte.

Rolf zahlte und stieg aus dem Taxi. Am Rande des Geländes waren zwei Kleinwagen in schlechtem Zustand sowie ein Porsche aus den Sechzigerjahren geparkt, auf dem Rolfs Blick einen Moment verweilte. Seinerzeit in Amerika hatte er mit dem Gedanken gespielt, sich so einen anzuschaffen, aber schließlich wollte er doch kein deutsches Auto und begnügte sich mit einer Corvette. Damals war er wohlhabend gewesen – ein Mann in seinen besten Jahren auf der Höhe seiner Karriere bei der NASA. Die ganze Familie hätte in der Corvette keinen Platz gehabt, aber nach der Scheidung hatte viele Jahre lang nur Erik mit ihm im Wagen gesessen. Wenn er seinen Sohn zu Ingrid brachte, dauerte die Fahrt von Cape Canaveral nach Miami auf den breiten, trockenen Straßen Floridas oft weniger als drei Stunden.

Rolf ging auf den Haupteingang zu. Die Anspannung ließ ihm den Schweiß auf die Stirn treten, und in den Schläfen kündigte sich pochend ein Kopfschmerz an. Er hatte Katharina vor fünfzig Jahren zuletzt gesehen, doch daran mochte er jetzt nicht denken. Sie hatten beide schwere Fehler gemacht in ihrem Leben – aber sollte es nicht trotzdem möglich sein, sich nach allem endlich auszusöhnen?

Der Brief, den Katharina ihm vor einem Monat geschickt hatte, war eine vollkommene Überraschung für ihn gewesen. Wenige nüchterne Zeilen, der Wunsch, ihn zu sehen. Zunächst hatte er beschlossen, nicht zu antworten, aber irgendetwas ließ ihn nicht ruhen. Man konnte die Dinge nicht ungeklärt lassen, nicht jetzt, da die Gelegenheit bestand, noch einmal miteinander zu reden. Und so hatte er Katharinas Wunsch entsprochen und einem Treffen zugestimmt, wenn auch zögernd.

Rolf stieg die Eingangstreppe hinauf. In einem Blumenkübel am Rand wuchs das Unkraut meterhoch.

Rolf drückte den Klingelknopf aus Keramik. Er wartete kurz, dann klingelte er noch mal, diesmal länger. Nichts tat sich. Er versuchte, durch das Türfenster hinter dem schmiedeeisernen Gitter hineinzuspähen, aber er sah nur sein eigenes, zerfurchtes Gesicht im schwarzen Glas.

Plötzlich fuhr er zusammen. Auf der anderen Seite der Tür war nun doch jemand zu erkennen, unmittelbar vor ihm: eine Frau in weißem Kittel, die Hände in die Hüften gestemmt, reglos.

Unwillkürlich wich Rolf einen Schritt zurück. Er überlegte eine Sekunde, was er tun sollte, und beschloss, noch einmal zu läuten.

Erst da drehte sich der Schlüssel im Schloss und die Tür ging einen Spaltbreit auf. Die ältere Frau in der Schwesterntracht war zu stark geschminkt und übermäßig gebräunt.

»Was wollen Sie?«, fragten ihre schmalen Lippen, deren Konturen sie exakt nachgezogen hatte.

»Ich bin gekommen, um Katharina Kleve zu besuchen.«

Der Blick der Schwester bohrte sich in Rolfs Augen. »Frau Kleve?«

»Ja. Vielleicht trägt sie auch den Namen ihres früheren Mannes ... Plögger.«

»Nein, ich weiß, wer Frau Kleve ist.«

Widerwillig trat die Frau zur Seite und ließ Rolf in eine kühle, halbdunkle Vorhalle ein, an deren Ende eine breite Treppe nach oben führte. Auf beiden Seiten der Treppe stand eine außergewöhnliche, kleine Skulptur, eine Mischung aus Engel und Teufel. Rolf registrierte den neugierigen, reservierten Blick der Frau, antwortete aber nicht auf ihre unausgesprochene Frage.

»Hier entlang.« Die Schwester ging voran, der große Schlüsselbund in ihrer Hand klimperte. Vor einer hohen Flügeltür blieb sie stehen und öffnete. Rechts und links eines kurzen, schwach beleuchteten Ganges sah man Türen voller Dellen und Schrammen. Rolf hatte den Geruch eines starken Reinigungsmittels in der Nase. Schritt für Schritt wurde er unruhiger.

Unter das Geräusch der Schritte mischte sich plötzlich der Klingelton seines Handys. Rolf meldete sich nicht. Der Ton wurde immer lauter, und parallel dazu wuchs Rolfs Unmut. Das war bestimmt wieder Erik. Konnte ihn der Junge nicht mal einen Moment in Ruhe lassen?

Die Schwester blieb vor einer der grauen Türen stehen und suchte nach dem passenden Schlüssel. Das Handy war inzwischen wieder verstummt.

»Warum ist die Tür abgeschlossen?«, flüsterte Rolf.

Die Frau antwortete nicht.

Sie fand den Schlüssel und sperrte auf. Unsicher betrat Rolf den hohen Raum. Darin war es durch die dichten Eichen vor dem Fenster ziemlich dunkel. Die altmodische Lampe auf dem Nachttisch verbreitete ein gelbliches Licht. Das Bett war leer, die abgewetzte, geblümte Tagesdecke faltenlos glatt gezogen.

In der Ecke, am Rand des Lichtkreises, stand ein Sessel, der an den Nähten ganz ausgefranst war. Rolfs Augen jedoch starrten gebannt auf das Wesen, das da im Sessel saß. Kaltes Entsetzen durchfuhr ihn.

Das Gesicht der Frau erinnerte an einen Totenschädel, der nur noch mit einer dünnen Hautschicht bespannt war. Auf der mit Leberflecken gesprenkelten Kopfhaut wuchsen hier und da noch ein paar Haarbüschel. Langsam drehte die Frau den Kopf in Rolfs Richtung, und das gelbe Licht fiel auf ihr Gesicht. Die Augen lagen tief in den Höhlen, und sie schauten Rolf geradewegs an: matte, braune Augen.

Katharinas Augen.

Mit aller Kraft versuchte Rolf, seine Erschütterung zu verbergen. Er machte einen vorsichtigen Schritt auf den Sessel zu.

Katharina fixierte ihn konzentriert und hob langsam die rechte Hand. Ihre Finger waren dünn und steif.

»Rolf … Um Himmels willen … Was ist passiert?«, fragte ihre überraschend kräftige Stimme. »Haben sie dich doch erwischt?«, fuhr sie fort, wobei sie die Stimme zum Flüstern senkte. »Was haben sie mit dir gemacht? Du siehst fürchterlich aus.«

Abrupt sah Katharina zur Tür. »Sind sie hinter dir her?«

»Nein, Katharina …«

»Während der ganzen Fahrt von München hierher habe ich solche Angst gehabt …«, sagte sie mit zitternder Stimme.

Rolf beugte sich vorsichtig zu ihr hinunter, um sie zu umarmen. Er hatte einen Kloß im Hals. Katharina hatte ihn sofort erkannt. Sie wirkte zerbrechlich, zugleich aber auch zäh, wie ein Vogel. Rolf war zutiefst erschüttert – zu lebhaft erinnerte er sich noch daran, wie er Katharina das letzte Mal umarmt hatte. Damals war sie eine starke, gesunde Frau gewesen.

Dünne, kühle Finger umfassten Rolfs Kopf und führten ihn an Katharinas Wange. Sie roch nach Seife. Rolf spürte ihre Haut und blieb gebeugt stehen, obwohl ihm der Rücken so wehtat.

»Wovor hattest du Angst, Katharina?«, flüsterte er.

Sie rührte sich nicht und hielt Rolf fest umklammert.

»Ach, Rolf«, seufzte sie gequält.

Rolf versuchte sich ihrem Griff zu entziehen, aber ihre Hände waren überraschend kräftig.

»Ach Rolf…«, sagte sie noch einmal, leise und ganz heiser, und ließ schließlich los. »Ich hatte schwere Wochen in München. Schrecklich viel Arbeit. Doktor Strughold verlangt sehr viel.«

Langsam ging Rolf zu dem Sessel, der Katharina gegenüber stand. Er befürchtete, den Aufruhr seiner Gefühle nicht verbergen zu können. Auch wenn Katharina wohl kaum etwas davon merken dürfte.

»Der Luftkrieg wird unsere Niederlage besiegeln«, fuhr Katharina mit wachsender Erregung fort. »Göring setzt alle unter Druck, damit neue Mittel zur Verringerung der Verluste gefunden werden. Die Wissenschaft soll helfen. Wir Wissenschaftler sind jetzt in der Pflicht.«

Auf einmal war Rolf von eisiger Gewissheit erfüllt. Katharina konnte ihm auf keinen Fall einen Brief nach Helsinki geschickt haben. Das musste jemand anderes getan haben.

Katharina beugte sich nach vorn und flüsterte beunruhigt: »In welcher Höhe können die Piloten der Luftwaffe noch überleben? Was warnt den Flieger davor, dass die Luft zu dünn wird und die Gefahr besteht, das Bewusstsein zu verlieren?«

Rolf hörte nur zwei Fragen in seinem Kopf hämmern: Wer hatte ihm diese Briefe geschickt? Und warum?

»Wir wissen es jetzt.« Katharina sah ihm in die Augen, auf einmal wesentlich ruhiger als zuvor. »Die Tabelle ist letzte Woche fertig geworden. Sie liegt bei Doktor Strughold, die Tabelle. Wir haben dafür neunhundertvierundsechzig Spalten ausgefüllt. Eindeutige Zahlen auf Karteikarten. Die Wissenschaft ist unbestechlich. Eine Tabelle ist von uns erwartet worden, und eine Tabelle haben wir erstellt.«

Oder war es doch möglich, dass Katharina nur zeitweise in ihren Erinnerungen versank? Dass sie in klaren Momenten vielleicht doch in der Lage war, Briefe zu schreiben?

»Die Luftwaffe hat uns eine Unterdruckkammer der Bauart Ruff zur Verfügung gestellt«, sagte Katharina beinahe sentimental. »Sie ist in einem Lkw-Anhänger eingebaut. Der Druck lässt sich so weit senken, dass er den Bedingungen in mehr als zwanzig Kilometern Höhe entspricht.«

Rolfs Aufmerksamkeit wurde zwangsläufig auf Katharinas Worte gelenkt. Sie blickte ihm unverwandt in die Augen.

»Ich dürfte darüber nicht sprechen, aber ich muss. Ich habe so selten die Gelegenheit, Bekannte zu treffen ... Die erste Karte war die schwierigste. Ein Zigeuner mit dunklen Augenbrauen, ein sanfter, ruhiger junger Mann. Mit Doktor Ruff sah ich durch das kleine Beobachtungsfenster zu, wie er in der Kammer stand, sehr ängstlich. Laut Ruff handelte es sich bei dem Mann um eine freiwillige Versuchsperson. Der Druck wurde gesenkt. Ich schrieb alle Reaktionen auf.«

Katharina sprach ruhig, aber ihre Mundwinkel hatten angefangen zu zucken. »Als sich das Vakuum verdichtete, schien der Mann verrückt zu werden. Er riss sich vor Schmerzen die Haare aus und zerkratzte sich den Kopf und das Gesicht ... er schlug mit beiden Händen gegen die Wände und schließlich auch mit dem Kopf, weil der Druck auf die Trommelfelle so stark war ...«

Rolf holte tief Luft. Er hätte sich am liebsten die Ohren zugehalten, laut geschrien, Katharina geschlagen, die Flucht ergriffen. – Die Flucht ergriffen ... wieder einmal. Augen schließen und Ohren zuhalten, das hatte er immer schon gekonnt.

Dann wurde Katharinas Stimme wieder ganz sachlich. Sie referierte nur noch. »Ich blickte auf den Druckmesser und schrieb auf, in welcher Höhe es zum Platzen der Trommelfelle, zum Verlust des Bewusstseins kommt. Wann der Tod eintritt. Am Ende lässt das Vakuum die Lunge zusammenfallen ...«

Kummer und Erschütterung ergriffen Besitz von Katharinas Gesicht. »Und jetzt habe ich alle Zahlen vergessen«, flüsterte sie. »Die Zahlen sind Gold wert, und ich habe sie vergessen. Aber Doktor Ruff hat sie noch ... Er hat sie Strughold übergeben, alles ist da, die Karten und die Tabellen, nicht wahr?«

Rolf hätte Katharina am liebsten mit der Hand den Mund verschlossen und sie geschüttelt. Warum konnte diese Frau nicht still sein? Mit Mühe brachte er ein Nicken zustande. »Sicher. Alles ist bei Strughold. Ich habe die Tabellen selbst gesehen. Niemand verlangt, dass du die Werte auswendig weißt.«

»Ich könnte nicht einmal mehr Zahlen aufschreiben. Meine Finger gehorchen mir nicht, sie sind steif.« Katharina lachte nervös auf und blickte auf ihre Hände wie auf fremde Gegenstände. »Ich verstehe das nicht, noch im Zug von München hierher habe ich Mutter einen Brief geschrieben ...«

»Sagt dir der Name Hoffmann etwas? Dieter Hoffmann?«

Katharina schüttelte den Kopf.

»Warte hier«, sagte Rolf. »Ich muss kurz mit jemandem sprechen.«

Rolf wollte aufstehen, aber Katharina bedeutete ihm mit der Hand, sitzen zu bleiben.

»Geh nicht. Ich will reden ... Ich weiß nicht, ob ich als Wissenschaftlerin in Dachau mein Bestes geben konnte. Ich wollte das Vertrauen, das Doktor Strughold in mich setzte, nicht enttäuschen, aber ich weiß nicht, ob mir das gelungen ist.«

»Es ist dir gelungen, Katharina.« Rolf ergriff ihre Hand und streichelte sie zärtlich. »Es ist dir außerordentlich gut gelungen. Weißt du wirklich nicht mehr, was nach jenen Zeiten geschehen ist? Ich muss dir etwas gestehen ... Ich will diese Dinge nicht mit ins Grab nehmen. Hör zu. Es gibt da eine Kassette, auf der ich alles erzähle. Absolut alles. Obwohl ich dir versprochen habe ...«

Es sah aus, als wäre Katharina aufgeschreckt, oder als hätte sich ihr Blick zumindest vorübergehend geschärft. »Nach den Versuchen mit der Unterdruckkammer machten einige von uns mit Vibrationsexperimenten weiter. Ich habe mich Kälteversuchen zugewandt.«

»Katharina«, unterbrach Rolf sie und drückte ihre Hand. »Reden wir nicht mehr über diese ...«

»Die Versuchsperson, ein junger Kommunist, wurde in einem Fliegeroverall in eiskaltes Wasser gesteckt«, fuhr Katharina unbeirrt fort. »An die Werte erinnere ich mich noch«, sagte sie erleichtert. »Nach fünfundfünfzig Minuten verlor der Mann das Bewusstsein. Seine Körpertemperatur, rektal gemessen, betrug 32,2 Grad. Der Puls wurde vollkommen unregelmäßig, die Atmung erschwert, die weiße Zone breitete sich Zentimeter für Zentimeter von den Fingern und den Füßen her aus, sehr schmerzhaft. Der Tod trat erst ein, als die Körpertemperatur auf 25,6 Grad gesunken war...«

Rolf löste vorsichtig den Griff um Katharinas Hände, obwohl er sie lieber gewaltsam von sich geschleudert hätte und aus dem Zimmer marschiert wäre – ein letztes Mal. Aber Katharina klammerte sich an seine Arme und ließ ihn nicht aufstehen.

»In der letzten Versuchswoche hatten wir zwei russische Kriegsgefangene, die nackt in das Eisbecken kamen ...«

Während sie sprach, kritzelte Katharina mit steifen Fingern etwas auf ein Stück Papier, das auf dem kleinen Tisch neben dem Sessel lag.

»Normalerweise erfolgte die Bewusstlosigkeit innerhalb von einer Stunde, aber die beiden waren nach zwei Stunden noch bei Bewusstsein. Nach drei Stunden sagte der eine zum anderen: *Genosse, bitte den Offizier, uns zu erschießen.* Der andere erwiderte: *Erwarte von den faschistischen Hunden keine Gnade.* Das war schrecklich ... Sich so etwas anhören zu müssen, wo man doch nur seine Arbeit machte.«

Rolf sah auf den Zettel, auf den Katharina mit zittriger Hand geschrieben hatte: WIR WERDEN BELAUSCHT.

»Danach gaben sich die Russen die Hand und verabschiedeten sich voneinander. Der Versuch ging noch zwei Stunden weiter, bis sie schließlich im Eisbecken starben ... Sie wurden ins Schwabinger Krankenhaus zur Obduktion gebracht.«

Rolf machte eine Kopfbewegung zu Katharinas Zettel hin und flüsterte: »Gestapo?«

Katharina schüttelte den Kopf.

Mit sanfter Gewalt befreite Rolf sich aus ihrem Griff und stand auf.

»Geh nicht … Wohin willst du?« Ihre Stimme war angespannt und heiser, ihr Gesichtsausdruck besorgt. »Zu Ingrid? Ist sie immer noch …«

»Ich komme bald wieder.« Rolf ging zur Tür und drückte auf die Klinke. Es war abgeschlossen.

Wieder klingelte das Handy in seiner Tasche. Katharina näherte sich ihm mit wackligen, tastenden Schritten. Rolf hämmerte mit der Faust gegen die Tür, dass es schmerzte.

»Warum ist die Tür abgeschlossen?«, fragte er.

»Sagte ich das nicht bereits? Sie ist immer abgesperrt, sie lassen mich nicht hinaus …«

Rolf ging rasch zum Bett und drückte den Alarmknopf. Aber inzwischen hatte man auf sein Hämmern reagiert, und die Schwester von vorhin schloss die Tür auf. »Was ist hier los?«

Erleichtert schlüpfte Rolf an ihr vorbei auf den Gang. Die Schwester machte die Tür hinter ihm zu.

»Ist sie immer so?«, fragte Rolf außer Atem, mit zitternder Stimme. »Lebt sie nur noch in der Vergangenheit?«

»Ich habe vor zwölf Jahren hier angefangen, und zumindest in dieser Zeit ist sie immer so gewesen. Ich dachte, Sie kennen ihren Zustand …«

Rolf eilte zur Eingangshalle. Durch ein Fenster sah er draußen einen roten Audi-Kombi vorfahren.

»Bekommt sie Besuch?«, fragte Rolf.

»So gut wie nie. Nur in der letzten Zeit …«

Rolf wollte nachfragen, aber sein Blick heftete sich auf den Mann, der draußen aus dem Wagen stieg.

Hoffmann.

»Der Mann dort«, wollte Rolf von der Schwester wissen, »haben Sie den schon mal gesehen?«

Die Schwester blickte nach draußen. Ein zweiter Mann war aus dem Wagen gestiegen und schloss sich Hoffmann an. Sie gingen beide mit schnellen Schritten auf das Gebäude zu.

»Ich weiß nicht«, sagte die Schwester unsicher. Seltsam unsicher. Log sie?

»Gibt es noch einen anderen Weg nach draußen als den Haupteingang?«

Die Schwester sah Rolf verdutzt an. »Die Hintertür ist in der Küche«, sagte sie zögernd.

»Bringen Sie mich hin.«

Die Schwester wandte sich nach links und ging durch einen kahlen Speisesaal in die Küche. Dort saß vor den gekachelten Wänden eine junge Frau in weißem Kittel. Sie war blass und wirkte leicht stumpfsinnig. Als sie die Schwester sah, stand sie auf.

Die Schwester schenkte ihr keine Beachtung, sondern öffnete Rolf die Tür zu einem kleinen Windfang.

»Bitte erwähnen Sie niemandem gegenüber meinen Besuch«, sagte Rolf und verschwand, ohne eine Reaktion abzuwarten, nach draußen.

Schwer keuchend eilte er auf den Laubwald hinter dem Gebäude zu.

Doch da kam bereits der zweite Mann aus dem roten Audi um die Ecke, der jüngere und muskulösere.

Rolf blieb stehen. Er wusste, er hatte keine Chance zu entkommen.

Der Mann trat zu ihm und sagte auf Deutsch: »Kommen Sie mit zum Wagen, Herr Narva.«

4

Allmählich machte Erik sich ernsthaft Sorgen. Sein Vater hatte sich noch immer nicht aus Berlin gemeldet, trotz Eriks SMS und Nachricht auf dem Anrufbeantworter.

Erik stieg in der Laivastokatu im Helsinkier Stadtteil Katajanokka aus dem Auto und ging auf den Eingang des mächtigen, an der Wende zum 20. Jahrhundert erbauten Hauses zu. Die Haustür befand sich in einem kleinen Bogengewölbe. Katja und die Kinder erledigten in der Innenstadt die letzten Einkäufe vor der Rückreise.

Der Wind kam jetzt von Norden und sorgte zusammen mit dem nahen Meer für feuchte Kühle, als würde das Ende des finnischen Sommers exakt mit dem Ende ihres Urlaubs zusammenfallen. Zu Hause in England würde der Sommer noch weitergehen, aber an Urlaub war dann erstmal lange nicht zu denken.

Der Leiter der Forschungsabteilung von Gendo rief wegen eines Details in der China-Offerte an, und Erik versuchte, das Telefonat kurz zu halten. Mit dem Ersatzschlüssel, den ihm sein Vater vor Jahren gegeben hatte, gelangte er ins Haus. Die sonst eher beruhigende Atmosphäre des frisch gestrichenen Treppenhauses wirkte jetzt irgendwie bedrohlich still. Der rote Teppich dämpfte die Schritte auf der Treppe zum zweiten Stock. Erik schloss die Wohnungstür auf und betrat die geräumige Wohnung seines Vaters. Alles war tadellos sauber und aufgeräumt wie immer. Auf dem alten Musterparkett lagen dicke Orientteppiche, die Möbel waren robuste, antike Stücke, an den Wänden hingen die Werke einiger zeitgenössischer finnischer Maler – nichts sonderlich Modernes, aber auch nicht bloß Landschaften.

In einer Ecke des Bibliothekszimmers stand der kostbarste Schatz des Hausherrn, ein polnisches Fernrohr aus dem Jahr 1784. Gerahmte astronomische Karten und ein großes Gruppenfoto von den Mitarbeitern des Apollo-Programms im *Kennedy Space Center* zierten die Wände.

In den Regalen standen Souvenirs aus Amerika, aber ansonsten war die Einrichtung komplett in Finnland angeschafft worden. Der Vater hatte sich die Wohnung nach seiner Pensionierung im Jahr 1983 gekauft, im selben Jahr, in dem Erik in Berkeley promovierte. Damals hatte er sich über den Umzug seines Vaters nach Helsinki gewundert, aber jetzt tat er das nicht mehr. Je älter man wurde, umso wichtiger wurden einem seine Wurzeln, das merkte Erik selbst. Er fühlte sich nicht als Amerikaner, obwohl er seine Kindheit und den größten Teil seines Lebens in den Staaten verbracht hatte. Eher fühlte er sich als Skandinavier – und dabei durch seinen Vater mehr als Finne als durch seine Mutter als Schwede. Vielleicht hatte er nicht zuletzt deshalb eine Finnin geheiratet. Auch seinen Kindern wollte er die finnischen Wurzeln erhalten, darum besuchten Olivia und Emil jeden zweiten Samstag die finnische Schule in Kingston.

Erik blieb vor einem gerahmten Foto stehen. Es war 1967 gemacht worden, während eines Wochenendurlaubs in Huntsville, Alabama, wo sie von Florida aus hingefahren waren, ein Jahr vor der Scheidung der Eltern. Erik war damals neun gewesen. Ein lachender kleiner Junge mit dem Kopf voller Locken. Die Hand seiner Mutter lag auf seiner Schulter, sein Vater lehnte an einem riesigen Buick Electra. Seine Eltern waren auf dem Foto ungefähr so alt wie er jetzt, um die fünfzig. Aber sein Vater sah wesentlich jünger aus, und seine Mutter sowieso. Eriks Haar hingegen wurde langsam grau. Zum Glück fand Katja das vorläufig noch charmant.

Auf dem mit grünem Tuch bespannten Schreibtisch stand ein Computer. Erik schaltete ihn ein – vermutlich hatte sein Vater die Hotelreservierung per Internet vorgenommen. Er öffnete das E-Mail-Programm und sah sich die Betreffzeilen an. Der größte

Teil der eingegangenen Nachrichten stammte von ihm oder Katja, an einige waren Bilder von Olivia und Emil angehängt.

Erik hatte selbstverständlich nicht die Absicht, die E-Mails seines Vaters zu lesen, aber eine Mail überraschte ihn doch, denn als Absender stand dort »Ingrid Stormare«.

Warum hatte seine Mutter dem Vater eine Mail geschickt? War es nicht so, dass sie so gut wie nichts mehr miteinander zu tun hatten? Die Betreffzeile war leer, und Erik öffnete die Mail nicht. Was sich zwischen seinen Eltern abspielte, ging ihn nichts an. Nach der Scheidung hatte er seine Zeit paritätisch bei beiden verbracht. Als er erwachsen wurde, zog seine Mutter nach England, Erik folgte zwei Jahre später nach. Allerdings hatte sein Umzug nichts mit seiner Mutter zu tun. Der Grund war ein großes Genforschungsprojekt in Cambridge.

Unter den E-Mails fand sich keine Hotelreservierung. Vorsichtig zog Erik eine Schreibtischschublade auf, leicht beschämt, weil er gezwungen war, in den Sachen seines Vaters zu wühlen. Aber es musste doch irgendwo einen Hinweis auf die Hotelreservierung geben.

Erik fand einen Stapel bezahlter Rechnungen, aber nichts, was mit der Reise nach Berlin zu tun hatte. Die zweite Schublade enthielt Briefe und andere Unterlagen, die Erik nicht anrührte.

Dann weckte plötzlich eine Briefmarke seine Aufmerksamkeit. Auf ihr stand »Deutschland«.

Erik sah sich das Briefkuvert genauer an. Es war an seinen Vater adressiert, in der etwas tastenden, aber eleganten Handschrift eines betagten Menschen.

Als Absender war ein gewisser Herman King angegeben.

Erik war überrascht. Er legte den Brief auf den Tisch und suchte weiter. Über ein Hotel in Berlin fand er nichts, dafür aber zwei jüngere Briefe aus Deutschland. Auch die legte er zur Seite.

In der untersten Schublade fanden sich Papiere aller Art, hauptsächlich Kontoauszüge und beglichene Rechnungen. Der Vater hatte sein Konto in Titusville, Florida, wo die meisten Mitarbeiter von Cape Canaveral arbeiteten, behalten. Erik wollte schon die Hoffnung aufgeben, da fiel sein Blick doch noch auf die Buchungsbestätigung eines Hotels.

Erleichtert wählte er die Nummer des Hotels Askanischer Hof. Die freundliche, fließend Englisch sprechende Frau am anderen Ende der Leitung konnte sich gut an Eriks Vater, an den »vornehmen älteren Herrn« erinnern. Er hatte am Vorabend eingecheckt, am Morgen gefrühstückt und war anschließend in die Stadt gegangen. Zumindest aus Höflichkeit teilte die Frau Eriks Sorge, als sie hörte, dass der ältere Herr sich nicht am Handy meldete.

Erik legte auf und griff nach den geöffneten Umschlägen auf dem Schreibtisch. Laut Poststempel war der Ältere erst drei Monate zuvor verschickt worden.

Erik zog einen handgeschriebenen Brief aus dem Kuvert.

Lieber Rolf,

ich habe Deine Telefonnummer nicht gefunden, wärst Du so gut und würdest sie mir mitteilen? Du wirst verstehen, dass ich mein Anliegen nicht in einem Brief vorbringen kann. Aber ich finde schon, dass es allen Grund gibt, über jene Wirrnisse zu reden.

Es folgten die Adresse von Herman King in Hamburg und eine Telefonnummer.

Eriks Deutsch war immer noch ganz passabel, seit er vor Jahren während der Doktorarbeit mit seiner deutschen Freundin Jutta zusammengelebt hatte und zweimal als Stipendiat in Heidelberg gewesen war.

Er wunderte sich. Warum ging dieser Herman King – wer immer das auch sein mochte – davon aus, dass sein Vater Deutsch verstand? Wenigstens ebenso sehr wunderte sich Erik über den Inhalt. Warum konnte der Absender sein »Anliegen nicht in einem Brief vorbringen«, und auf welche »Wirrnisse« spielte er an?

Erik nahm die beiden anderen Briefe unter die Lupe. Beide hatten denselben Absender: Katharina Kleve, Niebuhrstraße 35, 10629 Berlin, Deutschland.

In dem einen kurzen Brief bat die Frau seinen Vater, sie in Berlin zu besuchen. Wer war Katharina Kleve? Warum schrieb auch sie seinem Vater auf Deutsch?

Er nahm das zweite Kuvert zur Hand, das früher abgeschickt worden war, etwa einen Monat zuvor. Dieser Umschlag enthielt auch Kopien von den Antwortschreiben seines Vaters.

Erik starrte auf dessen Handschrift und zog das Handy aus der Tasche.

»Hallo«, meldete sich Eriks Mutter forsch in England.

Erik erkundigte sich auf Englisch, wie es ihr ging, und natürlich ging es ihr »hervorragend« – wie immer, ganz gleich, wie ihr Befinden tatsächlich war. Allerdings hatte sie daran auch zumeist tatsächlich nichts auszusetzen.

»Hattest du in letzter Zeit Kontakt mit Vater?«, fragte Erik.

»Nein. Weshalb? Stimmt etwas nicht?«

Offenbar hielt sie es nicht für notwendig, die E-Mail zu erwähnen, die Erik vorhin gesehen hatte.

»Weißt du etwas von seiner Reise nach Berlin?«

»Welche Reise?« Es überraschte Erik, dass sie so verdutzt schien, wenn man bedachte, wie viele Reisen sein Vater noch immer unternahm.

»Er ist gestern Abend nach Berlin geflogen. Ich habe heute Morgen kurz mit ihm gesprochen, aber seitdem geht er nicht mehr ans Telefon und ruft auch nicht zurück. Das ist sonst nicht seine Art. Im Hotel sagen sie, er habe gefrühstückt und sei dann in die Stadt aufgebrochen.«

Die Mutter schwieg, dann fragte sie: »Weißt du etwas über den Grund seiner Reise?«

Erik antwortete mit einer Gegenfrage: »Weißt du etwas darüber?«

»Ich? Wie sollte ich …«

»Ich bin in Vaters Wohnung, um ausfindig zu machen, in welchem Hotel er wohnt. Hier sind Briefe aus Deutschland. Und Vater hat sie beantwortet. Auf Deutsch.«

Nach kurzen Pause fragte sie: »Von wem sind denn die Briefe?«

»Der eine Absender ist ein gewisser Herman King. Die beiden anderen hat eine Katharina Kleve geschrieben.«

Wieder folgte eine Pause. Was war mit seiner Mutter los?

»Und von dieser Kleve hat Rolf Briefe bekommen?« Aus Mutters Stimme war mehr als bloße Überraschung herauszuhören, aber Erik wusste den Tonfall nicht zu deuten.

»Wer ist denn die Frau?«, fragte er.

»Ich habe nicht die geringste Ahnung.«

»Wusstest du, dass Vater Deutsch kann?«

»Nein. Und ich verstehe auch nicht ...«

»Wäre es nicht natürlich gewesen, damals mit Jutta Deutsch zu reden, wenn er die Sprache schon beherrscht?« Erik merkte, dass er wütend wurde, aber er wusste nicht so recht, auf wen oder was genau.

»So weit ich weiß, spricht er gar kein Deutsch. Aber vielleicht hat er es nach der Scheidung gelernt.«

»Warum hat er sich den ganzen Tag nicht aus Berlin gemeldet?«

»Ich denke, es ist das Klügste, jetzt einfach abzuwarten. Wahrscheinlich hat er einfach sein Handy irgendwo liegenlassen.«

Die Worte seiner Mutter beruhigten Erik ein wenig. Natürlich war es möglich, dass sein Vater das Handy verloren hatte. Aber wusste Mutter tatsächlich nichts von den Deutschkenntnissen ihres Ex-Mannes?

Erik faltete die Hotelreservierung zusammen und steckte sie ein. Sicherheitshalber notierte er sich auch die Adressen von Herman King und Katharina Kleve. Als er die Briefe wieder in die Schublade legte, fiel sein Blick auf einen Brief ohne Umschlag, dessen Unterschrift ihn veranlasste, die Zeilen zu überfliegen.

Sehr geehrter Herr Narva!

Im Rahmen meiner Forschungsarbeiten stelle ich derzeit Material über die Zusammenarbeit von finnischen und deutschen Wissenschaftlern in den 1930er- und 1940er-Jahren zusammen. Laut den Angaben, die ich im Archiv der Universität

Helsinki gefunden habe, sind Sie 1937 zum Studium nach Berlin gegangen. Wäre es eventuell möglich, dass ich Sie über die Ereignisse jener Zeit befragen dürfte?

Mit freundlichen Grüßen,

Dr. Juhani Kohonen, Universität Helsinki.

»Was zum Teufel geht hier eigentlich vor«, sagte Erik laut.

Die Stille in der Wohnung wirkte jetzt noch bedrückender als zuvor.

5

Rolf saß auf der Rückbank des Audi-Kombi, Hoffmann neben ihm. Der reagierte aber in keiner Weise auf Rolfs Versuche, ein Gespräch anzufangen.

Am Steuer saß der jüngere und muskulösere der beiden Männer, den Hoffmann immer Manfred nannte. Er trug sein dunkles Haar modisch kurzgeschnitten, und an seiner Hand prangte ein protziger goldener Ring. Sie fuhren mit hoher Geschwindigkeit auf einer Landstraße irgendwo südlich von Berlin.

Trotz seines Entsetzens gab Rolf sich Mühe, klar zu denken. Die Situation war absurd, außerdem hatte er sich noch immer nicht von dem Schlag erholt, den ihm die Begegnung mit Katharina versetzt hatte. Durchlebte sie in ihren Erinnerungen nur noch jene Zeitspanne? Jene alptraumhaften, grauenvollen Monate?

Rolf hätte lieber nichts von Katharinas Erinnerungen gehört, er hätte lieber nie mehr etwas davon erfahren. Doch er wusste es bereits seit den Fünfzigerjahren. Siegfried Ruff, der an den Menschenversuchen in Dachau beteiligt gewesen war, hatte nach dem Krieg als hochrangiger Arzt bei der Lufthansa und als Leiter des luftfahrtmedizinischen Instituts der Universität Bonn gearbeitet. Doktor Hubertus Strughold wiederum war 1949 zum Leiter der raumfahrtmedizinischen Abteilung am Institut für Luftfahrtmedizin der amerikanischen Luftwaffe ernannt worden. Rolf hatte »Strugi« Strughold unzählige Male bei beruflichen Besprechungen in Texas, aber auch in Cape Canaveral, getroffen.

Und Strughold verfügte tatsächlich über das Material, das Katharina quälte. Rolf hatte mit eigenen Augen die Blutdrucktabellen, Fotos, EKG-Kurven und Handschriftproben aus verschiedenen Flughöhen gesehen. Sie stellten unersetzliches, einzigartiges luftfahrtmedizinisches Forschungsmaterial dar, das ohne Menschenversuche unmöglich zustandegekommen wäre. Und genau diese Tatsache hatte sich Strughold in seiner neuen Heimat USA zu Nutze gemacht. Mit den Jahren war er zum »Vater der Luftfahrtmedizin« avanciert, der einen wesentlichen Beitrag zur militärischen und zivilen Luftfahrt sowie zur Weltraumforschung leistete. Seine Handschrift war ganz konkret an den Astronautenanzügen und an der Apollo-Mondlandefähre zu erkennen. Es bestand hier eine gespenstische, unmittelbare Verbindung zwischen den qualvollen Toden in der Druckkammer des Konzentrationslagers Dachau und den ersten Menschen auf dem Mond.

Rolf hatte aus nächster Nähe verfolgt, wie die Vereinigten Staaten, nachdem sie Nazideutschland in die Knie gezwungen hatten, ihre ganze Energie darauf richteten, den neuen Feind, die Sowjetunion, zu übertrumpfen – in der Waffentechnik, in der Luftfahrt, in der Eroberung des Weltraums. Und in diesem Kampf taugten sogar Nazis als Verbündete. Rolf hatte diese Doppelmoral nie akzeptieren können – dennoch waren auch er und Ingrid in dieses Spiel hineingezogen worden: in den Kalten Krieg, bei dem ohne Regeln und mit dubiosesten Mitteln gekämpft wurde.

Aber sollte das Echo jener Jahrzehnte zurückliegenden Zeit bis in den heutigen Tag hinein nachhallen?

Rolf dachte an den Brief von Herman King. Er hatte King seine Telefonnummer natürlich nicht geschickt, denn er wollte mit dem Mann nichts zu tun haben. Dem war es aber trotzdem gelungen, Rolfs Nummer ausfindig zu machen. King hatte ihn in Helsinki angerufen, und Rolf hatte sofort aufgelegt.

War es möglich, dass King ihn mit Katharinas Hilfe nach Deutschland gelockt hatte?

Verstohlen warf Rolf einen Blick auf den Entführer neben sich auf dem Rücksitz und konnte sich das alles nicht erklären.

Sie rasten durch die ländliche Gegend außerhalb von Berlin.

Rolf nahm einen Schluck Wasser aus der Flasche, die Hoffmann ihm gegeben hatte, und versuchte sich zu beruhigen. Er musste einfach abwarten, was kommen würde.

Katharina zog seine Gedanken an wie ein Magnet. Nicht die Katharina, die er vorhin gesehen hatte, sondern die Frau, in die er sich einst verliebt hatte. Es war unfassbar für ihn, was Katharina in Dachau getan hatte. Während des Krieges hatte Rolf nichts über ihre Arbeit gewusst, die entsetzlichen Details waren ihm erst in den Vereinigten Staaten klar geworden. Jeder, der Strugholds Forschungsergebnisse zu Gesicht bekam, begriff, dass sie auf Menschenversuchen beruhten. In den USA wurde das stillschweigend übergangen.

Wie hatte Katharina als junge Ärztin zu so etwas fähig sein können? Er konnte nicht glauben, dass sie es sich leicht gemacht hatte. Würde sie die Ereignisse von Dachau jetzt noch einmal so qualvoll durchleben, wenn es sie damals kaltgelassen hätte? War es ihre Art der Verdrängung, wenn sie das Leiden der Gefangenen jetzt herunterspielte, oder war Katharina tatsächlich ein so pathologisch kalter Mensch? Hätte er sich als junger Dummkopf in ein solches Wesen verlieben können? Nichts in Rolfs Erinnerungen an die Zeit stützte diesen Gedanken. Was Ingrid betraf, vielleicht, aber nicht bei Katharina.

Rolf war schon früh aufgefallen, dass Ingrid an ihm interessiert sein *könnte*. Lange war ihm das eher unangenehm gewesen. Denn falls sie sich einmal in Paare aufteilen sollten, gab es nur eine Variante, hatte er gedacht: er und Katharina, Hans und Ingrid. Bald hatte er aber erkennen müssen, dass Hans sich für Katharina interessierte, doch auch die Beziehung der beiden entwickelte sich lange nicht in eine romantische Richtung. Dennoch hinderte irgend etwas ihn, gegenüber Katharina die Initiative zu ergreifen.

Die vier ehrgeizigen jungen Wissenschaftler verbrachten ihre Zeit an den Instituten und in den Labors. Je länger der Krieg andauerte, umso mehr wuchs die Arbeitsbelastung, und es blieb ihnen nicht viel Freizeit. Doch sie genossen diese wenige Zeit in vollen Zügen. Nach Ausbruch des Krieges waren die jungen deutschen Männer an die Front geschickt worden, und Hans erklärte Rolf gegenüber lachend, als männlicher Wissenschaftler lebe man »wie der Hahn in einem riesigen Hühnerstall«. Hans war wesentlich offener im Umgang mit anderen als der schüchterne Rolf. Außerdem war Hans mehr auf sein Vergnügen aus, und in seiner Gesellschaft fand sich auch für Rolf leicht weibliche Begleitung. Hans hatte behauptet, der Partei nur deshalb beigetreten zu sein, weil sich für Parteimitglieder alle Türen des Berliner Nachtlebens auftaten, auch diejenigen, die sich sonst nicht so ohne weiteres öffneten. Das war natürlich Blödsinn. In Wirklichkeit hätte es unter den deutschen Forschern nur für unnötige Aufmerksamkeit und Verwunderung gesorgt, wenn einer von ihnen auf die Parteimitgliedschaft verzichtet hätte. Rolf hatte sich nie für Politik interessiert. Seine gesamte Energie hatte er auf die Wissenschaft gerichtet. Für ihn hatte es keine »arische Physik« und keine »jüdische Physik« gegeben, sondern nur die eine, unbestechliche Physik.

Angeregt durch Hans' Vorbild stellte auch Katharina schließlich einen Aufnahmeantrag. Wenn sie es wollten, wurden Rolf und Ingrid in der Gesellschaft von Hans und Katharina zu jedem Sonnabend-Bacchanal eingelassen, das die Hautevolee der Berliner Nazis veranstaltete. Vor allem seit dem Sommer 1940 strömte an den Tischen des neuen Deutschen Adels – der »Pfaue«, wie vor allem alte Linke die Nazibonzen nannten – französischer Wein und Kognak, und auf den Speisekarten standen nach langer Zeit wieder Mastkalb, Lamm und Ente, Trüffel, Muscheln, Austern, feine Käse, Oliven und Gänseleber.

»Deutschland hat den Krieg gewonnen! Essen wir und trinken wir, denn morgen sterben wir! Heißt es so nicht schon in der Bibel?«, grölte Hans mit einer dicken Zigarre in der Hand – und immer öfter mit Katharina im Arm.

Die Hochzeit von Hans und Katharina im Sommer 1942 war der Wendepunkt gewesen. Hans hatte Rolf dessen große Liebe weggenommen. Was blieb ihm? Sollte er die Zweitbeste nehmen? Und war das tatsächlich Ingrid? Nicht unbedingt, fand Rolf, aber die zielstrebige Ingrid wusste längst, was sie wollte, und sie wollte Rolf. Eine junge Frau wie sie, als Tochter eines Fabrikanten von klein auf verhätschelt, war es gewohnt, zu bekommen, was sie wollte. Überhaupt redete sie dauernd von ihrem Vater, dass es Rolf schon geradezu lächerlich vorkam: Papa hier und Papa da, wie ein kleines Mädchen. Und was für eine Begeisterung es in der Tochter auslöste, als der Papa vom Reichsführer SS, Himmler höchstpersönlich, einen Orden erhielt, als Anerkennung für die umfangreiche Rekrutierungsarbeit für die Wiking-Division der Waffen-SS in Schweden!

Alles an Ingrid war im Stil der Upperclass perfekt gepflegt: ihre kühle, beinahe maskuline, Greta-Garbo-artige Stimme, die durch die sorgfältige, leicht ins Nasale spielende Artikulation noch betont wurde; die vornehm dezenten, grauen oder schwarzen, stets der aktuellen Mode entsprechenden Kostüme, die Perlenketten, ihre weißen Handschuhe, das dezente Make-up nach deutscher Art, die kurzen, platinblonden Locken, die schmale, aristokratische Adlernase, der strenge, aber schön geformte Mund... In Schuhen mit normalen Absätzen war sie fast auf den Zentimeter so groß wie Rolf, und regelmäßige Gymnastik hatte ihren schlanken Körper nahezu perfekt geformt.

Tatsächlich konnte Rolf sich seinen anfänglichen leichten Widerwillen gegenüber Ingrid nur damit erklären, dass sie eigentlich nicht »sein Typ« war. Jeder andere Mann hätte sie mit Sicherheit für umwerfend gehalten. Am frappierendsten an Ingrid waren wohl ihre kristallklaren, himmelblauen Augen. Rolf erinnerte sich, gleich bei der ersten Begegnung seine Aufmerksamkeit vornehmlich auf diese außergewöhnlichen Augen gerichtet zu haben. Hätten sie nicht ein kleines bisschen hervorgestanden, wären sie schön gewesen. So aber ging von ihnen vor allem etwas Hypnotisches und Geheimnisvolles, aber auch etwas Hartes aus. Seltsamerweise entschied Ingrid sich im Rahmen ihres Studiums prompt für die Augenforschung.

Für das Zusammensein blieb Rolf und Ingrid freilich nicht viel

Zeit. Beide hatten lange Arbeitstage und schrieben nebenher an ihren Dissertationen. Rolf promovierte im September, Ingrid im Oktober 1942. Schließlich wurde ihr Verhältnis doch rasch intensiver, und im Frühling 1943 schockierte Ingrid Rolf mit der Nachricht, sie erwarte ein Kind von ihm.

Es hatte sich um ein Versehen gehandelt, aber Rolf wollte sich der Verantwortung nicht entziehen. Im Mai 1943 wurden sie in einer schlichten, schmucklosen deutschen Zeremonie getraut. Den Formalitäten entsprechend mussten beide versichern, rein arischer Abstammung zu sein. Rolf wurde dadurch noch fester mit Deutschland verbunden. Obgleich er jung und obendrein Ausländer war, behandelte man ihn mit Respekt. Finnland war bis zum Herbst 1944 ein geschätzter Bündnispartner und die Finnen fast ein »Brudervolk«. Und so wurde Rolf vom Metzger, vom Bäcker und auch vom Friseur immer nur als »Herr Doktor« angesprochen. Die Krönung bildete die Tatsache, dass die schöne schwedische Gattin des jungen Herrn Doktors nicht nur eine angeheiratete, sondern selbst ebenfalls eine echte Frau Doktor war.

Im Juni 1943 erlitt Ingrid eine Fehlgeburt, als sie vor einem erneuten Bombenangriff auf Berlin in den Luftschutzkeller floh. Die Erinnerung daran ließ Rolf noch immer zusammenfahren.

Seine Gedanken brachen ab, als ein Piepton mitteilte, dass Hoffmann eine SMS erhalten hatte. Rolf änderte seine Sitzposition, sodass er Hoffmanns ausdrucksloses Gesicht beim Lesen der Nachricht sehen konnte.

Dann bildete sich auf dem Gesicht des Deutschen ein kleines, schiefes Grinsen, das Rolf mehr Angst einjagte als die Ausdruckslosigkeit zuvor.

Hoffmann wandte sich ihm zu. Er schlang Rolf ein schwarzes Tuch um den Kopf und knotete es so fest zu, dass es auf den Augen schmerzte.

Allmählich war Rolf immer mehr davon überzeugt, dass seine Entführung etwas mit Herman King zu tun hatte.

6

Erik ging schnellen Schrittes durch die Meritullinkatu im Helsinkier Stadtteil Kruununhaka, während er telefonierte. Den alten Volvo-Kombi, den er als finnisches Sommerauto angeschafft hatte, parkte er am Straßenrand.

»Wo willst du denn hin?«, fragte Katja ungläubig.

»Ich treffe mich mit einem Historiker. Erklär ich dir später«, sagte Erik. »Ich habe bei meinem Vater seltsame Briefe gefunden. Es dauert noch ein bisschen bei mir, ihr könnt ja inzwischen schon mal essen gehen. Frag jetzt nicht, ich ruf dich später an.«

Erik hatte Juhani Kohonen angerufen und um ein sofortiges Treffen gebeten. Kohonen hatte sich zwar gewundert, war aber bereit, ihn zu Hause zu empfangen. Auf dem Weg hatte Erik in der Firma angerufen und gefragt, ob einer seiner Kollegen für ihn nach Peking fliegen könne. Die Reise und die Gespräche dort waren wichtig, da musste man bei der Sache sein, außerdem wollte Erik unter den aktuellen Umständen keine so weite Dienstreise machen. Das Geschäft mit China wurde beharrlich vorangetrieben, wenn es klappte, würde es der bedeutendste Auftrag in der Geschichte von Gendo werden, vom Volumen her fast sechs Mal größer als das DNA-Datenverarbeitungssystem, das sie der österreichischen Polizei geliefert hatten.

Erik hätte gern auch gleich seine Mutter in England angerufen, beherrschte sich aber. Zuerst wollte er hören, was dieser Kohonen über die Jugendjahre seines Vaters zu sagen hatte. Erik wusste zwar sehr wenig darüber, hatte aber auch nie weiter darüber nachgedacht: der Vater war 1937 von Finnland nach Amerika gekommen, um Physik zu studieren, und als Erik ein Kind war, hatte der Vater in Huntsville und Cape Kennedy für die NASA gearbeitet.

Viele von Eriks Klassenkameraden waren wegen der Arbeit seines Vaters grün vor Neid gewesen, aber Erik selbst hatte sich nie sonderlich für Physik, Technik und das Weltall interessiert. Sein Interesse galt von Kindheit an dem Menschen. Die Welt, die seine Mutter repräsentierte, faszinierte ihn: Herz, Gehirn, Lunge, Augen, Ohren, dann, mit der Zeit, Zellen, Chromosomen, Gene, DNA. Auch die besten Physiker und Ingenieure würden nie etwas ähnlich Komplexes und Fantastisches erschaffen können.

Seine Mutter hatte ihm die Funktion der Organismen lebendig und verständlich erklären können, und diese Leidenschaft für die Biologie hatte letztlich großen Einfluss auf Eriks Berufswahl gehabt. Nie zuvor hatte er seine Mutter so voller rührendem Stolz gesehen als in dem Augenblick, in dem sie ihn nach der Promotion in Berkeley umarmte. Erik hatte ihr seine Dissertation gewidmet, und das war keine sentimentale Übertreibung gewesen, sondern echte Dankbarkeit. Ein zweiter Höhepunkt folgte einige Jahre später, als Erik nach Cold Spring Harbor kam, zu einem Genomkartierungsprojekt.

Erik ging durch die Hofeinfahrt zu dem vierstöckigen Hinterhaus im Innenhof. Er hoffte, Kohonen würde sich hilfsbereit zeigen. Am Telefon hatte er immerhin interessiert geklungen.

Der etwa vierzigjährige Mann mit Brille, Anzughose und Strickjacke machte einen zurückhaltenden und vorsichtigen Eindruck. Er führte den Besucher in sein Arbeitszimmer voller Bücher und Papierstapel.

»Es ist eine große Überraschung für mich, dass mein Vater in seiner Jugend in Deutschland gewesen sein soll«, kam Erik gleich zur Sache, ohne seine Aufregung zu verbergen.

»Ich habe mich natürlich nicht speziell mit Ihrem Vater befasst, darum habe ich nicht besonders viel Material über ihn. Aber hier sind all diejenigen Personen aufgelistet, die 1937 zum Studium nach Deutschland gingen.«

»Und wenn er aus irgendeinem Grund doch nicht nach Deutschland, sondern nach Amerika gegangen ist? Gibt es irgendwelche Dokumente darüber, dass er tatsächlich in Berlin war?«

Kohonen reichte Erik ein Blatt. »Das hier ist die Gästeliste der Gründungsfeier der Deutsch-Finnischen Gesellschaft im Herbst 1942. Wie viele andere finnische Wissenschaftler ist Rolf Narva als Gast eingetragen. Er ist demnach tatsächlich in Deutschland geblieben. Man müsste in den Berliner Archiven nachsehen, wenn man sich ein genaueres Bild machen will. Sie wissen über seine Studienjahre also nichts?«

Erik seufzte. Er war verwirrt, und er schämte sich, weil dieser fremde Mensch mehr über seinen Vater zu wissen schien als er selbst. »Mein Vater hat mir erzählt, er sei kurz vor dem Krieg von Finnland nach Amerika gegangen, um dort zu studieren, wenn ich mich richtig erinnere, genau im Jahr 1937.«

»Was war er denn von Beruf?«

»Er war Physiker. Zuerst in Huntsville in der Raketenversuchsstation, die später zum *Marshal Space Flight Center* der NASA wurde. Und dann in Cape Kennedy in Florida. Als das Apollo-Programm Anfang der Siebzigerjahre heruntergefahren wurde, ging er zu Lockheed nach Kalifornien, wo er bis zur Pensionierung blieb.«

»Sicherlich wissen Sie, dass die USA nach Kriegsende eine große Anzahl von deutschen Wissenschaftlern rekrutierte, speziell für die Raketenforschung, die unter anderem in Huntsville stattfand. Die Verlegung der Deutschen nach Amerika war eine geheime Operation, über die erst nach der Öffnung der Archive in den Neunzigerjahren genauere Informationen zu bekommen waren. Der berühmteste Protagonist der sogenannten ›Operation Paperclip‹ war das Raketengenie Wernher von Braun.«

Erik starrte Kohonen entsetzt an. »Mein Vater kannte von Braun. Auch ich habe ihn ein paar Mal gesehen, als mich mein Vater zu irgendwelchen NASA-Veranstaltungen mitnahm. Ich habe sogar ein Foto, auf dem ich von Braun nach einer Vorlesung die Hand gebe.«

Plötzlich fielen Erik noch mehr deutsche Namen aus dem Kollegenkreis seines Vaters ein. Über die Vergangenheit einiger von ihnen in Nazideutschland hatte es eine Zeitlang Aufregung gegeben, auch von Braun war davon betroffen gewesen, aber Erik konnte sich nicht erinnern, dass sein Vater das Ganze in irgendeiner Form kommentiert hätte.

»Sagen Ihnen die Namen Herman King und Katharina Kleve etwas?«, fragte Erik.

Kohonen schüttelte den Kopf.

»Dürfte ich bei Ihnen mal kurz ins Internet?«

»Nur zu.«

Über Katharina Kleve war nichts Vernünftiges zu finden, aber beim Namen Herman King hieß es plötzlich »Bingo«: ein Lobbyist dieses Namens war am Lockheed-Bestechungsskandal im Westdeutschland der Siebzigerjahre beteiligt gewesen. Vor der Bundestagswahl 1976 waren die Schmiergeldzahlungen des Flugzeugherstellers Lockheed an die Partei CSU und deren Vorsitzenden Franz Josef Strauß ans Licht gekommen.

Spielte King in seinem Brief darauf an, wenn er von »Wirrnissen« schrieb?

Erik war mittlerweile ziemlich unbehaglich zu Mute, und er warf einen Blick auf die Uhr. »Ich muss jetzt leider gehen. Ich fliege heute noch nach Berlin.« Den endgültigen Entschluss dazu hatte er erst gefasst, nachdem er Kohonens Unterlagen gesehen hatte. »Könnte ich Kopien davon bekommen?«

»Selbstverständlich.«

»Und könnten Sie mir vielleicht Material über die Verbringung dieser Nazis nach Amerika leihen?«, fragte Erik. Kohonen kannte seine Bücherregale offenbar gut, denn ohne zu zögern trat er vor ein überquellendes Regal und fand sofort, was er suchte. »Das hier kann ich Ihnen mitgeben. Und wer könnte mir Auskunft über die Vergangenheit Ihres Vaters geben?«

»Meine Mutter. Sie haben sich Anfang der Vierzigerjahre in den Vereinigten Staaten kennen gelernt. So habe ich es jedenfalls immer gehört. Und geglaubt …«

»Würden Sie mir ihren Namen geben?«

»Stormare. Ingrid Stormare. Nach der Scheidung nahm sie wieder ihren Mädchennamen an. Sie wurde in Schweden geboren, lebt aber in England, so wie ich auch. Hier ist meine Adresse. Ich muss jetzt gehen. Vielen Dank, dass Sie so kurzfristig Zeit hatten.«

Erik gab Kohonen seine Visitenkarte und war beim Verlassen der Wohnung noch irritierter als zuvor.

Eines war allerdings sicher: Er würde seine Mutter zum Reden bringen.

Rolf spürte einen schneidenden Schmerz im Arm, als Hoffmann ihn aus dem Audi zerrte. Rolf glaubte jedenfalls, dass es Hoffmann war – sehen konnte er es nicht, denn durch die schwarze Augenbinde drang nichts.

Nach zwanzig Schritten etwa geriet er auf einer steil nach oben führenden Treppe ins Stolpern. Durch das Tempo war er ganz außer Atem, er keuchte heftig, und der Mann, der ihn führte, lockerte ein wenig den Griff.

Schließlich blieben sie stehen. Rolf wurden energisch die Hände auf den Rücken gedreht und in Handschellen gesteckt. Das kühle Metall ließ ihn zusammenfahren, und im selben Augenblick schnappten die Eisen zu. Inzwischen hatten sie einen Raum betreten.

»Setzen Sie sich!«, befahl Hoffmann.

Rolf ließ sich vorsichtig auf dem Rand eines Stuhls nieder. Er wartete auf weitere Anweisungen, aber es kam nichts mehr.

Irgendwo unten fiel eine Tür zu. Er war allein.

Was wollte man von ihm?

Er holte tief Luft und versuchte sich zu beruhigen. Er war im Laufe seines Lebens schon häufiger in Situationen geraten, in denen die ein oder andere Rechnung offengeblieben war – größere und kleinere. Durch den Brief von Herman King richtete sich Rolfs Verdacht jedoch auf die Jahre bei Lockheed, insbesondere auf den Fonds P400, womit in dem Unternehmen Bestechungsgelder gemeint waren. Die Lockheed-Bestechungsskandale hatten Staaten auf der ganzen Welt erschüttert. In Japan war Premierminister Kakuei Tanaka darübergestürzt, in Holland hatte die weiße Weste von Prinz Bernhard einen Fleck abbekommen, Italien war in eine Regierungskrise geschlittert ... Und in Deutschland wäre um ein Haar der ehemalige Verteidigungsminister Franz Josef Strauß unmittelbar vor der Bundestagswahl 1976 als CSU-Vorsitzender gestürzt worden. Da er Deutsch konnte, war Rolf vom Unternehmen in die Bundesrepublik geschickt worden, um beim Vertuschen des Vorgangs zu helfen, weshalb er über eine Menge sensibler Informationen über die Grauzone der Parteienfinanzierung in Deutschland verfügte.

Herman King – ein deutsch-amerikanischer Geschäftsmann – war Rolfs Verbindungsmann in Deutschland gewesen. Rolf hatte zwar keine Lust gehabt, mit ihm zu sprechen, aber King oder sonst jemand würde doch nicht auf die Idee kommen, zu solch brutalen Maßnahmen zu greifen, um ihn zum Sprechen zu bringen!

Erik machte sich bestimmt Sorgen, und irgendwann würde er anfangen, nach ihm zu suchen. Wie würde er das angehen? Wahrscheinlich, indem er in Rolfs Wohnung in Helsinki ging, um herauszufinden, in welchem Hotel sein Vater in Berlin wohnte.

Die Vorstellung, dass Erik in seinen Unterlagen wühlte und seinen Computer einschaltete, verursachte Rolf zusätzliche Beklemmungen. Natürlich musste es früher oder später dazu kommen, aber die Frage war, ob er zu dem Zeitpunkt noch am Leben sein wollte. Er hatte lange überlegt, ob er seine Geheimnisse mit ins Grab nehmen sollte, und war schließlich zu dem Ergebnis gekommen, dass es besser war, es nicht zu tun. Erik hatte ein Recht darauf, alles zu wissen – aber erst zu einem Zeitpunkt, zu dem Rolf selbst nicht mehr die Last der Scham zu tragen haben würde.

Ingrid war darüber vollkommen anderer Meinung, doch sie hatte ihre eigenen Gründe, für immer zu schweigen. In einem war er sich mit Ingrid allerdings einig: es war für Erik besser, wenn er nicht alles wusste, was sich im Leben seiner Mutter ereignet hatte.

Rolf versuchte sich zu erinnern, was für Papiere er in seinen Schreibtischschubladen aufbewahrte. Auf jeden Fall die Briefe von Katharina. Vielleicht käme Erik auf die Idee, irgendwann damit zur Polizei zu gehen.

Der eckige und verbeulte alte Volvo-Kombi kam im Helsinkier Stoßverkehr nur langsam von Kruununhaka nach Katajanokka voran. Erik telefonierte beim Fahren.

»*Es muss sich um ein Missverständnis handeln*«, sagte Ingrid ruhig. »*Vermutlich jemand mit dem gleichen Namen wie Rolf.*«

»Mutter, es gibt nur einen Rolf Narva. Ich habe mich erkundigt. Es sieht schwer danach aus, als hätte er dir über seine Vergangenheit Lügen erzählt.«

»*Warum, um Himmels willen, hätte er mich anlügen sollen?*«

»Er wird schon seine Gründe gehabt haben, seinen Aufenthalt in Deutschland nicht preisgeben zu wollen.«

Ingrid lachte ungläubig. »*Und was für Gründe sollten das sein?*«

»Keine Ahnung. Ich hatte gehofft, du wüsstest es.«

Als er in der Laivastokatu anhielt, fragte sich Erik, ob er seiner Mutter ihre Ahnungslosigkeit abnehmen sollte. Am Telefon war jedenfalls nicht mehr aus ihr herauszuholen. »Ich muss aufhören. Ich fliege heute noch nach Berlin.«

»*Warum das denn? Meinst du nicht, dass du etwas überreagierst? Fliegst du dann von dort aus weiter nach Peking?*«

»Ich fliege nicht nach Peking. Thomas fliegt für mich.«

»*Du wärest besser geeignet als Thomas*«, murmelte die Mutter. »*Und was ist mit Katja und den Kindern?*«

»Sie kommen mit der Abendmaschine in Heathrow an. Katja besucht dich morgen früh.«

»*Gut …*«, sagte die Mutter etwas unsicher.

Erik stieg aus dem Wagen und eilte im Laufschritt auf das

Haus zu, in dem sein Vater wohnte. Seine Mutter hatte viel für Gendo getan, aber ihre Bevormundungsversuche ärgerten ihn jedesmal.

Erik lief die Treppe in den zweiten Stock hinauf und überlegte dabei, wie viel er eigentlich über die Vergangenheit seiner Eltern wusste. Die Antwort war: sehr, sehr wenig. Als er auf die Welt kam, waren seine Eltern beide bereits vierzig gewesen.

In der Wohnung seines Vaters ging er geradewegs zum Arbeitszimmer, blieb aber auf der Schwelle wie vom Blitz getroffen stehen.

Der Inhalt sämtlicher Schränke und Schubläden war auf den Fußboden gekippt worden, jemand hatte die Bücher aus den Regalen genommen und achtlos hingeworfen. Es herrschte die totale Verwüstung.

Erst eine Stunde zuvor hatte Erik die Wohnung verlassen, um zu Kohonen zu fahren. Hatte er vergessen abzuschließen? Nein, in solchen Dingen war er sogar übertrieben genau. Immerhin stand der Computer noch an seinem Platz, ebenso der Fernseher.

Erik machte kehrt, um die anderen Räume in Augenschein zu nehmen, da hörte er ein Geräusch aus der Küche, als würde eine Schranktür zugeschlagen.

Es war noch jemand in der Wohnung! Er hatte den Eindringling überrascht.

Im Nu blitzte in seinen Gedanken ein Spektrum von Handlungsmöglichkeiten auf: Der Eindringling würde *ihn* angreifen oder fliehen. Oder *er* würde den Eindringling attackieren – oder fliehen.

In London las er jeden Tag in der Zeitung über Morde, die von ertappten Einbrechern verübt wurden. Aber jetzt war er in Helsinki.

Doch auch dieser Gedanke half nicht viel. Erik versuchte gar nicht erst, sich einzureden, dass heldenhaftes Eingreifen in dieser Situation eine ernsthafte Alternative sein konnte. Emil und Olivia war ein lebendiger Vater gewiss lieber als ein toter Held. Er lauschte regungslos, hörte aber nur das beinahe schmerzhafte

Pochen seines Herzens und im Hintergrund das Rauschen der Stille.

Wer war dieser Typ? Und was hatte er vor?

Er wusste wahrscheinlich, dass er nicht mehr alleine in der Wohnung war.

Erik wollte kein Risiko eingehen. Er beschloss, auf direktem Weg zur Wohnungstür und hinaus ins Treppenhaus zu rennen.

Zunächst machte er zwei vorsichtige Schritte, bis er die Wohnungstür am anderen Ende der halbdunklen Eingangshalle sah. Er spannte seine Muskeln an und wollte gerade losstürmen, als durch die Küchentür ein Mann in die Eingangshalle trat.

In Eriks Bewusstsein dehnten sich die Sekunden, während er den Anblick registrierte: Ein dunkelhaariger Mann, etwa in seinem Alter, richtete die Waffe auf ihn und ging dabei ruhig zur Tür. In der anderen Hand hielt er eine kleine, gerahmte Fotografie.

Rückwärts verließ der Mann die Wohnung und achtete bis zum letzten Moment darauf, dass Erik nichts unternahm.

Dann fiel die Tür ins Schloss.

Erik starrte einen Moment in der leeren Eingangshalle vor sich hin, dann schaffte er es, sich in Bewegung zu setzen. Er stürzte ans Fenster, stolperte aber über etwas am Boden und fiel hin. Nachdem er sich aufgerappelt hatte, schaute er atemlos auf die Straße hinunter, sah aber niemanden mehr.

Er tastete nach dem Handy in seiner Tasche.

»Notfallzentrale.«

Erik nannte seinen Namen und die Adresse, dann schilderte er, was geschehen war: »Ich habe hier einen bewaffneten Mann angetroffen, der in der Wohnung ein totales Durcheinander angerichtet hat …«

»Gibt es Verletzte?«

»Nein.«

»Ich schicke eine Streife vorbei. Wenn Sie sich unsicher fühlen, können Sie in der Leitung bleiben.«

»Der Mann hat die Wohnung schon verlassen. Ich warte hier auf die Polizei.«

Nervös ging Erik ins Wohnzimmer. Also waren auch finnische Einbrecher bewaffnet? Warum erstaunte ihn das so?

In allen Räumen herrschte ein entsetzliches Durcheinander, selbst die Küchenschränke hatte er durchwühlt. Offenbar hatte der Eindringling ohnehin vorgehabt, zu gehen. Wer war der Mann? Warum war er hier gewesen? Suchte er etwas Bestimmtes? Das schien die einzig vernünftige Erklärung zu sein, denn sämtliche wertvollen Gegenstände waren an ihrem Platz. Oder hatte der Eindringling sich erst ein Bild vom Inventar verschafft und war dann von Erik überrascht worden? Nur ein Foto war von der Wand genommen worden, das Foto, auf dem sein Vater vor einer riesigen Saturn V-Trägerrakete stand. Warum, um Himmels willen?

Erik musste sich zwingen, Ruhe zu bewahren. Im Arbeitszimmer ging er in die Hocke und sah die Papiere durch, die neben dem Schreibtisch lagen. Es waren dieselben Briefbündel und Unterlagen, die vor einer Stunde noch in den Schubladen gelegen hatten. Auch die Briefe von Herman King und Katharina Kleve waren darunter. Noch einmal las er den Brief von King, jetzt in dem Bewusstsein, dass er mit den Skandalen zu tun hatte, mit denen sich Lockheed die Finger schmutzig gemacht hatte. War sein Vater daran in irgendeiner Form beteiligt gewesen?

Erik suchte aus dem Durcheinander das alte, in Leinen gebundene Fotoalbum heraus, dessentwegen er erneut in die Wohnung gekommen war. Die Bilder darin versetzten ihn zurück ins sonnige Florida, in die Sechzigerjahre, in die Zeit vor Lockheed: er und seine Mutter im Naturschutzgebiet Merritt Island, auf Knien vor irgendeinem zoologischen Wunder, er und sein Vater mit zwei von dessen Kollegen, wie sie in einer hell erleuchteten Halle vor dem Rumpf einer Mondlandefähre posierten.

Ein Teil der grauen Pappseiten war voller Fotos, auf anderen Seiten war nur noch der getrocknete Klebstoff an den Stellen zu sehen, wo Fotos herausgenommen worden waren. Diese Aufnahmen befanden sich jetzt in den Alben seiner Mutter. Aus welchem Grund die Fotos nach der Scheidung wohl aufgeteilt worden waren? Es war eine bittere Scheidung gewesen, deren Grund Erik noch immer nicht kannte. Er hatte als junger Mann oft versucht, über das Thema zu sprechen, aber irgendwann hatte er aufgehört, seine Eltern danach zu fragen. Sowohl für seinen Vater als auch für seine Mutter schien das Ganze noch immer ein äußerst wunder Punkt zu sein.

Erik nahm ein noch älteres Album zur Hand. Er schlug es auf und sah Bilder, auf denen Dutzende von Konstrukteuren an schrägen Zeichentischen standen. Nun betrachtete er diese Aufnahmen mit ganz neuen Augen. Was hatte ihm sein Vater von den Studienjahren in Michigan erzählt? Sehr wenig. Praktisch nichts. Wesentlich mehr hatte er von seiner Gymnasialzeit in Helsinki in den Dreißigerjahren erzählt. Die ältesten Bilder schienen von Anfang der Fünfzigerjahre zu stammen, schätzte Erik. Andere Alben waren nirgendwo zu finden, und er konnte sich auch nicht erinnern, je welche zu Gesicht bekommen zu haben. Nur aus Vaters Kindheit im Helsinki der Zwanziger- und Dreißigerjahre gab es einzelne, wenige Fotos. Die Familie lebte damals in einer geräumigen Wohnung im Stadtteil Töölö.

Erik sah auf die Uhr. Seit dem Anruf bei der Notrufzentrale waren erst zwei Minuten vergangen, obwohl ihm die Zeit wesentlich länger vorkam.

Er ging dazu über, in einem Haufen Bücher zu graben – Werke aus der ersten Hälfte des 20. Jahrhunderts. Er las die Schrift auf den Buchrücken und suchte unwillkürlich nach deutschen Titeln. Aber er fand nur Englisch und Finnisch, wie es zu erwarten gewesen war. Der Rücken eines Buches war mit Klebeband verstärkt worden, sodass man die Aufschrift nicht lesen konnte. Auf dem Umschlag stand: H. G. Wells, ›The World Set Free‹. Das Klebeband sah überraschend neu aus, und Erik schlug das Buch neugierig auf. Er erschrak, als er am oberen rechten Rand des vergilbten Titelblatts einen mit Tinte geschriebenen Namen sah: *Hans P…* Der Nachnahme war schwer zu entziffern. Plägger oder so ähnlich.

Auf jeden Fall handelte es sich um einen ziemlich deutsch

klingenden Namen, sodass Erik gleich mit noch größerer Aufmerksamkeit weiter suchte. Bei den meisten Büchern handelte es sich um englischsprachige Forschungsliteratur – Physik und Weltraumforschung –, darunter zahlreiche Bildbände zum Apollo-Programm. Deutsche Bücher waren nach wie vor nirgendwo zu sehen.

Ein Werk schien ganz neu zu sein. Erik sah es sich genauer an, es stammte aus dem Januar 2007 und trug den Titel: ›Return to the Moon. Exploration, Enterprise and Energy in the Human Settlement of Space‹.

Rückkehr zum Mond ... Eriks Vater hatte schon immer zur Nostalgie geneigt, und es war kein Wunder, dass er die Apollo-Jahre noch immer stark in Erinnerung hatte. Der Autor des Buches war Harrison H. »Jack« Schmitt, der letzte Astronaut, der auf dem Mond gewesen war, hieß es auf dem Buchumschlag.

Das löste in Erik eine Ahnung aus. Und tatsächlich, das Buch enthielt eine Widmung von Schmitt: *Für Rolf, am 14.2.2007 – die guten alten Zeiten kehren nicht wieder, aber gute neue Zeiten liegen vor uns ... Jack.*

Erik stellte sich vor das Regal und sah sich die Bücher an, die nicht auf den Fußboden geworfen worden waren: einige Werke über den Zweiten Weltkrieg standen dort, aber es überwogen Darstellungen, die sich auf die Zeit danach bezogen. Über Stalin, für den sich der Vater sehr interessierte, waren Bücher auf Finnisch und Englisch vorhanden. Eines davon hatte Erik seinem Vater selbst mal zu Weihnachten geschickt. Schon in seiner frühen Kindheit hatte Erik sich die Schauergeschichten seines Vaters über Stalins Greueltaten anhören müssen, »mit denen nicht mal Hitlers Grausamkeiten mithalten können«. Diese Geschichten hatte sein Vater immer wieder erzählt, Jahr für Jahr, und immer hatte er darüber geklagt, dass in der öffentlichen Wahrnehmung Stalin stets in Hitlers Schatten stand.

Aus der Ferne hörte Erik die Sirene des Streifenwagens näher kommen.

7

Unruhig ging Ingrid Stormare in ihrem Wohnzimmer auf und ab und blieb schließlich vor dem großen Panoramafenster stehen. Die kniehohe Buchsbaumhecke entlang des Rasens war millimetergenau geschnitten und die Japanischen Ahorne und die Lorbeerbäume daneben bildeten ein geometrisches Muster. Doch nicht einmal ihr Anblick konnte sie jetzt beruhigen.

Ingrid hatte unzählige Male versucht, Rolf anzurufen, nachdem sie durch Erik von der Berlinreise erfahren hatte. Warum, um Himmels willen, war Rolf nach Berlin geflogen?

Sie musste sich jetzt als erstes einen Tee kochen. Das würde gegen die wachsende Unruhe helfen. Nervös fuhr sie sich durch die silbergrauen, modisch geschnittenen Haare, während sie in die Küche ging. Was hatte es zu bedeuten, dass Erik den Namen von Katharina erwähnte, fragte sie sich und stellte Wasser auf. Warum sollte Rolf *immer noch* Kontakt zu Katharina halten? Und warum hätte sie ihm schreiben sollen?

Ingrid beschlich ein Gefühl, das sie seit Ewigkeiten nicht mehr verspürt hatte: Eifersucht. Das war lächerlich, sie wusste es selbst. Oder eher bedauernswert. In jungen Jahren war sie oft von Eifersucht erfüllt gewesen – während der Jahre auf dem Gymnasium in Stockholm, und in Berlin, als Rolf sich heimlich, aber deutlich spürbar für Katharina interessiert hatte. Und natürlich in dem Moment, als schließlich die Wahrheit ans Tageslicht gekommen war.

Mit der Macht der Gewohnheit verbannte sie die Erinnerungen und konzentrierte sich darauf, den Tee aus der Blechdose abzumessen. Dennoch ließ sie den Messlöffel fallen, und die Teeblätter verteilten sich über den sauberen Fußboden. Missmutig kehrte sie alles auf, beschloss den Tee zu vergessen und stattdessen etwas zu tun, das sie lieber vermieden hätte. In ihrer Bibliothek nahm sie einige Bücher aus dem Regal und öffnete den feuersicheren Tresor in der Wand dahinter. Darin waren dicke Kuverts, Hefte, vergilbte Papiere und Pappschachteln aufeinandergestapelt.

Ingrid zog ein ledergebundenes Notizbuch heraus. Beim Blättern merkte sie, wie ihre Hände zitterten. Sie schnaubte verächtlich über sich selbst. Das war überhaupt nicht ihre Art. Die alten Brandwunden auf den Handrücken leuchteten heller als die übrige Haut.

Sie zwang ihren Blick, in einer Zeile innezuhalten. Dort standen die Adresse von Katharinas Pflegeheim in Berlin und die Telefonnummer. Anfang der Neunzigerjahre war der Eintrag gemacht worden. Sie hatte Katharina damals nichts zu sagen gehabt, aber sie hatte wissen wollen, wo sie lebte.

Nun überlegte sie eine Weile, sammelte ihren Mut und rief dann in dem Pflegeheim an.

Eine kühle Frauenstimme meldete sich. »Ich weiß nicht, ob Frau Kleve in der Lage ist, mit Ihnen zu sprechen. Sie wissen doch um ihren Zustand?«

»Ich möchte nur kurz mit ihr sprechen«, sagte Ingrid. Sie wusste tatsächlich nicht, welchen »Zustand« die Pflegerin meinte.

Es dauerte eine ganze Weile, bis eine heisere Stimme energisch sagte: *»Kleve.«*

Ingrid schloss die Augen. Diese Stimme war unverwechselbar. Schließlich waren sie fast zehn Jahre lang die engsten Freundinnen gewesen.

Betont ruhig und freundlich sagte sie: »Katharina, hier ist Ingrid.«

»Ingrid, endlich«, erwiderte Katharina sofort, mit einer Mischung aus Verärgerung und Erleichterung in der Stimme. *»Wo bist du denn hin? Ich dachte schon, du bist in den Bombenangriff geraten.«*

Ingrid erschrak. War Katharina in so schlechter Verfassung?

»Katharina, ich wollte dich fragen, ob du etwas über Rolf weißt?«, sagte sie vorsichtig.

»Es geht ihm gut, er war hier ... verstehe das jetzt nicht falsch. Rolf hat mich nur kurz besucht und ist dann wieder verschwunden.«

»Wohin?«

»Das weiß ich nicht. Wir können am Telefon nicht reden, Ingrid. Ich habe das Gefühl, dass uns die Gestapo auf den Fersen ist. Reden wir über etwas anderes ... Hast du die Zwillinge mit den grünen Augen gefunden?«

Ingrid legte auf. Ihr Herz hämmerte.

Nachdem er etwas zu essen bekommen hatte, ging es Rolf ein wenig besser. Man hatte ihm die Augenbinde und die Handschellen abgenommen und ihm eine schon kalt gewordene Mahlzeit aus einem chinesischen Schnellrestaurant hingestellt, die er bis auf das letzte Reiskorn verzehrt hatte. Er wusste, dass er alle Energie benötigen würde.

Der Raum, in dem er sich befand, war klein und karg, vor dem Fenster hing eine Wolldecke, durch die ein dünner Lichtschein sickerte. Rolf saß auf dem Stuhl, an den er nach dem Essen mit Handschellen gefesselt worden war.

Er war bestürzt und aufgeregt, als Hoffmann hereinkam und sich provozierend langsam auf einem Hocker vor ihm niederließ.

»Ich möchte«, – Hoffmann sprach betont ruhig und deutlich akzentuiert – »dass Sie in Gedanken zum Abend des 30. März 1945 zurückkehren.«

Der Satz traf Rolf wie ein Schlag. Natürlich wusste er sofort, worauf Hoffmann anspielte. Es ging also gar nicht um Lockheed oder Ereignisse aus der Zeit des Kalten Kriegs, sondern um viel weiter Zurückliegendes ...

»Das war ein Mittwoch«, fuhr Hoffmann fort, ohne zu blinzeln. »Ein kalter und regnerischer Abend.«

Die sorgfältig betonten Wörter steigerten Rolfs Beunruhigung, denn der Mann wusste anscheinend, wovon er sprach. Das alles hier war überraschend. Und es machte ihm Angst.

Hoffmann schwieg nun.

Die Stille tickte im Raum.

»Tut mir leid, aber ich weiß nicht, was Sie meinen«, sagte Rolf so lapidar wie möglich.

»Sinnlos, ein schlechtes Gedächtnis vorzutäuschen. Wir wissen alles. Fast alles … und jetzt wollen wir auch noch den Rest hören.«

Rolfs Herz schlug so heftig, dass es fast zu bersten schien. Er zweifelte nicht daran, dass sie etwas wussten. Die Frage war, *woher* sie es wussten.

Dann kam ihm blitzartig die unheimliche Antwort.

Hans.

Er versuchte, äußerlich ruhig zu bleiben. »Ich verstehe nicht, was Sie meinen.«

Hoffmann beugte sich näher zu ihm heran. »An Ihrer Stelle würde ich mich nicht auf diesen Weg begeben.«

Dann hielt er Rolf eine Fotokopie hin.

Rolfs Blick sprang über den handschriftlichen Text in deutscher Sprache.

30.3. Von morgens bis abends Aufruhr in Stadtilm. Rolf und mir ist befohlen worden …

Hoffmann riss das Blatt Papier gleich wieder an sich.

Ein Tagebuch.

Hoffmann hatte das Tagebuch von Hans. Wie hatte Hans nur so dumm sein können?

»Sie haben zusammen mit Hans Plögger angereichertes Uran transportiert«, sagte Hoffmann. »Wohin haben Sie es gebracht?«

Rolf schloss die Augen. Er konnte auf keinen Fall die Wahrheit sagen. Erstens weil sich das Uran wahrscheinlich noch immer in dem Versteck befand und nach wie vor eine tödliche Gefahr darstellte, wenn es in falsche Hände geriet –, und zweitens weil er sich wohl kaum mehr an den genauen Ort des Verstecks erinnern konnte.

»Sehen Sie mich an!«, brüllte Hoffmann.

Rolf riss die Augen auf und räusperte sich. »Ich kann Ihnen dabei nicht helfen. Das alles ist mehr als sechzig Jahre her, ich …«

»Ich glaube Ihnen gern, dass Ihr Gedächtnis dabei auf eine harte Probe gestellt wird«, unterbrach ihn Hoffmann jetzt in einem fast freundlichen Ton und reichte ihm erneut etwas. »Aber vielleicht lässt sich Ihr Gedächtnis durch die Information stimulieren, dass es Emil und Olivia Narva gut geht. Und dass dies auch in Zukunft der Fall sein wird, sofern das Gedächtnis ihres Großvaters sich für eine Zusammenarbeit entscheidet.«

Rolf betrachtete das Foto, auf dem seine einzigen Enkelkinder auf einem Felsen am Ufer spielten. Das Foto war scharf und makellos, an den Rändern waren Birkenzweige zu erkennen. Der Fotograf musste die Aufnahme heimlich gemacht haben.

Wieder schloss Rolf die Augen und ballte seine zitternden Fäuste.

8

In einem Café auf dem Flughafen Helsinki-Vantaa sprach Erik leise mit Katja. Emil und Olivia stritten sich auf der anderen Seite des Tisches lautstark um das Plastikspielzeug, das sie in ihren Überraschungseiern gefunden hatten.

Erik hatte Katja kurz von dem Eindringling in der Wohnung seines Vaters und vom Erscheinen der Polizei erzählt. Die Beamten hatten sich absolut korrekt verhalten und die Situation tatsächlich für ungewöhnlich gehalten. Aber sie sahen auch Schwierigkeiten für die Ermittlungen. Sie hatten eine Anzeige aufgenommen, und Erik hatte ihnen gegenüber das eventuelle Verschwinden seines Vaters in Berlin erwähnt. Das jedoch war ein Fall für die deutsche Polizei.

»Du meinst, der Einbruch könnte etwas mit Rolfs Verschwinden zu tun haben?«, fragte Katja.

»Das scheint mir praktisch unmöglich zu sein. Am besten vergessen wir den Einbruch jetzt und lassen die Polizei ihre Arbeit machen. Bitte sag Mutter nichts davon. Aber bring ihr gegenüber doch mal Vaters Deutschlandkontakte zur Sprache und schau, wie sie reagiert.«

»Ingrids Reaktionen sagen überhaupt nichts, das weißt du selbst.«

»Versuch es doch wenigstens mal. Am Telefon geht das jedenfalls erst recht nicht.«

Erik hätte gern selbst persönlich mit seiner Mutter gesprochen, aber dafür war jetzt keine Zeit. Und Katja hatte einen guten Instinkt, was Menschen betraf, sie war in der Beziehung wesentlich sensibler als er. Das hatte sich schon häufig gezeigt, zum Beispiel, wenn neue Mitarbeiter für die Firma eingestellt worden waren.

Katja sah Erik ernst an. »Worum kann es sich bei Rolfs Deutschlandvergangenheit gehandelt haben? Hat dieser Kohonen eine Vermutung?«

»Er sprach von einer Operation, bei der deutsche Wissenschaftler nach dem Zweiten Weltkrieg nach Amerika gebracht wurden. Unter ihnen waren viele Raketen- und Luftfahrtspezialisten.«

Katja kommentierte das nicht, aber ihr Gesichtsausdruck verriet, was sie dachte. Ein ehemaliger Mitarbeiter von Armee, NASA und Lockheed passte gut in dieses Bild.

»Aber es hat keinen Wert, Vermutungen anzustellen«, fuhr Erik unwirscher fort als beabsichtigt. »Wir sollten uns auf die Fakten konzentrieren.«

Warum reizte ihn Katjas Gesichtsausdruck so? Schließlich hatte er selbst doch das Gleiche gedacht.

Er sah auf die Uhr, stand auf und zwang sich zu einem Lächeln, als er die Kinder umarmte.

»Wann kommst du nach Hause?«, fragte Olivia demonstrativ mürrisch.

»Bald, versprochen. Denk daran, der Birke Wasser zu geben.«

Olivia hatte eine junge Birke mit Wurzeln ausgegraben und in einer Plastiktüte verpackt. Die wollte sie daheim in Surrey einpflanzen, weil dort keine Birken wuchsen. Bäume pflanzen war gut gegen den Treibhauseffekt, hatte Olivia von ihrer Großmutter gelernt.

»Die wächst da doch gar nicht«, schnaubte Emil, eifersüchtig auf die Idee seiner Schwester.

»Und ob die da wächst«, fuhr Olivia ihn an.

»Hört doch auf, die Mama findet das auch nicht so toll, wenn ihr euch ewig zankt«, sagte Erik und umarmte Katja.

»Papa«, sagte Olivia und zupfte Erik am Ärmel. »Wie groß ist eigentlich die Kohlendioxydspur, die wir bei diesem Flug hinterlassen?«

Die Lage war eindeutig.

Ein einziger Satz und ein Foto hatten Rolf begreifen lassen, dass er gar keine Wahl hatte. Auf keinen Fall würde er die Gesundheit von Olivia und Emil gefährden. Um eine Katastrophe zu verhindern, musste man später Mittel finden, in dieser Phase gab es keine Alternative.

Hoffmann verließ den Raum, nachdem er Rolf befohlen hatte, sich zu erinnern: an Dinge, die zu vergessen Rolf Jahrzehnte gekostet hatte. Jetzt musste er sie sich ins Gedächtnis zurückrufen, so schmerzhaft es auch war, aber er hatte einfach keine Wahl.

Das angereicherte Uran.

Wie viele Emotionen sich in seinen Gedanken um diesen klinischen, technischen Begriff kristallisierten. U-235. Ein winziges Körnchen, in dem sich die unheimlichsten und die glücklichsten Jahre seines Lebens verdichteten.

Vorsichtig ließ Rolf vor seinem inneren Auge ein Erinnerungsbild aufleuchten. In der nagelneuen Bibliothek des Instituts für Physik fiel schräg das Sonnenlicht auf die lesenden Studenten an ihren Tischen. Rolf las in ›Die Naturwissenschaften‹ vom 6. Januar 1939 einen Artikel, in dem über die Kernspaltung berichtet wurde, die Otto Hahn und Fritz Strassmann im Dezember des Vorjahres entdeckt hatten. Es war eine Sensation, die weltweit in allen Physikerkreisen Begeisterung auslöste.

Aber was Rolfs Emotionen in der Bibliothek aufwühlte, war nicht das gelungene Experiment, sondern die Tatsache, dass er dessen Einzelheiten schon vor dem Erscheinen des Artikels gekannt hatte. Damals hatte er das Gefühl gehabt, an der vordersten Front der Wissenschaft zu stehen, denn einer von Hahns Assistenten, Doktor Zwyck, war sein Lehrer.

Alle Wissenschaftler auf der ganzen Welt begriffen, welche Bedeutung Hahns Entdeckung der Kernspaltung hatte. Und kaum dass man von der Kernspaltung sprach, dauerte es auch nicht lange, bis von einer Bombe die Rede war. Eine kontrollierte Kettenreaktion konnte Energie produzieren, eine unkontrollierte Kettenreaktion hingegen ergäbe einen ganz neuartigen Sprengsatz …

Wie durch einen gebrochenen Staudamm strömten jetzt die Erinnerungen in Rolfs Bewusstsein. Die Kreide in seiner Hand quietschte in dem muffigen Seminarraum auf der dunkelgrünen Tafel, als die Doktoranden von Professor Reitiger grobe Skizzen von möglichen Atombomben anfertigten. Jemand sagte, man solle die Uranvorräte, die für den industriellen Gebrauch gesammelt worden waren, jetzt besser im Meer versenken. Das würde nichts nützen, korrigierte ein anderer: aus Joachimsthal würde man so viel neues Uran bekommen, wie man wollte, denn infolge der Besatzung waren die tschechischen Bergwerke in deutschen Besitz geraten.

Als er an einem frischen, klaren Morgen im September 1939 die Treppe zum Institut hinaufging, hörte Rolf von einem Assistenten das Gerücht, die Armee habe eine Geheimkonferenz einberufen, um die Uranforschung zu organisieren. Das Gerücht stellte sich schon bald als wahr heraus. Am 5. Oktober fuhren schwarze Limousinen bei strömendem Regen vor dem Institut für Physik vor. Das Heereswaffenamt nahm das gesamte Institut in Beschlag. Gleichzeitig wurde die Zusammenarbeit mit dem Institut für Chemie aufgenommen, denn das natürliche Uranvorkommen enthielt nur ein Prozent fissionstaugliche Uran-235-Isotope, und diese zu isolieren stellte eine gewaltige technische Herausforderung dar – aber eben nur eine technische.

Für dieses Projekt des Heeres wurden führende Atomforscher zusammengezogen, auch Doktor Zwyck, der Betreuer von Rolfs gerade im Entstehen begriffenen Dissertation. Die Gruppe erhielt den Namen »Uranverein«. Als Führungspersönlichkeit und Integrationsfigur wirkte Werner Heisenberg, dessen Vorlesungen an der Universität Leipzig Rolf mehrmals besucht hatte.

Rolf erfuhr direkt durch Doktor Liebl von den Entwicklungen im Uranverein, und zu seiner großen Freude durfte er feststellen, dass man dort an den Forschungen für seine Doktorarbeit sehr interessiert war. Das Gleiche galt auch für die Arbeit von Hans und zwei weiteren Doktoranden. Und so avancierten sie gewissermaßen unmerklich zu Assistenten des Uranvereins.

Was für eine Sonderstellung er innehatte, merkte Rolf konkret daran, dass er, entgegen den ursprünglichen Plänen, nicht in die Reihen der finnischen Armee eintreten musste. Dank eines inoffiziellen Abkommens zwischen deutschen und finnischen Stellen durfte er in Deutschland bleiben und seine »wichtige und geheime« Tätigkeit fortsetzen. An Arbeit mangelte es beileibe nicht, denn die Deutschen setzten ernsthaft auf die Kernforschung. Ende Juni 1940 hatten sie schweres Wasser in ihren Depots und in Norwegen eine Firma, die es herstellen konnte, außerdem verfügten sie über tonnenweise hochwertiges Uran, in Paris stand ihnen ein Zyklotron zur Verfügung, sie hatten Physiker, Chemiker und Ingenieure sowie die größte chemische Schwerindustrie der Welt.

Rolf verfolgte, wie am Morgen eines heißen Julitages 1940 Arbeiter anfingen, neben dem physikalischen Institut auf dem Grundstück des Instituts für Biologie und Virusforschung die Grube für ein Fundament auszuheben. Dort begann man mit dem Bau eines besonderen Kernforschungslabors, dem man den Namen »Virushaus« gab, um neugierige Besucher fernzuhalten. Das Gebäude war im Oktober fertiggestellt worden, und es wurde für Rolf und Hans und die anderen in der Gruppe zu einem zweiten Zuhause. »Virushaus« war als Name nicht einmal weit hergeholt, denn Wasser und Strom bezog man aus dem nebenan gelegenen Virenzuchtlabor.

Im Juli fuhr Rolf mit Hans und einem weiteren Kollegen ins norwegische Rjukan, wo sich die weltweit einzige Einrichtung zur Herstellung von schwerem Wasser befand, und zwar im Besitz von Norsk Hydro. Sie reisten bei hochsommerlichen Temperaturen mit der Eisenbahn durch Dänemark und Schweden, und Rolf kam kurz der Gedanke, einen Abstecher nach Helsinki zu unternehmen. Aber es war keine Zeit dafür, außerdem war er auch schon lange nicht mehr dazu gekommen, Heimweh nach Finnland zu empfinden. Allerdings stand er in ständigem Briefwechsel mit seinen Eltern und verfolgte genau die – in der Regel äußerst besorgniserregenden – Nachrichten, die Finnland betrafen. Ingrid hatte er erklärt, aus Zeitmangel auch ihre Eltern in Stockholm nicht besuchen zu können. In Wahrheit konnte er bloß seinen Schwiegervater nicht ertragen.

Die Forschungen in Dahlem fanden unter strengen militärischen Sicherheitsvorkehrungen statt, und am 7. Oktober 1940 erhielt Rolf einen allumfassenden Passierschein. Erst dieses mit Hakenkreuz und Adler versehene Dokument ließ ihn endgültig begreifen, dass er tatsächlich an einem geheimen militärischen Projekt der Deutschen mitarbeitete. War das falsch? Oder war es mit Hilfe des besagten Projekts möglich, Finnland zu retten?

Im März 1941 war der größte Teil Kontinentaleuropas dem »Dritten Reich« unterworfen. Falls Deutschland je wie der sichere Sieger ausgesehen haben sollte, dann zu jener Zeit. Vom September an hielt man im Uranverein den Weg zum Bau der Bombe für offen. Und was für eine Bombe! Die Berechnungen waren evident: eine Tonne Uran würde fünfzehn Trillionen Kilokalorien freisetzen. Eine Fünf-Kilo-Bombe würde einen Krater von einem Kilometer Tiefe und vierzig Kilometer Durchmesser entstehen lassen. Sämtliche Gebäude im Umkreis von hundertfünfzig Kilometern würden zerstört.

Die Freisetzung solcher Energien gab hinreichend Anlass, auch moralische Überlegungen anzustellen. Vor allem Hans zeigte sich sehr interessiert, obwohl er auf anderen Gebieten, zum Beispiel in seinem Gebaren als Frauenheld, keineswegs sonderlich moralisch wirkte. Würden sie als Wissenschaftler eine solche Bombe zustande bringen, würde die Naziführung sie mit Sicherheit auch einsetzen. War es also die Aufgabe der Wissenschaftler, zu entscheiden, ob die Bombe gebaut würde oder nicht? Wenn aber die Uranforschung beerdigt würde, hieße das dann, auch die friedliche Nutzung der Kernenergie aufzugeben? Konnte ein totalitäres Regime die Wissenschaft unmoralisch machen?

Rolfs Überlegungen endeten an den Grenzen der Realität: den

Bau der Bombe zu verhindern würde ihn das Leben kosten. In Wahrheit kam ihm nicht einmal in den Sinn, einen Schritt rückwärts zu machen. Im Gegenteil. Er tat alles, um die Herausforderung zu bewältigen. In der kleinen Wissenschaftsgemeinde vertraute man ihm, und Rolf wollte dieses Vertrauen nicht enttäuschen.

Plötzlich fuhr er aus seinen Erinnerungen auf und war schlagartig wieder in der Gegenwart. Hoffmann betrat den Raum.

»Ist Ihnen etwas eingefallen?«, fragte der Deutsche mit neutraler Stimme.

Rolf dachte kurz nach. »Ich hoffe es«, sagte er schließlich.

Hoffmanns Lippen verzogen sich zu einem furchterregenden Grinsen.

9

Tuukka gab sich ein bisschen beschwipst, aber Siru torkelte echt, als sie die Peter-und-Paul-Festung verließen.

Tuukka schmunzelte zufrieden. Zuerst hatte er sich gewundert, warum Roope unbedingt wollte, dass er seine Freundin mit nach St. Petersburg nahm, aber diese Lösung war tatsächlich absolut praktikabel. Er und Siru waren ein durch und durch unauffälliges junges Paar, bei dem niemand etwas anderes vermuten würde, als dass sie während ihres Aufenthalts nichts als den Winterpalast, die Eremitage und andere kulturelle Sehenswürdigkeiten besichtigen wollten. Dann aber siegte die Verlockung des roséfarbenen Sekts, und Kunst und Kultur gerieten in Vergessenheit.

Zwar hatten sie am Tag zuvor vor der Eremitage Schlange gestanden, aber die Prognose des Museumsführers über die geschätzte Wartezeit war so niederschmetternd gewesen, dass sie ins Hotel zurückgekehrt waren, um weiterzufeiern. Heute war ihr letzter Tag, und Tuukka war es kurz vor Mittag endlich gelungen, Siru aus dem Hotel hinauszulocken.

»Lass uns wenigstens *irgendwo* hingehen, damit du sagen kannst, du hast was gesehen«, hatte er sie gelockt.

Die verkaterte Siru war aber nur durch Beschwörungen, Drohungen und eine Kanne starken Kaffee vom Zimmerservice zum Aufstehen zu bewegen gewesen.

Sie gingen an den äußeren Festungsmauern und am Artilleriemuseum vorbei in den Alexander-Park, der sich üppig auf der nördlichen Seite der Festung erstreckte, mitten in Petrogradskaja Storona, dem ältesten Stadtviertel von St. Petersburg. Tuukka warf einen Blick auf seine großformatige Taucheruhr.

»Ich muss mal kurz dort in die Büsche«, sagte er.

»Warum bist du denn nicht im Museum gegangen? Da gab es sogar richtige Toiletten.«

Siru ließ sich auf eine Bank fallen und nahm mehrere große Schlucke aus dem Flachmann, den sie aus der Brusttasche ihrer mit Nieten verzierten Lederjacke geangelt hatte.

Die verzieht dabei nicht einmal das Gesicht, dachte Tuukka. Dass eine zwanzigjährige Schwesternschülerin eine derart routinierte Säuferin sein konnte! Ansonsten war Siru zwar eine echte Qualitätsbraut, aber unter normalen Umständen war es besser, sie von Spirituosen fern zu halten.

Tuukka ging ein Stück weit über den Rasen. Roope war zwei Wochen zuvor hier gewesen, und die richtige Stelle musste ganz in der Nähe sein: nach dem Eisstand vom Hauptweg rechts in den ersten Seitenweg abbiegen; die gegabelte Eiche weit weg von allen Wegen, abseits der Menschen, von denen im Park ohnehin nicht viele zu sehen waren; das schwarze Loch im linken Stamm, etwa auf Augenhöhe …

Er fand die Stelle. Tuukka nahm den Discman aus der Tasche seiner Lederjacke, öffnete das Gehäuse durch Drücken an sechs verschiedenen Punkten und entnahm ihm ein kleines, flaches Metallkästchen. Er brachte den kleinen Kippschalter an dem Gerät in die andere Position, und schon blinkte ein rotes Licht.

Vorsichtig ließ er das Gerät in die Baumhöhle gleiten und spähte ihm sogar noch hinterher, um sich zu versichern, dass das Lämpchen auch blinkte. Zuerst wollte er das Gehäuse des Discman samt Kopfhörer ins Gebüsch werfen, aber dann beschloss er doch, alles mitzunehmen. Siru sollte keinen Grund haben, sich über das Verschwinden des Apparats zu wundern. Außerdem hatten die russischen Zollbeamten an der Grenze unter Umständen den Discman als Teil seines Reisegepäcks aufgeschrieben. Und es war sicher klug, wenigstens nach außen hin den Anschein zu vermitteln, dass man alles, was man ins Land gebracht hatte, auch wieder mit nach Hause nahm.

Eigentlich Quatsch, dachte er grinsend. Zu viel ›CSI‹ geguckt … Jeder Idiot wusste, wie man seine Spuren verwischt.

Siru wartete brav auf ihrer Parkbank. Die Ellenbogen auf die Knie gestützt, rauchte sie eine Menthol-Zigarette. Ihre engen, hüftigen Markenjeans ließen fast den halben Hintern sehen. Die Absätze ihrer hellroten, mit Rosetten verzierten Stiefeletten waren komplett schiefgetreten. Die Frau sah aus wie der Inbegriff des Überdrusses.

»Tuukka«, vernahm er ihre näselnde Stimme von irgendwoher aus ihren honigblonden Locken.

»Ja?«

»Das ist das letzte Mal, dass ich mit dir zu diesen abgefuckten Sowjets hier fahre. Kapiert?«

»Brauchst du auch nicht mehr. Das nächste Mal fahren wir nach London oder so. Dann kannst du richtig shoppen.«

»Endlich mal Klartext.« Siru drückte ihre Zigarette aus, stand auf und schob sich in Tuukkas Arm, wie um Halt zu finden.

»Wir schnappen uns da drüben ein Taxi«, sagte Tuukka. »Wir müssen rechtzeitig unseren Kram aus dem Hotel holen, bevor der Sibelius abfährt.«

Er fühlte sich unerwartet befreit. Am liebsten hätte er etwas vor sich hin gesungen, aber aus irgendeinem Grund fiel ihm nur etwas ein, was sein alter 68er-Vater beim Grillen im Sommer immer grölte … Wie ging das noch … ursprünglich kam das Lied aus Russland …

»*Es brach aus die Revolution … es kamen Recht und Freiheit … ich hört's aus ihrem Mund …*« Seine Stimme wollte die richtigen Töne nicht treffen, mal war sie zu tief, mal zu hoch, aber beim Refrain stimmte es dann: »*Meine Reiseführerin, so wunderschön … Nata … liiiieeee …*«

»Tuukka. Nicht singen.«

Tuukka musste lächeln. Die Jungs hatten inzwischen wahrscheinlich alles fertig.

Am Taxistand bildeten die wartenden Autos eine Schlange. Die Schläfrigkeit des Augusttages war mit Händen zu greifen. Es war, als hätten sich sämtliche fünf Millionen Einwohner der Stadt in ihre Datschas oder Schrebergärten irgendwo weit weg verzogen.

Gut so. Er würde mit den Jungs erst nach dem Grenzübertritt telefonisch Kontakt aufnehmen. Was seinen Part betraf, so war jetzt alles zu hundert Prozent erledigt.

Er spürte die Erleichterung und die gute Laune als Druck in der Herzgegend. Wie viele hätten sich so etwas getraut? Wie viele wären überhaupt auf die Idee gekommen?

»*Über die Felder… die goldengelben … trairairai, rairairai-rairaaa …*«

»Tuukka! Halt die Fresse! Im Ernst.«

10

Nervös wartete Rolf auf Hoffmann, der ihn inzwischen wieder alleine gelassen hatte. Seine Gedanken irrten umher, mühsam unterdrückte Erinnerungen krochen aus den hinteren Winkeln seines Bewusstseins wieder empor und produzierten immer weitere Bilder aus jener Zeit der Leidenschaften, die er so sehr zu vergessen versucht hatte. Damals hatte er nichts begriffen, nichts von dem, was er tat.

Wie viele hatten später so gedacht. Aber das war eine billige Ausrede. Schließlich gab es doch auch etliche, die durchaus irgendwann Zweifel hatten – sogar Hans war einer von ihnen gewesen.

Rolf erinnerte sich, wie er an einem wolkenverhangenen Tag im Juni 1942 voller Anspannung im Gang vor Dr. Kurt Mayers Zimmer stand. Mayer waren Rolfs »experimentalphysikalische Fähigkeiten« aufgefallen, hatte es geheißen. Der Mann war ein Konkurrent von Heisenberg, dem selbst ernannten Herrscher über die Theorie. Der energische Mayer hingegen, der viele Jahre in der Sprengstoffversuchsanstalt in Kummersdorf-Gut südlich von Berlin gearbeitet hatte, war ein Vertreter der angewandten Physik.

Schließlich hatte Rolf das Zimmer als neuer Mitarbeiter von Mayers Gruppe verlassen – und er steckte voller Begeisterung. Dies war die entscheidende Wende in seiner Karriere gewesen. Er ging nach Gottow bei Kummersdorf-Gut, um dort einen Versuchsreaktor zu bauen. Von Berlin aus waren es sechzig Kilometer bis dorthin, es lohnte sich nicht, die Strecke täglich zurückzulegen, darum übernachtete er oft in der Kaserne auf dem Gelände. In gewisser Weise hatte er das Gefühl, fünf Jahre zu spät dort gelandet zu sein, denn die Raketenversuchsstation, in der auch Wernher von Braun beschäftigt war, hatte man bereits 1937 von Kummersdorf-Gut nach Peenemünde verlegt. Und selbst die Aufmerksamkeit eines von Braun konnte sich nun nicht mehr ausschließlich auf die Eroberung des Weltalls richten. Inzwischen ging es längst darum, feindliches Land auf der Erde zu erobern.

Seine spärliche Freizeit in Berlin verbrachte Rolf in einem engen Kreis, zu dem außer Hans noch Katharina, Ingrid und einige andere junge Forscher zählten. Sie alle waren ehrgeizig, und sie alle hatten plötzlich gemerkt, dass sie sich in rasantem Tempo auf dem Weg an die Spitze ihrer jeweiligen Fächer befanden. Schade nur, dass sie die Früchte ihrer Arbeit mit keinem Wort in wissenschaftlichen Publikationen veröffentlichen und somit ihren Kollegen im Ausland zur Prüfung vorlegen konnten.

Nach Finnland kam Rolf nun nicht mehr, aber viele seiner Landsleute besuchten damals Berlin. So hatte Rolf etwa an einem Empfang und einem Abendessen zu Ehren seines Namensvetters Rolf Nevanlinna teilgenommen: der Mathematiker, der schon im Alter von neunundzwanzig Jahren in Göttingen, dem Zentrum der Spitzenmathematiker, Vorlesungen über Funktionstheorie gehalten hatte, weilte zu Gastvorträgen in Berlin.

Etwa zur gleichen Zeit blühte Rolfs Beziehung zu Ingrid. Zu seiner Freude schloss die Gruppe von Mayer auch zahlreiche Forschungsverträge mit Erbforschern ab, denn man war darauf bedacht, die biologischen und genetischen Folgewirkungen radioaktiver Stoffe gründlich zu untersuchen. Ingrid war an zwei groß angelegten Projekten beteiligt, was Rolf die Möglichkeit eröffnete, mit ihr auch über berufliche Dinge zu reden, die er zuvor hatte geheim halten müssen.

Wie wichtig die Arbeit war, die Mayers Leute machten, wurde Rolf endgültig Ende Mai 1944 klar, als sich die Atmosphäre in der Versuchsstelle Gottow mit immer stärkerer Spannung auflud. Plötzlich tauchten in großer Anzahl SS-Leute auf, und diese stämmigen Riesen mit ihren kantigen Kinnen und schwarzen

Uniformen durchsuchten jeden Winkel der Einrichtung: die »Leibstandarte Adolf Hitler«.

Rolf sah Hitler dann zum ersten Mal leibhaftig in der Eingangshalle des Instituts stehen. Der Führer hatte sich verspätet, aber wer hätte ihn dafür zur Rechenschaft ziehen wollen. Mit seinem Adjutanten und Minister Speer an der Seite kam er auf Rolf und dessen Kollegen zu – ein nicht besonders großer, offenbar gut gelaunt oder zumindest höflich lächelnder Mann, mit Oberlippenbärtchen, im grauen Waffenrock des Heeres … An der linken Brust erkannte Rolf das berühmte Eiserne Kreuz aus dem Ersten Weltkrieg.

Aus dem Augenwinkel verfolgte Rolf, wie Hitler Hände schüttelte. Sie standen in einer militärischen Reihe, die Hitler mit seinem Gefolge abschritt. Vor Doktor Mayer blieb er stehen, um ein paar freundliche Worte mit ihm zu wechseln, dann ging er weiter. Von links rückte das Grüppchen auf Rolf zu. Speer persönlich übernahm die Vorstellung: »Doktor Hagen, Doktor Brinkbäumer …«

Schließlich war Rolf an der Reihe. Er spürte sein Herz schneller schlagen. Die Härchen auf seiner Haut richteten sich auf. Wie von ferne hörte er Speer sagen: »Doktor Narva aus Finnland.«

Blitzschnell wischte sich Rolf die schweißnasse Handfläche an der Hose ab und streckte die Hand aus, bemüht, gelassen und würdevoll zu wirken. Der Führer zauberte ein erfreutes Lächeln auf sein Gesicht.

»Aus Finnland? Ein sehr tapferes kleines Volk! Wissen Sie, dass Sie heute schon unser wichtigster Verbündeter im Kampf gegen den Bolschewismus sind?«

Noch immer hielt der Führer Rolfs Hand in beiden Händen. »Und Sie sind so jung! Wie alt sind Sie?«

Rolf räusperte sich nervös. »Ich bin fünfundzwanzig, mein Führer!«

Für einen Moment schien das Lächeln Hitlers bis in seine seltsam violettblauen Augen zu steigen. Noch einmal drückte er Rolfs Hand und sprach in väterlichem, halb scherzhaftem Ton:

»Bauen Sie uns die Bombe, junger Mann ... Mein Vertrauen in Sie alle hier ist groß. Seien Sie dieses Vertrauens würdig!«

Rolf schluckte. »Wir werden unser Bestes tun, mein Führer!«

Der Führer schüttelte bereits die nächste Hand – Hans stand direkt neben ihm –, als Rolf spürte, wie sehr er sich anstrengen musste, um nicht am ganzen Leib zu zittern. »Die Bombe«. Wo wollte dieser Mann sie denn am liebsten abwerfen? Über London? Über Moskau oder Leningrad vielleicht ...

Hitler wurde zum Empfangsschalter der Eingangshalle geleitet, dort stand er zwischen den Reihen der Wissenschaftler. Er ließ seinen Blick über die Doktoren, Ingenieure und Techniker schweifen, die auf das Wort Gottes warteten. Seine Stimme war beherrscht, aber sie trug, und die sorgfältige Artikulation akzentuierte seine Botschaft zusätzlich.

»Ich kann nicht genug betonen, wie wichtig dieses Vorhaben ist. In Galizien ist es der Roten Armee bereits gelungen, auf das Gebiet des Reiches vorzustoßen. Die militärische Kraft der Bolschewiken hat uns in erschütternder Weise überrascht. Meine Generäle warnen immer dringlicher vor Landungsabsichten der Briten und Amerikaner in Frankreich. An sich beunruhigt mich das nicht, denn ein solcher Plan ist praktisch unmöglich in die Tat umzusetzen. Aber die Festung Europa ist dennoch in großer Gefahr ...«

Die Emotionen, die in Hitlers Worten durchklangen, veranlassten Rolf, den Blick zu Boden zu richten.

»Zu viele Generäle haben mein Vertrauen enttäuscht. Je schwieriger die Lage wird, umso mehr müssen wir auf neue Waffen setzen. Ihr Vorhaben, meine Herren, Ihre geheime Bombe, kann der letzte, entscheidende Faktor sein: die Wendung, die Deutschland siegreich aus diesem Krieg hervorgehen lässt! Zum Glück können wir uns darauf verlassen, dass ein entsprechendes Vorhaben der Amerikaner nicht annähernd so weit gediehen ist ...«

Der entscheidende Faktor, dachte Rolf. Aber hatte Hitler auch tatsächlich recht? Waren die Amerikaner wirklich hintendran, und konnte Deutschland den Krieg *dank uns* noch gewinnen? Wie viel Zeit blieb Deutschland überhaupt, wenn der Rückzug an der Ostfront mit der jetzigen Geschwindigkeit weiterging? Oder wenn es tatsächlich zur Landung der Alliierten in der Normandie käme? Dann geriete Deutschland in einen Zweifrontenkrieg, und das würde mit Sicherheit das Ende bedeuten. Zum Henker mit Hitlers Vertrauen, wenn kaum noch Sand in der Uhr rieselte. Und was für einen Grund hatte er überhaupt, Deutschland den Sieg zu wünschen?

Es gab nur einen: die Lage Finnlands. Wenn Deutschland fiel, fiel Finnland mit ihm. Anders konnte es nicht sein.

Die Begegnung mit dem »Führer« gehörte zu Rolfs stärksten Erinnerungsbildern – und zu seinen geheimsten. Einerseits hätte er es vor seinem Tod gern an die nachfolgende Generation weitergegeben, als peinliches, aber zugleich auch historisches Ereignis, wenn ihn die Scham nicht gezwungen hätte, zu schweigen. Wie naiv war er in jenen Jahren gewesen, geblendet von seinem wissenschaftlichen Ehrgeiz.

Hitlers geheimes Vorhaben tauchte plötzlich drohend aus dem Grab auf, aus dem Dunkel der Geschichte. Und das Ziel der Bedrohung waren nun Rolf und seine Familie.

11

Erik seufzte schwer, während er in Helsinki-Vantaa am Gate der Maschine nach Berlin in der Schlange stand. Vor seinem inneren Auge sah er den Mann, der mit der Waffe in der einen und einem Foto in der anderen Hand ruhig durch die Eingangshalle der Wohnung seines Vaters ging.

Erik versuchte, das Bild des Mannes loszuwerden, indem er das Buch hervorholte, das Kohonen ihm geliehen hatte: ›Operation Paperclip: The United States Government and Nazi Scientists‹.

Erik betrachtete den Umschlag, den ein stilisiertes Hakenkreuz zierte. Widerwillig schlug er das Personenregister auf und glitt mit dem Finger über die Namen, die mit N anfingen, aber es gab keinen Eintrag unter Narva.

Das war keine Überraschung, aber doch eine Erleichterung. Dem Rückseitentext zufolge war die Operation Paperclip ein von der US-Armee durchgeführtes Unternehmen, bei dem Wissenschaftler, die für Nazideutschland Militärtechnologie entwickelt hatten, nach dem Krieg in den Vereinigten Staaten eingestellt wurden. Im Vorwort des Buches wurde betont, dass das Werk nur einen Bruchteil der mehreren hundert Forscher vorstellte, die im Zuge von Paperclip in die USA gegangen waren.

Eriks Gedanken kehrten immer wieder zu dem Eindringling in der Wohnung seines Vaters zurück. Wäre sein Vater nicht schon über zwanzig Jahre pensioniert, hätte Erik den Besuch des Mannes irgendwie verstehen können. Denn solange er sich erinnern konnte, war die Arbeit seines Vaters von Geheimniskrämerei umgeben. Lockheed – einer der Zulieferer des Apollo-Programms – war ein mysteriöses Unternehmen gewesen, das in enger Zusammenarbeit mit Pentagon und CIA geheimste Flugzeug- und Militärtechnik entwickelt hatte. So waren unter anderem die Spionageflugzeuge U2 und SR71 Blackbird an den Zeichentischen und in den Produktionslinien von Lockheed entstanden. Überdies hatte das Unternehmen in seinen letzten Jahren der Selbstständigkeit seinen Ruf durch Bestechungsskandale ruiniert.

Aber Erik war bislang nie auf die Idee gekommen, dass sein Vater in zwielichtige oder gar illegale Geschäfte verwickelt gewesen sein könnte.

Entsetzt betrachtete Rolf die Karte, die Hoffmann vor ihm ausgebreitet hatte. Darauf war ein roter Kreis gezeichnet worden, in dessen Mitte die Ortschaft Brotterode im Thüringer Wald, unweit von Gotha, zu erkennen war.

Auf dem Stuhl neben ihnen lag die Kopie einer Seite aus Hans' Tagebuch. Wie hatte Hans nur so ein Idiot gewesen sein können, Einzelheiten aus jener Zeit aufzuschreiben? Und doch machte es Rolf jetzt wütend, dass Hans seine Erinnerungen nicht *noch* genauer notiert hatte.

Er versuchte sich vorzustellen, wie Hans' Tagebuch in Hoffmanns Hände geraten sein konnte. Hans und Katharina waren nach der chaotischen Endphase des Krieges in der sowjetischen Besatzungszone in Berlin geblieben, und Rolf hatte jahrelang nichts von ihnen gehört. Fünf Jahre später waren sie in den Westen gegangen, nach Hamburg, wo Hans Arbeit in einem Forschungslabor von Siemens fand. Als Rolf im Sommer 1950 nach Finnland reisen wollte, lud er Hans und Katharina zu einem Besuch in Helsinki ein. Ingrid hielt sich damals bei ihrer Familie in Stockholm auf.

Die Ehe von Hans und Katharina ging in die Brüche, und Katharina kam schließlich nicht mit nach Finnland, aber Hans kam – und lernte dort eine gewisse Kirsti kennen. Hans und Kirsti heirateten später, ließen sich in Hamburg nieder und bekamen einen Sohn, Markku, den Kirsti zweisprachig erzog. Als er erwachsen war, ging Markku dann nach Finnland. Nach Kirstis Tod in den Neunzigerjahren kehrte Hans in seine Heimatstadt Berlin zurück. Zuletzt hatte Rolf im Sommer etwas von ihm gehört: Markku hatte ihn vom Tod seines Vaters informiert.

»Ich möchte Sie nicht an Ihre Enkelkinder erinnern«, sagte Hoffmann und riss Rolf aus der Vergangenheit.

»Dann tun Sie es auch nicht.« Rolf merkte, wie seine Stimme vor Zorn und vor Angst zitterte. Er hustete und versuchte sich zu konzentrieren. »Ich erinnere mich gut an das Bergwerk und an den Friedhof beim Herrenhaus, den Hans erwähnt. Aber nicht daran, wo genau sie sich befinden.«

»Sie hoffen sicherlich ebenso wie ich, dass Ihnen die genaue Lage bald wieder einfällt.«

»Können Sie sich denn so gar nicht vorstellen, dass einem Menschen nicht auf Knopfdruck alles einfällt, was sechzig Jahre zuvor passiert ist?«

Rolf hob die Stimme, und er merkte, wie seine Augen feucht wurden. Er war in seinem Leben in furchtbare Situationen geraten, aber er hatte sich stets aus der Affäre gezogen, ohne seine Angehörigen in Gefahr zu bringen. Doch damals war er jünger und stärker gewesen. Jetzt kam er sich zerbrechlich vor, und er hatte tödliche Angst, Eriks Kinder nicht schützen zu können.

Hoffmann stand auf und nahm die Kopie aus Hans' Tagebuch wieder an sich. An der Tür blieb er stehen. »Denken Sie in Ruhe nach. Wir fahren bald los.«

Die Tür schloss sich hinter ihm.

Rolf wurde kalt. Wer war dieser Mann? Was hatte er mit dem Uran vor? Natürlich war es finanziell wertvoll. Es handelte sich zwar nur um eine geringe Menge – dennoch konnte man daraus durchaus eine »schmutzige Bombe« bauen ...

Rolf erinnerte sich, dass schon 1943 in Deutschland eine radiologische Bombe entworfen worden war, eine von der Art, die man heute als »schmutzige Bombe« bezeichnete. Der Sprengstoff darin wurde von radioaktiven Stoffen umschlossen. Die Strahlung war dementsprechend auch nicht ihre schlimmste Eigenschaft, sondern die Toxizität der radioaktiven Stoffe. Man versuchte, möglichst effektive Methoden zu finden, um die radiologischen Bomben – und natürlich auch die echten Atombomben, die man bald schon zu besitzen glaubte – ans Ziel zu bringen.

Doktor Mayer hatte Rolf der Gruppe zugeteilt, die sich mit diesem Thema auseinandersetzte, und das Projekt hatte Rolfs Leben noch einmal schlagartig eine neue Richtung gegeben.

Jener Tag im September 1944, der zu den wichtigsten Wendepunkten seiner Karriere, seines gesamten Lebens, gehörte, brach neblig und regnerisch an. Mit seinen Kollegen verließ er am Morgen Stadtilm in Thüringen, wohin die Gottower Atomversuchsstelle des Heeres wegen der Bombardierungen evakuiert worden war. Nach gut hundert Kilometern, in der Nähe des Kohnsteins im südlichen Harz, erreichten sie ein von der SS scharf bewachtes Areal.

Sie standen vor einem hohen Stahltor, von dessen beiden Seiten sich ein vier Meter hoher Stacheldrahtzaun unendlich weit fortzusetzen schien. Kurz darauf hielt ihr Wagen vor dem mit Planen verhängten Eingang einer in den Felshang gesprengten Höhle. Daneben standen eine Bretterbaracke und zwei schwere Kräne. Ein schmales Gleis führte direkt in den Berg hinein.

Rolf war durch nichts auf das vorbereitet, was ihm nun bevorstand. Alles, was nun kam, war eine erschütternde Überraschung für ihn.

Wie aus dem Nichts tauchte eine bleiche, etwa sechzigjährige Gestalt im weißen Kittel auf, um sie in Empfang zu nehmen.

»Keller mein Name, Manfred Keller. Leitender Oberingenieur. Herzlich willkommen. Bitte!«

Die SS-Leute begleiteten die Besucher tiefer und tiefer hinein in den Tunnel. Eine Weile gingen sie im Dunkeln. Dann wurde es heller, und sie hörten einen gewaltigen Lärm. Vor ihnen tat sich ein gewaltiger Stollen auf, der ewig weit ins Dunkel zu führen schien. Inmitten von bläulichem Rauch flogen Funken, und das Quietschen, Dröhnen und Poltern hier war ohrenbetäubend. Scheinwerfer waren auf Werkbänke gerichtet, an denen augenscheinlich unterernährte Männer mit dunklen Bartschatten und in gestreiften Drillichanzügen arbeiteten. Rolf konnte den Blick nicht von den Arbeitern wenden, die ihm am nächsten standen und von einem bewaffneten Aufseher angebrüllt wurden.

»Diesen Teil der Fabrik nennen wir Mittelwerk 1«, rief Keller aus, ohne einen Hehl aus seinem Stolz zu machen. »Was Sie hier vor Augen haben, ist die Produktion der bislang vielleicht bedeutsamsten technologischen Errungenschaft des Jahrhunderts. Der erste und einzige mit Flüssigkeitsraketentriebswerk ausgerüstete ballistische Lenkflugkörper der Welt! Das gesamte Werk besteht aus zwei S-förmigen Stollen. Jetzt befinden wir uns in Stollen B. Das Gegenstück befindet sich von uns aus gesehen hundertfünfzig Meter weiter links. Sechsundvierzig Gänge verbinden die beiden Stollen.«

Auf beiden Seiten des etwa acht Meter hohen und zwölf Meter breiten Hauptkorridors verliefen schmale Schienen. Die darauf rollenden Wagen fungierten als Transfersystem bei der Montage. An einigen Arbeitsplätzen zogen die Häftlinge mit schweren Werkzeugen die Muttern an Metallteilen an, an andern Stellen wurden kleinere Komponenten zusammengeschraubt. Einige der Männer hatten blutige, schmutzige Verbände an den Händen. Am schlimmsten war es, ihre skeletthaften Körper und ihre leeren, gequälten Blicke zu sehen. Eine eiserne Faust krallte sich um Rolfs Herz, aber er hütete sich, eine Reaktion zu zeigen. Zum ersten Mal begriff er, für welche Tyrannei er jahrelang gearbeitet hatte. Bis dahin hatte er sich als reiner Zivilist gefühlt. Und tatsächlich hatte er ja bislang auch nur die Labors des Uranvereins zu Gesicht bekommen. Die Gewaltmaschinerie der Krieg führenden Diktatur war ihm bis zu jenem Tag verborgen geblieben.

»Hier haben wir die Produktlinien 21-42 des A4-Lenkkörpers vor uns. Neuerdings ist ein Privatunternehmen für die Produktion verantwortlich, die Mittelwerk GmbH, mit der in der ersten Phase ein Vertrag über die Herstellung von zwölftausend Flugkörpern abgeschlossen worden ist.«

Sie blieben vor einem Arbeitsplatz stehen, an dem vom Vorarbeiter alles säuberlich aufgeteilt und organisiert wurde. Hier herrschte etwas weniger Lärm. Rolf sah den Gesichtern seiner Kollegen an, dass auch sie ihre Erschütterung nur mühsam verbergen konnten.

»Wie viele Flugkörper haben Sie bislang geliefert?«, fragte Doktor Hagen in bemüht sachlichem Ton.

»Fast dreitausend. Der erste schlug am 8. September dieses Jahres in London ein.«

»Und Sie verfügen über ausreichend Arbeitskraft?«, fragte Doktor Brinkbäumer ausdruckslos.

Rolf kannte Brinkbäumer und wusste, dass es unter dessen neutraler Oberfläche brodelte. Er war froh, dass einer der älteren Wissenschaftler das Thema zur Sprache brachte.

»Zum Glück haben wir von Anfang an Arbeitskräfte aus dem nahe gelegenen Lager Buchenwald bekommen. Ursprünglich waren wir ja ein Außenlager, Buchenwald-Dora, aber jetzt sind wir selbstständig tätig: als Mittelwerk GmbH und Mittelwerk Konzentrationslager. Konzernchef ist SS-Brigadeführer Hans Kammler. Ein ungemein tüchtiger Mann, der früher unter anderem für die Bauarbeiten von Auschwitz-Birkenau, Majdanek und Bergen-Belsen zuständig gewesen ist.«

»In der gesamten deutschen Industrie scheinen Häftlinge die überwiegende Zahl der Arbeitskräfte auszumachen«, resümierte Doktor Brinkbäumer, ohne mit der Wimper zu zucken.

»Mit Sicherheit. Auch wir verfügen in der näheren Umgebung über mehr als vierzig kleinere Außenlager und Werkstätten, wo Flugzeugmotoren und Flugkörperkomponenten gefertigt werden. Und überall werden Häftlinge eingesetzt. Ferner haben wir mehr als zwanzig Zulieferbetriebe: Siemens, AEG, Telefunken, Rheinmetall, BMW, Junkers, um nur einige zu nennen. Auch diese Firmen würden mit deutschen Lohnarbeitern allein ihren Betrieb kaum aufrechterhalten können ...«

»Wie viele Arbeiter haben Sie denn insgesamt?« Allmählich sah man Brinkbäumer die Erschütterung und den Ekel an, aber Keller in seinem Eifer schien davon nichts zu bemerken.

»Derzeit fast siebzehntausend. Wir fahren ständig im Zweischichtbetrieb. Jede Schicht dauert zwölf Stunden, alle vier Wochen wird zwischen Tag- und Nachtschicht gewechselt. Unser Produktionsleiter Arthur Rudolph ist äußerst geschickt, wenn es darum geht, aus minimalen Ressourcen das Maximum an Effizienz herauszuholen. Nebenbei bemerkt, arbeiten auch die deutschen Angestellten, einschließlich Arbeitsleitung und Ingenieuren, im selben Rhythmus«, sagte Keller voller Stolz. »Aber es gibt auch Probleme. Mit Typhus und Tuberkulose zum Beispiel wird es immer schlimmer. Die ungünstigste Phase war der Bau der Stollen, aber auch jetzt werden ständig neue Arbeitskräfte gebraucht.«

Sie setzten ihren Rundgang im Vorhof der Hölle fort – dieser Ort schien sich in unmittelbarer Nähe zur Wohnstatt des Teufels zu befinden. Links erschien ein Nebengang, der deutlich höher war als die anderen Räume. Rolf zuckte zusammen, als er drei fünfzehn Meter lange, fertige Lenkflugkörper in aufrechter Position dort stehen sah. Raketen waren immer seine Leidenschaft gewesen, und jetzt hatte er auf einmal die größten und fortschrittlichsten Raketen der Welt vor Augen.

Hinter ihnen hing jedoch etwas, das im Dunkeln zunächst nur schwer zu erkennen war, aber Rolfs ganze Aufmerksamkeit auf sich zog. Das Entsetzen überflutete ihn, als er langsam begriff, was er dort sah.

»Meine Herren: Saal 41«, setzte Oberingenieur Keller seine großspurige Führung fort. »Für die letzten Treibstofftests und gyroskopischen Versuche müssen die Flugkörper in aufrechte Position gebracht werden. Von hier aus werden sie dann direkt zu den Abschussrampen in Norddeutschland und Holland gebracht.«

Rolf hörte Kellers Stimme, achtete aber nicht auf den Inhalt der Worte. Er starrte voller Entsetzen auf die massiven Raketen – und die Leichen der Männer, die dahinter an Seilen baumelten.

Man hatte sie alle erhängt.

Auch die anderen Mitglieder der Gruppe hatten die Gehenkten inzwischen bemerkt, aber Keller fuhr ungerührt fort: »Die Gefechtsköpfe werden erst an den Flugkörper-Feuerstellen angebracht. Die Reichweite ist nicht größer als bei der V1, sie reicht zum Beispiel bis London. Das Abfluggewicht beträgt zwölftausendneunhundert Kilo, die maximale Geschwindigkeit sechstausendvierhundert Kilometer pro Stunde ...«

Keller legte eine Pause ein. Rolf spürte, wie ihm schlecht wurde. Er wollte sich auf die unglaublichen technischen Werte konzentrieren, aber er musste seine gesamte Kraft aufwenden, um gegen die Übelkeit anzukämpfen.

Ohne auch nur einen Blick auf die Erhängten zu werfen, sagte Keller: »Ich bemerke Ihre Verwunderung. Hin und wieder kommt es zu Sabotageakten, aber da jeder Arbeitsschritt mit der Kennziffer des betreffenden Arbeiters verzeichnet wird, kommen wir sofort dahinter. Selbstverständlich wird jeder Sabotageversuch mit dem Tode bestraft, was naturgemäß die einschlägigen Störungen in der Produktion minimiert. Aber wo waren wir stehengeblieben ... Die Maximalgeschwindigkeit beträgt also sechstausendvierhundert Kilometer pro Stunde, die Gesamtflugzeit ungefähr fünf Minuten und die Sprengstoffmasse des Gefechtskopfs neunhundertachtzig Kilo. So viel wie eine Vakuumbombe also. Die Sprengladung müsste unbedingt größer sein, aber das ist unmöglich.«

»Oder man müsste sie effektiver gestalten«, sagte Doktor Hagen leise.

»Das ist dasselbe«, gab Keller gereizt zurück. »Ich bin gebeten worden, Ihnen unsere Produktion vorzustellen, und jetzt bin ich interessiert zu hören, was Sie zu uns führt.«

Doktor Hagen räusperte sich, und Rolf sah, dass er fast ängstlich wirkte. »Unser Thema hat eben mit der Effizienz der Gefechtsköpfe zu tun«, murmelte Hagen widerwillig. »Wir beschäftigen uns mit der Möglichkeit, einen Sprengstoff völlig neuer Art in den Gefechtsköpfen zu installieren. Mit einer Stärke von vielleicht ... sagen wir tausend Vakuumbomben.«

Die Miene von Oberingenieur Keller hellte sich auf. »Sie meinen: die geheime Wunderwaffe? Wie groß könnte denn eine solche Sprengladung sein?«

»Wir sind noch nicht annähernd so weit, über eine fertige Sprengladung sprechen zu können, aber wir wollen damit beginnen, Aufschluss über ihren Transport ans Ziel zu bekommen. Allen Schätzungen nach könnte sie in der Größenordnung einer Ananas liegen.«

Keller strahlte begeistert. »Besorgen Sie uns so schnell wie möglich ein solche ›Ananas‹. Wir befördern sie dann – unter Berücksichtigung der begrenzten Reichweite – überall dorthin, wo der Führer es will. Schnell und präzise. Die kleinere Nutzlast wird die Reichweite des Flugkörpers sogar ein wenig verlängern ... Doktor von Braun und seine Leute können so etwas rasch klären. Nein, ich korrigiere mich: Bringen Sie uns Hunderte von diesen Bomben! Oder noch besser: Tausende!«

Aus Kellers Tonfall war keine ausgesprochene Mordlust herauszuhören, sondern einfach pure, jungenhafte – und sicherlich auch patriotische – Begeisterung. Rolf wurde schwindelig. Tausend Atombomben in den Händen einer solchen Regierung ... Er wäre am liebsten auf der Stelle nach Finnland geflohen und hätte vergessen, jemals in dieses Land gekommen zu sein.

Und doch blieb er einfach an seinem Platz stehen, ebenso verlegen und beklommen wie seine Kollegen ob Kellers euphorischem Ausbruch. Und – bei aller Scham – richtete er den Blick interessiert wieder auf die Rakete und speziell auf ihren Kopf. Dort lag sein Arbeitsgebiet.

Zum Schluss stellte Keller im Büro Rolfs Atomforschungsgruppe dem V2-Produktionsleiter von Mittelbau, Arthur Rudolph, sowie der übrigen technischen Führung vor. Rolf lernte Männer kennen, über deren Errungenschaften in der Raketenentwicklung er schon vor Jahren gelesen hatte, und er begriff, dass die Möglichkeit bestand, später sogar mit seinem großen Idol zu sprechen, mit Wernher von Braun, dem Vater des gesamten Raketenprogramms.

Beim Verlassen der Schächte wusste Rolf plötzlich, dass er von nun an ein anderer Mensch war. Er hatte mit eigenen Augen gesehen, wozu die Großmacht der Technik und der Wissenschaft sich entwürdigt hatte, und gleichzeitig verstand er, dass er selbst kein bisschen besser war. Besaß er nicht den Mut oder wenigstens den Willen, sich von der Gruppe loszusagen? Alles hinter sich zu lassen? Nein. Er wehrte den Gedanken ab, indem er sich einredete, keine Wahl zu haben. So war es. Er hatte keine Wahl.

Und so begann die Zusammenarbeit mit dem Mittelwerk. Mehrere Male begegnete Rolf dabei dem extrem genialen, inspirierenden und unkonventionellen von Braun, der nur sechs Jahre älter war als er. Auch von Braun war von Haus aus Physiker und sehr an der Atomforschung interessiert, da sie der Raumfahrt ganz neue Möglichkeiten eröffnete. Und der galt von Brauns hauptsächliches Interesse. Die Armee war für ihn nur ein Mittel, die Raketenforschung zu finanzieren, deren Ziel darin bestand, den Menschen in den Weltraum zu befördern, sogar bis auf den Mond. Von Braun und seine Mitarbeiter hatten die Zweistufenraketen A9/A10 entworfen, mit denen es möglich gewesen wäre, ins Weltall zu gelangen – oder bis an die amerikanische Ostküste, denn die Reichweite betrug viertausendeinhundert Kilometer. Ein Angriff auf New York wurde erwogen und in allen Einzelheiten geplant. Den Schätzungen nach sollte die A9/A10, die erste Interkontinentalrakete der Welt, im Frühjahr 1946 fertig werden, aber der Krieg war bereits ein Jahr zuvor vorbei.

Auch Mayers Gruppe blieb nicht genügend Zeit. Es gab angereichertes Uran und es wurden Versuche gemacht, aber sie bekamen weder rechtzeitig eine Bombe zustande noch einen funktionierenden Forschungsreaktor. Die Russen rückten von Osten her näher und die Alliierten unaufhaltsam aus dem Westen. Am 28. März 1945 erfuhren Rolf und seine Kollegen von Mayer, dass die Arbeiten in Stadtilm eingestellt werden mussten. Das angereicherte Uran wollte man in ein Versteck bringen, und für diese Operation hatte man Rolf und Hans ausgewählt.

Jetzt ließ man Rolf intensiv an jenen Tag zurückdenken. Und er erinnerte sich tatsächlich, sogar einigermaßen genau, was er an jenem Tag gesehen und gehört hatte. Aber noch nicht genau genug.

Und selbst wenn sie das Versteck finden sollten – würde sich das Uran überhaupt noch dort befinden?

In zahllosen Nächten hatte Rolf im Laufe seines Lebens darüber nachgedacht, warum manche Ereignisse genauer und lebendiger in Erinnerung blieben als andere. Natürlich wirkte es sich auf die Präzision der Erinnerungen aus, wenn in späteren Jahren Dinge geschahen, die sie auffrischten. Und was die Mittelwerke betraf, so hatten sich bedauerlich viele Gedächtnis auffrischende Dinge ereignet.

Erst später war ihm aufgegangen, dass Mittelwerke ein Tarnname für Mittelbau Dora und in Wahrheit ein Vernichtungslager gewesen war, nur eines ohne Gaskammer. Als Mittel zum Töten hatte die Arbeit gedient. In den knapp zwei Jahren ihres Bestehens hatte man sechzigtausend Häftlinge in das sogenannte Mittelwerk geschafft, von denen ein Drittel ums Leben kam: Zwanzigtausend Menschen starben – zum größten Teil durch Erschöpfung. Die durchschnittliche restliche Lebenszeit in Mittelbau Dora betrug sechs Monate.

Für Rolf war es ein Schock gewesen, als er nach dem Krieg in den USA, kurz vor seiner Finnlandreise im Juni 1950, Arthur Rudolph, den ehemaligen Produktionsleiter des Mittelwerks, als Vorgesetzten bekam. Rudolph wurde damals zum technischen Leiter des in der Nachfolge der V2 entwickelten Redstone-Lenkflugkörper-Projekts in Huntsville ernannt. Rolfs Projekt – die gemeinsame Anstrengung von Mayers Urangruppe und von Brauns Raketenteam – hatte sich in Deutschland nicht mehr realisieren lassen, aber in den USA gelang es: im August 1958 beförderte eine Redstone-Rakete eine Atombombe von 3,75 Megatonnen in die Atmosphäre, und danach zahlreiche weitere. Acht Exemplare der verbesserten V2-Versionen kehrten auch nach Westdeutschland zurück. Die Saturn V, die dem Apollo-Programm zugrunde lag, basierte auf der Mehrstufenrakete A9/A10. Und ohne von Braun und dessen deutsche Mitarbeiter wären 1969 keine amerikanischen Astronauten auf dem Mond gelandet.

In dem Moment ging die Tür auf, und Rolf fuhr zusammen. Er war fast erleichtert, dass Hoffmann hereinkam und ihn aus seinen Gedanken riss. Die Erleichterung verschwand jedoch sogleich, als er Hoffmanns Gesichtsausdruck sah und dessen eiskalt hervorgezischte Worte hörte: »So, verehrter Herr Wissenschaftler. Wer bereit ist, für die Nazis eine Bombe zu bauen, der sollte auch sechzig Jahre später bereit sein, die Folgen zu tragen. Aufstehen!«

Hoffmann löste die Handschellen vom Stuhl, packte Rolf am Arm und zerrte ihn unsanft hoch.

»Wir fahren jetzt in den Thüringer Wald. Es ist an der Zeit, die Geheimnisse der Vergangenheit ans Tageslicht zu holen.«

12

Die Passagierkabine des Airbus von Helsinki nach Berlin war nur zur Hälfte besetzt. Erik hatte seine abgewetzte Ledertasche auf den Sitz neben sich gelegt und las konzentriert, Seite für Seite, das Buch, das ihm der Historiker Kohonen geliehen hatte.

Dass die Amerikaner deutsche Wissenschaftler akquirierten, war doppelt motiviert: Einerseits wollte man verhindern, dass die Experten unter die Kontrolle der Sowjetunion gerieten, andererseits wollte man ihre Kompetenz in den Vereinigten Staaten nutzen. Das besondere Interesse der Amerikaner richtete sich auf die V2-Rakten und auf die Luftfahrttechnik, denn schon damals hatten die Deutschen als erste in der Welt ein Düsenflugzeug gebaut. Die Forscher aus dem Bereich der Atomtechnologie wurden im Zuge noch geheimerer nachrichtendienstlicher Operationen ins Visier genommen: bei den so genannten ALSOS-Missionen.

Die größte Aufmerksamkeit schenkte das Buch dem Genie der Raketentechnik, Wernher von Braun, und einigen seiner Mitarbeiter, insbesondere Arthur Rudolph. Bei den Nürnberger Kriegsverbrecherprozessen hatten Zeugen unter Eid über Rudolphs Beteiligung an Grausamkeiten in der unterirdischen V2-Raketenfabrik ausgesagt. Trotzdem hatte Rudolph die amerikanische Staatsbürgerschaft erhalten. Seine Erfahrung bei der V2-Raketenproduktion wog für die Amerikaner mehr als das Schicksal von zwanzigtausend Gefangenen.

Erst 1982 fingen die Behörden der Vereinigten Staaten an, sich für die Kriegsvergangenheit der inzwischen ihr Rentnerdasein in Kalifornien genießenden Veteranen der Redstone-, Pershing-

und Apollo-Programme zu interessieren. Rudolph gab daraufhin seine amerikanische Staatsbürgerschaft zurück und zog nach Hamburg, wo er 1996 starb.

Erik ließ das Buch in den Schoß sinken und lehnte den Kopf zurück. Das Schlimmste für ihn war nicht einmal die Tatsache, dass sein Vater womöglich in Nazideutschland gearbeitet hatte und erst anschließend in die USA gegangen war. Das Schlimmste war, dass sein Vater ihn sein ganzes Leben lang belogen hatte. Oder zumindest wesentliche Dinge aus seiner Vergangenheit verschwiegen hatte.

Warum?

Niemand würde so etwas tun, wenn er nicht etwas besonders Düsteres zu verheimlichen hätte. War sein Vater ein überzeugter Nazi gewesen? Hatte er sich schrecklicher Verbrechen schuldig gemacht?

Beim Lesen war Erik klar geworden, dass die US-Armee im Zuge der Operation Paperclip sämtliche Nazihinweise aus den Biografien der Wissenschaftler getilgt hatte, denn Präsident Truman hatte »aktiven Mitgliedern der Nazipartei« den Zutritt in die Vereinigten Staaten verboten.

Aber das Know-how der Wissenschaftler und ihre Erfahrungen hatten offenbar stärker gewogen als ihre NSDAP-Mitgliedschaft. Erik fragte sich, ob der Fall seines Vaters ähnlich gelagert war.

Allein der Gedanke kam ihm völlig abwegig vor.

Man hatte ihm wieder Handschellen angelegt, als er neben Hoffmann im Audi saß, und wieder saß Manfred am Steuer.

Mit jeder Sekunde spürte Rolf den Druck wachsen. Jeder Blick aus dem Wagenfenster löste in ihm eine Lawine von Erinnerungen aus. Durch die Windschutzscheibe sah Rolf die schnurgerade Straße, die durch den Grunewald führte. Hier war er zum ersten Mal mit Hans gefahren, im Herbst 1937, es war die Avus, die Automobil-Verkehrs- und Übungsstraße. Wie es seine Art war, hatte Hans detailliert über den neunzehn Kilometer langen Autobahnabschnitt referiert, mit bis auf den Zentimeter genauen Längenangaben und auf ein Zehntel Grad exaktem Neigungswinkel. Bei den Olympischen Spielen ein Jahr zuvor war sie für den Marathon und das 50-Kilometer-Gehen benutzt worden. In Hans' Stimme lagen Stolz und ein väterlicher Unterton, obwohl er nur ein Jahr älter war als Rolf. Aber Rolf kam schließlich aus dem fernen Finnland – der puren Rückständigkeit jenseits der Ostsee. Freilich hatte Hans bald feststellen müssen, dass das Herkunftsland nichts über die Intelligenz eines Menschen aussagte.

Aber was für einen Nutzen hatte seine Intelligenz für Rolf gehabt? Sie war es letztlich, die ihn auf den falschen Weg geführt hatte, sie hatte ihn die Stimme seines Herzens unter der Übermacht seines Geistes vergessen lassen.

Rolf änderte seine unbequeme Sitzposition auf der Rückbank. Jetzt, nach so vielen Jahren noch, wurde er für seine falschen Entscheidungen zur Rechenschaft gezogen. Und jetzt, einmal noch, würde er sein Gehirn benötigen. Er musste sich die Erinnerungen an den vorletzten Tag des März 1945 ins Gedächtnis rufen …

Es war ein regnerischer Abend, der bereits in die Nacht überging. Vor dem bescheidenen Institut in Stadtilm fuhren vier Motorräder mit Beiwagen vor, ein Geländewagen und zwei kleine Lastwagen mit Pritsche, alle ohne Licht. Zwei Mercedes der Sicherheitspolizei mit lang gestreckten Motorhauben warteten bereits. Die Polizisten in ihren schwarzen Ledermänteln knallten die Hacken zusammen und hoben die Hand zum Nazigruß, sobald sie die Rangabzeichen der SS-Offiziere auf dem Rücksitz des Geländewagens erkannten. Die Offiziere erwiderten den Gruß beiläufig und marschierten direkt auf den Eingang des Instituts zu.

Rolf, Hans und zwei Assistenten setzten sich in Bewegung. Mühsam und schweigend trugen sie einen schweren Behälter von der Größe eines Reisekoffers. Er beinhaltete den gesamten Vorrat an angereichertem Uran, über den das Reich verfügte, knapp hundertsiebzig Gramm. Das Gewicht kam von der dicken Bleiummantelung.

Die Offiziere führten die Träger zu dem vorderen Lastwagen,

befahlen den Soldaten, von der Ladefläche herunterzusteigen, und ließen die Fracht aufladen. Rolf warf einen raschen Blick auf die Offiziere: ein Standartenführer und ein Sturmbannführer, Männer im Rang von Oberst und Major. Über das wie in Stein gemeißelte Gesicht des Standartenführers lief eine böse, noch immer rosa schimmernde Wunde, vielleicht von einem Granatsplitter, von der rechten Schläfe quer über die Wange bis zur Kinnspitze. Der linke Arm des Sturmbannführers war unterhalb des Ellenbogens amputiert. Beide trugen das Ritterkreuz des Eisernen Kreuzes. Unter der Führung dieser Herren würden sie immerhin durch die Straßensperren der SS kommen.

»Eine Erinnerung von der Weichselfront«, sagte der Narbenoberst schroff zu Rolf.

Offenbar war ihm Rolfs entsetzter Blick nicht entgangen.

»Entschuldigen Sie, Herr Standartenführer, ich wollte nicht ...«

Rolf beschloss auf der Stelle, während der Fahrt möglichst wenig Aufmerksamkeit zu erregen.

Der Standartenführer bedeutete den sechzehn SS-Männern, wieder auf die Ladefläche zu steigen und sich um den Behälter zu gruppieren, da kam Doktor Mayer im Laufschritt hinzu.

Er reichte dem Standartenführer, dem Sturmbannführer, Hans und Rolf vier identisch aussehende Briefumschläge. Rolf warf einen Blick darauf: »Reichssicherheitshauptamt«, Adler und Hakenkreuz.

Mayer bemerkte Rolfs Erstaunen. »Mach den Umschlag auf, mein Junge.«

Rasch überflog Rolf den kurzen Text: »Passierschein des Reichsicherheitshauptamtes für die Strecke Stadtilm – Tabarz – Brotterode und zurück. Der Konvoi darf nicht aufgehalten oder in irgendeiner Weise behindert werden. Trotz seiner nichtdeutschen Staatsbürgerschaft steht Dr. Narva unter dem Schutz der SS.«

Unterschrift: »Ernst Kaltenbrunner, Reichssicherheitshauptamt.«

Darunter der Name in Reinschrift und der Amtsstempel.

Ein unbestreitbar nützliches Dokument.

»Du und Hans, ihr könnt es im Futter eurer Jacken verstecken. Haltet es für alle Fälle bereit«, flüsterte Diebner außer Atem. »Und gebt genau auf eure Pässe und die Sondergenehmigungen des Instituts acht. Aber natürlich nur solange, bis ihr auf Amerikaner stoßt!«

Mayer musste sich kurz sammeln, bevor er fortfahren konnte. »Wenn ihr auf Amerikaner trefft, verbrennt ihr den Brief und eure Arbeitserlaubnis sofort. Behaltet dann nur die Pässe. Vor allem du, Rolf, kommst dann unter Umständen schnell nach Hause. Dein finnischer Pass kann von Vorteil sein. Du sagst einfach, dass du Zwangsarbeiter bist. Und für dich, Hans, habe ich hier ein Zeugnis, das bezeugt, dass du im Dienst der Elektrizitätswerke gestanden hast. Auf jeden Fall: Geht nicht nach Berlin! Sucht euch von mir aus einen Bauernhof und bittet darum, euch dort verstecken zu dürfen. Wenn ihr euren Auftrag ausgeführt habt, wartet ihr auf die Amerikaner...«

»Jetzt ist Schluss mit dem Geflüster! Oder hat der Herr Doktor etwas zu verheimlichen?«

Der Blick des Narbengesichts kündete von großem Misstrauen, seine Stimme war eisig. »Die Amerikaner sind weit weg und man wird sie zurückschlagen. Wie auch die Russen. Noch ist nichts verloren, und wissen Sie auch, warum, Herr Doktor?«

Mayer schluckte, drückte den Rücken durch und sagte klar und deutlich: »Weil Deutschland vernichtet ist, wenn wir eine Niederlage erleiden, Herr Standartenführer.«

Die einzige richtige Antwort eines klugen Mannes, dachte Rolf.

Zum Glück hatte der Standartenführer keine Zeit für weitere Ausführungen über das Ziel und die vorläufigen Ergebnisse dieses Krieges. Der motorisierte Marsch in die Nacht hinein konnte beginnen.

Rolf und Hans wurden unter die Plane des zweiten Lastwagens gesetzt, zu den dort kauernden, übel nach Schweiß riechenden SS-Männern. Die Autos und Motorräder des Konvois ließen die Motoren an, und angeführt von den Polizeiwagen setzte sich der Zug – auch jetzt ohne Licht – in Bewegung.

Stadtilm verschwand rasch in Nacht und Nebel. Wenn ich nur aus diesem Land hinauskomme, dachte Rolf. Dann werde ich nie wieder zurückkehren. Gott im Himmel, der Du all das zulässt, wenn es Dich gibt, so rette auch Ingrid und lass mich nie mehr in dieses Land zurückkehren …

Trotz dieses Gebetes war er nun doch wieder nach Berlin gekommen, Jahrzehnte später. Wegen Katharina. Womöglich war das der größte Fehler seines Lebens – einer unter zahlreichen anderen gewaltigen Fehlern.

13

Erik blickte auf die Frau an der Rezeption des Hotels Askanischer Hof, die mit freundlicher Besorgnis einen Schlüssel vom Brett nahm. Gedämpft drang der Verkehrslärm vom Kurfürstendamm herein.

»Zimmer 21 ist leer. Hier haben Sie den Schlüssel«, sagte sie. »Ihr Bruder war vorhin schon da und hat nachgesehen.«

»Mein Bruder?«, fragte Erik und lachte erstaunt. »Ich habe keinen Bruder... Und es war wirklich jemand im Zimmer meines Vaters?«

Die Rezeptionistin wurde hellhörig und sah Erik etwas erstaunt an. »Vor knapp einer Stunde war hier der Sohn von Herrn Narva. Ich dachte, er sei derjenige, der zuvor angerufen hatte...«

»Nein, der Anrufer war ich.« Erik holte seinen Pass hervor und zeigte ihn der inzwischen leicht gereizten Frau. »Ich bin der Sohn von Rolf Narva. Der einzige Sohn. Und ich möchte jetzt gern das Zimmer meines Vaters sehen.«

Die Frau kam rasch hinter ihrem Tresen hervor und marschierte mit dem Schlüssel in der Hand über den mit orientalischen Teppichen ausgelegten Gang. Erik war ernsthaft beunruhigt. Der bewaffnete Mann in der Wohnung seines Vaters in Helsinki konnte ein zufälliger Einbrecher gewesen sein, aber ein Schnüffler in diesem Berliner Hotel konnte nur etwas ganz anderes bedeuten.

Die Frage war: was?

Die Rezeptionistin schloss energisch die mehrfach gestrichene Tür von Zimmer 21 auf. Das Zimmer war mit dunklen, alten Möbeln eingerichtet. Erik warf einen Blick ins Bad und ging dann ohne zu zögern zu dem Bordcase, das auf der Kofferablage lag. Ohne auf die Frau zu achten, machte er den Koffer auf, der lediglich Kleidung und ein Taschenbuch enthielt. In der Vordertasche steckte die Bestätigung für ein elektronisch gebuchtes Flugticket.

Kein Hinweis darauf, wo sein Vater sein konnte. Hatte der Besucher gefunden, wonach er suchte?

Erik hätte die Rezeptionistin am liebsten zusammengestaucht, weil sie jemanden in das Zimmer seines Vaters gelassen hatte, ohne sich den Ausweis zeigen zu lassen, aber das hätte nichts genützt. Eher bestand Anlass, es sich mit dem Hotelpersonal nicht zu verscherzen.

Er zeigte der Frau die Adresse vom Brief der Katharina Kleve. »Können Sie mir sagen, ob das weit von hier ist?«

»Höchstens einen halben Kilometer. Ich zeige es Ihnen auf dem Plan.«

Wieder auf der Straße, blickte sich Erik intuitiv um. Er müsste mit der Polizei reden, das war klar. Aber der Polizei musste man möglichst viele Fakten vorlegen, weshalb er beschloss, Herman King anzurufen, den sein Vater möglicherweise getroffen hatte.

King, der ein amerikanisches Englisch sprach, war unfreundlich und ganz und gar nicht in Plauderlaune. Als Erik ihm jedoch sagte, worum es ging, änderte sich der Tonfall des Mannes, und er gab sich einen Hauch kooperativer. Eriks Vater, versicherte er, habe bisher keinen Kontakt mit ihm aufgenommen.

»Hat der Brief, den Sie meinem Vater geschickt haben, in irgendeiner Weise mit den Lockheed-Bestechungsskandalen zu tun?«

»Ich weiß nicht, wovon Sie sprechen. Guten Tag.«

Der Mann legte auf, aber auch die unausgesprochene Antwort auf Eriks Frage war eindeutig: In dem Brief ging es ganz sicher um die alten Skandale. Aber stand auch das Verschwinden seines Vaters damit in Zusammenhang? Das wiederum schien eher unwahrscheinlich.

Erik beschloss, als nächstes Katharina Kleve aufzusuchen. Er ging einige hundert Meter die von Bäumen und alten Häusern gesäumte Straße entlang. Unter anderen Umständen wäre er stehen geblieben, um einen Blick in die Schaufenster der Antiquitätenläden zu werfen, aber jetzt schenkte er ihnen keinerlei Beachtung.

Als er vor dem alten Haus stand, las er auf dem Klingelschild bei der Wohnung mit der Nummer 18 den Namen FISCHER, wo er KLEVE erwartet hatte.

Er läutete, aber niemand meldete sich. Nachdem er kurz überlegt hatte, beschloss er, zur Polizei zu gehen.

Der Beamte auf der Polizeiwache in der Bismarckstraße war sachlich, aber reserviert. *Möchte Ihr Vater vielleicht nur ungestört bleiben? Trinkt er Alkohol? Ist es auch früher schon vorgekommen, dass er sich nicht gemeldet hat?*

Von dem Bewaffneten im fernen Helsinki und dem seltsamen Besucher in dem Berliner Hotel nahm der Polizist augenscheinlich kaum Notiz, was Erik ungemein ärgerte.

»Sind Sie sicher, dass Sie so schnell schon eine Vermisstenanzeige aufgeben wollen? Das ist ein aufwendiger Vorgang.«

Irgendwie gelang es dem deutschen Beamten, Anteil nehmend zu wirken und gleichzeitig zu verstehen zu geben, dass der Fall für ihn erledigt war.

Erik setzte sich eine Zeitgrenze: Würde sein Vater sich nicht vor zehn Uhr am Abend melden, würde er eine Vermisstenanzeige aufgeben.

Aber zuvor wollte er versuchen, Katharina Kleve zu finden. Der Polizist hatte ihre Adresse innerhalb einer Sekunde auf dem Bildschirm: ein Pflegeheim am Stadtrand von Berlin. Offenbar war Frau Kleve dorthin gekommen, nachdem sie an Eriks Vater geschrieben hatte. War sein Vater vielleicht in das Pflegeheim gefahren, weil er die Frau unter der Briefadresse nicht angetroffen hatte? Das erschien ihm logisch.

Erik entschied sich, etwas essen zu gehen und sich danach auf den Weg zu dem Pflegeheim zu machen.

Rolf bewegte vorsichtig die Finger, um die Durchblutung wieder anzuregen. Er saß noch immer auf dem Rücksitz des Audi, aber Hoffmann hatte ihn endlich von den Handschellen befreit. Manfred fuhr in gemäßigtem Tempo auf der rechten Spur der Autobahn, keiner sprach. Nur das Radio lief.

»*Präsident Bush hat im Zusammenhang mit dem geheimen Atomwaffenprogramm schwere Vorwürfe gegen den Iran erhoben. Bush warnt die Führung Irans vor schwerwiegenden Folgen, falls die Weiterentwicklung einer Technologie, die letztlich den Bau einer Atombombe ermögliche, nicht sofort gestoppt werde ...*«

Die Meldung löste in Rolf eine diffuse Unruhe aus. Seit der Bombardierung von Hiroshima und Nagasaki war er jedes Mal beklommen, wenn er Nachrichten zum Thema Kernwaffen hörte.

Er zwang seine Gedanken, in das Jahr 1945 zurückzukehren, als er dasselbe Fahrziel hatte wie jetzt. Der Morgen war noch nicht angebrochen, da schrak er aus dem Halbschlaf hoch, weil sein Kopf gegen Hans' Schulter fiel, der neben ihm saß.

»Merkst du das? Wir fahren einen ziemlich steilen Hang hinauf«, sagte Hans. »Das muss schon der Thüringer Wald sein.«

Rolf verrenkte sich, um unter der Plane hinausschauen zu können. Unglaublich, dass er tatsächlich bei diesem Gerumpel und dem Motorlärm geschlafen haben sollte. Draußen war es noch dunkel, und der Lastwagen wurde in den engen Kurven hin und her geworfen. Aber es ging eindeutig weiter steil nach oben. Die Straße mündete in einen holprigen Feldweg, als die ersten Sonnenstrahlen hinter den Bergrücken zum Vorschein kamen. Der Morgen war eisig kalt, eindeutig unter null Grad. Der Regen der letzten Tage hatte jedoch den meisten Schnee weggespült, nur die höchsten Bergspitzen waren noch weiß.

Die Fahrzeuge drosselten das Tempo. Am Rand einer Lichtung, auf der vereinzelt Büsche wuchsen, standen Gebäude, die zu einem aufgelassenen Bergwerk zu gehören schienen: eine Art Turm, verrottete Transportbänder und offenbar ein Teil der verrosteten Lokomotive eines auseinandergenommenen Erzzuges. Rechts schimmerte eine bis zu den Gipfeln bewaldete Bergkette, links tat sich im Tal eine riesige Tagebaugrube auf.

Der Konvoi setzte seine Fahrt über das Grubengelände fort. Der Weg führte nun nach unten. Unmerklich wurde jetzt an den Hängen der Buchenwald dichter. Plötzlich fuhren die Fahrzeuge auf einem schmalen Korridor zwischen die Bäume hinein und wenig später durch ein Tor in einer bemoosten Mauer. Die Vegetation ringsum war dicht, an den geraden Buchenstämmen schlängelte sich Efeu hinauf.

Bald darauf bildeten die Fahrzeuge einen Halbkreis und die Fahrer stellten die Motoren aus. Ein erst zwanzigjähriger SS-Untersturmführer befahl den Soldaten auszusteigen, und unter der Aufsicht von vier Unterscharführern wurden alle Fahrzeuge innerhalb weniger Minuten unter Tarnplanen versteckt. Dann wurden Wacheinheiten zu je vier Mann eingeteilt.

Rolf hievte mit Hans und zwei Polizisten den Behälter von der Ladefläche. Hinter Bäumen und Büschen ragte ein großes, prächtiges Gebäude auf, das jetzt verlassen dalag. Einige der hohen Fenster waren vernagelt, die meisten klafften als schwarze Löcher in der Fassade. Es handelte sich um eine Art Herrenhaus, und es musste mit dem Bergwerk in Verbindung stehen, auch wenn die Entfernung ein oder zwei Kilometer betrug, denn sonst gab es keine Besiedlung in der Umgebung. Vielleicht hatte hier einst die Leitung des Bergbauunternehmens gewohnt, oder aber es hatte als Kontor gedient.

Aus dem Gespräch der Offiziere und Polizisten meinte Rolf mit einem Ohr entnehmen zu können, dass man sich in der alten Heimat des Sturmbannführers befand. Wie praktisch, dachte Rolf. So brauchte man keine Ortsansässigen einzuweihen. Und die Männer von der Waffen-SS würden nicht reden, soviel war sicher. »Ehre und Treue«, »Zähigkeit und Verwegenheit« sowie »rigoroses Soldatentum«. In der Welt dieser Männer hatte nichts anderes Platz.

Plötzlich lief es Rolf eiskalt den Rücken hinunter, und das kam nicht von den Minusgeraden. Würde sich die SS darauf verlassen, dass er und Hans den Mund hielten? Der Narbengesichtoberst konnte durchaus von Kaltenbrunner selbst den mündlichen Befehl erhalten haben, die Zivilisten zum Schweigen zu bringen. Zumal sie nur zu zweit waren, und Rolf nicht einmal Deutscher ... Zu allem Überfluss war man als Finne mittlerweile auch noch Angehöriger eines verräterischen, feindlichen Volkes, nachdem Finnland 1944 ein Friedensabkommen mit der Sowjetunion geschlossen hatte. Zum ersten Mal im Leben spürte Rolf, wie ihn echte Todesangst überfiel.

Der Sturmbannführer befahl den Soldaten, sich in zwei Gruppen zu vier Mann aufzuteilen – die eine sollte bei den Fahrzeugen bleiben, die andere Hans und Rolf begleiten, die den Bleibehälter schleppten.

Nach wenigen Schritten bemerkte Rolf die Grabsteine. In dem parkartigen Waldstück lag ein kleiner Friedhof. Sofort musste er an den alten Kirchhof in Helsinki denken, aber dieses Areal hier war wesentlich kleiner, und die Grabsteine standen dichter, viele waren umgestürzt und von Moos bedeckt. Hier und da wuchs hohes Gras, an anderen Stellen überzog von Moos durchsetzter Rasen die Gräber und Wege. In der entferntesten Ecke stand eine verfallene, in verblasstem Hellgelb gestrichene Kapelle, deren Putz an vielen Stellen abgebröckelt war. Die hohen Fenster waren allesamt eingeschlagen.

Auf einigen Grabsteinen waren Jahreszahlen aus dem 17. Jahrhundert zu lesen, und auf allen stand der Name des selben Adelsgeschlechts. Der Standartenführer und der Sturmbannführer brachten Rolf, Hans, einen Standartenoberjunker und vier Polizisten mit dem Behälter, einer Blechkiste und zwei Schaufeln auf die neuere Seite des Friedhofs, in die Nähe der Kapelle.

Der Sturmbannführer deutete auf einen kleinen, schief stehenden Grabstein, und der Standartenführer nickte zustimmend. Der Standartenoberjunker warf Rolf und Hans die Schaufeln zu.

»Also los, ausheben!«

»Das ist ja wieder klar. Die Zivilisten dürfen die Schwerarbeit machen«, flüsterte Hans, als er die Schaufel ins dicke Moos rammte.

Unmittelbar vor einem Grabstein hoben sie eine nur etwas mehr als einen Meter tiefe Grube von gut einem Quadratmeter Größe aus. Als sie fertig waren, stellten die Polizisten zuerst die Blechkiste in die Grube, dann ließen sie mit Lederriemen den Bleibehälter in die Kiste hinab. Zum Schluss legte der Standartenoberjunker einen Deckel auf die Kiste und verschloss sie mit zwei massiven Vorhängeschlössern.

Immerhin hat man uns noch nicht befohlen, unsere eigenen Gräber auszuheben, dachte Rolf ...

Jetzt, auf der Rückbank des Audi, konnte er sich wieder an das Gelände erinnern. Noch deutlicher erinnerte er sich an das Bergwerk und das Herrenhaus. Aber im Thüringer Wald gab es mehrere alte Bergwerke. Und er konnte seine Entführer nicht aufs Geratewohl durch die Gegend fahren lassen.

Vor allem aber: auch wenn sie den kleinen Familienfriedhof fänden – welches war das richtige Grab? Was hatte auf dem Grabstein gestanden? Sie konnten auf keinen Fall jedes einzelne Grab ausheben.

In Rolf stieg die Angst erneut auf.

Dann kam ihm ein neuer Gedanke: Hatte Hans womöglich irgendwann Katharina von dem Versteck erzählt? Das war absolut denkbar. Wenn Hans dumm genug gewesen war, solche Dinge in sein Tagebuch zu schreiben, war er möglicherweise auch dumm genug gewesen, mit ihr darüber zu reden. Und Katharina schien sich in ihrem derzeitigen Zustand ausgezeichnet an die alten Geschichten erinnern zu können ...

Das hätte er schon früher in Betracht ziehen sollen.

»Wir kehren um.«

»Was?«, fragte Hoffmann ungläubig.

Rolf erzählte, was ihm gerade durch den Kopf gegangen war. Hoffmann schwieg eine Weile, und sie fuhren weiter.

Dann gab er Manfred die Anweisung, in Richtung Lichtenfelde zu fahren.

14

Erik saß in einem Restaurant am Savignyplatz und versuchte nervös, die Bedienung auf sich aufmerksam zu machen, damit er endlich bezahlen konnte. Vor ihm auf dem Tisch lag eine Karte von Berlin und Brandenburg, auf der er das Pflegeheim markiert hatte, in dem Katharina Kleve lebte.

Sein Handy klingelte. Der Leiter der Finanzabteilung seiner Firma teilte ganz begeistert mit, dass ein gigantischer amerikanischer Investor mit Erik einen Termin für nächste Woche vereinbaren wolle, weil sich dann einer seiner Partner in London aufhalte. Erik sagte nur, er werde auf das Thema zurückkommen, für mehr reichte seine Energie im Moment einfach nicht.

Trotzdem musste er schmunzeln. Seine Mutter hatte ihm vor Jahren ein Golf-Equipment, Marke Ping, geschenkt: Schläger, Cartbag, Schuhe und Handschuhe, denn »Kontakte knüpft man auf dem Golfplatz«, das war eine verbreitete Wahrheit. Erik war damals so intensiv mit der Weiterentwicklung der Firma beschäftigt gewesen, dass er tatsächlich auf den Golfplatz gegangen war – nur, um sich kräftig zu blamieren. Mit Müh und Not hatte er die Green Card geschafft, und nach fünf Jahren Golfen hatte sein Handycap noch immer bei 36 gelegen. Da seine Zeit ohnehin äußerst knapp gewesen war, hatte Katja oft sauer mit den Kindern zu Hause gesessen, während er Stunden auf dem Golfplatz zugebracht hatte. Als er das Hobby endlich aufgab, waren alle erleichtert.

Nachdem er bezahlt hatte, verließ Erik das Restaurant und hielt nach einem Taxi Ausschau. Er war sehr neugierig auf Katharina Kleve. Andere Menschen, die über die Deutschland-Jahre seines Vaters etwas wussten, dürften sonst nur noch schwer zu finden sein, wenn sogar seine Mutter noch immer so tat, als hätte sie von allem keine Ahnung.

Der rote Audi-Kombi hielt vor dem Pflegeheim. Rolf bereute bereits seinen Gedanken, Katharina könnte ihnen beim Auffinden des Verstecks helfen. Es war doch relativ unwahrscheinlich, dass Hans ihr so detailliert vom Uranversteck erzählt hatte. Andererseits gab es nichts zu verlieren.

Wieder kreiste in Rolfs Kopf eine seiner schmerzlichsten Erinnerungen. Noch immer konnte er sich lebhaft den Blick des narbengesichtigen Standartenführers vor Augen führen, mit dem er Hans und Rolf anstarrte, nachdem sie die Grube zugeschaufelt hatten.

Die Worte, die der SS-Offizier dazu gesprochen hatte, waren ruhig und kalt aus seinem Mund gekommen, geradeso als erteilte er einen Marschbefehl.

»Es tut mir leid, aber Sie müssen sich jetzt dort hinter die Kapelle begeben.«

Der Standartenoberjunker zog die Pistole und deutete mit dem Lauf in die entsprechende Richtung.

Rolf sah Hans bestürzt an. Diese SS-Männer würden ihr Hinrichtungskommando sein. Seine Ahnungen hatten ihn nicht getäuscht.

Sie konnten nichts tun. Die SS-Männer trieben sie vor sich her an die Wand der Kapelle und blieben selbst in einiger Entfernung stehen. Panik schnürte Rolf die Kehle zu.

In dem Moment hörte man aus nördlicher Richtung, vom Herrenhaus her, das Dröhnen eines Flugzeugmotors näher kommen. Offensichtlich flog die Maschine sehr tief. Es konnten sogar mehrere Flugzeuge sein.

Auch die SS-Männer blickten zum Himmel. Kurz darauf erschien ein Kampfflugzeug über dem Friedhof und streifte fast die Wipfel der Bäume, gefolgt von einem zweiten. Es waren Thunderbolts der Amerikaner, die blau-weiß-roten Sterne an den Flanken und den Unterseiten der Tragflächen waren in der Morgensonne gut zu erkennen.

Im Nu waren die Maschinen hinter dem gegenüberliegenden Wald verschwunden, aber wahrscheinlich hatten die Aufklärungsflieger mit ihren scharfen Augen die Uniformen der SS-Männer gesehen.

»In Deckung!«, befahl der Narbenoberst seinen Männern.

Schon kam der Motorenlärm wieder näher, die Maschinen kehrten zurück. Offenbar hatten die amerikanischen Aufklärungsflugzeuge die Anweisung, sämtliche militärischen Ziele anzugreifen, auch die unbedeutendsten, konnte Rolf noch denken, bevor er sich neben Hans auf die Erde warf. Die SS-Männer suchten hinter den Grabsteinen Deckung, aber vergeblich.

Die erste Thunderbolt kam hinter den Wipfeln hervor und im Tauchflug direkt auf sie zu. Sechs Maschinengewehrsalven peitschten das nasse Moos, sodass es meterhoch in alle Richtungen spritzte. Die Kugeln schlugen in den Grabsteinen ein und trafen Sturmbannführer Wiedling und zwei weitere SS-Männer. Als die erste Maschine daraufhin wieder nach oben zog, erschien sogleich die zweite. Deren Maschinengewehrfeuer war von gleicher tödlicher Präzision. Soldaten mit normalem Selbsterhaltungstrieb und gesunder Todesangst hätten vielleicht versucht zu fliehen, aber Standartenführer Hahne, der Standartenoberjunker mit dem Kindergesicht, und die beiden anderen Männer beschossen hinter ihren Grabsteinen kniend mit Pistolen das amerikanische Flugzeug. Eine Maschinengewehrsalve riss den Standartenoberjunker fast in zwei Teile, ein anderer SS-Mann wurde getroffen und wälzte sich schwer verwundet auf der Erde.

Panisch und wütend raffte Rolf Gras und Moos zusammen und versuchte sich damit zu tarnen. Wieder feuerten sechs Maschinengewehre auf den Friedhof und näherten sich dabei der Kapelle. Sie kommen direkt auf uns zu, konnte Rolf noch denken.

Die Salve wischte über Hans hinweg. Er schrie auf und hielt sich mit der Hand den Rücken. Keinen Meter von Rolf entfernt schlugen weitere Kugeln in die Erde. Doch dann zogen die Maschinen wieder nach oben und flogen in westlicher Richtung davon.

Rolf rappelte sich auf und beugte sich über seinen Kameraden. Eine Kugel hatte dessen Jacke und Hemd der Länge nach aufgerissen, den Ledergürtel entzweigeschnitten und eine lange, aber nicht allzu tiefe, blutende Wunde entlang des Rückgrats gezogen.

Hans fluchte. Er stand unter Schock.

»Kannst du aufstehen?«, fragte Rolf und schaute sich um. Mittlerweile war offenbar auch der letzte SS-Mann verschwunden, und aus der Richtung des Standartenführers, der mit der Pistole auf die Flugzeuge geschossen hatte, war nur noch ein Stöhnen zu hören. Rolf sah, dass die Kugeln mindestens drei Löcher in den Bauch des Mannes gerissen hatten, aus denen das Blut hervorquoll. Seine Luger lag zwei Meter von ihm entfernt.

Rolf half dem vor Schmerzen ächzenden Hans auf die Beine, aber der stieß ihn weg und humpelte ohne Hilfe weiter, hielt sich aber mit beiden Händen den blutenden Rücken.

Aus dem Mund des Standartenführers drang seine stammelnde Bitte: »Erschießen Sie mich! Ich flehe Sie an!«

Rolf und Hans sahen sich an – zwei Männer, die am Schreibtisch arbeiteten, zwei Zivilisten.

Langsam und unter Schmerzen bückte sich Rolf nach der Luger, obwohl er wusste, dass er dazu nicht fähig wäre.

Doch bevor er sie zu fassen bekam, versetzte Hans der Luger einen Tritt, sodass sie in Reichweite des Standartenführers liegen blieb. »Gehen wir.«

Kurz darauf hörten sie hinter sich einen Schuss.

Jedes Mal wenn Rolf in seiner Erinnerung auf diesen Augenblick stieß und den letzten Schuss des Standartenführers hörte, zuckte er zusammen. So auch jetzt.

Als sie die Stufen zum Pflegeheim hinaufgingen, tauchte Rolf aus seinen Erinnerungen wieder auf. Die Pflegerin wirkte jetzt freundlicher, da sie Rolf wiedererkannte. Hoffmann lächelte ganz entspannt, als er mit ihr sprach. Und Manfred wartete im Auto.

Wie schon beim ersten Besuch saß Katharina in ihrem Sessel und war offensichtlich auch diesmal in einer ganz anderen Welt. Rolf lenkte das Gespräch auf Hans, über den sie sofort offen sprach, sogar mit einem gewissen Stolz. Es hatte den Anschein, als würde die Scheidung sie nicht mehr belasten.

»Wie du weißt, war ich kurz vor Kriegsende mit Hans in einer geheimen Mission unterwegs«, sagte Rolf. »Er hat sicherlich mit dir darüber gesprochen.«

»Wer ist dieser Mann da?«, fragte Katharina plötzlich mit einer Kopfbewegung in Richtung Hoffmann.

»Er ist ... ein Freund von mir. Absolut vertrauenswürdig. Hat Hans jemals mit dir darüber gesprochen, dass wir Ende März 1945 Hinterlassenschaften des Uranvereins verstecken mussten?«

Katharina schaute Rolf in die Augen. »Es gab nichts, was er mir nicht erzählt hätte.«

Der Satz stimmte Rolf hoffnungsvoll. Trotz aller Bemühung gelang es ihm nicht, seine Stimme ruhig zu halten.

»Wir sind damals zu einem Bergwerk im Thüringer Wald gefahren«, sagte er aufgeregt. »Dort stand ein altes Herrenhaus, zu dem ein Friedhof gehörte. Hat Hans dir von dieser Fahrt erzählt?«

Katharina kniff die Augen ein wenig zusammen und sah ihn skeptisch an. »Und ausgerechnet dir soll ich das verraten?«

Rolf spürte den Fußboden unter sich nachgeben. Katharina lebte also nicht völlig in der Vergangenheit, dessen war er sich jetzt sicher. Die unangenehme Spannung zwischen ihnen beiden war plötzlich mit Händen zu greifen.

Die Panik brodelte in Rolf, er wollte weg von hier, sofort.

»Das wird nichts«, sagte er zu Hoffmann.

»Sie weiß etwas ...«

»Nein«, fiel ihm Rolf etwas zu laut Wort. »Sie weiß nichts, sondern treibt nur ihre alten Spielchen. Ihre seltsamen Spielchen. Gehen wir.«

»Versuchen Sie wenigstens ...«

»Verstehen Sie nicht, was ich sage? Sie wird mir nichts verraten. Selbst wenn sie sich erinnern könnte.«

Rolf verließ das Zimmer, ohne sich umzusehen, und ging mit pochendem Herzen rasch den Gang entlang. Hoffmann eilte ihm hinterher. Rolf rechnete damit, von ihm in Katharinas Zimmer zurückgezerrt zu werden, aber er täuschte sich. Hoffmann ging ohne ein Wort neben ihm her zum Ausgang.

Auf einmal flog vor ihnen eine Tür auf. Rolf hielt erschrocken inne. Vor ihm stand ein Unbekannter mit einer Waffe in der Hand.

»Herr Narva, Sie kommen jetzt mit mir«, sagte der etwa fünfzigjährige Mann.

Rolf meinte, einen russische Akzent herauszuhören.

Hoffmann wollte eine Hand in die Tasche schieben, aber der Mann machte eine scharfe Bewegung mit seiner Pistole.

»Auf den Boden, die Hände in den Nacken!«, befahl er.

Hoffmann gehorchte.

In diesem Pflegeheim kümmert sich tatsächlich niemand darum, was auf den Gängen vor sich geht, dachte Rolf ängstlich und wütend zugleich. Der Fremde packte ihn am Arm und führte ihn entschlossen zur Haustür.

Doch in dem Moment, in dem der Mann die Tür öffnete, traf ihn ein Schlag am Kinn und sofort darauf ein zweiter Schlag in der Magengrube, und zwar mit einer solchen Wucht, dass ihm die Waffe aus der Hand fiel und er auf den Steinboden sank.

Rolf trat einen Schritt zurück, und Manfred, der im Auto gewartet hatte, machte mit dem Mann am Boden routiniert kurzen Prozess. Vom Personal des Hauses war noch immer nichts zu sehen. Gleich darauf packte Hoffmann Rolf wieder am Arm und führte ihn zum Wagen. Inzwischen war draußen ein kleiner, grauer Volvo aufgetaucht.

Manfred eilte ihnen nach, setzte sich wieder ans Steuer des Audi und fuhr mit Vollgas los.

»Wer war das?«, fragte Hoffmann Rolf außer Atem.

Diese offenbar vollkommen ernst gemeinte Frage verblüffte Rolf. »Woher soll ich das wissen? Ich dachte, Sie wüssten das! Ich verstehe sowieso nicht, was …«

»Halten Sie den Mund!«, fuhr Hoffmann ihn an.

Rolf verstummte und registrierte die Nervosität des Mannes, auch wenn der versuchte, den Gelassenen zu spielen.

»Sie konzentrieren sich jetzt auf Ihre Aufgabe«, sagte Hoffmann. »Sie haben die Kleve nicht ausgequetscht, obwohl Sie die Möglichkeit dazu gehabt hätten. Also sind Sie jetzt auf sich allein gestellt.«

Rolf blieb stumm. Das Auto tauchte auf einer schmalen Straße in dichten Wald ein, sie fuhren durch einen Tunnel aus Linden.

»Was war das eben mit der Kleve eigentlich?«, fragte Hoffmann plötzlich in nahezu menschlichem Ton.

»Ich werde Sie zu dem Versteck führen«, sagte Rolf. »Genügt Ihnen das nicht?«

Hoffmann lachte gezwungen. »Doch. Das genügt uns.«

Erik erschrak, und der Taxifahrer fluchte, als ein roter Audi-Kombi beinahe mitten auf der Straße aus der Kurve auf sie zugeschossen kam.

Erik registrierte in dem vorbeirauschenden Fahrzeug den Fahrer und einen Mann auf dem Rücksitz. Daneben saß eine dritte Person, die Erik nur einen Wimpernschlag lang sehen konnte. Die Fensterscheiben spiegelten zwar, aber Erik war sich ganz sicher.

Sein Vater.

»Halten Sie an!«, befahl er.

Der Fahrer sah sich erstaunt zu ihm um und drosselte das Tempo.

»Drehen Sie um! Folgen Sie dem Audi, der uns gerade entgegengekommen ist.«

Der Fahrer hielt am Straßenrand an. »Es ist gefährlich, hier zu wenden. Die Straße ist schmal, wenn noch so einer in dem Tempo um die Kurve kommt …«

»Nein, fahren Sie weiter.«

Erik überlegte kurz, dann gab er nach. Ihm war klar, dass sie den Audi nicht mehr einholen würden.

»Also gut«, knurrte er frustriert. Wir fahren weiter.«

Erik versuchte sich zu beruhigen. Sein Vater kam von Katharina Kleve. Bestimmt würde er Erik nun bald anrufen und ihm erzählen, was los war.

Sein Vater hatte ein besorgtes Gesicht gemacht. Oder bildete Erik sich das nur ein? Und wem gehörte der Wagen, in dem sein Vater saß?

Nach der nächsten Kurve endete die Straße an einem Parkplatz, dort hielt das Taxi an. Das alte Gebäude, in dem das Pflegeheim untergebracht war, schien in schlechtem Zustand zu sein.

Erik bat den Fahrer zu warten. Er stieg aus und eilte im Laufschritt zum Eingang. Eine griesgrämige, ältere Pflegerin öffnete die Tür. Ihr Gesicht war rot und aufgedunsen, und sie wirkte nervös.

»Hier war gerade ein alter Mann, der in einem roten Audi davongefahren ist«, sagte Erik.

Die Pflegerin reagierte in keiner Weise.

»Das war mein Vater, Rolf Narva … Er hat Katharina Kleve besucht, nicht wahr?«

Auf dem Gesicht der Frau zeigte sich eine unsichere, ausweichende Miene. »Ich darf Außenstehenden nichts über unsere Bewohner sagen.«

»Ich möchte Frau Kleve besuchen.«

Die Pflegerin wirkte zornig. »Sie auch? Das nimmt ja überhaupt kein Ende mehr. Aber gut, kommen Sie mit.«

Erik ging hinter der Frau her in einen Raum, in dem eine fast beängstigend dünne Greisin saß.

»Frau Kleve, Sie haben schon wieder Besuch«, sagte die Pflegerin und entfernte sich auf der Stelle.

Die alte Frau sah Erik erwartungsvoll an.

»Ich bin Erik Narva. Der Sohn von Rolf Narva.«

Auf dem Gesicht von Frau Kleve war ein Hauch von Erstaunen

zu erkennen. »Der Sohn von Rolf? Er hat kein Wort davon gesagt, dass … sie waren hier …«

»Wer war bei ihm?«

»Ich kann mich an den Namen nicht erinnern. Ein junger Mann, der Rolf herumkommandiert hat. Sah ein bisschen aus wie Gruppenführer Zwyck … kennen Sie Zwyck?«

Erik trat näher an sie heran. »Gruppenführer Zwyck?«

»Ein eiskalter Mann, unter uns gesagt.«

Erik fixierte die Frau herausfordernd. »Erzählen Sie mir etwas über Rolf Narva. Was macht er so?«

Frau Kleve lachte klangvoll. »Was Rolf so macht? Wenn das jemand wüsste … Hans hat mich betrogen, aber das war eine Kleinigkeit gegenüber dem, was Rolf getan hat. Und ich glaube auch nicht mehr an ihre Wunderbomben. Nichts kann uns mehr vor dem Untergang retten. Weder Technik noch Wissenschaft. Gestern habe ich zu Ingrid gesagt, das Ende ist nahe, die Russen stehen schon in Danzig und Königsberg …«

Erik glaubte seinen Ohren nicht zu trauen. »Ingrid? Ingrid Stormare?«

»Ingrid glaubt mir nicht. Ihr Institut läuft ja auch fast normal weiter. Ingrid will immer alles schönreden …«

Mutter.

Erik wagte kaum zu atmen. »Ihr Institut?«

»Das Institut für Eugenik.«

Erik schoss alles Blut aus dem Kopf.

Das Institut für Eugenik? Das Institut für Rassenhygiene?

»Ich komme gleich zurück«, brachte er mit heiserer Stimme heraus.

»Warum gehen alle gleich wieder weg?«

Mit weichen Knien ging Erik zur Tür und drückte die Klinke, aber es war abgeschlossen. Er klopfte, und sofort ging die Tür auf.

»Das war aber ein kurzer Besuch«, stellte die Pflegerin fest, als sie Erik an sich vorbei in den Gang hinaus treten ließ.

»Was hat mein Vater Ihnen gesagt?«

»Nichts. Der andere Herr hat das Reden übernommen. Viele

Worte sind allerdings nicht gewechselt worden. Ihr Vater war vorher schon einmal hier.«

Erik versuchte seine Gedanken zu sammeln, die kreuz und quer in seinem Kopf herumschwirrten.

Das Institut für Rassenhygiene.

Einen schlimmeren Alptraum konnte sich Erik als Genforscher schwer vorstellen.

15

Rolf hatte keine Ahnung, wer nun wieder der Unbekannte mit der Waffe gewesen sein mochte. Seltsamerweise schien auch Hoffmann ihn nicht gekannt zu haben.

Der Mann hatte Rolf erkannt, hatte ihn mit Namen angesprochen, offenbar ohne zu wissen, dass er Hoffmanns Gefangener war. Am meisten beängstigte ihn die Tatsache, dass der Mann seinen Aufenthaltsort gekannt hatte. Was hatte Katharina mit all dem zu tun?

Der Zwischenfall sorgte bei Hoffmann und Manfred sichtlich für weitere Nervenanspannung. Manfred sah immer wieder in den Rückspiegel, als wollte er sich versichern, dass sie nicht verfolgt wurden. Sie waren mittlerweile wieder auf der A4 und näherten sich Erfurt.

Katharinas Worte hallten in Rolfs Kopf nach.

»Und ausgerechnet dir soll ich das verraten?«

Er zwang sich, an etwas anderes zu denken, und so konzentrierte er sich auf das Einzige, was jetzt wichtig war. Die richtige Ausfahrt musste laut Karte kurz hinter der Abfahrt Gotha kommen. Dort würde Waltershausen, Friedrichroda oder Tabarz, vielleicht auch Brotterode auf dem Schild stehen, sogar Bad Liebenstein war möglich.

Die Lage war aussichtslos. Er war zuletzt vor dreiundsechzig Jahren in dieser Gegend gewesen, im Dunkeln und unter einer Lastwagenplane. Die Straßenverläufe konnten sich seitdem mehr als einmal geändert haben. Andererseits konnte es in der ehemaligen DDR Gegenden geben, die zu Zeiten des Kommunismus wie eingefroren waren.

Rolf schloss die Augen. Die physische Nähe der Orte führte seine Gedanken wieder in die Vergangenheit – und jetzt wollte er sich wirklich erinnern.

Nach dem Luftangriff der Amerikaner war er mit Hans die kleine Straße, die vom Großen Inselsberg nach Brotterode führte, so schnell hinuntergegangen, wie es dem verletzten Hans möglich gewesen war.

Hans ging voraus, und plötzlich blieb er so abrupt stehen, dass Rolf von hinten gegen ihn stieß.

»Langsam«, zischte Hans. »Geh ganz ruhig weiter… ganz, ganz ruhig.«

Rolf begriff zunächst nicht, was los war, aber der Tonfall des Freundes sorgte dafür, dass sich sein Puls beschleunigte. Dann tauchte hinter der Kurve die Silhouette eines Lastwagens auf. Daneben waren drei oder vier Wachleute zu erkennen. Ein Bach, der auf der linken Seite plätscherte, übertönte die Stimmen.

»Ein Kontrollpunkt der Feldgendarmerie. Verdammt! Zum Glück haben wir die Pässe und die Passierscheine.« Hans versuchte seinen Atem zu beruhigen. »Und denk dran: Ich rede.«

»Besser das als ein mobiles Feldgericht der SS samt Hinrichtungskommando«, murmelte Rolf.

Er zählte schließlich mindestens acht SS-Militärpolizisten mit Maschinengewehren. Nur ein Offizier war dabei, seinen genauen Rang erkannte Rolf nicht sofort.

»Halt! Ihre Papiere!«

Hans nickte und machte eine Handbewegung. »Guten Abend, Herr Oberscharführer.« Ganz selbstverständlich zog er mit seiner blutigen Hand den Pass aus der Innentasche seiner Jacke, und Rolf folgte seinem Beispiel. Aus dem Augenwinkel sah Rolf, dass die Feldgendarmen der Waffen-SS einen Halbkreis um sie bildeten.

Der Oberscharführer gab Hans den Pass zurück.

»Sind Sie von den Thunderbolts unter Beschuss genommen worden? Warum, um Himmels willen?«

»Wir befanden uns an einer offenen Stelle … offenbar haben sie uns für Soldaten gehalten.«

Der Oberscharführer vertiefte sich in Rolfs finnischen Pass. Seine Augenbrauen hoben sich. »In welcher Angelegenheit sind Sie hier unterwegs?«

Hans überreichte dem Oberscharführer den Brief des Reichssicherheitshauptamtes. Rolf hielt es für angebracht, auch seinen Brief hervorzuholen.

»Würde das als Passierschein genügen?«, fragte Hans mit möglichst sachlichem, ja amtlichem Ton.

»Macht einen außergewöhnlichen Eindruck. Außerdem ist hier von einem Konvoi die Rede. Sie beide gehen aber zu Fuß. Wo können wir anrufen, um uns zu versichern, dass Sie in ehrlicher Absicht unterwegs sind?«

»Beim Heereswaffenamt, Doktor Mayer«, entgegnete Hans selbstsicher.

»Ich meine jemanden von der SS«, gab der Oberscharführer unwirsch zurück.

Hans überlegte nicht eine Sekunde lang. »Setzen Sie sich direkt mit Obergruppenführer Kaltenbrunner in Verbindung, falls Sie es für unumgänglich halten, ihn zu belästigen. An untergeordneten Stellen weiß man nichts von unserer Mission, und wir sind nicht befugt, darüber mit irgendjemandem zu sprechen.«

Allein die Erwähnung des Namens Kaltenbrunner irritierte den Oberscharführer und ließ ihn unsicher werden. Er hielt die mit Stempel versehenen, von Kaltenbrunner unterschriebenen und überdies echt wirkenden Dokumente in der Hand. Schwer vorstellbar, dass jemand ein so riskantes Täuschungsmanöver versuchen sollte. Darum gab er die Briefe rasch zurück.

»Bitte. Sie können passieren. Heil Hitler!«

Hans und Rolf erwiderten ruhig den Nazigruß und schickten sich an, weiterzugehen.

»In Brotterode gibt es kein Hotel«, rief ihnen der Oberscharführer noch hinterher. »Sollen wir Sie dort abholen?«

»Ja, später«, rief Hans zurück, ohne sich umzudrehen. Es bestand kein Anlass, mit der SS mehr als das Nötigste zu reden.

Mit dem Handy am Ohr saß Erik im Taxi, das im abendlichen Berufsverkehr in Richtung Berlin-Charlottenburg fuhr.

»Ich habe Vater in einem Auto an mir vorbeirasen sehen«, erzählte er Katja, die gerade mit den Kindern in Ripley nach Hause gekommen war.

»Tatsächlich? Und du hast nicht mit ihm reden können?«

»Er kam von einer alten Frau«, sagte Erik ausweichend. »Ich möchte dich bitten, zu Ingrid zu gehen und …«

»Was ist denn passiert?«

»Frag nicht, bitte. Geh zu Mutter und sprich mit ihr über den Krieg … Frag sie, was sie damals getan hat. Wo sie war. Sie hat behauptet, Vater könne kein Deutsch, aber das ist alles Lüge. Wie es aussieht, war auch sie während des Krieges in Deutschland.« Eriks Stimme zitterte leicht.

Am anderen Ende war es einen Moment still.

»Woher weißt du …«

»Ich erklär dir das alles später, bitte. Ich kann jetzt einfach nicht.«

Erik erzählte ihr in aller Kürze von seinen Befürchtungen und beendete das Gespräch dann rasch.

Das Taxi kroch im dichten Verkehr voran. Nach Aussage des Historikers Kohonen hatte Eriks Vater ein Stipendium für das Kaiser-Wilhelm-Institut für Physik erhalten. Und jetzt soll Eriks Mutter – den Worten einer verwirrten alten Frau zufolge – etwas mit dem Institut für Erbforschung und Rassenhygiene zu tun gehabt haben. Erik hatte über dieses Institut zahllose Aufsätze und Artikel gelesen, in denen es um die Ethik der Wissenschaft gegangen war.

Konnte das möglich sein? Hatte seine Mutter in Deutschland Biologie studiert?

Es schien vollkommen absurd. Eugenik. »Rassenhygiene«. Allein das Wort jagte ihm einen Schauer über den Rücken.

Andererseits passte die Information vollkommen zu der Tatsache, dass seine Mutter ein so leidenschaftliches Interesse für die Genetik hegte – ein Interesse, das Erik von ihr geerbt hatte …

Er versuchte, sich ins Gedächtnis zu rufen, was er als Student einst über die Rassenhygiene der Nazis gelesen hatte. Die Eugenik selbst war keine Erfindung der Nazis gewesen, aber sie hatten damit angefangen, ihre kranken Schreckenstaten mit den »Erkenntnissen« der Rassenhygiene zu begründen.

Erik rechnete schnell aus, wie alt seine Mutter zur Zeit des »Dritten Reiches« war. Zu Beginn des Krieges war sie einundzwanzig gewesen, bei Kriegsende siebenundzwanzig. In gewisser Weise wäre es kein Wunder, wenn sie über etwas schwiege, was sie bis ans Ende ihres Lebens abstempeln würde. Außerdem wäre sie ohne Verheimlichung ihrer Vergangenheit nie in die Vereinigten Staaten gelangt. Was für eine Schande das sein musste … Immer vorausgesetzt natürlich, dass diese Information überhaupt stimmte. Sie stammte schließlich von einer fantasierenden Greisin, über deren Herkunft Erik nichts wusste.

Dennoch – vor diesem Hintergrund bekamen plötzlich Bilder und Erinnerungen in Eriks Kopf eine ganz neue Bedeutung: Charakterzüge seiner Mutter, ihre Reaktionen in verschiedenen Situationen während seiner Kindheit, ihre oft unangenehmen Bemerkungen und Ansichten. Ganz zu schweigen von ihrem Interesse für die Soziobiologie und die Evolutionspsychologie, für ihre nicht selten rassistischen Einwürfe, die sie stets in den Mantel der »Wissenschaft« kleidete, die in Erik aber schon oft Scham und Zorn ausgelöst hatten. War es denkbar, dass der Samen für all das in ihrer Jugend in Deutschland gelegt worden war?

Zum Naturell seines Vaters passte eine Vergangenheit in Deutschland dagegen überhaupt nicht. Aber Kohonens Informationen waren unstrittig.

Erik überlegte, was er als Nächstes tun sollte. Er hatte beschlossen, zur Polizei zu gehen, falls er bis zehn Uhr nichts von seinem Vater hörte. Jetzt war es Viertel nach acht.

Aber sein Vater lebte. Warum sich also unnötige Sorgen machen? Andererseits war da das kurze Aufblitzen eines blassen, erregten Gesichts auf einer von Bäumen beschatteten Straße … Sein Vater hatte verstört gewirkt. Und er hatte sich weder am

Telefon gemeldet noch zurückgerufen. Es sah aus, als wäre er nach Berlin gekommen, um sich um eigene Angelegenheiten zu kümmern, von denen es, falls die an diesem Tag aufgetauchten Informationen stimmten, durchaus einige geben konnte.

Aber was waren das für Angelegenheiten? Und gingen sie Erik etwas an?

Standen sie mit etwas in Zusammenhang, was auch andere Personen außer Erik dazu veranlassen konnte, Rolf Narva zu suchen?

Ein bewaffneter Unbekannter in der Wohnung des alten Vaters in Helsinki, ein zweiter Unbekannter in seinem Hotelzimmer in Berlin. Und nun die Aussage der alten Frau, ein junger Mann hätte den Vater herumkommandiert.

Wer hatte ihn herumkommandiert? Und warum?

An dieser Stelle überkam Erik das schlechte Gewissen. Katja machte sich bestimmt Sorgen. Hoffentlich verstand sie, dass es hier um gravierende Dinge ging, hoffentlich verstand sie den Ernst der Lage.

»Hier geht es offenbar unter der Autobahn hindurch nach links in Richtung Friedrichroda, und dann nach rechts.«

Hoffmann, der allmählich die Geduld zu verlieren schien, gab Manfred Anweisungen.

Auf dem Rücksitz versuchte Rolf, die Karte zu entziffern.

»Stimmt das?«, fragte Hoffmann ihn scharf.

Rolf überlegte eine Sekunde. »Ja. Dort biegen wir ab.«

Über den Feldern entlang der Straße brach die Abenddämmerung herein, im Hintergrund zeichneten sich bewaldete Höhenzüge ab. Rolfs Gesichtszüge spannten sich.

Er hatte die Situation von allen Seiten betrachtet, ohne zu einem neuen Ergebnis gekommen zu sein. Eine Tatsache dominierte und überlagerte alle anderen: das Foto von Emil und Olivia vor dem Sommerhaus auf der Insel Pellinki, das Hoffmann ihm gezeigt hatte.

Hoffmann meinte es ernst.

Und ernst hatte es auch der Unbekannte im Pflegeheim gemeint.

Rolf seufzte tief auf und sah aus dem Fenster. Hinter Tabarz erhob sich bereits der Große Inselsberg mit seinen flachen, bewaldeten Höhen.

»Wir müssen irgendwo in eine Nebenstraße einbiegen und einen steilen Anstieg hinauf«, sagte er nach langem Schweigen. »Es ist sicherlich sinnvoll, Ortsansässige zu fragen, ob sie sich an das alte Bergwerk und das verlassene, vielleicht aus dem 17. Jahrhundert stammende Herrenhaus in der Nähe erinnern können …«

»Wir haben keine Lust, unnötige Aufmerksamkeit zu erregen«, erwiderte Hoffmann.

»Aber das würde die Suche beschleunigen. Ansonsten irren wir vielleicht tagelang durch die Gegend, ohne zu finden, wonach wir suchen.«

Hoffmann antwortete nicht, bedeutete Manfred aber, zu der Tankstelle zu fahren, die einsam und verlassen zwischen den Zuckerrübenfeldern stand.

»Ihr wartet hier«, sagte Hoffmann zu Manfred und Rolf.

Rolf war sicher, dass Erik sich längst wundern würde, warum er nichts von seinem Vater hörte. Oder hatte Erik beruflich so viel zu tun und kam gar nicht auf den Gedanken?

Nein. Erik würde sich nicht nur wundern, sondern er würde auch handeln. Und das war in diesem Fall alles andere als gut – denn Erik konnte nicht wissen, dass Olivia und Emil in Gefahr waren.

Hoffmann kam zurück.

»Die Frau wusste sofort, was ich meine«, sagte er und wirkte einen kurzen Augenblick lang beinahe fröhlich. »Wir müssen durch Brotterode fahren und kurz nach der Ortschaft rechts abbiegen, wo es nach oben geht. Typische Wegbeschreibung einer Frau: ›ziemlich gerade durch‹ und ›kurz nach‹, aber besser als nichts. Klingt das richtig, Herr Narva?«

»Das ist bestimmt die Route, die wir damals zu Fuß hinuntergegangen sind. Die richtige Straße, oder genauer gesagt war es damals eher ein Feldweg, müssen wir trotzdem suchen«, sagte Rolf wahrheitsgemäß.

Sie fuhren weiter, durch Brotterode in Richtung Trusetal.

»Dort ist eine kleine Straße«, sagte Hoffmann. »Versuchen wir es auf der nach oben?«

Rolf nickte. Der Augenblick der Wahrheit rückte näher.

16

Katja parkte den Hybrid-Toyota vor dem Haus ihrer Schwiegermutter in der Mize Close in Cobham, einem südöstlichen Vorort von London, und stieg aus. Eine einsame Straßenlampe leuchtete in der Dämmerung des feuchten Augustabends.

Katja hielt sich betont aufrecht, denn sie fühlte sich unsicher. Eriks Anruf war absurd gewesen. Und sie sollte nun ihre Schwiegermutter nach Dingen fragen, von denen sie nichts verstand. Hatte sie sich womöglich angewöhnt, Erik zu sehr zu vertrauen?

Die Einfahrt zum Grundstück war geschlossen, aber das Gartentor war offen. Während sie auf die Haustür zuging, warf Katja einen Blick in den für ihren Geschmack allzu penibel gepflegten Garten.

Nach Eriks Anruf hatte sie im Internet nachgesehen, was dort über die von Erik erwähnte Einrichtung gesagt wurde. Das Kaiser-Wilhelm-Institut für Anthropologie, menschliche Erblehre und Eugenik in Berlin-Dahlem war das »wissenschaftliche« Zentrum der Rassenhygiene im nationalsozialistischen Deutschland gewesen. Während ihres Studiums in Helsinki hatte Katja ein Buch zur Gen-Ethik gelesen, in dem es auch um die Rassenlehre der Nazis gegangen war. Davon war ihr ein Foto in Erinnerung geblieben, auf dem ein Mann im weißen Kittel die Körpermaße zweier Zwillingsmädchen nahm. Sollte Ingrid mit solchen Dingen zu tun gehabt haben?

Katja ließ den gusseisernen Löwenkopf, der als Türklopfer diente, gegen die Metallplatte auf der Haustür schlagen. Es verging eine Weile, aber Ingrid öffnete nicht. Katja klopfte erneut an.

Sie hatte schon immer das Gefühl gehabt, nicht gut genug für ihre Schwiegermutter zu sein. Ingrid hatte ein enges Verhältnis zu Erik, und Katja hatte manchmal so etwas wie Eifersucht bei ihr zu spüren geglaubt. Womöglich galt das aber auch umgekehrt.

Den schlimmsten Bruch hatte ihr Verhältnis jedoch erlitten, als Katja mit Emil schwanger war und die Ärzte einen Verdacht auf Trisomie 21, das Downsyndrom, diagnostizierten. Es war schließlich falscher Alarm gewesen, aber Ingrids Reaktion auf den Verdacht war Katja überaus deutlich in Erinnerung geblieben. Ganz selbstverständlich hatte die Schwiegermutter die Ansicht unterbreitet, Katja müsse die Schwangerschaft abbrechen. Eine andere Lösung kam überhaupt nicht in Frage, gerade so, als läge es in der Entscheidungsgewalt der Großmutter. Seit jenem Gespräch pflegten Ingrid und Katja ein eher höflich-kühles Verhältnis.

Jetzt, nach den Hinweisen auf die Eugenik, geriet der Vorfall von damals in Katjas Augen noch mal in ein völlig neues Licht. Genauer gesagt geriet er in einen düsteren Schattenbereich.

Die Tür ging so abrupt auf, dass Katja erschrak. Ingrid hatte ihre silbergrauen Haare zu einem lockeren, eleganten Dutt hochgesteckt. Ihre blauen Augen waren klar und wirkten groß in dem durch das Alter schon etwas eingefallenen Gesicht.

»Katja, *my darling*, du bist es«, sagte Ingrid in herzlichstem Tonfall. »Ich dachte, es ist irgendein Hausierer. In letzter Zeit haben sich hier rumänische Bilderverkäufer und andere dubiose Gestalten herumgetrieben.«

Katja hörte die Kälte in Ingrids Stimme, als sie von den »rumänischen Bilderhändlern« sprach, und das klang plötzlich noch mal ganz anders. Fast bedrohlich.

»Ist in Ripley alles in Ordnung?«, erkundigte Ingrid sich. »Hoffentlich habe ich der Yuccapalme nicht zu viel Wasser gegeben, der geht es im Trockenen so gut, man glaubt es kaum …«

»Alles ist in Ordnung, vielen Dank. Du hast sogar die Küche aufgeräumt«, sagte Katja so neutral, wie sie konnte, während sie Ingrid ins Wohnzimmer folgte.

»Möchtest du ein Glas Kirschsaft?«

»Danke, gern.«

Ingrid verschwand in der Küche, dadurch gewann Katja etwas Zeit, um sich zu überlegen, wie sie ihr Anliegen vorbringen sollte. Charlie, die blütenweiße, schwanzlose Manx-Katze, kam lautlos herein und schaute Katja mit unfassbar hellen und großen Augen an, die an die Augen ihres Frauchens erinnerten.

»Wie war es denn in Finnland?«, rief Ingrid aus der Küche.

»Schön. Die Kinder wären noch weiß Gott wie lange dort geblieben.«

Katja überlegte, ob sie Ingrid überhaupt nach Rolf fragen sollte. Bisher war dessen Name in Ingrids Beisein stets tunlichst vermieden worden.

Als Ingrid ihr das Saftglas reichte, traf Katja ihre Entscheidung. Sie würde wohl mit der Tür ins Haus fallen müssen, denn die Frage, um die es ging, würde in jedem Fall so seltsam klingen, dass es sinnlos war, sie im Voraus abzumildern. Außerdem konnte es durchaus sein, dass der stets so kühlen und kontrollierten Ingrid eher etwas herausrutschte, wenn man sie überraschte.

Katja nahm einen Schluck Saft, sammelte all ihren Mut, verwünschte Erik noch einmal kurz und fragte dann im Plauderton: »Was hast du eigentlich während des Krieges gemacht?«

Es wäre nur natürlich gewesen, wenn Ingrid wenigstens mit leichter Verwunderung reagiert hätte. Aber sie entgegnete ohne auch nur eine Sekunde zu zögern: »Ich habe studiert und meine erste Stelle in Boston angetreten. Warum?«

Es war, als wäre Ingrid auf die Frage vorbereitet gewesen. Am liebsten hätte Katja sie gehörig ausgequetscht, aber Erik hatte ihr verboten, in diesem Stadium etwas preiszugeben.

Frustriert trank Katja ihr Glas aus und stellte es auf den Tisch.

Schließlich war es Ingrid, die das drückende Schweigen brach.

»Hat euch Rolfs Reise auf die Idee gebracht, danach zu fragen, was ich im Krieg gemacht habe?«

»Ich muss jetzt gehen. Emil hat ein bisschen Fieber. Diese Klimaanlagen im Flugzeug sind Gift für ihn.«

Erst jetzt war in Ingrids Gesicht ein Hauch von Irritation zu erkennen.

»Brauchst du Hilfe?«, fragte sie, wobei sie versuchte, möglichst natürlich zu klingen. »Ich könnte ohne weiteres morgen zu euch kommen, falls du in der Firma zu viel zu tun hast.«

Genau. Typisch Ingrid. Die Firma. Als wäre Katja die Firma wichtiger als Emil.

»Nein danke, ich komme gut zurecht«, sagte Katja und war eigentlich sogar froh über das Unwirsche in ihrer Stimme. Zu ihrer eigenen Überraschung marschierte sie grußlos aus dem Haus und zu ihrem Wagen.

Entweder Erik hatte falsche Informationen und Ingrid sagte die Wahrheit, oder aber Ingrid war eine äußerst raffinierte Lügnerin.

Rolf sah bestürzt aus dem Fenster des Audis. Er konnte kaum atmen.

»Halten Sie an«, sagte er heiser. »Wir sind gerade vorbeigefahren.«

Er hatte den Ort sofort wiedererkannt, und ein seltsames Kribbeln schlich sich durch seine Glieder. Im Licht der Scheinwerfer lag nach einer Anhöhe die Kurve, an der damals die Straßensperre der SS gewesen war.

Es war geradezu gespenstisch, wie wenig sich die Gegend verändert hatte. Große Buchen, rechts der ansteigende Hang, links der plätschernde Bach. Manfred wendete auf einem Stück Wiese zwischen Straße und Bachufer.

Sie fuhren langsam zurück, behielten den Straßenrand im Auge, bis Manfred links eine Abzweigung entdeckte. Kein Wunder, dass sie den Weg vorher nicht bemerkt hatten, denn der Laubwald, durch den er führte, war ungemein üppig. Fast die ganze kurvenreiche Strecke von zwei Kilometern den Hügel hinauf kratzten die unteren Zweige der Bäume über das Dach des Audis. Ein robuster Geländewagen wäre hier besser gewesen.

Rolf blickte sich aufmerksam um. Plötzlich sah er auf der rechten Seite dunkelgrünen Efeu, unter dem hier und da eine graue Steinmauer hervorschimmerte.

»Das ist es«, sagte Rolf kaum hörbar.

Die Einfahrt fand sich erst nach kurzer Suche, als die Reifen des Audis bereits im weichen Moos zu versinken drohten.

Rolfs Augen erfassten begierig den Anblick, den die Autoscheinwerfer zu erkennen gaben. Das große Herrenhaus war in noch schlimmerem Zustand als damals. In der DDR hatte man dafür offensichtlich keine Verwendung gehabt, und nach der Wiedervereinigung Deutschlands noch viel weniger.

Rolfs Verzweiflung wuchs. Er durfte die Männer mit ihren dubiosen Absichten auf keinen Fall zu dem Versteck führen. Aber was sollte er sonst tun? Und was würde erst geschehen, wenn sie tatsächlich das Uran in den Händen hielten? Dann bräuchten sie Rolf nicht mehr – schon gar nicht als Zeugen. Natürlich mussten sie ihn umbringen. Gab es irgendeinen Grund, es nicht zu tun? Aus gutem Willen und Dankbarkeit etwa? Er würde hier sterben, an diesem Ort, wo es ihm vor Jahrzehnten gelungen war, dem sicher geglaubten Tod zu entrinnen.

In diesem Fall war der Verlust eines einzigen Menschenlebens eine relativ kleine Angelegenheit. Wofür aber brauchten Hoffmann und seine Hintermänner das U-235?

Rolf stieg aus dem Wagen. Es war warm an diesem Abend. Er bekam eine Taschenlampe in die Hand gedrückt, und mit deren Hilfe fing er an, die Kapelle zu suchen.

Schließlich entdeckte er ihre Überreste. Zwei Wände standen noch in Teilen, das Dach war eingestürzt. Einen Moment lang starrte Rolf auf die Stelle vor der Wand, die um ein Haar seine letzte Ruhestätte gewesen wäre.

Dann gingen sie an der Ruine vorbei auf den Friedhof.

»Ich habe so eine Erinnerung, dass es das Grab eines Kindes war«, murmelte Rolf. »Ich glaube, das eines Jungen. Und es lag ziemlich nahe bei der Kapelle, wo die neueren Gräber sind. Jahreszahlen aus dem 19. Jahrhundert …«

Sie fingen unmittelbar neben der Kapelle an. Die jüngsten

Gräber waren die von jungen Männern: Hauptmann Oscar von Klingenberg, Cambrai 1917, Leutnant Caspar von Klingenberg, Verdun 1916 ... Die adligen Offiziere waren also immerhin aus der Feuerhölle und den schlammigen Schützengräben des Ersten Weltkrieges in heimische Erde gebracht worden. Womöglich war mit diesen Männern das gesamte Geschlecht endgültig erloschen.

Zuvor hatte sich Rolf nicht einmal mehr an den Namen des Eigentümergeschlechts erinnern können. Jetzt stellte sich auf einmal auch Unsicherheit darüber ein, ob das betreffende Grab tatsächlich das eines Jungen war. Konnte es doch ein Mädchen gewesen sein? Hier, gleich nebenan, lagen zwei Mädchen in einem Grab, Angelica und Brigitte, Zwillinge. Das Jahr der Geburt und des Todes war dasselbe: 1909.

Rolf blieb stehen. Mit den Fingern fuhr er über die Löcher, die von den Kugeln aus den Maschinengewehren der Thunderbolts in den Grabstein geschlagen worden waren.

»Ist das hier das richtige Grab?«, fragte Hoffmann.

Rolf ging weiter. »Nein.«

Die Grabsteine ähnelten einander sehr, viele waren umgestürzt, weshalb Hoffmann und Manfred sie aufrichten mussten, damit man die Namen lesen konnte. Die Jahrzehnte hatten die vergoldeten Gravierungen dunkel und fast unleserlich werden lassen.

Es gab viele Kindergräber, Manfred musste mehrere davon mit Stöcken markieren: Konrad von Klingenberg, 1888–1893, Friedrich von Klingenberg, 1859–1871, Matthias von Klingenberg, 1831–1832.

Eines fand sich noch, in dessen Stein eine Zahl aus dem 19. Jahrhundert eingemeißelt war: Wolfgang von Klingenberg, 1796–1803.

»Jedes dieser Gräber kann es sein«, erklärte Rolf nervös. »Genauer kann ich es nicht sagen.«

Hoffmann sah ihn im Schein der Taschenlampe drohend an. In seiner Hand lag plötzlich eine Pistole.

17

Mechanisch löffelte Erik im Marché-Selbstbedienungsrestaurant am Kurfürstendamm seine Tomatensuppe. Immer schwerer lasteten Katharina Kleves Worte auf ihm. Es ging bereits auf elf Uhr zu, und die Angestellten des Lokals räumten die Gemüse- und Obstarrangements, mit denen die Theke dekoriert war, ab.

Die Haltung seiner Mutter machte Erik wütend. Sein Vater war unter zweifelhaften Umständen verschwunden, aber sie machte keinerlei Anstalten, bei der Aufklärung all dieser dubiosen Dinge zu helfen. Sie hatte Katja gegenüber nicht einmal zugegeben, während des Kriegs in Deutschland gewesen zu sein, geschweige denn, was sie dort getrieben hatte.

Zu allem Überfluss war es Erik dann noch gelungen, Katja gegen sich aufzubringen, weil er noch immer nicht bereit gewesen war, ihr Einzelheiten zu erzählen. Einerseits hatte er Verständnis für Katja, andererseits ärgerte ihn ihre ewige Ungeduld. Sie hätte ja vielleicht auch mal Verständnis dafür aufbringen können, dass man über Dinge von dieser Größenordnung erst sprechen will, wenn sie gesichert sind.

Erik kam sich alleingelassen und betrogen vor. Aber statt sich vom Selbstmitleid überwältigen zu lassen, zwang er sich, logisch über die Vergangenheit nachzudenken. Er versuchte, sich an Situationen zu erinnern, in denen sein Vater oder seine Mutter über Nazideutschland gesprochen hatten. Irgendwann Ende der Siebziger-, Anfang der Achtzigerjahre hatte es in Amerika einen Eklat wegen der Nazivergangenheit von Wernher von Braun und Arthur Rudolph gegeben, aber Erik konnte sich nicht erinnern, dass sein Vater den Vorfall in besonderer Weise kommentiert hätte, obwohl er beide Männer im beruflichen Zusammenhang kennengelernt hatte.

War sein Vater deshalb so schweigsam gewesen, weil er selbst für Hitler-Deutschland gearbeitet hatte? Der Gedanke war schrecklich, aber Erik konnte ihn nicht ignorieren, bloß weil er ihm zusetzte. Als Genforscher war er logisches, auf Fakten basierendes Denken gewöhnt, in dem es keinen Platz für Spekulationen gab.

Nachdem er gegessen hatte, stand Erik auf, zog seine Jacke an und machte sich auf den Weg zu seinem Hotel. Er war im selben Hotel abgestiegen, in dem auch sein Vater ein Zimmer hatte.

Unterwegs rief er Kohonen in Helsinki an, entschuldigte sich für die ungehörige Uhrzeit und fragte, wo man das Immatrikulationsverzeichnis des Kaiser-Wilhelm-Instituts aus den Dreißiger- und Vierzigerjahren einsehen könne. Er wollte darin nach dem Namen Ingrid Stormare suchen.

Seine Mutter würde sich kaum noch weigern können, über das Thema zu sprechen, wenn ihr Name schwarz auf weiß unter den anderen Studenten verzeichnet wäre.

»Scheiße«, fluchte Hoffmann frustriert zwischen den Grabsteinen. Im Wald hörte man inzwischen schon eine Eule rufen, das Licht der Taschenlampen verstärkte die geisterhafte Stimmung.

Rolfs Beklemmungen wuchsen zusehends ins Unermessliche. Immerhin waren die Pistolen wieder verschwunden – dass sie in Gedächtnisfragen auch nichts helfen würden, das hatte sogar der wütende Hoffmann verstanden. Zwei Stunden lang stapften sie bereits durch das hohe Gras und hoben Grabsteine an, Schuhe und Strümpfe waren klatschnass und die Kleider voller Kletten. Mit einer Eisenstange, die sie in der Ruine der Kapelle gefunden hatten, stocherten sie an verschiedenen Stellen in der Erde, um zu prüfen, ob ein Grab eher als potenzielles Versteck taugte als ein anderes.

»Sehr tief muss man nicht gehen«, erklärte Rolf mit von Feuchtigkeit und Anspannung heiserer Stimme. »Ein Meter genügt. Und Sie sollten direkt vor dem Stein graben. Daran erinnere ich mich immerhin genau.«

Die Dunkelheit ringsum war beklemmend, aber sie bot auch Schutz. Einen Moment lang spielte Rolf sogar mit dem Gedanken, sich einen der beiden Spaten zu schnappen und ihn zuerst Hoffmann und dann Manfred überzuziehen. Aber natürlich würde ihm das nicht gelingen. Die Männer waren zu kräftig und er selbst zu langsam, zu schwach und zu steif. Er musste einfach versuchen, nicht daran zu denken, dass diese Nacht unweigerlich seine letzte sein würde, falls sie das Uran fänden. Wer immer diese Männer auch waren, sie würden nicht zulassen, dass er redete. Sein endgültiges Schweigen war außerdem das einzige sichere Mittel, Eriks Kinder zu schützen.

Hoffmann griff zum Spaten und fing mit dem Grab von Konrad an, da die Eisenstange hier auf einen Widerstand gestoßen war. Manfred nahm die letzte Ruhestätte von Friedrich in Angriff. Sie gruben schnell, bis sie auf größere Steine und Wurzeln stießen.

»Wie sicher sind Sie sich denn hier?«, fragte Hoffmann. »19. Jahrhundert und ein Jungengrab? Ihnen ist doch klar, dass Sie keinerlei Nutzen davon haben, wenn Sie uns absichtlich aufhalten?«

»Ich bin mir fast hundertprozentig sicher. Auf jeden Fall befinden wir uns auf dem richtigen Friedhof. Und in der Nähe der Kapelle … Versuchen wir es bei den drei anderen.«

Hoffmann und Manfred gruben als nächstes in den Gräbern von Mathias und Wilhelm, und Rolf drückte die Eisenstange vor dem nächsten Grabstein in die Erde. Wolfgang von Klingenberg, 1796–1803.

Plötzlich zuckte er zusammen und korrigierte die Richtung seiner Taschenlampe.

»Hier ist das Moos lose«, sagte er zu den Männern, die neben ihm gruben. »Als ob …«

Mit einem Satz war Hoffmann bei ihm. »Was meinen Sie damit?«

»Als ob hier erst vor kurzem gegraben worden wäre. Schauen Sie«, wunderte sich Rolf mit angespannter Stimme. »Hier liegt auch Erde auf dem Moos.«

Hastig schaufelten sie das Moos zur Seite, das eindeutig früher schon einmal in großen Stücken entfernt worden war. Auch die Erdschicht wirkte nicht sonderlich fest. Hoffmann und Manfred gruben eifrig, Rolf leuchtete ihnen mit der Taschenlampe, die er krampfhaft umklammert hielt.

In weniger als einem Meter Tiefe stieß Hoffmanns Spaten auf Metall. Rasch und ungeduldig erweiterten sie die Grube, bis Manfred den Deckel eines rostigen Metallbehälters freikratzte.

Rolf spürte, wie sich ihm der Hals zuschnürte, als er im Schein der Lampe den Behälter sah, den er sofort erkannte. Die Kiste selbst war unversehrt, aber die Vorhängeschlösser waren aufgebrochen.

»Was, zum Teufel, hat das zu bedeuten«, sagte Rolf heiser.

Hoffmann bückte sich, um den Deckel zu öffnen. In dem leeren Metallbehälter lag ein blütenweißes Stück Papier in einer Klarsichthülle.

»Das ist in einer Sprache geschrieben, die ich nicht kenne«, keuchte Hoffmann und nahm die Hülle mit dem Zettel in die Hand. Manfred richtete seine Taschenlampe darauf.

Beide starrten auf das weiße Blatt Papier.

Dann drehte sich Hoffman ruckartig um und hielt es Rolf hin. »Darf ich raten ... Finnisch?«

Rolf las den kurzen, mit Kugelschreiber geschriebenen Text, ohne dass er zunächst fähig war, etwas zu verstehen.

VON NICHTS KOMMT NICHTS. DER FRÜHE VOGEL FÄNGT DEN WURM. UND DER FINDER DARF DEN FUND BEHALTEN.

Rolf übersetzte Hoffmann den Text und versuchte gleichzeitig, seine wild galoppierenden Gedanken zu sammeln.

Hoffmann starrte ihn im Licht der Taschenlampe mit rasender Wut an.

»Und Sie wollen behaupten, Sie hätten davon keine Ahnung gehabt?«

»Nicht die geringste«, konnte Rolf gerade noch aufrichtig sagen, bevor ihm die einzig mögliche Erklärung aufging.

Der Schock lähmte ihn, aber er versuchte es so gut es ging zu verbergen.

ZWEITER TEIL

18

Endlich schien alles fertig zu sein.

Dem neunzehnjährigen Mann in Jeans und Kapuzenpulli fiel es schwer, seinen Fuß auf dem Gaspedal ruhig zu halten, aber er durfte auf keinen Fall zu schnell fahren. Die Straße von Imatra nach Ruokolahti schlängelte sich durch die nächtliche Seenlandschaft. Schon vor Stunden war die Sonne hinter dem bewaldeten Horizont des Saimaa untergegangen.

Robert »Roope« Plögger wischte sich immer wieder die Haare aus der Stirn. Der iPod in der Mittelkonsole fütterte die Stereoanlage des Autos mit Musik von den Arctic Monkeys.

»Dein Alter hat ne schicke Karre«, sagte Teemu auf dem Beifahrersitz, als würde es die Spannung mindern, wenn man über etwas anderes redete. »Aber ins Gelände würde ich damit nicht fahren. Hat der wenigstens ein Reduktionsgetriebe?«

»Auf der Stadtautobahn braucht man das nicht«, entgegnete Roope. »Die wildeste Strecke, die mein Vater mit seinem Benz fährt, ist wahrscheinlich das Stück Waldweg zu unserem Sommerhaus.«

Er setzte den Blinker und bog in eine breite, nicht asphaltierte Nebenstraße ein. Dann drehte er die Musik ab und blickte wieder intuitiv in den Rückspiegel, obwohl garantiert niemand dem silbergrauen Mercedes-SUV folgte, mit dem sie vor knapp drei Stunden vor einem großen Einfamilienhaus im Espooer Stadtteil Haukilahti losgefahren waren.

Roopes Handy klingelte in der Türablage. Es war ein Prototyp von Nokia, das er von einem Freund zum Testen bekommen hatte. Auf dem Display stand: RAINE.

»Ja?«, meldete er sich.

»Wo bleibt ihr?«, fragte Raine nervös.

»Wir kommen. Eine Viertelstunde noch. Mach dich nicht verrückt.«

Die Scheinwerfer strichen über die rötlichen Stämme hoher Kiefern, die Straße wurde immer schmaler.

»Ihr seid alle so verdammt nervös«, stellte Teemu fest. »Ihr hättet bei euren Studentenstreichen bleiben sollen.«

Roope schwieg. Sie fuhren an einem großen, aus Balken gebauten Ferienhaus vorbei, das fast unmittelbar am Seeufer stand. Roope warf einen kurzen Blick darauf. Dort war er als Kind immer gewesen, als Teenager dann immer seltener. Auch der Rest der Familie war kaum noch dort gewesen, seit der Vater einen Teil seiner Firma verkauft und das Geld in eine Wohnung in der Nähe von Nizza gesteckt hatte.

Sie fuhren weiter durch den Wald, bis sie an eine Wiese mit einer alten Scheune kamen. Roope hielt an. In der Scheune brannte Licht.

Roope stieg aus, zog sich ein Sakko über den Kapuzenpulli und ging, gefolgt von Teemu, auf das Gebäude zu, aus dem ihnen Raine bereits schlotternd entgegenkam. Die Nacht war kühl, und der Wald roch nach Herbst.

Raine Mattson stammte aus Vaasa und war einige Jahre älter als Roope und Teemu. Er war dünn, trug eine Brille und arbeitete an seiner Dissertation im Elektroniklabor der TH Vaasa. Er war die Sorte von Wunderkind, das alles wusste, glaubte, immer recht zu haben – und das sehr oft auch tatsächlich recht *hatte*, so schwer es anderen fiel, es zuzugeben.

Sie gingen an dem Traktoranhänger voller Kies vorbei, der neben dem Tor stand, und betraten die Scheune, die von einer schwachen Glühbirne erleuchtet wurde. Auf dem Tisch standen mehrere Laptops, auf Raines Bildschirm lief noch das Spiel ›Grand Theft Auto‹, Roopes Bildschirm zeigte die Startseite der Universität Harvard.

Roope hatte ein sehr gutes Abitur hingelegt und versuchte

eine Entscheidung zu treffen, ob er im Ausland Internationale Politik studieren oder sich weiterhin mit der finnischen TH zufriedengeben sollte. Erst vor kurzem war ihm der Gedanke gekommen, beides zu versuchen.

Er steckte den Stecker der Verlängerungsschnur ein, und gleißendes Halogenlicht erhellte den Raum. Mitten in der Scheune lag ein langer, zylinderförmiger, zweifarbig angestrichener Gegenstand. Die Spitze war blau, der Rumpf weiß, abgesehen von den schmalen Flügeln, die ebenfalls blau waren, wie auch der stilisierte Buchstabe »F« auf dem Rumpf. Um das Heck lief ein schwarzer Ring, und auf der Seite stand die schwarze Aufschrift »LALLI 1«.

»Scheiße, Mann«, flüsterte Teemu in einer Mischung aus Begeisterung und Lachen. »Ihr habt sie angestrichen. Habt ihr Finnair als Sponsor gewonnen, oder was?«

»Das F steht für Finnland.«

Teemu nahm militärische Haltung an und veränderte die Stimme. »Beginnen wir mit der Energiequelle«, äffte er Professor Teuvo Saavalainen nach, der an der TH Maschinentechnik unterrichtete und in dessen Vorlesungen sie alle gesessen hatten. »Verpuffungsstrahltriebwerk, sichere Sache und billig. Damit ist schon die V1 der Nazis geflogen …«

»Halt die Fresse«, brummte Roope.

In den Sechzigerjahren waren solche Motoren auch in Finnland in Bastelgeschäften verkauft worden. Dann wurden die Raketen gesetzlich verboten, und heutzutage mussten alle Experimente unter der Aufsicht des Staatlichen Amts für Sicherheitstechnik durchgeführt werden. Allerdings hatten Roope und seine Freunde nichts über ihr Projekt verlauten lassen, obwohl es definitiv größere Ausmaße hatte als alle Versuche diverser Raketenclubs.

Teemu war über den Ursprung des Projekts die offizielle Version erzählt worden: Ein Typ, der sein Diplom an der TH Helsinki gemacht hatte, hatte von einem Neuseeländer gelesen, der es sich in den Kopf gesetzt hatte, aus frei erhältlichen Teilen ein Cruise-

Missile zu bauen. Das hatte den eifrigen Dipl.-Ing. auf die Idee gebracht, ein bisschen im Internet zu suchen. Dabei war er auf die Diplomarbeit eines Kommilitonen namens Ande gestoßen, die sich mit dem Verpuffungsstrahltriebwerk befasste. Prompt hatte er sich mit Ande in Verbindung gesetzt und gemeint, Mensch, jetzt bauen wir einen Marschflugkörper. Ande war natürlich begeistert. Er hatte gerade erst für ein Modellflugzeug-Vorhaben Servomotoren bestellt, und er wusste, dass es im Grunde kein Problem war, wenn man nur zehntausend Euro flüssig hatte. Und der Typ hatte das Geld.

Teemus Begeisterung für das frisch gestrichene Gerät im Licht des Halogenscheinwerfers löste sogar Raine die Zunge. »Habt ihr eigentlich gehört, dass Upi Tornainen vor zwei Jahren in Oulu die Vorstufe eines Staustrahltriebwerks gebaut hat, wobei er ein Schubrohr von Argus verwendet hat? Das war eine krasse Kiste. Einmal ist er...«

»Schon gut, konzentrieren wir uns auf die Arbeit«, unterbrach Roope ihn.

Ähnliche Motoren konnte man weltweit massenhaft bekommen, Tiger, Dynajet, OS, aber sie hatten das Lalli-Triebwerk selbst zusammengebaut. Auch das Steuersystem hatten sie selbst entwickelt. Ursprünglich hatten sie eine Herausforderung darin gesehen, einen gewöhnlichen GPS-Navigator in ein mit Trägheitsausgleich versehenes System umzupolen, in das dann nur noch die Koordinaten eingespeist werden mussten. Aber da keine Zeit zum langen Fummeln war, hatten sie sich für die sichere Methode entschieden: Die Route hatten sie mit Hilfe von Google Earth gewählt, ein Funkempfänger markierte das Objekt und leitete Lalli ans Ziel.

Eine große Hilfe bei dem Lalli-Projekt war ein Forschungsvorhaben gewesen, das den Titel ›Beschreibung und Modellbau von weit tragenden Luft-Luft-Flugkörpern mit Lufklappensystem‹ trug und vom Wissenschaftsausschuss der Streitkräfte finanziert worden war. Vom Luft-Luft-Flugkörper zum Marschflugkörper war der Weg nicht weit. Das Forschungsprojekt der Streitkräfte hatte im Labor für Aerodynamik bereits mehrere Diplomarbeiten abgeworfen.

Aber Roope war nicht bloß ein Mann der Technik. Er wollte es gar nicht sein, im Gegensatz zu Raine und Teemu. Für die beiden stellte Lalli nur eine technische Herausforderung dar, das Ding an sich war ihnen genug, die Rekorde, die sie damit aufstellen würden, der Aufruhr in den Medien, der bald ausbrechen würde – und natürlich die Tatsache, dass sie damit die Castor-Raketenclubs der Maschinenbaustudenten von der TH in Tampere aus dem Feld schlagen würden ...

Roopes Ziele lagen eine Stufe höher. Die politische Führung Finnlands machte die ganze übrige Welt glauben, die Finnen seien bloß blauäugige Weltverbesserer, die sich von anderen Mächten wie Lämmer am Strick herumführen ließen.

Dieser Irrtum musste korrigiert werden, und das war nicht einfach. Die Welt wurde von den Medien in Gang gehalten, und die finnischen Medien hatten sich darauf festgelegt, dem aktuellen außenpolitischen Kurs zu folgen. Beziehungsweise dem nicht vorhandenen Kurs. Und die ausländischen Medien glaubten, dass die finnische Presse die Überzeugung des Volkes widerspiegelte. Dieses Missverständnis würde jetzt aus der Welt geschafft werden. Und das sollte erst der Auftakt sein.

Gleichzeitig würden sie die Behauptung widerlegen, finnische Ingenieure verstünden es nicht, ihre Erfindungen zu vermarkten.

19

Erik lag im Bett und starrte im Licht der Nachttischlampe an die hohe Decke des Hotelzimmers. Auf seine Bitte hin hatte man ihn in das Zimmer seines Vaters umziehen lassen. Neben dem Bett standen ein dunkler, massiver Tisch und ein Sessel. Das ganze Mobiliar war alt, das Zimmer hätte schon vor dem Krieg so ausgesehen haben können.

Der Anblick seines Vaters auf der Rückbank des Autos ließ ihm keine Ruhe. Mit wem war sein Vater da unterwegs gewesen? Und in welcher Angelegenheit?

Auf dem Boden lag das Bordcase des Vaters. Erik hatte es wieder und wieder durchsucht. Hatte sein »Bruder« darin schon etwas gefunden? Und der bewaffnete Mann in der Wohnung seines Vaters in Helsinki – hatte der auch etwas gefunden? Erik glaubte nicht, dass die Polizei, weder in Helsinki noch in Berlin, mit solchen Angaben besonders weit kommen würde.

Am späten Abend, als die Kinder schliefen, hatte er lange mit Katja gesprochen. Endlich hatte er ihr alles erklärt und ihr auch von Katharina Kleve erzählt. Katja war bereits jetzt aufgrund des Verhaltens und der Worte seiner Mutter misstrauisch, worüber Erik sich ärgerte. Genau aus diesem Grund hatte er ja zunächst alles für sich behalten wollen: Er hatte Katjas Reaktion vorausgesehen. Sie verurteilte seine Mutter noch bevor irgendetwas sicher feststand.

Erik seufzte. War er Katja gegenüber ungerecht? Schließlich hegte auch er einen Verdacht gegen seine Mutter. Womöglich lag der wahre Grund für seinen Ärger allein bei ihm selbst. Er wusste natürlich, dass Katja und seine Mutter von Anfang an eifersüchtig aufeinander waren und sich schon deswegen ständig angifteten. Aber hatte er je etwas dagegen unternommen? Nein. Er hätte besonders damals, als Katja mit Emil schwanger war und bei den pränatalen Untersuchungen Unregelmäßigkeiten festgestellt wurden, seiner Mutter viel klarer entgegentreten und sich auf Katjas Seite stellen müssen. Bei Katja war nach diesem Eklat viel Bitterkeit zurückgeblieben. Offenbar hatte Erik sich an die zweifelhaften Ansichten seiner Mutter so sehr gewöhnt gehabt, dass er Katjas Zorn gar nicht wirklich verstanden hat. Nach jener Episode war innerhalb der Familie jedenfalls nichts mehr so gewesen wie zuvor.

Erik drehte sich auf die Seite und versuchte einen Plan für den nächsten Tag zu machen. Er musste rasch versuchen, mehr über die Vergangenheit seiner Eltern in Deutschland herauszufinden.

Plötzlich setzte er sich abrupt auf. Im Flur waren Geräusche zu hören.

Schritte. Jemand rannte.

Eine weibliche Stimme rief wütend etwas. Eine Tür fiel heftig ins Schloss. Erik stand auf und öffnete vorsichtig die Zimmertür.

»Hilfe!«, schrie eine junge Frau aus einem nahe gelegenen Zimmer, dessen Tür offen stand.

Erik stürzte in das dunkle Zimmer und wurde so heftig zur Seite gestoßen, dass er auf die metallene Kofferablage fiel und mit dem Kopf gegen die Wand schlug. Die Schritte des Mannes, der aus dem Zimmer gerannt war, verhallten auf dem Gang.

»Haben Sie sich wehgetan?«, fragte die Frau und half Erik beim Aufstehen. Er erkannte sie. Es war die junge Studentin, die an der Rezeption arbeitete.

»Ist nicht so schlimm«, sagte Erik leicht benommen und betastete vorsichtig seinen Kopf. Immerhin blutete er nicht. »Was ist passiert?«

»Ein Fremder hat sich hier einschleichen wollen …«

Erst da erkannte Erik das Zimmer: Nummer 14, sein ursprüngliches Zimmer. Der Fremde hatte in sein Zimmer gewollt!

Rolf saß wie paralysiert im Audi, wo die schwache Deckenbeleuchtung eingeschaltet war. Das leere Versteck und der Zettel mit der finnischsprachigen Botschaft waren ein totaler Schock gewesen.

Aber es bedurfte keiner besonders komplizierten Kette von Schlussfolgerungen, um darauf zu kommen, wer von dem Versteck gewusst haben konnte.

»Ich glaube Ihnen nicht«, sagte Hoffmann schroff zu Rolf, jetzt wieder mit der Pistole in der Hand. Manfred saß am Steuer und spielte erregt mit dem Schlüssel, der bereits im Zündschloss steckte.

»Es ist die Wahrheit«, log Rolf. Die prekäre Situation machte ihn aus irgendeinem Grund sicherer. »Ich habe keine Ahnung, wer das Uranversteck ausgeräumt und den Zettel hinterlassen haben könnte.«

Die einzige vernünftige Erklärung war bei Hans zu finden. Hans hatte die Finnin Kirsti geheiratet, und ihr gemeinsamer Sohn Markku lebte in Finnland. Der Text auf dem Zettel deutete aber auf einen jüngeren Menschen hin – also eher auf Markkus ungefähr zwanzigjährigen Sohn als auf den bald sechzigjährigen Markku selbst.

Aber warum um Himmels willen hätte Robert Plögger das Uran holen sollen?

Rasch rechnete Rolf das genaue Alter des Jungen aus. Er musste neunzehn sein. Rolf hatte ihn noch nie gesehen, auch Roberts Vater Markku war er nur einige Male begegnet, zuletzt irgendwann Mitte der Neunzigerjahre.

In Hoffmanns Augen war ein gefährlicher Glanz getreten. »Sie wissen ganz genau, wer etwas von dem Versteck gewusst haben kann. Und von den Tagebüchern. Es wird höchste Zeit für Sie zu entscheiden, ob Sie lieber Ihre Enkelkinder oder die Erben von Hans Plögger schützen wollen.«

Rolf zuckte zusammen. Hoffmann wusste also Bescheid.

»Robert Plögger hat die Tagebücher seines Großvaters aus derselben Quelle bekommen wie wir«, fuhr Hoffmann fort.

Rolf hörte mit wachsender Verwunderung zu.

»Aus welcher Quelle?«, fragte er, ohne erst zu versuchen, seine Überraschung zu verbergen. »Und warum haben Sie dann nichts unternommen, wenn Sie schon wussten, dass Robert die Tagebücher hat?«

»Wie hätten wir denn erraten sollen, dass er sich auf die Suche nach dem Uran macht?« In Hoffmanns Stimme lagen Wut und Frustration. »Aber Sie sind weiterhin dafür verantwortlich, dass wir das Uran finden werden. Rufen Sie Robert Plögger an und finden Sie heraus, wo er sich aufhält. Vereinbaren Sie ein Treffen mit ihm! Und wecken Sie keinen Verdacht! Sie agieren allein als Privatperson, vergessen Sie das nicht.«

»Ich habe noch nie mit diesem Robert gesprochen ...«

»Jetzt werden Sie es tun.«

Hoffmann gab ihm das Handy zurück, das er ihm zuvor abgenommen hatte.

»Es ist spät ...«

»Hören Sie auf mit dem Gequatsche! Anrufen! Und reden Sie Deutsch, damit wir es verstehen.«

Unter keinen Umständen durfte Rolf einen wie Hoffmann zu Hans' Enkel führen, aber was hatte er denn für eine Alternative?

»Ich kann doch um diese Zeit nicht mehr anrufen, es ist mitten in der Nacht.«

Hoffmann schwieg und tippte in Rolfs Handy eine Nummer ein, die er vom Display seines eigenen Telefons ablas. »Sie haben die Nummer von Robert Plögger ...«, staunte Rolf.

»Wie gesagt, wir wussten, dass er die Tagebücher hat. Aber wir hätten nicht gedacht, dass die Kritzeleien seines Großvaters ihn zum Handeln animieren könnten.«

Rolf war vollkommen verblüfft. Wie hatte Hoffmann wissen können, dass die Tagebücher bei Robert waren?

Hoffmann schaltete die Lautsprecherfunktion ein und gab Rolf das Handy.

Rolf überlegte fieberhaft, was er sagen sollte. Er wusste von

Robert – oder »Roope«, wie Markku seinen Sohn nannte – nur, dass er an der Technischen Hochschule studierte.

»Hallo«, meldete sich die Stimme eines jungen Mannes trotz nachtschlafender Zeit putzmunter.

»Hallo Robert, hier ist Rolf Narva. Ich bin ein alter Freund deines Großvaters. Und ich kenne auch deinen Vater.«

Rolf versuchte so sympathisch und ruhig zu klingen wie möglich, war sich aber keineswegs sicher, ob ihm das gelang.

Am anderen Ende war es eine Zeitlang still.

»Ein Freund von Opa?«, fragte eine unsichere Stimme. Roberts Deutsch klang ein wenig steif, er benutzte es offenbar nicht sehr häufig. »Kann sein, dass mein Vater Sie mal erwähnt hat.«

Robert konnte sich offenbar nicht an Rolf erinnern, klang aber dennoch interessiert.

»Entschuldige, wenn ich dich um diese Zeit wecke.«

»Sie haben mich nicht ... das macht nichts«, lachte Robert etwas gezwungen.

»Wo bist du gerade?«

»Ich? Ich bin ... im Urlaub.«

»In Deutschland?«, fragte Rolf.

»Nein, in Finnland. Warum?«

Hoffmann trieb Rolf mit einer Handbewegung zur Eile an.

Rolf räusperte sich. »Ich würde mich gern mit dir treffen.«

»Ich bin nicht in Helsinki, sondern ... auf dem Land.«

Hoffmann machte erneut eine Geste, die Rolf zur Eile antreiben sollte.

»Ich muss dich in einer wichtigen Angelegenheit sprechen. Es hat mit dem Grab von Wolfgang von Klingenberg zu tun. Ich war seinerzeit ... dort. Mit deinem Großvater.«

Am anderen Ende der Leitung herrschte gespannte Stille.

»Am Telefon kann ich darüber nicht reden«, fügte Rolf bestimmter als zuvor hinzu. »Wir müssen uns unbedingt treffen. Morgen noch.«

»Morgen geht es überhaupt nicht ...«

»Es ist wichtig. Ich rufe dich morgen früh an. Dann sehen wir weiter.«

Rolf unterbrach die Verbindung und gab Hoffmann das Handy zurück. »Am besten rufe ich ihn morgen früh von Helsinki aus an und vereinbare dann mit ihm Zeit und Ort.«

»Sie werden ihn anrufen, aber nicht von Helsinki aus«, sagte Hoffmann. »Sie bleiben in Deutschland.«

Irritiert steckte Roope das Handy ein.

»Wer war das?«, fragte Raine.

Ohne seinen Freund eines Blickes zu würdigen, ging Roope aus dem Haus. Sein Kopf schwirrte.

Sie hatten sich schließlich dazu durchgerungen, die Scheune zu verlassen und zum Ferienhaus zu fahren, denn irgendwann musste sie ja auch ein bisschen schlafen.

Die Nacht war klar und kühl, der Mond schien. Roope zog sich die Kapuze über und stellte den Kragen seines Sakkos auf.

Rolf Narva. Ein Kollege seines Großvaters aus Kriegszeiten. Den hatte er in seinen Tagebüchern mehrfach erwähnt.

Roope versuchte den Grund für den Anruf einzuschätzen. Der alte Mann hatte extrem ernst und angespannt geklungen. Er hatte auf das Uran in von Klingenbergs Grab angespielt, das war eindeutig. Aber wie konnte der alte Mann wissen, dass *er*, Roope, das Versteck kannte?

Roope hätte gern seinen Vater angerufen und ihn nach Rolf Narva gefragt, aber sein Vater musste jetzt aus allem herausgehalten werden. Außerdem hätte er ihn ohnehin nicht anrufen können. Es war zwei Uhr nachts in Finnland, der Vater war auf Geschäftsreise in Uruguay und hätte sich viel zu sehr gewundert.

Roope blickte auf den dunklen Saimaa und holte tief Luft. Er konnte Rolf Narva und dessen Bitte um ein Treffen nicht einfach ignorieren, aber der Zeitpunkt war extrem schlecht. Der Abschuss von LALLI durfte auf keinen Fall aufgeschoben werden.

Andererseits hatte es so geklungen, als stünde Narva tatsächlich unter Zeitdruck. Was steckte dahinter?

Plötzlich bereute Roope aus tiefstem Herzen den blöden Zettel, den er im Uranversteck hinterlassen hatte. War er Narva in die Hände geraten? Bei der Suche nach dem Versteck? Aber warum hätte der alte Mann nach so langer Zeit danach suchen sollen?

Roope machte kreisende Bewegungen mit den Armen, um das Blut in den Muskeln und im Gehirn zum Zirkulieren zu bringen. Er durfte jetzt gedanklich nicht abschweifen, er musste sich auf das Wesentliche konzentrieren. Denn jetzt war alles bereit. Und das war das Entscheidende.

Er hörte Schritte hinter sich und drehte sich um. Teemu und Raine kamen auf ihn zu.

»Was ist?«, fragte Roope so entspannt wie möglich. »Könnt ihr nicht schlafen, oder was?«

Raine sah ganz und gar nicht entspannt aus. »Wer hat da gerade angerufen?«

Roope lachte kurz auf, merkte aber selbst, wie unnatürlich es klang. »Wozu willst du das wissen?«

»Hör doch auf. Du hast schlechte Nachrichten gekriegt. Wir sitzen im selben Boot, du kannst nicht irgendwas vor uns verheimlichen.«

»Das waren reine Privatangelegenheiten, die haben nichts mit unserem Ding hier zu tun«, sagte Roope stur und ging allein zum Ufer.

In gewisser Weise hatte er die Wahrheit gesagt.

Sein Großvater Hans, der im Frühling in Deutschland gestorben war, war für Roope immer eine mystische Gestalt gewesen. Als junger Mann musste der Großvater ziemlich clever gewesen sein – er hatte als Wissenschaftler bei Siemens gearbeitet. Roope hatte ihn ab und zu mit seinen Eltern in Berlin besucht, aber sein Vater hatte aus irgendeinem Grund keinen besonders engen Kontakt zum Großvater halten mögen. Er erzählte auch nicht viel von ihm, obwohl Roope manchmal versuchte, Fragen zu stellen. Auch jetzt, nach dem Tod des Großvaters, hatte Roopes Vater nur ein paar Fotoalben aus der Berliner Wohnung geholt und alles andere an einen Trödler gegeben. Einfach so. Die ganzen Sachen. Dabei hatte Roope seinem Vater gesagt, dass er gern etwas davon hatte haben wollen. Zumindest den absolut coolen Ledersessel aus den Siebzigerjahren.

Darum war Roope zu dem Händler gefahren, der die Möbel gekauft hatte. Und dort hatte er etwas entdeckt, was wesentlich interessanter war als der Ledersessel.

Dort hatte er den »Kick« entdeckt.

Roope blickte auf den ruhigen See im Mondschein.

Wenn LALLI in St. Petersburg einschlug, würde sie damit einen ziemlichen Medienrummel auslösen. Aber genügte das?

Natürlich nicht. Das würde erst der Anfang sein. Ihr Ziel bestand nicht allein darin, Aufmerksamkeit zu erregen: Sie wollten wirklich etwas erreichen. Ganz konkret.

Und mit dem »Kick« würde das gelingen.

20

In der Glasfront am Flughafen Helsinki-Vantaa spiegelte sich die Morgensonne, die immer wieder hinter den schnell ziehenden Wolken aufblitzte. Hoffmann und der Mann, den Hoffmann immer »Manfred« nannte, verließen den Lufthansa-Airbus und gingen nebeneinander über die Gangway ins Terminal. Beide trugen dunkle Hosen mit Bügelfalten und dazu Baumwolljacken. In der Nacht waren sie vom Thüringer Wald nach Berlin gefahren und hatten Narva dort gelassen. Es wäre zu riskant gewesen, den alten Mann mit nach Finnland zu nehmen.

Die überraschende Wendung der Ereignisse beunruhigte Hoffmann schwer. Jetzt mussten er und Manfred in einem fremden Land agieren, wo zu allem Überfluss auch noch eine total unverständliche Sprache gesprochen wurde.

Der blitzsaubere kleine Flughafen war fast menschenleer. Sie gingen an den Gepäckbändern vorbei hinaus und zu einer Stelle unter einer Betonbrücke, wo niemand sie hören konnte. Es war windig an diesem Morgen. Von der anderen Seite des Terminalgebäudes drang das Donnern einer startenden Maschine herüber.

Hoffmann rief in Berlin an und gab Narva Anweisungen. Der alte Mann wehrte sich, war aber in einer schlechten Verhandlungsposition. Hoffmann ließ die Leitung offen und eröffnete ein Konferenzgespräch mit Robert Plöggers Nummer.

Rolf saß mit dem Telefon am Ohr in einem spartanisch möblierten Zimmer irgendwo in Berlin und hoffte, dass Robert sich meldete. Hoffmann war in Helsinki in derselben Leitung.

Ein unruhiger, dunkelhaariger Mann bewachte Rolf. Dem

Aussehen nach war er Türke oder noch etwas Östlicheres. Auf keinen Fall ein gebürtiger Deutscher, auch wenn er fließend Deutsch sprach. Das Aussehen des Mannes veranlasste Rolf erneut, darüber nachzudenken, wo Hoffmann und seine Leute eigentlich hingehörten und was sie vorhatten.

Rolf spürte eine leichte Übelkeit. Der fehlende Schlaf und die Anspannung ließen seinen Puls auf Hochtouren laufen. Auch die Schwindelanfälle waren zurückgekehrt. Dennoch fühlte er sich auf seltsame Weise stark. Er musste diese katastrophale Situation zu einem ehrenhaften Abschluss bringen. Es ging nicht mehr nur um die Sicherheit von Emil und Olivia, sondern auch um die Sicherheit von vielen, vielen Menschen. Angereichertes Uran – auch wenn die Menge noch so klein war – gehörte weder in die Hände von Hoffmann noch in die von Hans Plöggers Enkel.

Beschämt musste sich Rolf eingestehen, dass das Ganze ja auch eine höchst persönliche Dimension hatte: Robert Plögger wusste nun, welche Rolle er im Uranverein gespielt hatte, und Rolf wollte auf gar keinen Fall, dass diese Information an Erik durchsickerte. Wenigstens jetzt noch nicht ...

Aus dem Telefon drang ein monotoner Rufton.

»Er meldet sich nicht«, sagte Rolf, wobei er seine Erleichterung zu verbergen versuchte.

»Lassen Sie es läuten«, sagte Hoffmann.

Schließlich meldete sich zu Rolfs Enttäuschung doch noch jemand, offenbar in großer Eile. »Ja?«

»Robert? Hier ist Rolf Narva ...«

»Warten Sie einen Moment, bitte«, bat Robert.

Immerhin waren diesem jungen Mann Manieren beigebracht worden, was man nicht von vielen seiner Altersgenossen sagen konnte.

Einige Sekunden verstrichen. Die akustische Umgebung am anderen Ende der Leitung änderte sich, es klang jetzt gedämpfter. Robert war offenbar an eine ruhigere Stelle gegangen.

»Entschuldigung«, sagte Robert leicht außer Atem und nach wie vor auf Deutsch.

»Hoffentlich habe ich dich nicht geweckt.«

»Ganz bestimmt nicht ... Nicht heute.«

»Wo können wir uns treffen?«, fragte Rolf, ohne sich zwingen zu müssen, Nachdruck in seine Stimme zu legen. »Jetzt gleich.«

Roberts Lachen klang nicht minder scharf. »Ich verstehe nicht, warum ich mich jetzt gleich mit Ihnen treffen sollte«, sagte er, nun schon etwas weniger höflich. »Ich bin ...«

»Du verstehst mich sehr gut, Robert.«

»Wenn ich meinen Satz zu Ende sagen dürfte, hätten Sie längst erfahren, dass ich gar nicht in Helsinki bin. Ich komme erst morgen vom Land zurück.«

Rolf überlegte eine Sekunde. »Ich kann zu dir kommen, das ist kein Problem. Was wäre denn für dich ein geeigneter Treffpunkt?«

»Heute geht es auf keinen Fall. Es bringt nichts zu insistieren. Aber wenn Sie unbedingt wollen, können wir für morgen Nachmittag etwas ausmachen.«

Damit legte er auf. Rolf blieb mit Hoffmann in der Leitung.

»Wo ist er?«, fragte Hoffmann.

»Sie haben doch mitgehört. Ich weiß auch nicht mehr als Sie.«

Und das war die Wahrheit – jedenfalls fast.

Denn Rolf merkte, wie es in seinem Hirn anfing zu arbeiten, als Robert davon sprach, dass er »vom Land« käme. Meinte er damit das Ferienhaus seines Vaters, das der sich ziemlich bald nach seinem Umzug nach Finnland zugelegt hatte? Das lag irgendwo am Saimaa, in der Nähe von Imatra.

»Im Hintergrund hat man Möwen schreien gehört«, ließ Hoffmann nicht locker. »Und Sie können sich wirklich nicht vorstellen, wo das sein könnte?«

»Mir sind die Möwen nicht aufgefallen.«

»Die haben ganz schön laut geschrien.«

Rolf überlegte kurz. Dann seufzte er und sagte resigniert: »Der Vater des Jungen hat ein Sommerhaus am größten finnischen See.«

Hoffmann dachte kurz nach. »Wie gut kennen Sie Markku Plögger?«

»Nicht besonders gut. Aber er weiß natürlich, wer ich bin.«

»Wir rufen ihn an. Auf die gleiche Weise wie eben. Ich bin mit in der Leitung.«

Rolf hatte schon damit gerechnet, dass ihm ein Anruf bei Markku bevorstand.

Über die finnische Auskunft fand er die Handy-Nummer heraus und wählte sie auf der Stelle. Früher hatte Hans sich immer beklagt, dass Markku sich nur für Geld interessierte. Und tatsächlich war Hans' Sohn mittlerweile reichlich damit gesegnet. Anfang der Siebzigerjahre war seine Karriere bei der Pöyry Industry Consulting Group gleich ordentlich in Schwung gekommen, und mit dreißig hatte er sein eigenes Ingenieurbüro gegründet.

Jetzt meldete sich Markku in Südamerika, wo er geschäftlich unterwegs war. Rolf lenkte das Gespräch ohne Umschweife auf Robert, ohne auch nur einen Moment zu vergessen, dass Hoffmann mithörte.

»Woher soll ich wissen, wo sich Roope herumtreibt?«, fragte Markku. Er klang gestresst und leicht verärgert. »Und warum eigentlich? Was ist mit ihm?«

»Ich muss mit ihm reden.«

»Mit Roope reden?«, fragte Markku verdutzt.

Rolf lieferte keine Erklärung, und Markku drang nicht weiter in ihn.

»Vielleicht ist er wieder mal auf dem Land, in unserem Ferienhaus. In letzter Zeit hat er es öfter mit seinen Freunden in Beschlag genommen. Ist ja an sich auch nicht schlecht, wenn sich jemand um die Hütte kümmert.«

»Wo liegt denn das Haus genau?«

Auf dem Weg zum Frühstücksraum des Hotels Askanischer Hof durchquerte Erik die Empfangshalle. Sie war mit schweren alten Möbeln bestückt. Andere Gäste waren nicht zu sehen, auch niemand vom Personal. Die dicken Teppiche und schweren Vorhänge dämpften die Schritte. Man hörte nur das Blubbern aus dem Aquarium. Der nächtliche Zwischenfall bereitete Erik Kopfzerbrechen.

Warum hatte jemand versucht, in das Zimmer einzudringen, in dem eigentlich er hätte schlafen sollen? War er in Gefahr? Oder hatte der Eindringling nur in seinen Sachen wühlen wollen, so wie er es beim Gepäck seines Vaters getan hatte?

Was suchte dieser Jemand?

Erik hatte veranlasst, dass die Polizei gerufen wurde, aber die Streife hatte natürlich nichts tun können.

Nach dem Frühstück würde er den Zwischenfall auf der Polizeiwache in der Bismarckstraße melden, wo er auch schon das Verschwinden seines Vaters angezeigt hatte.

21

Jani fuhr mit dem schwarz glänzenden Volvo XC90-Offroader seines Vaters auf der Stadtautobahn von Espoo in Richtung Helsinki Zentrum. Er hielt sich genau an die Geschwindigkeitsbeschränkungen und vermied jeden unnötigen Spurwechsel, weshalb er selbst von Lieferwagen ständig rechts und links überholt wurde.

Es handelte sich hier wieder einmal um eine »unerlaubte Fahrzeugnutzung«, aber zum Glück war Janis Vater beruflich in Tampere – und in seliger Unwissenheit. Schon die kleinste Schramme an dem funkelnagelneuen Gefährt würde ihn zum Ausflippen bringen, aber das war nicht Janis größte Sorge.

Allein der Gedanke, die Polizei könnte ihn aus irgendeinem Grund anhalten und sogar das Auto durchsuchen, war vollkommen absurd, und trotzdem hatte er genau davor Angst, auch dann noch, als er schon in der Innenstadt in die Tiefgarage am Hauptbahnhof fuhr. Er fand einen freien Platz ganz in der Nähe des Übergangs zu den Schließfächern im Untergeschoss des Bahnhofs und stellte den dumpf brummenden Dieselmotor ab. Dann holte er nervös die kleine, aber schwere grüne Tasche aus dem hinteren Fußraum, stieg aus und schloss den Volvo mit der Zentralverriegelung ab.

Vor ihm lagen nur noch wenige Treppenstufen bis zu den Schließfächern. Nummer 72, unterste Reihe, rechts neben der Wand. Das Fach war genau die maximal erlaubten vierundzwanzig Stunden benutzt worden.

Jani steckte zwei Euro in den Schlitz und öffnete die schwere Metalltür. Im Schließfach lag bereits eine Tasche, wahrscheinlich gehörte sie Roope.

Er tauschte die Taschen aus, wobei er sich einschärfte, sich nicht verstohlen umzublicken. Ein lauter, vermutlich somalischer Wortwechsel in einem anderen Gang zwischen den Schließfächern ließ ihn zusammenfahren.

Aber niemand hatte ihn gesehen, außer zwei Mädchen im Teenageralter unten an der Treppe. Selbst der Beamte, der für die Kontrolle der Schließfächer zuständig war, sah gerade in eine andere Richtung, als Jani an der Tür zur Tiefgarage den Code von seinem Parkschein ablas und in die elektronische Durchgangskontrolle eintippte.

Erleichtert stieg Jani in den Wagen. Von der Tasche würde man nicht einmal Fingerabdrücke nehmen können, vom Bleibehälter waren sie abgewischt worden und am Griff der Schließfachtür konnte ebenfalls nichts zurückgeblieben sein.

Er entfernte die unauffälligen Klebestreifen von seinen Fingerspitzen erst, als er das Parkhaus verlassen hatte. Vor der Hauptpost hielt er kurz an und schickte Roope eine SMS, dass alles okay war. Bald würde es am Bahnhof vor Polizisten wimmeln, aber es war sicherlich nicht sinnvoll, sich das anzuschauen.

Noch nie in seinem Leben war Roope so aufgeregt gewesen, obwohl eigentlich alles glattzugehen schien. Tuukka hatte den Funkempfänger im St. Petersburger Alexanderpark versteckt, Jani brachte in Helsinki gerade die Tasche in das Schließfach.

Ein letztes Mal ließ Roope die Ortungssoftware durchlaufen, mit deren Hilfe Lalli ans Ziel finden würde. Raine überprüfte die Servo-Antriebe, und Teema tankte die Rakete mit Treibstoff aus Behältern, die auf einem Autoanhänger standen. Der Schlauch war durch ein Ventil direkt mit dem Tank verschraubt. Sicherheitshalber standen daneben zwei große Feuerlöscher.

Auf Roopes Laptop war jetzt eine Karte mit Lallis Flugroute zu sehen: von der Abschussstelle nördlich von Imatra zur Grenze zwischen Immalanjärvi und Rautjärvi, dann in einem Bogen nach Südosten und schließlich direkt nach St. Petersburg.

Die Tests bestätigten, dass alles normal lief, die Technik funktionierte einwandfrei. Aber die Menschen, die sie bedienten, waren in keiner besonders guten Verfassung. Raine war überraschend nervös und Teemu noch viel mehr.

»Ich habe euch zig Mal gesagt, dass der Start nicht geräuschlos vonstatten gehen wird«, sagte Teemu, während er verfolgte, wie der Treibstoff in den Tank der Rakete lief. »Es wird nicht lange dauern, und man wird auf Grund der Geräusche die Abschussstelle ausfindig machen.«

»Wo man dann aber nichts Verdächtiges mehr finden wird«, sagte Roope ruhig, obwohl er innerlich alles andere als ruhig war. Der Anruf von Rolf Narva beschäftigte ihn sehr.

Teemu verstummte. Vielleicht kapierte er jetzt endlich, dass sie tatsächlich keine sichtbaren Spuren hinterlassen würden. Zwar würden auf der selbst gebauten Abschussrampe zwangsläufig Ruß und andere Schmauchspuren zurückbleiben, aber die wären im Nu unter dem Sand verschwunden, der auf dem Traktoranhänger bereitstand und nur darüber gekippt werden musste. Auch andere Einzelheiten auf dem Gelände würden sich durch Bauarbeiten erklären lassen. Alles Überflüssige war bereits verpackt und in die Autos und die zwei großen geschlossenen Anhänger verladen.

Außerdem würde Lalli 1 zumindest auf finnischer Seite kaum irgendwelche Gesetze brechen. Zwar fehlte ihnen die Genehmigung des Staatlichen Amts für Sicherheitstechnik, aber dafür hatten Roope und Raine immerhin den Raketenschein gemacht.

In Roopes Handy ging eine SMS ein. Sie kam von Jani.

TASCHE IM SCHLIESSFACH.

Rolf lag auf der Matratze in dem Raum, in den man ihn nach der Rückkehr aus dem Thüringer Wald gestoßen hatte. Neben der Matratze standen eine Flasche Wasser und eine Papiertüte mit Brot, Keksen und ein paar anderen Nahrungsmitteln.

Es ging ihm nach wie vor schlecht, und obwohl er Hunger hatte, mochte er nichts essen. Wie lange würde er noch durchhalten?

Seine Gedanken kreisten um Hans, aber auch um Markku und

Robert, obwohl er beide nicht richtig kannte. Rolf wusste, dass er etwas Unverzeihliches getan hatte, als er Hoffmann und seinen Kumpanen den Weg zu Robert gewiesen hatte. Aber er hatte nicht anders gekonnt. Denn es gab nur eines, woran ihm kategorisch und absolut gelegen war: die Sicherheit von Olivia und Emil.

Warum hatte Robert eigentlich das Uran mitgenommen? Aus Spaß? Das war ziemlich unbedacht und dumm gewesen – und lag so nicht auch ein Teil der Schuld bei Robert selbst?

Am wichtigsten wäre es aber, herauszufinden, was Hoffmann mit dem Uran vorhatte. Wer war er überhaupt? Der Mann, den Rolf zuletzt zu Gesicht bekommen hatte, ließ ihn auch Hoffmann noch einmal in anderem Licht erscheinen. Dessen braunes, gelocktes Haar war am Haaransatz eindeutig schwarz gewesen. Warum?

Konnte es sein, dass er zum Beispiel nur Halbdeutscher war? Ein »Halbblut«, wie die Amerikaner die Nachkommen von einem indianischen und einem weißen Elternteil nannten. In den Kriegsjahren hätte Ingrid automatisch den Begriff »Mischling« verwendet, so wie man über einen nicht reinrassigen Hund spricht. Und wenn man es genau bedachte, hatte Ingrid die Bezeichnung auch noch während ihrer gemeinsamen Jahre in Amerika verwendet.

Manfred und die beiden Gehilfen hatten ebenfalls sehr dunkles Haar, aber was hieß das schon. Ein Jugoslawe oder Rumäne oder vielleicht auch Albaner könnte so aussehen. Aber auch jeder beliebige Georgier, Armenier, Iraner, Kurde, vielleicht auch Araber oder Israeli. Und warum nicht auch ein Spanier oder Süditaliener.

Ihre Nasen ähnelten ein bisschen der des Georgiers Stalin oder des letzten Schahs von Persien … Ingrid wäre da jetzt gut gewesen. Sie hatte die verschiedenen menschlichen Rassen wirklich gekannt.

Rolf musste unwillkürlich schmunzeln, als er sich an die junge Frau zurückerinnerte, die voller Eifer erklärte: »Letztendlich ist es gar nicht so schwer, die verschiedenen Rassen zu identifizieren, wenn man etwas Übung hat. Im Grunde ist es wie bei einem Ornithologen, der Vogelarten bestimmt. Ein Kollege von mir, Doktor Quelprud, ist zum Beispiel in der Lage, eine Menschenrasse nach den Ohrläppchen zu bestimmen.«

»Jetzt übertreibst du aber«, widersprach Rolf.

»Doch, doch«, fuhr Ingrid mit glühenden Wangen fort. »Es gibt eine Menge einfacher Grundregeln, die da Aufschluss geben. Beispielsweise wird die weiße Großrasse eindeutig dunkler, wenn man von Nord nach Süd und in Richtung Osten geht. Vergleich doch einfach mal Griechen und Türken, Türken und Perser, Perser und Afghanen. Je weiter man nach Britisch-Indien kommt, umso dunkler wird es. Die Draviden in Südindien werden sogar manchmal der schwarzen Großrasse zugeordnet. Auch die Nasenform verrät normalerweise vieles, ebenso natürlich die Haare, aber auch die Wangenknochen, das Kinn, überhaupt die Schädelform ...«

Manchmal hatte Ingrid sich in der Stille des Schlafzimmers sogar zu einer Analyse der Rasseeigenschaften des »Führers« aufgeschwungen: »Auch in Deutschland – ich würde sogar sagen *gerade* in Deutschland – kreuzen sich die nordische Rasse, die Alpenrasse und die ostbaltische Rasse in sehr erstaunlicher Weise. Das sieht man auch an der Schädelform des Führers. Und Himmler erst ... ein so durch und durch alpenrassiges Milchgesicht findet man in Deutschland kaum ein zweites Mal.«

»Großer Gott, könnten wir jetzt bitte schlafen?«

»Wir könnten schon, aber du willst doch sicher zuerst noch wissen, wie es bei *dir* um den Anteil der nordischen Rasse steht?«

»Die nötigen Schädelvermessungen kannst du morgen vornehmen, aber jetzt würde ich gerne schlafen.«

»Nein, ich sage es dir gleich. Ich habe gerade erst mit Doktor Schumann darüber gesprochen, der ein Buch zu diesem Thema schreibt. Nur deinetwegen habe ich ihn mal nach den Finnen gefragt. Also: du bist so westfinnisch, dass der schwedische Rasseneinfluss bei dir deutlich zu erkennen ist. Die Mehrheit der finnischen Bevölkerung gehört ja eindeutig mehr zur breitschädligen ostbaltischen Rasse. Aber in Finnland ist es angeblich so, dass nach Norden und Osten hin die durchschnittliche Körpergröße der Bevölkerung zurückgeht, der Schädel breiter wird, die Haarfarbe dunkler ausfällt und in die ansonsten für euch Finnen typische Blau- und Grauäugigkeit eine ungefähr zehnprozentige Braunäugigkeit hineinkommt. Außerdem erkennt man jemanden aus dem Norden Ostbottniens oder einen Kvenländer einfach am auffallend runden Kopf ...«

»Ich schlafe eigentlich schon, aber darf ich dich trotzdem fragen, was wäre, wenn ich braune Augen hätte?«

»Dann würde ich dich natürlich mit braunen Augen lieben.«

Unweigerlich traten Rolf auf der Matratze in seinem düsteren Gefängnis die Tränen in die Augen. Sie hatten auch gute Zeiten gehabt, er und Ingrid. Und als Erik auf die Welt kam ... Wo mochte Erik jetzt sein? War er bereits auf den Spuren seines verschwundenen Vaters in Berlin angekommen? Was mochte er alles wissen?

Und vor allem: Würde Erik, falls er die Wahrheit über Rolf Narva erführe, seinen Vater überhaupt noch sehen wollen?

22

Malek Bahrami, der den Namen »Hoffmann« benutzte, blickte auf das farbige Display des Navigators, der an der Windschutzscheibe angebracht war. Der Umgang damit war ihm vertraut, denn er besaß in Berlin eine kleine Kurier- und Transportfirma.

Den Namen Hoffmann hatte er sich ausgesucht, weil ein Mann namens Dietrich Hoffmann vor gut zwanzig Jahren in Hamburg-Altona sein Lehrer in der Grundschule gewesen war. Ein sympathischer Mann, kein bisschen rassistisch. Maleks Eltern waren aus Teheran nach Deutschland gekommen, als ihr Sohn fünf Jahre alt war.

Utabar, der unter dem Namen »Manfred« auftrat, saß neben Malek. Sie hatten am Flughafen Helsinki-Vantaa einen kleinen Peugeot gemietet und waren damit in Richtung Imatra nahe der russischen Grenze gefahren.

Die Stimmung im Wagen war gedrückt, und die dunklen Wolken am Himmel sorgten auch nicht gerade für eine gute Atmosphäre. Nach Imatra waren sie in Richtung Puumala und Savonlinna weitergefahren. Die Namen waren so kompliziert, dass es schwer gewesen wäre, sich ohne GPS zu orientieren, zumal fast ununterbrochen dunkler Nadelwald die Straße säumte.

Sie fuhren inzwischen auf der kleinen Straße nach Salmenpohja, die nach einer Biegung schlagartig schmaler wurde. Bald wischte Gras über den Unterboden des Autos.

»Bist du sicher, dass wir hier richtig sind?«, fragte Utabar.

»Ich nicht, aber Fräulein Garmin«, gab Malek tonlos zurück.

Utabar war ein Fitnessstudio-Besitzer aus Hannover und selbst ein ziemliches Muskelpaket. Seine sorgfältig geschnittenen Haare und die Augenbrauen hatte er gefärbt, sodass sie nicht mehr ganz schwarz, sondern bräunlich waren. Auch die Augen hatte er durch Kontaktlinsen aufgehellt, damit der Name Manfred nicht allzu sehr im Widerspruch zu seinem Aussehen stand.

Lalli befand sich in Startposition, fast senkrecht an die aus Rohren zusammengeschweißte Abschussrampe gelehnt. Die grüne Abdeckplane war entfernt worden.

Roope betrachtete die Rakete stolz – aber auch ein bisschen traurig, weil sie bald zerstört sein würde.

Er blickte auf die Uhr am oberen Bildschirmrand seines Laptops. 10:42.

Seine Handflächen schwitzten, obwohl er sich einredete, vollkommen ruhig zu sein. Teemu und Raine wirkten ebenso nervös, auch wenn sie es mit Witzeleien zu überspielen versuchten.

»Fertig zum Start«, sagte Roope.

Die anderen sagten nichts, sondern schritten zur Tat.

Vorsichtig näherte sich Malek dem Holzhaus, das hinter den Bäumen am Seeufer stand. Es schien leer zu sein.

Das Gefühl der Enttäuschung durchflutete ihn. War die Vermutung Markku Plöggers über den Aufenthaltsort seines Sohnes doch falsch gewesen?

Malek wollte schon umkehren, sah sich aber noch einmal genau um.

Seine Aufmerksamkeit heftete sich auf einen Weg, der von dem Platz vor dem Haus wegführte. Er verlief zum Teil über Gras, zum Teil über Sand, und im Sand waren reichlich Reifenspuren zu erkennen.

Malek ging näher heran. Einige Reifenspuren kamen von diesem Platz, andere von dem größeren Zufahrtsweg. Malek ging langsam weiter.

Plötzlich hörte man hinter den Bäumen ein dunkles Grollen. Malek blieb stehen. Das Geräusch wurde stärker, es schien jetzt fast direkt über ihm zu sein und erfüllte die Luft.

Im selben Moment stieg ein raketenähnlicher Gegenstand hinter den Bäumen auf. Die Heckflamme leuchtete hell wie bei einem Schweißgerät, bis das Ding in hohem Bogen am blauen Himmel verschwand.

Fassungslos starrte Malek nach oben. Sein Gehirn wollte die Information, die ihm Augen und Ohren übermittelten, einfach nicht verarbeiten.

War da wirklich gerade eine Art Flugkörper in den Himmel gestiegen? Hatte das etwas mit dem verschwundenen Uran zu tun?, schoss es Malek durch den Kopf.

Er drehte sich abrupt um und rannte zum Wagen zurück.

23

Erik blickte nach oben und las mit einem unangenehmen Kribbeln auf der Haut, was auf dem Schild stand.

In diesem Gebäude befand sich von 1927 bis 1945 das Kaiser-Wilhelm-Institut für Anthropologie, menschliche Erblehre und Eugenik. Die Direktoren …

Erik verspürte eine fast physische Übelkeit, und er musste ein paarmal tief durchatmen. Dann fasste er sich, ging die wenigen Stufen hinauf, öffnete die Tür und hörte, wie seine Schritte im Treppenhaus widerhallten. Einige Studenten unterhielten sich vor dem in beide Richtungen abzweigenden Flur. Cargohosen, langes Haar, Rucksäcke. Studenten der Politik, nicht der Medizin und nicht der Biologie.

Erik ging weiter. Er registrierte die abgetretene Steintreppe, die altmodischen Heizkörper, die hellen Wände, die einen Anstrich vertragen konnten. Wären das Kopiergerät, das Schwarze Brett mit den bunten Zetteln und das Plakat, das für das WLAN-Netz auf dem Campus der Freien Universität warb, nicht gewesen, hätte man nicht sagen können, ob man sich am Anfang des 21. Jahrhunderts oder in den 1940er-Jahren befand.

Hatte seine Mutter in diesem Gebäude ihre wissenschaftliche Laufbahn begonnen? War sie mit ihren Kollegen diese Treppe hinaufgeeilt … in die Labors, wo …?

Erik hielt es hier nicht länger aus, er drehte sich um und stürzte aus dem Gebäude, ohne sich um die neugierigen Blicke der Studenten zu kümmern. Auf der Straße wischte er sich atemlos den Schweiß von der Stirn und versuchte, zur Ruhe zu kommen. Er war schon sehr früh am Morgen bei der Polizei gewesen und hatte seiner vorliegenden Vermisstenmeldung die Informationen über den nächtlichen Zwischenfall im Hotelzimmer hinzugefügt. Der Polizeibeamte hatte alles aufgeschrieben, aber es war deutlich zu sehen gewesen, dass er dem Ganzen nicht allzu viel Gewicht beimaß.

Rolf lag noch immer auf der Matratze, die Hände über der Brust verschränkt. Er war nicht richtig wach, konnte aber auch nicht schlafen.

Über Hoffmann oder das Uran mochte er sich nicht mehr den Kopf zerbrechen, stattdessen sprangen seine Gedanken in dem wirren Geflecht aus Erinnerungsbildern und den in der Nacht im Thüringer Wald wiedergesehenen Orten hin und her. Er wunderte sich immer noch darüber, wie wenig sich die Kurve neben dem Bach verändert hatte, wo er und Hans am letzten Tag im März 1945 von der SS-Patrouille angehalten worden waren.

Nachdem sie die Patrouille passiert hatten, setzten sie ihren Weg scheinbar sicheren Schrittes fort, aber die Angst steckte ihnen tief in den Knochen.

»Das darf sich nicht wiederholen«, sagte Hans entschieden. »Es hat keinen Sinn, weiterzugehen. Wir suchen uns einen Bauernhof und verstecken uns. So wie Mayer es uns geraten hat.«

In der Ferne zeichneten sich bereits die roten Ziegeldächer und der Kirchturm des Dorfes Brotterode ab, aber bis dorthin zu gehen, wäre viel zu gefährlich. Dann sahen sie rechter Hand ein niedriges Bauernhaus und daneben einen größeren und einen kleineren Stall.

Mit der Vollmacht von Kaltenbrunner machten sie der Bäuerin Angst, bis sie von ihr ein Versteck auf dem Heuboden des Pferdestalls zugewiesen bekamen. Dort reinigte Rolf die Wunde von Hans und verband ihn. Zum Glück war die Wunde nicht tief, aber es musste verhindert werden, dass sie sich entzündete.

Die erste Nacht war bitterkalt, aber dann gewöhnten sie sich daran, oder vielleicht war auch das Wetter milder geworden. Am dritten April berichtete ihnen die Bäuerin, die Amerikaner wären bereits auf der Höhe von Osnabrück, Kassel und Fulda. Allmählich trafen versprengte deutsche Truppen auf dem Rückzug im Thüringer Wald ein, durch und durch erschöpfte und zerlumpte Soldaten.

In der Nacht zum vierten April hörten Rolf und Hans deutlich von Norden und von Süden her das ferne Grollen von Geschützfeuer. Immer häufiger flogen amerikanische Aufklärungs- und Kampfflugzeuge über die Gegend. Am Morgen des vierten April war aus Richtung Brotterode stundenlang heftiges Maschinengewehrfeuer zu hören, das erst spät am Abend endgültig abgeklungen war, nach einem schweren Luftschlag der Amerikaner. Die Erde schien eine halbe Stunde lang zu zittern, bis sich Stille über die Gegend legte. Sie hörten nur noch das Zwitschern erschrockener Vogelschwärme in den Bäumen. Von Westen her trieb der Wind beißenden Rauch heran.

Ohne sich um Hans' Einwände zu kümmern, beschloss Rolf am späten Nachmittag, sich draußen ein Bild von der Lage zu machen. Die Bäuerin war nirgendwo zu sehen, vielleicht hatte sie sich im Kartoffelkeller versteckt. Rolf ging am Rand eines großen Feldes entlang bis zu einer Reihe von Pappeln, die etwa zweihundert Meter vom Haus entfernt standen. War nun alles vorbei? Deutsche Soldaten würden sich hier jedenfalls kaum noch blicken lassen ... Außer vielleicht letzte Einheiten auf dem Rückzug oder solche, die sich verirrt hatten.

Plötzlich regte sich etwas auf dem Feld. Rolf drückte sich am Feldrand auf den Boden.

Ein, zwei, drei Gestalten, dann immer mehr, zwei Gruppen oder vielleicht sogar ein ganzer Zug.

Die einsetzende Abenddämmerung und der Nieselregen beeinträchtigten Rolfs Sicht, aber die Gestalten bewegten sich eindeutig in seine Richtung. Aller Logik nach mussten es Amerikaner sein. Oder warum nicht doch zurückweichende Deutsche? Rolf ging im Graben in Deckung und wartete ab.

Die Männer waren noch immer zu weit weg, als dass er ihre Nationalität hätte zuordnen können. Auf einmal hörte er hinter sich, auf der Straße, die ins Dorf führte, Geräusche, ein Scheppern und Rattern.

Kettenfahrzeuge.

Rolf kroch auf die andere Seite des Grabens und versuchte den Blick zu schärfen. Aus dem Tal hinter dem dichten Fichtenwald drang ein Geräusch herauf, das schnell lauter wurde, und bald schon tauchte der erste Panzer auf. Auf keinem Zeitungsfoto und in keiner Wochenschau hatte er solche deutschen Panzer gesehen. Das waren jedenfalls keine Panther und keine Tiger…

Immer mehr Panzer kamen um die Kurve, es folgten Lastwagen, Sturmpanzer, Jeeps, Infanterie, es hörte überhaupt nicht mehr auf. Und runde Helme! Jetzt hieß es, lange genug im Versteck ausharren, bis die Front – die es gar nicht mehr zu geben schien – weit genug in den Osten gerückt war und die Lage sich beruhigt hatte.

»Hey, Fritz! Hände hoch!«

Der scharfe Befehl ertönte in einem merkwürdig breiten Tonfall. Rolf sah zuerst nur die schweren Schnürstiefel hinter sich am Grabenrand.

»*What are you doing there in the goddamn ditch!*«

Rolf hatte noch nie zuvor einen Schwarzen gesehen. Der, der jetzt vor ihm stand, hielt eine Maschinenpistole im Arm, deren Lauf direkt zwischen Rolfs Augen zielte.

»*I am Finnish! Not German*«, sagte Rolf laut und deutlich. Englisch war nach Deutsch seine zweite Sprache im Gymnasium gewesen. »*I am from Finland, you know … I am a war prisoner, no … a Prisoner of war …*«

»*Finland?*«, murmelte der Schwarze. »Hab ich nie gehört. Oder doch … *The winter war*! Ihr habt den Russen die Hölle verdammt heiß gemacht. Okay, komm raus da und streck die Hände nach oben. Bist du bewaffnet?«

»Nein, keine Waffen. Ich bin Zivilist.«

Rolf ging vor dem Amerikaner her in die Richtung, die ihm gewiesen wurde.

»Ich bring dich zu unserem Hauptmann. Der darf dann entscheiden, was mit dir passiert«, brummte der Soldat und führte ihn offenbar zum Gefechtsbefehlsstand der Kompanie. »Du hast bestimmt deine Papiere dabei?«

Die Papiere! Verdammter Mist … Der Pass war bei Hans im Stall. Den bekam er nicht, ohne Hans zu verraten, und das wollte Rolf nicht.

Und dann das Schlimmste: Er hatte noch den Brief des Reichssicherheitshauptamtes im Jackenfutter. Er konnte nur hoffen, dass man ihn nicht allzu gründlich durchsuchte. Er hätte den Brief und die Arbeitserlaubnis des Instituts rechtzeitig verbrennen müssen.

Der Befehlsstand der amerikanischen Kompanie befand sich auf einem nahe gelegenen Bauernhof. Der Hauptmann kaute nervös auf einem Zigarrenstummel herum und war augenscheinlich nicht auf weitere Verzögerungen versessen. Er blickte verärgert von der Karte auf der Kühlerhaube eines Jeeps auf, musterte Rolf von oben bis unten und raunzte dem Soldaten etwas zu, was Rolf nicht verstand.

»Aber er lag im Graben, Sir, hat sich versteckt … als wollte er uns beobachten, Sir! Und er behauptet, er ist kein Deutscher, sondern Schwede.«

»Nein, Finne«, korrigierte Rolf. »Ich bin Kriegsgefangener, ich bin auf der Flucht.«

»Hat er Papiere? Einen Pass?«

Der Hauptmann mit dem Helm machte sich gar nicht erst die Mühe, ihn direkt anzusprechen.

»Ich bin noch nicht dazu gekommen, ihn zu durchsuchen, Sir«, murmelte der Schwarze.

»*Well*«, richtete der Hauptmann nun das Wort an Rolf. »*Your passport?*«

»Die Deutschen haben ihn mir abgenommen, Sir. Aber ich bin kein Deutscher. Ich komme aus Finnland.«

»Können Sie das beweisen? Durchsucht ihn!«

Das war es dann wohl. Sie würden den Brief finden. Verdammt, verdammt, sie würden ihn finden …

»Kein Pass. Nur eine Arbeitserlaubnis von irgendeinem Kaiser-Wilhelm-Institut und ein Briefumschlag im Jackenfutter, Sir«, meldete ein Gefreiter eifrig.

»Ein Briefumschlag? Her damit!«

Der Hauptmann zermalmte seinen Zigarrenstummel zu feinsten Krümeln. »Ich kann das nicht lesen! Aber Unterschrift und Stempel sind von einem SS-Bonzen. Hakenkreuz und alles. Das muss genauer untersucht werden. Die Anweisungen sind eindeutig: alles, was mit der SS zu tun hat, wird mit Stumpf und Stiel eliminiert. Der Kerl hier kommt direkt zum Brigadestab. Die wissen, was man mit so einem Scheißnazi machen muss!«

Rolf zuckte zusammen, als er die Bezeichnung hörte, mit der er sich kein bisschen identifizierte. *Scheißnazi* ...

Er wurde mit zwei Meldern zu einem anderen Jeep geschickt. »Der Stab war vorhin am Rand eines Dorfs, zwei Meilen westlich der Hauptstraße. Fragt, wenn ihr ihn nicht findet«, wies der Hauptmann die Meldesoldaten an. »Und wenn er so dumm ist, einen Fluchtversuch zu riskieren, erschießt ihr ihn und kommt auf der Stelle zurück.«

Ein einziges Blatt Papier, dachte Rolf. Wenn ich es nur rechtzeitig verbrannt hätte ...

Beim Brigadestab fanden sich schließlich Amerikaner, die Deutsch konnten. Man legte Rolf in Fesseln und schickte ihn mit der Militärpolizei immer weiter, vom Stab der Division zum Stab des Armeekorps bis zum Heeresstab.

Irgendwo westlich von Frankfurt wurde er Zeuge eines apokalyptischen Anblicks: Er sah Zehntausende deutscher Kriegsgefangener, die in grauen Scharen in die Gefangenenlager gebracht wurden, Hunderte zerstörter Lastwagen, Geschütze und Panzerfahrzeuge an den Straßenrändern, Berge von Waffen der Soldaten, die sich ergeben hatten, und spindeldürre deutsche Flüchtlingskinder, die bei den Amerikanern um etwas zu essen bettelten: »Hunger! Brot! Bitte! Bitte!«

Ruinen, Chaos, junge, einbeinige Männer auf Krücken, Frauen mit leerem Blick, Menschen, die alles verloren hatten. Das war eine echte Götterdämmerung, keine Schlussszene einer Wagner-Oper.

Die Amerikaner hatten mit einem unfassbaren logistischen Alptraum zu kämpfen: Wie sollten sie Millionen von Kriegsgefangenen und Millionen von Zivilisten und Flüchtlingen in der Stunde Null nach dem Untergang des Deutschen Reiches ernähren? Wie viele Deutsche erinnerten sich jetzt noch an Hitlers Worte nach der Machtergreifung: »Gebt mir zehn Jahre, und ihr werdet Deutschland nicht wiedererkennen.«

Zwölf Jahre danach lagen ganz Deutschland und halb Europa in Trümmern.

In Darmstadt bekam Rolf schließlich seinen »endgültigen Aufenthaltsort« zugewiesen – eine ehemalige Nervenheilanstalt, die zur Verwahranstalt für SS-Offiziere, SS-Unteroffiziere und andere mutmaßliche Naziverbrecher umfunktioniert worden war.

Naziverbrecher. Das war noch schlimmer als das andere Schimpfwort. Sollte er, Rolf, zu den Naziverbrechern gehören?

Ich werde ihnen offen und ehrlich alles erzählen, was sie über meine Arbeit in Berlin wissen wollen, hoffentlich genügt ihnen das, dachte Rolf deprimiert. Jedenfalls konnte doch wohl niemand behaupten, dass er sich eines Verbrechens schuldig gemacht hätte.

Über seinen letzten Auftrag musste er jedoch schweigen. Er würde einfach sagen, dass er nicht gewusst hätte, wozu ihn die SS verpflichtet hatte. Ob sie es glaubten oder nicht. Vielleicht war etwas versteckt worden, aber er hatte nicht gesehen, was und wo …

Seufzend drehte er sich auf seiner Matratze auf die Seite. Wenn Hans nur über das alles geschwiegen hätte! Hatte er womöglich seinem Bruder und Nazisympathisant Arno etwas von dem Versteck erzählt? War es möglich, dass Hoffmann etwas mit diesen faschistischen Vereinigungen zu tun hatte, die das Erbe der SS hochzuhalten versuchten?

Das erschien ihm ziemlich unwahrscheinlich. Es musste etwas anderes sein.

Aber alles Grübeln wäre die reinste Zeitverschwendung. Die nackte Wahrheit lautete, dass er, Rolf Narva, seine Informationen an Hoffmann weitergegeben hatte – ungeachtet dessen, was dieser vorhatte.

24

Jenny Petterson hatte vier ergiebige Urlaubstage in St. Petersburg gehabt. Mit ihren Freundinnen Sofia, Mia und Linda, die wie Jenny in Stockholm Architektur studierten, hatte sie bereits den Peterhof, Tsarskoje Selo und Pawlowsk bewundert. Aber nicht nur die Paläste, sondern die Stadt an sich war schon ein Erlebnis, fanden sie.

Es machte Spaß, darin zu konkurrieren, wer die von italienischen Architekten wie Rastrelli, Brenna und Quarenghi oder von russischen Meistern wie Starow, Woronichin oder Sacharow entworfenen öffentlichen Gebäude aus dem 18. und 19. Jahrhundert identifizieren konnte. Jenny triumphierte, als ihr als erster einfiel, dass es der Franzose Auguste Montferrand gewesen war, der die Isaak-Kirche und die Alexander-Kolonnaden gebaut hatte.

Sie hatten gerade die Newa auf dem Weg von der Wasilij-Insel in den Stadtteil Petrograd überquert, als Jenny noch einmal ihre kleine Videokamera aus der Tasche nahm. Der Akku war fast leer, aber vielleicht konnte sie die letzten Minuten noch dafür verwenden, ihre Freundinnen vor der Silhouette der Peter-und-Paul-Festung zu filmen. Beim Tierpark gab es dafür eine gute Stelle.

»Jetzt winkt noch mal, Mädels, der Akku ist gleich leer!«, konnte sie gerade noch sagen, da lenkte ein hoher, schneidender Ton am Himmel alle Aufmerksamkeit auf sich.

»Ich glaub, ich spinne!«, rief Linda. »Was ist 'n das?«

Jenny richtete die Kamera auf den Himmel im Norden, und gleich darauf tauchte ein länglicher Gegenstand auf, eine Art riesiger, dicker Speer, der vom wolkenlosen Himmel herabstürzte und im ungefähr einen Kilometer entfernten Park verschwand.

Es war nichts zu hören, trotzdem schienen die Menschen ringsum in Panik zu geraten. Die Einheimischen stießen erschrockene, ungläubige Rufe aus, von denen Jenny zumindest die Worte »*Amerikanski*« und »*Eata bila vaina?*« erkannte.

Für einen Moment waren die Petersburger felsenfest davon überzeugt, die USA hätten einen Angriff gegen ihr Land gestartet – und einen Krieg eröffnet.

»Hast du das gefilmt?«, fragte Linda mit zitternder Stimme.

»Nur ein paar Sekunden, aber es ist im Kasten. Der Akku hat gerade noch gereicht. Wieso?«

»Dann stellen wir das sofort auf die YouTube-Website«, sagte Mia, die sich nicht so leicht aus der Fassung bringen ließ, begeistert. »Wenn ich mich richtig erinnere, gab es doch da auf der Wasilij-Insel mindestens zwei Internetcafés.«

Schon auf der Birschewoi-Brücke kamen ihnen drei Feuerwehrautos mit heulenden Sirenen entgegen.

Die Petersburger versammelten sich nach und nach südlich der U-Bahn-Station Gorkowskaja im Alexander-Park. Angehörige der Miliz zogen Absperrbänder um den Ort des Einschlags, aber genügend Touristen und Einheimische konnten trotzdem noch sehen, dass ein seltsam länglicher, blau-weißer, verbeulter Metallzylinder eine riesige Eiche in zwei Teile gerissen hatte.

An die Fenster des Staatsratsgebäudes am Senatsplatz in Helsinki schlugen erste Regentropfen. Unterstaatssekretär Grönroos hatte erst wenige Minuten zuvor mit überdrüssiger Miene ein Fax, das ihm der Kanzlist gebracht hatte, in den Ordner Z gelegt. Manche Leute hatten offenbar nichts Besseres zu tun, als ihre Zeit mit Spinnereien zu vergeuden ...

Er hatte den Gedanken noch nicht zu Ende gedacht, als das Telefon klingelte.

Grönroos nahm ab und hörte, wie sich ein Mann mit ruhiger Stimme als Oberstleutnant Pakkala vom Oberkommando der Finnischen Verteidigungskräfte vorstellte.

»Wie schnell können Sie die Staatsführung zusammenrufen?«, fragte der Oberstleutnant. »Uns ist gerade von den Russen mitgeteilt worden, dass von Finnland aus eine Rakete auf das Zentrum von St. Petersburg abgeschossen worden ist.«

Der Unterstaatssekretär schnappte sich noch einmal das gerade abgelegte Fax, das er zuvor nicht einmal bis zur Hälfte hatte lesen mögen.

Roope fuhr auf der Fernstraße 6 in Richtung Helsinki. Sein Hemd war schweißnass. Sie hatten die Abschussstelle mit Sand zugeschüttet, die letzten Spuren beseitigt und den Anhänger einige Kilometer vom Ferienhaus entfernt in einer Scheune versteckt.

Das Radio lief, auch wenn es sicherlich noch eine Weile dauern würde, bis die Nachricht aus St. Petersburg die finnischen Medien erreichte.

Lange hatte es Roope geärgert, dass sie sich mit St. Petersburg zufriedengeben mussten. Moskau wäre viel eindrucksvoller gewesen. Es hätte einfach mehr Power gehabt, wenn LALLI auf dem Roten Platz eingeschlagen wäre. Aber sie durften ja kein Menschenleben in Gefahr bringen. Und von der Abschussstelle bis zum Kreml waren es 796,8 Kilometer, bis in den Alexander-Park in St. Petersburg hingegen nur 159,3. Ein Flug bis Moskau – das musste Roope sich wohl auch selbst eingestehen – wäre für LALLI eine ziemliche Herausforderung gewesen.

Es hatte keinen Sinn, unnötige Risiken einzugehen, wenn St. Petersburg denselben Zweck erfüllte.

Die Stimmung im Auto war gelöst und sie waren voller Erwartung. Das Einzige, was Roope plagte, war das bevorstehende Treffen mit Rolf Narva. Zu jeder anderen Zeit hätte er gern und voller Neugier einen Freund seines Großvaters kennengelernt, aber jetzt löste die Begegnung mit dem Mann geradezu Angst in ihm aus. Noch immer hatte er den anderen nichts davon gesagt.

Teemu saß auf dem Rücksitz, den Laptop auf dem Schoß, die Internetverbindung hatte er über sein Handy hergestellt. Er sah sich mehrere russische Nachrichtenseiten an.

»Und wenn sie das Ganze vertuschen?«, fragte Raine plötzlich, und klang schon etwas enttäuscht.

»Warten wir doch erst mal in Ruhe ab. Mit der finnischen Führung werden sie auf jeden Fall Kontakt aufnehmen, auch wenn sie sonst versuchen sollten, den Vorfall zu verschweigen …«

»Hier ist es!«, rief Teemu aufgeregt. »Moscow News. *Missile hit in Alexander's Park, St Petersburg …*«

Roope schlug mit der flachen Hand aufs Lenkrad und stieß ein schrilles Johlen aus.

25

Hannu Kuikka, der Leiter der Bereitschaftsabteilung in der Kanzlei des Staatsrats, und Johan Schalin, der Sonderberater von Ministerpräsident Matti Vanhanen für Internationale Angelegenheiten, betraten zusammen forschen Schrittes das Büro von Staatssekretär Risto Volanen.

»Hast du Matti erreicht?«, wollte Volanen mit leicht geröteten Wangen sogleich von Schalin wissen.

»Er hat seine Besprechung in Kesäranta abgebrochen und ist auf dem Weg hierher.«

Volanen seufzte tief. »Von STT kam schon eine Blitzmeldung per SMS: ›In St. Petersburg ist eine von Finnland aus abgeschossene Rakete eingeschlagen.‹ Wir können keine Mitteilung herausgeben, solange das Führungsgremium nicht getagt hat.«

Er nahm die Kopie des Faxes in die Hand. »Kein Mensch kann so einen Schrieb ernst nehmen ...«

»Trotzdem müssen wir schnell entscheiden, was wir den Russen gebenüber sagen«, stellte Schalin fest.

»Na, wahrscheinlich doch wohl die Wahrheit. Dass das für uns eine ebenso große Überraschung ist wie für sie. Dass wir den Vorfall mit allen zur Verfügung stehenden Mitteln aufklären werden, uns so weiter.«

Volanen legte das Fax auf den Tisch und sah den Leiter der Bereitschaftsabteilung an. »Schick das hier an die Führung von Sicherheitspolizei und Zentralkripo. Die haben vielleicht irgendwelche Informationen über diese Gruppierung. Sie sollen möglichst ohne großes Aufsehen überprüfen, ob sich in dem Bahnhofschließfach tatsächlich etwas befindet. Und wenn ja, was.«

Das war es.

Erik stand im Nieselregen vor einem schmutzig grauen Haus in einer ruhigen Straße. An der Wand stand »Max-Planck-Institut«, aber laut Kohonen war das Gebäude 1936 für die physikalische Abteilung des Kaiser-Wilhelm-Instituts fertig gestellt worden. Es lag nur wenige hundert Meter vom Institut für Eugenik entfernt.

Erik ging langsam weiter. Auf der weißen Tafel neben der Treppe des folgenden modernen, kastenförmigen Gebäudes stand »Max-Planck-Institut für Wissenschaftsgeschichte«. Kohonen zufolge wurden dort die Akten zum Kaiser-Wilhelm-Institut aufbewahrt. Die meisten waren allerdings im Krieg verbrannt. Oder vernichtet worden.

Erik ging nachdenklich die flach ansteigende Treppe hinauf. War sein Vater womöglich wegen Angelegenheiten in Berlin, die keine genauere Betrachtung bei Tageslicht vertrugen?

Mit finsterer Miene trommelte Roope auf das Lenkrad seines Wagens. Im Radio lief Musik, bald wären die Nachrichten an der Reihe.

Eigentlich sollte er mit Raine und Teemu ein paar Bier trinken, aber stattdessen saß er allein hier und wartete auf Rolf Narva.

Roope hatte als Treffpunkt ein Café vorgeschlagen, aber Narva wollte einen ruhigen, ungestörten Ort. Letztlich leuchtete das auch Roope ein, und deshalb hatten sie sich auf eine Waldlichtung in der Nähe des Krankenhauses Puolarmetsä in Espoo geeinigt. Allerdings wunderte sich Roope kurz darüber, dass dieser Narva in seinem Alter noch Auto fuhr.

Er selbst hatte den Wagen am Rand des mit Gras überwucherten Platzes geparkt. Die Nachrichten hatten noch nicht angefangen, als neben ihm ein kleiner Peugeot anhielt. Sofort stieg auf der Fahrerseite ein Mann aus, der viel zu jung war, um Rolf Narva zu sein. Roope war so sehr darauf vorbereitet, einem alten Menschen zu begegnen, dass er erschrak.

»Guten Tag«, sagte der Fahrer des Peugeot freundlich auf

Deutsch, als er die Beifahrertür von Roopes Wagen öffnete. »Robert Plögger?«

»Ja, der bin ich«, bestätigte Roope unsicher.

Der Mann setzte sich in den Wagen. »Leider konnte Rolf Narva nicht selbst kommen, aber ich handle mit seiner Vollmacht, nicht wahr, Rolf?«

Der Mann nahm ein Handy aus der Tasche, aus dessen Lautsprecher sogleich dieselbe Altmännerstimme zu hören war wie beim letzten Telefonat.

»Ja. Herr Hoffmann weiß, worum es geht.«

Roope war schlagartig zutiefst beunruhigt. Wie viele Leute wussten bereits von dem Uran?

»Und worum geht es, wenn ich fragen darf?«, erkundigte er sich so höflich wie möglich.

»Vielleicht sind Sie ja auch schon selbst darauf gekommen: Wir würden gern wissen, wo sich das Material befindet, das Sie aus dem von Klingenbergschen Grab geholt haben.«

Hoffmanns Ton gefiel Roope überhaupt nicht, und der Inhalt seiner Worte noch viel weniger.

»Ich weiß nicht, wovon Sie sprechen.«

»Und ich habe keine Zeit für Spielchen.«

Roope erschrak erneut, als die Fahrertür seines Wagens von außen geöffnet wurde. Er hatte nicht gemerkt, dass jemand hinten um das Auto herumgegangen war. Als er den Mann sah, der die Tür geöffnet hatte, merkte Roope, wie sein Herzschlag für einen Moment aussetzte.

»Du hast fünf Sekunden Zeit, um am Leben zu bleiben«, sagte Hoffmann. »Wo ist das Material aus dem Versteck!«

Roopes Herz schlug bis zum Zerspringen. Eine Waffe sah er nicht, aber so wie die Männer aussahen, konnten sie durchaus eine bei sich haben. Und das genügte Roope, um zu beschließen, nicht den Helden zu spielen.

»Der Bleibehälter ist noch in Deutschland. Südlich von Berlin. In Wiepersdorf.«

»Und der Inhalt?«

»Das Uran ist in dem Behälter. Ich habe es nicht gewagt, ihn nach Finnland zu transportieren. Außer einer Menge von ungefähr zehn Gramm, die ich ...«

»Du sagst mir jetzt die exakte Stelle in Wiepersdorf!«

Roope überlegte eine Sekunde. »Am Rand des Dorfes liegt das Schloss der von Arnims. Zweihundert Meter dahinter beginnt ein großes Waldstück, und darin gibt es einen Weiher mit einer Jagdhütte. Wenn man von der Jagdhütte hundertdreißig Meter gerade nach Süden geht, kommt man an eine Stelle, wo zwischen lauter Roteichen eine Waldeiche steht. Zwischen deren Wurzeln ist es ein Loch, das mit Zweigen und Blättern abgedeckt wurde. Darin befindet sich der Bleibehälter, verpackt in eine Mülltüte.«

»Du steigst jetzt zu uns in den Wagen. Und dann werden wir überprüfen, ob das Material wirklich dort ist, wo du sagst.«

Roopes Beine wollten ihn kaum tragen, als er zitternd ausstieg.

Vor dem westlichen Eingang des Helsinkier Hauptbahnhofs stand ein grüner VW-Lieferwagen. Daneben wartete ein Oberinspektor des zentralen finnischen Kriminalamts KRP in Zivil.

Drei weitere KRP-Ermittler öffneten gerade zusammen mit einem Bahnmitarbeiter das Schließfach mit der Nummer 72.

Einige Passanten versuchten neugierig zu erkennen, was da vor sich ging, aber eine Polizeistreife scheuchte sie davon.

Einer der Kripobeamten nahm eine kleine, dunkelgrüne Tasche aus dem Schließfach. Sie war erstaunlich schwer. Mit der Tasche in der Hand ging der Beamte, begleitet von seinen Kollegen, zu dem draußen geparkten Lieferwagen.

26

Ministerpräsident Matti Vanhanen rückte sich die Brille zurecht. Er war allein in seinem Büro, in der Hand hielt er das Fax, das er kurz zuvor von Staatssekretär Volanen bekommen hatte.

Konzentriert las er es Zeile für Zeile.

VERTRAULICH

Verehrte Staatsführung,

die politische Elite Finnlands hat in den letzten Jahren nicht auf das Volk gehört und schwere Fehler begangen. Die mit Blut erkaufte Unabhängigkeit unseres Landes ist kampflos an die EU abgetreten worden. Die politische und wirtschaftliche Entscheidungshoheit liegt bereits jetzt zu einem großen Teil in den Händen von Nicht-Finnen, und bald wird Finnland auch noch der NATO beitreten.
Als Begründung wird u. a. ins Feld geführt, eine eigenständige und glaubwürdige Landesverteidigung aufrechtzuerhalten, wäre zu teuer.
Tatsächlich – die Finnen haben bereits jetzt Hunderte Millionen Euro an ausländische Waffenhersteller gezahlt.
Warum?
Mit demselben Geld hätte man in Finnland Hightech-Waffensysteme von hoher Qualität herstellen lassen und dabei eine riesige Menge Arbeitskräfte beschäftigen können.
Finnische Ingenieure gehören zur Weltspitze. Wenn wir wollen, können wir eine wirksame Abschreckung gegen jeden Gegner herstellen.

Aus der geopolitischen Lage und der dünnen Besiedelung Finnlands ergibt sich, dass es nur eine einzige vernünftige Basis für die Verteidigung unseres Landes gibt: die Atombombe. Mit einigen wenigen Atomraketen ist dann die Verteidigung Finnlands für Jahrzehnte gewährleistet, und allen übrigen Kleinkram kann man getrost vergessen. Die Bedrohung durch Russland wird unverzüglich wegfallen. Die Möglichkeit, von Finnland aus in einem Umkreis von tausend Kilometern zuzuschlagen, garantiert die Sicherheit unseres Landes vor sämtlichen militärischen Bedrohungen.

Es ist Selbstbetrug, sich in der Vorstellung zu wiegen, die NATO würde die territoriale Unantastbarkeit Finnlands sicherstellen. Die NATO hat die territoriale Verteidigung Estlands und vieler anderer neuer NATO-Länder heruntergefahren und benutzt sie lediglich für ihre Ferneinsätze.

Allein Atomraketen können Finnland eine absolute und kosteneffektive Landesverteidigung garantieren. Die technische Entwicklung macht militärische Bündnisse für uns überflüssig.

Per Internet bekommt man heute zum Spottpreis technisches Zubehör, von dem die Großmächte nur träumen konnten, als sie ihre ersten Marschflugkörper bauten. Für die Entwicklung der Raketen erleichterte die amerikanische Rüstungsindustrie die Steuerzahler um viele hundert Millionen Dollar.

Den Marschflugkörper, der in St. Petersburg eingeschlagen ist, haben wir für elftausend Euro gebaut. Die genauen technischen Informationen sowie unsere Kalkulation finden Sie in der Anlage. Wie Sie mittlerweile wissen, hat LALLI 1 erfolgreich sein Ziel getroffen. Nebenbei gesagt: die Technik hätte uns nicht daran gehindert, eine größere Rakete zu bauen und sie in den Innenhof des Kreml zu schießen.

Wird Putin nach unserer Demonstration aufmucken? Vielleicht kurz. Aber bald wird ihm klar werden, dass dieser fliegenschissgroße Schandfleck auf dem Raketenabwehrschild seiner Großmacht nur hilfreich für Russland ist. Denn wenn Finnland ein paar Atomraketen besitzt, kann man den NATO-Beitritt vergessen. Und

niemand außer den Führungen Finnlands und Russlands wird von den finnischen Atomsprengköpfen erfahren.
Spätestens LALLI 2 wird Moskau bestätigen, dass sich Finnland nicht in die Arme der NATO werfen wird.
Was aber ist LALLI 2? Eine Rakete, die LALLI 1 entspricht, jedoch ausgerüstet ist mit einem kleinen Gefechtskopf, der angereichertes Uran enthält. Es handelt sich dabei natürlich nicht um eine Kernwaffe – noch nicht –, sondern um eine so genannte schmutzige Bombe, deren Explosion ein Gebiet für lange Zeit unbewohnbar macht. Das Uran-Isotop für den Kopf von LALLI 2 können Sie durch die Probe verifizieren, die sich im Helsinkier Hauptbahnhof in Schließfach 72 befindet.
LALLI 2 ist auf ein bestimmtes Ziel gerichtet, und die Rakete wird dorthin abgeschossen werden, wenn unsere Forderung nicht erfüllt wird. Diese Forderung lautet:
Finnland leitet unverzüglich den heimlichen Bau von Marschflugkörpern mit Atomsprengkopf in die Wege. Als Basis des Projekts können die bereits vorhandenen Organisationsstrukturen der Rüstungsindustrie, der technischen Hochschulen, des Wissenschaftskomitees der Streitkräfte und der Kernkraftbetreiber genutzt werden.
Innerhalb von zwei Jahren verfügt Finnland dann über fünf versteckte, aber mobile, abschussbereite und mit Sprengkopf ausgerüstete Marschflugkörper.
Sobald dieses Ziel erreicht und überprüft worden ist durch ein Verfahren, von dem wir Sie zu gegebener Zeit in Kenntnis setzen, teilen wir den Standort von LALLI 2 mit, damit Sie die Rakete gegebenenfalls zerstören können.

Hochachtungsvoll

Das blauweiße Bündnis

P.S.: Eine Kopie dieses Briefes ist auch dem Kreml vertraulich übermittelt worden.

Vanhanen legte das Blatt Papier aus der Hand. Er war ohnmächtig vor Wut. Wie konnte es solchen kindischen Idioten gelingen, eine Rakete zu bauen, die bis nach St. Petersburg flog?

Er warf einen Blick auf die technischen Angaben, die dem Schreiben beigelegt waren: »Die benötigten Grundkomponenten und Materialien sind sehr einfach: ein GPS-System mit Computeranschluss, ein Computer, rostfreier Stahl, Polystyren, versteifbarer Kevlar-Stoff ... Die Anschaffungen wurden hauptsächlich über eBay und Hobbyshops im Internet getätigt ... In der Testphase haben wir für den Empfang telemetrischer Daten während des Flugs der Rakete eine RF-Verbindung verwendet ... Die aerodynamische Stabilität konnte als ausreichend bezeichnet werden ... Eine Gyroskopsteuerung hätte ein ziemlich kompliziertes Computerprogramm erfordert, weshalb wir uns für ein einfacheres neues Infrarot-Stabilitätssystem entschieden haben, wie es z. B. in Modellflugzeugen angewendet wird ... Die Verbundstoff- und Polystyrenstruktur von Rumpf und Oberflächenmaterialien sorgen dafür, dass die Rakete nur schwer vom Radar erfasst werden kann ... Kosten: Elektronik und Software 2.860 Euro, Rumpf 6.180 Euro, Motor 2.950 Euro ...«

Wie es aussah, fehlte es den Tätern nicht an den technischen Voraussetzungen. Ihr politischer Sachverstand dagegen war umso unterentwickelter. Er lag etwa bei Null.

Johan Schalin, der Sonderberater für internationale Angelegenheiten, war neben Vanhanen getreten und stellte seinen aufgeklappten Laptop auf den Tisch.

»Was ist?«, fragte Vanhanen.

»Die Sicherheitspolizei hat angerufen, das Ganze ist schon hier drin ...«

Schalin öffnete die YouTube-Homepage, an die jeder seine Videoaufnahmen schicken konnte. Als Suchwort gab er ein: »Missile, St. Petersburg«.

Auf dem Bildschirm erschien ein Kasten mit einem »Play«-Symbol. Schalin klickte es an. Zuerst waren junge blonde Frauen zu sehen, von denen eine etwas auf Schwedisch sagte, dann kam eine Parklandschaft ins Bild – und schließlich eine vom Himmel herabstürzende weiß-blaue Rakete.

27

Saiid holte tief Luft. Die schwere Bleischürze hob sich, und das weiße Filterpapier seines Mundschutzes saugte sich an seinen Lippen fest.

Langsam schob er die runde Bleiplatte zur Seite. Noch bevor der Inhalt des Bleibehälters richtig zu sehen war, beschleunigte sich das Ticken des Geigerzählers zu einem hektischen Rattern.

Der Behälter hatte sich genau an der Stelle im Wald befunden, die Malek von Helsinki aus beschrieben hatte.

Saiid schloss den Behälter sofort wieder. Er tat es so heftig, dass der Deckel fast heruntergefallen wäre, aber die Halterungen schnappten gerade noch rechtzeitig ein.

Erschrocken griff Saiid zum Schraubenzieher, nahm zögernd die Schrauben in die Hand, setzte sie ein und zog sie rasch fest. Anschließend stellte er den Behälter in einen größeren Bleibehälter, wo er mit drei Haken fixiert wurde.

Zum Schluss nahm Saiid das Handy und rief Malek in Helsinki an, um ihm mitzuteilen, dass alles in Ordnung war.

Mit großer Erleichterung nahm Malek das Handy vom Ohr. Fast anderthalb Stunden hatte er auf die Bestätigung für den Fund des Urans gewartet. Die ganze Zeit hatten sie im Peugeot gesessen und geschwiegen. Auf fremdem Boden war es besser, kein Risiko durch unnötige Bewegungen einzugehen.

Malek nickte Utabar zu. Der hatte zwar verstanden, dass alles in Ordnung war, wirkte aber trotzdem unzufrieden: Sie waren völlig unterschiedlicher Meinung darüber, was mit Robert Plögger geschehen sollte.

Maleks Standpunkt war klar: Der Junge hatte sie zwar gesehen, wusste aber sonst überhaupt nichts. Er würde kein wirkliches Risiko darstellen. Außerdem war er selbst offensichtlich in fragwürdige Machenschaften verwickelt. Utabar hingegen hielt es für unabdingbar, Plögger ein für alle Mal zum Schweigen zu bringen.

»Du kannst gehen«, sagte Malek zu Plögger und registrierte dabei Utabars scharfen Blick.

Der junge Mann blieb noch eine Sekunde sitzen, als traute er seinen Ohren nicht, dann legte er die Hand auf den Türgriff.

Sobald er ausgestiegen war, zischte Utabar Malek zu: »Das kann nicht dein Ernst sein. Du lässt ihn gehen ...!?«

»Du kennst meine Meinung. Außerdem treffe ich hier die Entscheidungen.«

In Utabars dunklen Augen flammte Wut auf. »Ach ja? Und ich werde nicht zulassen, dass uns die Polizei wegen deiner unprofessionellen sentimentalen Anwandlungen auf die Spur kommt.«

Er hatte kaum ausgesprochen, da öffnete Utabar die Autotür. Bevor Malek reagieren konnte, war Utabar schon Plögger nachgelaufen und schlug ihm mit aller Kraft den Wagenheber auf den Hinterkopf. Plögger brach zusammen, und noch einmal schlug Utabar zu.

Ministerpräsident Matti Vanhanen, Finanzminister Jyrki Katainen, Arbeitsministerin Tarja Cronberg und Kulturminister Stefan Wallin kamen um 12 Uhr 45 in der Kanzlei des Staatsrates zusammen und warteten nur noch auf Präsidentin Tarja Halonen und Außenminister Ilkka Kanerva. Die Vorsitzenden der Koalitionsparteien – und somit das Führungsquartett der Regierung – stellten in diesem Fall den einzig denkbaren und schnell alarmierbaren Krisenstab dar, verstärkt natürlich durch die Staatspräsidentin. In so kurzer Zeit war es unmöglich, das gesamte Kabinett zusammenzutrommeln.

Staatssekretär Volanen teilte mit, die Präsidentin käme direkt aus ihrer Dienstwohnung und sei innerhalb der nächsten zehn

Minuten hier. Noch eine Woche zuvor hätte man sie von ihrer Sommerresidenz in Naantali einfliegen müssen. Außenminister Kanerva war schon auf dem Weg vom Auswärtigen Amt hierher und wurde jeden Moment erwartet.

»Ich habe mir die Freiheit genommen, auch Häkämies zu alarmieren«, erklärte Vanhanen. »Er war auf Dienstreise, aber die Luftstaffel Karelien bringt ihn angeblich in gut einer Stunde von Rissala hierher. Ich dachte, das Thema fällt doch sehr stark ins Ressort des Verteidigungsministers ... Der gesamte außen- und verteidigungspolitische Ministerausschuss wird erst morgen früh zusammentreten. Paavo ist noch in Kopenhagen, und Paula und Astrid sind beide in Brüssel.«

»Im Innenministerium ist jedenfalls schon die Hölle los«, teilte Katainen mit. »Anne hat gerade angerufen. Die KRP hat den Behälter aus dem Bahnhofschließfach zur TH nach Otaniemi gebracht, von wo wir jeden Moment erste Informationen bekommen müssten. Ein Teil des Materials wird dann nach Karlsruhe geflogen, zum Transuran-Institut am Forschungszentrum, wo man sofort eine genauere Analyse der Herkunft des Urans macht.«

»Wenn sie in Otaniemi bestätigen, dass wir es mit angereichertem Uran zu tun haben, wird es für uns ernst«, stellte Wallin fest.

»Anne sagt, Grenzschutz und Polizei suchen bereits nach der Abschussstelle«, fuhr Katainen fort. »Das ist nicht ganz einfach, weil man die Bevölkerung vorläufig noch nicht um Mithilfe bitten kann. Der Grenzschutz hat trotzdem ein paar Augenzeugenberichte, und denen zufolge ist die Rakete irgendwo nördlich von Imatra hochgegangen.«

»Und diese Gruppierung?«, fragte Wallin. »Dieses ›blau-weiße Bündnis‹? Weiß man was darüber?«

»Die SiPo hat gerade mitgeteilt, die Gruppe sei ihr vollkommen unbekannt«, antwortete Volanen in seiner ruhigen Art. »Solche national gesinnten Vereinigungen gibt es angeblich jede Menge, wie man ja auch bei den Wahlen gesehen hat.«

»Die russische Botschaft wird jeden Moment eine Erklärung verlangen, und wir haben ihnen *nichts* zu berichten?«, fragte Cronberg.

»Halonen müsste gleich hier sein«, sagte Vanhanen. »Ich werde vorschlagen, dass sie selbst Putin anruft. Kann gut sein, dass der Brief mit der Forderung tatsächlich auch an den Kreml gegangen ist. Da wird es das Beste sein, wenn von Anfang an auf der Ebene der Staatsoberhäupter darüber geredet wird.«

»Sollten wir nicht trotzdem zuerst eine Pressekonferenz einberufen?«, fragte Katainen. »Es sind schon etliche Journalisten eingetroffen, und es werden ständig mehr ...«

»Müssen wir wohl«, stimmte Vanhanen gequält zu. »Aber wir sollten versuchen, den Ball möglichst flach zu halten. Der Brief mit der Forderung ist als geheim einzustufen. Solange nur wir und die Russen etwas davon wissen, sollten wir dafür sorgen, dass es so bleibt. Ihr habt sicher gehört, dass im Internet bereits ein Video vom Einschlag der Rakete in St. Petersburg kursiert. Die SiPo klärt gerade in Zusammenarbeit mit den ausländischen Behörden, wer das Ganze ins Netz gestellt hat. Aber wahrscheinlich waren es einfach ein paar schwedische Touristen, die zufällig vor Ort waren. Die müssen mit dieser finnischen Gruppierung gar nicht unbedingt etwas zu tun haben.«

Es klopfte energisch an der Tür, und Außenminister Kanerva trat ein. »Unten herrscht der reinste Massenauflauf: Fernsehsender, Radio- und Zeitungsjournalisten aus allen Ecken des Landes«, berichtete Kanerva. »Die wollen Informationen, und zwar sofort. Wer geht raus? Und wie viel sagen wir ihnen?«

»Da gibt es nicht viel zu sagen«, entgegnete Vanhanen. »Mach du das mal für's erste ... und leg den Schwerpunkt darauf, dass es sich *nicht* um einen Irrläufer der Armee handelt. Finnland verfügt ja gar nicht über so weit reichende Flugkörper, und die Russen wissen das sehr gut. Sag, dass wir einen Terrorakt ausschließen ... Wir müssen versuchen, das Bild zu vermitteln, dass hier irgendein privater Bastler oder höchstens eine kleine, verirrte Gruppierung am Werk ist. Vermutlich ist das ja auch der Fall.«

»Haben sie vom Kreml aus schon Druck gemacht?«, wollte Katainen wissen.

»Helenius in der Moskauer Botschaft ist schon zum Rapport einbestellt worden«, sagte Kanerva.

»Halonen wird gleich mit Putin sprechen«, sagte Vanhanen noch einmal. »Wenn der Kreml eine Kopie des Drohbriefs bekommen hat, weiß man dort ohnehin genau Bescheid. Und dort wird man dann auch sofort verstehen, wie lächerlich die Forderung nach finnischen Atomrakten ist. Aber auf jeden Fall müssen wir eine Meldung nach Brüssel machen. Ich werde Johan bitten, einen kurzen Bericht für das SitCen in Brüssel zu machen.«

28

Auf dem Flughafen Helsinki-Vantaa eilte Malek auf Gate 26 zu, wo die Maschine nach Berlin wartete. Utabar ging neben ihm.

»Wir müssen vorsichtig sein«, sagte Utabar mürrisch. »Wenn wir Narva zum Schweigen bringen, mussten wir das doch auch mit Plögger machen.«

Malek schwieg. Narva war etwas anderes. Seine Eliminierung würden sie als Unfall inszenieren, den niemand weiter unter die Lupe nehmen würde. Aber an der Stelle, an der Plögger umgebracht worden war, wimmelte es mit Sicherheit bald von Polizisten.

Es fiel Malek schwer, seine Wut im Zaum zu halten. Er wollte auf das Thema in keiner Weise mehr eingehen. Noch weniger wollte er auf das Schicksal von Narva eingehen. Anfangs hatte er noch versucht zu begründen, warum es vielleicht gar nicht notwendig wäre, den alten Mann ruhigzustellen. Aber er hatte bald gemerkt, dass das nicht gut ankam. Manchmal beschlich ihn das Gefühl, als suchten Utabar und die anderen Hitzköpfe in der Gruppe nur nach Vorwänden, um Menschen kaltzumachen.

Erik stand in einer Buchhandlung in der Wilmersdorfer Straße. Die Abteilung für Geschichte in dem großen, mehrstöckigen Geschäft war gut sortiert. Erik stellte das ›Personenlexikon zum Dritten Reich‹ mit dem Untertitel ›Wer war was vor und nach 1945‹ ins Regal zurück.

Es war das sechste Werk, dessen Register er sich angesehen hatte. Ingrid Stormare und Rolf Narva wurden zum Glück in keinem davon genannt. Erik wählte ein Buch über die Physik in

Nazideutschland sowie eine Darstellung zur »Rassenhygiene« und ging damit zur Rolltreppe.

Unten kam er an dem kleinen, modern gestalteten Buchhandlungscafé vorbei, an dessen Wand ein flacher TV-Bildschirm angebracht war.

Abrupt blieb Erik stehen, denn eine Grafik von CNN fesselte seine Aufmerksamkeit: auf einer Karte war Finnland zu sehen, und von dort führte ein gebogener Pfeil bis nach St. Petersburg. Daneben war die Darstellung einer Rakete zu erkennen.

Verblüfft ging Erik näher heran, um den Ton zu hören.

»... bestreiten, etwas davon zu wissen. Nach Angaben der russischen Nachrichtenagentur Interfax wurde der Flugkörper von Finnland aus abgeschossen und schlug im Alexander-Park im Zentrum von St. Petersburg ein. Verletzt wurde bei dem Einschlag niemand. Einem Vertreter des russischen Verteidigungsministers zufolge handelte es sich nicht um eine militärische Waffe. Das Versagen der russischen Luftraumüberwachung erinnert an das Jahr 1987, als es dem Deutschen Matthias Rust gelungen war, mit einer Cessna bis nach Moskau zu fliegen ...«

Was war denn das nun schon wieder? Erik kam zu dem Schluss, dass er selbst genügend Probleme hatte, und setzte seinen Weg zur Kasse fort.

Rolf war das stundenlange Warten leid. Auf sein Schicksal hatte er ohnehin keinen Einfluss mehr.

Er war schon einmal in seinem Leben in einer solchen Situation gewesen, wochenlang. Jetzt spürte er das Gefühl von damals wieder in sich hochsteigen: diese totale Hilflosigkeit.

Damals hatte er zumindest gewusst, wessen Gefangener er war. Die Amerikaner waren zwar vergleichsweise höflich gewesen, trotzdem hatte er sich bedroht gefühlt. Man hatte ihm einen entsetzlichen Film über die Befreiung der Konzentrationslager gezeigt, mit Bildern, die ihn noch Jahrzehnte später bis in den Schlaf hinein verfolgt hatten. In den Augen der Amerikaner, die ihn verhörten, war er ja ein »Scheißnazi« gewesen ...

Rolf erinnerte sich, wie der Major hinter dem Schreibtisch sich in seinen Sessel zurücklehnte. »Na, dann erzählen Sie doch mal: wart ihr überrascht von den Ereignissen, die zur Beendigung des Krieges in Asien geführt haben? Hat es euch überrascht, dass die Vereinigten Staaten mit ihrer Atombombe so viel weiter waren als ihr?«

»Als *wir*? Das war ausschließlich ein Projekt der Deutschen … Aber doch, ja, es war überraschend. Die deutschen Atomforscher hatten fest daran geglaubt, dass Deutschland bei der Entwicklung vorne lag.«

»Viele Ihrer ehemaligen Kollegen, angefangen bei Doktor Heisenberg und Doktor von Weizsäcker, haben genau dasselbe behauptet. Wussten Sie, dass die beiden zusammen mit zehn anderen in England interniert sind?«

»Seit März habe ich nichts mehr von ihnen gehört.«

»Und wissen Sie, dass Ihre Kollegen aus dem Mittelwerk in den Bayerischen Alpen zusammengezogen worden sind? Wernher von Braun und seine gesamte Raketentruppe?«

»Ich weiß nichts, weil mir niemand etwas erzählt hat … Selbst meine Frau habe ich seit fünf Monaten nicht gesehen. Ich weiß nicht einmal, ob sie noch am Leben ist.« Rolf spürte, dass die äußerste Grenze seiner psychischen Belastbarkeit längst überschritten war, obwohl man ihn durchaus korrekt behandelte. »Haben Sie denn die Absicht, mich jemals hier herauszulassen? Ich weiß ja nicht einmal, was Sie von mir wollen …«

»Ihrer Frau fehlt nichts. Sie befindet sich im britischen Sektor Berlins, gesund und bei Kräften.«

Rolf klopfte das Herz bis zum Hals. »Ist sie auch verhaftet worden? Warum hat mir niemand etwas davon erzählt?«

»Ihre Frau hat an der Erforschung der Auswirkungen radioaktiver Strahlung auf das Erbgut des Menschen mitgearbeitet. Und nun heißt es von Seiten der Vereinigten Staaten, es bestünde die Möglichkeit, bestimmte Schlüsselpersonen – vor allem solche, die in der Kernwaffen- und Raketenforschung tätig waren – auf die Gehaltsliste Washingtons zu setzen. Wenn es nach mir ginge, würde man weder Ihnen noch Ihrer Frau einen solchen Vorschlag unterbreiten, aber die Anweisung kommt von bemerkenswert hoher Stelle. Wenn Ihre Antwort positiv ist, werden Sie vielleicht schon Ende dieser Woche nach Paris gebracht. Und unter Umständen können Sie dann sehr schnell die Reise in die Vereinigten Staaten fortsetzen.«

Diese Entscheidung war leicht zu treffen. Rolfs Eltern lebten in Finnland. Aber konnten die ihn nicht einmal in Amerika besuchen? Und was für eine Karriere stünde ihm im armen Finnland schon offen? Er musste den Amerikanern jedoch unbedingt klarmachen, dass er nicht bereit wäre, ohne Ingrid nach Amerika zu gehen.

Schon am nächsten Tag teilte der Major ihm mit, Ingrid habe ihre Bereitschaft zur Ausreise in die Vereinigten Staaten erklärt. Man würde sie umgehend von Berlin nach Paris bringen.

Erschrocken richtete Rolf sich auf seiner Matratze auf. Die Tür wurde aufgeschlossen. Der kleine Mann, der noch dunkler war als die anderen, kam herein.

»Gehen wir«, sagte er barsch.

Unsicher stand Rolf auf. Jetzt, da das Warten endlich ein Ende hatte, erschien es ihm alles andere als angenehm, den Raum zu verlassen. Der Mann packte ihn am Arm und führte ihn durch einen schmalen Flur zur Tür und aus dem Gebäude hinaus.

Draußen wartete ein Auto, das Rolf zuvor nicht gesehen hatte.

Panik stieg in ihm auf. Sein Blick sprang über das Gelände, das an einer Seite von einer verwitterten Backsteinmauer und an der anderen von einem mit dichtem wildem Wein bewachsenen Maschendrahtzaun eingefasst war. An einen Fluchtversuch war nicht zu denken, da machte er sich keine Illusionen. Außerdem durfte er auf keinen Fall Emil und Olivia gefährden.

Er ließ sich auf den Rücksitz sinken, wo ein zweiter Fremder wartete. Gleich darauf setzte sich der Wagen in Bewegung und bog auf eine wenig befahrene Straße ein. Sie fuhren zunächst durch ein Dorf, dann ging es weiter auf einer Straße, die sich sanft durch die Feld- und Waldlandschaft schlängelte. Hier und da sah man Bauernhöfe und kleine Dörfer. Bald bogen sie ab, doch Rolf konnte die Wegweiser nicht rechtzeitig erkennen.

Nach mehreren Kilometern führte die Straße in einen Wald hinein. In Deutschland musste es tausende Kilometer solcher Straßen geben, trotzdem kam Rolf die Umgebung bekannt vor.

Aber erst das gelbe Ortschild ließ ihn endgültig glauben, dass sie tatsächlich in Gottow waren.

Warum, um Himmels willen?

Sie fuhren durch das stille Dorf. Ohne das Ortsschild hätte Rolf es nicht wiedererkannt. Zu viele neue Häuser waren inzwischen entstanden.

Nach den letzten Häusern bogen sie jedoch in eine Straße ein, die Rolf sofort wiedererkannte. Wie oft hatte er diesen Weg nach Kummersdorf genommen, als er in Mayers Forschungsgruppe gearbeitet hatte. Nach einer Weile tauchte rechts und links der schnurgeraden Straße durch den Wald ein maroder Zaun auf, hin und wieder unterbrochen von einer Zufahrt mit Schlagbaum.

Sie waren auf dem Weg zur alten Versuchsanstalt des Heereswaffenamtes.

Rolf hatte ursprünglich selbst vorgehabt, dem Gelände von Berlin aus einen Besuch abzustatten, wenn die Reise wie geplant verlaufen wäre. Aber nicht unter diesen Umständen und schon gar nicht in dieser Gesellschaft.

Die Gegend war menschenleer. Der Zaun rechts und links der Straße schien sich ins Unendliche fortzusetzen. Am Himmel trieb der böige Wind dunkle Regenwolken vor sich her.

Bald war die Straße nicht mehr asphaltiert, sondern gepflastert. Rechts ragte ein Betonturm auf. Der musste zu DDR-Zeiten gebaut worden sein. Dahinter stand ein vierstöckiges, kastenförmiges Haus. Auch das wirkte völlig verlassen. Rolf richtete sich auf und sah unverwandt aus dem linken hinteren Fenster. Jenseits des Zauns wuchsen Weiden vor diesen blassgelben Gebäuden, die er nur allzu gut kannte, die ihm aber jetzt, in ihrem verfallenen Zustand, trotzdem fremd vorkamen. Fenster waren eingeschlagen, Türen fehlten. Als er das letzte Mal in einem dieser Häuser übernachtet hatte, war alles neu und sauber gewesen.

Der Zaun endete, und nun tauchten auch Häuser auf, die noch bewohnt wurden, aber auch die waren in schlechtem Zustand. Der Fahrer bog links ab, auf einen schmalen Sandweg, der durch braune, verwitterte Gebäude hindurch führte. Dort war das Büro gewesen, dort die Kantine …

Hier hatte Rolf sich als junger Wissenschaftler ins Zeug gelegt, hier hatte er all seinen Verstand, all seine Fähigkeiten und all seinen Ehrgeiz eingesetzt – um die Atombombe für Hitler zu bauen. Er konnte seinem Schöpfer nur dankbar sein, dass es nicht gelungen war. Sein Leben lang hatte er bereut, was er getan hatte. Er hatte sich geschämt, und er hatte versucht, seine Taten zu sühnen, so gut es ging, aber hier an diesem Ort fühlte er die Schuld erneut glühend heiß in sich aufsteigen.

Die Erinnerungen und die Angst vor dem, was nun kommen würde, schnürten ihm die Kehle zu.

»Warum … warum sind wir hier?«, fragte er mit zitternder Stimme. Er schluckte seine Tränen, war aber nahe daran, seine Selbstbeherrschung zu verlieren.

Keine Antwort. Zwischen den Betonplatten auf dem Gelände wuchsen Gräser und kleine Bäume. Neben einer Schranke hing ein schmutziges Schild: LEBENSGEFAHR! BETRETEN UND BEFAHREN VERBOTEN! BUNDESVERMÖGENSAMT POTSDAM.

Die Warnung musste etwas mit den Sprengstoff- und Munitionsversuchen zu tun haben, die auf dem Gelände über Jahrzehnte hinweg durchgeführt worden waren. Jemand hatte das Verbot jedoch schon gebrochen, denn die Schranke war mit Gewalt geöffnet worden. Sie nahmen die Zufahrt, fuhren durch Gestrüpp und schließlich an einer Backsteinmauer entlang auf einen Hof, an dessen Rand das Gerippe einer Häuserruine stand. Rolf blickte auf die noch stehenden Wände, hinter denen die inzwischen riesige Eiche wuchs. Hier, ganz in der Nähe, hatten sie damals den Versuchsreaktor im Wald errichtet. Von hier war Rolf das letzte Mal am Ende des Sommers 1944 weggegangen, als die Versuchsanstalt nach Stadtilm evakuiert worden war.

Das Auto hielt so abrupt zwischen den Pfützen auf dem Hof, dass Rolfs Kopf gegen den Vordersitz prallte.

Einen Moment war es still.

»Sie können gehen«, sagte der Fahrer.

Rolf war verblüfft, wartete aber keine weitere Aufforderung ab, sondern tastete mit zitternder Hand nach dem Türgriff. Schwerfällig stieg er aus und warf die Tür wieder zu.

Das Auto blieb stehen. Rolf zögerte. Wieso ließen sie ihn laufen? Ihn, der alles wusste … Die Worte des narbengesichtigen SS-Offiziers auf dem Friedhof kamen ihm in den Sinn: *Es tut mir leid, aber Sie müssen sich jetzt dort hinter die Kapelle begeben …*

Rolf blieb nicht länger stehen, sondern ging auf die Ruine zu. In seinem Inneren wechselten sich Wogen der Hoffnung mit bösen Vorahnungen ab.

Er ging immer schneller und schaute sich kurz um. Der Wagen mit den Männern stand noch immer da. Doch seltsam: keiner der beiden hatte ein Waffe auf Rolf gerichtet.

Allmählich wuchs seine Hoffnung. Er zwang seine steifen Beine, nicht langsamer zu werden. Er erinnerte sich daran, wie er damals leichten Schritts die Urandioxydplatten vom Lastwagen geladen und genau über diesen Hof getragen hatte. Für einen Moment sah er durch die Tränen hindurch die Ruine als unversehrtes Gebäude, er sah die stabilen Backsteinwände, die frisch gestrichene Doppeltür, das geschäftige Hin und Her und die Begeisterung, die sie alle erfüllte, als Doktor Mayer von neuen Fortschritten berichtete …

Plötzlich hörte Rolf das Auto hinter sich anfahren. Er wischte sich mit dem Ärmel die Tränen vom Gesicht und versuchte, seine Schritte noch weiter zu beschleunigen, obwohl er schon jetzt ganz außer Atem war, aber auf dem unebenen Gelände geriet er ins Stolpern.

Er beschloss, bei der Ruine abzuwarten, bis das Auto und die Männer verschwunden waren, und dann zur Landstraße zu gehen und sich eine Mitfahrgelegenheit zu suchen. Ein alter Mann hätte vielleicht eine Chance, dass jemand ihn mitnähme.

Auf einmal hatte er das Gefühl, das Auto sei plötzlich viel näher. Er sah sich erschrocken um, und tatsächlich: der Wagen kam direkt auf ihn zu. Er begann zu laufen, so gut er konnte, aber das Auto legte permanent an Geschwindigkeit zu.

Natürlich.

Rolf blieb stehen und sah, wie das Auto sich immer rascher auf ihn zubewegte. Er keuchte vor Entsetzen. Aber je näher es kam, umso mehr wich sein Entsetzen. Plötzlich stand an der Stelle der Ruine wieder das unversehrte Gebäude neben ihm, und die roten Ziegelsteine leuchteten in der Sonne. Rolf war ein Mann von fünfundzwanzig Jahren, er trug kein Hemd, er hielt eine Flasche mit schwerem Wasser in der Hand, seine Arme glänzten vor Schweiß, das Herz pochte, in Gedanken war er bei seiner Doktorarbeit und bei Ingrid ... Rolfs Blick war auf die Stoßstange des Autos gerichtet, seine Arme hingen schlaff herab, doch er zitterte nicht. Zwei Meter noch ... Er richtete sich auf und drückte den Rücken durch. Blitzlichtartig sah er, wie sich die Fehler und die Errungenschaften seines Lebens mit größeren historischen Konstellationen verbanden, mit jener Zeit, die ganze Völker in Aufruhr versetzt hatte, und deren Zeuge er gewesen war.

Das Auto kam näher. Einen Meter noch ... Der befreiende, allumfassende Gedanke von der Möglichkeit der Sühne und des Verzeihens bemächtigte sich seiner. Er holte tief Luft und sog ein letztes Mal gierig die Lungen voll Sauerstoff. Mit einem Schlag erfasste die Kühlerhaube ihn – und seine Welt erlosch.

Das Auto hielt an. Der Körper des alten Mannes war mehrere Meter weit geschleudert worden. Der Fahrer stieg aus. Er ging neben dem Alten in die Hocke, stand aber gleich wieder auf und setzte sich ans Steuer.

Der Fahrer beschleunigte heftig, bald war der Wagen hinter

der Backsteinmauer verschwunden und nahm den Weg zur Straße zurück.

Stille legte sich über das Gelände. Zwischen den am Himmel vorbeieilenden Wolken blitzte ein Sonnenstrahl hervor und brachte die Pfütze neben dem Toten zum Glitzern. Auf einem Ast der Eiche hinter der Ruine saß regungslos ein Eichhörnchen und blickte auf den Hof. Da sich dort nichts mehr regte, sprang das Tier mit einem langen Satz auf den nächsten Ast.

29

In einem vierstöckigen roten Klinkerbau im Studentendorf der TU in Espoo-Otaniemi ging ein junger Mann über den Gang im ersten Stock, betrat das Apartment ganz am Ende und zog die Tür hinter sich zu.

Er war kreidebleich im Gesicht.

»Was ist denn los?«, fragte Teemu erschrocken, als er das Gesicht des Ankömmlings sah.

Raine starrte vor sich hin, als hätte er die Frage nicht verstanden, dann sagte er leise: »Roope ist tot. Sie haben ihn umgebracht.«

Die Worte kamen tonlos und ohne Gefühl von seinen trockenen, blutleeren Lippen. Er wirkte vollkommen paralysiert.

Teemu sah ihn erschrocken an.

»Die Polizei hat seinen Vater angerufen«, fuhr Raine fort. »Sie haben die Leiche irgendwo in Espoo neben dem Auto gefunden. Man hat ihn mit einem schweren Gegenstand niedergeschlagen.«

Einen Moment lang sagten beide nichts.

»Was machen wir jetzt?«, flüsterte Teemu. »Wissen die anderen schon Bescheid?«

Raine schüttelte den Kopf. »Wir müssen uns sofort treffen und überlegen, was wir jetzt tun.«

»Da gibt es nichts zu überlegen. Wir machen gar nichts. Alles geht weiter wie bisher.« Teemus Stimme klang schroff.

»Der Mord hat mit Lalli zu tun«, sagte Raine panisch, als wäre ihm der Ernst der Lage gerade erst klar geworden. »Das kann gar nicht anders sein. Wir sind alle in Gefahr. Was weißt du über das Uran?«

»Nur das, was Roope erzählt hat. Dass er eine Probe von einigen Gramm nach Finnland mitgebracht hat und der Rest noch in Deutschland ist. Lalli 2 ist doch bloß ein Bluff. Niemand kann Roope wegen einer nicht existierenden schmutzigen Bombe umgebracht haben.«

Raine nickte. Aber er wirkte keineswegs überzeugt.

Erik war auf dem Weg zu dem großen Internetcafé in der Nähe des Bahnhofs Zoo. Ein Mitarbeiter des Max-Planck-Instituts hatte ihm Hinweise gegeben, wie er auf der Suche nach Informationen über ehemalige Studenten des Kaiser-Wilhelm-Instituts vorgehen sollte.

Plötzlich klingelte sein Handy. Bestimmt Kohonen, dachte Erik. Ob der Historiker etwas über seine Mutter herausgefunden hatte?

Er meldete sich, aber am anderen Ende blieb es still.

»Hallo«, sagte Erik noch einmal.

»Wer sind Sie?«, fragte eine tiefe Stimme auf Deutsch.

Erik erschrak über diese Frage, die in dem Moment schmerzlich genau den entscheidenden Punkt traf. Denn in der Tat musste er sich diese Frage nun wohl neu stellen – wenn seine Eltern nicht die waren, für die er sie sein ganzes Leben lang gehalten hatte.

Der Regen wurde stärker, und die Leute fingen an zu rennen, um sich irgendwo unterzustellen. Erik sah auf das Display seines Handys, und es verschlug ihm die Sprache.

VATER, stand da. Rasch nahm er das Telefon wieder ans Ohr.

»Vater...«, sagte er auf Englisch.

Am anderen Ende war es still. Dann fragte die tiefe Stimme auf Englisch mit deutschem Akzent: »Würden Sie mir bitte Ihren Namen sagen?«

»Ich bin Erik Narva. Und wer sind Sie? Warum rufen Sie mich vom Handy meines Vaters an?« Erik gab sich Mühe, seiner Stimme einen festen Klang zu geben, um den Schreck zu verbergen.

Am anderen Ende hörte man ein schweres Seufzen. Dann wurde auf Deutsch weitergesprochen. »Ich bin Polizeihauptmeister Wieger aus Luckenwalde. Wir haben festgestellt, dass von diesem Handy aus zuletzt Ihre Nummer angerufen worden ist. Darum haben wir beschlossen, sie auszuprobieren ...«

Wieder kurzes Schweigen.

Erik schloss die Augen. Ein Passant rempelte ihn an, doch er registrierte es kaum.

»Es tut mir leid, aber Rolf Narva ist tot. Er ist Opfer eines Autounfalls geworden.«

Eriks Hände zitterten. Er blickte sich um, als hielte er nach einem Fluchtweg Ausschau. Er wollte die deutschen Worte nicht hören, nicht diese Worte. Er weigerte sich, ihnen zu glauben, obwohl er schon die ganze Zeit das Schlimmste befürchtet hatte.

»Sind Sie sicher?«, stammelte er.

»Außer dem Handy hatte er seinen Pass und sein Portemonnaie bei sich. Das Bild stimmt überein. Es tut mir leid.«

»Wo ...?«

»Weit außerhalb von Berlin. In der Nähe einer Ortschaft namens Gottow.«

Erik ging einige Schritte, dann ließ er sich auf die Bordsteinkante sinken. Ohne sich um das Hupen der Autos und die starrenden Passanten zu kümmern, saß er dort, das Gesicht in den Händen vergraben. Sein Handy war auf die Straße gefallen.

In seinem Kopf hallten die deutschen Worte wider: Wer sind Sie? Ob er auf diese Frage jemals eine Antwort erhalten würde – jetzt, da sein Vater tot war?

30

Katja ging mit einer Tasse Tee in der Hand durchs Haus. Die Dielen unter dem abgenutzten Teppichboden knarrten. Draußen schlummerte üppig grün und still der verwilderte Garten. Das Dorf Ripley, das zu Surrey gehörte, lag in einer friedlichen Gegend am Rand von London.

Katja warf einen Blick in das enge Kinderzimmer, in dem Emil und Olivia mit der Wii-Konsole spielten und dabei heftig mit der Steuerung herumfuchtelten.

»He, geht nicht so dicht an den Fernseher heran! Wie oft soll ich euch das noch sagen! Und räumt jetzt langsam mal euren Kram in den Schrank, ihr könnt euch da drinnen ja bald nicht mehr bewegen.«

An der Zimmerdecke hingen an Angelschnüren eine Apollo-Mondlandefähre, ein SpaceLab und eine Raumfähre. Im Regal stand eine ganze Raketenserie von Saturn I bis V, sogar bis Saturn VI, die noch auf den Zeichentischen der NASA lag. Ihr Großvater hatte ihnen im vorigen Sommer das Kennedy-Weltraumzentrum gezeigt, auch jene Bereiche, die für die Öffentlichkeit nicht zugänglich waren. Rolf war schon zwei Wochen früher nach Kennedy geflogen, und Katja war überrascht gewesen, mit welcher Herzlichkeit das heutige Personal des Weltraumzentrums dem NASA-Veteranen begegnet war. Der Grund war ein sehr praktischer: Bei der NASA liefen die Planungen für einen bemannten Flug zum Mond, und aus finanziellen Gründen basierte das Projekt auf dem Apollo-Programm, das sich in der Praxis bewährt hatte. Und auch wenn alles genau dokumentiert war, konsultierte man in den Grundfragen des Fliegens zwischen Erde und Mond die Apollo-Veteranen – von denen es nur noch wenige gab. So waren zum Beispiel die Flugbahnen selbst mit modernen Computern immer noch äußerst schwer zu berechnen.

Rolf hatte in Emil echte Begeisterung für das Weltall geweckt. Olivia war wie ihr Vater und ihre Großmutter mehr an Biologie interessiert. Aber das gerahmte Foto an der Wand, das Rolf ihnen geschenkt hatte, war ihr gemeinsamer Schatz: Es war ein Foto von Neil Armstrong, das er ihnen sechs Jahre zuvor eigenhändig signiert hatte.

Katja ging die Treppe hinauf. Das Haus stammte aus den Dreißigerjahren und musste dringend renoviert werden. Sie hatten die Renovierung eigentlich sofort nach dem Kauf vor vier Jahren machen wollen, aber da sie beruflich so viel zu tun gehabt hatten, war es bei der Installation der Sonnenkollektoren geblieben. Gendo hatte sich damals in seiner kritischsten Wachstumsphase befunden. Abgesehen davon legte Katja auch nicht mehr Wert auf Stil als Erik. Hauptsache, die nötige Technik im Haus funktionierte einigermaßen: Das Wasser kam in der richtigen Temperatur aus der Dusche, wenn man die Hähne in der genau richtigen Reihenfolge und im richtigen Verhältnis zueinander aufdrehte, und wenn es draußen sehr kalt war, wurden die Heizkörper immerhin lauwarm.

Katja stellte die Teetasse auf die Zeitung, die auf ihrem Schreibtisch lag, und loggte sich ins Intranet von Gendo ein, um ihre E-Mails zu lesen. Die Firma war zum Lebensmittelpunkt für sie und Erik geworden – in einem Maße, dass sie immer wieder ein schlechtes Gewissen wegen Emil und Olivia hatte. Gendo war ihr nicht deshalb so wichtig, weil es so viel Geld abwarf und in der Zukunft noch viel mehr einbringen würde, sondern weil sich in dem Unternehmen Katjas gesamte wissenschaftliche Laufbahn und ihre ganze Kompetenz kristallisierten.

Angefangen hatte Gendo als kleine Servicefirma, die sich um einen Teil der riesigen DNA-Datenbank eines Unternehmens namens LGC gekümmert hatte. Diese nationale DNA-Datenbank enthielt die Informationen der Kriminalpolizei Großbritanniens zu vier Millionen Personen, die eines Verbrechens verdächtigt wurden. Gendo war zunächst beratend tätig gewesen, hatte später aber selbst in verschiedenen Ländern entsprechende DNA-Datenbanken aufgebaut.

Als sich herausgestellt hatte, dass in den DNA-Registern der Polizei ein Drittel aller schwarzen jungen männlichen Briten enthalten war, schlug Premierminister Blair vor, im Sinne der Gleichbehandlung von allen Staatsbürgern eine DNA-Probe zu nehmen, von Babys bereits auf der Geburtsstation. Der gleiche Vorschlag war auch in den Vereinigten Staaten und anderen Ländern gemacht worden. Kein Wunder, denn die Erfassung war ein äußerst effektives Mittel bei der Aufklärung volksgesundheitlicher Probleme, aber auch im Krieg gegen den Terrorismus, der wohl noch mehrere Generation andauern würde. Es war also nur natürlich, dass sich Kapitalanleger der Gendo geradezu aufdrängten. Weiteres Wachstum und schließlich der Börsengang der Firma schienen gesichert, erst recht, da aus dem Geschäft mit China etwas zu werden schien. In dessen erster Phase ging es um eine DNA-Datei von »lediglich« einer Million Menschen. In gewissen Kreisen wurde das Geschäft für sensibel gehalten, denn eine große DNA-Bank im Besitz einer Diktatur war eine ziemlich brisante Kombination.

Doch Gendo hatte nichts zu verbergen. Sie betrieben Wissenschaft und lieferten Systeme, es lag nicht in ihrer Macht zu entscheiden, wofür die Kunden sie einsetzten.

Katja interessierte sich weder sonderlich für Politik noch für die Wirtschaft. Sie hatte in Helsinki Molekularbiologie studiert und war danach zum Promovieren an die Universität Rochester in den USA gegangen. Dort war sie von einem acht Jahre älteren Wissenschaftler für ein Genkartierungsprojekt ausgesucht worden, und dieser Wissenschaftler hatte einen Vater, der in Finnland geboren war. Katja hatte manchmal gestichelt, Erik habe sie nur wegen ihrer finnischen Herkunft herausgepickt, aber Erik hatte das immer abgestritten.

Das Handy auf dem Schreibtisch zwitscherte. Katja hörte Eriks Stimme sofort an, dass etwas passiert war.

»Die deutsche Polizei hat Vater gefunden ... er sei ... tot ...« Seine Stimme versagte.

»O nein«, flüsterte Katja und stand sofort auf, um die Tür zu schließen, damit Emil und Olivia nichts mitbekamen.

»Ach, Erik, ich wäre jetzt so gern bei dir. Was ist passiert?«

»Er ist irgendwo außerhalb von Berlin von einem Auto überfahren worden.«

»Überfahren worden? Rolf? Er ist ... er war doch immer so vorsichtig im Straßenverkehr.«

»Ich kenne die Einzelheiten noch nicht, aber ich werde jetzt zur örtlichen Polizeiwache fahren.«

Erik schwieg einen Moment, und Katja wollte die Stille nicht mit überflüssigem Gerede füllen. Sie hatte Rolf immer gemocht, auch wenn der Schwiegervater eine etwas zwiespältige Person gewesen war. Einerseits hatte er diese amerikanische Art, dann war er gewinnend und gesprächig, andererseits hatte er – wieder ganz der Finne – zu Schwermut und Distanziertheit geneigt. Rolf war außerdem ein außergewöhnlich intelligenter Mensch gewesen, und in Erik steckte die gleiche Art von Intelligenz – wie auch in Emil und ganz besonders in Olivia. Und eines war ebenfalls sicher: Rolf hatte seine Enkelkinder über alles geliebt.

»Ich möchte, dass du meiner Mutter von Vaters Tod erzählst«, sagte Erik.

»Ich? Erik! Das ist doch wohl deine Aufgabe als Sohn.«

»Ach, ich weiß einfach nicht mehr, was ich von Mutter denken soll. Und mit Vater ist es genauso.«

Katja war sich des eisigen Verhältnisses von Rolf und Ingrid nach der Scheidung bewusst, aber dennoch ... Immerhin waren Rolf und sie fünfundzwanzig Jahre lang verheiratet gewesen, und Erik war ihr gemeinsamer Sohn.

»Ich weiß nicht einmal, ob Mutter etwas daran liegt, zur Beerdigung zu kommen.«

Katja hörte wieder diese zynische Bitterkeit aus Eriks Stimme heraus, die sie so gut kannte. Er hatte nie verstanden, woran die Ehe seiner Eltern zerbrochen war.

Erik seufzte. »Diese Reise ist sehr schwer für mich. Falls ich auch nur das kleinste Beweismaterial für meine Ahnungen finde, können wir uns auf schreckliche Enthüllungen gefasst machen.«

»Was meinst du damit?«

»Vielleicht sind es ja nur haltlose Verdächtigungen, aber ich möchte trotzdem *dich* bitten, Mutter die Nachricht zu überbringen. Und sie zu fragen, ob sie in Deutschland studiert hat.«

»Was willst du damit sagen? Hat sie ...«

»Ich kann dir das jetzt nicht erklären. Tu einfach, worum ich dich bitte.«

»Willst du jetzt nicht endlich nach Hause kommen?«

»Ich komme bald. Aber du kannst dir ja vorstellen, dass ich mich hier erst um die Überführung nach Finnland kümmern muss. Er wollte immer in Helsinki begraben werden. Wahrscheinlich muss ich ihn erst mal identifizieren. Sag den Kindern noch nichts. Ich will es ihnen selbst sagen. Und außerdem ... außerdem muss ich wissen, was mein Vater hier getan hat.«

»Erik? Kommst du zurecht? Möchtest du, dass ich zu dir nach Berlin komme?«

»Mach dir keine Sorgen. Ich bin bald wieder zu Hause.«

Ministerpräsident Matti Vanhanen nahm am Kopfende des Kabinettstisches den Hörer ans Ohr. Er hörte einen Moment zu, gab einige zustimmende Laute von sich und legte auf.

»Die SiPo teilt mit, dass sich in dem Bahnhofschließfach exakt das befand, was in dem Erpresserschreiben behauptet wird. Das Uran-Isotop 235. Sehr wenig, ungefähr acht Gramm, aber immerhin.«

Die Mitglieder des innersten Kerns der Regierung sahen sich besorgt an.

»Die Lage ist in jeder Hinsicht unerträglich«, fuhr Vanhanen fort. »Der Erpressung dürfen wir uns selbstverständlich nicht beugen. Schon gar nicht, weil die Forderung völlig absurd ist. Bleibt also keine andere Wahl, als diese Verrückten so schnell wie möglich zu schnappen und zur Verantwortung zu ziehen. Sie haben eine Rakete nach St. Petersburg abgeschossen und sie sind tatsächlich im Besitz von radioaktivem Material. Sie wären also durchaus in der Lage, eine schmutzige Bombe herzustellen und sie auf ein beliebiges Ziel zu richten.«

Schwere Stille machte sich um den Tisch herum breit.

»Sollten wir also pro forma eine Kommission zusammenstellen, die vorgibt, die Voraussetzungen für diese absurde Forderung zu prüfen?«, fragte Finanzminister Katainen vorsichtig. »Ich meine, falls wir auf Zeit spielen müssen ...«

Zunächst mochte niemand etwas dazu sagen.

»Wenn wir den Erpressern vorspielen müssen, dass wir Vorbereitungen treffen, dann wird das natürlich auch gelingen«, sagte Arbeitsministerin Cronberg, die auch Vorsitzende der Grünen war. »Die Wahrheit ist doch, dass man in Finnland jederzeit eine Kernwaffe bauen könnte.«

Es klopfte, und der Adjutant von Präsidentin Halonen trat ein. Seine Chefin rauschte hinterher.

»Ich habe das Fax im Auto gelesen«, keuchte sie. »Gibt es neue Informationen?«

»Nein, außer dass die Tasche, die im Bahnhofschließfach gefunden wurde, U-235 enthält«, sagte Vanhanen. »Die SiPo kennt die Gruppierung nicht, die Abschussstelle ist auch noch unbekannt ... Wir haben ausgemacht, dass Ilkka eine Pressekonferenz einberuft und erstmal versucht, die Medien zu beruhigen. Und wenn du bitte direkt im Kreml anrufen würdest, könnten wir zumindest schon mal unser Bedauern zum Ausdruck bringen und versprechen, Russland als erstes zu informieren, sobald wir etwas in Erfahrung gebracht haben.«

»Das ist sicher das Klügste«, antwortete Halonen. »Risto! Mach mir doch bitte eine Leitung zu Putin, ach ja, mit Dolmetscher. Ich hab keine Lust, jetzt Deutsch mit ihm zu radebrechen ... Nimm, wen du kriegen kannst, oder guck erst, ob Tuija oder Marja zu erreichen sind. Oder warte noch zwei Minuten, damit ich mir ein paar Stichpunkte machen kann ... Was gibt es bis jetzt an gesicherten Fakten?«

»So gut wie nichts, außer dass die finnische Armee mit der ganzen Sache natürlich nichts zu tun hat«, sagte Außenminister Ilkka Kanerva. »Das ist keine umgekehrte Version des berühmten Zwischenfalls in Inari.«

Im Dezember 1984 hatte sich ein Flugkörper der russischen Marine verirrt und war im lappischen Inari eingeschlagen.

»Und nach den Verantwortlichen wird selbstverständlich mit allen zur Verfügung stehenden Mitteln gefahndet«, ergänzte Vanhanen.

Sie alle hatten noch in bester Erinnerung, welche harte Linie Russland beim Denkmalstreit von Tallinn gefahren hatte.

31

Katja sog die feuchte, frische Luft ein. Eriks Anruf aus Berlin hatte sie aus der Fassung gebracht. Um nichts in der Welt hätte sie Ingrid diese Nachricht überbringen mögen, aber in dieser Situation konnte sie Eriks Bitte nicht ausschlagen.

Dunkle Regenwolken trübten den Nachmittag, aber noch war es trocken. Das große, moderne Einfamilienhaus mit Garten in der Mizen Close in Cobham sah aus wie immer. Ziergitter aus dunklem Ebenholz gaben dem Haus ein Gesicht. Ingrid hatte das Anwesen Anfang der Achtzigerjahre bei ihrem Umzug nach England gekauft. Das Geld stammte aus dem schwedischen Erbe, das sie von ihrem Vater Anders hinterlassen bekommen hatte. Anders war im Alter von sechsundneunzig Jahren gestorben, und Katja wusste von ihm nur, dass ihm eine große Maschinenfabrik gehört hatte, die in den Fünfzigerjahren verkauft worden war.

In der Anfangszeit von Gendo hatte jeder Quadratzentimeter von Ingrids Haus als Sicherheit für die Kredite der Firma hergehalten. Dafür war Katja ihrer Schwiegermutter dankbar. Sie wagte es nicht einmal, sich den aktuellen Wert des Hauses vorzustellen, nachdem die Preise am Londoner Stadtrand in astronomische Höhen geschossen waren. Ingrid war Eriks Firma ungemein wichtig, so wichtig, dass man fast schon darüber schmunzeln konnte. Doch manchmal war das auch anstrengend. Katjas Schwiegermutter verfolgte noch immer aktiv, was in der Welt der Wissenschaft vor sich ging, und trug ihre Ansichten nur allzu bereitwillig vor. Tatsächlich hatten Katja und Erik das ein oder andere Mal zugeben müssen, dass es sich lohnte, Ingrid zuzuhören. Katja und Erik waren oft zu sehr von den Routinen in der Firma und ihrem familiären Alltag beansprucht, während Ingrid nichts anderes zu tun hatte, als wissenschaftliche Publikationen zu lesen und die Forschungsprogramme der Universitäten zu verfolgen. Es war ihr daher auch gelungen, einige äußerst fähige Wissenschaftler für Gendo zu finden, zuletzt Carl Möller. Insofern war es absolut begründet, dass Ingrid noch immer im Firmenvorstand saß.

Schweren Herzens griff Katja nach dem Türklopfer in Löwenform. Sie hatte nie verstanden, warum ihre Schwiegermutter sich keine Klingel installieren ließ. Ich bin ein altmodischer Mensch, hatte Ingrid gesagt. Sie wollte, dass bei ihr angeklopft wurde. Als wollte sie von sich das Bild eines Menschen mit Vorbehalten gegenüber der Technik vermitteln. Das wiederum stand in unmittelbarem Widerspruch zu ihrem wissenschaftlich geprägten Weltbild und ihrer Intelligenz. Und genau diese Art von seltsamem Rollenspiel machte Ingrid zu einem Menschen, zu dem man besser Abstand hielt. Ob sie auch jetzt, in dieser Situation, eine Rolle spielen wird?, fragte sich Katja, als die Tür aufging.

»Frau Narva, das ist aber eine Überraschung!«

Lena, Ingrids vierzigjährige, stets korrekt gekleidete Haushaltshilfe, ließ ein etwas aufgesetztes Lächeln aufblitzen.

Sie ist genauso eine Schauspielerin wie ihre Hausherrin, dachte Katja.

»Frau Stormare ist in ihrer Bibliothek. Bitte sehr.«

In der hohen Eingangshalle strahlten die farbenfrohen Gemälde und die von antiken Sportlerjünglingen inspirierten Marmorstatuen in geradezu unwirklicher Reinheit unter dem Licht der Halogenspots. Lena öffnete Katja die Tür zur Bibliothek, und Katja bewunderte wieder einmal die gewaltige Anzahl von Büchern, die die Errungenschaften der Wissenschaft und die Weisheit der Wissenschaftler in sich versammelten. Die Atmosphäre war würdevoll und erhaben, beinahe majestätisch. Die Bücher standen exakt ausgerichtet in den Regalen ringsum, die Beleuchtung war gedämpft, auf dem Boden lag ein Perserteppich. Katja wusste, dass sich in diesem Raum eine wirklich bedeutsame Anzahl wissenschaftlicher Werke befand. Ingrid konnte auf eine lange Karriere an verschiedenen amerikanischen Strahlenforschungsinstituten zurückblicken.

»Katja«, sagte Ingrid von ihrem großen Tisch aus.

Unter der Lampe vor ihr lagen eine Nummer des ›Mankind Quarterly‹, ein Notizbuch voller Aufzeichnungen und ein alter Montblanc-Füller.

Ingrid stand auf. Sie war wie immer sorgfältig gekleidet und kam mit für ihr Alter forschen Schritten auf Katja zu. Erst in den letzten Jahren war ihr Gang nicht mehr ganz so aufrecht.

»Das ist aber eine freudige Überraschung.« Sie ergriff Katjas Hände und umarmte sie leicht, als wollte sie die letzte Begegnung, die so spannungsgeladen geendet hatte, wiedergutmachen.

Ihre großen, blauen Augen verrieten Katja nicht, was sich hinter ihrem Lächeln verbarg. *Eine glänzende Schauspielerin, eine große Diva.*

Die Augenwinkel ihrer Schwiegermutter waren gezeichnet von haarfeinen Fältchen, aber ansonsten war ihre Haut straff und ausgesprochen gepflegt. Katja hätte sich gewünscht, ebenso stilvoll zu altern, aber das würde wahrscheinlich ein Traum bleiben, denn ihre nordkarelischen Gene wiesen in eine völlig andere Richtung. Genau das schien Ingrid schon bei ihrer ersten Begegnung Anfang der Achtzigerjahre bemerkt zu haben – von Anfang an war sie ihrer finnischen Schwiegertochter mit einer gewissen Überheblichkeit gegenübergetreten. Zwar war es nichts Ungewöhnliches, dass Schweden sich gegenüber Finnen überlegen fühlten, aber in Ingrids Haltung schien noch etwas anderes mitzuschwingen.

»Was ist denn los?«, fragte Ingrid, als sie die ernste Miene ihrer Schwiegertochter sah.

»Ich habe traurige Nachrichten.«

»Was denn für Nachrichten?«, fragte Ingrid und versuchte Katjas Blick zu erforschen.

»Rolf ist tot. Es tut mir sehr leid ...«

Ingrid starrte Katja eine Weile ausdruckslos an. Dann ließ sie ihre Hände los, wandte sich ab und schaute aus dem Fenster auf die riesige Kastanie im Garten.

»Wie ist es denn passiert?«

Ihre Stimme klang kühl und interessiert. Mit dieser Reaktion machte sie bei Katja keine Punkte gut.

»Er wurde in der Nähe von Berlin von einem Auto überfahren.«

Ingrid sah nach wie vor aus dem Fenster. Vielleicht hätte man in ihrem Gesicht mit viel gutem Willen einen Anflug von Gefühl erkennen können – ganz sicher aber spiegelte sich darin keinerlei echte Trauer. Eher hatte es den Anschein, als bemühte sich die alte Frau nach Kräften, sich zu beherrschen. Fast wirkte es so, als setzte sie alles daran, nur ja keinen Fehler zu machen.

Plötzlich richtete Ingrid ihren Blick wieder auf Katja.

»Warum hat Erik mir das nicht selbst gesagt? Warum schickt er seine Frau?«

Katja war überrascht und verblüfft, denn die Worte kamen unangemessen schroff. Mit einer solchen Reaktion hatte sie nicht gerechnet.

»Erik ist in Deutschland ... Er muss sich dort um alles kümmern und wird erst mal noch nicht nach Hause kommen.«

»Das lässt sich doch alles auch von hier organisieren! Warum ist er überhaupt so überstürzt nach Deutschland geflogen? Ich habe ihm doch schon lange gesagt, dass Erik auch nicht helfen kann, wenn Rolf gesundheitliche Problem bekommt.«

Ingrids Ton wurde immer gereizter, sie schien das selbst zu bemerken.

»Warum kann er mich nicht wenigstens anrufen?«, fragte sie etwas ruhiger.

»Er denkt vermutlich, es ist besser, wenn dir jemand die Nachricht persönlich überbringt ...« Katja begriff, wie dünn ihre Erklärung war. »Er versucht außerdem herauszufinden, warum Rolf überhaupt in Berlin war. Er hofft, dass du mir etwas über eure Zeit in Deutschland erzählen kannst. Das würde ihm helfen, Licht in die Sache zu bringen. Hast du in Deutschland studiert?«

»*Unsere Zeit in Deutschland?*« In Ingrids Augen blitzte es auf. »Was meinst du damit? Willst du mich verhören? Hat Erik dich deshalb geschickt? Ich habe dazu nichts zu sagen … Es gibt keine *Zeit in Deutschland*!«

Sie drehte sich um und ging hoch erhobenen Hauptes zur Tür.

»Lena«, rief sie ihrer Angestellten zu. »Würdest du Katja bitte zur Tür begleiten. Sie möchte gehen.«

Katja sah zu, wie Ingrid, ohne sich noch einmal umzudrehen, durch die Eingangshalle schritt und im Zimmer gegenüber verschwand. Lena näherte sich Katja verdutzt und unsicher.

Doch bevor Lena etwas sagen konnte, marschierte Katja an ihr vorbei und verließ das Haus. Sobald sie ihren Wagen erreicht hatte, rief sie Erik an.

»Schlimmer hätte es nicht laufen können. Wie es aussieht, ist das Verhältnis zwischen Schwiegermutter und Schwiegertochter jetzt endgültig zerrüttet.« Katja hörte den Zorn in ihrer Stimme, obwohl sie versuchte, ganz ruhig zu reden.

»Was ist passiert?«

»Rolfs Tod scheint sie wesentlich weniger erschüttert zu haben als die Tatsache, dass du *mich* mit der Nachricht zu ihr geschickt hast. Sie war absolut gekränkt. Und als ich sie nach ihrer Zeit in Deutschland fragte, sind endgültig alle Sicherungen bei ihr durchgebrannt. Eine Zeit in Deutschland hat es angeblich nie gegeben.«

»Wie kann sie es wagen, das einfach abzustreiten? Zumindest Vater war mit Sicherheit in Deutschland. Oder meinst du, sie weiß tatsächlich nichts davon?«

»Das glaube ich nicht. Ehrlich gesagt, ich habe keinen Funken Vertrauen mehr in sie. Ständig schlüpft sie in andere Rollen.«

»Aber ich werde auf keinen Fall zulassen, dass sie Vaters Geheimnis mit ins Grab nimmt. Bist du noch vor dem Haus?«

»Auf der Straße. Ich stehe am Auto. Du willst doch nicht etwa, dass ich noch mal zu ihr gehe?«

»Im Moment nicht. Aber hör mal: In der Bibliothek gibt es ein Geheimfach. Ich weiß, dass meine Mutter dort Mappen und alte braune Kuverts verstaut hat, die sie sich nur ansieht, wenn sie allein ist.«

Überrascht und auch ein bisschen beleidigt hörte Katja zu. Warum hatte Erik ihr nicht vorher schon davon erzählt?

»Du willst mich jetzt aber nicht darum bitten, ins Haus einzudringen ...«

»Das hat nichts mit Eindringen zu tun. Du gehörst zur Familie. Und ich sage dir jetzt, wie du ohne Schlüssel hineinkommst.«

»Mit anderen Worten, ich soll bei ihr einbrechen. Das ist kriminell, egal ob das der eigene Sohn oder die geliebte Schwiegertochter macht.«

»Katja. Ich *muss* wissen, wer mein Vater und meine Mutter sind, kannst du das nicht verstehen? Stell dir vor, sie sind wirklich nicht diejenigen, für die ich sie mein Leben lang gehalten habe.« Erik machte eine kurze Pause. »Und natürlich will ich auch wissen, wer ich selber bin ...«, fügte er leise hinzu.

Katja stand einen Moment schweigend da und drehte sich zum Haus ihrer Schwiegermutter um. Sie konnte es kaum fassen, dass sie über Eriks Wunsch tatsächlich ernsthaft nachdachte. Aber was sollte sie in dieser Situation sonst machen?

»Ich kann dir versichern, dass ich deiner Bitte zumindest heute Abend nicht nachkommen werde«, sagte sie.

Erik saß am Savignyplatz auf einer Bank. Neben ihm lag die Tasche mit den Sachen, die sein Vater bei sich gehabt hatte: Portemonnaie, Handy und das kleine digitale Hörgerät. Die Polizei hatte ihm alles in einer Plastiktüte ausgehändigt, nachdem er die Leiche identifiziert hatte.

Der Unfall hatte polizeiliche Ermittlungen nach sich gezogen, weil der Fahrer vom Unfallort geflüchtet war. Erik hatte zwar sofort seinen Verdacht geäußert, dass es sich keinesfalls um einen

Unfall handeln konnte. Er hatte ihnen noch einmal von dem bewaffneten Mann in der Wohnung seines Vaters in Helsinki erzählt, von dem Eindringling im Hotel, vom Verschwinden seines Vaters und dessen Auftauchen auf der Rückbank eines roten Audi in der Nähe des Pflegeheims, in dem die verwirrte Katharina Kleve wohnte. An dem diensthabenden Polizisten schien das alles abzuprallen, schließlich deutete nichts sonst auf ein Verbrechen hin. Dem Toten war nicht mal Geld abgenommen worden, selbst die Brieftasche und das Handy waren noch da.

Erik spürte, wie die Wut in ihm hochkochte. Was hätte denn ein alter Mann aus Finnland mitten in der Brandenburgischen Provinz zwischen verlassenen Ruinen zu suchen gehabt? Aus Sicht der Polizei war der Mann schlichtweg schwerhörig gewesen und die Gegend eben eine beliebte Rennstrecke für junge Leute ohne Führerschein. Erik hatte sich zunächst mit der Erklärung zufriedengegeben, weil er nicht die Kraft gehabt hatte zu insistieren. Aber jetzt hatte er das Gefühl, es noch einmal versuchen zu wollen.

Zuvor aber rief er bei Gendo an, um die traurige Nachricht vom Tod seines Vaters zu übermitteln. Er würde in nächster Zeit häufiger nicht in der Firma sein, das war unvermeidlich. Doch auf einmal war ihm seine Arbeit auch gar nicht mehr so wichtig. Der berufliche Stress war schlagartig verschwunden.

Die Beerdigung in Helsinki würde nicht groß werden, denn sein Vater hatte kaum noch enge Angehörige. Soweit Erik wusste ... Es gab natürlich ein paar entfernte Verwandte, aber zu denen hatte sein Vater lange keinen Kontakt mehr gehabt.

Oder etwa doch?

Erik versuchte sich zu erinnern, welche Verwandten sein Vater gelegentlich erwähnt hatte. Plötzlich griff er zum Telefon, rief die finnische Auskunft an und bekam kurz darauf die gewünschte Nummer.

»Seppo Narva«, meldete sich die brüchige Stimme eines älteren Mannes.

»Hier spricht Erik Narva, guten Tag.«

»Entschuldigung, wer?«

»Erik Narva. Der Sohn von Rolf Narva.«

Am anderen Ende entstand eine kurze Stille, die aber sogleich wieder gebrochen wurde. »Rolf… der Bruder meines Vaters hatte einen Sohn, der so hieß.«

»Dann sind Sie ein Cousin von ihm.«

»So muss es sein. Aber wir sind uns nie begegnet, glaube ich.«

Erik war trotzdem ganz zuversichtlich. »Können Sie sich erinnern, ob Ihr Vater mal etwas von Rolf erzählt hat?«

»War angeblich ein helles Köpfchen. Hat zig Jahre im Ausland gelebt.«

»Und wo im Ausland?«

»In Amerika. Und in Deutschland. Ich kann mich erinnern, dass mein Vater erzählt hat, der Rolf wäre als ganz junger Mann nach Berlin gegangen. Sie haben sich große Sorgen um ihn gemacht, weil ja auch der Krieg kam.«

Immerhin: eine erste Spur! Erik musste einfach mehr herausbekommen.

»Wissen Sie denn, was er in Deutschland gemacht hat?«

Der Mann lachte kurz auf. »Darüber weiß ich allerdings gar nichts.«

»Macht nichts. Sie haben mir auch so schon sehr geholfen. Vielleicht darf ich Sie später noch einmal anrufen. Vielen Dank für Ihre Hilfe.«

Erik beendete das Gespräch noch entschlossener als zuvor. Jetzt würde er noch mal mit der Polizei sprechen – und sich nicht wieder so rasch abwimmeln lassen. Das immerhin war er seinem Vater schuldig.

Zuletzt hatte er ihn durch ein Autofenster gesehen, neben einem unbekannten Mann. Und Erik war immer stärker davon überzeugt, dass sein Vater nicht freiwillig in dem Auto gesessen hatte. Bislang hatte er deswegen nichts unternommen. Aber nun würde sich das ändern.

32

In dem kühlen Konferenzraum hallten die Stimmen der fünf Experten für Flugkörper- und Atomtechnologie der Streitkräfte und der Technischen Hochschule.

»Unsere außerordentliche Aufgabe besteht darin, ein Dossier zu erstellen, das die Möglichkeiten zum Bau eines mit Atomsprengkopf ausgerüsteten Marschflugkörpers mit finnischen Ressourcen sondiert«, sagte Sonderberater Kero aus der Kanzlei des Staatsrates, der als Vorsitzender der Runde fungierte. »Natürlich wird dieses Dossier nur erstellt, um es bei einer eventuellen Zuspitzung der Lage als beruhigendes Moment einsetzen zu können. Wir brauchen also nicht allzu viel Zeit und Mühe zu investieren.«

»Wie sieht denn die Lage an der Front aus?«, fragte Oberst Jalonen vom Oberkommando.

»Die russischen Raketenexperten untersuchen gerade die Überreste des Objekts. Sobald sie genauere Informationen haben, geben sie sie an uns weiter – so ist es jedenfalls vereinbart. Laut KRP konnte man die Abschussstelle noch immer nicht ausfindig machen. Und Hinweise auf die Gruppierung der Täter haben wir auch keine. An der TH in Otaniemi werden Studenten und Angehörige des Personals vernommen, weil anscheinend einige flugkörpertechnische Aspekte stark in Richtung der TH weisen.«

»Und wie sieht's an der diplomatischen Front aus. Wie ist das Ganze politisch zu bewerten?«

»Das gehört nun nicht zu den Themen *unserer* Versammlung hier. Vielleicht genügt es, festzuhalten, dass Putin ein bisschen verärgert ist über die Publizität, die das Ganze im Westen erhalten hat, aber ansonsten äußert er durchaus Verständnis für unsere Lage.«

»In Moskau versteht man sehr wohl, dass sich die finnische Staatsführung gerade in einer schwierigen Situation befindet«, sagte der anwesende TH-Professor für Aerodynamik. »Aber es gibt keine andere Möglichkeit, als die Erpresser möglicht rasch festzunehmen und vor Gericht zu stellen. Niemand wird so kindisch sein anzunehmen, Finnland könne jetzt einfach mal ein paar Atomraketen bauen.«

»Trotzdem ist es einigermaßen paradox, dass die Erpresser in gewisser Weise ja recht haben«, sagte Oberst Jalonen. »Eine Kernwaffe bietet die einzige ausreichende militärische Abschreckung, die Finnland mit einem Schlag von jeder Notwendigkeit militärischer Bündnisse entbinden würde. Und das versteht Putin sehr gut. Er weiß, dass ein bündnisfreies Finnland keinerlei Bedrohung für Russland darstellt. Wenn Finnland also vor der Wahl stünde: NATO-Mitgliedschaft oder ein paar finnische Atomsprengköpfe, dann wäre aus Sicht des Kreml ... na, sagen wir so: welches Interesse sollte Russland daran haben, dass Finnland der NATO beitritt?«

Die anderen sahen sich etwas verlegen an.

»Derartige Spekulationen sollte man vielleicht aus unseren Zusammenkünften besser heraushalten«, sagte Kero.

»Gern. Aber Finnland verfügte in diesem Szenario über undeklarierte Atomwaffen, nur wenige natürlich, und über deren Existenz wäre nur die russische Führung informiert. Sonst würde das niemanden etwas angehen. Und dieses Gleichgewicht des Schreckens zwischen zwei Parteien wäre immer noch weit entfernt von dem alten Zusammenarbeits- und Beistandspakt à la Stalin, aber effektiv wäre es ohne Frage trotzdem ...«

»Und Finnland würde die IAEA-Kontrolleure täuschen, wenn sie mindestens einmal im Jahr die AKWs in Olkiluoto und Loviisa überprüfen, ob auch kein Plutonium verschwunden ist?«, warf der Kerntechnologie-Experte von der TH ein.

»Finnen können sich ja wohl auch mal verrechnen, so wie viele andere Länder auf der Welt. Besteht der Sinn unseres Treffens denn nicht in der Absicht zu klären, wie man in Finnland eine Kernwaffe zustande bringen könnte?«

»Es geht hier wohl eher darum, die theoretischen Möglichkeiten zu eruieren«, sagte der Vorsitzende gequält.

Der Oberst nahm die technischen Angaben, die von den Erpressern über ihre Rakete übermittelt worden waren, zur Hand. »Damit kommen wir schon ziemlich weit. Das Problem liegt eher beim Atomsprengkopf. Was sagst du dazu?«

»Die Herstellung eines Atomsprengkopfs ist kein technisches, sondern ein rein politisches Problem. Ingenieure, die über das nötige Fachwissen verfügen, haben wir genug.«

Ingrid saß im Sessel und hielt ein Foto in der Hand. Aus den Lautsprechern kam Verdis ›Macbeth‹, eine Aufnahme von 1952 in der Scala, die später digitalisiert wurde. Die Callas sang ganz hell über ein leichtes Rauschen hinweg.

Auf dem Foto stand Ingrid neben Rolf am Wannsee. Hans hatte das Bild im Juni 1939 gemacht. Es war ein Schwarz-Weiß-Foto, aber Ingrid sah es in Farbe: das strahlende Blau des Wassers und des Himmels, das zarte Grün der Linden, ihr neues weinrotes Kleid, Rolfs abgetragener grauer Anzug.

Rolf...

Die anderen Fotos, die sie herausgenommen hatte, stammten aus den ersten Jahren in Amerika. Sie waren nach ihrer Scheidung aus dem gemeinsamen Album entfernt worden, und Ingrid hatte sie nicht in ein neues einkleben wollen. Lange hatte sie durch nichts an die Scheidung erinnert werden mögen – sie war eine der größten persönlichen Niederlagen ihres Lebens, auch wenn vor allem ihr Vater Rolf immer wieder schlechtgemacht hatte und die Scheidung seiner Tochter für ihn eine große Befriedigung darstellte.

Ingrid hatte Rolfs scharfen Verstand immer bewundert, ja sie hatte ihn darum beneidet. Das breite Feld der Atomphysik war ihr zunächst fremd, doch Rolf hatte sie hartnäckig damit vertraut gemacht, und sie hatte begonnen, sich mit den biologischen Auswirkungen von radioaktiver Strahlung zu beschäftigen.

Die Fotografien verschwammen hinter ihren Tränen. Sie trauerte mehr um Rolf, als sie es für möglich gehalten hätte. Mehr als sie wollte ... Trotz allem.

Oder war es gar nicht Rolfs Tod, der ihr die Tränen in die Augen trieb? War es vielleicht eher etwas, das ihr durch Rolfs Tod noch mal stärker ins Bewusstsein gebracht worden war: ihr unweigerlich bevorstehender eigener Tod?

Ingrid betrachtete die auf dem Foto posierende selbstbewusste, junge, schöne und intelligente Frau. So war sie gewesen. Als die Aufnahme gemacht worden war, hatte sie noch kein einziges Mal an die Endlichkeit des Lebens gedacht. Dann kam der dritte Februar 1945 und sie hatte dem Tod zum ersten Mal in die Augen geschaut. An jenen Tag würde sie sich bis ans Ende ihres Lebens erinnern, und auch jetzt drängte er sich mit ungeheuerlicher Macht in ihre Gedanken.

Sie ahnte schon, dass sie womöglich den fatalsten Fehler ihres Lebens beging, als sie die Straßenbahn nahm, die direkt von ihr zu Hause nach Dahlem fuhr. Normalerweise fuhr sie wegen der Bombenangriffe immer auf einem Umweg zur Arbeit, mit zwei oder drei verschiedenen Straßenbahn- und U-Bahn-Linien möglichst weit um das Stadtzentrum herum, aber an diesem Tag war sie schon spät dran. Rolf lag seit Tagen mit Grippe im Bett, und sie hatte für eine Weile das Zeitgefühl verloren, als sie darüber nachdachte, wie Rolf den langen Tag wohl ohne sie überstehen würde.

Erst eine Viertelstunde zuvor hatte Ingrid das Haus verlassen, aber die überfüllte Straßenbahn war schon ein ganzes Stück gefahren, als um 7 Uhr 39 der Fliegeralarm einsetzte. Die ersten amerikanischen B-17-Bomber, jene berüchtigten »fliegenden Festungen«, würden in fünfzehn Minuten über Berlin sein. Es blieb also keine Zeit mehr, nach Hause zurückzukehren. Rolf würde es trotz des Fiebers wahrscheinlich innerhalb weniger Minuten in den Luftschutzkeller im Nachbarhaus schaffen.

Ingrid war da in einer schwierigeren Lage: Die beiden nächstgelegenen Luftschutzkeller, an die sie sich noch vom November her erinnerte, waren unter riesigen Trümmerhaufen verschüttet. Im Laufschritt eilte sie mit den aus Straßenbahnen und Häusern strömenden Menschen in Richtung Invalidenstraße und Lehrter Bahnhof. Bei einem Bombenangriff war es eigentlich unvernünftig, ausgerechnet ins Stadtzentrum zu flüchten, wo sich Reichstag und Reichskanzlei befanden, aber dort schienen auch die anderen Berliner hinzulaufen.

An vielen Luftschutzkellern schlossen sich bereits die Türen. Für diejenigen, die auf dem Weg zur Arbeit vom Alarm überrascht worden waren, wurde es schwierig, noch irgendwo unterzukommen. Ingrid stolperte und schlitterte mit allen anderen über die eisglatten Bürgersteige. Es war mindestens zehn Grad unter Null, und die kalte Luft stach Ingrid bereits in der Lunge, als an der nächsten Straßenecke ein höchstens fünfzehnjähriger »Volkssturm«-Knabe den Leuten zurief: »Los, in den Keller! Schnell!«

Ingrid schob sich in dem Gedränge auf die Betonrampe und von dort auf die enge Kellertreppe und dachte wieder voller Dankbarkeit an Professor von Verschuer, der persönlich dafür gesorgt hatte, dass sie als Ausländerin aus Schweden nicht den Buchstaben »S« auf ihre Kleider nähen musste. Ebenso hatte Doktor Mayer Rolf davor bewahrt, den Buchstaben »F« tragen zu müssen. Derart als »Fremdarbeiter« gekennzeichnet, hätten sie keine Chance gehabt, mit Deutschen zusammen in einen Luftschutzkeller zu gelangen. Am schlimmsten dran waren die mit »P«, »R« und »U« gekennzeichneten polnischen, russischen und ukrainischen »Ostarbeiter«. Kein alter Mann oder junger Bursche vom »Volkssturm« hätte sie je zusammen mit Ariern in Sicherheit gebracht.

Die Treppe führte immer weiter nach unten, und unmittelbar bevor die Tür sich schloss, glaubte Ingrid das gierige Kläffen der Luftabwehrbatterien rund um die Stadt zu hören. Die Armada der amerikanischen Bomber hatte also schon mindestens Spandau erreicht, vielleicht sogar Charlottenburg. Bald würden sie direkt über ihnen sein.

Der Luftschutzkeller war der größte, den sie je gesehen hatte, aber dennoch war er hoffnungslos überfüllt. Höfliche und zumeist ordentlich gekleidete Menschen, die auf dem Weg zur Arbeit gewesen waren, boten ruhig den alten Leuten, den Invaliden und schwangeren Frauen die wenigen Sitzplätze an den Wänden an.

Die Beleuchtung war nicht nennenswert, aber die Decke war mit phosphoreszierender Farbe gestrichen, wodurch man einigermaßen sehen konnte. Das Dröhnen der Flugzeuge und die dumpfen Detonationen setzten etwa um 7 Uhr 55 ein. Der Keller bot absoluten Schutz, aber Ingrid musste wie immer an die schlimmste aller Möglichkeiten denken. Ein Volltreffer auf das Haus über ihnen konnte die Mauern zum Einstürzen bringen und die Stahltüren des Luftschutzkellers verschütten. Und bis man die Trümmer abgetragen hätte, wären sie alle längst erstickt. Man erzählte sich, dass so etwas vorgekommen war, auch in Berlin. Außerdem sorgte sie sich um Rolf, selbst wenn sie glaubte, dass er in Sicherheit war.

Eine Dreiviertelstunde später kreisten noch immer Bomber über Berlin. Die meisten Menschen hatten sich inzwischen auf den kalten Betonboden gesetzt. Die ersten Kerzen wurden auf dem Boden angezündet, um die vorhandene Sauerstoffmenge zu messen.

Immer öfter blickte Ingrid auf die Uhr: 9 Uhr 25. Schon anderthalb Stunden, und das Dröhnen hörte und hörte nicht auf. Noch waren alle ruhig. Hier und da unterhielten sich einige Leute gedämpft. Allerdings begannen die ersten Kerzenflammen bereits zu flackern, einige waren auch schon erloschen. Jetzt stellte man Kerzen auf Stühle und Bänke. Noch reichte der Sauerstoff, aber wie lange? Immerhin war hier eine gewaltige Menschenmenge auf engstem Raum zusammengepfercht.

Um fünf nach zehn standen alle, und die Kerzen wurden auf Höhe der Gesichter gehalten. Weinende Kleinkinder nahm man auf den Arm oder stellte sie auf Bänke. Alte und Kranke mussten beim Stehen gestützt werden. Eine Frau in Ingrids Nähe murmelte ein Gebet. »Vater unser im Himmel, geheiligt werde Dein Name. Dein Reich komme, Dein Wille geschehe ...« Ingrid war unzählige Male zuvor im Luftschutzkeller gewesen, aber stets in der Nähe ihrer Wohnung oder des Instituts. Noch nie im Zentrum, noch nie so lange und noch nie mit so vielen anderen.

10 Uhr 20. Auch die letzten Flammen flackerten kurz, bevor sie erloschen. Aus mehreren Richtungen stank es inzwischen unangenehm. Kleinkinder und vielleicht auch ein paar Alte in schlechter Verfassung hatten sich in die Hosen gemacht. Die Toiletten waren längst verstopft und verströmten einen unerträglichen Gestank ... Schließlich ging auch die Kerze in der Hand der kleinen, alten Frau neben Ingrid aus.

Nun gib schon den Befehl, flehte sie innerlich. *Es ist höchste Zeit!* Offenbar hatten nun auch einige Kriegsinvaliden dem Knaben vom »Volkssturm« begreiflich gemacht, was zu tun war.

»RAUS! ALLES RAUS! SCHNELL! SCHNELL!«, schrie der Junge voller Panik im Falsett. Das Schlimmste, was passieren konnte, passierte hier und jetzt. Der Junge war gezwungen, die Menschenmenge in den Bombenhagel hinauszulassen.

Ingrid setzte sich als eine der letzten in Bewegung. Erst auf der Treppe nach oben bekam sie wieder etwas Luft. Durch die obere Tür strömten unfassbar helles Licht und Hitze herein. Erst da begriff Ingrid, wohinein sie da geraten war. Die Detonationen waren immer deutlicher zu hören, aber scheinbar von weiter weg.

Draußen erwartete sie ein gleißendes Licht, sämtliche Häuser an der Straße standen in Flammen. Der Himmel war schwarz von Qualm. Alles Licht stammte allein von den lodernden Flammen. Noch immer waren die Bomber über Berlin, aber man konnte sie nur noch hören. Die Menschen stürzten aus den Luftschutzkellern ins Freie, sie sanken nacheinander auf die Knie und drückten sich dann sofort flach auf den Boden. Ingrid wunderte sich zunächst darüber, aber dann begriff sie, dass auch draußen die Luft ausging. Der Feuersturm war dabei, allen Sauerstoff zu schlucken.

Das Atmen fiel ihr von Sekunde zu Sekunde schwerer. Ingrid ließ sich auf alle Viere fallen, aber auch knapp über dem Boden war kaum noch Sauerstoff. Die Hitze war unerträglich, ihr Atem rasselte, die Lunge brannte. Reglos lag sie auf dem Bauch, versuchte, möglichst langsam zu atmen, aber ihr war klar, dass Qualm, Kohlenmonoxid und Giftgase rasch ihr Werk vollenden würden. In jenem Augenblick war sie ganz sicher, sterben zu müssen – so wie alle anderen Menschen um sie herum auch. Ihr war, als könnte man keinen Widerstand mehr leisten, aber dennoch ... Nein. Nicht sterben! Jedenfalls nicht so! Nicht ersticken, nicht bei lebendigem Leib verbrennen!

Ingrid kroch einige Meter am Straßenrand entlang, bis sie einen Kanaldeckel entdeckte. Das war ihre letzte Chance. Sie drückte ihr Gesicht auf das Gitter und atmete ein.

Luft! Sie konnte atmen ... Mit den Händen und mit ihrem Wintermantel schützte sie ihren Kopf. Die Luft roch schlecht und muffig, aber sie war kühl und man konnte sie atmen. In dem Moment und in den Stunden danach wäre sie bereit gewesen, jeden zu töten, der versucht hätte, *ihren* Kanaldeckel zu erobern.

Erst weit nach Mittag nahm sie ihre Umgebung wieder wahr. Sie drehte den Kopf und spürte, dass sie auch neben dem Kanaldeckel wieder atmen konnte. Der Wind hatte die dicksten Rauchwolken vertrieben, aber alle vier- und fünfstöckigen Häuser in der Invalidenstraße brannten noch immer. Überall sah man Asche, Glassplitter und zahllose Tote auf der Straße. Von überall her hörte man Verletzte weinen und stöhnen: »Hilfe, so helft mir doch! In Gottes Namen, helft mir doch!«

Feuerwehrautos waren nirgendwo zu sehen: Die deutsche Hauptstadt war an diesem Tag schlimmer traktiert worden als je zuvor. Mit größtmöglicher Effizienz hatte man die Widerstandskraft der Zivilbevölkerung gebrochen. Zwei Sanitätseinheiten durchkämmten die Straßen. Ein Mann im weißen Kittel beugte sich über Ingrid, um zu fragen, wie es ihr ginge.

»Mir fehlt nichts. Meine Lunge tat so weh, aber jetzt geht es schon wieder«, antwortete sie hustend.

Der Mann schaute sie besorgt an. »Sie haben mindestens Verbrennungen zweiten oder dritten Grades an Ihren Händen. Spüren Sie denn nichts?«

Erst jetzt kam Ingrid auf die Idee, ihre Hände anzuschauen. Auf beiden Handrücken war die Haut total verbrannt.

»Am Lehrter Bahnhof ist eine Verbandsstation. Schaffen Sie es aus eigener Kraft dorthin?«

Vorsichtig rappelte Ingrid sich auf und erbrach sofort rußschwarzen Schleim. Der Kopfschmerz war so schneidend, wie sie es noch nie erlebt hatte. »Mir ist nicht einmal schwindlig. Aber ich würde lieber direkt nach Hause gehen. Fährt denn die U-Bahn? Wissen Sie das?«

»Das glaube ich kaum. Aber wir werden Sie jetzt zur Verbandsstation bringen. Sie müssen aufpassen, dass sich die Wunden nicht entzünden.«

»Aber... mein Mann. Ich habe ihn krank alleine zu Haus zurückgelassen, ich muss...«

Angeblich hatte sie daraufhin das Bewusstsein verloren und war zur Verbandsstation gebracht worden. Erst nach Einbruch der Dunkelheit war sie nach Hause gekommen.

Nur dass es dieses Zuhause nicht mehr gab. Von dem fünfstöckigen Haus aus der Mitte des 19. Jahrhunderts standen nur noch die Außenmauern. Das ganze Viertel bestand aus qualmenden Häusergerippen, da, wo nicht alles dem Erdboden gleichgemacht worden war. Das Gleiche galt offenbar für ganz Berlin. Noch immer regnete es weiße Asche auf die von zerbrochenen Ziegeln und Glassplittern übersäten Kopfsteinpflasterstraßen. Ingrid hatte ihren Mann erst spät in der Nacht an der Verbandsstelle des Nachbarviertels wiedergefunden – fiebrig, aber zum Glück unverletzt. Innerhalb weniger Stunden hatten sie buchstäblich alles verloren. Jetzt hatten sie nur noch sich selbst.

Dieses Erlebnis hatte Ingrid noch enger an Rolf gebunden. Auch äußere Krisen in späteren Jahren hatten ihre Beziehung eher gefestigt – bis sich in Amerika alles veränderte. Ausgerechnet zu einer Zeit, als die schlimmsten Probleme eigentlich hinter ihnen liegen sollten, offenbarte der Mensch, den sie durch und durch zu kennen geglaubt hatte, völlig neue Seiten …

Ingrid legte die Fotos aus der Hand und fasste sich wieder. Nein, einem Mann wie Rolf würde sie nicht nachtrauern.

Saiid und sein Komplize Rashid luden den kleinen, aber schweren Bleibehälter aus dem Kofferraum des VW. Zusammen schleppten sie ihn in das Haus, das nach dem Zusammenbruch der DDR jahrelang leer gestanden hatte, bis ein Immobilienspekulant es sich unter den Nagel gerissen hatte, um es an mehr oder weniger hoffnungslose Fälle zu vermieten.

Das Haus diente ihnen als zweiter Stützpunkt. Es lag in Bardenitz, einer abgelegenen Gegend zwischen Jüterbog und Treuenbrietzen, zwanzig Kilometer von der A9 entfernt. Drinnen warteten Malek und Utabar, die kurz zuvor aus Helsinki gekommen waren. Der Raum war spärlich möbliert – wenige Stühle, ein kleiner Tisch. An den Wänden breiteten sich riesige Feuchtigkeitsflecken aus, und ein Teil der Deckenpaneele hatte sich gelöst.

Die vier Männer standen schweigend und voller Ehrfurcht um den Uranbehälter auf dem Tisch. Durch den Vorhangspalt fielen die letzten kupfernen Strahlen der Abendsonne auf den Kasten, als wollten sie die Feierlichkeit dieses Augenblicks noch verstärken. Die Männer sahen einander an und verspürten Stolz.

Sie hatten es geschafft. Sie waren im Begriff, Geschichte zu schreiben.

Aber sie standen erst am Anfang. Bis London war es noch ein weiter Weg.

33

Erik faltete die Kopie des Briefes von Katharina Kleve auseinander und reichte sie dem Polizeibeamten im Charlottenburger Revier in der Bismarckstraße über den Tisch. Diese Dienststelle war wesentlich größer als die Polizeiwache in Luckenwalde, die er aufsuchen musste, nachdem man seinen Vater tot gefunden hatte. Mit seinen Sicherheitstüren und kugelsicheren Glasscheiben am Eingang erinnerte das Gebäude in der Bismarckstraße fast schon an eine Festung.

Die etwas grobschlächtige Erscheinung des Beamten passte gut zur Atmosphäre. Erik hatte ihm gerade ausführlich die Hintergründe der Ereignisse geschildert, bis hin zu der Deutschlandvergangenheit seines Vaters, auf die Katharina Kleve anzuspielen schien.

»Ich weiß nicht, warum auf dem Brief diese Adresse angegeben ist, obwohl Frau Kleve doch schon seit Jahren in einem Pflegeheim in Lichterfelde lebt.«

»Das kann ich Ihnen auch nicht sagen, Herr Narva«, sagte der Beamte müde, aber nicht ohne Sympathie, und gab Erik das Blatt Papier zurück. »Der Tod Ihres Vaters tut mir leid, aber ich kann Ihnen da leider nicht weiterhelfen. Unsere Kollegen vernehmen die Bewohner von Gottow, Kummersdorf und Umgebung, um herauszufinden, wer der flüchtige Autofahrer ist. Es wird Anzeige erstattet werden, und derjenige muss sich dann vor Gericht wegen fahrlässiger Tötung verantworten. Mehr können wir im Moment nicht tun.«

Sein Ton war jetzt schon eine Spur strenger, aber noch immer freundlich.

Erik versuchte es trotzdem noch einmal. »Ich weiß ja selbst nicht genau, wonach ich suche. Aber es sind in der letzten Zeit so viele seltsame Dinge passiert. Und es ist überhaupt nicht die Art meines Vaters, sich in abgelegenen Gegenden herumzutreiben: Er war ein alter Mann und wusste das sehr gut. Warum hätte er sich auf das Gelände einer alten DDR-Kaserne begeben sollen? Außerdem bewegte er sich im Straßenverkehr immer besonders vorsichtig, und sein Gehör war nicht sehr gut, seit er als junger Mann in der Raketenforschung der USA gearbeitet hatte und der Testabschuss einer Rakete schiefgegangen war …«

Auf einmal horchte der Polizist auf. »Er hatte in Amerika mit Raketen zu tun?«

»Ja.«

Der Beamte wirkte plötzlich nachdenklich. »Hm, interessant. Die Stelle, an der die Leiche Ihres Vaters gefunden wurde, gehört zu einem alten Militärgelände …«

»Ich habe von der örtlichen Polizei gehört, dass die Volksarmee es benutzt hat.«

»Ich meine die Zeit vor der DDR. In Gottow gab es in den Dreißigerjahren eine Militärtechnik-Erprobungsstelle des Heeres. Einschließlich Raketenversuchsstation. Ist es möglich, dass Ihr Vater während seiner Jahre in Deutschland dort gearbeitet hat? Dann hat er sich vielleicht jetzt, auf seine alten Tage, noch einmal alles ansehen wollen.«

Erik wendete diesen Aspekt innerlich hin und her. »Das ist ja wirklich interessant«, sagte er erleichtert. »Und das würde auch einen Sinn ergeben.« Er verabschiedete sich knapp und beschloss für sich, den Dingen aus dieser neuen Perspektive näher auf den Grund zu gehen.

Von der Polizeiwache ging Erik direkt zum Internetcafé, wo Dutzende von Leuten an den Bildschirmen saßen. Er tippte einige Suchwörter bei Google ein und überflog die Ergebnisse. Sogleich richtete sich seine Aufmerksamkeit auf einen Link.

Raketenversuchsstation Gottow, Kummersdorf …

Er klickte den Link an und las.

Die deutsche Reichswehr begann 1932 in der Sprengstoff-Erprobungsstelle Kummersdorf mit Raketenversuchen. 1936/37 wurde die Versuchsstelle nach Peenemünde an die Ostsee verlegt. Von 1938 an betrieb das Heereswaffenamt (HWA) in Gottow unter der Leitung von Dr. Kurt Mayer auch Atomforschung ...

Ja. Die Tatsache, dass sein Vater in Gottow tot aufgefunden wurde, konnte durchaus mit der alten Raketenversuchssation zu tun haben. Aus reiner Nostalgie hatte er noch einmal den Ort aufsuchen wollen, der ihm aus seiner Jugendzeit vertraut war. Trotzdem bezweifelte Erik, dass sein Vater dabei von einem zufälligen Raser überfahren worden war. Aber natürlich war auch das möglich, zumindest nicht ausgeschlossen. Und auf jeden Fall wahrscheinlicher als die Verschwörungstheorien, die in Eriks Kopf herumspukten.

Er suchte nach weiteren Informationen zur Versuchsstelle Gottow. Wie es aussah, hatte auch Wernher von Braun dort seine Karriere begonnen – von Braun hatte in der späteren Laufbahn seines Vaters ebenfalls eine Rolle gespielt.

Erik war zufrieden. Jetzt hatte er zumindest einen konkreten Anhaltspunkt aus den Berliner Jahren, die ihm sein Vater verschwiegen hatte. Aber er musste einfach noch mehr in Erfahrung bringen. Ob er einen Kollegen seines Vaters aus der Zeit in Amerika anrufen könnte? Jemanden, der in derselben Abteilung in Huntsville oder Cape Canaveral gearbeitet hat, oder später bei Lockheed in Kalifornien? Das würde einiges an Recherche erfordern, mochte aber die Mühe wert sein.

Katja stellte die schmutzigen Teller der Kinder ins Spülbecken. Die Küche war nicht mehr die neueste und in den Farben der Achtzigerjahre gestrichen. Ihren finnischen Verwandten und Freunden grauste es jedes Mal bei dem Anblick, aber Katja war mit anderen Dingen beschäftigt als mit der Farbe der Wände und Küchenschränke.

Unruhig blickte sie auf die klackende Wanduhr über dem

Herd. Es war bereits eine Minute über der Zeit – und Ingrid hatte nicht die Angewohnheit, zu spät zu kommen. Noch einmal sah Katja aus dem Fenster, aber draußen regte sich nichts. Unter der Eiche stand Eriks Spielzeug, ein alter MG mit zwei Sitzen, über dessen Abgaswerte Katja nicht mehr mit ihrem Mann stritt, weil er nur noch selten mit dem Wagen fuhr. Neben der Tür parkte ihr neuer Toyota mit Hybridantrieb.

Ob Ingrid überhaupt kommen würde? Nach ihrem letzten Besuch, der so katastrophal ausgegangen war, hatte Katja mehrmals versucht, Ingrid telefonisch zu erreichen, aber die Schwiegermutter hatte sich geweigert, ans Telefon zu kommen, nachdem sie von ihrer Haushaltshilfe gehört hatte, wer die Anruferin war. Dann war Katja auf die Idee mit dem Brief gekommen. Sie hatte Ingrid eine ausführliche E-Mail geschrieben und um Verzeihung für ihr Benehmen und ihre Taktlosigkeit gebeten. Sie habe kein Recht, sich neugierig nach alten Geschichten zu erkundigen und an den Worten ihrer Schwiegermutter zu zweifeln. Ingrid wiederum hätte allen Grund, beleidigt und wütend zu sein. Katja hatte in ihrem Brief aber trotzdem der Hoffnung Ausdruck verliehen, das Verhältnis könne wieder das alte werden, denn Emil und Olivia sehnten sich sehr nach ihrer Großmutter. Der entsprechende Satz enthielt natürlich gleichzeitig eine versteckte Drohung: wenn Ingrid ihre Enkelkinder sehen wollte, musste sie auch die Gesellschaft ihrer Schwiegertochter ertragen.

Erik hatte die Idee mit der Mail ausgezeichnet gefunden und zu Katja gesagt, nun lerne sie endlich, wie man mit seiner Mutter umgehen müsse. Am Ende ihrer Mail hatte Katja geschrieben, sie müsse am Abend in die Firma und würde die Schwiegermutter darum gerne bitten, für diese Zeit auf die Kinder aufzupassen.

Ein wenig plagte Katja das schlechte Gewissen, aber das ließ sich leicht zum Schweigen bringen. Sie musste nur an all die unschönen Dinge denken, die Ingrid ihr im Lauf der Jahre geboten hatte und die sie hatte schlucken müssen.

In dem Moment fuhr der alte Rover vor. Katja hatte Emil und Olivia aufgefordert, die Oma ordentlich zu umarmen. Sie selbst richtete sich vor dem Spiegel die Haare. Es ärgerte sie, dass sie sich ihrer Schwiegermutter immer noch stets von der besten Seite zeigen wollte, als hätte das irgendeine Bedeutung. Tatsächlich hatte Ingrid die Angewohnheit, Katja bei jeder Begegnung von Kopf bis Fuß zu taxieren, verkniff sich aber zunehmend ihre Kommentare. Vermutlich war in den Augen einer Mutter nichts und niemand gut genug für den eigenen Sohn.

Katja legte die Bürste aus der Hand und betrachtete sich im Spiegel. Das schlechte Gewissen war wieder erwacht. Was tat sie hier eigentlich? Hinterging eine alte Frau – ihre eigene Schwiegermutter. War sie denn ein besserer Mensch? Vielleicht wollte Ingrid ja einfach ihre Vergangenheit oder auch nur ein paar Jugendsünden vergessen? Wer gab ihr, Katja, das Recht, die Geheimverstecke Ingrids zu durchsuchen? Vielleicht enthielten sie ja auch nur alte leidenschaftliche Liebesbriefe.

Plötzlich leuchteten vor ihrem inneren Auge Erinnerungsbilder aus ihrer eigenen Jugend auf, aus der Zeit vor Erik. Von Situationen, in die sie mit früheren Männern geraten war und über die sie noch nie mit jemandem gesprochen hatte. Sie spürte, wie eine leichte Schamesröte sich über ihren Wangen ausbreitete.

Es läutete an der Tür. Katja hörte, wie die Kinder die Treppe hinunterstürmten und öffneten. Als sie selbst in die Diele trat, umarmten Emil und Olivia ihre Großmutter bereits überschwänglich.

Als sie Katja erblickte, richtete sich Ingrid auf.

»Danke, dass du gekommen bist«, sagte Katja.

»Danke, dass du mir geschrieben hast.«

»Mir tut das alles so leid.«

»Vergessen wir das Ganze«, sagte Ingrid und klang dabei vollkommen aufrichtig.

Katja nickte leicht. Sie war sicher, dass Ingrid ihr verziehen hatte. Oder Ingrid hoffte einfach, alles würde so weitergehen wie früher, ohne Fragen nach der Vergangenheit in Deutschland.

»Gibt es in der Firma Probleme?«

»Nichts Außergewöhnliches«, erwiderte Katja. Aber es war wieder typisch: Ingrid war stets behilflich, wenn es um das Wohl der Firma ging.

»Ben und Harry sind dabei, einen Bericht fertigzustellen, ich hatte versprochen, ihnen dabei etwas unter die Arme greifen«, sagte Katja. Das stimmte sogar, bloß dass sie das nicht an diesem Abend tun würde.

»Wie hat sich Carl denn bis jetzt gemacht?«

»Bestens. In ihm steckt ordentlich Potenzial.«

»Das habe ich sofort gemerkt. Ich weiß nicht, ob Erik es dir erzählt hat, aber ich hatte mir seine Dissertation vom *Karolinska Institutet* kommen lassen und ihn daraufhin Erik empfohlen.«

Katja antwortete nicht, sondern zog sich den Mantel an. Es ärgerte sie über alle Maßen, dass Erik kein Wort über die »Empfehlung« seiner Mutter verloren hatte, als sie Carl eingestellt hatten.

Plötzlich zögerte sie kein Bisschen mehr, Eriks seltsamer Bitte nachzukommen und Ingrids Haus einen Besuch abzustatten.

Am Zeitungsständer des Kiosks in Espoo-Otaniemi, wo die TH Helsinki ihren Sitz hatte, prangte die gelbe Händlerschürze einer Boulevardzeitung mit der Schlagzeile: SONDERAUSGABE: RAKETENANGRIFF VON FINNLAND AUF ST. PETERSBURG.

Die Zeitungen waren in null Komma nichts ausverkauft. Im ersten Stock des nahe gelegenen roten Backsteingebäudes, in dem sich das Labor für Aerodynamik befand, saßen ein Ermittler der Zentralkripo und ein Kollege von der Sicherheitspolizei im Zimmer von Professor Pauli Rinne. Rinne war auf Flugmechanik spezialisiert und gehörte zu den führenden Flugkörperexperten Finnlands.

Auf dem Tisch war das Material ausgebreitet, das gerade erst aus Moskau gekommen war und detailliert die Komponenten beschrieb, die im Wrack der Rakete gefunden worden waren.

»Ja, das entspricht im Prinzip den Angaben, die in der Spezifizierung aufgelistet sind«, sagte der Professor beim Studium der

Unterlagen. »Die verwendete Technik deutet auf relativ professionelle Entwickler und Konstrukteure hin.«

»Gibt es Ihrer Meinung nach an Ihrem Institut jemanden vom Personal oder unter den Studenten, der die Fähigkeiten und den Willen hätte zu so einem Projekt? Den nötigen Fanatismus oder die Leidenschaft? Den Drang, sich zu produzieren?«

Schweigend betrachtete der Professor die Unterlagen.

»Wir werden Ihre Aussage absolut vertraulich behandeln«, fügte der Polizeibeamte hinzu.

Der Professor blickte von den Papieren auf. »Der Bau eines solchen Flugkörpers erfordert technisches Können und ein bisschen Geld. Aber nicht mehr. In Finnland gibt es zahlreiche Personen, die zu so etwas fähig sind. Die Studenten haben in ihrem Pollux-Club sogar eine Raketenabteilung. Und woher will man wissen, dass es sich hier ausschließlich um Finnen handelt? Die Norweger haben zum Beispiel eine sehr fortschrittliche Raketenorganisation namens NEAR. Die arbeiten sogar an einer zweistufigen Weltraumrakete. Und die Leute von der dänischen DARK haben einen Motor mit einer Schubkraft von mehr als einem Kilonewton gebaut. Ein Vorhaben wie diese LALLI wäre für die eine Kleinigkeit.«

»Und hier in Otaniemi? Sie haben doch sicherlich eine Vorstellung davon, ob es unter den Studenten oder Mitarbeitern ...«

»Das haben Sie mich bereits gefragt, und ich habe auch geantwortet.«

»Stimmt. Aber ich möchte Sie noch einmal bitten, zu überlegen, wer konkret etwas von einem solchen Projekt wissen könnte.«

»Ich kann Ihnen da nicht helfen. Wir haben hier begabte junge Menschen, die zu allem Möglichen imstande sind. Aber wir wissen natürlich nicht, was sie in ihrer Freizeit tun.«

Die beiden Beamten sammelten die Unterlagen auf dem Tisch des Professors ein.

»Ich weiß nicht, ob das hierhergehört«, sagte der Professor plötzlich unsicher, »aber ich habe vorhin erfahren, dass heute einer unserer Studenten ermordet aufgefunden worden ist. Sein Name ist Robert Plögger.«

34

Katja beobachtete im Gehen das Haus ihrer Schwiegermutter. Sie blickte nach allen Seiten, um sich zu versichern, dass sie von niemandem gesehen wurde. Sie ging energischen Schrittes vorbei an den kegelförmig geschnittenen Buchsbaumsträuchern. Draußen brannten moderne Gartenlampen, im Haus war wie immer die Grundbeleuchtung eingeschaltet. Durch die großen Fenster sah man stilvolle Möbel, riesige Vasen und farbkräftige Gemälde. Ingrid war eine Meisterin der prunkvollen Inneneinrichtung.

Katja ging um das Haus herum. Es hatte sie immer geärgert, dass nicht einmal Erik einen Ersatzschlüssel von seiner Mutter bekam.

Im Dunkeln erkannte sie auf Bodenhöhe das kleine Fenster des Lagerraums. Es war in diesem Moment geradezu ein Symbol für Ingrids menschliche Schwäche. Einmal hatte sie Erik gegenüber unbedacht erwähnt, dass sie dort Charlie hinausließ, und dass der Kater durch dieses Fenster von seinen nächtlichen Beutezügen zurückkehrte. Sie hatte dort sogar die Alarmanlage ausgeschaltet, während sie an allen anderen Fenstern des Hauses selbstverständlich in Betrieb war.

Katja fand das Fenster viel zu klein. Erik hatte charmanterweise ihr Körpervolumen unterschätzt. Aber sie musste es wenigstens versuchen. Mit pochendem Herzen nahm sie einen der Ziersteine am Rand des Rasens in die Hand. Nach kurzem Zögern schlug sie die Scheibe ein. Die Scherben fielen klirrend auf den Fußboden des Lagerraums.

Ohne sich zu rühren wartete Katja ab. Sie hörte nichts. Im selben Moment merkte sie, dass ihre Hand blutete. Sie fluchte in sich hinein, zog rasch ein Papiertaschentuch aus der Manteltasche und drückte es auf die Wunde am Finger.

Vorsichtig schob sie die Hand nach innen und öffnete das Fenster. Der Raum war dunkel, aber im Hintergrund sah man einen Lichtschein. Dort führte wahrscheinlich die Treppe zur Wohnetage hinauf.

Mit den Füßen voran schob Katja sich durch die Fensteröffnung. Sie passte gerade so durch. Nachdem sie auf dem Boden gelandet war, überlegte sie, was sie sagen würde, wenn Lena plötzlich vor ihr stünde. Allein bei dem Gedanken schüttelte es sie.

Plötzlich regte sich etwas im Raum. Katjas Herz schien eine Sekunde auszusetzen. Sie sah einen Schatten über den Fußboden huschen und spürte gleich darauf etwas Weiches an ihren Beinen.

Natürlich. Charlie war im Haus, er hatte sie erkannt und war gekommen, um sie zu begrüßen. Katja ging in die Hocke, um das Tier zu kraulen.

»Erzähl das aber nicht deinem Frauchen«, flüsterte sie.

Katja ging die Treppe zur Eingangshalle hinauf, wo sie von den in ihrer Bewegung erstarrten antiken Sportlerjünglingen und ihren schönen Körpern empfangen wurde. Die Statuen waren ihr zwar schon immer viel zu pompös vorgekommen. Doch in der Stille und bei dem gedämpften Licht wirkten sie geradezu beängstigend. Auf dem Weg zur Bibliothek glaubte Katja, ein Geräusch zu hören. Sie drehte sich schnell um und ihr Blick fiel auf einen blütenweißen Jüngling, der mit erhobenen Händen zum Himmel schaute. Ungläubig schüttelte sie den Kopf und öffnete die Tür zur Bibliothek. Von der Außenbeleuchtung fiel ein schwacher Lichtschein durch die Vorhänge.

Katja trat an den großen, glänzenden Mahagonitisch mitten im Raum und schaltete die Tischlampe an, in deren Licht Ingrid häufig Ihren »Forschungen nachging«, wie sie das selbst nannte. Aus irgendeinem Grund wollte Ingrid in diesem großen Zimmer kein Deckenlicht haben.

Katja ließ ihren Blick über die Wände mit den Buchrücken

schweifen. Irgendwo dahinter befand sich laut Erik das Geheimfach, in dem Ingrid alte graue Mappen und dicke Kuverts aufbewahrte. Erik hatte erzählt, dass er als Kind in Amerika seine Mutter einmal beim Studium alter Papiere beobachtet hatte und sie außer sich vor Wut war, als sie ihn dabei entdeckt hatte. Jahrzehnte später hatte er hier, in diesem Haus, durch den Türspalt gesehen, wie Ingrid irgendwelche Unterlagen in einem Fach hinter den Büchern versteckt hatte.

Katja nahm an der Stelle, die Erik ihr beschrieben hatte, zwei Bücher aus dem Regal: Herrnstein & Murray: ›Bell Curve – Intelligence and Class Structure in American Life‹ und Wilson: ›The Ants‹.

Ingrids Interesse an Soziobiologie nahm immer neue, aktuelle Formen an.

Die dunkel gebeizte Sperrholzrückwand zeigte keinerlei Besonderheiten. Vielleicht hatte Erik sich falsch erinnert. Sie nahm die Bücher aus dem Regalfach nebenan. Nichts.

Besorgt blickte Katja auf die Uhr und streckte die Hand zum obersten Fach aus. Sie zog ein schweres, altes Buch hervor, aber es rutschte ihr aus der Hand und fiel mit einem lauten Knall auf den Boden. Die brüchigen Seiten flatterten sofort einzeln in alle Richtungen. Das hatte gerade noch gefehlt. Katja schnappte in Windeseile nach den Buchseiten. Schließlich hatte sie alles einigermaßen wieder zwischen die Einbanddeckel gestopft und setzte die Suche fort.

Gerade wollte sie Erik anrufen, da fiel ihr etwas auf. Die Rückwand des obersten Regalfachs schien einen dünnen Saum aufzuweisen. Rasch schob sie zwei Bücher aus dem Weg. Dahinter kam ein kleiner, schwarzer Metallgriff zum Vorschein, der aus der Ferne kaum zu erkennen gewesen wäre. Katja drehte den Griff, und sogleich glitt die Rückwand zur Seite. Triumph und Neugier ließen alle Schuldgefühle verschwinden. Das mit Metall ausgekleidete Fach enthielt graue Mappen aus Pappe und alte braune Kuverts. Katja nahm sie vorsichtig heraus, legte sie ordentlich auf den Tisch und schlug im Schein der Lampe die erste Mappe auf. Sie enthielt offenbar Forschungsergebnisse. Nicht aus der Chemie und auch nicht aus der Biochemie, sondern aus der Medizin. Hauptsächlich die Resultate von Blutproben. Es waren die Werte mehrerer Personen, die nicht mit Namen, sondern mit einer Art Identifikationscode benannt worden waren. HP-3, CAL-2 ... Die Daten stammten vom Ende der Vierzigerjahre, die Aufzeichnungen waren in englischer Sprache verfasst.

Sie schloss die Mappe und griff nach drei Kuverts, die zu ihrer Überraschung versiegelt waren. Was mochten sie enthalten? Durfte sie so dreist sein und das Siegel brechen? Oder sollte sie Erik die Kuverts geben, damit er das entschied? Katja musste sofort an Ingrids leicht überheblichen Blick denken, den sie so oft ertragen musste. Als letzte Demütigung hatte die Schwiegermutter sie aus dem Haus gejagt. Und außerdem: Eriks Bitte war eindeutig. Sie durfte jetzt nicht viel Federlesens machen.

Katja riss das Siegel auf und zog langsam die Unterlagen aus dem Umschlag. Sie waren auf Deutsch verfasst. Katjas Puls beschleunigte sich. Sie hatte nicht allzu lange Deutsch im Gymnasium gehabt, aber das Thema des detaillierten Schemas war leicht zu identifizieren.

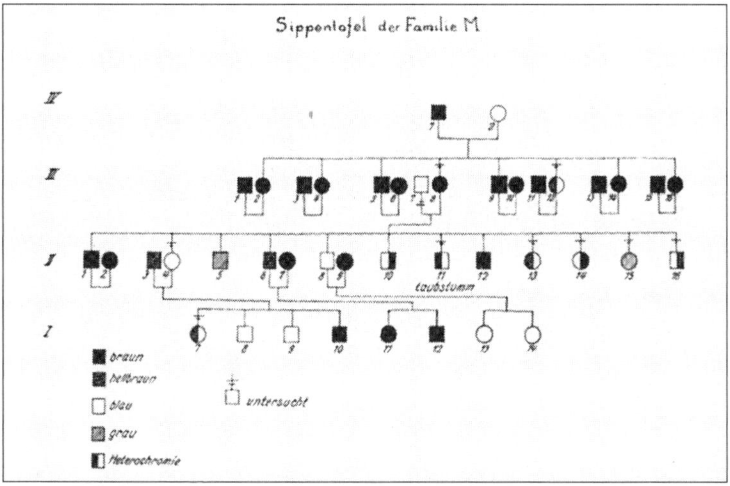

Hier ging es um Vererbungslehre. Im Hinblick auf die Augen des Menschen. Oder eines Tieres.

Katja blätterte weiter, bis sie auf eine Art Zeugnis stieß. Das vergilbte Blatt war maschinengeschrieben und mit dem Adlerstempel Nazideutschlands versehen. Ort und Datum: »Berlin, 2. Oktober 1943.«

Katja starrte auf das Blatt Papier. »Ingrid Frederika Stormares Dissertation im Fach Eugenik ist somit angenommen ...«

Dissertation hieß Doktorarbeit. Und Eugenik bedeutete so viel wie »Rassenhygiene«. So weit reichte Katjas Deutsch noch.

Ingrid hatte in Deutschland eine Doktorarbeit zum Thema »Rassenhygiene« geschrieben.

Entsetzt stopfte Katja die Unterlagen wieder in das Kuvert. Alles andere, aber nicht »Rassenhygiene«, dachte sie unweigerlich. Für Erik wäre das der perfekte Schlag vor den Kopf.

Hektisch schloss Katja das Geheimfach und stellte die Bücher wieder an ihren Platz. Sie nahm die Mappen und Kuverts an sich und vergewisserte sich noch einmal, dass nichts auf dem Boden oder auf dem Tisch liegengeblieben war. Dann löschte sie das Licht und verließ das Haus eilig und auf demselben Weg, den sie gekommen war.

Im Auto rief sie sofort Erik an, der schon ungeduldig gewartet hatte.

»Hat es geklappt?«, fragte er. »Ist alles okay?«

»Ja«, antwortete Katja außer Atem und startete den Wagen.

»Hast du das Fach gefunden?«

»Das habe ich. Nicht genau an der Stelle, die du genannt hast, aber trotzdem.«

»War etwas drin?«

»Nur alte Mappen und Kuverts. Du kannst sie dir selbst ansehen, wenn du hier bist.«

»Du wirst dir doch etwas davon angeschaut haben?«

Die Antwort fiel Katja schwer: »Ach, Erik ... Lass sie uns später in Ruhe durchsehen. Aber für mich sieht es jedenfalls so aus, als hätte Ingrids wissenschaftliche Laufbahn in Deutschland begonnen. Sie hat dort promoviert.«

»Promoviert? Worüber?« Erik klang erschrocken und außer sich.

»Mein Deutsch reicht nicht für wissenschaftliche Themen«, wich Katja aus. »Wir sehen es uns an, wenn du kommst ...«

»Sag mir einfach, was du gesehen hast!«

Katja seufzte schwer. »So wie ich es verstehe, hat sie in Eugenik promoviert.«

Am anderen Ende der Leitung war es still.

»Erik, komm zurück, wir sehen uns das gemeinsam an. Ich muss jetzt schnell nach Hause, bevor Ingrid misstrauisch wird. Wir haben die Unterlagen, das ist die Hauptsache.«

Erik schwieg noch immer.

»Erik, sag doch etwas!«

»Ich ... ich weiß nicht, was ...«

Er brachte kein Wort mehr heraus. Es wunderte Katja nicht, dass er vollkommen aus der Fassung war. Vor dem Hintergrund seiner eigenen wissenschaftlichen Laufbahn hätte kein anderes Forschungsgebiet ihn mehr schockieren können als die Eugenik.

Der Regen hatte gegen Abend zugenommen, die Tropfen zerliefen zu Streifen auf den Fenstern des einsamen, verlassen wirkenden Hauses in Bardenitz.

Geschützt durch blickdichte Vorhänge, standen vier Männer um einen Tisch herum und konzentrierten sich auf eine technische Zeichnung. Von ihrem Aussehen und ihrem Auftreten her passten die Männer kein bisschen in das heruntergekommene Gebäude. Malek trug nach dem Flug von Helsinki nach Berlin noch immer die Hose mit Bügelfalten und die schenkellange Baumwolljacke.

Rashid, in Hemd und Cordhosen, befand sich bei den Zeichnungen auf vertrautem Terrain, und das spiegelte sich in seiner ganzen Haltung wider. Er war Ingenieur von Beruf und bei einem Feinmechanikbetrieb in Leipzig angestellt. Seine langen, schmalen Finger schienen einem Pianisten zu gehören, aber Rashid hatte mit ihnen ganz andere Dinge geübt.

Saiid war der Jüngste und mit seinen Jeans, den modischen Nike-Turnschuhen und seinem T-Shirt auch äußerlich der Jugendlichste in der Gruppe. Er war Programmierer bei einer Berliner EDV-Firma und Fachmann für Datentransfer in der zweiten Generation. Sein Vater war kurz vor dem Sturz des Schahs von Teheran nach Mannheim gekommen.

Utabar stand ein klein wenig abseits, denn das Studium von technischen Zeichnungen war nicht sein Spezialgebiet.

Es sah aus, als würde eine Gruppe von Technologiefachleuten sich an einem normalen Arbeitstag in die Skizzen ihres neuesten Projekts vertiefen.

»Einundfünfzig Zentimeter sind das Minimum«, sagte Rashid. »Wenn sie in fünfzig passen würde, hätte ich es so eingezeichnet.«

Malek seufzte.

»Dann legen wir sie in ein anderes Fahrzeug«, sagte Saiid.

»Nein«, fuhr Malek auf und breitete eine Papierrolle aus, auf der eine computergefertigte Zeichnung eines PKW-Kofferraums mitsamt den genauen Maßen zu sehen war. »Wir können die Position von Element drei und Element vier tauschen. Das bringt uns den nötigen Platz in der Tiefe. Versuchen wir es doch wenigstens.«

Während er sprach, hob Malek eine an die Wand gelehnte Styroporplatte in die Höhe. Darauf war der Stadtplan von London befestigt. In der City, nahe dem kleinen Park an der Ecke von King Edward Street und Angel Street, im Herzen der Finanzwelt der westlichen Hemisphäre, steckte eine Nadel mit schwarzem Kopf.

35

Der Vorplatz des Pflegeheims lag schon fast im Dunklen. Erik zahlte die Taxifahrt mit seiner Kreditkarte und ging anschließend zielstrebig auf das Gebäude zu. Nur in wenigen Fenstern schimmerte noch Licht durch die Vorhänge.

Katharina Kleve.

Wenn seine Mutter auch noch den letzten Rest von Vertrauen zwischen ihnen zerstören wollte, indem sie weiterhin schwieg, lag alle Hoffnung auf Katharina Kleve. Warum hatte die Frau Eriks Vater zu sich bestellt? Wie hatte eine so vollkommen verwirrte Greisin überhaupt einen so klaren Brief schreiben können?

Sicher war jedenfalls, dass es sich bei Frau Kleve um eine der wenigen gleichaltrigen Bekannten seines Vaters aus Kriegszeiten handelte. Erik hoffte inständig, mit ihrer Hilfe noch etwas Licht ins Dunkel zu bringen.

Auf der Taxifahrt waren ihm immer mehr auffällige Äußerungen seines Vaters zu verschiedensten Anlässen eingefallen. Und je mehr er zurückdachte, umso mehr Dinge fand er, die sich ihm nun in ganz anderem Licht zeigten. Zum Beispiel die Ansichten seines Vaters über Stalins Gräueltaten. Hatte er damit die Tatsache zu relativieren versucht, dass er selbst in Hitlerdeutschland gelebt und studiert hatte?

Von seiner Mutter ganz zu schweigen. Katjas Anruf hatte Erik völlig aus der Fassung gebracht. So lange er sich erinnern konnte, hatte sich seine Mutter für Genetik interessiert. Sie wusste viel darüber – alles, hatte Erik als Kind gedacht. Aber Eugenik, Rassenhygiene …

Es war dieselbe Pflegerin wie zuletzt, die Erik in Empfang

nahm. Sie schien noch mürrischer diesmal, vermutlich wegen der späten Stunde, trotzdem führte sie ihn zum Zimmer von Katharina Kleve und schloss auf.

Dann ging sie, und Erik blieb in der Tür stehen. Die alte Frau saß in dem halb dunklen Raum auf ihrem Platz und schien in keiner Weise zu reagieren. Erik erschrak – sie war doch wohl nicht gerade eben ... Mit wenigen Schritten war er bei ihr.

Die Greisin fuhr zusammen. »Sie?«

Erik seufzte vor Erleichterung. Erkannte sie ihn sogar wieder?

Zunächst machte sie einen höchst reservierten Eindruck, aber sie reagierte sofort, als Erik begann, ihr Fragen über Rolf zu stellen. Dessen Tod wollte Erik vorläufig nicht erwähnen.

»Können Sie mir sagen, was Rolf in Berlin genau gemacht hat?«, fragte Erik.

»Was Rolf macht? Er forscht natürlich.«

»Was forscht er denn?«

Sie schaute ihm nun nicht mehr in die Augen. »Forscher erforschen das, wofür man ihnen Geld gibt«, sagte sie heiser. Dann seufzte sie und senkte die Stimme. »Ich kann über die Angelegenheiten von Rolf und Hans nicht reden. Die SS kümmert sich um die Sicherheitsmaßnahmen, schon seit dem Herbst 1939. Die Uranbombe wird alles retten, glauben Sie mir...«

Langsam drangen die Worte in Eriks Bewusstsein ein. Ihm kam wieder in den Sinn, was er im Internet über Kummersdorf und die dortige Versuchsstelle Gottow gelesen hatte: *Das Heer betrieb in Kummersdorf auch Atomforschung ...*

War sein Vater an Hitlers Atombombenprogramm beteiligt gewesen?

Lähmende Angst lag in der stickigen Luft des Einzimmer-Apartments in Espoo-Otaniemi. Teemu saß am Bildschirm, Jani im Sessel, die Füße auf dem Tisch, Raine lag auf dem Sofa und starrte an die Decke.

»Es gibt keine andere Möglichkeit, als alles der Polizei zu erzählen«, sagte Raine. »Alles.«

Die anderen reagierten in keiner Weise auf den Satz.

»Wir müssen eine Prioritätenliste aufstellen«, fuhr Raine fort.

»Genau«, sagte Teema langsam. »Roope wird nicht mehr lebendig. Es ist sinnlos, wenn wir…«

»Die Polizei wird auf jeden Fall alles, was mit Roope zu tun hat, gründlich untersuchen. Und dabei werden sie garantiert auf die Spur von LALLI stoßen. Andersherum wäre das kaum gelungen… Sie wären nicht über LALLI auf Roope gekommen. Aber so…«

»Das wissen wir doch alles schon«, schnaubte Teemu. »Warten wir trotzdem erstmal in Ruhe ab. Roope wäre bestimmt nicht begeistert, wenn wir das ganze Ding versauen, indem wir alles ausplaudern. Die Behörden glauben, dass LALLI 2 startbereit dasteht. Und dementsprechend müssen sie handeln. Sie haben ein paar Krümel U-235 und die Drohung, dass eine schmutzige Bombe hochgeht. Lassen wir sie doch in dem Glauben, dass sich an diesem Szenario nichts verändert hat. Wir…«

In dem Moment gab es einen gewaltigen Schlag an der Tür, und unmittelbar darauf stürmten Männer mit Helmen herein. Auf den Rücken ihrer Overalls stand die Aufschrift POLIISI.

»Auf den Boden! Die Hände in den Nacken!«, brüllte einer. »Sofort!«

Oberkommissar Sohlman von der Sondereinheit »Bär« konnte über Kopfhörer in einem Lieferwagen vor dem Haus mitverfolgen, wie die Lage in dem Apartment war, denn man hatte zuvor ein Mikrofon in den Belüftungsschacht geschoben.

»Die Behörden glauben, dass LALLI 2 startbereit dasteht. Und dementsprechend müssen sie handeln. Sie haben ein paar Krümel U-235 und die Drohung, dass eine schmutzige Bombe hochgeht. Lassen wir sie doch in dem Glauben, dass sich an diesem Szenario nichts verändert hat…«

Erst in dem Moment hatte er den Befehl zum Zugriff gegeben. Die Spur war von Anfang an heiß gewesen, aber man wollte zuerst eine Bestätigung von den Verdächtigen selbst haben, bevor man die Wohnung stürmen ließ.

Nach dem Gespräch mit Professor Rinne hatte die KRP unverzüglich begonnen, den Tod von Robert Plögger im Zusammenhang mit dem Raketenzwischenfall zu untersuchen. Indem man den Freundes- und Bekanntenkreis von Plögger kartiert hatte, war man schnell auf einige interessante Namen gestoßen.

Sohlman machte ein zufriedenes Gesicht. Diesmal würde niemand den Leuten vom SK »Bär« vorwerfen, sie hätten zu lange abgewartet oder gar einen Fehlschlag gelandet.

36

Erik saß in seinem Hotelzimmer in Berlin-Charlottenburg und telefonierte mit Katja. Die Kinder schliefen, und seine Mutter war in ihr Haus zurückgekehrt – ohne etwas zu ahnen.

»Ich habe doch schon gesagt, dass du dir die Unterlagen selbst ansehen kannst und so viele Umschläge öffnen darfst wie du willst«, sagte Katja müde. »Wann kommst du?«

»Sobald ich hier alles auf der Reihe habe. Ich werde mir einen Anwalt nehmen. Die Polizei kann eine gründliche Untersuchung nicht verweigern. Und dann muss Vater nach Helsinki überführt werden ... Sag noch mal, von wem die Titelseite von Mutters Dissertation unterschrieben worden ist.«

Katja blätterte schweigend in den Unterlagen. Erik wollte ihr noch nicht von dem Atombombenprogramm in Gottow erzählen, auch wenn es beängstigend gut ins Bild passte. Immerhin war sein Vater in den Fünfzigerjahren in den USA an der Entwicklung einer Atomrakete beteiligt gewesen, bevor er ins Raumfahrtprogramm wechselte.

»Professor von Verschuer und Doktor Karin Magnussen«, sagte Katja.

Erik notierte die Namen auf einem Zettel, auf dem bereits der Name Hans Plögger stand. Den Vornamen hatte er von Katharina Kleve bekommen und von der Pflegerin schließlich den Nachnamen. Katharina war mit Hans Plögger verheiratet gewesen.

»Und die anderen Papiere«, fragte Erik, »was enthalten die?«

»In der einen Mappe steht alles auf Deutsch, lauter Statistiken, bei denen ich mir nicht sicher bin. Und genetische Schemata.

Haben irgendwie mit Augen zu tun. Datiert Anfang der Vierzigerjahre … Erik, das alles tut mir wahnsinnig leid.«

Erik schwieg eine Weile und versuchte, aus dem, was er gerade gehört hat, ein irgendwie erträgliches Gesamtbild zu konstruieren.

»Ich kann das fast nicht glauben: Meine Mutter hat doch nicht jahrzehntelang die Resultate von Augenuntersuchungen in Nazideutschland in ihrem Geheimfach aufbewahrt?«

Die Anklopffunktion seines Handys meldete sich. »Ich bekomm gerade einen Anruf.«

»Dann lass uns aufhören. Ich gehe jetzt schlafen. Wir reden morgen weiter.«

Erik nahm den Anruf an.

»Erik!«, die Stimme seiner Mutter war ungewönlich schrill.

Er holte tief Luft. »Was ist denn passiert?«, fragte er ruhig.

»Was heißt hier, ›was ist passiert‹? Reicht es nicht, dass Rolf tot ist und du dich Gott weiß wo herumtreibst und *deine Frau* zu mir schickst, um mir zu sagen …«

Sie klang fast ein bisschen hysterisch, beruhigte sich aber langsam wieder.

»Entschuldige, Erik … Ich weiß, das ist auch für dich nicht einfach. Ich … Es sind schreckliche Dinge passiert. Hier ist eingebrochen worden.«

»Eingebrochen?«, fragte Erik verwundert.

»Du musst sofort herkommen …«

»Jetzt beruhige dich. Wie sollen die Diebe denn ins Haus gekommen sein?«

»Sie haben Charlies Fenster eingeschlagen. Als hätten sie gewusst, dass dort die Alarmanlage nicht angeschlossen ist.«

»Profis sehen so etwas. Ich habe dich gewarnt, falls du dich erinnerst. Was ist denn gestohlen worden?«

Seine Mutter schwieg.

»Was haben sie mitgenommen?«, fragte Erik erneut. »Geld, Schmuck, Bilder?« Zu seiner Schande musste er sich eingestehen, dass er die Situation geradezu genoss.

Schließlich seufzte seine Mutter auf. »Nichts Wichtiges.«

»Nichts Wichtiges?« Erik konnte sich nur mit Mühe beherrschen. Unglaublich! Sie wollte das Spiel auch jetzt noch weiter treiben.

»Nur ein paar Gegenstände. Die sind nicht so wichtig.«

»Warum sollte jemand in dein Haus einbrechen und dann nichts mitnehmen, obwohl die Zimmer voll sind mit allen möglichen wertvollen Sachen?«

»Woher soll ich das wissen?«, sagte seine Mutter wütend. »Vielleicht haben sie gehört, wie ich zurückgekommen bin, und sind geflohen. Es ist nur so ein entsetzliches Gefühl, zu wissen, dass jemand hier eingedrungen und herumgeschlichen ist.«

»Hast du die Polizei angerufen?«

»Nein«, antwortete sie schnell. »Das ist unnötig. Ich lasse das Fenster ersetzen und schließe die Alarmanlage an. Für Charlie denke ich mir einen anderen Weg aus. Ich ... Oh, mein Gott ...«

Erik hörte, dass erneut Panik in ihr aufstieg.

»Ich muss jetzt aufhören«, sagte sie und brach das Gespräch abrupt ab.

Aufgewühlt legte Erik das Handy aufs Bett. Früher hätte er Mitleid mit seiner erschrockenen, alten Mutter gehabt, aber jetzt war er nur wütend.

Ob irgendwo auch Unterlagen existierten, die etwas über die Vergangenheit seines Vaters verrieten? Der hätte so etwas aber wohl kaum aufbewahrt, das passte nicht zu ihm. Und seine Mutter hatte nach der Scheidung sicherlich auch keine Dokumente mehr, die seinen Vater tangierten.

Vor Eriks innerem Auge kreisten Fotos und Filmsequenzen von SS-Männern, Konzentrationslagern und grausamen rassenhygienischen Maßnahmen. Bislang war das »Dritte Reich« für ihn Geschichte gewesen, jetzt war es auf einmal so nahe gerückt, wie er es sich nie hätte vorstellen können.

Er nahm den Stadtplan vom Tisch, den er bei der Touristen-Information am Flughafen Tegel mitgenommen hatte. Auf der Rückseite wurde für zwei verschiedene Stadtführungen geworben. Die eine bot »das Berlin des Kalten Krieges« an, die andere war mit einem Adleremblem illustriert: »Die Hauptstadt des ›Dritten Reiches‹ – Besuchen Sie die wichtigsten Orte der Naziherrschaft«.

Es war ein unglaublicher Gedanke, dass seine Eltern in jenen Jahren hier gelebt haben sollten. Warum hatten sie es verschwiegen? Hatten sie es selbst für einen Schandfleck in ihrer Vita gehalten – oder hatten sie tatsächlich etwas getan, das man besser für sich behielt, auch nach Jahrzehnten noch?

Erik beschloss, am nächsten Morgen alles auszugraben, was er zu dem Thema finden konnte. Allerdings gab es bislang nur wenige Anhaltspunkte und Namen. Als erstes würde er sich auf den Exmann von Katharina Kleve konzentrieren: auf Hans Plögger.

37

Die schweren Regenwolken waren am dunklen Himmel über Helsinki kaum zu erkennen. Es war sieben Uhr am Morgen, rund um den Senatsplatz herrschte kaum Verkehr, aber kurz zuvor waren schwarze Limousinen von Ministern in den Innenhof des Staatsratsgebäudes gefahren.

Ministerpräsident Vanhanen saß im Kabinettssaal am Kopfende des Konferenztisches und sah müde, aber erleichtert aus.

»Die KRP hat heute Nacht drei Studenten von der TH verhört, und alle haben gestanden, am Abschuss der Rakete beteiligt gewesen zu sein«, sagte Vanhanen. »Ein Mitglied der Gruppe wurde gestern tot aufgefunden, und die Polizei überprüft, ob hier ein Zusammenhang mit dem Raketenabschuss besteht. Entscheidend ist aber, dass die Festgenommenen angeben, die zweite, in dem Erpresserschreiben genannte Rakete, existiere gar nicht. Auch keine schmutzige Bombe. Rakete und Bombe sind nur als Drohgebärde zu verstehen gewesen. Moskau hat bereits eine entsprechende Mitteilung erhalten.«

Am Tisch sah man die erleichterten Gesichter der Minister.

»Woher stammt eigentlich die Probe des angereicherten Urans?«, fragte Außenminister Kanerva.

»Die Festgenommen wissen es nicht oder sagen es nicht. Sie behaupten, nur der ermordete Plögger hätte diese Frage beantworten können. Die Polizei hat bei ihm Hinweise darauf gefunden, dass er die Probe aus Deutschland eingeführt hat. In dieser Angelegenheit läuft die Zusammenarbeit mit der deutschen Polizei. Endgültigen Aufschluss über die Herkunft des Urans erhalten wir erst, wenn die Analyseergebnisse aus Karlsruhe vorliegen.«

Neblig und feucht brach der Morgen im Berliner Wedding an. Erik stand vor dem Sechzigerjahre-Mietshaus und sah auf das Klingelbrett.

Der Name Hans Plögger war nirgendwo zu lesen, und bei der Wohnung mit der Nummer zwei stand gar nichts. Erik betrat das Haus und ging zur hinteren Wohnungstür im Erdgeschoss. Auch dort stand kein Name.

Erik läutete und wartete ab. Er musste damit rechnen, dass die Leute um diese Zeit noch schliefen. Als er Hans Ploggers Angaben im Berliner Telefonbuch gefunden hatte, war er überrascht gewesen. Der Mann hätte genauso gut schon seit Jahren tot sein können.

Erik erschrak durch ein Poltern hinter seinem Rücken. Er drehte sich um und sah einen grauhaarigen, älteren Mann im Türspalt der Nachbarwohnung. Er trug ein fadenscheiniges kariertes Hemd und altmodische Stoffhosen und musterte Erik misstrauisch.

»Wen suchen Sie denn?«

»Ich suche Hans Plögger. Wohnt er nicht hier?«

»Er hat hier gewohnt. Er ist schon vor einiger Zeit gestorben. Die Wohnung wird verkauft. Haben Sie ihn gekannt?«

»Nein«, sagte Erik nachdenklich. »Aber mein Vater kannte ihn von früher. Und ich möchte mit jemandem sprechen, der meinen Vater gekannt hat.«

Das Reden verschaffte Erik etwas Erleichterung, und es war ihm in diesem Moment ganz egal, wer der Zuhörer war.

»Kommen Sie auch aus Finnland?«

Erik wurde schlagartig aufmerksam. »Warum fragen Sie?«

»Einer der finnischen Erben von Herrn Plögger ist hier gewesen. Sein Sohn hat die Wohnung ausgeräumt und sie einem Immobilienmakler zum Verkauf übergeben.«

Erik hörte erstaunt zu. »Ich wusste nicht, dass er einen Sohn in Finnland hat.«

»Die verstorbene Frau von Plögger war Finnin.«

»Kennen Sie den Namen seines Sohnes?«

»Nein. Er kam eines Tages hier an, hatte es sehr eilig, und verkaufte das ganze Hab und Gut seines Vaters an einen Trödler. Er selbst hat bloß ein paar Fotoalben mitgenommen.«

Der alte Mann schüttelte missbilligend den Kopf. »Da wird dann das ganze Leben eines Menschen auf einem Flohmarkttisch ausgebreitet ... Der Plögger hatte ja eine Menge Bücher, Briefe und andere interessante Sachen. Er war Atomphysiker, hat seinerzeit im Forschungszentrum von Siemens gearbeitet.«

Erik trat näher. »Ich wäre sehr daran interessiert, so viel wie möglich über Herrn Plögger zu erfahren.«

»Ich kann Ihnen leider nicht viel mehr erzählen. Ich bin erst vor drei Jahren hier eingezogen und habe nur ein paarmal mit ihm gesprochen. Aber mir ist aufgefallen, dass sein Bücherregal voller interessanter Sachen war, und die hat der Trödler gekauft.«

»Kennen Sie zufällig den Namen dieses Händlers?«

»Irgendein Türke oder Araber. Hat auch bei mir geklingelt und gefragt, ob ich irgendwelche Möbel kaufen will. Ich hab ihm die Tür vor der Nase zugeknallt. Aber der Spitzbube hat seine Visitenkarte in meinen Briefkasten geworfen. Das sind hartnäckige Kaufleute.«

»Glauben Sie, die Visitenkarte könnte noch irgendwo sein?«

Kurz darauf hielt Erik eine verzierte Karte mit dem gold geprägten Namen Sharif Rastegar in der Hand.

»Ich habe von Erik erfahren, dass bei dir eingebrochen worden ist«, sagte Katja.

Sie stand in der Eingangshalle des Hauses ihrer Schwiegermutter und sah die alte Frau herausfordernd an, die in der Nacht schlecht geschlafen hatte und jetzt ganz abgezehrt aussah. Die dunklen Augenringe im blassen Gesicht und die ungekämmten Haare passten überhaupt nicht zu der sonst immer so gepflegten Ingrid. Sie war noch immer im Morgenmantel, was es fast noch nie gegeben hatte. Katja empfand dennoch kein Mitleid – solange Ingrid alles Mögliche verheimlichte, hatte sie sich ihren Zustand selbst zuzuschreiben.

Lena, die an der Küchentür stand, schien jeden Moment in Tränen auszubrechen.

»Habt ihr schon die Polizei angerufen?«, fragte Katja.

»Nein«, erwiderte Ingrid strikt, setzte dann aber eine versöhnlichere Miene auf. »Hier wird keine Polizei gebraucht. Es ist nichts Besonderes weggekommen. Nur ein paar wertlose Erinnerungsstücke.«

Als Ingrid näher kam, konnte Katja sehen, wie sehr sie sich anstrengen musste, um nicht die Selbstbeherrschung zu verlieren.

»Die Nachbarn fangen an zu reden, wenn ein Polizeiauto vor dem Haus steht. Ich lasse nur das Fenster ersetzen, und damit ist der Fall erledigt.«

Ingrids Blick fiel auf Katjas verbundenen Finger. »Was ist denn mit deinem Finger passiert?«

»Ich habe mich heute morgen mit dem Küchenmesser geschnitten«, antwortete Katja so unbefangen wie möglich. »Bist du ganz sicher, dass nichts Wertvolles mitgenommen wurde? Man sollte da nicht bloß aufs Geld schauen, Erinnerungsstücke können ja auch einen hohen ideellen Wert haben. Was haben sie denn mitgenommen?«

»Ich sagte doch bereits, dass nichts Wichtiges fehlt.«

»Haben die Einbrecher womöglich etwas mitgenommen, dessen Verlust du nicht zugeben willst?«

Ingrids argwöhnischer Blick bohrte sich in Katjas Augen. »Fängst du schon wieder mit deinen unbegründeten Beschuldigungen an?«, fauchte sie. Man sah ihr an, wie Zorn, Fassungslosigkeit und Empörung in ihr rangen – dann schrie sie plötzlich: »Raus! Raus hier, sofort!«

Katja wandte sich ab. Mit Müh und Not gelang es ihr, sich zu beherrschen und ihre Schwiegermutter nicht als alte Nazihexe zu beschimpfen.

Sie warf die Haustür hinter sich zu und ging davon.

Rashid spürte, wie sich Schweißtropfen auf seiner Stirn bildeten, ob er wollte oder nicht. Der Schweiß durfte ihm auf keinen Fall in die Augen rinnen.

Konzentriere dich, sagte er zu sich selbst. Er konnte sich jetzt nicht den geringsten Fehler erlauben.

Außer durch den situationsbedingten Stress wurde der Schweiß auch durch die Schutzkleidung aus Gummi und den Atemschutz im Gesicht hervorgerufen. Er hätte Saiid oder Utabar bitten sollen, sich mit einem Taschentuch neben ihn zu setzen, dachte Rashid. Das Bild, das er dabei in Gedanken vor sich sah, amüsierte ihn, trotz der prekären Situation: wie Chirurg und OP-Schwester hätte das ausgesehen.

Rashid öffnete den kleinen Beutel und gab mit einem Teelöffel Uranpulver hinein. Auf dem Tisch lagen mehrere schwere Beutel mit Pulver, die er bereits portioniert und verschlossen hatte.

Nachdem er die Arbeit beendet hatte, schraubte er den Deckel des Bleibehälters zu. Er hatte das Gefäß nicht ganz leer bekommen, man würde ihn noch mit Wasser ausspülen müssen. Anschließend müsste man das Wasser verdampfen lassen, um auch der letzten Uranpartikel habhaft werden zu können.

Zum Schluss legte Rashid die Beutel in einen größeren Bleibehälter, zog die Schutzkleidung aus und stopfe sie in den inneren von drei ineinander gestülpten Müllsäcken.

Saiid und Utabar sahen ihn neugierig an, als er zu ihnen in den Nebenraum kam. Die Vorhänge waren zugezogen, obwohl es zehn Uhr am Vormittag war.

»Die Dosierung ist erledigt«, sagte Rashid.

Malek kam herein. »Hier sind die Platzreservierungen«, sagte er und reichte seinen Komplizen Computerausdrucke, auf denen das Logo der Eurostar Group zu sehen war, deren Hochgeschwindigkeitszüge durch den Eurotunnel fuhren.

Der dritte Ausdruck war die Reservierungsbestätigung für Maleks Flug nach London.

38

Seit Katja gegangen war, war Ingrid unruhig und bedrückt. Sie hatte sich angezogen, Lena nach Hause geschickt und eine Tasse starken Tee aus den Blättern von schwarzen Johannisbeeren getrunken.

Schließlich hatte sie ihren Entschluss gefasst. Mit einem leeren Müllsack in der Hand ging sie in ihr Schlafzimmer zu dem Versteck, das sie ihren »Tresor« nannte, und steckte einige dünne, verstaubte Schnellhefter in den Sack, ohne sich die Mühe zu machen, einen davon aufzuschlagen. Sie waren im Chaosjahr 1945 nicht zerstört worden, und sie durften auch jetzt nicht in Gefahr geraten. Außerdem landete eine externe Festplatte, auf der erst eine Woche altes Material gespeichert war, in dem Sack.

Ingrid verschloss den Sack mit Klebeband, schlüpfte in ihre Gummistiefel und ging zum kleinen Schuppen am Ende des Gartens. Im Gurkenbeet schien die Erde locker genug zu sein, sodass auch sie mit ihren geringen Kräften tief genug graben konnte.

Seit dem Einbruch waren ihre Gedanken um ein und dieselbe Frage gekreist: Warum hat der Einbrecher nur alte Unterlagen mitgenommen, warum nicht den Computer, den Schmuck oder Kunstwerke? Und vor allem: Was glaubte der Dieb mit den Unterlagen anfangen zu können?

Ingrid dankte ihrem Schöpfer, dass sie das Material auf mehrere Verstecke verteilt hatte. Wenn die gestohlenen Unterlagen an die Öffentlichkeit kämen, wäre das peinlich, aber keine Katastrophe.

Ruhig und zäh grub sie in der Erde. In gewisser Weise kam ihr die ganze Versteckaktion ebenso lächerlich wie sinnlos vor. Wieso sollte sie sich für ihre Forschungen schämen? Gut, da war der Gebrauch von Menschenmaterial, aber sonst ... Trotzdem war es besser, wenn Erik oder andere Leute nicht alles erfuhren, solange sie noch am Leben war.

Ingrid erinnerte sich noch lebhaft an den warmen Sommertag – wahrscheinlich war das im Juli 1944 gewesen –, als ihre unmittelbare Vorgesetzte am Institut das Eintreffen der ersten Sendung mitteilte.

Auf den Hinterhof fuhr ein gewöhnlicher, geschlossener Opel-Personenwagen, aus dessen Kofferraum zwei SS-Offiziere in Uniform eine reisekoffergroße Holzkiste luden. Die Männer stellten sich als Ärzte des Krankenhauses Auschwitz vor. Die Augen- und Blutproben waren nur in Stroh und Eis verpackt, darum trieb man die Männer an, die Last schnell in die Kühlräume des Instituts zu schaffen.

»Das sind Zigeuneraugen«, lachte von Helmersen, als er Ingrids vorsichtige Frage nach der Herkunft der Augäpfel beantwortete. »Von Toten. Die brauchen sie nicht mehr.«

Ingrid konnte der Feststellung ihrer Vorgesetzten, dies sei nun wirklich etwas anderes als die ewigen Schmetterlinge, Fruchtfliegen und Kaninchen, nur zustimmen. An den genau klassifizierten Menschenaugen konnten sie die Erblichkeit des Pigments der Regenbogenhaut mit unerhörter Exaktheit untersuchen, auch bei ein- oder zweieiigen Zwillingen. Ein Teil der Augen stammte von Großeltern, Eltern und Kindern, die alle gleichzeitig gestorben waren. Wie war es möglich, dass der Tod bei allen gleichzeitig eingetreten ist, hatte sich Ingrid insgeheim gefragt. Aus einigen Augäpfeln schnitt man Proben, andere wurden mit einer Nadel auf einer Platte befestigt, wie bei einer Schmetterlingssammlung. Die Augenuntersuchung von Zwillingen war seit den Zwanzigerjahren Objekt des besonderen Interesses von Professor von Verschuer.

Später waren die Lieferungen regelmäßiger gekommen: Blut, in Alkohol konservierte Innenorgane, sogar ein ganzes Skelett, das angeblich dadurch entstanden war, dass man die Leiche so lange gekocht hatte, bis sich das Fleisch von den Knochen löste und man die Knochen in Petroleum einlegen konnte – eine Vorstellung, die Ingrid leichten Ekel bereitete. Auch per Post wurde Forschungsmaterial geschickt. Dann war das betreffende Paket mit einem Stempel versehen: »Kriegsmaterial – Eilig«, dadurch wurden die Sendungen beim Transport vorrangig behandelt.

Die Kapazitäten am Institut reichten nicht aus, um eine ausreichende Menge Blutproben zu untersuchen, darum wurden sie an das nahe gelegene Institut für Biochemie weitergereicht, dem Professor Adolf Butenandt vorstand. Er hatte im Blut die männlichen und weiblichen Geschlechtshormone entdeckt und 1939 den Nobelpreis für Chemie erhalten.

Im darauffolgenden Winter lernte Ingrid den leitenden Arzt des Auschwitzer Krankenhauses, den Doktor der Philosophie und der Medizin, SS-Hauptsturmführer Josef Mengele, kennen, als dieser dem Institut einen Besuch abstattete. Er war schon in Frankfurt am Institut für Erbbiologie und Rassenhygiene ein Schüler von Verschuer gewesen und interessierte sich wie sein Lehrer für Zwillinge. Durch die Untersuchung von Zwillingen versuchte Mengele herauszufinden, welche Eigenschaften erblich waren und welche durch Lebensgewohnheiten und die Umgebung hervorgerufen wurden.

Ingrid erinnerte sich noch an den ersten Eindruck, den Mengele auf sie gemacht hatte: das hinreißend offene, jungenhafte Lächeln, das eine charaktervolle Lücke zwischen den Vorderzähnen freigab. Der Doktor küsste Ingrid mit charmanter Eleganz die Hand, und zwar genau so wie es sich gehörte: nur sein warmer Atem streifte leicht den Handrücken. Als Mengele hörte, dass Ingrid die Tochter von Anders Stormare war, bat er sie sehr höflich, ihrem Herrn Vater die herzlichsten Grüße zu bestellen.

Bestimmt gibt er in Gesellschaft eine glänzende Figur ab – Ingrid erinnerte sich, wie sie das damals mit geröteten Wangen gedacht hatte. Das Letzte, was ihr zu Doktor Mengele eingefallen wäre, war die später ans Tageslicht gedrungene Tatsache, dass er Menschen Organe und Gliedmaßen ohne Narkose entnommen hatte, dass er absichtlich Bluttransfusionen mit falschen Blutgruppen vorgenommen hatte, dass er seine »Patienten« mit Chloroforminjektionen umgebracht hatte und dass er versucht hatte, die Farbpigmente der Augen zu verändern, indem er Kindern verschiedene Farbstoffe in die Augen gespritzt hatte. Die Experimente hatten schmerzhafte Entzündungen hervorgerufen und zur Erblindung geführt. Nachdem die Tests gemacht worden waren, hatte man die Kinder nicht mehr gebraucht und in die Gaskammer gebracht. Augen und Blutproben wurden anschließend dem Institut für Erbforschung zugeführt. Unter von Verschuers Leitung hatte man am Institut versucht, eine Rassenbestimmung zu entwickeln, die auf den Proteinanteilen im Blut beruhte, und dafür große Mengen an Blut benötigt.

Dass ihr Vater Anders nach dem Krieg den Kontakt zu Mengele aufrechterhalten hatte, war Ingrid unangenehm und auch unbedacht erschienen. Wäre es nach ihr gegangen, hätten sich die Israelis Mengele schnappen können, so wie sie Adolf Eichmann geschnappt hatten, denn wenn jemand schlicht und einfach ein böser, grausamer und gefühlloser Mensch war, schlimmer als jeder deutsche oder einer anderen Nation angehörige Nazi, den Ingrid kannte, dann Mengele.

Als sie tief genug gegraben hatte, legte sie den Sack in die Grube. Durch das Plastik hindurch spürte sie die Form der Festplatte, und sie drehte sie richtig herum, obwohl das laut Carl keine Bedeutung hatte. Carl Möller hatte ihr die Festplatte mit leichtem Zögern zur Aufbewahrung gegeben, und allein deshalb wollte Ingrid vorsichtig sein.

Im Nachhinein war es für Ingrid ein Schock gewesen zu lesen, wie eng die Zusammenarbeit zwischen dem Institutsleiter von Verschuer und Mengele gewesen war. Von Verschuer war sich der Vorgehensweise Mengeles in dem auf Zwillinge spezialisierten Unterlager in Auschwitz bewusst. Ingrid akzeptierte es, die Organe von Toten für wissenschaftliche Experimente zu benutzen, aber sie akzeptierte nicht, dass Menschen für die Wissenschaft umgebracht wurden.

Auch die Amerikaner waren über das Vorgehen einiger Naziärzte schockiert gewesen. In Nürnberg hatte man entsetzliche Zeugenaussagen zu hören bekommen, als die Opfer von Ärzten, denen jedwede Moral und jede Menschlichkeit abhanden gekommen waren, über ihre Erfahrungen berichtetet hatten.

Damals war es leicht gewesen, zu vergessen, dass die Lehre von der »Rassenveredelung« ihren Anfang zu Beginn des 20. Jahrhunderts in den USA genommen hatte. Dort war ein Programm ins Leben gerufen worden, dessen Ziel darin bestand, die »schwächste Substanz« der Gesellschaft zu sterilisieren und so der menschlichen Rasse die Möglichkeit zu geben, sich zu entwickeln. Der Sozialdarwinismus fasste Fuß, und ein Bundesstaat nach dem anderen schuf eine Gesetzgebung, die Zwangssterilisation ermöglichte. Zwischen 1910 und 1920 boten Dutzende angesehene Universitäten Lehrveranstaltungen zur Eugenik an. Dieses Denken breitete sich rasch auch bis Nordeuropa aus, besonders in Schweden stieß es auf großes Interesse. Das erste staatliche Institut für Rassenbiologie der Welt wurde 1922 im schwedischen Uppsala gegründet. Auch Ingrids Vater hatte die Gründung unterstützt. Das schwedische Sterilisationsgesetz trat 1934 in Kraft. Im selben Jahr begann man in Norwegen mit Zwangssterilisationen.

Hitler hatte die Rassenpolitik der USA öffentlich gelobt. Aus den Vereinigten Staaten, genauer gesagt von der dortigen *Rockefeller-Stiftung*, hatten fast alle von Ingrids älteren Kollegen und Vorgesetzten in den Zwanziger- und Dreißigerjahren die Finanzierung für ihre Eugenik-Studien erhalten. In der US-amerikanischen Zeitschrift ›Eugenical News‹ wiederum wurde das Rassenprogramm Deutschlands bewundert und verteidigt. Außerdem fragte man sich, warum die Deutschen es, im Gegensatz zu den Amerikanern, so effektiv in die Praxis umsetzen konnten. Auch Ingrid hatte die Zeitschrift gelesen, in der ihr Vorgesetzter, von Verschuer, geradezu vergöttert wurde.

In den Dreißigerjahren hatte die *Rockefeller-Stiftung* sowohl das Institut für Eugenik in Dahlem als auch die Psychiatrie in Berlin-Buch mitfinanziert. Verantwortlich für die Vorhaben bei der *Rockefeller-Stiftung* war der Psychiater Ernst Rüdin, dem wiederum von Verschuer und andere behilflich waren. Rüdin stand damals einer globalen Eugenik-Organisation vor, zu deren Programm das Töten oder Sterilisieren von Menschen gehörte, deren erbliche Eigenschaften sie in den Augen der damaligen Wissenschaft zu einer Belastung der Gesellschaft machten und die menschliche Rasse schwächten.

Als Hitler 1933 die Macht ergriff, wurde der von Rockefeller unterstützte Rüdin zum Architekten des Rassenprogramms des Naziregimes. Ingrid hatte sich immer gewundert, wie wenig nach dem Krieg die Tatsache an die Öffentlichkeit gedrungen war, dass Männer, die von der amerikanischen *Rockefeller-Stiftung* finanziert worden waren, das Programm zur Beseitigung der schwächsten Mitglieder der Gesellschaft geschaffen hatten. Hitler handelte anfangs nach den Empfehlungen jener Wissenschaftler, die in ihrem Fach als führend galten.

In Deutschland wurde 1933 das »Gesetz zur Verhütung erbkranken Nachwuchses« verabschiedet, das auf dem Text einer Gesetzesvorlage des amerikanischen Eugenikers Harry Hamilton Laughlin beruhte und in mehreren Bundesstaaten der USA in Kraft war. Drei Jahrzehnte lang hatte Laughlin das Eugenikbüro in Cold Spring Harbor geleitet.

Am meisten hatte Ingrid vor dem auf Ernst Rüdins Vorstellungen basierenden Euthanasiebüro T4 geschaudert, das Ende 1938 seine Tätigkeit aufnahm. Die Abkürzung hatte mit der Bürozentrale der Einrichtung zu tun, die in einer Villa mit der Adresse Tiergarten 4 untergebracht war. Ingrid kannte die T4-Aktion genau, denn einer ihrer Kollegen am Institut für Rassenhygiene war als T4-Arzt tätig gewesen, bis seine Nerven versagt hatten und er vom klinischen Betrieb in die wissenschaftliche Forschung versetzt wurde. Ingrid wunderte sich keineswegs über die Probleme ihres Kollegen, denn das erklärte Ziel der T4-Aktion bestand in der mit tödlichen Injektionen durchgeführten »Euthanasie« von Kindern, die von Geburt an taub, blind oder behindert waren oder an sonstigen »Mängeln« litten. 1939 wurden dann auch Erwachsene in das T4-Programm aufgenommen.

Von Verschuer erstellte zusammen mit seinem Assistenten Josef Mengele Gutachten für den Gerichtshof, der über die Rassenreinheit wachte. Diese Tätigkeit dehnte sich so weit aus, dass man für das Töten Gaskammern entwickelte, die Duschräumen nachempfunden waren. Der größte Teil der im Zuge des T4-Programms ermordeten 250 000 Menschen waren Kinder. Auch sah die Abteilung für Gehirnforschung des Kaiser-Wilhelm-Instituts in Berlin-Buch hier die Chance, mit Hilfe des T4-Programms an Gehirnmaterial für die Forschung in der neuropathologischen Abteilung zu gelangen.

Nach dem Krieg hatte Ingrid nur zufällig hier und da etwas über ihre ehemaligen Kollegen erfahren. Ihre unmittelbare Vorgesetzte hatte sich aus den wissenschaftlichen Kreisen zurückgezogen. Sie war Biologielehrerin geworden und 1997 im Alter von 97 Jahren gestorben. Ingrid hatte sich oft gefragt, warum von allen Berufsgruppen ausgerechnet die Ärzte die eifrigsten Nazis gewesen waren. Fast die Hälfte von ihnen waren Parteimitglieder gewesen. An zweiter Stelle waren die Juristen gekommen, aber von denen hatte nur ein Viertel das Parteibuch besessen.

Institutsleiter von Verschuer wurde im Zuge der Nürnberger Naziprozesse nicht vor Gericht gestellt, sondern musste lediglich als Sühne für sein Mitläufertum eine Strafe von sechshundert Mark zahlen. Er distanzierte sich von seinem alten Kameraden Mengele, und bei seiner Entnazifizierung sagte unter anderen der Blutspezialist Professor Butenandt zu seinen Gunsten aus. Von Verschuer machte nach dem Krieg keinen Hehl aus seinen Überzeugungen, stattdessen wurde er 1949 Mitglied der amerikanischen *Eugenics Society*. Zwei Jahre später erhielt er eine Professur für Genetik an der Universität Münster, wo er eines der größten Genforschungszentren Westdeutschlands gründete. In den Sechzigerjahren war er daran beteiligt, die Zeitschrift ›The Mankind Quarterly‹ ins Leben zu rufen, für die er aktiv Beiträge lieferte.

Auch viele andere von Ingrids Kollegen am Institut für Eugenik wurden nach dem Krieg in Spitzenämter berufen, etwa an die Universitäten Münster, Düsseldorf, Frankfurt und Erlangen. Von Verschuer gab sein Wissen und seine Ansichten an die folgenden Generationen weiter, bis er 1969 bei einem Autounfall ums Leben kam. In den Nachrufen, die in wissenschaftlichen Fachorganen über ihn erschienen waren, hatte Ingrid keine Erwähnung seiner Nazivergangenheit gefunden. Die Gehirnpräparate, die im Zuge des T4-Euthanasieprogramms gesammelt worden waren, hatten sich bis 1990 im Besitz des Max-Planck-Institutes befunden, bis sie auf einem Münchner Friedhof bestattet wurden.

Auch dies hier war in gewisser Weise ein Grab, dachte Ingrid, zumindest vorübergehend. Sie verteilte gleichmäßig die Erde über dem Sack und streute Laub darüber. Das Versteck taugte nicht viel, aber sie hatte jetzt nicht die Nerven, um sich einen besseren Ort zu überlegen. Irgendwann konnte Carl ihr dabei helfen.

39

Erik betrachtete die trostlose Lagerhalle im Grenzgebiet zwischen Wedding und Prenzlauer Berg. Er war bedrückt, denn er wartete auf einen Anruf von der Polizei in Luckenwalde, die ihm mitteilen wollte, wann die Leiche seines Vaters nach Helsinki überführt werden konnte.

Der Wind ließ die Planen flattern, mit denen die alten Möbel im Hof abgedeckt waren. Das Lager des Trödlers war nicht weit von Hans Plöggers ehemaliger Wohnung entfernt, weshalb Erik beschlossen hatte, nachzusehen, ob vom Nachlass des Mannes noch etwas vorhanden war. Der Nachbar hatte von »Büchern und Briefen« gesprochen. Erik war oft in Frankreich auf Flohmärkten gewesen und hatte dort gesehen, wie die persönlichsten Hinterlassenschaften von Verstorbenen kistenweise verkauft wurden.

Die mit goldenen Verzierungen bemalte Tür der Halle stach grell von der grauen Umgebung ab. Erik trat ein. In der Halle fiel sein Blick sogleich auf ein edles BMW-Coupé, das blinkend zwischen allerlei Trödel stand. Offenbar sollte das Fahrzeug signalisieren, dass die Geschäfte des Besitzers anständig liefen.

»Interessieren Sie sich für etwas Bestimmtes?«, fragte ein rundlicher Mann mit dunklem Teint. Er hatte braunes, gelocktes Haar und lächelte freundlich.

»Sind Sie Sharif Rastegar?«

»Der bin ich.« Auf dem Gesicht des eher kleinen Mannes machte sich ein Hauch von Misstrauen bemerkbar.

»Sie haben vor einiger Zeit den Nachlass eines Mannes namens Hans Plögger gekauft, nicht wahr?«

»Plögger«, wiederholte Rastegar nachdenklich. Dann hellte sich seine Miene auf. »Aber ja«, sagte er eifrig.

»Was waren denn das für Sachen?«

»Oh, großartige Sachen.« In Rastegars Augen flammte der Blick des Händlers auf. »Ein guter Esstisch mit vier Stühlen aus den Achtzigerjahren – die Zeit kommt bald wieder in Mode. Und zwei äußerst gute Teppiche, ein Tabriz von zwei mal zwei Metern und ein kleiner Shiraz in außergewöhnlich schönem Farbton. Hier entlang, bitte.« Rastegar ging auf eine Ecke zu, wo stapelweise Möbel und gefaltete Teppiche warteten.

»Waren auch Briefe dabei? Oder andere alte Papiere?«

Rastegar blieb abrupt stehen. »Sie scheinen zu wissen, was Sie wollen«, sagte er, leiser als zuvor, mit einem Grinsen. »Doch, doch. Ich kann Ihnen da sehr interessantes Material anbieten.«

Der Händler blieb vor einem Schrank stehen und entnahm ihm eine mit dem Naziadler versehene Landkarte des »Dritten Reiches« von 1942. »Dreihundert Euro.«

Erik kam gar nicht dazu, zu antworten, aber offenbar interpretierte der Händler seine Miene als Ablehnung, denn er fing sogleich an, sich zu verteidigen: »Der Preis ist absolut angemessen. Viele Leute interessieren sich für diese Sachen. In bestimmten Kreisen werden sie stark nachgefragt. Sind Sie Sammler?«

»In gewisser Weise.«

Die bunte, gut erhaltene Landkarte ließ die Hoffnung in Erik aufleben. Vielleicht würde er in Plöggers Nachlass tatsächlich ein Foto finden, auf dem er seinen Vater erkennen konnte. Oder einen Brief oder irgendetwas, das ihm weiterhalf.

»Ich wäre vor allem daran interessiert, die privaten Unterlagen zu sehen«, sagte Erik.

»Die verkaufe ich kartonweise. Außer dem etwas ausgefalleneren Material, von dem Sie anscheinend schon wissen.«

Erik verstand nicht, was Rastegar meinte. Aber er hielt es für das Klügste, so zu tun, als verstünde er es. »Genau dieses Material möchte ich sehen.«

Rastegar musterte ihn abschätzend und ging dann zu einem Glasverschlag in einer Ecke der Halle, der als Büro zu dienen schien. Erik folgte ihm neugierig.

Im Büro streckte sich Rastegar nach einem oberen Regalfach und entnahm ihm einige gebundene Kladden.

»Hier ist eine Kostprobe«, sagte er und reichte Erik die schwarzen Notizbücher. Der Aufschrift nach handelte es sich bei dem obersten um Plöggers Tagebuch vom August 1941.

Erik überflog die klare, sichere Handschrift.

20.8. Wir traten mit unseren Arbeiten auf der Stelle, bis gestern die Wende kam. Es ist jetzt klar geworden, dass man mit einem funktionierenden Reaktor das Element-94 gewinnen kann. Und das wiederum ließe sich direkt als Rohstoff für die Bombe verwenden. Der funktionierende Uranreaktor ist also eine Zwischenstufe. Mit seiner Hilfe würde sich die Bombe leichter herstellen lassen als durch das mühsame Trennen des U-235-Isotops …

»Wissen Sie, was dieses ›Element-94‹ ist?«, fragte Rastegar leise, mit geheimnisvollem Gesichtsausdruck, und gab die Antwort selbst, flüsternd, das Gesicht dicht an Eriks Gesicht: »Plutonium. Das sind sehr interessante Aufzeichnungen.«

Rastegar wollte die Kladden wieder an sich nehmen.

»Einen Moment noch«, sagte Erik und las rasch weiter.

Ein heißer Tag, die Arbeit in Gottow ist sehr schwer und mühselig …

Schon wieder Gottow! Gierig verschlang Erik den Text.

Mayer ist auf die Idee gekommen, das Uran in Form von Würfeln im Reaktor zu platzieren, und nicht in Platten, wie es Heisenberg in Leipzig versucht. Als Moderator wird Paraffin verwendet. Stabilisatoren aus Aluminium oder anderem Ma-

terial kann man nicht einsetzen, weshalb Mayer den Gedanken hatte, das schwere Wasser zu einer festen Struktur abkühlen zu lassen.

»Das reicht jetzt. Kaufen Sie es und lesen Sie es zu Hause, wir sind hier nicht in einer Bibliothek.«

Erik scherte sich nicht um Rastegar.

Das Uranoxyd strahlt so gut wie gar nicht, aber es ist sehr giftig, weshalb wir Schutzanzüge, Überschuhe, Schutzbrillen und Atemmasken tragen. Alle wissen, dass ein funktionierender Reaktor ein sehr starker Produzent von schädlicher Neutronen- und Gammastrahlung wäre. Rolf macht sich Sorgen um unsere Gesundheit. Nicht nur die technischen, sondern auch die menschlichen Schutzmaßnahmen sind streng, dafür sorgt die SS. Ich schreibe diese Zeilen im Geheimen, nicht einmal Katharina weiß etwas von meinem Tagebuch …

Rolf … Katharina … Erik wären die Kladden beinahe aus der Hand gefallen.

Er merkte, dass Rastegar ihn genau beobachtete.

»Wie gesagt, das Material ist sehr interessant. Dieser Mann war Physiker in Nazideutschland«, sagte Rastegar und nahm die Tagebücher energisch an sich.

Erik bemühte sich um einen ruhigen, fast gleichgültigen Ton. »Was verlangen Sie dafür?«

»Fünfhundert Euro.«

Der Preis war irrsinnig, aber Erik mochte nicht anfangen zu feilschen.

»Haben Sie noch mehr davon?«

Der Trödler zögerte. »Vielleicht findet sich noch das ein oder andere. Zwei Kartons bin ich noch nicht durchgegangen. Könnten Sie nächste Woche wiederkommen?«

»Eventuell. Aber diese hier nehme ich auf jeden Fall. Und was ist mit Briefen? Fotos?«

»Sie können einen Blick in die Kartons dort ganz außen werfen. Aber den Inhalt verkaufe ich wie gesagt nicht einzeln, sondern nur kartonweise.«

Erik trat zu dem Stapel mürber Kartons. Der erste enthielt Briefe und Schnellhefter aus Pappe voller Unterlagen, die alle nicht annähernd aus den Vierzigerjahren stammten. In dem anderen Karton waren Bücher, im dritten ebenso. Nichts Interessantes.

Der Händler näherte sich Erik mit einem Stoß DIN-A4-Blättern in der Hand. »Von einigen Tagebuchaufzeichnungen habe ich auch Fotokopien«, sagte er, sich langsam vortastend. »Bräuchten Sie unbedingt die Originale?«

»Nein, der Inhalt ist für mich die Hauptsache. Darf ich einen Blick darauf werfen?«

»Nein. Entweder Sie kaufen sie, oder Sie lassen es bleiben und gehen jetzt. Das sind Aufzeichnungen von März bis Mai 1945. Nicht ganz vollständig, aber immerhin. Fünftausend Euro.«

Erik schaute den Mann an und traute seinen Ohren nicht.

Bevor er etwas sagen konnte, fuhr der Händler fort: »Diese Papiere sind sehr gefragt.« Rastegar sprach weiterhin nahezu flüsternd. Etwas an seiner Miene verriet, dass er meinte, was er sagte. »Entscheiden Sie sich schnell.«

Ohne mit der Wimper zu zucken zahlte Erik die Kladden und die Fotokopien mit seiner Kreditkarte und bestellte ein Taxi. Rastegar hieß ihn wortreich auch in Zukunft als Kunden willkommen.

Im Taxi nannte Erik dem Fahrer die Adresse seines Hotels und schlug ein Tagebuch aus dem Jahr 1939 auf.

23.4. Mit Katharina im Kino. Langweiliger Film, aber Katharina schöner als je zuvor. Ein Buch von H.G. Wells gekauft: ›The World Set Free‹.

Erik erinnerte sich sofort, dass auch sein Vater das Buch im Regal stehen hatte.

Unglaublich, dass dieses Buch aus dem Jahr 1914 stammt. Wells sieht in seiner Geschichte eine Atomenergie voraus, die riesigen wirtschaftlichen Wohlstand hervorbringt – aber auch die Atombombe. Mehrere davon werden in einem 1958 ausbrechenden Krieg europäische Städte zerstören. Ich habe Rolf das Buch geliehen, der die Phantasie des Verfassers sehr bewunderte, denn eine solche Bombe schien nach Hahns Entdeckung tatsächlich im Bereich des Möglichen zu sein. Ich beschloss, Rolf das Buch zu schenken, weil er mir beim Umzug geholfen hat.

19.5. ›Die Naturwissenschaften‹ *bringt einen Artikel von Flügge und von Weizsäcker, in dem Berechnungen über die enorme Energie präsentiert werden, die bei der Fission freigesetzt wird. Mit der Energiemenge, die von einem Kubikmeter Uranoxyd freigesetzt wird, könnte man einen Kubikkilometer Wasser in siebenundzwanzig Kilometer Höhe heben! Die Zahlen sind unfassbar beeindruckend.*
»Diese Publikation wird überall gelesen«, wunderte sich Rolf. »Der Artikel verrät ja der ganzen Welt, dass wir der Bombe auf der Spur sind.«
Ich schaute ihm in die Augen und sagte mit Nachdruck: »Eben.« Erst da schien Rolf zu begreifen, dass einige Wissenschaftler gerade darauf aus sind, die restliche Welt vor unseren Forschungsergebnissen zu warnen. Es war das erste Mal, dass Rolf die Enge seines eigenen Blickwinkels zu begreifen schien. Er kann wohl nicht anders, als alles aus rein wissenschaftlicher Perspektive zu sehen!

Erik spürte, wie seine Wangen glühten. Er musste eine kurze Pause machen, bevor er weiter lesen konnte.

1.9. Deutsche Truppen marschieren in Polen ein. Am physikalischen Institut konzentriert man sich fast ausschließlich auf die Fission. Die Atmosphäre ist gespannt und geladen. Ich

wundere mich, dass über eine so umwälzende Entdeckung wie die Kernspaltung nicht mehr in der Öffentlichkeit gesprochen wird, bis mir klar wird, dass man das Thema als militärisches Geheimnis behandelt.
Abends mit Katharina beim Essen. Rolf und Ingrid waren auch dabei. Außergewöhnliche Stimmung, alle haben sich nur den Kopf darüber zerbrochen, was der Krieg mit Polen für Folgen haben wird …

Eriks Handy klingelte. Er war viel zu ungeduldig, um Katja zuzuhören, und fiel ihr sogleich ins Wort: »Ich habe gerade Tagebücher in die Hände bekommen, die ein Kollege von Vater während des Krieges in Berlin geschrieben hat. Darin wird auch Vater erwähnt.«

»Gut … Ich meine, gut, dass wenigstens etwas Licht in Rolfs deutsche Vergangenheit kommt …«

»Diese Aufzeichnungen enthüllen eindeutig, dass er als Physiker an der Atombombenforschung der Nazis beteiligt war!«

Am anderen Ende war es still.

»Hast du gehört? Wie es aussieht, hat mein Vater daran gearbeitet, für die Nazis eine Atombombe zu entwickeln!«

»Ach Erik. Ich weiß gar nicht, was ich sagen soll … Außer dass ich … ebenfalls Neuigkeiten habe. Und zwar auch nicht gerade Erfreuliches.«

»Schieß los.«

»Deine Mutter ist total außer sich. Sie hat einen Tobsuchtsanfall bekommen, als ich bei ihr war. Und sie hat mich jetzt zum zweiten Mal rausgeschmissen.«

»Was ist denn passiert? Worüber ist sie so wütend geworden?«

»Sie war nervös wegen der Einbrecher. Ich habe sie direkt gefragt, ob sie etwas mitgenommen haben, über das sie nicht sprechen möchte. Wir können diese Farce doch nicht ewig weiterspielen.«

Erik seufzte. »Man sollte ihr gegenüber nicht zu direkt werden … Sie ist ziemlich clever.«

»Du kannst leicht Anweisungen geben, aus der Ferne«, fuhr Katja ihn an. »Komm endlich nach Hause!«

»Tu ich ja. Mit der Abendmaschine.«

»Gut. Dann … dann sehen wir uns gemeinsam die Kuverts an, die ich bei Ingrid mitgenommen habe.«

Katjas Tonfall ließ Erik Böses ahnen. Hatte sie die Unterlagen schon gelesen und wollte ihm nur nicht die Wahrheit sagen?

40

Über den Arm des jungen Mannes lief eine Tätowierung: *Forever yours*. Sein Bierbauch blähte ein Chelsea-Trikot, und die schmutzigen Jeans ließen die Hälfte seines Hinterns sehen. Er hatte einen so starken Unterschichtakzent und redete so schnell, dass Ingrid nichts verstand außer den in regelmäßigen Abständen wiederkehrenden Kraftausdrücken.

Allerdings schienen der Mann und sein etwas manierlicherer Kollege ihre Arbeit sorgfältig zu machen, und das genügte Ingrid. Die neue Scheibe saß schon fast stabil im Fensterrahmen.

Ingrid beobachtete den tätowierten Mann genau. Solche wie ihn sah man auf den Straßen und in den Einkaufszentren Großbritanniens zuhauf. Und noch häufiger sah man am helllichten Tag ihre oft alleinerziehenden weiblichen Pendants Kinderwagen schieben, in denen Kleinkinder damit beschäftigt waren, Chips oder grellbunte Süßigkeiten zu verdrücken.

Es gab viele von ihnen, Massen – und es wurden immer mehr, dachte Ingrid. Sie vermehrten sich wesentlich schneller als diejenigen, die es länger in der Schule aushielten, die wegen ihrer Karriere immer später Kinder bekamen und deren durchschnittliche Kinderzahl immer kleiner wurde. Und so wie der Rabe leicht das Aas findet, so schlug die Marktwirtschaft ihre Klauen in den ungebildeten, schlechter über die Runden kommenden Teil des Volkes: hirnlose Unterhaltung auf immer mehr Digitalkanälen, Bier, gefärbtes Zuckerwasser und süchtig machendes Junkfood. Irgendwann würde das ganze Gesundheitssystem unter dem Übergewicht all dieser Menschen zusammenbrechen. Ingrid seufzte.

Sie wusste schon lange, dass nicht die Klimaveränderung die schlimmste Bedrohung der Menschheit darstellte, sondern die Veränderung des Menschen selbst, seine Degenerierung. In wenigen hundert Jahren wäre das Spiel endgültig verloren, wenn die Dominanz der Biomassen über die rationale Funktionalität der Gesellschaft hinwegrollte. Ingrid sah das einigermaßen pessimistisch. Gegen die Klimaveränderung wurde aktiv vorgegangen, es wäre verwerflich, nichts dagegen zu unternehmen. Aber in die Selbstzerstörung des Menschen durfte man nicht eingreifen, das wurde strikt verurteilt. Trotzdem waren beide Veränderungen vom Menschen verursacht, sogar die Grundursache war dieselbe: In einer immer reicheren Gesellschaft waren die Menschen zu kurzsichtig auf ihren eigenen Wohlstand bedacht.

Aber bestand nicht noch Hoffnung, falls die Vernunft über die Gefühle siegte?, fragte Ingrid sich immer wieder. Die Entwicklung der Spezies Mensch würde womöglich doch nicht zwingend in die Sackgasse geraten, wenn man Wissenschaftlern die Möglichkeit gäbe, hilfreich einzugreifen. Der Begriff »Rassenveredelung« war natürlich verpönt, und das war auch gut so, denn er war mit der Eugenik verknüpft. Es war ein großer Fehler gewesen, zu glauben, die Intelligenz korrelierte mit der Rasse. Das wusste Ingrid inzwischen. Und ein noch schlimmerer Fehler war der Versuch gewesen, bereits geborene schwache Individuen auszusondern oder ihre Vermehrung zu verhindern.

Die Lösung lag in Ingrids Augen vielmehr in der positiven Eugenik, aus der die moderne Genetik zum großen Teil bestand. Das menschliche Genom war entschlüsselt, und man hatte zum Beispiel glücklicherweise das Gen für Fettleibigkeit entdeckt. Es mussten nur noch geeignete Maßnahmen ergriffen werden, aber je mehr die Ausgaben der Volkswirtschaften wuchsen, umso größer wurde die Bereitschaft, einzugreifen. Ingrid wurde in ihren Gedanken unterbrochen.

»So, die Dame, jetzt haben Sie Ihr neues Fenster«, sagte der manierlichere der beiden Glaser.

Ingrid bedankte sich höflich und zahlte bar. Das Fahrzeug der Glasereifirma fuhr rückwärts aus der Einfahrt, und Ingrid blieb allein neben einem Hortensienstrauch stehen. Nervös brach sie einen trockenen Zweig ab und ging dann zu dem reparierten Fenster, um zu überprüfen, ob die Männer es auch richtig geschlossen hatten.

In ihren Gedanken kreisten hartnäckig dieselben Fragen: Warum hatte der Einbrecher nur alte Papiere mitgenommen, warum keine Wertgegenstände? Woher wusste der Einbrecher überhaupt, wo sich das Geheimfach befand?

Auch die unschönste aller Varianten lauerte im Hinterkopf, denn: Konnte es wirklich Zufall sein, dass Katja ihr gerade jetzt mit einer solchen Andeutung gekommen war?

Natürlich war es ein Zufall. Als intelligenter Mensch hatte Katja einfach registriert, dass ihre Schwiegermutter nicht die Polizei rufen wollte, obwohl sie den Diebstahl einiger Kleinigkeiten zugegeben hatte.

Ingrid hätte gern mit jemandem über alles geredet, aber es gab niemanden, mit dem das möglich gewesen wäre. Sie war es leid, ihre Geheimnisse alleine mit sich herumzutragen. Dieses Schweigen über die Vergangenheit war das Schwerste in ihrem ganzen Leben gewesen, jedenfalls seit der Scheidung von Rolf. In Amerika war es ihnen in materieller Hinsicht gut gegangen, aber die Gespenster der Vergangenheit hatten schließlich alles kaputt gemacht.

Manchmal hatte Ingrid sich gefragt, ob die Scheidung nicht doch ein Fehler gewesen war. Hätte sie ihre Enttäuschung schlucken müssen, hätte sie schweigen und das Zusammenleben fortsetzen sollen?

Natürlich nicht. Die Enthüllung von Rolfs wahrer Natur war ein Schock gewesen, von dem sie sich nie wieder richtig erholt hatte. Wenn man einen Menschen fast dreißig Jahre kennt, wenn man glaubt, ihn durch und durch zu kennen, und dann feststellen muss, dass man von diesem Menschen auf die schlimmstmögliche Art betrogen worden ist …

Es war die blanke Ironie, dass Rolf genau in diesem Tenor zu ihr gesprochen hatte, als sie Anfang der Fünfzigerjahre in ihrer ersten Ehekrise steckten. Damals war ihm nach und nach klar geworden, was Ingrid während des Krieges an ihrem Institut getan hatte. Rolfs Reaktion war eine riesige Enttäuschung für Ingrid gewesen. Sie hatte geglaubt, er würde sie verstehen. Aber nein. Der erste Eindruck ihres Vaters von seinem Schwiegersohn hatte sich doch als richtig erwiesen. Pappa, wie sie ihren Vater nannte, hatte Rolf 1943 bei einem Besuch in Berlin kennengelernt. Er war in einem Luxushotel einquartiert worden, das die SS für ihre Ehrengäste reserviert hatte, und traf mit den wichtigsten, für die Rekrutierung im Ausland zuständigen Stellen der SS zusammen. Auf seinem Besuchsprogramm stand aber auch eine Visite am Institut, und dort lernte er Professor von Verschuer und Doktor Mengele kennen. Mit ihnen unterhielt er sich lange über das Rassenproblem in Schweden und über Zwangssterilisationen, bei denen man weitgehend den deutschen Leitlinien folgte.

Pappa war noch immer ein wenig gekränkt gewesen, weil zur Hochzeit seiner Tochter nicht einmal die Eltern eingeladen worden waren, und Ingrid hatte alle Mühe, ihm zu erklären, dass während des Krieges die meisten Ehen in Deutschland so geschlossen wurden wie ihre: in aller Schnelle auf dem Standesamt, nur in Gegenwart der obligatorischen Trauzeugen. Das war die moderne Welt: Zeit war Geld und fürs Erste war es mit großen kirchlichen Hochzeiten vorbei.

Zum Glück fand Pappa trotz seines dichten Besuchsprogramms zwischendurch Zeit für ein Mittagessen mit Rolf. Aber was hieß zum Glück … Ingrid hatte Rolf nämlich noch nie so mürrisch gesehen wie später am Abend desselben Tages – und sogar noch Wochen danach.

Auf ihre Frage, ob etwas nicht in Ordnung sei, hatte Rolf zunächst geschwiegen und sich erst nach langem Insistieren bereit erklärt, sich über das Essen mit seinem Schweigervater zu äußern.

»Es wäre wahrscheinlich besser gewesen, wenn du an meiner Stelle einen Norweger geheiratet hättest. Dann hätte dein Vater einen Schwiegersohn, in dessen Adern das reinste arische Blut Europas fließt. Zum Donnerwetter!«

»Ach Gottchen! Was immer Pappa auch gesagt haben mag, er hat es nicht böse gemeint, Liebling. Er gibt selbst zu, dass er manchmal zu schnell denkt und ihm alles Mögliche herausrutscht, bevor er sich seines Urteilsvermögens entsinnt und an die Regeln des Anstands erinnert. Er hat doch wohl nicht wirklich gesagt, dass ihm ein norwegischer Schwiegersohn lieber wäre als ein finnischer?«

»Nicht mit diesen Worten«, entegnete Rolf. »Aber ansonsten troff alles von dem ewigen schwedischen Geschwätz über die mongolischen Finnen. In sein Referat hat er sogar stramme Prozentzahlen darüber eingebaut, inwieweit der Epikantus, also diese Mongoloidenfalte am Auge, in der finnischen Bevölkerung auftritt und so weiter und so fort ... Das ist doch unfassbar, wenn einem erwachsenen Mann kein besseres Gesprächsthema mit seinem eigenen Schwiegersohn einfällt!«

»Wie gesagt, Pappa kann in seinem Übereifer manchmal etwas gedankenlos sein. Im schlimmsten Fall unhöflich, aber unter der Oberfläche hat er ein gutes Herz. Und nur damit du es weißt: Als ich ihm am Telefon sagte, dass wir heiraten, lautete sein einziger Kommentar, ›ein Finne soll mir recht sein, wenn er meiner Tochter als Vater ihrer Kinder recht ist und von den Deutschen als reiner Arier anerkannt wird‹.«

»Was für ein romantischer Umgang mit dem Thema«, schnaubte Rolf. »Mir hast du gesagt, er habe nur wissen wollen, ob es in den Familien meiner Eltern Erbkrankheiten gegeben habe.«

»Aber das hat mich doch selbst interessiert! Und für Pappa ist die Eugenik eben eine Herzensangelegenheit.«

Das entsprach der Wahrheit. Anders Stormare war schon in den Zwanzigerjahren an der Gründung einer Stiftung beteiligt gewesen, die nach dem amerikanischen Modell Stipendien für die besten wissenschaftlichen Arbeiten im Bereich der Eugenik vergab.

»Wir Europäer können es uns einfach nicht leisten, immer mehr unfähigen Nachwuchs zu produzieren«, sagte Ingrid.

Das Verhältnis zwischen Rolf und Pappa wurde auch später nicht besser. Zum Glück war Erik dann von Anfang an Pappas Augenstern. Viele Sommer lang wusste der Junge nichts Schöneres als die Angelausflüge mit seinem »Opa« auf dem Mälarensee. Jeden Herbst schien der schwedische Wortschatz des Jungen innerhalb weniger Wochen explosionsartig angewachsen zu sein.

Ingrid seufzte, ging die Heckenschere holen und kehrte in den Garten zurück. Sie schnitt an einem Rosenbusch, an dem Dutzende makelloser rosa Rosen prangten, die trockenen Zweige ab. Genau so einen Rosenbusch hatten sie im Garten ihrer elterlichen Villa in Schweden gehabt: die von Carl Stenberg veredelte »Rosa Poppius«. Als sie noch ein Mädchen war, hatte man ihr die Verantwortung für den Rosengarten übertragen.

Ingrid lächelte in sich hinein. »Pappa« war bis zu seinem Tod mit 96 Jahren stark geblieben. Nicht physisch, aber geistig. Seinerzeit hatte es Ingrid leidgetan, dass Rolf sich von seinem Schwiegervater nicht akzeptiert gefühlt hat. Doch Pappas Nörgelei an seinem Schwiegersohn hatte auf unangenehme Weise die Wahrheit ans Licht gebracht: Rolf war schwach.

Genau dieses Wort hatte Pappa benutzt: schwach.

Damals hatte Ingrid die Bemerkung als übertrieben, ja als schlicht und einfach falsch abgetan. Erst später hatte sich Pappas Diagnose über seinen Schwiegersohn als richtig erwiesen.

Wieder im Haus, ging Ingrid ins Schlafzimmer zurück, öffnete den Schrank und versicherte sich, dass die Kleider, die an der Stange hingen, den Griff an der Rückwand verdeckten. Oder sollte sie ihr Magazin komplett an einen anderen Ort verlegen? Aber wenn ja: wohin?

Allein der Gedanke daran löste Beklemmung in ihr aus, und sie beschloss, es zu vergessen. Hätte der Einbrecher über den Schrank Bescheid gewusst, hätte er auch ihn geöffnet und sich nicht damit zufriedengegeben, in dem kleinen Fach hinter dem

Bücherregal zu wühlen. Wer wollte sie bloßstellen? War hier eine Vereinigung am Werk, die Naziverbrecher jagte? Allein das Wort war widerlich. Sie war keine Naziverbrecherin. Sie war an den Maßnahmen der Nazis in keiner Weise beteiligt gewesen. Sie war einzig und allein ihren wissenschaftlichen Forschungen nachgegangen.

Ingrid lief ein Schauer über den Rücken. Sie konnte sehen, wie fremde Hände die Kuverts öffneten, die sie vor Jahrzehnten sorgfältig versiegelt hatte. Ob jemand versuchen wollte, sie zu erpressen? Das war geradezu ein tröstender Gedanke. Dann ließe sich vielleicht alles mit Geld regeln. Sie musste nur auf die Kontaktaufnahme warten. Morgen würde zum Glück der Installateur die Alarmanlage an dem neuen Fenster anschließen. Sollte dann noch mal jemand versuchen, durch das Fenster zu kommen …

Plötzlich zuckte Ingrid zusammen.

Die Wunde an Katjas Finger … Ihre zudringlichen Fragen und das beleidigende Verhalten …

Natürlich! Mit einem Mal war Ingrid alles klar. War sie denn bislang blind gewesen?

Dieses finnische Miststück!

Die Unterlagen waren auf dem Ehebett in verschiedene Stapel sortiert. Katja hatte das Material aus Ingrids Geheimfach nach Sprache und Datum geordnet.

Sie saß auf einem Stuhl neben dem Bett und las ein Blatt mit deutschem Text, der Bluttests beschrieb, mit deren Hilfe man versucht hatte, die Rasse eines Menschen zu bestimmen.

Nach dem heutigen Stand der Wissenschaft totaler Unfug. Und woher stammten diese Blutproben eigentlich?

Neugierig sah sie sich auch die englischsprachigen Unterlagen an, auf deren oberem Rand »THE UNITED STATES ATOMIC ENERGY COMMISSION« stand. Neben dem Text war ein Stempel aufgedrückt: »CLASSIFIED« – geheim.

»Gib mir die Papiere«, sagte eine eiskalte Stimme.

Katja blickte erschrocken auf. Ingrid stand in der Schlafzimmertür, mit ausgestreckter Hand, und ging langsam auf Katja zu.

Katja rührte sich nicht. Die Kinder spielten im Garten, die Haustür war offen gewesen.

»Was gibt dir das Recht, das zu lesen?«, sagte Ingrid mit zitternder Stimme. »Mit welchem Recht brichst du in das Haus eines anderen Menschen ein und stiehlst dessen Eigentum?« Sie blieb vor dem Bett stehen und fing an, die Papierstapel an sich zu raffen.

Katja stand vom Stuhl auf, noch immer mit einem Teil der Unterlagen in der Hand. Verblüffend flink stürzte sich Ingrid auf sie, um ihr die Blätter zu entreißen. Katja gab sie nicht her.

Plötzlich tauchten Emil und Olivia in der Tür auf und verfolgten irritiert und ängstlich die Auseinandersetzung zwischen ihrer Mutter und ihrer Großmutter.

»Kinder, geht runter ins Wohnzimmer«, befahl Katja. »Sofort!«

Emil und Olivia rührten sich nicht von der Stelle, sie waren wie erstarrt und rissen die Augen auf.

Mit der ganzen Kraft ihrer Wut zerrte Ingrid an den Papieren und spuckte ihrer Schwiegertochter ins Gesicht. Katja war außer sich, erinnerte sich aber an die Anwesenheit der Kinder und beherrschte sich. Sie war gezwungen, nachzugeben.

Ingrid raffte die Unterlagen auf dem Bett zusammen und marschierte wutschnaubend aus dem Zimmer, ohne sich um die entsetzten Blicke der Kinder zu kümmern.

41

Auf der Rückbank des Taxis ließ Erik grimmig das Handy in den Schoß sinken.

Von der finnischen Auskunft hatte er drei Teilnehmer mit dem Namen Plögger bekommen. Robert Plögger hatte sich nicht gemeldet, auch Päivkki Plögger nicht. Aber mit Markku Plögger hatte er gerade eben gesprochen – es war Hans' Sohn.

Und von ihm hatte er erfahren, dass sein Sohn – und Hans' Enkel – Robert in Helsinki ermordet worden war.

Erik versuchte, einen klaren Gedanken zu fassen. Markku Plögger war verständlicherweise noch ganz aufgelöst gewesen, deshalb hatte Erik ihn nicht mit Dingen konfrontieren wollen, die mit seinem Vater zu tun hatten. Aber Erik hatte immerhin erfahren, dass Robert Plögger in Berlin bei einem Trödelhändler gewesen war – offenbar bei dem Mann, dem Markku den Nachlass seines Vaters verkauft hatte.

Hatte Rastegar mit seinem Satz, der Erik nicht aus dem Kopf ging, darauf angespielt? *Diese Papiere sind sehr gefragt.* War es also möglich, dass Hans' Tagebücher bei Robert Plögger waren?

Erik seufzte tief und schaute durch das Seitenfenster auf das vorüberhuschende Berlin. Wieder kam ihm der Anblick seines Vaters im Wagen der unbekannten Männer in den Sinn, von denen einer, laut Katharina Kleve, den Vater »herumkommandiert« hatte. Sein Vater war kein Mensch, den man leicht herumkommandierte. Und dann die Umstände seines Unfalltodes in Gottow. Erik wollte an die Erklärung der Polizei von den jungen Rasern schlicht und einfach nicht glauben.

Der Todesfall musste strafrechtlich untersucht werden. Er

wollte noch einmal mit der Polizei sprechen. Andererseits hatte er ja schon gesehen, wie weit das Interesse der Polizei an dem Fall reichte – und dass sie ihren Standpunkt bereits gefunden hatte.

Er musste also einen höheren Einsatz wagen.

Er dachte kurz nach und beugte sich zum Taxifahrer nach vorne. »Können Sie mir sagen, wo es so etwas wie eine zentrale Kriminalbehörde gibt? Also kein normales Polizeirevier?«

Der Fahrer warf ihm einen verwunderten Blick über den Spiegel zu. »Das BKA besetzt ein ganzes Viertel in Treptow.«

»Da fahren wir hin«, sagte Erik und schlug erneut eines der Tagebücher auf.

5.12. Heisenberg war heute im »Virushaus«, um persönlich den Bau des ersten Reaktorprototyps zu überwachen. Wir jungen Assistenten erfahren natürlich nur, was für die Arbeit unmittelbar notwendig ist.

Zwischen der theoretischen und der experimentellen Physik herrscht ständige Konkurrenz. Es genügt nicht, die Kettenreaktionen der Neutronen und das Erreichen der kritischen Masse zu berechnen, wenn man nicht imstande ist, einen funktionierenden Versuchsreaktor zu bauen.

Während der gesamten Fahrt las Erik in den Tagebüchern und Fotokopien. Besonders interessierten ihn die Kopien, deren Wert der Händler aus irgendeinem Grund so irrsinnig hoch angesetzt hatte. Je genauer er sie sich ansah, umso besser verstand er den Grund dafür. Und umso klarer wurde ihm, wie er das Interesse der Polizei wecken konnte.

»Wir sind gleich da«, sagte der Taxifahrer.

Auf der einen Straßenseite befanden sich Geschäfte und ein Kino, auf der anderen ein ordentlicher Zaun, auf dem sich Stacheldraht ringelte. In regelmäßigen Abständen waren Überwachungskameras angebracht. Der Fahrer hielt vor einem modernen, geschlossenen Stahltor. »Weiter kommen wir nicht.«

Erik zahlte und stieg aus. Sofort kam ein Wachmann in Zivil

auf ihn zu, der eine Personenkennkarte um den Hals hängen hatte.

»Kann ich Ihnen helfen?«, fragte der junge Mann nicht gerade überfreundlich.

»Ich möchte mit jemandem sprechen, der zuständig ist für Atomterrorismus.«

Der Mann runzelte die Stirn. »Könnten Sie das präzisieren?«

»Wie es aussieht, habe ich Informationen über einen möglichen Terroranschlag.«

»Wir reden drinnen weiter.«

Der Deutsche führte Erik durch die Fußgängertür auf das Gelände, das nicht etwa an ein karges Polizeiareal erinnerte, sondern eher an den Campus einer amerikanischen Universität: gepflegte Rasenflächen, asphaltierte Zufahrtswege, geschmackvoll sanierte rote Backsteingebäude. Sogar die Mitarbeiter sahen jung und lässig aus, wenn sie in kleinen Gruppen von einem Gebäude zum anderen gingen und sich unterhielten.

Erik folgte dem Sicherheitsbeamten in ein gläsernes Wachhäuschen, wo der Mann ihn mit einem Metalldetektor untersuchte und einen Blick in seine Tasche warf.

An einem Schalter erhielt Erik dann von einer Frau ein Formular, in das er seine persönlichen Angaben eintragen musste. Der Wachmann telefonierte inzwischen. Die Frau schrieb noch die Nummer seines Passes ab und überreichte ihm dann eine Besucherkarte, die er sich um den Hals hängen musste.

»Herr Schneider wird Sie gleich in Empfang nehmen. Bitte warten Sie einen Moment hier.« Die Frau machte eine Kopfbewegung zu der schwarzen Lederbank auf der anderen Seite des Raumes.

Erik nahm Platz. Nervös griff er nach der ›Berliner Morgenpost‹ auf dem Tisch. Nur um etwas zu tun zu haben, schlug er sie auf. Eine Meldung befasste sich mit der atomaren Aufrüstung des Iran. In den letzten Tagen war die verbale Gangart härter geworden, und zum ersten Mal warnte Präsident Bush offen vor einem militärischen Eingreifen.

Die Nachricht passte nur allzu gut zu Eriks Thema.

Er nahm eines von Hans Plöggers Tagebüchern aus der Tasche. Die Vorstellung, was sie womöglich noch alles enthüllen mochten, machte ihm langsam Angst.

Katharina ist wieder in München. Sie verrät nicht, was sie dort macht. Und ich dachte, nur ich hätte Geheimnisse.

Die Produktion von SH.200 in Norwegen ist unter großen Anstrengungen erhöht worden. Die Beschaffung von Uran hingegen ist jetzt deutlich leichter, seit wir Belgien besetzt haben – die wichtigsten Uranvorkommen befinden sich in Ober-Katanga in Belgisch Kongo, und die Firma Union Minière wurde kurzerhand angewiesen, tonnenweise Uran aus ihren Vorräten an die Auergesellschaft in Oranienburg zu liefern, die sich um die Aufbereitung kümmert.

Die für die Bombe nötige Trennung des U-235-Isotops aus Uranoxyd ist jedoch wesentlich komplizierter, als wir es uns vorgestellt haben. Verschiedene Trennverfahren sind erprobt worden, aber keines wirkt sonderlich vielversprechend. Rolf ist hauptsächlich an der Entwicklung einer Ultrazentrifuge beteiligt; ich setzte mehr auf die elektromagnetische Trennungsmethode. Damit ist es immerhin gelungen, eine geringe Menge U-235 zu produzieren. Die Apparatur hat das auf privater Basis arbeitende Forschungslabor von Manfred von Ardenne hergestellt, das schon vor dem Krieg zahlreiche Aufträge von der Armee hatte. Ein verheißungsvolles Verfahren ist auch dasjenige mit dem Clusius-Dickel-Trennrohr, bei dem die Isotope unter Anwendung des Nernstschen Gesetzes getrennt werden. Auch die von Bagge entwickelte Isotopenschleuse …«

Die Tür öffnete sich und Erik sah auf. Ein etwa vierzigjähriger blonder Mann in Jeans trat ein und stellte sich als Schneider vor. Sein freundliches Auftreten stand in krassem Gegensatz zu seinem pockennarbigen, grimmigen Gesicht. Vom Aussehen her hätte man ihn eher für einen Gejagten als für einen Jäger halten können.

Sie gingen über den Innenhof zu einem der vielen Backsteingebäude.

»Sie haben Informationen über einen geplanten Anschlag?«, fragte Schneider bemüht sachlich.

»Möglicherweise«, korrigierte Erik. Er fasste kurz zusammen: der Bewaffnete in der durchwühlten Wohnung seines Vaters in Helsinki, der mysteriöse Tod seines Vaters in Gottow, die Informationen, die über den Toten überraschend aufgetaucht waren.

Schneider hörte zu und öffnete mit seiner Kennkarte die Eingangstür des Gebäudes. Erik registrierte das Schild neben der Tür: *Das gemeinsame Terrorabwehrzentrum von Bundeskriminalamt und Verfassungsschutz.*

Auf dem Steinboden des langen Flurs hallten ihre Schritte wider. Schließlich blieb Schneider stehen und führte Erik in ein Büro mit hohen Wänden, das modern eingerichtet war, aber einen altmodischen Geist atmete.

»Ich habe herausgefunden, dass ein Mann namens Hans Plögger meinen Vater kannte. Sie arbeiteten während des Krieges zusammen als Physiker in Deutschland«, sagte Erik und setzte sich auf den Stuhl vor Schneiders Schreibtisch. »Plögger ist vor einiger Zeit verstorben. Aber er hat Unterlagen und Tagebücher aus der Kriegszeit hinterlassen. Sein Nachbar hat mir erzählt, das Plöggers Sohn, der in Finnland lebt, den gesamten Nachlass seines Vaters an einen Berliner Trödler verkauft hat.«

Schneider lehnte sich auf seinem Stuhl nach vorn, faltete die Hände auf der Schreibtischplatte und wirkte allmählich ungeduldig.

Erik redete unbeirrt weiter. »Von diesem Händler, der von irgendwo aus dem Nahen Osten stammt, habe ich einige der Tagebücher Hans Plöggers erworben, weil darin der Name meines Vaters erwähnt wird.«

Er nahm die Kladden und Fotokopien aus seiner Tasche.

»Aus ihnen geht eindeutig hervor, dass mein Vater und Hans

Plögger während des Kriegs im Atomprogramm der Nazis beschäftigt waren. Sie haben eine Atombombe für Hitler entwickelt.« Erik wartete Schneiders Reaktion ab, aber der begnügte sich mit einem Schulterzucken.

»Und weiter?«

»Lesen Sie selbst.« Erik reichte Schneider das Material.

Der Deutsche sah sich die Kladden zunächst von außen an. Er untersuchte sie als Gegenstände, ohne dem Inhalt Beachtung zu schenken.

»Das Verhalten des Händlers lässt vermuten, dass sie etwas enthalten, das auch heute noch von Interesse ist. Ich weiß nicht, ob es da einen Zusammenhang gibt, aber Plöggers Enkel Robert, der ebenfalls in Finnland lebt, war ebenfalls bei diesem Trödler und hat nach Sachen von seinem Großvater gesucht. Und jetzt ist dieser Robert Plögger in Finnland ermordet aufgefunden worden.«

»Und Sie meinen, es gibt da einen Zusammenhang?«

»Ich bin mir nicht sicher, aber auszuschließen ist das vermutlich nicht? Auf jeden Fall bin ich davon überzeugt, dass der Tod meines Vaters kein Unfall war.«

»Das Ganze gehört nicht in unser Ressort, aber ich werde Kollegen aus einer anderen Abteilung bitten, einige Überprüfungen vorzunehmen. Der Mord an diesem Robert Plögger ist natürlich bemerkenswert. Da werden wir wohl Kontakt mit Finnland aufnehmen. Hingegen diese ...«

Schneider wies auf die Tagebücher, die vor ihm auf dem Schreibtisch lagen. »Über deren Bedeutung kann ich so nichts sagen. Falls sie echt sind, sind sie zumindest historisch von Bedeutung. Entschuldigen Sie, wäre es Ihnen recht, einen Moment draußen auf dem Gang zu warten, während ich ein paar Anrufe erledige?«

Erik stand auf und verließ den Raum. Er beschloss, Katja anzurufen und ihr von den jüngsten Entwicklungen zu erzählen, aber sie ließ ihn gar nicht erst zu Wort kommen.

»Ich habe versucht, dich zu erreichen«, sagte sie und schluchzte. »Deine Mutter war hier. Sie hat mich im Schlafzimmer überrascht, als ich gerade in ihren Unterlagen las. Sie war außer sich – so habe ich sie noch nie gesehen. Vor den Augen der Kinder ist sie auf mich losgegangen …«

Erik ließ sich auf eine Bank sinken. »Wie konnte sie dich denn dermaßen überraschen?«

»Wie sie das konnte?« In Katjas Stimme stieg Zorn auf. »Stell dir vor, sie ist durch den Garten gekommen und hat die Kinder gefragt, wo ich bin.«

»Und dann?«, fragte Erik mit geschlossenen Augen und versuchte zu begreifen, was er gerade gehört hatte. Seine Mutter muss verrückt geworden sein …

»Das habe ich doch gerade gesagt! Sie hat sich wie wild auf mich gestürzt und die Papiere an sich gerissen.«

»Sie sind also wieder bei ihr?«

»Ja«, schrie Katja.

»Alle?«

»Scheiße, verdammt! Interessierst du dich eigentlich nur für die Papiere? Ja, mir geht's gut, danke der Nachfrage. Zuerst bittest du mich, hier wer weiß was für kriminelle Aktionen zu starten, und dann redest du von nichts anderem als von den Papieren deiner Nazimama …«

Katja verstummte abrupt. An beiden Enden der Leitung war es still.

»Entschuldige«, sagte Katja dann. »Ich habe es nicht so gemeint …«

»Doch, du hast es so gemeint, und das darfst du auch. Katja, es tut mir leid. Aber das ist alles so … Ich bin total durcheinander. Mutter hat sich unmöglich benommen, und ich bin froh, dass es dir und den Kindern gut geht. Katja, bist du noch dran?«

Nach kurzem Schweigen antwortete sie. »Ja, ich bin noch dran. Und ich wundere mich, dass du bei all dem überhaupt noch einigermaßen bei Verstand bist. Wir haben wohl beide gerade etwas überreagiert, und was ich gesagt habe, war ungerecht. Und was die Papiere betrifft …«

»Interessierst du dich denn nur für die Papiere?« Es gelang Erik, ein echtes Lächeln in seine Stimme zu legen. Tatsächlich hörte er Katja am anderen Ende der Leitung kurz lachen, und plötzlich erinnerte er sich, wie natürlich immer alles zwischen ihnen gewesen war – selbst das Streiten. Bis Ingrid sich in ihr Leben eingemischt hatte und der Stress bei Gendo immer größer wurde ...

»Erik«, Katja wurde gleich wieder ernst. »Diese Aufzeichnungen scheinen direkt aus dem Vorhof der Hölle zu stammen. Ich habe nicht allzu viel kapiert. Aber da war von Eugenik die Rede und vom Bestimmen der Rasse durch Blutproben. Und von Zwillingsforschung, von Augen.«

Alles passte zusammen. Das leidenschaftliche Interesse seiner Mutter an seinem Studium und später für die Firma ... All die Jahre. Stipendien, Drittmittel, die seine Mutter beschafft hatte. Er war es, der ihre Arbeit fortführte: ihre Arbeit, die sie in Nazideutschland begonnen hatte. Natürlich wusste jeder, dass die Genforschung und die Eugenik nahe beieinander lagen, aber natürlich sprach es niemand laut aus. Erik dachte an die DNA-Bank, das Produkt, das Gendo international anbot, und wie man sie missbrauchen könnte ...

»Herr Narva«, Schneider trat aus seinem Büro.

»Ich muss aufhören«, sagte Erik zu Katja. »Ich bin bei der Polizei.«

»Was machst du dort?«

»Erzähl ich dir später. Ich liebe dich.«

Erik legte auf und war nun ganz woanders. Schneiders Worte rauschten an ihm vorbei. Er kam erst wieder zu sich, als er den fragenden Gesichtsausdruck des Deutschen bemerkte.

»Entschuldigung, könnten Sie das bitte wiederholen«, bat Erik. Er musste sich zusammenreißen und seine Gedanken sammeln.

»Ich habe gerade mit dem Kernphysiker Zweiger gesprochen, der sich auf dem Gebiet der Atomforschung im Zweiten Weltkrieg auskennt. Hier sind Kopien der Tagebücher und der Fotokopien, die Sie mir gegeben haben. Wir werden uns die Originale hier im Haus etwas genauer ansehen.«

Stumm nahm Erik die Kopien entgegen.

»Geben Sie mir Ihre Telefonnummer, dann rufe ich Sie an, sobald wir wissen, wann wir Professor Zweiger treffen können.«

»Ich fliege um 21 Uhr 35 nach London«, sagte Erik. Er gab Schneider seine Visitenkarte und wollte schon gehen, als Schneider noch hinzufügte: »Dieser Robert Plögger. Wie gut kannten Sie ihn?«

»Überhaupt nicht.«

Wie aus dem Nichts tauchte ein Mann an der Tür auf.

»Er wird Sie zum Ausgang begleiten«, sagte Schneider.

Als Narva weg war, ging Schneider einige Räume weiter zu einem seiner Mitarbeiter.

»Hat sich Helsinki gemeldet?«

Er hatte den Kollegen gebeten, Kontakt mit der finnischen Zentralkripo aufzunehmen und sich nach dem Mord an Robert Plögger zu erkundigen.

»Sie haben bestätigt, dass der neunzehnjährige Plögger tatsächlich ermordet aufgefunden wurde. Mit einem stumpfen Gegenstand erschlagen. Die technischen Ermittlungen dauern an, Hinweise auf den Täter liegen noch nicht vor.«

»Hat sich bei den Ermittlungen etwas ergeben, das in Richtung Deutschland weist?«

»Zwei Dinge: Erstens hatte das Opfer über seinen Vater verwandtschaftliche Wurzeln in Deutschland.«

»Das wissen wir schon.«

»Und zweitens hatte er irgendwie mit dem Marschflugkörper zu tun, der von Finnland aus nach St. Petersburg abgeschossen wurde. Und in dem Zusammenhang ist wiederum angereichertes Uran aufgetaucht, über das sich die Finnen nur sehr zurückhaltend äußern. Sie haben internationale Hilfe zum Thema Schmuggel von Kernmaterial angefordert. In einem Schließfach des Helsinkier Hauptbahnhofs haben sie nämlich eine geringe

Menge U-235 gefunden. Laut Laboranalysen ist es echt. Wir werden bald vom ITU in Karlsruhe eine genauere Analyse über den Ursprung erhalten.«

Schneider entwich ein erstaunter Pfiff. Vielleicht war dieser Narva doch kein Spinner.

42

Das Hauptquartier der Zentralkripo in Vantaa wirkte von außen ruhig, aber im Inneren des Gebäudes wurde geschuftet, ohne Rücksicht auf irgendwelche Arbeitszeiten. Die akute Gefahr war zwar vermutlich gebannt, aber die Herkunft des Kernmaterials aus dem Schließfach in Helsinki musste so bald wie möglich geklärt werden. Selbstverständlich stammte das Uran aus dem Ausland, so viel stand fest. Die genauen Resultate aus Karlsruhe wurden ungeduldig erwartet.

Die Vernehmung der in Otaniemi verhafteten Studenten wurde zeitgleich in unterschiedlichen Räumen fortgesetzt. Zwei von ihnen schwiegen hartnäckig, aber einer war allmählich gesprächiger geworden. Seinen Aussagen zufolge hatte Robert Plögger das Uran besorgt.

»Roopes Großvater ist in Berlin gestorben«, sagte Raine Helle. »Sein Name war Hans Plögger, und er war anscheinend eine ziemliche Nummer. Hat als Physiker an Hitlers Kernwaffenprogramm mitgearbeitet.«

Der Inspektor hörte auf der anderen Seite des Tisches aufmerksam zu. Raine hatte nicht versucht zu schweigen, um seine Haut zu retten – das war ohnehin nicht mehr möglich –, sondern weil Roope strikt verboten hatte, über das Thema zu reden. Allerdings hatte Roope wohl kaum mit dieser Situation gerechnet.

»Roopes Vaters hat den Nachlass seines Vaters an einen Trödler verkauft. Roope hat das überhaupt nicht verstanden. Er ist dann selbst zu dem Händler gefahren und hat gesehen, dass das ganze Zeug dort in Kartons in einer Lagerhalle herumstand. Sogar die persönlichsten Unterlagen, zum Beispiel die Tagebücher.«

Raine starrte auf das Aufnahmegerät auf dem Tisch. Er konnte noch immer nicht fassen, dass Roope tot war. Der einzige – zweifelhafte – Trost bestand darin, dass Roope bewusst Risiken eingegangen war.

»Diese Tagebücher waren angeblich äußerst interessant. Die Deutschen haben zwar keine Atombombe zustande gekriegt, aber sie waren offenbar ziemlich weit gekommen. Sie haben zum Beispiel eine kleine Menge Uran angereichert und gegen Ende des Krieges in ein Versteck gebracht. Roopes Großvater war offenbar dabei gewesen. So hat er es jedenfalls in seinem Tagebuch behauptet, und sogar den Ort des Verstecks hat er beschrieben. Roope wollte es wissen und ist hingefahren, um nachzusehen, ob das die Wahrheit sein konnte. Es war die Wahrheit.«

Raine seufzte tief. »Das Zeug war in einem Bleibehälter. Ungefähr hundertsechzig Gramm, von denen Roope ein paar Gramm als Probe nach Finnland mitgebracht hat. Die waren angeblich als ›Kick‹ nötig, denn es musste etwas geben, was die Sache in Schwung brachte.«

»Wer hat Roope Anweisungen und Befehle erteilt?«

Raine überlegte sich die Antwort genau und sagte dann: »Er redete von einem Typen, der sich alles ausgedacht hatte, einem Dipl. Ing. von der TH. Aber ich glaube nicht, dass es den tatsächlich gibt. Das hat er alles selbst initiiert, nachdem er das Uran-Versteck gefunden hatte.«

Malek blickte zu Utabar an der Hausecke, die Autobatterie, in der der Bleibehälter steckte, zu seinen Füßen. An der Batterie der Marke Varta war nur die Hülle echt.

Dann ließ Malek den Blick langsam über die Umgebung schweifen. In der Abenddämmerung regte sich nichts, der Wind hatte Regenwolken am Himmel zusammengetrieben.

Malek nickte Utabar zu. Der hob mühsam die Batterie hoch und schleppte sie mit krummem Rücken zu dem Opel Vectra, der vor dem Haus stand.

Dort wartete Rashid schon. Er öffnete den Kofferraum und

Utabar lud die Batterie ein. Sie stand nun zwischen weiteren Autoersatzteilen.

Utabar holte noch eine zweite, identische Batterie und lud sie in den VW Passat, der neben dem Opel geparkt hatte. Auch dessen Kofferraum war gefüllt mit einer Kollektion Ersatzteile.

Nachdem die Batterien verladen waren, gingen die Männer ins Haus zurück. Malek baute sich vor seinen Leuten auf und sah ihnen abwechselnd fest in die Augen.

»Ihr tragt eine große Verantwortung. Wenn ihr erwischt werdet, wisst ihr, was ihr zu tun habt.«

Die Männer schauten Malek ernst an.

»Es wird niemand erwischt«, knurrte Rashid.

»Ich verlasse mich auf euch. Gemeinsam können wir das bis zum Ende durchziehen. Gute Fahrt.«

Sie gingen schweigend hinaus. Rashid stieg in den Opel und ließ den Motor an. Saiid setzte sich ans Steuer des Passats, Utabar nahm neben ihm Platz.

Nachdenklich schaute Malek zu, wie die Autos vom Grundstück rollten. Da trällerte sein Handy.

Er sah auf das Display: Sharif Rastegar. Wollte der Idiot noch mehr Geld haben? Sie hatten doch vereinbart, nicht unnötig Kontakt aufzunehmen.

»Was willst du?«, fauchte Malek.

»Ich dachte, das interessiert dich vielleicht. Die Tagebücher, die du gekauft hast, erfreuen sich großer Nachfrage. Ein Mann war bei mir und wollte sie haben.«

Malek erschrak. Wer konnte von diesen Tagebüchern wissen? Wusste der Frager auch etwas über ihren Inhalt, oder handelte es sich lediglich um einen Sammler, der auf der Suche nach Material aus der Nazizeit war?

»Kennst du seinen Namen?«

»Narva. Erik Narva. Hat mit einer Platin Master Card von einer englischen Bank bezahlt. Lloyds TSB. Dem Aussehen nach könnte er einer von der Uni sein. Die sind an solchen Dokumenten manchmal ziemlich interessiert.«

Narva. Malek fluchte in sich hinein. Reichte es nicht, dass ihnen dieser alte Narva in die Quere gekommen war?

»Du hast ihm doch gesagt, dass sie schon verkauft sind?«

»Natürlich.«

»Hat er nach dem Käufer gefragt?«

»Nicht so genau.«

Malek hörte Rastegar an, dass er nicht unbedingt die Wahrheit sagte. Der Mann war geschäftstüchtig.

»Du hältst dich an die Abmachung und erzählst niemandem etwas. Ist das klar?«

»Aber sicher.«

»Und ruf mich nie mehr an. Am besten löschst du meine Nummer sofort«, sagte Malek eisig.

»Keine Angst, du wirst von mir nichts mehr hören«, sagte Rastegar erschrocken.

Ingrid saß im Sessel und blätterte in den Unterlagen, die sich in den geöffneten Kuverts befunden hatten. Sie waren extra versiegelt gewesen. Wie viel hatte Katja gelesen? Wie viel davon mochte sie verstanden haben?

Gequält nahm Ingrid einen Schluck Whisky, obwohl sie normalerweise keinen Alkohol trank. Sie hatte Beethoven aufgelegt. In dieser Situation brauchte sie die Kraft, die seine Musik ihr gab. Es fiel ihr schwer, sich einzugestehen, dass sie in gewisser Weise auch erleichtert war. Die Last des Geheimnisses war schwer allein zu tragen gewesen.

Für Erik würden die Enthüllungen ein schwerer Schlag sein, da war sich Ingrid sicher. Aber sie musste Vertrauen in seine Intelligenz haben, in seine Fähigkeit, rational zu denken. Zum Glück hatte ihr Sohn genug von beidem.

Ingrid sah die alten Papiere durch, die in ihr eine gewaltige Lawine von Erinnerungen und Gefühlen auslösten. Sie erinnerte sich, wie ihr das Zeugnis überreicht worden war, in dem vornehmen Saal mit der schwindelerregend hohen Decke. Die jungen Männer und Frauen in Festkleidung hatten im Sitzen gewartet, bis sie nacheinander an die Reihe kamen. In der gesamten feierlichen, ja pathetischen Atmosphäre war zu spüren: Sie waren die künftige wissenschaftliche Elite, sie würden die Welt verändern. Ingrid platzte fast vor Stolz, als sie aufstand und auf die Bühne ging, um von Professor von Verschuer, den sie damals über alle Maßen bewunderte, ihr Zeugnis entgegenzunehmen.

»Ausgezeichnete Leistung, Fräulein Stormare«, hatte ihr der Professor leise gesagt, während er ihr die Hand zur Gratulation gab. »Sie sind eine echte Begabung mit einer verheißungsvollen Zukunft.«

Schon früher hatte Ingrid beschlossen, ihr Leben der Wissenschaft zu widmen, aber die Worte von Verschuer hatten ihre Entscheidung endgültig besiegelt. Danach hatte die harte Arbeit begonnen. Sie war als Assistentin von Karin Magnussen am Institut für Eugenik gelandet und hatte nebenher ihre Doktorarbeit geschrieben.

Ingrid betrachtete die akribisch erstellten Schemata, mit denen die Erblichkeit der Augenfarbe veranschaulicht wurde. Sie hatte enorm viel Zeit darauf verwendet.

Schweren Herzens schob sie die Blätter ins Kuvert zurück und griff nach einem wenige Monate alten Zeitschriftenartikel. Im ›American Journal of Human Genetics‹ war eine Untersuchung der Universität Queensland zitiert worden, der zufolge hauptsächlich zwei Gene die Augenfarbe des Menschen beeinflussen, und nicht eines, wie bislang angenommen worden war. Von den beiden Genen bewirkte das eine blaue und braune, das andere grüne und nussbraune Farbvarianten. Ferner waren noch weitere Gene wirksam, weshalb Eltern mit blauen Augen manchmal ein braunäugiges Kind bekommen konnten. Wie unendlich viel weniger Arbeit und Probleme sie damals am Institut gehabt hätten, wenn sie das schon gewusst hätten, dachte Ingrid. Von Verschuer und Mengele hatten sich jedes Mal die Haare gerauft, wenn sie braunäugige Zwillinge von Eltern mit blauen Augen bekommen hatten.

Ingrid blätterte weiter in den alten Unterlagen. Nach dem

Krieg war überall auf der Welt mit unethischen Menschenversuchen weitergemacht worden, nur nicht in Deutschland. Sie sah sich Formulare mit den persönlichen Angaben der Versuchspersonen an: Geburtsdatum, frühere Erkrankungen, Erkrankungen der Eltern. Sie sah ihre eigene Handschrift, Zahlen und Buchstaben, Daten und Orte.

3.3.1946, Rochester, NY. Janet Stadt, 41 Jahre, weiß, Versuchsreihencode »HP-8« …

Kaum war sie mit Rolf in Amerika angekommen, hatte Ingrid zahlreichen Wissenschaftlern die Forschungsergebnisse vorstellen dürfen, die sie in Dahlem über die Wirkungen radioaktiver Strahlung auf den menschlichen Organismus und das Erbgut erarbeitet hatten. Obwohl die Bomben auf Hiroshima und Nagasaki längst abgeworfen waren, unterlag das Thema in den USA absoluter Geheimhaltung. Dass Ingrid über weiteres Material aus dem Institut für Eugenik in Berlin verfügte, hatte sie für sich behalten.

Sie war erst wenige Monate mit Rolf in Fort Bliss in Texas gewesen, als man sie aufforderte, ihr Wissen anzuwenden. Die Amerikaner waren vor allem brennend daran interessiert, zu erfahren, mit welcher Geschwindigkeit das Plutonium genannte »Element-94« und das Uran-Isotop 235 sich im menschlichen Körper verbreiteten, in welchen Körperteilen sie sich ablagerten und welche gesundheitlichen Folgen die Belastung mit sich brachte.

Ingrid war an einem Versuch beteiligt, der von dem geheimen, an der Universität Rochester angesiedelten Manhattan-Projekt aus geleitet wurde. Im Strong-Memorial-Krankenhaus wurden elf Patienten durchschnittlich fünf Mikrogramm Plutionium in den Blutkreislauf gespritzt. Die Menge war fünf Mal höher als der Grenzwert, den man als ungefährlich für den Menschen einstufte. Man hatte zum Beispiel festgestellt, dass ein oder zwei Mikrogramm Radium fatale Folgen für Arbeiter hatten, die beruflich phosphoreszierende Blätter auf Uhren malten. Aber im Gegensatz zu Radium sandte Plutonium keine Gammastrahlen aus, weshalb man es nicht mit dem Geigerzähler messen konnte.

Die Probanden wussten nichts von den Plutoniumspritzen. Ingrid erinnerte sich noch gut an Janet Stadt, die blasse, magere Frau, die an einer chronischen Hautkrankheit litt. Janet war Versuchsperson »HP-8«. HP für »Human Product«. Die meisten anderen waren Männer, viele von ihnen Schwarze.

Das Plutonium reicherte sich in der Leber und in den Knochen der Versuchspersonen an, und das Schlimmste war, dass die Teilchen, die Alphastrahlung aussandten, das empfindliche Rückenmark bombardieren konnten. Die Versuchspersonen waren bereits krank gewesen, aber damit der Versuch gelingen konnte, hatten alle über eine möglichst normale Nieren- und Leberfunktion verfügen müssen. Als Ingrid die Urin-, Stuhl-, Blut- und weitere Proben in Holzkisten verpackte, damit sie nach Los Alamos transportiert werden konnten, waren ihr die Präparatkisten, die nur ein Jahr zuvor von Auschwitz nach Dahlem gekommen waren, wieder eingefallen.

Ingrid war auch dabei gewesen, als der Bericht über die Versuchsreihe erstellt wurde. Er erhielt den Titel ›Transport und Absonderung von intravenös verabreichtem Plutonium im Organismus‹. Selbstverständlich wurde der Bericht als geheim eingestuft, dennoch war sie zufrieden, dass darin nur die Namen der Versuchsleiter Wright Langham und Samuel Bassett genannt wurden.

Bei der Fortsetzung der Versuche in Chicago wurde die Plutoniumdosis auf fünfundneunzig Mikrogramm erhöht, was fast hundert Mal mehr war als der für ungefährlich erachtete Grenzwert. Unter den Versuchspersonen waren nun auch drei Kinder. Ingrid hätte nicht geglaubt, dass die Amerikaner ethisch derart fragwürdige Versuche durchführten, verstand aber den Druck, der auf der Staatsführung lag: die Herstellung von Atombomben in größerem Ausmaß wurde rasch vorangetrieben, darum war es notwendig herauszufinden, welche Gesundheitsrisiken den Arbeitskräften drohten, nicht zuletzt um späteren Schadensersatzprozessen vorzubeugen. Ganz zu schweigen davon, dass man genau wissen musste, was passierte, wenn Atomwaffen zum Einsatz kamen.

Rolf hatte seine Arbeit der Entwicklung von Raketen mit Kernsprengkopf schwer belastet. Erst nach Hiroshima und Nagasaki hatte er die Konsequenzen seines Tuns so recht begriffen. Ingrid hatte ihm zu erklären versucht, dass Louis Pasteur bei der Entwicklung des Penicillins auch Menschenversuche vorgenommen hatte. Walter Reed hatte bei seiner Arbeit an dem Impfstoff gegen Gelbfieber mehrere Probanden getötet, aber somit Tausenden das Leben gerettet und den Bau des Panamakanals ermöglicht.

Doch diese Argumente ließ Rolf nicht gelten. Die Doppelmoral der Amerikaner hatte ihn ein für alle Mal den Glauben an die Glückseligkeit der »freien Welt« verlieren lassen.

Ingrid hingegen fühlte sich in ihrer neuen Heimat ausgesprochen wohl. Sie traf dort andere Eugeniker, die sich inzwischen Genetiker nannten. Über alte Kontakte und einige Strahlenforscher konnte sie an einem Projekt der *Vanderbilt-Universität* in Nashville teilnehmen. Die gute alte *Rockefeller-Stiftung* finanzierte den umfassenden, im Herbst 1945 begonnenen Versuch: Mehr als achthundert schwangeren Frauen wurde in Mütterberatungsstellen eine »Nährlösung« eingeflößt, von der die Mütter glaubten, sie sei ihrer Gesundheit und der ihres Babys zuträglich. In Wirklichkeit enthielt das Getränk radioaktives Eisen, das innerhalb einer Stunde nach der Einnahme über den Kreislauf der Mutter auch im Blutkreislauf des Fötus landete. Bei der späteren Kontrolle wurde den Müttern Blut entnommen, um Aufschluss über die Endosmose zu gewinnen. Ein Teil der geborenen Kinder erkrankte im Alter von wenigen Jahren an Krebsleiden, die in der Vergleichsgruppe nicht festgestellt wurden.

Durch ihre alten Kontakte zu Eugenikern erfuhr Ingrid auch von einer sehr umstrittenen Untersuchung in der Fernald-Schule, einer Einrichtung für schwach begabte Jungen, die bereits in den Zwanzigerjahren Objekt der besonderen Aufmerksamkeit von Eugenikern gewesen war. 1946 wurde dort mit einer Jahre andauernden Versuchsreihe begonnen, bei der sich Wissenschaftler des *Massachusetts Institute of Technology* das Vertrauen von verstoßenen, einsamen Jungen erschlichen, indem sie für sie einen »Wissenschaftsclub« gründeten. Vierundsiebzig Jungen bekamen eine Mickymaus-Uhr und andere Geschenke und durften Baseballspiele besuchen, als Belohnung dafür, dass sie jeden Morgen auf besondere Weise zubereitete Haferflocken aßen. Die Jungen freundeten sich mit den Leitern des »Wissenschaftsclubs« an und wussten nicht, dass ihr Frühstück radioaktive Isotopen enthielt, deren Absorbtion mit regelmäßigen Bluttests gemessen wurde.

Ingrid war entsetzt gewesen über den Missbrauch gutgläubiger Kinder als Versuchspersonen. Sie konnte es bis heute nicht fassen. Sie legte die Kuverts zu Seite und überlegte, was sie Erik sagen sollte. Es war klar, dass Katja genug gesehen hatte, um sie beide in Aufruhr zu versetzen.

Erik ging hinter Schneider die steilen Stufen des Hörsaals hinunter. Durch die großen Fenster sah er die abendlich beleuchteten, kastenförmigen Bauten auf dem Campus der Berliner Technischen Universität. Schneider hatte Erik angerufen und das Treffen an diesem Ort vorgeschlagen.

Sie schoben sich an den Studenten vorbei, die gerade die Vorlesung verließen, zu dem Mann im abgetragenen Anzug, der am Pult vor der Tafel seine Unterlagen in die Aktentasche packte.

»Professor Zweiger?«, fragte Schneider.

Der drehte sich um und nickte. Erik und der Mann vom BKA stellten sich vor.

»Ich komme direkt zur Sache«, sagte Schneider. »Sie sind in Deutschland einer der führenden Kenner der Geschichte der Kernphysik. Wie ich Ihnen am Telefon schon sagte, möchten wir Ihre Meinung zu einigen Tagebucheintragungen hören.«

Schneider nahm das Material zur Hand, das er von Erik erhalten hatte. »Diese Unterlagen sind in unserem Labor schon einmal provisorisch untersucht worden. Vorläufig deutet nichts darauf, hin, dass sie, zumindest was das Alter betrifft, nicht echt wären. Herr Narva kann Ihnen kurz erzählen, wem sie gehörten.«

»Kennen Sie den Atomphysiker Hans Plögger?«, fragte Erik. »Er hat nach dem Krieg bei Siemens gearbeitet.«

»Von einem Plögger habe ich noch nichts gelesen, aber das hat nichts zu bedeuten. Gegen Ende des Krieges wurde eine große Zahl von Akten, die mit der Uranforschung zu tun hatten, vernichtet, sofern sie nicht schon bei den Bombenangriffen verbrannt waren. Nur die führenden Wissenschaftler sind uns heute bekannt.«

»Doktor Plögger war ein Kollege meines Vaters ... Ich habe erst jetzt erfahren, dass mein Vater Rolf Narva während des Krieges als Physiker hier in Berlin gearbeitet hat. Dieser Name sagt Ihnen auch nichts?«

Der Professor sah Erik interessiert an und breitete dann die Arme aus. »Ich bedaure.«

Er nahm eine Lesebrille aus der Brusttasche und begann, das Material zu studieren.

»Doktor Plögger beschreibt in den Tagebuchaufzeichnungen seine Tätigkeit während des Krieges«, sagte Schneider. »Er nennt konkrete Details, unter anderem zum Bau eines Versuchsreaktors in Dahlem, in der Versuchsstelle Gottow bei Kummersdorf und später in Stadtilm.«

Der Professor las die Aufzeichnungen konzentriert und murmelte: »Interessant ... Wir wissen nur wenig über Hitlers Uranprogramm. Gerade erst sind in Moskauer Archiven Informationen aufgetaucht, auf deren Grundlage man durchaus schließen kann, dass man damals weiter gekommen war, als wir bislang geglaubt haben. Und gerade dieser Kurt Mayer, von dem auch hier die Rede ist, erreichte wesentlich mehr als Heisenbergs Forschungsgruppe, die mehr Publizität erfahren hat.«

»Hier wird auch detailliert über die Anreicherung von Uran berichtet«, sagte Schneider. »Könnten solche Informationen heute noch Schaden anrichten, wenn sie in falsche Hände gelangten?«

»Das kann ich mir kaum vorstellen. Die Anreicherung von waffenfähigem Uran war der größte Stolperstein des Uranprogramms im Zweiten Weltkrieg. Die damaligen Verfahren waren an sich richtig, unter anderem die Diffusions- oder Zentrifugentechnik, aber heute stehen darüber wesentlich weiter reichende Erkenntnisse zur Verfügung.«

Zweiger blätterte beim Sprechen mit unverkennbarer Begeisterung die Fotokopien durch. »Äußerst interessant«, sagte er noch einmal. »Über die Arbeit von Mayers Forschungsgruppe gibt es bislang so gut wie keine Dokumente. Dies hier ist ein sehr bemerkenswerter Fund … Falls die Tagebücher echt sind, bieten sie uns die Möglichkeit, Einblick in das Vorgehen der Gruppe zu nehmen. Aber die Sorge, von diesen Aufzeichnungen könnte noch heute eine Gefahr ausgehen, ist sicher unbegründet.«

Erik und Schneider vereinbarten, Zweiger das gesamte Material später zukommen zu lassen. Sie bedankten sich bei dem Professor und verließen den Hörsaal.

»Sharif Rastegar hat wahrscheinlich noch weitere Tagebücher«, sagte Erik, als sie in Schneiders Wagen stiegen. »Ich habe vor, mir alles zu besorgen, was mit meinem Vater zu tun hat.«

»Die Vergangenheit Ihres Vaters muss eine ziemliche Überraschung für Sie sein«, sagte Schneider Anteil nehmend.

Erik begnügte sich mit einem Nicken. Er wollte nicht verraten, dass die Geschichte seiner Mutter ein noch größerer Schock für ihn war.

»Von meiner Seite aus ist der Fall damit erledigt«, fügte Schneider hinzu, während er in einen höheren Gang schaltete. »Der Wert des Materials ist offensichtlich wissenschaftsgeschichtlicher Natur, nicht technischer oder politischer.«

»Das ändert nichts an meiner Auffassung, dass der Tod meines Vaters kein Unfall war.«

»Es ist nichts aufgetaucht, was Anlass zu der Vermutung gibt, dass es sich dabei um ein Verbrechen handelte«, sagte Schneider höflich, aber bestimmt. »Die Entscheidung über die weiteren Ermittlungen treffen jedoch meine Kollegen von der Mordkommission.«

Erik ärgerte sich über Schneiders Worte, sagte aber nichts.

Nachdem sie sich an der U-Bahn-Station Ernst-Reuter-Platz verabschiedet hatten, nahm Erik die Visitenkarte von Sharif Rastegar aus der Tasche und rief den Trödler an. Er nannte seinen Namen und kam sofort zur Sache. »Ich wäre daran interessiert, weiteres handschriftliches Material aus dem Nachlass von Herrn Plögger zu kaufen. Auch Originaltagebücher.«

Zuerst war es still in der Leitung, dann sagte Rastegar: »Oh, das tut mir leid. Der andere Käufer, von dem ich Ihnen erzählt hatte, war heute hier und hat den Rest gekauft.«

Erik verkniff sich einen heftigen Fluch.

»Aber vom größten Teil habe ich Fotokopien gemacht«, redete Rastegar beinahe fröhlich weiter. »Die sind ebenfalls verkäuflich.«

»Gut«, sagte Erik frustriert. Was für ein elender Blutegel dieser Händler doch war. »Und was sollen die Kopien kosten?«

Der Händler räusperte sich. »Mir ist klar geworden, dass ich sie das letzte Mal unter Wert verkauft habe. Der Preis der Kopien beträgt jetzt die Hälfte des Preises der Originale. Also zweieinhalb tausend pro Kladde.«

Scheißkerl, dachte Erik. »Wer ist denn dieser andere Käufer?«

»Oh, Kundendaten werden selbstverständlich vertraulich behandelt.«

»Ich komme bei der nächsten Gelegenheit und hole die Kopien, vielleicht schon in wenigen Tagen. Legen Sie sie für mich zur Seite.«

Rastegar war offensichtlich zufrieden. Der Duft, den der Imbiss neben ihm verströmte, erinnerte Erik daran, dass er schon lange nichts mehr gegessen hatte. Er kaufte sich eine Currywurst und schaffte sie bis zur Hälfte, als sein Handy klingelte. Die Nummer auf dem Display verriet, dass der Anruf aus Finnland kam.

»Hier spricht Rechtsanwalt Veli Tirkkonen aus Helsinki, guten Abend. Spreche ich mit dem Sohn von Rolf Narva?«

»Ja«, antwortete Erik überrascht.

»Ich weiß, dass dies eine schwere Zeit für Sie ist, aber ich möchte den Wunsch Ihres Vaters so erfüllen, wie er ihn zu Lebzeiten formuliert hat.«

»Welchen Wunsch?«, fragte Erik verwundert und wischte sich den Mund mit der Serviette ab.

»Er bat mich, nach seinem Tod Kontakt zu Ihnen aufzunehmen und Ihnen einen Brief zu übergeben, den er mir zur Aufbewahrung überlassen hat.«

»Einen Brief?«

»Ich kenne den Inhalt nicht. Es handelt sich um einen dicken, gepolsterten Umschlag, der vermutlich mehr als nur Papiere enthält. Auf welchem Weg kann ich Ihnen den zukommen lassen?«

Erik war erstaunt. Was hatte sein Vater ihm hinterlassen? Ahnte er etwas vor seiner Reise?

»Wann hat mein Vater Ihnen den Brief übergeben?«

»Vor Jahren schon.«

Diese Information erleichterte Erik in gewisser Weise. Andererseits war es auch eine Enttäuschung.

»Aber vor kurzem ließ er ihn sich zurückgeben und brachte ihn mir dann am folgenden Tag wieder. So weit ich es verstanden habe, wollte er den Inhalt vervollständigen.«

»Ich bin gerade in Berlin, fliege aber heute noch nach England zurück. Könnten Sie ihn mir per DHL nach England schicken?«

»Ich muss Ihnen den Umschlag persönlich überreichen.«

Nachdem er sich eine Weile gesträubt hatte, willigte der Anwalt schließlich doch in Eriks Vorschlag ein, unter der Bedingung, dass Erik sofort nach Erhalt der Sendung deren Eingang telefonisch bestätigte.

Nach dem Gespräch ging Erik in Gedanken versunken die Treppe zur U-Bahn hinunter und wäre fast über die zerschlissene Wolldecke gestolpert, auf der ein Mann mit einem Pappbecher in der Hand bettelte.

Erik versuchte, seine Aufmerksamkeit auf das zu lenken, was als nächstes zu tun wäre, aber es gelang ihm nicht. Sein Vater würde ihm also aus dem Grab heraus eine Botschaft übermitteln – hoffentlich die Wahrheit, die er ihm sein Leben lang nicht von Angesicht zu Angesicht zu erzählen gewagt hatte. Ob auch Enthüllungen über seine Mutter dabei sein würden?

Der Brief würde morgen in Helsinki abgehen, wäre also übermorgen am Nachmittag in England. Erik war innerlich so aufgewühlt, dass er dieses Klingeln zunächst gar nicht seinem Handy zuordnete. Er zog es umständlich aus der Tasche und trat zum Reden neben den Brezelstand im Zwischengeschoss.

Es war der Historiker Kohonen aus Helsinki.

»Ich habe eine große Menge Literatur durchforstet«, sagte er. »Zuerst sah es so aus, als wäre nirgendwo eine Ingrid Stormare erwähnt. Aber dann bin ich auf ein deutsches Buch gestoßen. Es heißt ›Deutsche Medizin im Dritten Reich‹. Und das enthält eine kleine, aber sehr interessante Erwähnung.«

Eine interessante Erwähnung. Das verhieß nichts Gutes. Erik verspürte auf einmal eher Unwillen als Interesse, mehr zu erfahren.

»In dem Buch heißt es, dass an der von Professor von Verschuer seit 1942 geleiteten Abteilung für Rassenhygiene des Kaiser-Wilhelm-Instituts eine Wissenschaftlerin namens Karin Magnussen tätig gewesen sei. Sie war spezialisiert auf Zwillingsforschung, besonders im Hinblick auf die Augen. Über sie hatte ich früher schon gelesen, ihre Abteilung bekam das Forschungsmaterial unter anderem von Josef Mengele aus Auschwitz. Und diese Karin Magnussen hatte, dem Buch zufolge, eine junge schwedische Assistentin namens Ingrid Stormare.«

Erik schloss die Augen und holte tief Luft. »Ich habe mit etwas Ähnlichem schon fast gerechnet«, sagte er heiser. »Aber es ist so … Wird über sie noch mehr gesagt?«

»Nein. Nur diese eine Erwähnung.«

»Ich rufe Sie später zurück … Hier ist es gerade etwas ungünstig …«

Erik legte auf. Für einen Moment verharrte er wie gelähmt an Ort und Stelle, dann stieg eine heftige Welle der Übelkeit in ihm auf, und es gelang ihm gerade noch, den Abfalleimer an der Rolltreppe zu erreichen, in den er sich heftig erbrach.

43

Die A40 im Westen Deutschlands, unweit der holländischen Grenze, führte durch flaches Ackerland. Es war kurz vor sieben, und es herrschte reger Verkehr.

Rashid blickte in den Rückspiegel des Opel und versuchte hinter sich den Passat von Saiid und Utabar auszumachen.

Er richtete den Blick auf den Tachometer, der hundertdreißig Kilometer pro Stunde anzeigte. Diese maßvolle Geschwindigkeit behielt er bei. Normalerweise dachte er beim Autofahren nicht an das Unfallrisiko, sondern genoss das hohe Tempo. Aber jetzt dachte er an nichts anderes. Die Aufgabe durfte nicht an so etwas Banalem scheitern, das würde für alle Zeiten Schande über ihn und seine Familie bringen.

Auf einmal bemerkte Rashid etwas Dunkles, Pulverartiges auf seinem linken Ärmel. Konnte das möglich sein? War eine kleine Menge Uranpulver an seinem Ärmel hängen geblieben? Eine Welle der Panik erfasste ihn, und im Nu war er schweißnass. Konnte zwischen dem Gummihandschuh und dem Gummianzug eine Lücke gewesen sein, durch die das Uranpulver eingedrungen war?

In der Panik löste er die Hand vom Lenkrad und blies das Pulver vom Ärmel. Dabei verzog er das Lenkrad. Das Auto scherte nach links aus und wäre um ein Haar mit dem Porsche zusammengeprallt, der auf der linken Spur vorbeisauste. Die beiden Fahrzeuge streiften sich fast. Mit Müh und Not gelang es Rashid, wieder auf die eigene Spur zurückzukommen. Hinter ihm wurde heftig gehupt. Hoffentlich würde ihn niemand anzeigen.

Der Staub auf dem Ärmel war verschwunden. Wie hatte er nur so blöd sein können, ihn wegzublasen, fragte sich Rashid. Wenn das wirklich Uranpulver war, hatte es sich jetzt in der Luft und in seinen Lungen ausgebreitet.

Nein. Das war alles idiotische Einbildung. Uranstaub würde man nicht einmal sehen ... War er vor lauter Anspannung etwa schon hysterisch geworden?

Der Passat, der sich in einigem Abstand hinter ihm gehalten hatte, fuhr auf der linken Spur neben den Opel Vectra. Rashid blickte zur Seite und sah, wie Saiid und Utabar ihn mit großen Augen anstarrten. Saiid, der am Steuer saß, schüttelte langsam den Kopf. Rashid versuchte eine Miene aufzusetzen, die signalisierte, dass er alles im Griff hatte. Dazu zeigte er seinen Kameraden den erhobenen Daumen. Darauf beschleunigte der Passat und verschwand zwischen den anderen Fahrzeugen.

Kurz darauf sah Rashid die Schilder, die den deutsch-holländischen Grenzübergang ankündigten. Er reduzierte die Geschwindigkeit. An der Grenze wurde nicht ständig kontrolliert, aber hin und wieder wurden Stichproben gemacht.

Rashid überquerte die Grenze. Der nächste Halt würde Venlo sein, wo sie essen wollten. Eine richtige Pause war ohnehin angebracht. Zeit hatten sie genug, und bis Calais, der Stadt am Ärmelkanal, waren es noch knapp dreihundertfünfzig Kilometer.

Erik schaute aus dem Fenster der S-Bahn, die mitten durch Berlin fuhr. Das moderne Stahl- und Glasgebilde des Hauptbahnhofs erhob sich vor der anbrechenden Abenddämmerung. Erik hatte im Hotel seine Reisetasche geholt und befand sich nun bereits auf dem Weg zum Flughafen Schönefeld, da er keinen passenden Flug von Tegel aus bekommen hatte. Er war knapp dran, und wegen des Verkehrs hatte er es nicht gewagt, ein Taxi zu nehmen.

Er war erschöpft, und er kam sich wie ein Außenseiter vor, der nirgendwo dazugehörte. Er wusste, sein Leben würde nie mehr sein wie früher. Er war nach Deutschland gekommen, um seinen verschwunden Vater zu suchen. Und was hatte er gefunden?

Sich selbst. Einen Fremden. Die Person, die er wirklich war. Einen Mann, in dessen Adern das Blut von Eltern floss, die ihre besten Jahre dem Naziregime gewidmet hatten.

Begriffe wie DNA, Gene und Erbgut hatten für Erik schlagartig eine völlig neue Bedeutung bekommen. Mit niederschmetternder Deutlichkeit begriff er, aus was für einem kranken und gefährlichen Blickwinkel man die Forschungsergebnisse und Dienstleistungen seiner Firma auch betrachten konnte. All die Jahre hatte er an das Gute gedacht, für das er mit seiner Firma stand. Die Resultate seiner Arbeit ließen sich aber genausogut für die grausamsten Unterdrückungsmaschinerien einspannen – entweder direkt und unmittelbar, oder aber allmählich und schleichend, wenn nötig sogar heimlich.

Erik war Wissenschaftler mit Leib und Seele; seine Karriere, ja sein ganzes Leben aber war offenbar von einer Frau gesteuert worden, die während des Krieges Rädchen im Getriebe der grausamsten Rassenlehre in der Geschichte war – Eriks Mutter war tatsächlich eine Kollegin Josef Mengeles gewesen. Solche Menschen, solche an unbeschreiblichen Grausamkeiten beteiligten »Wissenschaftler«, waren groteske Zerrbilder des wahren Forschers.

Es gab für Erik keinen Fluchtweg. Jetzt wollte er alles wissen, wie schmerzlich es auch sein mochte. Schweren Herzens las er einen Tagebucheintrag aus dem Jahr 1942.

3.3. Mit Rolf und Gerhard zusammen mehrfach mit dem Zug in Leipzig gewesen. Der Versuchsreaktor L-IV, den Heisenberg dort letzten Monat gebaut hat, ist der erste wirklich bedeutsame Fortschritt. Die Neutronen vermehren sich um dreizehn Prozent. Dennoch hörte ich die Führung bedauern, dass Hitler wohl kaum über die wirtschaftlichen Ressourcen in industriellem Maßstab verfüge, die für das Projekt dringend benötigt würden.

Erik übersprang längere Passagen. April 1943.

Schwere Bombenangriffe auf Berlin. Man hat begonnen, Institute in Sicherheit zu bringen. Das Problem ist nach wie vor die Trennung von U-235. Katharinas Mutter krank, haben sie am Wochenende besucht.

Erik blätterte weiter. Die Eintragungen wurden immer kürzer, die Handschrift immer undeutlicher. Anfang August 1943.

Ich träume sogar nachts schon von U-235. Die Entwicklung der Ultrazentrifuge in Kiel hat den ganzen Sommer Rückschläge erlitten, mal sind die Nähte undicht, mal explodiert die Rotortrommel. Vor einigen Wochen, nach der Bombardierung Kiels, ist das ganze Projekt nach Freiburg verlegt worden.

Erik richtete den Blick wieder zum Fenster, in dem sich der ihm gegenüber neben seiner Frau sitzende, weißhaarige Mann spiegelte. Er war ungefähr im Alter von Eriks Vater. Immer wenn er Deutsche dieser Generation gesehen hatte, hatte sich Erik zwangsläufig gefragt, was sie während des Krieges getan hatten. Manche von ihnen waren ehemalige SS-Leute, Agenten der Gestapo oder Wachsoldaten gewesen, die an der Rampe von Auschwitz die Juden in Empfang genommen hatten. So hatte er immer gedacht. Und sich gefragt, wie die Kinder dieser Menschen mit dem Wissen um so eine Vergangenheit oder auch nur mit einer Ahnung davon leben konnten.

Und jetzt war er selbst eines dieser Kinder.

Bevor er geheiratet hatte, war er mit einer Deutschen zusammen gewesen, Jutta. Mit ihr hatte er oft über dieses Thema gesprochen. Juttas bayerische Großeltern waren gewöhnliche Opfer des Krieges gewesen: Sie hatten einen ihrer Söhne, ihr Haus und ihre Bäckerei verloren und waren gezwungen gewesen, nach dem Krieg buchstäblich bei Null anzufangen.

Der alte Mann, der Erik gegenüber saß, stieg mit seiner Frau an der Station Plänterwald aus. Etwas an der Art der beiden erinnerte Erik an seine Eltern. Irgendwo hier in dieser Stadt hatten sie als junge Leute studiert, Examen gemacht, gearbeitet ... allem Anschein nach auch geheiratet. Jahrelang hatten sie ein Leben geführt, von dem Erik nicht die geringste Ahnung gehabt hatte.

Dieser Gedanke war kränkend, aber auf düstere Art auch faszinierend. Bevor er Jutta kennengelernt hatte, war Erik Deutschen mit Vorbehalten begegnet. Seine erste Erinnerung an Deutsche waren Bilder aus einer Fernsehdokumentation über die Nürnberger Prozesse, die er als Kind gesehen hatte. Ihm war lebhaft die Stelle im Gedächtnis geblieben, an der im Gerichtssaal die Lichter ausgingen und ein Film auf eine Leinwand projiziert wurde: Häftlinge, die in die Kamera starrten und wie schwankende Skelette aussahen. Es folgten Aufnahmen von Verbrennungsöfen und Planierraupen, die riesige Leichenberge zusammenschoben. Später hatte Erik auf die Gesichter der Angeklagten geblickt und sich immer wieder gefragt, wie jemand sich solcher unfassbaren Grausamkeiten schuldig machen konnte.

Erik versuchte sich zu erinnern, wo er die Reportage gesehen hatte, denn zu Hause hatte es wohl kaum sein können. Ja, richtig, er hatte sie bei einem Freund gesehen, vielleicht bei Harry Dyson. Sein Vater wollte nicht, dass er sich Filme über den Krieg anschaute, nicht einmal Dokumentarfilme ... Das hatte Erik damals sehr schade gefunden.

Er hatte Jutta gefragt, was die Deutschen empfanden, wenn sie immer wieder Hollywood-Kriegsfilme sahen, in denen die Deutschen notorisch als brutale Sadisten dargestellt wurden. Nichts, hatte Jutta geantwortet, und Erik hatte ihr nicht geglaubt.

Aber was genau hatten sein Vater und seine Mutter konkret getan?

Die Behauptungen des Historikers Kohonen und Katjas Hinweise auf die Unterlagen seiner Mutter kamen Erik wie eine dunkle Wolke in den Sinn. Er wollte möglichst bald die Dokumente mit eigenen Augen sehen und von Angesicht zu Angesicht mit seiner Mutter reden, auch wenn ihm allein die Vorstellung die Kehle zuschnürte. Das Flugzeug würde erst spät in

London landen, aber er beschloss, seine Mutter trotzdem noch am selben Abend aufzusuchen.

Erik richtete den Blick wieder auf das Tagebuch. 11. November 1943.

Endlich! Es ist uns gelungen, die Menge der an die Oberfläche gelangten Neutronen um sechs Prozent zu erhöhen. Die ganze Gruppe ist erschöpft von der Arbeit, aber keiner kommt auch nur im entferntesten auf die Idee, aufzugeben. Die Bombenangriffe werden immer heftiger. Rolf und ich haben sicherheitshalber einige Krater der erstaunlich effektiven Bomben der Alliierten mit dem Geigerzähler gemessen. Wir wollten sichergehen, dass der Feind nicht über eine kleine Fissionsbombe verfügt. Aber zum Glück haben wir keine Spur von Radioaktivität feststellen können.

Im Licht der Taschenlampe betrachtete Malek die leeren Räume in Bardenitz, südlich von Berlin. Es sah aus, als wäre lange niemand mehr hier gewesen. Die mit Schimmelflecken übersäte Tapete löste sich von den Wänden, Spinnweben bewegten sich geisterhaft in der Luft, die durch die undichten Fenster zog. Die Stühle waren an einer Wand aufeinander gestapelt, der Tisch stand einsam mitten im Raum. Es war vollkommen still, abgesehen vom Knarren des alten Holzbodens unter den Füßen und dem unheimlichen Kratzen der Äste an den Fensterscheiben.

Malek hatte die restlichen Sachen in sein Auto gepackt und extrem gründlich aufgeräumt. Das Einzige, was nicht zu dem verlassenen Haus gehörte, war das Flugticket auf dem Tisch.

Er nahm es in die Hand und kontrollierte noch einmal die Abflugzeit der Maschine von Berlin Tegel nach London Heathrow.

Dann teilte er Parviz Jafra seine Ankunftszeit am nächsten Tag in London mit, und bat darum, am Flughafen abgeholt zu werden.

Erik saß im Taxi, das im Regen vom Flughafen Heathrow in Richtung Ripley fuhr. Katja hatte angeboten, ihn abzuholen, aber er wollte noch eine Weile allein mit seinen Gedanken sein.

Er half dem Fahrer, den Weg zu finden, zahlte und stieg aus. Der Wind peitschte ihm den Regen ins Gesicht. Nie zuvor hatte er in so sentimentaler Stimmung aufgeschlossen wie jetzt. Eine Windböe hätte ihm fast die Tür aus der Hand gerissen.

»Papa«, rief Olivia im Schlafanzug und flog ihm entgegen. Er schlang die Arme ganz fest um sie und vergrub sein Gesicht in ihren Haaren.

»Ich hab dich so vermisst«, flüsterte ihm Olivia ins Ohr.

Erik wollte etwas sagen, stattdessen drückte er seine Tochter nur noch fester an sich.

»Iiiih, deine Jacke ist ja ganz nass, mein Schlafanzug wird davon auch nass ...«

Als nächstes schnappte sich Erik den pro forma Widerstand leistenden Emil.

Dann zog Erik die Jacke aus und nahm die Mitbringsel aus der Tasche, die er auf dem Flughafen Schönefeld in aller Eile gekauft hatte. Mit den Plastiktüten in den Händen rannten die Kinder ins Wohnzimmer. Katja hatte daneben gestanden, jetzt ging sie auf ihn zu. Sie umarmten sich lange und sprachen kein Wort.

»Das war eine Reise«, sagte Erik schließlich.

»Wann willst du den Kindern sagen, dass Rolf tot ist?«

»Bald ... Bei allernächster Gelegenheit ...«

»Das ist toll.« Emil kam zu ihm. Er hielt die Packung mit dem Sportflugzeug zum Zusammenbauen in den Händen. Der Junge verfügte bereits über eine ziemlich umfangreiche Sammlung Kriegsflugzeuge.

»Aber warum hast du mir keine Messerschmidt oder Stuka mitgebracht, wo du doch in Deutschland warst?«

»Diesmal eben nicht«, seufzte Erik.

Olivia betastete das unnütze rosa Plastikwesen, das Erik sich bislang standhaft zu kaufen geweigert hatte. Das Mädchen hatte einen feinen Instinkt, sie sah ihn aufmerksam an und sagte kleinlaut: »Du hättest das nicht kaufen müssen …«

»Geht schon mal nach oben, ich komme gleich und sage euch gute Nacht«, sagte Erik und zwang sich zu einem Lächeln.

Katja goss ihm Tee ein. Erik stützte die Ellbogen auf den Tisch und fuhr sich durch die Haare. Mit glasigen Augen starrte er vor sich hin. Der Wind draußen wurde stärker, und Regentropfen schlugen gegen das Fenster.

»Kohonen hat mich angerufen«, sagte Erik so leise, dass er kaum seine eigene Stimme hörte. »Er hat in irgendeinem Buch eine Erwähnung gefunden, der zufolge eine Wissenschaftlerin, die auf die Erforschung von Zwillingsaugen spezialisiert war, während des Zweiten Weltkrieges eine junge schwedische Assistentin hatte. Ihnen wurde Forschungsmaterial aus Auschwitz geschickt … Genauer gesagt war es Mengele, der ihnen das Material lieferte.«

Katja saß neben ihm und legte ihm den Arm um die Schulter. »Du kannst nichts für das, was deine Mutter und dein Vater irgendwann getan haben. Du darfst nicht …«

»Mein Vater und meine Mutter waren Teil des Naziregimes. Keine passiven Zuschauer oder Mitläufer, sondern aktiv Handelnde. Und sie haben mich all die Jahrzehnte angelogen.«

»Sie wollten dich schützen. Dich vor der Wahrheit schützen, die ja für sie selbst schwer zu verarbeiten gewesen sein muss.«

»Ach ja? Und warum zieht meine Mutter es weiterhin vor zu lügen?«

Katja schwieg.

»Aus dem einzigen Grund«, beantwortete Erik seine Frage selbst, »weil sie von ihrer Arbeit überzeugt war. Und weil ich diese Arbeit fortsetze. Als ihr Werkzeug. Ich weiß noch, wie sie sich freute, als ich die ersten Anzeichen von Interesse für die Biologie zeigte …«

Eriks Stimme zitterte. »Du weißt, was man mit unseren DNA-Banken machen kann.« Seine Stimme senkte sich zu einem heiseren Flüstern. »Was man mit ihnen höchstwahrscheinlich in China tun wird ... getan hätte, wenn ...«

»Erik, du bist müde. Morgen ist ein neuer Tag. Dann sehen wir in Ruhe ...«

»Hat Ingrid noch immer einen Plan? Himmel ... ich kann sie gar nicht mehr Mutter nennen.«

Und schon riss Erik sich von Katja los, marschierte in den Flur und zog seine Jacke an.

»Wo willst du hin? Mitten in der Nacht?«

»Zu ihr.«

»Erik, du hast morgen genug Zeit ...«

Aber Erik war bereits draußen im Regen. Er kümmerte sich nicht um die Tropfen, die ihm ins Gesicht schlugen, als er mit großen Schritten zu seinem Wagen ging. Ihn interessierte jetzt nur noch die Wahrheit.

DRITTER TEIL

44

Ingrid war gerade dabei, sich einen Kräutertee zu kochen. Aus der Bibliothek wurden die Klänge von Beethovens siebter Sinfonie herübergetragen.

Auf einmal hämmerte jemand heftig an die Tür. Ingrid eilte zu dem Monitor, der sich in einer kleinen Wandvertiefung in der Eingangshalle befand, und sah Erik im Licht der Lampe über der Haustür. Sie erschrak unwillkürlich, versuchte aber sofort, ihre Angst beiseite zu schieben. Aber warum hatte Erik sie nicht angerufen und ihr gesagt, dass er aus Deutschland zurückgekommen war?

Das Klopfen wurde heftiger.

»Mutter«, klang es gedämpft durch die Tür. »Mach auf! Ich weiß, dass du da bist.«

Ingrid drückte den Rücken durch und öffnete die Tür. Vor ihr stand ein triefend nasser Erik – mit wirrem Haar, unrasiertem Kinn und dunklen Augenringen.

Im Schein der Lampe funkelte er sie an.

»Nun komm schon herein«, sagte Ingrid, bemüht um einen munteren Tonfall.

Erik trat in die Eingangshalle, und Ingrid schloss die Tür hinter ihm.

»Gib mir deine Jacke, ich hänge sie zum Trocknen auf ...«

»Lass die Jacke«, erwiderte Erik kalt.

Es fiel Ingrid schwer, ihrem Sohn in die Augen zu schauen. Die Zeit schien stillzustehen, und aus der Bibliothek tönte Beethovens Siebte.

»Du wirst mir jetzt alles erzählen«, sagte Erik.

»Setzen wir uns.«

»Nein. Wir reden hier.«

»Mein lieber Sohn, wir werden gewiss nicht hier in der Halle stehen bleiben«, sagte Ingrid entschieden und ging in die Bibliothek.

Erik folgte ihr, er war völlig durchnässt. »Es hat keinen Sinn, dass du irgendetwas abstreitest. Dazu weiß ich schon zu viel. Aber jetzt will ich auch noch den Rest hören. Über dich und über Vater.«

Ingrid seufzte und setzte sich an den Tisch. »Möchtest du einen Tee, ich habe gerade welchen gekocht ...«

»Nein! Wir trinken jetzt keinen Tee, verdammt noch mal, jetzt reden wir!«, schrie Erik sie an.

»Wie du meinst. Aber ich sage es dir gleich: Es gibt Dinge, über die ich schweigen werde. Du kennst das sicherlich von dir selbst. Wenn man weiß, dass die anderen nicht die geringste Voraussetzung besitzen, eine Situation zu verstehen, in der man gezwungen war, Entscheidungen zu treffen und zu handeln ...«

»Ich will keine Rechtfertigungen hören, ich will hören, was du *getan* hast. Ich weiß, dass du an den Rassenhygieneforschungen der Nazis beteiligt warst.«

Zu ihrer Überraschung hörte Ingrid aus Eriks Stimme eher Scham als Aggression heraus. Das beruhigte sie ein wenig.

»Ja, ich war mit Untersuchungen im Rahmen der rassenhygienischen Forschung befasst. Aber damit haben nicht die Nazis angefangen. Du weißt selbst, dass in Amerika damit begonnen wurde. Cold Spring Harbor ist ein Ort, den du kennst, Erik. Das ist die Wiege der Rassenhygiene. Du solltest der Tatsache ins Auge sehen, dass du selbst im Bereich der Eugenik tätig gewesen bist ...«

»Hör auf, die Dinge zu verdrehen!«, rief Erik außer sich vor Wut.

»Willst du die Wahrheit doch nicht hören?«

Erik verstummte wütend.

»Es ist auch kein Zufall, dass mit der Kartierung des menschlichen Genoms ausgerechnet in Cold Spring Harbor begonnen wurde. Du warst in ein Projekt involviert, von dem du immer geträumt hattest. Wie neidisch war ich auf mein eigenes Kind, und wie glücklich zugleich, weil alles so schnell voran ging ... Ihr hattet für die Genomkartierung Computer, aber wir in Dahlem gaben die Farbcodes von Haaren und Augen in Hollerith-Lochkartenapparate von IBM ein!«

»Was redest du da«, sagte Erik verächtlich. »Du kannst unsere Projekte doch nicht mit euren bestialischen Menschenversuchen und dem Töten von Menschen im Namen der Rassenveredelung vergleichen!«

»Hör doch auf zu heucheln, Erik«, gab Ingrid zurück, stand auf und ging zum Bücherregal. »Mach dir nichts vor, indem du Begriffe austauschst. Zu den Chefplanern des T4-Euthanasieprogramms der Nazis gehörte der Psychiater Ernst Rüdin, dessen Arbeit von der *Rockefeller-Stiftung* finanziert wurde. Rüdins Partner war der Psychiater Franz J. Kallmann, der 1936 nach New York ging.«

Ingrid nahm ein in Leinen gebundenes Buch aus dem Regal. »Diese Studie über die Erblichkeit von Schizophrenie schrieb Kallmann in New York zu Ende, und sie beeinflusste in Teilen die Euthanasiemaßnahmen der Nazis ...«

»Ich will hören, was *du* im Krieg gemacht hast. Was du hier veranstaltest, ist der erbärmliche Versuch, um die Wahrheit herum zu reden.«

»Sprechen wir lieber zuerst über das, was *du* tust, Erik. Kallmann war nach dem Krieg Mitglied der *Eugenics Society*, gründete aber mit Kollegen zusätzlich einen neuen Verband, den du sehr gut kennst. Ja, die *American Society for Human Genetics* ist als wissenschaftliche Gesellschaft um Kallmanns Lehren zur Rassenveredelung herum gegründet worden. Heute ist die ASHG in Amerika die Größte auf ihrem Gebiet, und zwar nicht zuletzt deshalb, weil du und Katja und achttausend weitere Genetiker regelmäßig ihren Mitgliedsbeitrag entrichten.«

Ingrid registrierte, dass Erik sie mit einer Mischung aus Entsetzen, Ekel und Unglauben anstarrte. Sie ließ sich dadurch nicht stören. Es konnte sie gar nicht stören, denn sie hatte vorab entschieden, was sie sagen würde, und hatte nicht vor, klein beizugeben, auch nicht vor dem drohenden Urteil ihres eigenen Sohnes.

»Kallmanns ASHG hat sich besonders auf die Weiterentwicklung der Pränataldiagnostik verlegt, damit die Zahl der untauglich geborenen Kinder minimal bleibt. Im Umfeld der Gesellschaft sind Hunderte von pränatalen Tests kreiert worden, aber meines Wissens keine einzige Behandlungsmethode zur Heilung von Erbkrankheiten. Und eben diese ASHG war es auch, die das Projekt der Genkartierung des Menschen vorantrieb, und zwar in der Heimat der Eugeniker, in Cold Spring Harbor...«

Erik sagte nichts, obwohl Ingrid kurz innehielt, um Luft zu holen. Sein Gesicht war jetzt besorgniserregend ausdruckslos, sein Blick eisig. Ihn schauderte, wenn er an Ingrids Wortwahl dachte: *»untauglich geborene Kinder«*. Ingrid bemühte sich, einen gemäßigten Tonfall beizubehalten, auch wenn Erik auf sie wirkte wie ein Berg, der unmöglich zu bezwingen war.

»Die Eugeniker versuchten, erbliche Defekte durch Sterilisierung ihrer Träger auszumerzen. Heute versuchen die Genetiker, erbliche Defekte auszumerzen, indem sie vor der Geburt des Kindes Gentests durchführen. Das Ziel ist dasselbe. Nur die Methoden sind moderner. Und heute will man das Ganze als Entscheidung der Eltern, als individuelle Lösung verkaufen. Aber du kannst sicher sein, dass unter den für die gesellschaftliche Entwicklung verantwortlichen Entscheidern und unter Wissenschaftlern die Entwicklung in einem viel größeren Zusammenhang gesehen wird. Die genetische Information verrät sowohl die biologische Vergangenheit als auch die biologische Zukunft eines Menschen. Und früher oder später werden die Machthaber nicht mehr darauf verzichten wollen, eine solche Information zu nutzen...«

»Du interpretierst diese Dinge wie der Teufel die Bibel«, fuhr Erik dazwischen. »Du vergisst das zentrale Moment von allem: Die Genforscher versuchen Mittel zur Heilung von Krankheiten zu finden, und sie sind dabei schon recht weit gekommen. Es geht hier nicht um Rassenhygiene, sondern darum, den Menschen zu helfen! So. Und jetzt reden wir über das, was du in Nazideutschland getan hast. Hast du mich verstanden?«

»Von mir aus reden wir darüber. Aber ich hoffe, du wirst nicht in Besserwisserei verfallen. Unser Institut für Eugenik in Dahlem wurde von der *Rockefeller-Stiftung* finanziert. Zuvor hatte sie auch, zusammen mit der *Carnegie-Stiftung* und der Familie Harriman, in Cold Spring Harbor die Gründung des Stützpunkts für experimentelle Evolution gefördert. Henry Ford III. gründete das *Population Council*. Damals wurde die Wissenschaft durch Schenkungen von einzelnen Industriellen gefördert, aber heute ist die globale Gentechnologie durch und durch kommerziell und wird von großen Unternehmen als Mittel zum Profit eingespannt. Das gilt auch für unsere Firma Gendo. Biologische Organismen werden patentiert, aus allem wird Geld gemacht, das dann in die Taschen der Shareholder fließt, und supranationale Regulierungsorgane gibt es nicht ... Du weißt, wohin eine solche Entwicklung über kurz oder lang führt.«

»Hör endlich mit deiner verdammten Predigt auf! Kapierst du nicht, dass du immer schuldiger wirkst, je mehr du dich rechtfertigst? Wenn das, was du getan hast, der Betrachtung bei Tageslicht standhält, warum ist es dann so schwer, darüber zu sprechen?«

»Denke, was du willst, ich werde trotzdem zu Ende reden. Früher beurteilte man die Menschen aus der Sicht von Religion, Rasse oder Politik. Heute aber werden die Menschen nach wirtschaftlichen Kriterien bewertet, nach ihrer Produktivität, nach ihrer Fähigkeit, effizient zu arbeiten. Das ist doch viel brutaler. Mit der DNA-Technik wird die Spreu vom Weizen getrennt. Sie bietet der Gesellschaft und den Arbeitgebern die Möglichkeit, die Zukunft der Menschen aufgrund ihrer Gene vorauszusehen. Sie bietet die Möglichkeit zur Prophylaxe, aber sie schafft auch eine genetische Unterschicht, die keine Arbeit bekommt, keine Versicherungen ...«

Als sie Eriks düsteren Gesichtsausdruck sah, begriff Ingrid, dass sie besser nicht weiter abschweifen sollte. Sie rief sich in Erinnerung, dass sie im Recht war, und setzte neu an: »Forschungen zur Rassenveredelung wurden in den Dreißigerjahren überall auf der Welt gemacht. *Überall*, Erik. Das war damals eine der Hauptströmungen in der Wissenschaft … Ich will das mal mit der Klimaveränderung vergleichen. Heutzutage wird als einzige wissenschaftliche Wahrheit anerkannt, dass der Mensch die Klimaveränderung verursacht hat. Alle Wissenschaftler stimmen dem zu, sofern sie Geld für ihre Forschungen haben wollen. Aber nehmen wir einmal an, irgendwann später stellt sich heraus, dass die Theorie der vom Menschen verursachten Klimaveränderung falsch war – dann verlieren die Wissenschaftler, die daran geglaubt haben, ihren Ruf.«

»Es kann nicht dein Ernst sein, einen dermaßen lächerlichen Vergleich zu ziehen! Eugeniker können sich vielleicht für Genetiker halten, aber nicht alle Genetiker sind Rassenhygieniker. Du kannst die Gentechnologie nicht bloß aus der Sicht der Rassenveredelung betrachten, so dumm kannst du nicht sein …«

»Ich habe es zugespitzt, damit du verstehst, was ich meine. Selbstverständlich habe ich mit zunehmendem Alter meine Standpunkte überprüfen müssen. Ich verstehe sehr gut, dass die Rassenlehre als solche Unsinn ist. Ich meine, in der Form, wie sie in den Dreißigerjahren in Amerika und Europa betrieben wurde. All die Reden vom ›weißen, arischen Übermenschen‹ waren nichts anderes als ästhetisch-nationalromantische Hirngespinste. Und was die Juden in Deutschland betrifft, nun, man hätte sie in Frieden lassen können.«

Erik schaute seine Mutter an, ohne seine Abscheu zu verbergen. »*Man hätte sie in Frieden lassen können*«, äffte er sie höhnisch nach. »Was für ein großherziges Zugeständnis!«

»Lass mich weiterreden, mein Lieber.« Ingrid wunderte sich selbst über die Gelassenheit in ihrer Stimme. »Es bestand nicht der geringste Grund, sich gegen die Juden zu stellen, denn ihre intellektuelle Kapazität hätte Deutschland und der gesamten Menschheit von Nutzen sein können. Man denke nur an Albert Einstein oder Lise Meitner und viele andere, die ganz unvernünftigerweise dazu getrieben wurden, gegen die Deutschen zu arbeiten. Ich will damit sagen, dass du ohne Weiteres deine Consuela hättest heiraten können, oder die kleine Chinesin, wie hieß sie doch gleich ... Später habe ich nachgesehen und festgestellt, dass beide schon mit fünfundzwanzig promovierten ... Es war unvernünftig von mir, auf so einen geringfügigen Aspekt wie die Rasse überzogen zu reagieren ...«

»Und ob du überzogen reagiert hast. Wie alt war ich? Sechzehn. Mein Gott, ich war noch in der Highschool und garantiert nicht kurz davor, eine von den beiden zu heiraten! Es ist traurig zu hören, dass die eigene Mutter noch in den Siebzigerjahren eine fanatische Rassistin war ...«

Ingrid gelang ein müdes Lächeln, als würde sie allmählich ungeduldig, weil sie einem Dreijährigen im schlimmsten Fragealter die einfachsten Dinge erklären musste.

»Es ist nicht von Bedeutung, was ich dachte oder tat, als ich ein junges, albernes Mädchen gewesen bin in einer Welt, die es nicht mehr gibt. Ich wollte dir nur erklären, dass die Erhaltung der Menschheit nicht unbedingt erleichtert wird durch die weiße, ›arische‹ Unterschicht, die in Europa und Amerika entsteht, deren niedrige Intelligenz gar keine anderen Voraussetzungen gewährt als die zum Konsum von Massenunterhaltung und Rauschmitteln. Jeder aktiv tätige Inder oder Chinese oder Angehörige einer sonstigen Rasse ist für die Evolution der Menschheit tausend Mal wertvoller.«

»Die Evolution der Menschheit ... sag mal, in welchen Sphären schwebst du eigentlich? Verstehst du überhaupt, dass deine barmherzigen Gedanken über die Gleichwertigkeit der Rassen für *normale* Menschen das Natürlichste auf der Welt sind?«

»Spotte nur. Aber du bist unter den Menschen auf der Welt einer von denen, die intelligent genug sind, um zu verstehen, was ich meine. Wenn du nur wolltest. Die Welt wird heute mit so ungeheurer Dummheit regiert, dass die Dominanz dieser Dummheit sich nicht einmal ganz erfüllen kann, denn zuvor wird die Menschheit ihre physischen Lebensvoraussetzungen auf diesem Planeten zerstört haben.«

45

Erik kam sich langsam etwas hysterisch vor. Man bekam diese Frau einfach nicht zu fassen. War sie verrückt? Oder noch schlimmer: War er selbst verrückt? Plötzlich musste er einen völlig unangemessenen Lachanfall unterdrücken – tatsächlich hatte sich seine Mutter auf ihre alten Tage in politischer Hinsicht einmal als »radikalrationalistische Grüne« bezeichnet.

»Die Evolution vollzieht sich so langsam, die Umweltzerstörung aber so schnell«, redete sie weiter wie eine programmierte Maschine. »Ich würde die Erde lieber so regiert sehen, dass dieser Planet der Menschheit genügt. Dass man nicht von Kolonien außerhalb des Globus träumen müsste. Aber wir stehen doch kurz vor der totalen Gleichberechtigung: Jede chinesische, indische und afrikanische Familie hat schon bald ein Auto, einen Eisschrank, einen Herd, eine Mikrowelle und einen Geschirrspüler... Und natürlich nicht nur in einmaliger Ausfertigung, sondern immer wieder neu und immer besser. Diese Welt hätte von verantwortungsbewussten Kräften kontrolliert werden sollen, von Kräften, die sich an Wissenschaft und Rationalismus orientieren und nicht an Religionen und Überzeugungen, deren oberste Ziele nicht kurzfristige oder kurzsichtige Gewinnmaximierung und Geldgier sind. Hier hätte man auf möglichst humane Weise, zum Beispiel durch ein flächendeckendes Sterilisationsprojekt das Bevölkerungswachstum im Zaum halten und gleichzeitig effektiv verhindern können, dass einem das Treibhausklima außer Kontrolle gerät. Nicht so wie jetzt, da die Kernenergie erfunden worden ist und die Menschheit kurzsichtig und verantwortungslos noch immer Kohle verbrennt... Olivia und

Emil werden unweigerlich schreckliche Dinge geschehen sehen. Du wirst rechtzeitig davor sterben …«

Genau. Den ganzen Winter über hatte seine Mutter darüber lamentiert, dass die Temperaturen in Nuuk, der Hauptstadt Grönlands, sogar im Januar, Februar auf über null Grad gesprungen waren. Grönland schmolz ununterbrochen. Die Mutter hatte Erik und Katja sogar gezwungen, sich Al Gores ›Eine unbequeme Wahrheit‹ anzuschauen und sich dafür als Babysitter angeboten.

»Du versuchst wieder einmal, mich zu manipulieren«, sagte Erik tonlos. In ihm kämpften widerstreitende Gefühle um die Gesprächshoheit. Er versuchte sich zu beherrschen. »Mein ganzes Leben lang hast du mich manipuliert, ich habe es nicht begriffen. Jetzt reden wir aber nicht über die Zerstörung der Umwelt, sondern über die Vernichtung von Menschen. Wir reden über das Institut für Eugenik, wir reden über Auschwitz …«

»Besserwisserei im Nachhinein hilft hier nicht, auch wenn es noch so verlockend ist.«

»Hier geht es nicht um ›Besserwisserei‹! Du hast dich Grausamkeiten schuldig gemacht, die man mit gesundem Menschenverstand nicht begreifen kann.«

»Ich weiß nicht, wovon du redest«, unterbrach ihn seine Mutter ruhig. »Ich habe mich nie irgendwelcher Grausamkeiten schuldig gemacht. Im Gegenteil. Ich habe meine Arbeit immer auf das Wohl der Menschen ausgerichtet.«

Erik starrte sie ungläubig an und sagte leise: »Du streitest also nach wie vor ab … Kannst du nicht mal mir gegenüber die Wahrheit eingestehen?«

»Welche Wahrheit denn? Was willst du eigentlich von mir hören?«

»Dass du Eugenikerin in Nazideutschland warst. Dass ihr zu Forschungszwecken Zwillingsaugen verwendet habt, die euch Josef Mengele zur Verfügung gestellt hat. Willst du deine Verantwortung für all diese grausamen Dinge leugnen?«

»Meine Verantwortung wofür? Was habe ich denn getan?

Oder: was hätte ich denn tun können? Als junge Assistentin? Ich wollte forschen ... Zum Wohl der Menschheit arbeiten.«

»Verschone mich mit solchen hohlen Phrasen. Du hast deine ›Forschungen‹ mit den Augen von ermordeten Kindern betrieben!«

»Nein. Man hat mir gesagt, die Augen stammten von Personen, die eines natürlichen Todes gestorben seien. Ich tat, was mir meine Vorgesetzten befahlen. Warum hätte ich mich weigern sollen?«

»Weil man Menschen *ermordete*, damit ihr passendes Material für eure Studien bekommt! Du hast doch selbst nicht geglaubt, dass die Augen von Verstorbenen stammten.«

»Natürlich habe ich das geglaubt. Später hörte ich, dass sie von Menschen stammten, die ohnehin gestorben wären. Das Töten von Menschen akzeptiere ich unter keinen Umständen. Aber indem ihre Organe der Wissenschaft zukamen, war ihr Tod nicht vergebens.«

Erik schüttelte fassunglos den Kopf. »Wie kannst du nur so reden? Heute noch. Eure Rassenlehre hatte niemals etwas mit Wissenschaft zu tun.«

Ingrid seufzte. »Diese Behauptung tragt ihr Genetiker von heute immer gerne vor, denn sie befreit euch vermeintlich von den Fesseln der Vergangenheit. Aber es ist ungerecht, zu verlangen, dass eine junge Assistentin das Niveau der Forschungen einschätzen kann, wenn die Professoren es für hoch hielten. Und wie gesagt, ich kannte den wahren Ursprung des Forschungsmaterials nicht. Doktor Mengele war ein Schützling unseres Institutsleiters von Verschuer. Wie hätte ich ihm irgendwelche Grausamkeiten unterstellen können? Zumal auch mein Vater beide gut kannte.«

Zum ersten Mal war aus den Worten der Mutter eine gewisse menschliche Verletzlichkeit herauszuhören. »Du wirst das nicht gerne hören, aber dein Großvater war ein sehr einflussreicher Anhänger der Naziideologie in Schweden. Und anders als ich hat er seine Ansichten nicht revidiert, als die Wahrheit über Mengele und Auschwitz und all das Fürchterliche ans Tageslicht kam. Als ich von Mengeles Grausamkeiten hörte, glaubte ich, mein Vater würde den Umgang mit ihm einstellen … kein Geld mehr nach Südamerika schicken und andere Torheiten. Aber mein Vater war ein alter Mann, ein Gefangener seiner Illusionen, er glaubte lieber der Version Mengeles. Das hat das Verhältnis zwischen meinem Vater und mir für immer zerstört.«

Erik wusste nicht, was er sagen sollte. Das Erbe seines Großvaters war in die Firma eingeflossen. Ein und derselbe Mann hatte also Josef Mengele und Gendo unterstützt – den grausamsten Arzt der Menschheit und ein Spitzenunternehmen der modernen Gentechnologie. Der Gedanke war so absurd, so makaber, dass Erik nur bestürzt den Kopf schütteln konnte.

»Mein Vater gestand nicht ein, dass es etwas zu bereuen gab«, fuhr die Mutter leise fort, kleinlauter als zuvor. »Aber ich habe es getan. Naturgemäß. Es war der erschütterndste Tag meines Lebens, als ich las, was Mengele in Auschwitz getan hatte. Ich bereute, in Dahlem nicht ernsthaft versucht zu haben, Aufschluss über die Herkunft unseres Forschungsmaterials zu erhalten. Aber Rolfs Meinung nach hatte ich nicht genügend bereut … Er bereute seine Taten wiederum zu sehr. Er fand, ich hätte meine Fehler nicht zu *sühnen* versucht. Zu sühnen! Der Gedanke der Sühne ist aber meiner Ansicht nach reiner Selbstbetrug. Ich wollte nicht durch Sühne versuchen, mich von den Dummheiten meiner Jugend frei zu kaufen, sondern trug auch das, was ich falsch gemacht hatte, mit mir. Das war nicht leicht, auch wenn mir das niemand glauben wollte …«

Ihre Stimme bebte, und in ihren Augen hatte sich ein Tränenfilm gebildet. Erik gab sich Mühe, keine Notiz von der Gefühlsregung seiner Mutter zu nehmen, auch wenn sie echt zu sein schien.

»Vater hat seine Taten also bereut«, stellte er fest. »Was meinst du damit? Welche Taten?«

»Du weißt sicherlich schon, dass er am deutschen Atombombenprogramm beteiligt war. Als junger Mann entwickelte er

Waffen, obwohl er sich auf die Weltraumforschung konzentrieren wollte. Später war ihm die Last der Vergangenheit zu viel, wie gesagt ... Er ertrug sie nicht, sondern beging schwere Fehler.«

»Welche Fehler?«

»Dein Vater war ein Feigling mit schwachen Nerven. Und du hast das schon als Kind gespürt. Darum wolltest du lieber bei mir sein. Von klein auf kamst du eher nach mir. Du weißt gar nicht, wie glücklich ich war, als du Interesse für die Biologie zeigtest und später die Erbforschung zu deinem Beruf machtest ...«

Erik schlug mit der Faust auf den Tisch. »Hör auf!«

Dann zwang er sich zu einem ruhigeren Ton. »Wäre es möglich, dass noch immer jemand hinter den Erkenntnissen von Vaters Atomforschungen und denen seiner Kollegen her ist?«

Erik sah, wie die Frage seine Mutter überraschte.

»Ich weiß es nicht«, sagte sie schnell. Zu schnell.

Erik musterte sie prüfend. »Kannst du vielleicht bitte endlich aufhören, Dinge vertuschen zu wollen, die längst auf dem Tisch liegen?«

Sie hielt seinem Blick Stand. »Es gibt Dinge, über die zu schweigen verantwortungsbewusster ist als darüber zu reden«, erwiderte sie entschieden.

»Keine Sorge. Ich kenne meine Verantwortung. Oder zweifelst du daran?«

»Ich zweifle nicht daran. Aber ich habe versprochen, bis ins Grab über einige Dinge zu schweigen, die mit Rolf zu tun haben ...«

»Das verstehe ich. Aber ich weiß über Vaters Beteiligung am Uranprogramm Bescheid. Und ich möchte hören, ob es denkbar ist, dass sich noch immer jemand für seine Arbeit interessiert.«

Die Mutter schaute ihn lange an. »Nein. Ich glaube nicht, dass seine Forschungsergebnisse heute mehr als historischen Wert haben. Aber sie haben am Ende des Krieges Material versteckt, das sie hergestellt oder benutzt haben.«

»Was für Material?«

»Zumindest schweres Wasser und Uran. Die beiden wichtigsten Stoffe.«

»Sie haben Uran versteckt?«

Die Mutter nickte, beinahe stolz. »Angereichertes Uran. Eine kleine Menge, aber immerhin. In Freiburg, Kandern und Celle drehten sich die Zentrifugen rund um die Uhr. Offiziell weiß ich nichts von dem Versteck, und du auch nicht. Vergiss das nicht.«

Erik war verwirrt.

War das möglich?

U-235 veraltete nicht, es war nach wie vor angereichertes Uran ... Er spürte kalte Schauer über seinen Rücken laufen.

»Wo haben sie es versteckt?«

»Irgendwo im Thüringer Wald. Genauer weiß ich es nicht. Hans Plögger war dabei.«

»Erzähl mir alles, was du darüber weißt!«

»Mehr weiß ich nicht.«

»Versuch dich zu erinnern! Es ist wichtig ...«

»Hast du nicht gehört? Mehr weiß ich nicht. Vergiss das Ganze.«

Erik stand abrupt auf und eilte zur Tür.

»Wo gehst du hin?«

»Ich komme wieder«, sagte Erik. »Spätestens morgen.«

In der Eingangshalle huschte ihm Charlie über den Weg. Selbst die Wahl ihrer Katze erhielt in Eriks Augen nun eine neue Bedeutung. Manx war ursprünglich eine ungesunde Rasse gewesen – und erst durch Veredelung gesundet.

»Ich würde mit dir gern noch weiter über die Eugenik sprechen«, rief die Mutter und ging ihm nach. »Du möchtest so inständig deine Hände in Unschuld waschen, aber ein Fünftel der Weltbevölkerung ist noch immer von Zwangssterilisationen betroffen, weil in China 1994 das Mutterschaftsgesetz *Maternal and Infantile Health Care Law* in Kraft trat. Mit dessen Hilfe werden behinderte Menschen ausgesondert, das ist traditionelle Eugenik, eine modernisierte und gekürzte Version des deutschen Sterilisationsgesetzes von 1934. Aber die Chinesen würden bestimmt nie auf die Idee kommen, das DNA-Bank-Programm von Gendo so anzuwenden, dass …

Erik schlug die Haustür hinter sich zu und trat mal wieder in den Regen.

46

Die Scheibenwischer hatten alle Hände voll zu tun, aber Erik achtete nicht auf den Regen. Er fuhr mechanisch die vertraute Strecke nach Guildford, fast als hätte er den Autopilot eingeschaltet.

Die Information über das Uranversteck musste er auf jeden Fall an Schneider weitergeben. Erik hatte schon versucht, ihn in Berlin anzurufen, aber es hatte sich nur der Anrufbeantworter gemeldet. Er musste sich morgen darum kümmern. Ob in den fehlenden Tagebüchern vom Uranversteck die Rede war? Konnte das Uran das Puzzleteil sein, das zum Gesamtbild noch fehlte?

Erik beschloss, nach Berlin zurückzukehren, gleich am Morgen. Was würde Schneider jetzt sagen? Als erstes wollte Erik von Rastegar alles aufkaufen, was an Plöggers Tagebüchern vorhanden war. Wenn auch nur die Kopien.

Er fluchte innerlich, seinen finnischen Rechtsanwalt Tirkkonen schon gebeten zu haben, den Brief seines Vaters nach England zu schicken. Er wollte ihn so schnell wie möglich bekommen. Aber vielleicht würde er es nach Hause schaffen, bevor der Brief ankam. Oder Katja könnte ihm den Inhalt nach Deutschland übermitteln.

Auf einmal sah Erik eine dunkle Gestalt am Straßenrand und machte eine schnelle Ausweichbewegung. Welcher Idiot ging da im Dunkeln an der Straße entlang, dachte er erschrocken und reduzierte die Geschwindigkeit.

Trotzdem blieb seine Aufmerksamkeit nur wenige Sekunden beim Straßenverkehr. Dann begruben die Sätze seiner Mutter wieder alles andere unter sich.

Auf irgendeiner Ebene erfasste sein Verstand alles, was sie gesagt hatte. Doch auf der emotionalen Ebene fühlte er sich durch und durch betrogen. Seine Mutter war für ihn gestorben.

Anders konnte es nicht sein. Er war das Kind einer Bestie. Sein Vater war kein Ungeheuer gewesen, aber seine Mutter... Doch inwieweit eine Bestie vielleicht doch auf irgendeiner Ebene *recht* haben konnte... Das durfte man nicht einmal denken.

Auch wenn das Beweismaterial aus der Nazizeit bereits hieb- und stichfest war, war das persönliche Geständnis der Mutter doch für Erik ein Vernichtungsschlag gewesen. Oder war es eher die Tatsache, dass sie noch immer nicht bereit war, zu Kreuze zu kriechen und Scham zu empfinden, sondern ihr Tun sogar jetzt noch verteidigte? Und zu allem Überfluss in Erik ihren Nachfolger sah – vielleicht sogar auf einer konkreteren Ebene, als er selbst es verstand.

Ihm drang das Bild einer Versammlung ins Gedächtnis, zu der seine Mutter ihn eingeladen hatte, wo er einen Vortrag über das Genomkartierungsprojekt halten sollte. In einem Konferenzraum des Hotels The Rosen Inn hatten »alte Freunde« seiner Mutter gesessen, und zwar im wahrsten Sinn des Wortes: alle Anwesenden, ein Dutzend etwa, waren Leute im Pensionsalter gewesen. Was sie für einen Hintergrund hatten, war Erik nicht ganz klar geworden, eigentlich hatte es ihn auch nicht interessiert, er hatte den Vortrag nur seiner Mutter zuliebe gehalten und natürlich auch, weil unter den würdevollen Damen und Herren etliche waren, die darüber mitentschieden, wo die Forschungsgelder und Stipendien einiger großer Stiftungen hingingen.

Erst jetzt, in diesem Moment, begriff er, wer jene Menschen gewesen waren. Es waren Geistesverwandte seiner Mutter gewesen, Leute, die davon überzeugt waren, dass die menschliche Rasse aktiv veredelt werden musste. Für seine Doktorarbeit hatte er auch ein großes Stipendium von der *Rockefeller-Stiftung* erhalten, einer Institution, der seiner Mutter ebenfalls nahestand.

Am schlimmsten aber war für Erik die Geschichte mit seinem

Großvater. Erik konnte kaum glauben, dass sein Opa jemanden wie Mengele unterstützt haben sollte – selbst noch *nach* dem Krieg. Und trotzdem glaubte er, dass es stimmte, denn er hatte ja selbst davon gehört, mit eigenen Ohren, schon als Kind. Mit schmerzlicher Wucht kehrten plötzlich die Erinnerungen zurück. Seine Mutter hatte in jenem Herbst außergewöhnlich oft telefoniert. Warum konnte er sich daran so gut erinnern? Jedes Mal war sie aufgeregt gewesen, beunruhigt ... Zwei Jahre zuvor hatten sich seine Eltern scheiden lassen, und Erik lebte bei seiner Mutter in Orlando. Er war damals zwölf, es war das Jahr 1970.

Irgendetwas stimmte damals nicht. Erik konnte von seinem Zimmer im ersten Stock aus nicht alles verstehen, aber seine Mutter redete Schwedisch. Es musste also Opa Anders in Schweden am Apparat sein. Erik kam schon angerannt, um mit seinem Großvater zu reden, aber der strikte und beunruhigte Ton der Mutter stoppte ihn. Sie wollte nicht, dass er mithörte. Warum nur? Erik drückte neben der Tür die Wange an die Wand und spitzte die Ohren.

Es war Opa Anders, aber warum schrie seine Mutter ihn beinahe an? Und auch noch mit weinerlicher Stimme. Aus den Erwachsenen wurde man einfach nicht schlau ...

»Pappa, halt dich fern von diesen Leuten, fahr weg von dort! Du bist ihnen nichts schuldig, Pappa!«

Wem sollte der Großvater etwas schuldig sein? Er war doch reich! Er reiste viel, vor allem jetzt, als Pensionär, aber wo war er diesmal? Und warum wollte die Mutter, dass er von dort wegfuhr?

»Hör mir zu, Pappa! Du hast dem Doktor genug geholfen. Mehr kannst du nicht tun. Außerdem kann er längst sicher nach Brasilien zurückkehren. Das sind gefährliche Leute ... Du musst raus aus Paraguay ...«

Wie oft hatte Erik über dieses seltsame Telefonat nachgedacht, ohne auch nur zu ahnen, worum es dabei gegangen war. Aus unerfindlichen Gründen hatten sich ihm die Sätze seiner Mutter ins Gedächtnis eingebrannt.

Das Wasser einer tiefen Pfütze ergoss sich wie aus Eimern über die Windschutzscheibe von Eriks Wagen.

Großer Gott! Erik war sich nun absolut sicher. Seine Mutter hatte damals mit ihrem Vater über Doktor Mengele gesprochen, der sich in Südamerika auf der Flucht befand ...

Im Regen tauchten beleuchtete Schilder mit Firmennamen auf, darunter auch GENDO LTD. Erik bog ab. Ihm war, als müsste er sich zum Atmen zwingen, ein, aus, ein ...

Er hielt auf dem für Gendo-Mitarbeiter reservierten Parkplatz, stieg aus und lief zum Eingang. Wie hunderte, tausende Male zuvor schob er seine ID-Karte in das Lesegerät und tippte den Code ein, ohne seinem Tun oder der Umgebung irgendwelche Beachtung zu schenken.

Du hast die Arbeit fortgesetzt, die ich in Deutschland begonnen habe ...

Erik ging rasch durch die Gänge und fuhr mit dem Lift nach oben, bis er im Eingangsbereich seiner Firma stand und das Licht einschaltete. Er passierte den halbrunden Empfangsschalter, ging über den Flur ins Labor und blieb dort zwischen den Tischen stehen. Außer Atem sah er sich um. Die Computer summten, die Signalleuchten der PCR-Geräte brannten. Hinter der Scheibe zum Clean Room glänzten die Zentrifugen, Autoklaven, Chromatographen und Mikroskope.

Er richtete den Blick auf den Computer, dessen Speicher das wichtigste Produkt der Firma enthielt, das DNA-Datenbank-System. Sein Lebenswerk.

Und das seiner Mutter.

Man konnte es einsetzen, um gezielt Medikamente zu entwickeln. Man konnte es einsetzen, um Erbkrankheiten zu entdecken – und auszumerzen.

Um die menschliche Rasse zu veredeln.

Und man konnte es einsetzen, um Menschen nach beliebigen Kriterien zu klassifizieren. Mit seiner Hilfe konnte man »Rassen« identifizieren.

Seine Mutter hatte Unrecht. Rasse oder Politik konnten nach

wie vor die Grundlage für eine Klassifizierung von Menschen in erwünschte und unerwünschte Personen bilden. Erik wollte so gern die Augen davor verschließen, was mit dem DNA-Datenbank-System von Gendo *tatsächlich* in China oder einer anderen Diktatur gemacht wurde. Er wusste auch von dem Sterilisationsgesetz in China, von dem seine Mutter gesprochen hatte, aber man hatte ihm gegenüber den Wortlaut des Gesetzes schöngeredet und immer wieder betont, wie schwer es sei, alle Nuancen sinngetreu in westliche Sprachen zu übersetzen.

Mit einem Satz war Erik bei seinem Laptop. Er riss ihn an sich und wollte ihn am liebsten zu Boden schleudern. Doch dann sah er sein Spiegelbild im Glasschrank und hielt inne. Wem nützte das? Er war für die Mitarbeiter der Firma verantwortlich. Alles, was die Arbeit von Gendo beschädigte, gefährdete die Arbeitsplätze seiner Kollegen.

Erik legte den Computer auf den Tisch zurück und ließ sich auf einen Stuhl sinken. Er kämpfte gegen die Tränen an.

Auf einmal schoss ihm ein irrsinniger Gedanke in den Kopf. Konnte es sein, dass seine Mutter auch jetzt noch unmittelbar Einfluss auf die Arbeit von Gendo nahm? Und wenn ja: Worauf richtete sie dann ihr besonderes Augenmerk?

Erik ging in das Großraumbüro, wo niedrige Trennwände die einzelnen Arbeitsplätze abteilten. An einem der Schreibtische nahm er Platz. Intuitiv hatte er den Tisch von Carl Möller gewählt, Mutters »Entdeckung«.

Erik tippte sein Passwort ein und öffnete das Intranet von Gendo. An Carl Möllers Dateien kam er nicht heran, er versuchte es auch erst gar nicht. Stattdessen warf er einen Blick auf die Protokolldateien der wichtigsten DNA-Datenbanken – und stutzte.

Carl hatte erst vor kurzem eine große Datenmenge aus den LGC/FSS-Dateien kopiert.

Warum?

FSS stand für *Forensic Science Services*, die Zentrale für Kriminaltechnik, der sich die Polizei Großbritanniens bediente, und deren riesige DNA-Datenbank von der privaten Firma LGC gepflegt wurde. Einige kleinere Firmen, darunter Gendo, kümmerten sich als Subunternehmer um einen Teil des DNA-Datenbestands.

Erik fiel kein einziger Grund ein, warum Carl sich für seine Arbeit die Dateien hätte kopieren sollen.

47

Auf der Straße in Teheran ging die amerikanische Flagge in Flammen auf, und die aufgebrachte Menschenmenge schrie ihre Parolen. Der Nachrichtensender analysierte das aktuelle Stadium der Iran-Krise. Es folgten Aufnahmen von der Sitzung des UN-Sicherheitsrates. Wieder einmal waren der Kreml und das Weiße Haus im Umgang mit dem Konflikt auf unterschiedliche Linien eingeschwenkt.

Ingrid löste den Blick vom Bildschirm und ging wieder rastlos im Haus auf und ab. An Schlaf war nicht zu denken. Sie war traurig und sie war wütend, auf sich und auf ihren Sohn. Ihr Herz hämmerte noch immer, es fühlte sich an, als käme es nie mehr zur Ruhe.

Sie verstand Erik ja durchaus. Sie hatten damals am Institut für Eugenik unverzeihliche Fehler gemacht. Aber die deutsche Medizin hatte sich schließlich nicht nur um die Rassenhygiene gekümmert. Die Kampagne gegen Krebs im nationalsozialistischen Deutschland war die fortschrittlichste der Welt gewesen, dazu gehörte ein breit angelegter Feldzug gegen das Rauchen, Einschränkungen des Gebrauchs von Asbest und schädlichen Pestiziden sowie das Verbot von Farbstoffen in Lebensmitteln. Der Zusammenhang von Rauchen und Lungenkrebs wurde erstmals 1939 in Deutschland festgestellt. Die Nazis verboten das Rauchen an vielen öffentlichen Plätzen, wie in Büros und Wartesälen. Die Tabakwerbung wurde eingeschränkt, und in den Zügen gab es Abteile für Nichtraucher.

Ingrid seufzte. Erik war in einer Verfassung aus dem Haus marschiert, die ihn nicht so schnell wiederkommen lassen würde, da war sich Ingrid sicher. Wie albern und sentimental er doch mit manchen Dingen umging. In der Hinsicht hatte er viel von seinem Vater.

Ingrid erinnerte sich lebhaft daran, wie Rolf sich für seine Vergangenheit in Deutschland geschämt hatte, wie er sie kindisch zu verbergen suchte, als sie sich ein neues Leben in Amerika aufbauten. In Huntsville, Alabama, lebten Hunderte Deutsche mit ihren Familien, die zentrale Figur unter ihnen war Wernher von Braun. Zum Glück waren Ingrid und Rolf vom kargen Texas in das grüne, hügelige nördliche Alabama gekommen, wo die Amerikaner das *Redstone Arsenal* gründeten, ein riesiges Raketenversuchsareal.

Rolf hatte von Anfang an Distanz zu den Deutschen halten wollen, darum hatten die Narvas auch kein Haus auf dem Monte Sano, dem »Sauerkraut Hill«, wo die Deutschen wohnten, gekauft, sondern in Longwood, wo man unter Amerikanern lebte. Vor allem von Braun ermunterte die Deutschen, sich aktiv am lokalen sozialen Leben zu beteiligen, und ging selbst mit gutem Beispiel voran. Rolf engagierte sich beim Bau des städtischen Observatoriums und Planetariums, was in Ingrids Augen eine gute Therapie für seine Niedergeschlagenheit war.

In Huntsville betonten die Narvas in jeder Hinsicht ihre skandinavische Herkunft, auch wenn es gegenüber den zugezogenen Deutschen in der Stadt nur wenige Unfreundlichkeiten gab. Ingrid erinnerte sich lediglich an einen Tankstellenbesitzer, der seinen Sohn im Krieg verloren hatte und der durch ein Schild an der Tür mitteilte, dass Deutsche bei ihm als Kunden unerwünscht waren.

Oft musste Rolf zum Hauptquartier des Atombombenprogramms nach Los Alamos und zum Reaktorzentrum Oak Ridge fahren, aber es blieb ihm trotzdem Zeit genug, Ingrid immer gründlicher mit der Strahlenphysik vertraut zu machen. Nach Wissenschaftlerinnen mit ihren Qualifikationen herrschte starke Nachfrage, und sie hatte genug Arbeit bei den Plutoniumversuchen, die von der Abteilung für Biologie und Medizin der einflussreichen, strikt auf die »nationalen Interessen« bedachten Atomenergiekommission finanziert wurden.

Dann kam das Jahr 1950. Ein schicksalhaftes Jahr. Gleich im Januar erreichte Ingrid und Rolf eine überraschende Neuigkeit: Katharina war von Deutschland nach Texas gekommen, nach San Antonio, ans *Luftfahrtmedizinische Institut*, dem Hubertus Strughold vorstand. Die Amerikaner setzten mit Nachdruck auf die militärische Forschung, und die Atmosphäre war hochgradig belastet; im Frühjahr wurde Klaus Fuchs als Atomspion enttarnt. Er hatte sämtliche wichtige Atomgeheimnisse des Manhattan-Projekts an Moskau weitergegeben. Rolf und Ingrid hatten wie andere, die aus Deutschland gekommen waren, den Antrag auf Erlangung der US-Staatsbürgerschaft gestellt. Das löste Untersuchungen des Justizministeriums und des FBI zu SS-Verbindungen und der Nazivergangenheit einiger Antragsteller aus. Rolf und Ingrid kamen aufgrund ihrer skandinavischen Herkunft unbeschadet und einigermaßen leicht davon.

Die Stimmung verdüsterte sich weiter, als der im Juni ausgebrochene Koreakrieg viele glauben ließ, dass schon bald Atomwaffen eingesetzt und die Kämpfe sich zu einem Dritten Weltkrieg ausweiten würden. Unter der Federführung Wernher von Brauns optimierten Rolf und seine Kollegen fieberhaft eine Redstone-Rakete mit kurzer Reichweite, die sich als Trägerrakete einer Atombombe eignete, und entwickelten einen ballistischen Flugkörper namens Jupiter mit mittlerer Reichweite. Auch die medizinischen Forschungen der Atomenergiekommission und der Armee wurden immer zielführender.

Ingrid war unbehaglich zumute bei all diesen Erinnerungen. Sie ging in die Küche und stellte Milch auf den Herd. Sie wollte sich einen Kakao kochen, in der Hoffnung, dass der sie mehr beruhigte als der Kräutertee. Alkohol würde nur ihre Erregung verstärken, und Schlaftabletten mied sie so lange bis es gar nicht mehr anders ging.

Sie bereute zutiefst, Erik von dem Uranversteck erzählt zu haben, das Rolf gekannt hatte. Andererseits hatte es Eriks Aufmerksamkeit von Ingrids Vergangenheit abgelenkt, und zwar überraschend effektiv. Woher wusste Erik überhaupt etwas von Rolfs Mitarbeit am Uranforschungsprogramm der Nazis? Hatte Rolf etwa vor seinem Tod mit ihm darüber gesprochen? Und wenn ja, wie viel hatte er preisgegeben?

Langsam wurde Ingrids Beklemmung von Ärger überlagert. Und von großer Sorge. Erik durfte nicht in Dinge hineingezogen werden, deren Ausmaß und Brisanz er nicht einschätzen konnte. Sollte sie ihren Sohn warnen?

Nein. Das würde sein Interesse nur weiter steigern.

In Ingrids Nase drang der Geruch von etwas Angebranntem. Sie eilte zum Herd und schob zornig den Topf mit der übergekochten Milch auf die Arbeitsplatte aus Granit.

Es wurmte sie, dass sie auch über die anderen Dinge nicht den Mund gehalten hatte. Erik verstand schlicht und einfach nicht ihre Ansichten zur Eugenik und Genetik, und es war dumm von ihr, ihm ohne Not ihre Standpunkte darzulegen.

Ihre Wege an der Wissenschaftsfront hatten sich nun getrennt, das war eine Tatsache, die sie um keinen Preis hinnehmen wollte. Plötzlich ergriff sie eine unbändige Wut, und Ingrid warf den Topf mit der angebrannten Milch so heftig ins Spülbecken, dass die Reste auf ihr Kleid spritzten.

Während sie zitternd an der Spüle lehnte, wurde ihr klar, dass sie Carl warnen musste. Erik war nicht dumm, ganz und gar nicht, er war durchaus in der Lage herauszufinden, was vor sich ging.

Erik saß mit Katja im Wohnzimmer, wo nur Tisch- und Stehlampen brannten. Der Regen trommelte gegen das Fenster, der Wind schlug das lose Kabel der Satellitenantenne gegen die Hauswand.

Erik hatte Katja von dem Gespräch mit seiner Mutter erzählt, und Katja hatte fassungslos zugehört.

Jetzt sagte Erik unvermittelt: »Carl hat übrigens große Dateien vom FSS kopiert. Weißt du warum?«

»Carl? Er hat damit doch gar nichts zu tun.«

»Eben. Du musst morgen in die Firma gehen und die Sache klären.«

Katja überlegte kurz, dann entgegnete sie: »Das kann nicht dein Ernst sein. Du siehst Gespenster…«

»Bitte, Katja. Tu mir den Gefallen.«

Erik nahm seinen Laptop vom Tisch und fing an, nach bestimmten Informationen zu suchen. Er hatte vorgehabt, Katja auch von dem Uranversteck zu erzählen, aber jetzt war er sauer, dass Katja ihn in seinen Befürchtungen nicht so ganz ernst zu nehmen schien. Er überlegte, ob er am nächsten Morgen auch Kontakt zur finnischen Polizei aufnehmen sollte. Konnte das Ganze etwas mit dem Mord an Robert Plögger zu tun haben?

»Sieh dir das an«, sagte Erik zu Katja und zeigte ihr die Resultate, die er mit Hilfe der Suchmaschine gefunden hatte.

»Ich bekam vom *Pioneer Fund* ein großes Stipendium. Ich wusste damals zwar, dass die Stiftung umstritten war, verstand aber nicht, in wie enger Verbindung sie zur Eugenik stand…«

»Wir reden morgen weiter, du musst jetzt schlafen«, sagte Katja, ohne einen Blick auf den Bildschirm zu werfen. »Dir bleiben ohnehin nur vier Stunden… Warum musst du unbedingt gleich morgen früh schon wieder nach Berlin? Hätte das nicht etwas Zeit? Vielleicht hättest du dann auch schon den Brief vom Rechtsanwalt aus Helsinki…«

»Nein«, erwiderte Erik kurz und bündig. »Ich fliege morgen früh. Geh ruhig schlafen, ich würde gern ein bisschen allein sein. Ich komme gleich nach.«

Katja verließ das Zimmer ohne ein Wort, offensichtlich besorgt, aber auch ein wenig beleidigt. Obwohl er wusste, dass es falsch war, hatte Erik jetzt keine Lust, sich darüber Gedanken zu machen. Stattdessen gab er den Namen »Josef Mengele« in die Suchmaschine ein.

Nachdem er die Resultate eine Weile studiert hatte, ging er die Treppe hinauf und sagte von der Schlafzimmertür aus zu Katja: »Ich gehe kurz auf den Speicher.«

»Warum?«

»Darum.«

Er hatte keine Lust, irgendetwas zu erklären, auch Katja nicht.

Bevor er nach oben ging, warf er einen Blick ins Kinderzimmer. Olivia schlief fest, sie schnarchte sogar leise. Emil wälzte sich unruhig hin und her.

Wie sollte er den beiden eines Tages die Wahrheit über ihre Großeltern erzählen? Oder über ihren Urgroßvater? Aber: War das überhaupt nötig?

Natürlich war es das.

Erik öffnete die schmale Tür neben dem Kinderzimmer und stieg die Treppe zum Speicher hinauf. Er ging zu einem Stapel alter Kartons von einer Umzugsfirma. Sie enthielten kleinere Kartons, von denen Erik willkürlich den ein oder anderen öffnete. Zuletzt hatte er das getan, als er vor einigen Jahren mit den Kindern zusammen nach seinen alten Spielsachen gesucht hatte. Die Modelleisenbahn war im Karton geblieben, denn der Trafo benötigte amerikanische Spannung.

Der Blick auf die Gegenstände seiner Kindheit trieb Erik die Tränen in die Augen.

Sein Biologieheft. Er blätterte es durch und sah, mit welch unendlicher Mühe er jede einzelne Seite gestaltet hatte. Mendels Erbsenversuche, in unterschiedlichen Farben gezeichnete Tabellen … Er erinnerte sich, wie eingehend sich seine Mutter um seine Schulangelegenheiten gekümmert hatte, wie sie ihn unterstützt und bisweilen auch gedrillt hatte. Jetzt wünschte er sich, er könnte seine Kindheit noch einmal durchleben und dabei alles aus einer anderen Perspektive sehen.

Zornig warf er das Heft in den Karton und grub tiefer. Zeugnisse, die er seit Jahrzehnten nicht zu Gesicht bekommen hatte, außer kurz bei den Umzügen. Holzsachen aus dem Werkunterricht, die schmuddelige Katze, die als Kuscheltier gedient hatte – das einzige Stofftier, das er nicht zum endgültigen Verschleiß an seine eigenen Kinder weitergegeben hatte. Er hatte es immer neben sich gehabt, es war ihm eine ebenso große Hilfe beim Einschlafen gewesen wie die finnischen Geschichten, die ihm sein Vater vorgelesen hatte. Erik fasste das Stofftier an und hörte plötzlich die Stimme eines anderen alten Mannes.

»Das ist ein Ozelot«, hatte Opa Anders erklärt. »Es lebt in allen Regenwäldern zwischen Mexiko und Paraguay, überall in Mittel- und Südamerika. Es ist eine Katze und mit dem Jaguar verwandt, kleiner als ein Löwe, aber größer als eine normale Katze. Und für den Menschen ist es überhaupt nicht gefährlich.«

Erik berührte die hölzernde Schnauze der Katze und die Abdrücke seiner eigenen kleinen Zähne darauf. Manchmal hatte er im Schlaf auf der Katze gekaut. Er drehte sie herum, sodass der Bauch zu sehen war. An der Naht fand sich ein kleiner, weißer Zettel. Der Text war verblasst, aber aus zwei Zentimeter Entfernung konnte man ihn entziffern: »*Made in Brazil.*«

Erik legte das Tier in den Karton zurück und zog einen mit Gummiband zusammengehaltenen Stoß Ansichtskarten heraus, die ihm Opa Anders geschickt hatte: Sandstrände, Palmen, Sao Paolo, Rio de Janeiro ... Auf den Stempeln waren Land und Jahr nicht zu erkennen, aber irgendwo mussten noch die ausgeschnittenen Briefmarken sein ... Unter den Postkartenstößen lag tatsächlich ein Briefmarkenalbum. Zuerst kamen die schönsten Kolibri- und Blumenmotive. Bis 1963 stammten alle Marken aus Paraguay, erst danach aus Brasilien.

Erik hatte irgendwann im Fernsehen einen Dokumentarfilm über den holländischen Nazi gesehen, der »Adolf Eichmann und Josef Mengele verkauft« hatte. Eichmann war geschnappt, nach Israel gebracht und dort hingerichtet worden. Mengele hatte stets entkommen können. Man vermutete, dass er 1979 im Alter von achtundsechzig Jahren in Brasilien starb.

48

Die schnurgerade A16 durchschnitt die baumlose französische Küstenregion am Ärmelkanal. Erleuchtete Schilder gliederten die Strecke, die in diesen frühen Morgenstunden auch kurz vor Calais kaum befahren war.

Rashid ließ die vom Fahren steif gewordenen Schultern kreisen, den Blick auf den VW Passat vor ihm gerichtet, der gerade den Blinker gesetzt hatte. Der Wagen fuhr an einer Ausfahrt ab, deren Schild das Symbol einer Autofähre zeigte. Saiid und Utabar würden mit der um 6 Uhr 30 nach Dover ablegenden *Pride of Kent* der Reederei P&O den Ärmelkanal überqueren.

Rashid fuhr geradeaus weiter, in Richtung Channel. Das Risiko, erwischt zu werden, wurde durch die Wahl der Verkehrsmittel gesplittet.

Als Rashid endlich die Rampe des Eurostars erblickte, drosselte er das Tempo und folgte einer leicht kurvigen Zufahrt zu dem breiten, gut ausgeleuchteten Autoareal, an dessen Ende sich eine ganze Reihe von Kontrollhäuschen befand. Wo die Schranke geschlossen war, brannte ein rotes »X« an der Ampel, an den beiden offenen Toren war das »X« grün.

Rashid fuhr ans Ende der kurzen Schlange. Seine Handflächen waren feucht vor Schweiß. Als er an die Reihe kam, fuhr er an das Abfertigungshäuschen heran, teilte dem Mitarbeiter dort seine Reservierungsnummer mit und reichte ihm seinen Pass. Er erhielt eine Buchstabenkennung, die er an den Rückspiegel hängen musste. Sie zeigte an, dass er auf den Zug um 5 Uhr 48 fuhr. Je nach Tageszeit fuhren die Züge im Zehn- oder Zwanzig-Minuten-Takt.

Rashid fuhr zu einem großen, umzäunten Gelände und weiter über einen Kreisel vor das moderne Terminal. Er stieg aus dem Wagen und ging in das einzige um diese Zeit geöffnete Café, um ein belegtes Baguette zu essen und einen Kaffee zu trinken. Es störte ihn ein wenig, dass die Bedienung dieselbe Frau war wie bei der Generalprobe vor zwei Wochen. Aber sie würde sich nicht an ihn erinnern, und selbst wenn, würde das vermutlich nichts ausmachen. Es gab viele Leute, die diese Strecke ständig hin und her fuhren.

Rechtzeitig, aber nicht zu früh, fuhr Rashid vom Parkplatz zur Ladezone. Vor ihm fuhr ein in England zugelassener Volvo-Kombi. Die Fahrspur verjüngte sich, bis sie nur noch die Breite eines PKW hatte, und oben angebracht war eine gestreifte Querstange, die die maximale Höhe anzeigte. Im Boden war eine schwarze Öffnung. Rashid wusste, dass sich dort eine Kamera befand, die den Unterboden jedes Fahrzeugs kontrollierte.

Unwillkürlich fing sein Herz schneller an zu schlagen, als er sich dem Kontrollhäuschen näherte. Die Beamten machten Stichproben. Die Autos, die sie sich dafür aussuchten, wurden äußerst gründlich durchsucht.

Rashid sah, wie die Beamtin in ihrer phosphoreszierenden Weste die ankommenden Fahrzeuge musterte. Dann hob sie plötzlich die Hand und winkte den Volvo vor Rashid zur Seite.

Rashids Hände krampften sich um das Lenkrad, als er an der Frau und dem Kontrollhäuschen vorbeirollte. Am Ende eines geraden Stücks wartete ein weiteres Häuschen. Während er darauf zufuhr, öffnete Rashid das Fenster. Ein Beamter des britischen Zolls kontrollierte seinen Pass.

Erst danach ließ Rashids Anspannung nach. Er musste einige Minuten in der Schlange warten, dann durfte er die sanft abfallende Rampe zum Bahnsteig hinunter neben den Zug fahren. Ein Mann winkte die Fahrzeuge durch die Seitentüren in den Zug. Bei der Generalprobe war Rashid auf der steilen Eisenrampe in die obere Etage geleitet worden, jetzt fuhr er langsam im Untergeschoss durch die Waggons hindurch. Schließlich winkte ihn ein zweiter Mann im Innern des Zugs unmittelbar an das Auto vor ihm heran. Sobald sechs Fahrzeuge im Waggon waren, gingen die feuerfesten Türen zu.

Einige Fahrgäste stiegen aus und vertraten sich auf dem schmalen Gang zwischen Autos und Waggonwand die Beine, aber Rashid blieb sitzen.

Erleichtert nahm er den Stadtplan von London und Umgebung vom Beifahrersitz. Die Tunneldurchfahrt unter dem Kanal dauerte gut zwanzig Minuten. Danach hatte Rashid nur noch schlappe hundert Kilometer zu fahren.

Erik stieg im Nieselregen vor dem Terminal 1 in Heathrow aus dem Wagen. Es war noch dunkel. Katja hatte ihn unbedingt zum Flughafen bringen wollen. Die Kinder würden erst in zwei Stunden aufwachen.

»Versuch, im Flieger zu schlafen, du bist sonst viel zu müde, um klar denken zu können«, sagte Katja vom Fahrersitz aus.

»Danke für den Tipp«, quittierte Erik schroffer als beabsichtigt.

»Ich meine es ernst. Und ich mache mir Sorgen …«

»Ach komm, hör auf«, sagte Erik versöhnlich. »Ich bin bald zurück. Ich ruf dich an.«

Mit der Tasche über der Schulter ging er auf den Eingang zu. Dass man älter wurde, merkte man am ehesten, wenn man zu wenig Schlaf bekam. Dann stockten nicht nur die Gedanken, sondern auch die Bewegungen. Bevor er durch die Tür trat, blickte er sich noch einmal um und sah, wie Katja ihm noch immer hinterherblickte.

Er zwang sich zu einem Lächeln und winkte kurz.

In seiner Mietwohnung in Berlin-Moabit blickte Malek auf die Uhr. Gerade hatte er von Rashid eine SMS bekommen, in der dieser mitteilte, dass er sicher auf englischem Boden angekommen war. Saiid und Utabar würden in etwa einer Stunde den Hafen von Dover erreichen.

Malek hatte noch Stunden Zeit bis zu seinem Flug, aber an Schlaf war jetzt nicht zu denken. Er hatte bereits seinen Koffer gepackt und mehrmals geprüft, ob er auch nichts vergessen hatte.

Der gestrige Anruf von Sharif Rastegar ging ihm nicht aus dem Kopf. Rolf Narvas Sohn suchte nach den Tagebüchern. Das ließ Malek keine Ruhe. Rastegar wusste schon zu viel über den besonderen Inhalt dieser Aufzeichnungen – und er war außerordentlich geldgierig. Das war eine gefährliche Kombination.

Malek beschloss, am nächsten Morgen vor dem Flug nach London noch einen Besuch bei Rastegar zu machen.

49

Erik fuhr in seinem VW Golf, den er am Flughafen Tegel gemietet hatte, in Richtung Zentrum. Der Navigator half ihm dabei. Es war 8 Uhr 05, und Rastegar hatte sein Telefon noch nicht angestellt.

Schneider vom BKA ging aber schon dran. Erik meldete sich kurz mit Namen und sagte: »Gestern Abend ist mir von einem Zeitzeugen bestätigt worden, dass mein Vater und Hans Plögger tatsächlich zu einer Forschungsgruppe gehörten, die in Nazideutschland eine Atombombe entwickelte. Aber das Interessanteste ist eine neue Information, die ich bekommen habe: In den letzten Kriegstagen haben sie angereichertes Uran versteckt.«

Am anderen Ende der Leitung war es still. Erik hielt in der Oberbaumstraße an einer roten Ampel an.

»Das ist eine ziemlich kühne Behauptung«, sagte Schneider schließlich. »Wer hat Ihnen das erzählt?«

Jetzt war es an Erik zu schweigen. Was sollte er über seine Mutter sagen? Nur dass sie Rolfs Frau war. Das würde vielleicht genügen, wenigstens vorerst. Und falls das Interesse dadurch auf seine Mutter gelenkt wurde, konnte er es auch nicht ändern.

»Ich habe es von meiner Mutter erfahren.«

»Wann kommen Sie nach Berlin, Herr Narva?«, fragte Schneider ernst.

»Ich bin bereits wieder hier«, erwiderte Erik und fuhr los, als es grün wurde. Sie vereinbarten, sich sofort im BKA zu treffen.

Als nächstes fingerte Erik die Visitenkarte von Professor Zweiger aus seinem Portemonnaie, rief ihn an und erzählte ihm das alles.

»Dass schweres Wasser und Urandioxyd versteckt wurden,

wissen wir. Aber über U-235 besitzen wir nur ganz vage Informationen«, murmelte Zweiger ungläubig.

»Meine Mutter hat erzählt, dass die Zentrifugen in Freiburg, Kandern und Celle rund um die Uhr liefen.«

»Sie scheint bis zu einem gewissen Punkt tatsächlich zu wissen, wovon sie spricht. In Kandern wurde 1944 viel mit Paul Hartecks Zentrifugenverfahren gearbeitet, aber es ist nicht bekannt, wie viel angereichertes Material dabei produziert wurde und wohin es verschwand. In Celle wurde die Ultrazentrifuge ZU III B in Betrieb genommen, die pro Tag einige Dutzend Gramm produzierte. Als die Briten am 12. April nach Celle kamen, war das angereicherte Uran aber nicht mehr da. Ich würde mich sehr gern mit Ihrer Mutter unterhalten ...«

»Sie wird unter keinen Umständen mit Fremden über diese Dinge reden«, sagte Erik strikt. »Es ist also im Prinzip denkbar, dass angereichertes Uran versteckt worden ist?«

»Irgendwo muss das Material hingekommen sein, das steht fest. Aber das Anreicherungsverhältnis war schwach, jedenfalls am Anfang. Im März 1943 bekam man mit Hartecks Doppelzentrifuge gerade mal zehn Gramm Uran pro Tag zu Stande, das um fünf Prozent angereichert war. Mit der weiteren Entwicklung der Methoden verbesserte sich das Anreicherungsverhältnis allerdings. Aber wie gesagt, die Mengen waren zunächst sehr gering.«

»Auch eine kleine Menge dürfte schon zu viel sein, wenn sie in die falschen Hände gerät«, stellte Erik trocken fest.

»Absolut. Schon die Herstellung einer kleinen Menge angereicherten Urans ist so teuer und kompliziert, dass mit Sicherheit manch einer daran interessiert sein könnte, solches Material fertig in die Hände zu bekommen. Verfügen Sie über genauere Informationen zum Ort?«

»Das alles könnte in den Tagebüchern von Hans Plögger erwähnt werden, die wir uns gestern angesehen haben. Das Problem ist, dass ich nur einen Teil davon habe. Ich fahre jetzt zu Schneider vom BKA und anschließend zu dem Trödler, der noch weitere Tagebücher hat. Oder zumindest die Kopien.«

»Aber machen Sie sich bitte keine Sorgen. Ich kann mir wirklich nicht vorstellen, dass wir es mit dem zu tun haben, was Sie befürchten.«

Ingrid hatte Lena einen freien Tag gegeben. Sie wollte jetzt niemanden im Haus haben, schon gar nicht nach dieser unruhigen Nacht. Im Traum war sie mit Rolf beim Gartenfest der von Brauns in deren neuem Haus in der McClung Street in Huntsville gewesen.

Während sie Frühstück machte, hing ihr der Traum noch immer nach. Als blonde Schwedin war sie in der engen deutschen Gemeinde beliebt gewesen, aber das hatte ganz und gar nichts damit zu tun gehabt, dass die Schweden etwa die Vorbilder für die nordische Rasse abgaben, von der die Eugeniker träumten. Die Deutschen in Huntsville waren Physiker und Raketeningenieure, für Rassenfragen hatten sie sich nie interessiert.

Obwohl Ingrid als Erwachsene nicht mehr in Schweden gelebt hatte, hatte sie das Land und einige Züge der schwedischen Sozialdemokratie ihr Leben lang sehr geschätzt. Ihr Vorbild war die einstige Frauenrechtlerin und Eugenikerin Alva Myrdal. Diese hatte die schwedische Gesellschaft modernisieren wollen und darum bereits 1934 in ihrem Buch über die Krise in der Bevölkerungsfrage, das sie mit ihrem Ehemann Gunnar veröffentlicht hatte, außer sozialen Erneuerungen auch die Zwangssterilisation des schwächsten Teils der Bevölkerung vorgeschlagen. In ihren Auffassungen kamen die in den Vereinigten Staaten herrschenden Vorstellungen zum Ausdruck, die sie bei einer Reise als Schützling der *Rockefeller-Stiftung* kennengelernt hatte.

Ingrid hatte von ihrem Vater viel über Alva Myrdal gehört, die eine der treibenden Kräfte bei der Schaffung des schwedischen Wohlfahrtsstaates gewesen war, in dem das Interesse des sozialdemokratischen Staates über dem Interesse des einzelnen Menschen stand. 1939 zeigte Alva Myrdal den Amerikanern, wie man auf die einzig richtige Weise Bevölkerungspolitik betrieb. Das von ihr kreierte »Schwedische Modell« – die sozialdemokratische Bevölkerungsplanung – umfasste Zwangssterilisationen und wurde ergänzt durch freiwillige Sterilisationen und eine auf Grenzfälle abzielende Verhütungspropaganda. In den Jahren 1934 bis 1975 wurden in Schweden an 63 000 Menschen Zwangssterilisationen vorgenommen.

Ingrid schmunzelte. Im Land von SKF, Volvo und IKEA beherrschte man die Veredelung und die Pflege von Warenzeichen, und eben diese Prinzipien setzte man ein, als es galt, das Fundament des »Volksheims«, den sozialdemokratischen Menschen, zu veredeln und rein zu halten.

Ingrid hatte Rolf gegenüber oft gestichelt, weil Finnland auch bei diesem Thema hintendran war. Dort wurden in den Jahren 1934 bis 1955 gerade einmal knapp 1500 Menschen sterilisiert. Aber später hatte sich auch dort die Einstellung geändert, wie Ingrid gelesen hatte. Die Mittel für den Gesundheitsbereich waren knapper geworden, und so fragte man auch in Finnland, wen es sich zu behandeln lohnte. Einer vom Ärztebund unlängst in Auftrag gegebenen Studie zufolge hatten mehr als sechzig Prozent aller Finnen den Einsatz von Gentests befürwortet, wenn dadurch gesellschaftliche Einsparungen erzielt werden konnten.

Anfang der Fünfzigerjahre konnte Ingrid den raketenartigen Aufstieg der von ihr bewunderten Alva Myrdal in den Vereinigten Staaten verfolgen, als die Schwedin die Leitung der Sozialabteilung der UNESCO in New York übernahm und von da an zu den einflussreichsten Frauen der Welt gehörte. Auch der erste Vorsitzende der UNESCO, Julian Huxley, war Eugeniker gewesen und hatte seine wichtige Position effektiv zur Durchsetzung seiner Ziele genutzt. Huxley war ebenfalls an der Gründung des WWF beteiligt gewesen, und dort propagierte man die Notwendigkeit, zum Schutz der Wildtiere die sie bedrohende menschliche Population in den Entwicklungsländern einzuschränken. Dieselbe Botschaft wurde über Jahrzehnte hinweg unter anderem in der Zeitschrift ›National Geographic‹ in prächtigem Vierfarbdruck verbreitet.

Nachdem Deutschland seine Versuche der Rassenveredelung

zu weit getrieben hatte, mussten die Eugeniker vorsichtig sein, wenn sie ihre Sache vorantreiben wollten. Als allgemein anerkannte Methode etablierte man die Bevölkerungspolitik, die trotz allen Widerstandes von den Vereinigten Staaten und Großbritannien als eine der offiziellen Aufgaben der UNO gesehen wurde. Die Menschen lebten damals in der Angst vor der Atombombe, und die Eugeniker nahmen den Begriff der »Bevölkerungsexplosion« in Gebrauch und suggerierten, diese sei wesentlich gefährlicher als die Atombombe. Das Bevölkerungswachstum an sich war damals gar nicht das Problem – im Gegenteil, sogar in Schweden wurde versucht, die Geburtenzahl zu erhöhen –, sondern das Wachstum der *falschen* Bevölkerung.

Die Vorstellungen der Sozialdemokratin Myrdal zur Rassenveredelung wurden auch von der Spitze der kapitalistischen Welt geteilt. John D. Rockefeller III. gründete 1952 das *Population Council*, das Gelder in die Verhütungsforschung steckte. An dessen Spitze wurde Frederick Osborne, der Vorsitzende der *American Eugenics Society*, gesetzt, der später sagte: »Die Ziele der Rassenveredelung wird man aller Wahrscheinlichkeit nach unter einem anderen Namen als den der Eugenik erreichen müssen.«

Er hatte recht gehabt. Nach und nach wurde der Begriff Eugenik durch den der Genetik ersetzt, der wesentlich weiter gefasst und gesellschaftlich akzeptabler war. Hinzu kamen die Bezeichnungen »sozialer Darwinismus«, »soziale Biologie« und »Soziobiologie«. Der Eugenik war zur Unterstützung die in Mode gekommene Evolutionspsychologie zur Seite gesprungen. Freilich wusste Ingrid, dass schon Franz J. Kallmann seinerzeit fälschlicherweise für alles Mögliche einen genetischen Hintergrund gesehen hatte, sogar für die Tuberkulose, darum war sie sicher, auch von den Evolutionspsychologen würde man später sagen, sie hätten sich ein wenig zu sehr für den Einfluss der Gene auf das menschliche Verhalten begeistert.

Ein weiteres willkommenes Fach war die Bioethik. Bis lange nach dem Krieg ging man von klaren Vorgaben aus, was ethisch erlaubt war und was nicht. Die Bioethik hingegen bot die Möglichkeit, unter anderem Euthanasie, Abtreibung, Genmanipulation, Klonen und Stammzellenforschung unter so vielen Gesichtspunkten zu betrachten, dass die Grenze zwischen Schwarz und Weiß, Richtig und Falsch mitunter verschwamm. Davon profitierte im Besonderen die immer stärker wachsende industrielle Gentechnologie.

Für Ingrid war die Eugenik so etwas wie Humanökologie und somit ein Teil der Umweltbewegung, aber Erik wollte das einfach nicht begreifen.

Das Telefon klingelte, als Ingrid gerade ohne Appetit ihr Frühstück verzehrte.

Katja. Oder Erik, dachte sie. Hoffentlich.

Sie nahm im Wohnzimmer den Hörer ab, aber am anderen Ende der Leitung war es still.

»Hallo«, sagte Ingrid noch einmal.

»Ingrid?«, fragte eine Frauenstimme.

Ingrid erkannte sie sofort.

»Katharina …« Sie tastete nach einem Stuhl und setzte sich.

»Ich wollte mich nur versichern, dass du die letzte Nacht überstanden hast. In der Winkelstraße sind zwei Häuserblocks zerstört worden. Der Eckladen von Zeller auch.«

Ingrid wollte schon sagen, dass ihr nichts fehlte, aber etwas an Katharinas Tonfall ließ sie widerspenstig werden.

»Red keinen Quatsch, Katharina«, sagte sie freundlich. »Der Krieg ist vorbei, und damit auch manches andere. Das weißt du doch?«

Am anderen Ende war es still. Gerade als Ingrid weiter reden wollte, sagte Katharina: »Ich wollte dich nur um Verzeihung bitten.«

Ingrid überlegte kurz, was sie sagen sollte, da tutete es in der Leitung. Katharina hatte aufgelegt.

Ingrid biss sich auf die Lippe und ließ den Hörer sinken. Was hatte das jetzt zu bedeuten?

Katharina saß in ihrem Zimmer und legte das schnurlose Telefon aus der Hand. Die Pflegerin nahm es an sich und verließ den Raum. Die Tür schloss sie hinter sich ab.

Katharina starrte vor sich hin in die Vergangenheit. Ihre Gedanken sprangen hin und her, aber wieder einmal beruhigten sie sich bei der Erinnerung an die Schneeflocken, die der Wind ins helle Licht am Frankfurter Flughafen trieb. Hans war nicht mehr bei ihr, sie war allein, und sie hatte Angst. Und dennoch war sie euphorisch. Der Schneesturm hätte beinahe die Landung der Militärmaschine aus Berlin verhindert.

Ein amerikanischer Hauptmann brachte sie, Herbert und Helga Gerstner mit dem Jeep zum Frankfurter Hauptbahnhof, von wo sie mit dem Zug nach Bayern fuhren und die Nacht und die Dunkelheit hinter sich ließen. Wie strahlend hell dann der Himmel über Landshut gewesen war, als der Flug in die neue Welt begann.

Sie war voller Energie, Tatendrang und Zuversicht. Sie würde den Erwartungen, die in den Vereinigten Staaten in sie gesetzt wurden, schon gerecht werden.

Die Rückkehr aus den USA fünf Jahre später war wesentlich traumatischer ausgefallen.

Ingrid konnte nicht mehr weiter frühstücken. Katharinas Anruf hatte sie so überrascht, dass sie an nichts anderes denken konnte.

Gegen ihre Gewohnheit legte sie sich auf die Couch. Auf ihre alten Tage hatte Katharina sie also um Verzeihung bitten wollen.

Das war verständlich. Aber Ingrid hätte diese Bitte um Verzeihung lieber schon vor langer Zeit gehört. Damals, als noch alles … möglich war.

Sie hatte oft mit Katharina telefoniert, nachdem diese 1950 von Landshut, dem Sammelplatz der Paperclip-Wissenschaftler, nach San Antonio in Texas geflogen war. Aber bis sie sich getroffen hatten, war mehr als ein Jahr vergangen.

In San Antonio stand die Luftfahrtmedizinische Schule der US-Luftwaffe, wo auch der im Zuge von Paperclip in die Vereinigten Staaten gekommene Hubertus »Strugi« Strughold dreißig deutsche Experten des Fachgebiets und Wissenschaftler seines Vertrauens um sich versammelt hatte. Als letzte hatte er Herbert Gerstner, der in der sowjetischen Zone geblieben war, und die zuvor schon in den Westen gegangene Katharina dorthin geholt.

Keiner der Deutschen war Augenspezialist gewesen, weshalb Katharina dem interessierten Strughold von Ingrid erzählte, als dieser im Jahr 1951 mit seinen Erblindungsversuchen begann. Durch diese Untersuchungen sollte herausgefunden werden, welche Auswirkungen der Atomblitz auf die Augen von Soldaten und Piloten haben würde.

An einem schönen Frühjahrstag war Ingrid nach San Antonio zum Stützpunkt Randolph gefahren. Das Wiedersehen mit Katharina war sehr sentimental gewesen. Das letzte Mal hatten sie sich in den letzten Kriegstagen in Berlin gesehen. Katharina war mit Hans in die sowjetische Besatzungszone geraten, vier Jahre später waren sie in den Westen gegangen und hatten sich scheiden lassen. Unmittelbar danach war Katharina in die Vereinigten Staaten übergesiedelt.

Ingrid beteiligte sich an der Planung der Blitztestreihe und suchte für die Forschungsgruppe einen amerikanischen Augenarzt aus. Von der sechs Jahre andauernden Versuchsreihe trugen sechs Probanden einen dauerhaften Augenschaden davon.

Im Herbst 1951 besuchte Katharina ihre Freunde Ingrid und Rolf in Huntsville. In Ingrids Augen fiel das Wiedersehen von Rolf und Katharina sehr zurückhaltend aus. Rolf war damals still und niedergeschlagen, aber Ingrid hatte keine Zeit, ihrem Mann besondere Aufmerksamkeit zu schenken, denn die Arbeit bei der Versuchsreihe der Atomenergiekommission beanspruchte ihre gesamte Energie.

Auf dem Bikini-Atoll und in der Wüste von Nevada wurden Atombomben gezündet, wobei wissentlich Tausende Soldaten als Versuchspersonen dem radioaktiven Niederschlag ausgesetzt wurden. Die weit reichenden Auswirkungen der Explosion versuchte man mit unterschiedlichen Methoden zu erfassen. So wurde in Idaho beispielsweise vorsätzlich eine Wiese mit radioaktivem Jod verseucht. Dort ließ man mehrere Tage lang Kühe weiden, deren Milch man dann Versuchspersonen zu trinken gab.

Rolf war entsetzt über diese Studien, was Ingrids Meinung nach unlogisch war. Aber je mehr Atomexplosionen durchgeführt wurden, umso besorgter wurden auch Ingrid und ihre Kollegen. Schließlich beobachtete man bei Versuchen, die 1956 in England und Wales durchgeführt wurden, dass die Gebärmutter, in der sich schnell teilende Zellen befanden, besonders anfällig für Strahlung war. Man begriff, dass der Fallout der Atombombenversuche wesentlich gefährlicher war als bislang angenommen.

Es musste herausgefunden werden, wie groß die Gefahr war, die der Menschheit durch Atomtests in der Atmosphäre drohte. Das einzige Mittel, Aufschluss über den sich anreichernden Niederschlag zu erhalten, bestand darin, Gewebeproben zu sammeln. Ingrid war dabei, als die »Operation Sonnenuntergang« geplant wurde, bei der Körperteile von fünfzehntausend toten Menschen aus allen Teilen der Welt gesammelt und untersucht wurden. Die Resultate waren eindeutig. Die Tests in der Atmosphäre mussten eingestellt werden. Nach großen Anstrengungen geschah dies auch, und die künftigen atomaren Versuche wurden in den Vereinigten Staaten unter die Erde verlegt.

Ingrid stand von der Couch auf und ging zu dem Regal, auf dem gerahmte Bilder von Erik als Kind, als Schuljunge und als Student standen. Sie betrachtete ein Foto, das Erik lächelnd und rotwangig vor dem Hauptgebäude von Cold Spring Harbor zeigte.

War ihr Verhältnis nun für immer zerstört?, dachte Ingrid – und es brach ihr das Herz.

Als wäre es gestern gewesen, erinnerte sie sich an den Tag im Jahr 1957, als ihr die Schwangerschaft bestätigt wurde. Es war für sie und Rolf ohnehin ein umwälzendes Jahr gewesen. Die

Sowjetunion schockierte die Amerikaner, indem sie den Satelliten Sputnik auf die Erdumlaufbahn schickte. Zu allem Überfluss war die leistungsstarke Trägerrakete, die den Sputnik ins All brachte, auch in der Lage, eine Atombombe über eine weite Strecke zu transportieren.

Das machte dem amerikanischen Weltraumprogramm Beine. Es wurde beschlossen, den Vorsprung der Sowjetunion bei der Eroberung des Weltalls unter Einsatz aller Ressourcen aufzuholen. Das Wettrennen der Supermächte brachte der kleinen Familie Narva in jenen Jahren neben Eriks Geburt noch einen weiteren Glücksfall: Es wurde eine gesonderte Raumfahrtbehörde gegründet, die NASA, und Rolfs Arbeitgeber, das Zentrum für ballistische Flugkörper der Armee, wurde 1960 der NASA untergeordnet und in *Marshall Space Flight Center* umbenannt, mit Wernher von Braun an der Spitze. Dass er nun einer Zivilorganisation angehörte, stellte für Rolf eine große Erleichterung und Freude dar. Zum ersten Mal in seinem Berufsleben arbeitete er nicht an der Entwicklung von Waffen für eine Armee. Die Deutschen hatten das Weltraumzentrum als Spiegelbild von Peenemünde aufgebaut, weil sich die Organisation dort als praktikabel erwiesen hatte. Das Raketenprogramm wurde fast vollkommen von Deutschen beherrscht: sämtliche Leiter der Hauptabteilungen und Labors waren Deutsche, und ihre Stellvertreter ebenso.

Ein Jahr später proklamierte Präsident John F. Kennedy vor den Augen der ganzen Welt das Ziel der USA, bis zum Ende der Sechzigerjahre einen bemannten Flug zum Mond zu bewerkstelligen. Ohne von Braun und seine deutsche Forschungsgruppe hätte man von der Eroberung des Mondes nicht einmal träumen können. Vor allem das Apollo-Projekt kam Ingrid sehr gelegen, denn die NASA wurde dadurch zu einem wichtigen Geldgeber auch für ihre Forschungen. Wie viel Strahlung würden die Astronauten im Van-Allen-Gürtel abbekommen? Wie würde sich die Weltraumstrahlung auf ihre Fortpflanzungsfähigkeit auswirken? Es gab unendlich viele Fragen, und die Antworten mussten unbedingt korrekt sein.

Mit allen möglichen Mitteln wurden strahlenbiologische Informationen gesammelt. Die NASA finanzierte eine Studie, die in einer kleinen Forschungsklinik in Oak Ridge, Tennessee, durchgeführt wurde. Dabei wurden hundertvierundneunzig Probanden einer Ganzkörperstrahlung ausgesetzt, wie sie die Astronauten im Weltall erfahren würden. Als Problem kristallisierte sich dabei die weitere Beobachtung der bestrahlten Personen heraus. Man brauchte Versuchspersonen, die auch über einen Zeitraum von zehn Jahren hinweg beobachtet werden konnten.

Die Lösung fand sich bei Langzeitgefangenen. An einem Strahlungstest der Hoden nahmen 131 Häftlinge des Staatsgefängnisses Oregon teil. Sie erhielten für ihre Teilnahme fünf Dollar im Monat, was ihrem sonstigen Lohn für zwanzig Tage entsprach. Zusätzlich erhielten sie zehn Dollar für die schmerzhafte Entnahme einer jeden Hodenprobe und hundert Dollar für die am Ende des Versuchs vorgenommene Sterilisation, durch die gewährleistet wurde, dass die Probanden keine missgebildeten Nachkommen zeugten.

Dann kam das Jahr 1968. Die ganze Welt schien in Aufruhr. Soldaten des Warschauer Pakts marschierten in der Tschechoslowakei ein, um den Prager Frühling zu unterdrücken, der neue Präsident Richard Nixon versuchte den Vietnamkrieg zu beenden, und der Wettlauf der Supermächte um den Weltraum trat in seine heiße Phase. Und in Ingrids Privatleben bahnte sich die totale Katastrophe an …

Sie vermied es, an jene Zeit zu denken, sie hatte es immer vermieden und vermied es auch jetzt noch. Sie beschloss, die Fotos zu vergessen, kehrte in die Küche zurück und warf ihr längst kalt gewordenes Rührei in den Abfalleimer.

Normalerweise benutzte Ingrid die Spülmaschine, aber jetzt wollte sie etwas mit den Händen tun, ihre Gedanken wenigstens für einen Moment auf etwas anderes als Rolf und Erik und Katja und jetzt auch noch Katharina richten …

50

Erik starrte Schneider und dessen Vorgesetzten im BKA-Gebäude in Treptow entsetzt an.

»Das kann nicht Ihr Ernst sein!«

Er glaubte in Schneiders unstetem Blick einen Hauch von Bedauern zu erkennen, aber der Blick von Oberinspektor Fallada war steinhart.

»Ich habe mit Professor Zweiger gesprochen, der die Geschichte der Atomforschung bis in alle Einzelheiten kennt«, sagte Fallada. »Um Hitlers Atombombenprogramm ranken sich massenhaft Gerüchte und Behauptungen aller Art. Es gibt Leute, denen daran gelegen ist, den Erfolg des Programms zu übertreiben, und andere, die ihn herunterspielen. Aber wenn Ihre Behauptung von dem versteckten angereicherten Uran zuträfe, gäbe es dafür mit Sicherheit noch weitere Beweise …«

»Professor Zweiger hat mir aber gesagt, dass angereichertes Uran in kleinen Mengen hergestellt wurde, und dass man über das Schicksal des Materials nichts weiß. Und wenn Doktor Plögger in seinem Tagebuch …«

»Es sind auch früher schon hier und da Tagebücher aufgetaucht«, warf Schneider ein. »Wir können nicht einem dubiosen Tagebuch hinterherrennen, das sich dann, entschuldigen Sie bitte, als das Machwerk eines Spinners entpuppt.«

»Aber auch meine Mutter sagt …«

»Was beweist das?«, fragte der hochgewachsene, mit auffallend massivem Kinn ausgestattete Fallada mit dröhnender Stimme. »Wer ist Ihre Mutter denn eigentlich? Hatte sie auch etwas mit dem Atomprogramm zu tun?«

Erik biss sich auf die Lippen. Fallada musste ihn für einen Irren mit Zwangsvorstellungen halten, dessen Phantasie keine Grenzen kannte. Außerdem hatte er keine Lust, ausgerechnet diesen Herren mehr über seine Mutter zu erzählen.

»Meine Mutter war bei einem medizinischen Projekt der US-amerikanischen Atomenergiekommission beschäftigt, was sie sagt, würde ich nicht als Nonsens abqualifizieren. Sie hat mir vertraulich bestätigt, dass mein Vater ihr gegenüber das Versteck des angereicherten Urans erwähnt hat. Ich werde jetzt zu Sharif Rastegar fahren und nach weiteren Tagebüchern von Hans Plögger suchen. Ich glaube, dass es noch die Originale sind. Ich will alles haben, was mit der Vergangenheit meines Vaters zu tun haben könnte.«

»Dafür haben wir natürlich Verständnis«, sagte Schneider und klang dabei zumindest Anteil nehmend. »Aber für uns besteht kein Anlass, in dieser Sache Ermittlungen aufzunehmen. Und wir hoffen, dass auch Sie sich mit Spekulationen über dieses Uranversteck zurückhalten. Das Thema ist zu ernst …«

»Ich spekuliere nicht, sondern …«

»Verzeihung, ich habe mich vielleicht ungenau ausgedrückt. Aber jetzt sollten wir uns trotzdem verabschieden, Herr Narva.«

Die beiden Beamten gaben Erik kurz die Hand, dann wurde er von einem Wächter zum Ausgang des BKA-Geländes gebracht. Erst beim Anblick des Verkehrs auf der Straße tauchte er wieder in die Ralität ein: Man hatte ihn als Wirrkopf abgestempelt, der sich seine eigene Theorie zurechtlegte, und ihn kurzerhand auf die Straße gesetzt. Wäre Erik nicht so zornig gewesen, hätte er sich geschämt.

Die Morgensonne schien durch einen dünnen Wolkenschleier, es herrschte eine schattenlose, ruhige Atmosphäre. Erik ging zum Parkhaus des nahe gelegenen Einkaufszentrums Treptow Park, wo er seinen gemieteten Golf abgestellt hatte.

Im Wagen zog er die Visitenkarte von Rastegar aus der Tasche und gab die dort angegebene Adresse in den Navigator ein. Eventuell war der Trödler ja schon in seiner Halle, bis Erik dort war.

Die Polizei besaß die Freiheit, Eriks Mutter, seinen Vater und Hans für Schwätzer zu halten. Erik tat das nicht. Er hoffte inständig, in den Tagebüchern, die sich noch bei Rastegar befanden, einen konkreten Hinweis auf das Uranversteck zu finden.

Die Strecke bis zu der Halle in der Lortzingstraße war relativ einfach und zügig zu fahren. Da das Tor geschlossen war, parkte Erik den Wagen am Straßenrand. Es war Viertel vor neun.

In dem großen Tor war eine kleinere Tür eingelassen, durch die gelangte Erik in den Hof. Eine fast bedrohlich wirkende, lähmende Stimmung lag über dem Gelände.

Vorsichtig öffnete Erik die Tür zur Halle. Drinnen war es düster und still, aber in dem Glasverschlag am anderen Ende brannte Licht.

Erik ging darauf zu, aber schon nach wenigen Schritten hielt er inne.

In dem Verschlag bewegte sich eine dunkle Gestalt. Das war nicht Rastegar.

Die Art und Weise, wie der Mann sich bewegte, ließen Eriks Alarmglocken schrillen. Es waren schnelle, hastige Bewegungen. Intuitiv zog Erik sich hinter ein paar große, alte Schränke zurück, die zum Verkauf standen. Er sah, dass sich der Mann noch immer in dem Büro zu schaffen machte. Was tat er dort? Wie es aussah, riss er Ordner aus den Regalen.

Auf einmal fuhr Erik zusammen, denn der Mann kam ihm schlagartig bekannt vor.

Langsam ging er näher heran, hielt sich aber weiterhin im Schutz der Möbelstücke. Das Deckenlicht im Büroverschlag fiel auf das Gesicht des Mannes. Tatsächlich, Erik konnte sich dunkel erinnern, ihn schon einmal irgendwo gesehen zu haben. Aber wo?

Der Mann nahm einen grünen Aktenordner aus dem Regal. Es war derselbe, dem Rastagar die Kopien von Plöggers Tagebüchern entnommen hatte.

Da schien noch jemand auf der Suche nach Plöggers Tagebüchern zu sein. Der Mann schlug den Aktenordner auf, nahm den Inhalt heraus und zerstreute die Blätter auf dem Fußboden.

Das Gleiche wiederholte er mit einem zweiten und einem dritten Ordner.

Schließlich ging der Mann in die Hocke und war nicht mehr zu sehen. Aber gleich darauf richtete er sich wieder auf und verließ den Verschlag. Das Licht hinter der Glasscheibe fing merkwürdig an zu tanzen und zu glühen.

Feuer, schoss es Erik durch den Kopf. Der Mann hatte das Büro in Brand gesetzt. Plöggers Tagebücher lagen auf dem Boden und brannten jetzt wie ein Scheiterhaufen.

Der Mann lief zum Ausgang der Halle, und da erinnerte sich Erik, wo er das Gesicht schon einmal kurz gesehen hatte: In dem Auto, das ihm vor Katharina Kleves Pflegeheim entgegengekommen war. Das Auto, in dem er seinen Vater zum letzten Mal gesehen hatte.

Sobald der Mann verschwunden war, rannte Erik zum Büro. Die Flammen schlugen bereits hoch. Er raffte so viele Fotokopien auf dem Boden zusammen, wie er konnte, aber schon bald musste er den Flammen weichen, die Hand zum Schutz gegen die Hitze vor das Gesicht halten und zum Ausgang rennen.

Warum steckte der Mann, der mit Eriks Vater in einem Auto gesessen hatte, die Tagebücher von Hans Plögger und damit Rastegars ganze Halle an?

Erik rannte mit den Blättern in der Hand auf den Hof und auf die Straße hinaus. Er blickte nach links und sah einen roten Audi-Kombi losfahren.

Es war derselbe Wagen. Nein, das konnte kein Zufall sein.

Erik stürzte zu seinem Golf und zog schon im Laufen die Schlüssel aus der Tasche. Er durfte den Mann nicht aus den Augen verlieren. Er warf sich hinters Steuer, schleuderte die Papiere auf den Beifahrersitz und sah den Audi in der Ferne an einer Ampel anhalten. Eriks Hand zitterte bei dem Versuch, den Schlüssel ins Zündschloss zu stecken. Im selben Moment, als sein Wagen ansprang, wurde weiter vorn die Ampel grün. Erik schoss los und hoffte, es hinter dem Audi über die Kreuzung zu schaffen, bevor die Ampel wieder auf Rot sprang.

Er warf einen kurzen Blick in den Rückspiegel und sah hinter dem Zaun Rauch aufsteigen. Aber er trat aufs Gaspedal und schaffte es gerade noch bei Gelb über die Kreuzung.

Den Blick fest auf den Audi gerichtet, tastete Erik nach seinem Handy und rief Schneider an.

»Hier ist Erik Narva«, sagte er aufgeregt.

»Was wollen Sie denn noch?«

»Ich war gerade in der Halle von Rastegar, dem Trödler, am Ende der Lortzingstraße. Dort war der Mann, der mit meinem Vater zusammen Katharina Kleve besucht hat... Er hat Tagebücher von Hans Plögger und Fotokopien verbrannt und dabei die ganze Halle in Brand gesetzt. Rufen Sie die Feuerwehr...«

»Ist das Ihr Ernst?«

»Glauben Sie mir nicht, verdammt noch mal? Alarmieren Sie die Feuerwehr und fahren Sie selbst zur Halle, vielleicht interessieren Sie sich ja für einen Fall von Brandstiftung.«

»Warten Sie einen Moment.«

Erik hörte, wie Schneider jemandem kurze, scharfe Anweisungen gab.

»Wo sind Sie jetzt?«, fragte Schneider dann.

»Ich folge dem roten Audi, den der Brandstifter fährt.«

»Was?«, fuhr Schneider auf.

»Der Wagen fährt ... kleinen Moment.« Erik beugte sich nach vorn, um die Schrift auf dem Navigator zu lesen. »Die Brunnenstraße in Richtung Norden.«

»Halten Sie an!«, brüllte Schneider wütend. »Hören Sie auf, dem Wagen zu folgen, sind Sie wahnsinnig? Wir übernehmen ab sofort!«

»Wie wollen Sie das Auto denn finden, wenn ich aufhöre, ihm zu folgen?«

»Sagen Sie mir, um was für ein Fahrzeug es sich handelt und wie sein Kennzeichen lautet.«

Erik nannte ihm die gewünschten Informationen.

»Wir übernehmen, und Sie hören unverzüglich auf, dem Wagen zu folgen«, sagte Schneider mit Nachdruck.

Ohne zu antworten beendete Erik das Gespräch. Von wegen, ihr übernehmt. Euer Engagement kenne ich.

Er bog hinter dem Audi in die Osloer Straße ein und reduzierte etwas die Geschwindigkeit, um ausreichend Abstand zu wahren. Der Fahrer des Audi durfte nicht misstrauisch werden. Zum Glück waren die Straßen von Golfs übersät – allerdings wimmelte es auch von Audi-Kombis.

An der großen, unübersichtlichen Kreuzung Reinickendorfer Straße befürchtete Erik schon, den Wagen aus den Augen verloren zu haben, bis er ihn zu seiner Erleichterung weiter vorne entdeckte. Dann kam der Kreisel, wo Erik plötzlich zwei rote Audis hintereinander sah, aber kein Nummernschild mehr erkennen konnte. Kurz darauf bog der hintere Audi rechts ab, und Erik konnte nur raten, welcher der richtige war. Er beschloss, geradeaus weiter zu fahren. Er beschleunigte, um von hinten einen Blick auf den abgebogenen Audi werfen zu können, und sah am Nummernschild und an der Frau am Steuer, dass er die richtige Entscheidung getroffen hatte.

Im Windschatten des Audi verließ Erik den Kreisel auf einer Abfahrt nach unten und gelangte auf eine dreispurige Fahrbahn, über der ein Schild das Piktogramm eines Flugzeugs zeigte. War das Fahrzeug auf dem Weg zum Flughafen Tegel? Die Vermutung bestätigte sich, als der Audi wenig später die Abfahrt zum Flughafen nahm.

Erik griff zum Telefon.

»Wo sind Sie?«, fragte er Schneider.

»Und wo zum Teufel sind *Sie?*«, schnauzte Schneider zurück.

»Ich folge dem Brandstifter zum Flughafen Tegel. Von Polizei sehe ich keine Spur.«

»Warten Sie im Terminal. Ich schicke meine Leute dorthin.«

»Es wäre besser, wenn sie längst hier wären«, gab Erik zurück und beendete das Gespräch, als er sah, dass der Audi auf den Parkplatz in der Mitte des sechseckigen Flughafens fuhr. Erik folgte. Er hielt vor der Schranke, pflückte sich das Ticket aus dem Automaten und ließ den Audi, der in eine Parkreihe bog, nicht aus den Augen. Langsam fuhr Erik weiter, bis er sah, wie der Fahrer des Audi einen Koffer aus dem Wagen nahm.

Erik parkte in einiger Entfernung und beobachtete, wie der Mann auf den Terminal zuging und dabei seinen Koffer hinter sich herzog. Das Terminalgebäude in Tegel unterschied sich von den meisten anderen Flughäfen, da die Check-in-Schalter in dem gesamten, umlaufenden Gang untergebracht waren und man direkt vom jeweiligen Schalter zur dahinter gelegenen Sicherheitskontrolle und dem unmittelbar anschließenden Flugsteig gelangte.

Der Mann ging zielstrebig zu dem Schalter vor Gate 27, wo vierzig Minuten später ein British-Airways-Flug nach London abgehen sollte.

Erik blieb hinter den Ständern eines Zeitschriftenkiosks stehen und rief erneut Schneider an.

»Ich kann Ihre Leute nirgendwo sehen«, sagte er leise. »Der Mann fliegt mit British Airways nach London ...«

»Bleiben Sie, wo Sie sind. Meine Leute werden gleich da sein.«

»Großartig«, schnaubte Erik und legte auf. Konnte Schneider nicht die Flughafenpolizei in Gang setzen? Warum handelte der BKA-Beamte nicht? Als hätte er gar nicht die Absicht, den Brandstifter zu erwischen.

Erik sah den Mann in der Tür zur Sicherheitskontrolle verschwinden und machte sich sofort auf den Weg zur Vertretung von British Airways, um dort ein Ticket für die Maschine nach Heathrow zu verlangen. Leider sei die Maschine voll, bedauerte die junge BA-Angestellte. Nicht mal in der Businessclass war noch etwas frei. Der nächste Flug ging in drei Stunden.

Erik rannte zum Lufthansa-Schalter. Die nächste Maschine würde in fünfundfünfzig Minuten starten und nur etwa fünfzehn Minuten nach der BA-Maschine in Heathrow landen. Einige freie Plätze gab es noch. Erik kaufte ein Ticket, rannte zu seinem Wagen zurück, nahm seine Tasche aus dem Kofferraum und stopfte die Fotokopien, die er vor dem Feuer in Rastegars Halle gerettet hatte, hinein.

Mit der Tasche über der Schulter eilte er zum Check-in der Lufthansa und weiter zur Sicherheitskontrolle. Die letzten Passagiere begaben sich gerade vom Flugsteig in die Gangway zur Maschine. Erik überlegte fieberhaft, was er tun sollte. Wenn die deutsche Polizei keine Hilfe war, würde es dann die britische sein? Welche Verbindung hatte der Mann nach London? Hatte er überhaupt etwas mit dem Uranversteck zu tun?

Erik trat zur Seite, rief die britische Telefonauskunft an und bat um die Nummer des Sicherheitsdienstes. Dort nannte er seinen Namen und erklärte, er habe wichtige Informationen über angereichertes Uran. Es überraschte ihn, dass er sofort zu einem Beamten namens Jenning durchgestellt wurde. Erik versuchte, seine Zusammenfassung so knapp und sachlich wie möglich zu halten.

»Die Information über dieses Uran, oder sogar das Material selbst, ist nun möglicherweise in die Hände derer geraten, die wahrscheinlich den Tod meines Vaters verursacht haben. Ich rufe vom Flughafen Berlin-Tegel aus an und möchte Ihnen mitteilen, dass ein Mann, der aller Voraussicht nach in die Sache verstrickt ist, mit dem British-Airways-Flug BA 0991 von Tegel nach Heathrow fliegen wird. Aber ganz gleich, wie tief der Mann in der Sache drinsteckt, er hat auf jeden Fall vorhin hier in Berlin einen Brand gelegt.«

Erik wusste nur zu gut, dass seine Ausführungen klingen mussten wie die Hirngespinste eines Irren.

»Sie werden gewiss verstehen, dass wir genauere Angaben bräuchten. Haben Sie sich schon mit der deutschen Polizei in Verbindung gesetzt?«

»Ja, aber sie sind nicht rechtzeitig zum Flughafen gekommen.«

»Sie werden sicherlich auch verstehen, dass wir aufgrund solcher allgemeinen Informationen keine Maßnahmen ergreifen können. Wir brauchen von der deutschen Polizei eine offizielle Bitte um Amtshilfe, aber die liegt uns bislang nicht vor.«

Erik war klar, dass seine Behauptungen unglaublich wirr klingen mussten. Trotzdem war es besser, jetzt nicht in eine Schimpftirade auszubrechen, denn das würde die Vorurteile auf Behördenseite nur bestätigen. Aber irgendwann musste es ihm doch gelingen, jemanden dazu zu bringen, ihm zu glauben.

»Könnte ich Sie vielleicht heute in London aufsuchen?«, fragte Erik.

»Verfügen Sie über irgendwelches konkretes Material? Wenn ja, bringen Sie es unbedingt mit, sonst ist es schwer für uns …«

»Ich verstehe.«

Der Beamte nannte seine Durchwahl. Nach dem Gespräch begab sich Erik zur Gangway und rief Katja an.

»Ich kann nur kurz sprechen, aber ich komme mit der nächsten Lufthansa-Maschine nach Heathrow«, sagte er, ohne einen Hehl aus seiner Anspannung zu machen. »Hör zu. Kauf dir ein Ticket irgendwohin, damit du in Heathrow durch die Sicherheitskontrolle kommst. Dann gehst du zu dem Gate, an dem der BA-Flug 0991 ankommt. In der Maschine wird ein großer dunkelhaariger Mann sein, der einen grauen Anzug, ein dunkelblaues Hemd ohne Krawatte und schwarze Schuhe trägt. Seinen Trenchcoat hat er vermutlich über dem Arm hängen. Außerdem hat er eine abgewetzte Aktentasche bei sich. Folg ihm vorsichtig, er darf nichts merken. Hoffen wir, dass er in irgendein Auto steigt. Falls ja, schreib das Kennzeichen auf. Falls er ein Taxi nimmt, notiere dessen Nummer. Und falls er mit dem Zug fährt, versuchst du auf keinen Fall, ihm zu folgen. Hast du verstanden?«

Nach kurzem Schweigen fiel Katjas Antwort so unüberhörbar gekränkt aus, dass es Erik die Kehle zuschnürte.

»Ist dir eigentlich klar, was du in letzter Zeit von mir verlangt hast?«

»Katja, ich …«

»Jetzt hörst du mir mal zu! Ich weiß nicht, was du dort überhaupt treibst. Erik … Ich vertraue dir, aber allmählich geht mir das alles zu weit. Wenn du willst, dass ich dich unterstütze, dann musst du auch *mir* vertrauen. Verstehst du das?«

Einen Moment lang verschlug es Erik die Sprache. Er schämte

sich. »Katja, ich verstehe dich, glaub mir. Es tut mir leid. Und ich bin dir so dankbar, wie du dir gar nicht vorstellen kannst …«

»Schon gut. Dann ist das Thema erledigt.« Zu seinem Erstaunen hörte Erik ein Lachen aus Katjas Stimme heraus. »Hauptsache, du verstehst mich. Natürlich müssen diese Dinge geklärt werden. *Gemeinsam*. Ich habe mir deine Anweisungen eingeprägt, ich fahre auch zum Flughafen. Und wenn du kommst, erzählst du mir alles. Okay?«

Erik war so erleichtert, dass er lächeln musste – trotz allem.

»Okay. Ich weiß nicht, was ich ohne dich tun sollte. Ich ruf dich bald an.«

Nach dem Gespräch starrte Erik noch eine Weile auf sein Handy und dachte an Katja. Dann riss er sich zusammen und machte sich auf den Weg zur Maschine. Sobald er saß, nahm er die Fotokopien, die er vor den Flammen gerettet hatte, aus seiner Tasche. Die Aufzeichnungen waren später gemacht worden als die in den bisherigen Tagebüchern, im Jahr 1945, kurz vor Ende des Krieges.

3.2. Wir sind in der Reaktorentwicklung weiter als Heisenberg. Das wurde letzte Woche endgültig klar, als der Rest des schweren Wassers und des Urans zu uns nach Stadtilm gebracht wurde und nicht zu Heisenberg in seinen Haigerlocher Keller.

Rolf meint, der neue Standort sei gut gewählt, zur unterirdischen Raketenfabrik Mittelwerke sind es nur hundert Kilometer. Ich mache mir Sorgen um unsere Gesundheit, denn wir sind unternährt und dabei Röntgen-, Gamma- und Neutronenstrahlungen ausgesetzt.

Alle wichtigen Vorhaben sind mittlerweile in Sicherheit gebracht worden, u.a. wurde die Ultrazentrifuge Mark III-A von Freiburg in die Fallschirmseidenfabrik Celle verlegt.

Ich habe Angst um Katharina, denn seit unserem Aufbruch von der Versuchsstelle Gottow habe ich nichts mehr von ihr gehört.

Erik blätterte in dem Stoß weiter. Die chronologische Ordnung war durcheinandergeraten. Das jüngste Datum, das er fand, war der 30.3.1945.

Seit dem Morgen heilloses Durcheinander in Stadtilm. Rolf und mir ist der Befehl erteilt worden, das U-235 in ein Versteck zu bringen. Die Alliierten rücken Stunde für Stunde näher. Die SS wird uns »helfen«.

Am unteren Rand der Fotokopie war genau so eine Linie zu erkennen wie auf der letzten Seite der Kladden, die Erik gesehen hatte. Das hieß, dass die Aufzeichnungen in einem anderen Notizbuch weitergingen.

Erik ließ den Stoß Blätter in den Schoß sinken und überlegte, was er in London eigentlich konkret zu berichten haben würde. Wie war es mit der Zeugenaussage seiner Mutter? Wie glaubwürdig wäre sie überhaupt als Zeugin?

Erik war sich keineswegs sicher, ob er wollte, dass die Polizei in der Vergangenheit seiner Mutter wühlte. Er musste sich das gründlich überlegen und erst mal mit Katja darüber sprechen. Und mit seiner Mutter. Und was war mit ihm selbst? Wollte er, dass seine Arbeit und seine Firma durch seine Mutter mit der Erbforschung der Nazis in Zusammenhang gerieten? Was würden seine Kunden dazu sagen?

Im Moment kümmerte die Firma Erik am wenigsten. Worauf es ihm allerdings ankam, war, dass die Folgen der einstigen Fehleinschätzungen seines Vaters nicht auch heute noch zu ernsten Problemen wurden. Er wollte Klarheit über all das Geheimnisvolle und Düstere haben, das sich mit dem Leben und dem Tod seines Vaters verband.

51

Malek saß ruhig in der Boeing der British Airways. Die Maschine war gerade an das Ankunftsgate von Terminal 1 in London-Heathrow gerollt, und die Passagiere standen auf, um ihre Taschen und Jacken aus den Gepäckfächern zu holen. Das Verhalten der Leute ärgerte und amüsierte Malek. Was hatte es für einen Sinn, sich die Jacke anzuziehen und minutenlang mit der Tasche in der Hand im Gedränge auf dem Gang zu stehen?

Die Frau, die neben ihm am Fenster saß, wurde bereits unruhig, aber Malek blieb hartnäckig auf seinem Platz am Gang sitzen. Er nahm sein Mobiltelefon zur Hand, schaltete es ein und schickte Parviz eine SMS. Kurz darauf antwortete der, er warte auf dem Kurzzeitparkplatz vor dem Terminal auf Malek.

Langsam strömten die Passagiere aus dem Flugzeug. Malek stand als einer der letzten auf, nahm Tasche und Trenchcoat und ließ nun auch endlich die Frau neben sich an ihr Gepäck.

Auf dem Weg zum Terminal erhielt er eine weitere SMS. Saiid, Utabar und Rashid waren mit ihrer Fracht am Ziel angekommen.

Verwundert wartete Katja in der Nähe des Gates, an dem die BA-Maschine aus Berlin angekommen war. Kein Mann, auf den Eriks exakte Beschreibung passte, hatte bislang das Flugzeug verlassen. In der Hand hielt sie die Bordkarte für einen British-Midland-Flug nach Nizza im Wert von hundertvierzig Pfund, die sie nicht benutzen würde.

Erik hatte sie angerufen, als sie sich gerade auf dem Weg zu Carl Möller befunden hatte. Der war am Morgen nicht an seinem Arbeitsplatz bei Gendo erschienen. Der für die EDV zuständige Mike war die Files genauer durchgegangen und hatte festgestellt, dass Carl auch solche Dokumente aufgesucht hatte, zu denen er keine Zugangsberechtigung hatte. Katja hatte darum gebeten, Carls Passwörter vorläufig zu sperren, auch wenn sie nicht an Eriks wacklige Vermutungen glaubte, Carl könnte etwas mit Ingrids Gesinnungsgenossen zu tun haben. Sie hatte beschlossen, Erik persönlich davon zu berichten, denn ihr Mann hatte am Telefon schon nervös genug geklungen.

Der Strom der Passagiere aus der Maschine war versiegt, und Katja fragte sich, ob sie den Mann, den Erik meinte, am Ende doch übersehen hatte.

Sie wollte schon gehen, als sie noch zwei Passagiere aus der Maschine kommen sah: eine Frau mittleren Alters, die im Laufschritt ein rosa Boardcase hinter sich herzog, und hinter ihr ein Mann, der gelassen, aber zielstrebig ging – und auf den Eriks Beschreibung genau zutraf.

Erleichtert und angespannt zugleich folgte Katja dem attraktiven Mann. Was hatte er mit Rolf zu tun? Oder stand er im Zusammenhang mit Ingrids Vergangenheit?

Nachdem er seinen Aluminiumkoffer vom Gepäckband genommen hatte, verschwand er im Gedränge der Ankunftshalle, und Kaja musste sich anstrengen, um ihn nicht aus den Augen zu verlieren. Er ging zielstrebig auf den Kurzzeitparkplatz zu. Katja ließ den Abstand etwas größer werden.

Vor einem grünen Ford blieb der Mann stehen. Ein dunkelhaariger Mann mit Schnurrbart stieg aus, gab dem Ankömmling die Hand, öffnete die Heckklappe und lud den Koffer ein.

Katja ging näher zum Auto, um das Nummernschild erkennen zu können. Sobald die Männer eingestiegen waren, schrieb sie die Nummer auf einen Kassenbon, den sie in ihrem Portemonnaie gefunden hatte.

Dann ging sie zum Terminal zurück, um auf Erik zu warten. Sicherheitshalber ließ sie von der Zulassungsstelle schon mal den Halter des grünen Fords ermitteln.

Sie versuchte noch einmal, Carl anzurufen, aber der meldete sich nicht. Schließlich erschien Erik im Strom der Reisenden in der Ankunftshalle. Bei seinem Anblick erschrak Katja. Ihr Mann war aschfahl im Gesicht, seine Bartstoppeln waren noch länger geworden, aber sein Blick wirkte entschlossen. Sie umarmten sich zärtlich.

»Hast du ihn gesehen?«, fragte Erik.

»Ein anderer Mann hat auf dem Parkplatz auf ihn gewartet. Dunkelhaarig, mit Schnurrbart. Sie sind mit einem grünen Ford weggefahren. Der Halter ist Parviz Jafra, Kempshott Road, Streatham.«

Naher Osten, dachte Erik, als er den Namen des Mannes hörte, musste aber innerlich über Katjas gutes Gedächtnis schmunzeln. Das hatte ihn schon beeindruckt, als sie sich in Cold Spring Harbor kennengelernt hatten.

»Klasse«, sagte er.

»Wer ist der Mann?«

»Keine Ahnung. Wo steht dein Wagen?«

»In der Kurzparkzone. Worum geht es eigentlich?«

»Erkläre ich dir unterwegs«, sagte Erik und ging auf den Ausgang zu.

Katja eilte ihm nach. »Unterwegs wohin?«

»Zum Sicherheitsdienst. Ich habe beim MI5 angerufen.«

Während der Fahrt ins Zentrum von London erzählte Erik ihr von dem Brand in dem Möbellager, von dem Mann, der bei Katharina Kleve gewesen war und mit seinem Vater in einem Auto gesessen hatte, und von der Verzögerungstaktik der Berliner Polizei.

»Wie die deutsche Polizei werden sicherlich auch die Beamten in England alles, was ich sage, für die Phantasien eines Irren halten. Aber beim Stichwort ›angereichertes Uran‹ sind sie immerhin so hellhörig geworden, dass sie mir einen Termin gegeben haben.«

»Aber ist das nicht einzig und allein Sache der Berliner Polizei?«, fragte Katja ernst.

»Ich weiß nicht. Dieser Typ ist schließlich jetzt in London. Und ich bin mir gar nicht sicher, ob die Berliner Polizei überhaupt an der Vergangenheit meines Vaters interessiert ist. Will sie wirklich wissen, welche Umstände zu seinem Tod geführt haben? Offenbar nicht. Katja: wenn ich mich nicht selbst dahinter klemme, wird die Wahrheit aller Wahrscheinlichkeit nach für immer im Dunkeln bleiben.«

Katja schwieg.

»Außderdem: Falls das alles tatsächlich mit diesem Uranprogramm zu tun haben sollte, mache ich mir ernsthaft Sorgen, ob das Zeug nicht auch heute noch jemandem gefährlich werden kann«, fuhr Erik fort.

»Nein«, sagte Katja entschieden. »Und selbst wenn das Uran irgendwo steckt, trägst du dafür in keiner Weise die Verantwortung.«

Nun schwieg Erik. Katja schien nicht zu begreifen, wie wichtig es für ihn war, dafür Sorge zu tragen, dass durch die Irrtümer seines Vaters nicht auch heute noch jemand Schaden nahm. An das, was seine Mutter zu verantworten hatte, mochte er gar nicht denken ...

»Hast du mit Carl gesprochen?«, wechselte er das Thema.

»Er ist heute nicht zur Arbeit gekommen«, antwortete Katja ausweichend. »Und Mike hat festgestellt, dass er unter anderem die FSS-Datenbanken aufgesucht hat, in denen er nichts verloren hat. Wir haben seine Passwörter gesperrt. Aber ich glaube nicht ...«

»Hast du versucht, Carl zu erreichen?«

»Ich habe eine Nachricht auf seinem Anrufbeantworter hinterlassen.«

»Das klingt alles überhaupt nicht gut«, sagte Erik.

In der gepflasterten Hauptstraße der Ortsmitte von Guildford stand seit dem Mittelalter die Herberge und Pferdepoststelle The Angel Posting House & Livery, in der heute ein Hotel untergebracht war. In dessen Konferenzraum saßen fünf Personen unterschiedlichen Alters, von denen Ingrid Stormare die Älteste und Carl Möller der Jüngste war.

»Sie wissen Bescheid«, fing der große, dünne Carl aufgeregt an, aber Ingrid unterbrach ihn sofort und legte ihm großmütterlich die Hand auf die Schulter.

»Mach dir nichts aus Gendo. Du wirst anderswo Arbeit finden, ganz sicher. Und bei Gendo wird man keinerlei großes Aufhebens machen. Sie wollen ganz bestimmt nicht, dass die Medien auf die Idee kommen, diese Sache aufzublasen.«

Carl hatte DNA-Datenbanken der englischen Polizei kopiert. Sie enthielten die Ergebnisse der DNA-Proben von Personen, die unter dem Verdacht standen, ein Verbrechen begangen zu haben. Die Daten sollten für eine von der *Genetics Society of Concerned Scientists* finanzierten Studie verwendet werden, für die es schwer gewesen wäre, eine ordnungsgemäße Genehmigung zu erhalten. Ziel war die Ermittlung der Erscheinungsdichte einer bestimmten MAO-A-Genvariante in verschiedenen ethnischen Gruppen. Als Basis diente eine von Dr. Rod Lean 2006 in Neuseeland durchgeführte Studie, der zufolge die zu Aggressivität, Kriminalität und Risikobereitschaft prädisponierende Genvariante bei männlichen Maori doppelt so häufig auftrat wie bei gebürtigen Europäern.

Der wissenschaftliche Leiter der GSCS, ein emeritierter Professor der Soziobiologie, teilte an alle eine Zusammenfassung des Forschungsplans aus. Ingrid hatte das Gefühl, eine wichtige Aufgabe zu erfüllen, indem sie der von besorgten Wissenschaftlern gegründeten Gesellschaft half.

Nach der Besprechung verließ Ingrid das Hotel und verstaute das zusammengefaltete Blatt Papier sorgfältig in ihrer Handtasche. Während ihrer gesamten Laufbahn hatte sie handschriftlich oder maschinell Kopien der Zusammenfassungen aller Studien angefertigt, an denen sie beteiligt gewesen war. Die Papiere zu Hause aufzubewahren, war ein Risiko, aber sie wollte sie nirgendwo sonst hinbringen.

Die eigene Sorgfalt war freilich nutzlos, wenn die Informationen anderswo durchsickerten. Vor allem von den als geheim eingestuften Forschungen, die von der amerikanischen Atomenergiebehörde finanziert worden waren, hatte sie geglaubt, sie würden geheim bleiben, aber es war anders gekommen.

1994, als Ingrid schon in England lebte, hatte Präsident Clinton eine energische Frau namens Hazel O'Leary zur Energieministerin ernannt, die damit begann, die Menschenversuche aus der Zeit des Kalten Krieges zu untersuchen, und schließlich Informationen preisgab, die zur Geheimhaltung bestimmt gewesen waren. Ingrid hatte sich damals große Sorgen gemacht, aber wie durch ein Wunder war ihr Name in den Medien nicht aufgetaucht.

Fünf Jahre später veröffentlichte die mit dem Pulitzer-Preis ausgezeichnete Journalistin Eileen Welsome ein Buch über radiologische Versuche, und dieses Buch brachte Ingrid kurzzeitig aus der Fassung. Es hatte viele Informationen enthalten, die auch ihr neu waren. Obwohl drei der Probanden, die bei der ersten Versuchsreihe in Rochester Plutonium verabreicht bekommen hatten, innerhalb eines Jahres erkrankt und verstorben waren, hatten die meisten doch jahrelang weitergelebt, einige sogar über dreißig Jahre. Janet Stadt – »HP-8« – war im November 1975 gestorben. Elmer Allen – »CAL-3« – ein Schwarzer, dem im Juli 1947 Plutonium gespritzt worden war, starb erst 1991. Sogar auf seinem Grabstein stand noch »CAL-3«.

Der Vorhang über all diese Dinge fiel schließlich am 8. Oktober 1995, als Präsident Clinton eine Rede hielt, in der die Vereinigten Staaten von Amerika sich zu den unmenschlichen Versuchen bekannten. Die Amerikaner interessierte das aber nicht, denn zur gleichen Zeit lief gerade der Mordprozess im Fall O. J. Simpson auf seinen Höhepunkt zu, und Clintons Botschaft ging darin unter. Ingrid war sicher, dass nicht einmal die gewieftesten Manipulationsexperten der CIA sich ein so perfektes Ablenkungsmanöver hätten ausdenken können.

Auch mit diesen Leuten hatte Ingrid in den Fünfziger- und Sechzigerjahren zu tun gehabt, und eine Enthüllung der betreffenden Studien musste sie nicht befürchten. Die CIA hatte zum Beispiel nach Wegen gesucht, radioaktive Stoffe bei Mordanschlägen einzusetzen, unter anderem Cäsium und Polonium. Entsprechende Forschungen waren vom KGB in der Sowjetunion durchgeführt worden, weshalb Ingrid mit besonderem Interesse die Ermittlungen im Mordfall des ehemaligen russischen KGB-Offiziers Alexander Litwinenko in London verfolgt hatte.

Ingrid verscheuchte die Gedanken an die CIA. Mit jener Behörde hatte sie einst allzu enge Bekanntschaft gemacht.

52

Erik und Katja saßen nebeneinander in einem sparsam möblierten Büro im Gebäude des Sicherheitsdienstes MI5 auf der Londoner Millbank am Ufer der Themse.

Auf der anderen Seite des Tisches saß ihnen der etwa vierzigjährige Hugh Griffin gegenüber, der ein wenig exzentrisch aussah mit seiner altmodischen Brille und seiner seltsamen Frisur, die offenbar dauerhaft von seinem dichten, lockigen Haar Besitz ergriffen hatte. Außerdem leistete ihnen John McFegon Gesellschaft, ein Beamter, der mit unverkennbar schottischem Akzent sprach.

Erik hatte den Männern detailliert die Ereignisse der letzten Tage geschildert und ihnen die Tagebuchaufzeichnungen gezeigt. Als er fertig war, blickte Griffin nachdenklich auf das Material.

»Hm«, sagte er. »Dass die Nazis angereichertes Uran versteckt haben sollen ...«

Erik versuchte, den Tonfall des Mannes zu interpretieren, aber er konnte weder Überzeugung noch Unglaube heraushören.

»Eine ziemlich wilde These, für deren Beweis mehr als nur ein paar Tagebuchnotizen nötig wären. Vor allem, weil diese These auch von den Historikern nach meinem Wissensstand nicht nennenswert verfolgt wird«, fuhr Griffin fort. »Aber erzählen Sie mir von Ihrer Mutter. Sie scheint die einzige Person zu sein, von der man in dieser Sache Informationen aus erster Hand bekommen kann.«

Erik hätte seine Mutter gerne herausgehalten, aber wenn er die Beamten überzeugen wollte, blieb ihm nur, offen zu sprechen.

»Meine Mutter hat zur gleichen Zeit wie mein Vater in Berlin studiert und gearbeitet.«

»War sie auch Physikerin?«

»Nein, sie war – Erbforscherin.«

Erik registrierte Griffins interessierte Miene. Der Mann blickte auf seine Unterlagen. »Aus derselben Branche wie Sie. Nur dass es damals noch keine Gentechnologie gab.«

Erik merkte, wie er rot wurde.

»Kann sein, dass wir irgendwann mit Ihrer Mutter sprechen müssen, aber ganz besonders interessieren uns die Verbindungen Ihres Vaters nach Finnland sowie die Erben von Hans Plögger, die dort leben.«

Erik sah den Beamten überrascht an. »Die Erben von Plögger in Finnland?«

»Sohn und Enkel. Markku und Robert Plögger. Letztgenannter wurde tot aufgefunden.«

»Woher wissen Sie ...?«

Griffin sah seinen Kollegen an, der nun zum ersten Mal das Wort ergriff.

»Wir verfügen über gewisse Informationen, die der Geheimhaltung unterliegen«, sagte der graubärtige, ausgesprochen ruhig wirkende McFegon. »Aber sagen wir mal so: angereichertes Uran taucht weltweit nicht allzu oft auf. Und wenn es irgendwo plötzlich auftaucht, weckt es immer auch die Frage nach seiner Herkunft.«

»Ist in Finnland ...«

»Wir beantworten keine Fragen, wir stellen sie«, sagte McFegon, ohne sonderlich unfreundlich zu klingen. »Wir leiten Ihre Informationen an unsere Kollegen in Helsinki weiter, und die werden Sie zu dem Thema vermutlich umgehend befragen wollen.«

Erik hörte mit wachsendem Erstaunen zu. »Ich fliege demnächst zur Beerdigung meines Vaters nach Helsinki.«

»Wir werden Ihre Kontaktdaten nach Finnland weitergeben, die dortigen Behörden können sich dann mit Ihnen in Verbindung setzen. Auch die deutsche Polizei wird Sie noch mal wegen der Brandstiftung befragen. Uns interessiert natürlich in erster Linie Ihre Behauptung, eine Person, die etwas über das angereicherte Uran wissen könnte, sei von Berlin ausgerechnet nach London geflogen.«

Erik fasste rasch den Stand der Dinge zusammen und zog den Zettel mit den Angaben zum Eigentümer des grünen Fords aus der Tasche.

»Hier, Fahrzeughalter und Adresse«, sagte er, während er McFegon den Zettel gab. Der Schotte warf nur einen Blick darauf und gab ihn dann an Griffin weiter.

»Können Sie den Mann beschreiben?«

Erik lieferte die Beschreibung so genau er konnte, und Katja ergänzte ein paar exakte Details über Haare und Kleidung des Mannes.

»Hervorragend«, sagte Griffin und stand auf, um zu signalisieren, dass die Besprechung beendet war.

»Was werden Sie unternehmen?«, fragte Erik im Sitzen.

»Als erstes picken wir uns aus den Bildern der Überwachungskameras in Heathrow den Mann heraus, den Sie uns beschrieben haben. Kann sein, dass wir Ihnen das Bild dann sicherheitshalber noch einmal vorlegen. Anschließend checken wir unsere Dateien. Und wir stehen natürlich in Kontakt mit unseren Kollegen in Deutschland und Finnland. Sie können jetzt erst mal beruhigt nach Hause gehen.«

»Warum Finnland?«, versuchte es Erik noch einmal, denn die Frage ließ ihm keine Ruhe.

»Wie gesagt: Kein Kommentar. Danke für Ihre Hilfe, wir kommen bald auf Sie zurück.«

Die Kempshott Road war eine von heruntergekommenen Reihenhäusern gesäumte Straße in London-Streatham. In den Fenstern hingen ehemals weiße Jalousien und Spitzengardinen, die Farbe an den Haustüren blätterte ab, auf den Dächern wucherte das Moos.

Das Haus mit der Nummer 72 unterschied sich nicht im Geringsten von den Nachbarhäusern. In dem schmalen, länglichen Garten hinter dem Haus umwucherte das Unkraut einen kaputten Kinderwagen und anderen Schrott.

Im Erdgeschoss waren an dem Fenster zum Garten hin neue Vorhänge angebracht. Der Raum dahinter wäre ohne das helle Licht der Tischlampe gar nicht zu sehen gewesen.

Im Lichtkreis der Lampe waren vorsichtige Finger damit beschäftigt, ein gelbes Kabel an die Elektronik eines Zünders anzuschließen. Dann griffen sie nach einem Schraubenzieher und zogen die Schraube, die das Kabel fixieren sollte, fest. Der Sprengstoff wartete in einer dunklen Ecke des Raumes hinter einem Sessel.

Malek beobachtete Parviz' ruhiges Vorgehen.

»Ich würde gern schon die Beutel mit dem Pulver an der Sprengladung befestigen«, murmelte Parviz, der voll auf seine Arbeit konzentriert war.

»Die sind innerhalb der nächsten zwei Stunden hier«, versprach Malek.

Rashid, Saiid und Utabar hatten zur vereinbarten Zeit das englische Kanalufer erreicht, waren dann aber wegen eines Unfalls auf der um London herum führenden M25 im Stau stecken geblieben.

Das machte Malek ein wenig nervös. Andererseits kam es vor allem darauf an, dass das Pulver in den Autos in Sicherheit war.

Erik blieb am Steuer sitzen, während Katja die Kinder vom Schulhof abholte. Die Straße vor der Schule war voller Autos von Müttern, die ihren Nachwuchs abholten. Die Sonne schien, und Erik nahm die Sonnenbrille aus dem Handschuhfach.

Er war so müde, dass er im Sitzen eingeschlafen wäre, wenn er es sich erlaubt hätte. Vor dem Besuch bei der Polizei hatte er noch gehofft, man würde ihn überhaupt ernst nehmen. Dann aber war er überrascht gewesen, *wie* ernst die Beamten seine Informationen genommen hatten. Vollkommen unbegreiflich erschien es ihm jedoch, dass die britische Polizei bereits über die Erben von Hans Plögger in Finnland informiert war und darüber, dass dessen Enkel Robert ermordet aufgefunden worden war.

Je länger Erik darüber nachdachte, umso wütender wurde er, weil die Polizei ihm nichts darüber sagen wollte. Er beschloss, von zu Hause aus selbst bei Markku Plögger anzurufen.

Im Rückspiegel sah er Katja und die Kinder auf das Auto zukommen. Er stieg aus, um den Kofferraum zu öffnen, und begrüßte die Kinder so heiter, wie es ihm möglich war.

»Ich dachte, du bist in Deutschland«, sagte Olivia.

»Das war ich auch.« Erik lächelte matt. »Aber jetzt bin ich hier. Was gab's heute in der Schule?«

Die Kinder erzählten lang und breit von all den großen und kleinen Ereignissen ihres Schultages, aber Erik war in Gedanken woanders. Er wartete ungeduldig auf den Brief vom Rechtsanwalt seines Vaters. Vielleicht würde der ein bisschen Licht in dieses Dunkel bringen.

Zu Hause war jedoch noch immer keine Mitteilung vom DHL-Boten eingetroffen. Katja ging mit den Kindern in die Küche, um ihnen etwas zu essen zu machen, und Erik setzte sich an den Computer. Er gab bei Google »Markku Plögger« ein und erhielt seitenweise Links. Plögger war Diplom-Ingenieur und schien eine Unternehmensberatungsfirma in Espoo zu besitzen.

Auch die Suche nach seinem Sohn Robert ergab einige Treffer: der TH-Student war ein aktiver Studentenpolitiker und in national gesinnten Kreisen aktiv.

Erik gab auch noch den Namen Parviz Jafra ein, erzielte jedoch keinen Treffer.

Nachdem er kurz seine Gedanken geordnet hatte, wählte Erik die Nummer von Markku Plögger, die auf der Homepage von dessen Unternehmensberatung angegeben war. Niemand meldete sich, weshalb er eine Nachricht auf dem Anrufbeantworter hinterließ.

Müde und hungrig ging Erik in die Küche und versuchte, mit den Kindern zu plaudern, während er Toast mit Marmelade aß und einen Tee trank. Innerlich bat er Olivia und Emil um Verzeihung. Sobald ich diese Dinge geklärt habe, dachte er, werde ich mich nur noch euch widmen.

Fast im selben Moment klingelte sein Handy. Er sah, dass der Anruf aus Finnland kam, und ging ins Wohnzimmer, um dort zu telefonieren.

»Hier spricht Oberinspektor Valkama von der Finnischen Sicherheitspolizei, guten Tag. Hätten Sie einen Augenblick Zeit?«

»Ja«, sagte Erik beeindruckt. Der MI5-Beamte hatte nicht zu viel versprochen.

»Sie waren heute Morgen bei unseren Kollegen in London. Wäre es Ihnen möglich, für ein Gespräch nach Helsinki zu kommen?«

»Ich komme in etwa zwei Wochen anlässlich der Beerdigung meines Vaters.«

»Ich dachte an morgen, spätestens übermorgen.«

»Sagen Sie mir, worum es geht, dann kann ich es mir überlegen.«

»Wir können darüber nicht am Telefon reden. Wenn Sie nicht zu uns kommen können, dann kommen wir zu Ihnen. Wegen der Einzelheiten rufe ich Sie später noch einmal an.«

Erik überlegte eine Sekunde. »In Ordnung. Ich warte auf Ihren Anruf.«

Noch ungehaltener als zuvor legte er das Telefon aus der Hand. Warum sagte man ihm nichts? Und warum ging man trotzdem so selbstverständlich davon aus, dass er ihnen allen zur Verfügung stand?

Aus der Küche hörte er zwischen dem Geschirrklappern, wie sich die Kinder zankten. Katja wies sie gereizt zurecht. Erik resümierte die wenigen Fakten, die er bislang gesammelt hatte. Nur wenn er sie richtig zusammensetzte, könnte er einen Schlüssel zu allem finden. Der frischeste und konkreteste Informationskeim steckte im Namen und in der Adresse von Parviz Jafra. Dort könnte er den Mann finden, der hinter Plöggers Tagebüchern her gewesen war. Vielleicht war über ihn auch an die Tagebücher zu kommen, in denen konkret über das Uranversteck berichtet wurde, oder in denen zumindest zusätzliche Informationen über die Jahre seines Vaters in Deutschland enthalten waren. Auch für die Zukunft der Kinder war es wichtig, dass die Wahrheit über ihre Großeltern ans Licht kam. In der Lüge zu leben war kein richtiges Leben. Dieses Erbe wollte Erik nicht an seine Kinder weitergeben.

Er stand abrupt auf und ging wieder zum Computer. Erneut war er Katja dankbar, die dafür sorgte, dass er seine Ruhe hatte. Er klickte ein Kartenprogramm an und gab die Adresse von Parviz Jafra ein. Ohne weiter nachzudenken druckte er den Kartenausschnitt aus.

Katja trat mit ernstem Gesicht zu ihm. »Ich habe eine E-Mail von Carl bekommen. Er teilt mit, dass er vom heutigen Tag an aus dem Dienst von Gendo ausscheidet.«

Erik überlegte einen Moment. Am liebsten hätte er seiner Mutter auf den Zahn gefühlt, um herauszufinden, ob sie etwas mit der Sache zu tun hatte, aber er hatte einfach nicht die Kraft dazu. Nicht jetzt.

53

Es klopfte energisch an der Tür.

Malek nickte Parviz zu, der zögernd das Sicherheitsschloss öffnete. Rashid kam mit einer offensichtlich schweren Lonsdale-Sporttasche herein. Parviz schloss die Tür und gab ihm die Hand.

»Ihr seid dem Stau entkommen«, stellte Malek fest, den Blick auf Rashid gerichtet.

Rashid erwiderte den Blick. »Wie du siehst.«

Malek trug die Tasche ins Hinterzimmer, wo die Vorhänge noch immer geschlossen waren.

»Alles fertig?«, fragte Rashid.

Parviz deutete auf die Apparaturen auf dem Tisch. »Nur die Gewürze fehlen noch.«

Rashid grinste, nahm den Bleibehälter aus der Tasche und stellte ihn daneben auf den Fußboden.

»Wer von uns beiden macht den Rest?«, fragte Rashid.

Zwischen zwei erfahrenen Bombenbauern musste entschieden werden, wem die Ehre zukam, diese einzigartige Bombe zu vollenden.

Malek schaute abwechselnd Parviz und Rashid an. »Ich vertraue euch beiden vollkommen. Aber Rashid hat den Stoff auf einem langen Weg hierhergebracht. Er soll den Rest machen.«

Rashid blickte kurz auf Parviz, der zustimmend nickte.

Rashid griff nach dem Bleibehälter und stellte ihn auf den Tisch.

Erik musste dem DHL-Boten, einem kurz angebundenen, höflichen Schwarzen, an der Haustür seinen Ausweis zeigen, bevor ihm das Päckchen ausgehändigt wurde.

Am liebsten hätte er es sofort aufgerissen, aber er beherrschte sich. Der Bote tippte etwas in sein tragbares Registriergerät und reichte Erik einen Plastikstift, mit dem er auf der Kontaktoberfläche seine Unterschrift leisten musste. Dann bedankte sich der Bote und ging zu seinem gelben Lieferwagen zurück. Erik eilte mit dem Päckchen ins Arbeitszimmer.

»Von wem ist denn das?«, fragte Emil irgendwo aus weiter Ferne. Seine Stimme drang nur noch schwach durch Eriks Müdigkeit und Ängste hindurch an sein Ohr.

»Lass den Papa jetzt mal in Ruhe«, entgegnete Katjas Stimme von ebenso weit weg.

Erik schloss die Tür hinter sich. Durch den Ahornbaum vor dem Fenster fiel ein grünlicher Lichtschein ins Zimmer. Der Schreibtisch war voller Papier-, Zeitungs- und Bücherstapel, Erik suchte vergebens nach einer Schere. Wahrscheinlich hatte Olivia sie sich zum Basteln ausgeliehen.

Erik schaltete die Schreibtischlampe an und riss mit Gewalt die stabile Plastikhülle auf. Sie enthielt ein Begleitschreiben von Tirkkonen, in dem dieser daran erinnerte, dass er über den Erhalt der Sendung unverzüglich in Kenntnis gesetzt werden wolle.

Nachdem er das gelesen hatte, öffnete Erik den eigentlichen Umschlag, auf dem sein Name stand – in der Handschrift seines Vaters.

Seine Hände zitterten. Zum Vorschein kam ein weiteres kleineres und gepolstertes Kuvert. Es war mit einem Siegel verschlossen, mit echtem roten Siegelwachs, wie Erik es zuletzt irgendwann in seiner Kindheit auf den Papieren seiner Mutter gesehen hatte.

Durch die Form und die Größe des Kuverts glaubte Erik den Inhalt zu erahnen, und nachdem er auch dieses Kuvert mit einer scharfen Bewegung aufgerissen hatte, erwies sich seine Vermutung als richtig.

Eine altmodische Audiokassette.

Erik schob die Hand ins Kuvert, weil er annahm, noch eine Art Begleitschreiben zu finden, aber da war nichts weiter.

Da war nur die TDK-90-Minuten-Kassette, auf deren Etikett ebenfalls stand: »Für Erik.«

Erik eilte in die Küche.

»Wo ist unser alter Kassettenrecorder?«, fragte er Katja.

Olivia schaute neugierig auf die Kassette. »Was ist das?«

»Steht der nicht im Kinderzimmer?«, meinte Katja zögernd.

Erik war bereits an der Tür, als er Emils Stimme hörte: »Der ist doch kaputt. Die Bänder verwickeln sich immer.«

»Großer Gott, wir werden doch wohl irgendwo einen funktionierenden Kassettenrecorder haben!«, rief Erik.

»Du kannst sie dir ja im Auto anhören«, schlug Olivia fast schüchtern vor.

Erik sah seine Tochter zärtlich an. »Gute Idee! Was habe ich doch für eine kluge Tochter!«

Er fuhr der strahlenden Olivia durchs Haar und zwinkerte Emil zu. »Und du hast ja auch manchmal deine hellen Momente.«

Emil wich Eriks Hand schnaubend aus, aber in seinem Gesicht sah man, dass sich der Junge über den unvermuteten Ausbruch von guter Laune bei seinem Vater freute.

Katja folgte Erik in den Flur.

»Willst du, dass wir sie uns gemeinsam anhören?«, fragte sie vorsichtig.

»Nein. Ich werde sie mir erst allein anhören. Aber trotzdem danke.«

Er küsste Katja auf die Wange, nahm die Autoschlüssel vom kleinen Tisch und ging nach draußen. Im Wind spürte man schon den Herbst, vom Regen hatten sich überall Pfützen gebildet. Erik setzte sich ins Auto, steckte den Schlüssel ins Zündschloss und holte tief Luft, während er die Kassette einlegte.

Ohne zu zögern drückte er die PLAY-Taste, lehnte sich im Sitz zurück und hörte dem Rauschen zu, das aus den Lautsprechern kam.

Dann knackste es, und eine Stimme begann zu sprechen.

»Erik … wenn du das hörst, bin ich also tot.«

Erik erschrak, als er die schmucklose Feststellung seines Vaters hörte. Aber warum sprach er englisch?

»Wir haben heute den 8. August 1998, es ist Abend …«

Die Aufnahme klang gedämpft und fern. Erik beugte sich rasch nach vorn, um den Apparat lauter zu stellen.

»Als erstes möchte ich dir sagen, dass du unermesslich viel Freude und Licht in mein Leben gebracht hast. Und gerade darum habe ich dir nicht alles sagen können. Ich konnte dir nicht von den Schattenseiten meines Lebens erzählen, die ich selbst am liebsten vergessen hätte. Es wäre für uns alle eine zu große Last gewesen.«

Erik hörte, wie die Stimme seines Vaters brach, und musste mit den Tränen kämpfen.

»Es tut mir zutiefst leid, dass ich nicht fähig war, mit dir zu reden, als ich noch lebte. Aber jetzt ist es für dich an der Zeit, alles zu erfahren. Ich hoffe und glaube, dass du keinem einzigen Menschen etwas davon erzählen wirst. Und dass du mit dieser Kassette das tust, was ich getan habe: dass du sie einem Anwalt übergibst, mit den gleichen Anweisungen, die ich gegeben habe. Emil und Olivia werden es später genau so tun. Und so weiter. Diese Dinge gehören auf keinen Fall in die Öffentlichkeit, aber man kann sie auch nicht vor den nachkommenden Generationen verschweigen und mit ins Grab nehmen. Ich habe beschlossen, diese Kassette auf Englisch zu besprechen, weil die Kinder von Emil und Olivia höchstwahrscheinlich kein Finnisch mehr lernen.«

Erik lauschte so angestrengt den Worten seines Vaters, dass es fast schmerzte.

»Als junger Mann war ich sehr ehrgeizig, genau wie du. Wie viele andere Finnen bin ich zum Studium nach Deutschland gegangen. Das war damals durchaus üblich. Im August 1937 kam ich in die Abteilung für Physik des Kaiser-Wilhelm-Instituts in Berlin-Dahlem …«

Der Vater erzählte nun von seinem Studium in Berlin, von der bahnbrechenden Entdeckung seiner Zeit – der Kernspaltung – sowie von seiner Doktorarbeit und der damit verbundenen Uranforschung. Er erzählte von Doktor Mayer, von seinem Freund Hans und von einer enormen Herausforderung: vom Bau der Atombombe. Im Endstadium des Krieges war er in die Raketenabteilung gewechselt, wo man versucht hatte herauszufinden, wie man die Bombe am besten ans Ziel brachte.

»Ich glaube, dass du verstehst, warum ich über all das geschwiegen habe. Mein Leben lang habe ich mich dafür geschämt, ein Rädchen in der Kriegsmaschinerie der Nazis gewesen zu sein …«

Die Stimme seines Vaters wurde leiser. Erik drehte die Lautstärke noch höher. Das Rauschen nahm zu, aber die Worte ließen sich nun besser verstehen.

»In den Stollen der Mittelwerke sah ich, wie die arbeitenden Häftlinge behandelt wurden. Ich kann nicht behaupten, nichts gewusst zu haben, auch wenn ich nie eines der Lager von innen gesehen habe … Die Häftlinge mussten bei Schichtwechsel im Laufschritt den Weg zwischen Lager und Stollen zurücklegen. Wenn einer in der Schar der vielen tausend Gefangenen stolperte oder vor Schwäche zusammenbrach und nicht mehr allein auf die Beine kam, wurden ihm gnadenlos Stockhiebe verabreicht.«

Die Stimme des Vaters zitterte.

»Stand der Häftling dann nicht auf, bekam er sofort eine Kugel in den Kopf. In der Fabrik wurden laufend für alle möglichen ›Vergehen‹ Todesurteile ausgesprochen, und ich versuchte stets einen möglichst großen Bogen um Halle 41 zu machen. Das gelang mir nicht immer, und jedes Mal, wenn ich dorthin musste, hingen Tote an den Balken – aufgehängt ... Was aber geschah in den anderen Lagern? Darüber wusste ich nichts. Ahnte ich es? Mit Sicherheit. Über Hans hatte ich Katharina kennengelernt, eine deutsche Medizinerin ...«

Erik neigte sich etwas nach vorne.

»All die bedrückten, verhüllten Berichte von Katharina aus Dachau, all die geheimen Gespräche mit Hans. Und Ingrids Sätze, über die sie nicht weiter nachgedacht zu haben schien. Aber ich habe nie einen Juden persönlich gekannt. Ich hatte nie jüdische Nachbarn, die weggebracht worden wären, ohne dass man je wieder von ihnen gehört hätte. Und diese ganze Massenvernichtung – die ist ja hauptsächlich weit weg im Osten vor sich gegangen. In Polen und Russland. Aus den Augen, aus dem Sinn. Außerdem war in den Kriegsjahren mein ganzes Leben auf die Arbeit ausgerichtet ...«

Der Vater räusperte sich erkennbar verlegen.

»Aber mit der Bombe wurden wir nicht fertig, weil Deutschland vorher zusammenbrach. Auf verschiedenen Gebieten war unser Atomprogramm jedoch trotzdem erfolgreich, auch wenn es nach dem Krieg in niemandes Interesse lag, viel Aufsehens davon zu machen. Unter anderem gelang es uns, Uranisotope zu trennen ... in sehr kleinen Mengen, aber immerhin.«

Erik hielt den Atem an, als sein Vater schließlich vom Uranversteck im Thüringer Wald erzählte.

»Ich habe noch nie mit jemandem darüber gesprochen, außer mit deiner Mutter, in einem schwachen Moment. Die Menge war gering, hundertachtundsechzig Gramm, aber da es sich um waffenfähiges angereichertes Uran handelt, kann man mit diesem Wissen nicht vorsichtig genug sein.«

Erik starrte auf das Kassettenradio, als rechnete er damit, es würde jeden Moment weitere unbequeme Wahrheiten ausspucken.

»Ich weiß, das klingt in deinen Ohren alles nach Rechtfertigung. Aber ich verbrachte acht Jahre meines Lebens ausschließlich in jener einzigen Welt, die ich kannte … Und in jener Welt führte das so genannte neue Deutschland einen legitimen und siegreichen Krieg gegen all jene Feinde, die für die Schmach von Versailles und darüber hinaus für die Machtergreifung der Bolschewiken in Russland verantwortlich waren. Und Hitler hatte beschlossen, dass die Juden zu jenen Feinden gehören.«

Erik rutschte auf dem Sitz hin und her wie auf glühenden Kohlen. Erzähl mir mehr von dem Uran!

»Als die Amerikaner mich verhörten, kam mir der Gedanke absonderlich und widerwärtig vor, aber das war die Welt, in der ich gelebt hatte. Ich hatte von nichts anderem etwas gewusst oder verstanden. Ich kannte nur meine eigene Realität …«

Erik schaltete den Kassettenrecorder aus. Er musste sofort etwas unternehmen. Aber was? Sein Vater verbot ihm, mit irgendjemandem über das Uran zu reden, aber das war ja offensichtlich inzwischen auf anderem Weg herausgekommen.

Erik nahm die Kassette, steckte sie in die Brusttasche und stieg aus dem Wagen. Er musste zuerst Griffin anrufen, die Kassette konnte er später zu Ende hören.

»Was war denn auf der Kassette?«, fragte Katja, als Erik ins Haus kam.

»Ich vermute, die Wahrheit. Mein Vater bestätigt darauf, dass sie im Krieg Uran versteckt haben«, antwortete Erik. »Ich rufe Griffin an.«

Als hätte sie es geahnt, reichte Katja ihm das Telefon. Erik holte tief Luft und suchte im Speicher nach Griffins Nummer.

»Ah, Mr. Narva. Was haben Sie auf dem Herzen?«

»Ich habe heute eine Kassette bekommen, auf die mein Vater sein Testament gesprochen hat. Er berichtet von seiner Arbeit für Hitlers Atomprogramm. Und er sagt, dass er dabei war, als sie hundertachtundsechzig Gramm waffentaugliches U-235 versteckt haben.«

»Ist das alles?«

Griffins Reaktion überraschte Erik vollkommen.

»Was meinen Sie damit?«, fragte er verdutzt und beleidigt. »Ist das nicht ziemlich ...«

»Was ich wissen will, ist, ob Ihr Vater auch noch von etwas anderem redet. Oder war das sein Geheimnis?«

»Ich verstehe nicht, worauf Sie hinauswollen. Sie wollten Beweise dafür haben, dass Uran versteckt worden ist, und ...«

»Genau, und das, was Sie da sagen, erleichtert mich. Die Menge ist nämlich sehr gering, man kann daraus beispielsweise keine Atombombe machen.«

Griffins beschwichtigender Tonfall brachte Erik zum Kochen. »Natürlich stellt diese Menge an sich noch keine große Gefahr dar, aber sie kann durchaus solchen Leuten von Nutzen sein, die mit großen Anstrengungen versuchen, genau diesen Stoff herzustellen. Vor allem wäre sie für Leute interessant, die Material für eine schmutzige Bombe suchen.«

»Sie haben wirklich eine lebhafte Phantasie, Mr. Narva«, sagte Griffin mit einer solchen Kälte, dass es Erik einen Stich versetzte. »Wie gesagt, wir haben Ermittlungen angestellt. Und nach dem, was sie ergeben haben, besteht derzeit kein Anlass zu Befürchtungen.«

»Waren Sie bei Parviz Jafra? Wissen Sie, wer der Mann ist?«

»Sie können sicher sein, dass wir unsere Arbeit erledigen.«

»Waren Sie bei ihm zu Hause? Womöglich hat er weitere Tagebücher, in denen unter Umständen genauer beschrieben wird ...«

»Gern werden wir uns die Kassette im Rahmen einer Routinemaßnahme anhören. Könnten Sie vorbeikommen und sie uns bringen?«

Erik überlegte kurz. »Ich bin in einer Stunde bei Ihnen.«

Konfus beendete er das Gespräch. Wieso war jetzt plötzlich alles in bester Ordnung?

Ohne zu zögern suchte er nach Schneiders Nummer in Berlin und rief an.

»Ich habe eine von meinem Vater besprochene Kassette in die Hände bekommen, auf der vom Versteck des U-235 die Rede ist«, teilte er Schneider mit. »Die Menge ist nicht groß, 168 Gramm, aber für eine schmutzige Bombe ...«

»Wir reden darüber sicher nicht am Telefon, Herr Narva«, unterbrach ihn Schneider strikt. »Es besteht auch kein Anlass zur Überreaktion. Sie können den Fall ganz beruhigt den zuständigen Behörden überlassen.«

»Das würde ich auch tun, aber beim MI5 hat man mir gesagt, es seien Ermittlungen durchgeführt worden, und denen zufolge bestünde kein Anlass zur Sorge. Außerdem will ich wissen, was mein Vater ...«

»Vertrauen Sie einfach den Profis. Einen schönen Tag noch, Herr Narva.«

In der Leitung begann es zu tuten.

Erik glühte vor Zorn. Was war nur in all diese Beamten gefahren? Was zum Teufel ging hier vor?

Griffin würde eine Kopie der Kassette bekommen, beschloss

Erik. Das Original würde er auf keinen Fall aus den Händen geben. Und schon gar nicht, bevor er es selbst in Ruhe zu Ende gehört hatte.

Unwillkürlich griff er an die Brusttasche seines Hemdes. Ihm graute allein bei dem Gedanken, die Kassette könnte abhanden kommen, bevor er alles gehört hatte, was sein Vater ihm hatte sagen wollen. Er ging in den Flur und zog sich die Jacke über.

»Wo gehst du hin?«, fragte Katja relativ ruhig. Sie schien sich langsam an Eriks abrupte Aufbrüche zu gewöhnen.

»Zu Griffin. Er will die Kassette kopieren. Ich höre sie auf dem Weg zu Ende. Bleib bei den Kindern, ich rufe dich an.«

Malek betrachtete die Bombe, die an sich schon bedrohlich aussah. Um den Hexogensprengstoff herum war mit Draht ein Gürtel aus schwarzen Plastikbeuteln befestigt. Daneben warteten der Zünder und die mit ihm verbundene Schaltuhr darauf, angeschlossen zu werden.

»Großartige Arbeit«, sagte Malek und sah Rashid, Saiid, Utabar und Parviz bedeutungsvoll an.

Rashid erwiderte den Blick jedoch nicht – das war seltsam. Stattdessen schaute er auf die anderen Männer.

Erst eine scherzhafte Bemerkung von Saiid lockerte die Stimmung ein wenig.

Rashid und Utabar verstauten die Bombe in der Lonsdale-Sporttasche.

Malek ging auf die kleine Toilette neben der Treppe. Dort zog er hastig das Handy aus der Tasche und schickte an eine Nummer, die er auswendig gelernt hatte, eine SMS, deren Text lediglich aus der Zahl 3 bestand.

Als er ins Zimmer zurückkam, waren die anderen verschwunden. Verwundert stand Malek in dem leeren Raum.

Mit einer klangvollen Tonfolge meldete das Mobiltelefon den Eingang einer SMS. Nachdem die Mitteilung geöffnet war, erschien auf dem im Halbdunkel leuchtenden Display die Zahl 3.

Der Mann legte das Mobiltelefon auf den leeren Sitz neben sich. An dem Gestell vor ihm waren elektronische Armaturen festgeschraubt, an denen Ziffern, Signallampen und kleine Monitore leuchteten. Auf einem Monitor war ohne Ton die CNN-Übertragung zu sehen: Iranische Militärfahrzeuge zogen Raketen durch die Wüste.

»Ich habe die Nachricht erhalten. Das Spielzeug ist fertig, Craig«, sagte der Mann in breitem amerikanischem Englisch in das Mikrofon, das auf einem biegsamen Schwanenhals aus dem Armaturenbrett ragte.

»Craig hat verstanden«, hieß es im Kopfhörer.

Nervös wischte sich der Mann vor den Armaturen mit einem Papiertaschentuch über die Stirn. Durch die vielen Instrumente war es eng in dem Renault-Lieferwagen, und die Luftzirkulation funktionierte auch nicht richtig.

Das Fahrzeug stand in der Ellison Road im Londoner Stadtteil Streatham. An den Seiten prangten die Werbeaufschriften einer Installationsfirma. Nichts verriet den wahren Inhalt des Laderaums.

54

Erik näherte sich der Kreuzung Raynes Park im Süden von London. Er folgte dem Verkehr intuitiv, seine gesamte Aufmerksamkeit war auf die Stimme seines Vaters gerichtet, die aus der Stereoanlage drang.

»Ich bin nie einer von ihnen gewesen. So habe ich es mir selbst eingeredet, als ich auf mein Verhör im Stützpunkt der Amerikaner wartete. Ich war Finne, kein Deutscher. Meiner Meinung nach hatte ich die Naziideologie nie im eigentlichen Sinn unterstützt, schließlich war ich in der Praxis ja auch ein Fremdarbeiter. Auf der ›falschen‹ Seite, aber aus Unwissenheit und durch die Umstände dazu gezwungen. Wie hätte ich denn anders handeln sollen? Was hätte ich tun können? Eine Pistole ins Institut schmuggeln und den Führer erschießen, als ich an der Reihe war, ihm die Hand zu geben?«

Erik unterdrückte ein Stöhnen. Sein Vater hatte Hitler die Hand gegeben? Wie nahe konnte man damals diesen Verbrechen kommen – und ahnungslos bleiben?

»Den Amerikanern, die mich verhörten, sagte ich, ich hätte mich während des Krieges keiner kriminellen Handlung schuldig gemacht. Außerdem hätte ich mich nie als ›Teil des Naziregimes‹ gesehen, sondern ausschließlich als Wissenschaftler, wegen meiner Jugend überdies weit unten in der Hierarchie, und als Ausländer sozusagen das Anhängsel.

Ich kann mich noch gut an die spöttische Antwort von einem der Amerikaner erinnern: ›Wissen Sie, in diesem Land gibt es heute Millionen von Leuten wie Sie, die einfach die Befehle von oben befolgt haben, ganz egal, was sie zum Inhalt hatten. Sie haben einfach gehorcht, ohne Fragen zu stellen, und erst recht, ohne etwas zu hinterfragen‹.«

Genau, dachte Erik und warf einen Blick auf den Zettel mit der Adresse von Parviz Jafra. Nach kurzem Zaudern setzte er den Blinker und bog rechts in Richtung Streatham ab. Er beschloss, sich das Haus anzusehen, denn das war die einzige Chance, den Mann anzutreffen, der mit seinem Vater bei Katharina Kleve gewesen war – von Griffin war ja keine großartige Hilfe zu erwarten.

»›Warum sind Sie eigentlich nicht nach Finnland zurückgekehrt?‹, fragte mich der amerikanische Major. Und diese Frage brachte mich ernsthaft zum Nachdenken. Das hatte bis dahin noch niemand von mir wissen wollen. Ich antwortete, es sei damals für mich einfach nicht daran zu denken gewesen. Meine Doktorarbeit war fast fertig, mein ganzes Leben spielte sich in Berlin ab.«

Erik wunderte sich immer mehr, warum sein Vater so gut wie nichts über seine Mutter sagte. Einerseits verstand er es angesichts der schweren Scheidung, aber es wäre ihm wichtig gewesen, zu hören, was sein Vater von der Arbeit der Mutter hielt.

»Auch die folgende Frage des Majors berührte einen wunden Punkt: ›Hielten Sie Ihr Handeln für moralisch gerechtfertigt? Was wäre gewesen, wenn Deutschland es tatsächlich geschafft hätte, unter Ihrer Mitwirkung eine Atombombe zu entwickeln und sie zum Beispiel gegen London oder Paris einzusetzen? Was hätten Sie dann gedacht?‹«

Erik spürte eine große Erleichterung, als er genau die Frage hörte, die er selbst seinem Vater gern gestellt hätte.

»Ich antwortete ihm, dass der ganze Krieg gegen die Westmächte meiner Meinung nach ein Unglück und ein Fehler gewesen sei. Die meisten Deutschen dachten wohl kaum so, höchstens vielleicht in der Endphase des Krieges, ich weiß es nicht … Die Deutschen glaubten sogar, die Vereinigten Staaten hätten Deutschland den Krieg erklärt und nicht umgekehrt. So hatte Goebbels es ihnen ja vorgelogen. So war es uns allen von der deutschen Propaganda dargestellt worden. Und so dachte und glaubte auch ich, bis ich in Finnland hörte, wie es sich tatsächlich verhalten hatte … Das Wesentliche und Wichtigste war für mich der Status Finnlands, die Wahrung seiner Selbstständigkeit. Deutschland war am Ende das einzige Land auf der Welt, das Finnland von 1941 an noch helfen konnte. Finnland war ernsthaft in Gefahr, und diese Gefahr kam aus dem Osten. Wenn ich je an einen Verwendungszweck der fertigen Atombombe gedacht hatte, dann wäre mein Wunsch sicherlich gewesen, dass Hitler sie gegen die Sowjetunion einsetzt. Das hätte der finnischen Sache geholfen, denn ich sah die absolute Abhängigkeit des Schicksals meines Landes vom Kriegserfolg Deutschlands im Osten. So sagte ich es dem amerikanischen Major, der mich verhörte.«

Erik versuchte, eine Haltung zu der Antwort seines Vaters zu gewinnen, aber das musste er wohl auf später verschieben, denn das Lesen der Straßennamen beanspruchte seine ganze Aufmerksamkeit. Bis zur Kempshott Road konnten es nicht mehr als zwei Kilometer sein.

»Die Fragen der Amerikaner bezogen sich dann immer mehr auf konkrete Details meiner Arbeit. Und dann kam die Überraschung: Sie boten mir an, in die Vereinigten

Staaten zu gehen und dort meinen Beruf auszuüben. Dabei waren wir gerade noch Nazifeinde für sie gewesen! Aber natürlich war es vernünftig, Wissenschaftler zu rekrutieren. Die Deutschen verfügten über enorme technische und wissenschaftliche Kompetenz, speziell auf dem Gebiet der Raketenforschung. Die Forschungsgruppe um Wernher von Braun war absolut souverän und einzigartig. Und deine Mutter ist dann ebenfalls in Amerika gelandet …«

Erik wurde hellhörig. Endlich!

»Ich habe über Ingrid bislang nichts gesagt, weil das Thema für mich in vielerlei Hinsicht schwierig ist. In Berlin hatten wir viel gemeinsam, auch was die Arbeit betraf. Die biologischen und genetischen Auswirkungen radioaktiver Strahlung wurden auch an ihrem Arbeitsplatz in Deutschland untersucht. Die Amerikaner waren an den Resultaten sehr interessiert … denn …«

Wieder drangen die Gefühle des Vaters an die Oberfläche und seine Stimme brach. Erik hielt das Lenkrad immer fester umklammert.

»Es fällt mir schwer, darüber zu reden, denn ich habe deiner Mutter versprochen, zu schweigen. Aber ich kann nicht über meine Vergangenheit reden, ohne zu erwähnen, was Ingrid getan hat … Leider gehen diese Dinge auch dich an. Ich hoffe für dich, dass du die Wahrheit verkraften wirst.«

55

Im Hauptquartier des zentralen finnischen Kriminalamts in Vantaa begann erneut eine Sitzung. Auf dem Tisch stand frischer Kaffee in einer Thermoskanne, und ein Korb hielt trockenes Gebäck bereit.

Das ITU, das Europäische Institut für Transurane in Karlsruhe, hatte das Uran aus dem Schließfach am Helsinkier Hauptbahnhof analysiert. Die Ergebnisse der Analyse waren gerade eingetroffen. Normalerweise erhielt man mit Hilfe von Sekundärionenmassenspektrometer und Rasterelektronenmikroskop eine Menge an Informationen über eine untersuchte Substanz: wo sie hergestellt wurde, wie sie angereichert wurde, für welchen Zweck sie bestimmt war.

Diesmal waren die Erkenntnisse des ITU außergewöhnlich. Das Uran enthielt Teilchen unterschiedlicher Herkunft, von denen ein Teil mit Zentrifugentechnik, ein Teil mit Diffusionstechnik und ein dritter Teil mit einem absolut ungewöhnlichen Verfahren getrennt worden war. Über die Herkunft des Materials konnte man nichts sagen – man konnte sich nur darüber wundern.

Malek beobachtete das Verhalten seiner Komplizen, die inzwischen wieder hereingekommen waren, mit zunehmender Besorgnis. Sie würdigten ihn kaum eines Blickes, als sie ins Zimmer marschierten. In dem stickigen, warmen Raum traten Malek Schweißperlen auf die Stirn.

»Was ist los?«, fragte er misstrauisch. »Wo wart ihr?«

»Wir haben uns überlegt, wie wir uns bei dir für die Organisation dieses Projekts bedanken können«, sagte Saiid. »Du bist extrem wichtig gewesen. Ohne dich hätten wir kein Uran. Und somit keine Bombe.«

Saiids Tonfall, der im Widerspruch zu seinen freundlichen Worten stand, ließ Malek Schauer über den Rücken laufen.

»Uns ist nur eine Art von Dank eingefallen«, fuhr Saiid fort.

Dann hob er den Arm, und Malek schaute direkt in den Lauf einer Waffe.

»Du wirst sicher verstehen, dass der Lohn eines Verräters nur der Tod sein kann.«

Einige Sekunden lang stand Malek stumm da. Auch die anderen schwiegen und sahen ihn ernst an.

»Ich verstehe nicht, was …«

»Gib dir keine Mühe. Wir verstehen es.«

Malek hatte sofort begriffen, dass es für ihn keinen Ausweg mehr gab.

»Wie seid ihr dahintergekommen?«, fragte er scheinbar ruhig, aber sein Gehirn arbeitete auf Hochtouren.

»Durch viele Kleinigkeiten«, erwiderte Saiid, die mit Schalldämpfer ausgerüstete Waffe noch immer fest auf Malek gerichtet. »Zum Beispiel dadurch, dass du den finnischen Raketenknaben am Leben lassen wolltest. Und den Alten ebenfalls.«

»Wie gesagt, unnötiges Töten weckt nur unerwünschte Aufmerksamkeit …«

Utabar breitete eine dicke Plastikplane auf dem Fußboden aus. »Stell dich hier drauf!«

56

Malek bewegte sich möglichst langsam. Die Sekunden verrannen. Vor diesem Augenblick hatte er die letzten drei Jahre Angst gehabt, seitdem er zum ersten Mal in Hamburg mit einem Beamten des Bundesverfassungsschutzes gesprochen hatte. Danach hatte er seinen Verbindungsmann einige Male im Jahr getroffen, ihm erzählt, was er wusste – normalerweise sehr wenig –, und war wieder gegangen.

Bis ihm vor einigen Monaten seine alte Informationsquelle Sharif Rastegar »interessantes Material zum Thema angereichertes Uran« angeboten hatte, und er diese Information an seinen Verbindungsmann weitergeben hatte. Wenige Tage später hatte ihn der Verbindungsmann einem mysteriösen Amerikaner vorgestellt, und ein außergewöhnliches Vorhaben war eingeleitet worden: Die Amerikaner wollten im Hintergrund verfolgen, wie eine Gruppe iranischer Terroristen eine echte schmutzige Bombe in London deponierte. Deren Explosion sollten die amerikanischen und britischen Behörden dann gerade noch rechtzeitig »verhindern«. Damit würden sie endlich den gewünschten Vorwand erhalten, um den Iran militärisch anzugreifen.

Malek hatte bei den Vorbereitungen Hilfe vom CIA-Stützpunkt in Berlin erhalten. Sie hatten Katharina Kleve aufgespürt und einen Lockbrief an Rolf Narva nach Helsinki geschickt. Überraschenderweise war es dabei ausgerechnet mit Narva zu Problemen gekommen: Über den Finnen gab es bei der CIA eine Akte der höchsten Geheimhaltungsstufe, weshalb es sehr schwer gewesen war, die Erlaubnis zu erhalten, sich seiner bei der Operation zu bedienen.

»Los!«, befahl Saiid.

Malek trat auf die Plastikplane. »Was habt ihr mit der Bombe vor?«

»Wir bauen sie auseinander und machen zwei daraus. Und lassen sie hochgehen. Aber nicht dort, wo es deine amerikanischen Freunde vermuten.«

Malek spürte, wie das Entsetzen seine Muskeln und Gedanken lähmte.

Saiid schien die Reaktion zu bemerken. »Ja. Wir haben dich beobachtet. Wir haben dich telefonieren gehört. Der wirkliche Explosionsort wird eine Überraschung für sie sein.« Saiids Lippen verzogen sich zu einem zufriedenen Grinsen.

»Ihr könnt nicht …«

»Tempo!«, fuhr ihm Saiid über den Mund. »Leg dich hin.«

Malek blieb stehen. Plötzlich registrierte er eine Bewegung neben sich. Ein kräftiger Tritt von Rashid in die Kniekehlen ließ ihn auf der Plastikplane zusammensinken. Er konnte nichts mehr tun. Aber etwas musste er versuchen. Er ballte die Fäuste. Parviz nahm eine Digitalkamera zur Hand und richtete sie auf ihn.

»Die ganze Welt wird die Wahrheit erfahren«, fuhr Saiid fort. »Die Wahrheit darüber, wie die Amerikaner uns geholfen haben, ein Bombenattentat gegen ihren eigenen Verbündeten zu planen.«

Das Blitzlicht der Kamera flammte auf. Malek blinzelte.

»Weißt du, wie die Bildunterschrift lauten wird?«, fragte Saiid und gab selbst die Antwort: »Malek Bahrami, ein Verräter im Dienste der USA, der am Bau der schmutzigen Bombe beteiligt war und seine eigenen Landsleute betrogen hat.«

Während er sprach, richtete Saiid die Waffe auf Maleks Kopf. Malek konnte nicht sehen, wie sich Saiids Finger um den Drücker krümmte, aber er hörte noch den Schuss.

Wie in Trance lauschte Erik der Stimme seines Vaters. Der Vater erzählte von dem schönen, zielstrebigen Mädchen aus Stockholm, das vor Energie und Wissensdurst geradezu gestrahlt hatte.

»Von Verschuer, der Leiter des Instituts, war von Ingrids Intelligenz beeindruckt. Angeblich hatte man am Institut für Eugenik lange nach so jemandem gesucht. Ich weiß, das ist für dich sehr schwer anzuhören. Auch in Amerika habe ich nicht gleich gewusst, welcher Art die Versuche an ihrem Institut gewesen waren. Und im Dienst der Amerikaner setzte sie ihre unmenschlichen Experimente weiter fort. Bei Menschenversuchen der Atomenergiekommission und der Armee …«

Erik schluckte mühsam. Über die Experimente hatte es in den Neunzigerjahren einige Aufregung gegeben, auch er war schockiert gewesen – und hatte sich gefragt, was es für Wissenschaftler waren, die sich für so etwas hergaben.

Er sah einen freien Parkplatz am Straßenrand und bremste. Hinter ihm hupte es, dadurch merkte er erst, dass er einem Fahrzeug auf der Nebenspur den Weg versperrte. Er ließ das Auto vorbei und parkte ein. Die Häuser im multikulturellen Streatham waren schäbig, die Straßen voller Müll. Dies hier war alles andere als eine angenehme Wohngegend.

»Ingrid schrieb auch geheime Forschungsberichte für die CIA und wer weiß, wofür noch. Die Supermächte waren erbärmlich, Erik. Die Doppelmoral der Amerikaner bereitete mir Übelkeit. Von den Nazis sprach man als der Inkarnation des Bösen, aber gleichzeitig stellte man sie als Wissenschaftler ein. Und noch mehr Übelkeit bereitete mir mein eigenes Verhalten in Deutschland …«

Plötzlich, ohne jede Vorwarnung, wurde die Stimme des Vaters furchterregend düster.

»Wie Hunderte anderer in Deutschland angeworbene Wissenschaftler auch, bauten deine Mutter und ich uns ein neues Leben in unserer neuen Heimat auf. Aber je mehr ich

über die Grausamkeiten des Naziregimes erfuhr, umso schlechter ging es mir. Am schlimmsten war, dass Ingrid mich überhaupt nicht zu verstehen schien …«

Sein Vater musste eine Pause einlegen. Erik wartete beinahe ängstlich ab. Er hatte geglaubt, die Enthüllung habe bereits stattgefunden, aber dann begriff er, dass ihm das Schwerste noch bevorstand.

»Ingrid behauptete sogar, meine geistige Gesundheit sei erschüttert. Von da an konnte ich mich ihr nicht mehr mitteilen, ihr nichts mehr sagen von dem, was in mir vorging. Dennoch führten wir unsere Ehe fort. Ich wollte nicht alleine sein. Und eine Verbindung mit einem anderen Menschen war ausgeschlossen … Ich hätte niemandem die Wahrheit über meine Vergangenheit erzählen können, aber ich hätte auch nicht lügen können.«

Aber mich hast du dein Leben lang angelogen, dachte Erik eher traurig als wütend. Zumindest hast du über vieles geschwiegen. Genau: Du hast geschwiegen. Gelogen hast du tatsächlich nicht. Erik merkte, wie er mit aller Gewalt daran festhalten wollte, von seinem Vater nicht ebenso betrogen worden zu sein wie von seiner Mutter.

»Ingrid und ich, wir waren ein Ehepaar, und trotz allem versuchte ich, deine Mutter zu lieben, so gut ich konnte. Vielleicht war es nie genug, aber ich versuchte es wenigstens …«

Der Vater verschluckte das Ende des Satzes, dann lachte er plötzlich unvermittelt auf.

»Ingrid hat sich nie die Mühe gemacht, mehr als zehn Wörter Finnisch zu lernen: Hyvää päivää. Sauna. Sisu. Perkele … *Erst deine Geburt veränderte alles. Ingrid war gerade erst*

mit dem kleinen Bündel von der Entbindungsklinik in Huntsville nach Hause gekommen, da guckte sie mich auf einmal mit ihren großen, blauen Augen an und erklärte, sie wolle Finnisch lernen. Ich bremste sie, sagte, das sei nicht so leicht, und wollte wissen, was sie so plötzlich veranlasst hatte, sich für die Sprache zu begeistern.
›Du wirst mit dem Jungen Finnisch reden, und dann verstehe ich nichts. Ich will wenigstens ein bisschen primitives Finnisch lernen.‹
Und das hat sie getan. Fast ebenso schnell wie du. Und du warst immerhin ein Kleinkind, für das es sich gehört, zu lernen! Aber ich greife vor. Lange vor deiner Geburt, im Jahr 1950, kam die vorhin schon erwähnte Katharina dauerhaft in die Vereinigten Staaten.«

Katharina Kleve! Warum sprach der Vater von ihr?

»Ingrids Kommilitonin Katharina Kleve war in Berlin meine große Liebe gewesen. In Amerika sahen wir uns zum ersten Mal 1951 wieder. Schon damals in Huntsville ahnte ich, was kommen würde. Und richtig … Ich ließ mich auf ein Verhältnis mit Katharina ein, das viele Jahre andauerte.«

Erik starrte ungläubig auf den Kassettenrecorder. So etwas hätte er sich bei seinem Vater nie vorstellen können. Hätte es ihm jemand anders als der Vater selbst erzählt, er hätte es nicht geglaubt.

Saiid beobachtete die Finger von Parviz, als dieser im Licht der Tischlampe das Uranpulver in zwei gleich große Portionen teilte.

Es herrschte absolute Stille im Raum. Maleks Leiche war in die Plastikplane gewickelt und ins Nebenzimmer geschafft worden.

Mittlerweile war auch ein neuer Mann in der Wohnung erschienen, Abid, der Bruder von Parviz. Ihn hatten sie in den Plan eingeweiht, als Maleks Verrat entdeckt worden war. Abid war ehrgeizig, und er hatte einen einleuchtenden Vorschlag gemacht:

Warum sich mit einem Sprengsatz begnügen? Warum alle Eier in denselben Korb legen? Es gab gute Gründe, so zu verfahren, wie international üblich: eine Bombe hochgehen lassen, warten, bis Aufruhr entstand, und dann die zweite Bombe zünden. Das maximierte die Panik und das Chaos.

Und mindestens eine der beiden Bomben musste richtig groß sein. In der Praxis hieß das: eine Autobombe.

Abid war mit dem für diesen Zweck präparierten Wagen in Parviz' Garage gefahren. Die Wahl des geeigneten Fahrzeugs war das Resultat langer Überlegungen gewesen. Es durfte kein normaler Pkw sein, denn sie würden ihn am Ende allein an einer auffälligen Stelle stehen lassen müssen. Eine Zeitlang hatten sie an ein Taxi gedacht, aber auch ein Taxi, das alleine und verlassen da stand, würde in dem mit Überwachungskameras gespickten Straßenabschnitt Aufmerksamkeit erregen.

Die Lösung hatte sich schließlich gefunden, als Abid den Explosionsort überprüft hatte. Dabei hatte er nämlich festgestellt, dass es einen Fahrzeugtyp gab, an den man in der Gegend gewöhnt war. Wenn so ein Fahrzeug leer am Straßenrand stand, weckte das niemandes Argwohn. Und so ein Fahrzeug hatte Abid besorgt.

Parviz füllte das in zwei Portionen geteilte Pulver wieder in Beutel ab. Rashid und Abid gingen in die Garage, um einen Teil der Beutel an der Autobombe zu befestigen, Saiid und Parviz konzentrierten sich auf die andere Bombe. Für diese hatten sie einen elektrischen Rollstuhl besorgt.

Die Bombe wurde in dem Hohlraum unter dem Sitz installiert, wo sich normalerweise die Batterie befand. Der Zünder, den Malek besorgt hatte, lag auf dem Tisch. An seiner Stelle hatten sie einen neuen Zünder angeschlossen, einen, der mit Sicherheit funktionierte. Anstelle der Originalbatterie hatten sie für den Antrieb des Rollstuhlmotors eine kleinere Motorradbatterie eingebaut, mit der das Gefährt nur einige hundert Meter weit kam.

Mehr war aber auch gar nicht nötig. Notfalls konnte man ja schieben.

57

Erik saugte jedes Wort seines Vaters auf, jeden Laut. Die Straße, die ganze Welt außerhalb des Autos, war für ihn so weit weg wie ein anderer Planet.

»Warum ließ ich zu, dass sich das Verhältnis mit Katharina entwickelte? Ich weiß es bis heute nicht … Aber es war eine unsagbare Enttäuschung für mich, als Ingrid bei den Strahlungsforschungsprogrammen der Atomenergiekommission mitmachte. Dort wurden Dinge getan, über die sie nicht einmal mit mir reden durfte. Sie wollte es auch gar nicht, wie ich bald merkte. Sie hatte sich der Wissenschaft verschrieben, und sie glaubte aufrichtig daran, für wichtige Ziele einzutreten. Das war unfassbar, denn die Versuche waren meiner Meinung nach vollkommen unethisch.«

Der Vater seufzte lange, dann fuhr er mit brüchiger Stimme fort:

»Und die ganze Zeit Ende der Fünfzigerjahre wollte ich meine Dummheit aus der Nazizeit irgendwie gutmachen. Aber mit den Amerikanern schien das ganz und gar unmöglich zu sein. Ich arbeitete für sie, ja, aber es ging mir von Jahr zu Jahr schlechter. Und Katharina schien der einzige Mensch zu sein, der mich verstand. Katharina, nicht Ingrid …«

Blitzartig verstand Erik seinen Vater. Was er getan hatte, den Betrug an seiner Mutter, akzeptierte er zwar nicht. Aber er verstand es. Dieses Gefühl war stark und bewegend.

»Nach dem Krieg wurde das Atomprojekt der Deutschen in der Öffentlichkeit wenig behandelt. 1957 erschien zu dem Thema ein Buch mit dem Titel ›Heller als tausend Sonnen‹, das ich mir heimlich anschaffte. Darin war alles auf den Kopf gestellt … Angeblich hätten wir nicht einmal ernsthaft versucht, eine Bombe zu konstruieren. Heisenberg erklärte, er habe alles getan, um zu verhindern, dass eine Bombe zustande kam. Mayer schwieg. Später hörte ich, dass er in den Fünfzigerjahren Patente beantragt und bekommen hatte, die mit einer thermonuklearen Bombe zu tun hatten. Am schwersten hatte es Otto Hahn gehabt, der Entdecker der Kernspaltung. Er wurde nach dem Krieg zusammen mit anderen wichtigen Wissenschaftlern des Uranvereins zum Verhör nach England gebracht. Dann kam die Nachricht von dem Atombombenabwurf auf Hiroshima … Die anderen Mitglieder des Atomprojekts gingen in der folgenden Nacht in Hahns Schlafzimmer, um sich zu versichern, dass er sich nichts antat. So schwer nahm Hahn die Folgen seiner Tätigkeit. Vielleicht hatte auch er das Gefühl, seine Schuld in irgendeiner Weise sühnen zu müssen …«

Der Vater räusperte sich und beendete den Satz nicht. Das Reden fiel ihm eindeutig schwer.

»Aber ich arbeitete in Huntsville weiter an der Entwicklung von Atomraketen für die Amerikaner. Zuerst hatte ich es für die Deutschen getan, und dann tat ich es für die Amerikaner, die gegen die Deutschen gekämpft hatten …«

Der Sprechrhythmus des Vaters beschleunigte sich etwas, und es kam neue Kraft in seine Stimme.

»Ich glaube nicht, dass du das verstehst, oder dass es überhaupt jemand verstehen kann, aber schließlich traf ich meine Entscheidung. Katharina zeigte mir den Weg. Ich fing an,

Informationen über die Flugkörperentwicklung an die Russen weiterzugeben, weil sie gegen die Amerikaner kämpften.«

Einen Moment lang glaubte Erik, sich verhört zu haben. Er spürte einen Kälteschauer im Leib, aber die Stimme seines Vaters redete weiter, erbarmungslos.

»Ich wusste, dass der Militärgeheimdienst der Sowjetunion alles daran setzte, hinter unsere Geheimnisse zu kommen. Nach und nach begriff ich auch, dass Katharina den größten Teil der Nachkriegsjahre nicht in der DDR, sondern in Moskau verbracht hatte. Von dort wurde sie in den Westen geschickt, um Spione anzuwerben. Ich war viel auf Dienstreisen und traf sie oft. In Restaurants, Motels ... Schließlich traf ich auch ihren GRU-Verbindungsmann. Und anstatt unserem Sicherheitschef davon zu berichten, begann ich, über diesen Verbindungsmann von Katharina Informationen an den Kreml zu liefern, unter dem russischen Decknamen »Wolk« – Wolf.«

Eriks Herz schlug bis zum Zerspringen. Er legte den Kopf auf das Lenkrad und ihm wurde für einen Moment schwarz vor Augen.

»Aber ich tat das nicht für die Sowjetunion, sondern für mich. Und für die ganze Welt. Stalin war gerade gestorben, zu seiner Zeit hätte ich mich unter keinen Umständen auf das eingelassen, was ich nun tat. Chruschtschows neues Regime enthüllte die Grausamkeiten der Stalinzeit, und das war eine große Erleichterung für mich. In der Sowjetunion schien eine ganz neue, freiere Ära zu beginnen. Katharina war begeistert und zuversichtlich. Das steckte mich an. Endlich hatte ich einen Weg gefunden, meine Fehler aus der Nazizeit gutzumachen.«

In der Stimme des Vaters klang eine ganz neue Stärke durch, ein fast religiöses Gefühl von Freiheit schien sich zu artikulieren.

»Ich wusste um die Verwüstungen, die eine Atombombe anrichtet … Ich wusste, dass die Nazis ohne zu zögern weiträumig Kernwaffen eingesetzt hätten. Und ich wusste vor allem, dass es für alle gefährlich war, wenn die Amerikaner ein massives atomares Übergewicht und die Fähigkeit, es einzusetzen, besaßen. Schon ihre Bereitschaft, Hiroshima und Nagasaki zu zerstören, sprach eine ummissverständliche Sprache. Um die Massenvernichtungskraft unter Beweis zu stellen, hätten es auch kleinere Städte getan. Zwischen den beiden führenden Supermächten musste es ein Gleichgewicht geben – eben jenes, dass man später als Gleichgewicht des Schreckens bezeichnete.«

Wieder merkte Erik widerwillig, dass er seinen Vater irgendwie verstand. Akzeptieren konnte er dessen Verhalten dennoch nicht … Auch nicht ansatzweise. Auf einmal verspürte er ein großes Verlangen, mit seiner Mutter zu reden. Oder noch lieber mit Katharina Kleve. Ganz gleich, wie verwirrt die Frau auch sein mochte.

58

Nachdem er die Bombe im elektrischen Rollstuhl installiert hatte, stand Parviz auf. Um den Sprengstoff herum waren graue Beutel mit Uranpulver befestigt worden.

»Zwei Stunden? Bleibt es dabei? Reicht das?«

Fragend sah er Rashid und Saiid an.

»Das reicht«, sagte Rashid.

Parviz tippte etwas in die digitale Schaltuhr ein. Die Fernauslösung per Mobiltelefon war kein verlässliches Verfahren, im schlimmsten Fall konnten die Behörden mit Hilfe der Telefonanbieter sogar das gesamte GSM-Netz in einem bestimmten Gebiet lahmlegen.

Alle Männer holten auf ihren Armbanduhren nun die Zeitnahmefunktion aufs Display und legten den Finger auf den Startknopf. Sie schauten auf Parviz und die Schaltuhr, auf deren Flüssigkristallanzeige die Ziffernfolge 02:00:00 zu erkennen war.

»Fertig«, sagte Parviz. »Die Zeit läuft … *jetzt.*«

Alle setzten per Knopfdruck die Zeitnahmefunktion ihrer Armbanduhren in Gang.

Die Ziffernfolge der Schaltuhr veränderte sich von Sekunde zu Sekunde. 01:59:59 …

Ohne ein weiteres Wort zu wechseln legten Rashid und Saiid die graue Schutzabdeckung auf den Antrieb des Rollstuhls und schraubten sie fest.

Anschließend ging die Gruppe in die Garage, wo ein dunkelgrüner Vauxhall Combo-Kleinlieferwagen stand. Die Farbe und die sparsame Beschriftung ließen ihn eher nach dem Dienstfahrzeug eines öffentlichen Amtes als nach einem Privatwagen aussehen.

Auf der Seite des Laderaums sowie auf einer der beiden Hecktüren stand die bogenförmige Aufschrift: Environmental Maintenance Services. Darunter war zu lesen: Royal Parks Contractor, Mechanical & Electrical. Zu den größten Kunden des Unternehmens, das hier genannt war, gehörten die Königlichen Parks. Dort war die Firma für die Wartung der Elektrik und anderer technischer Anlagen zuständig.

Jetzt befand sich im Laderaum des Vauxhall eine großvolumige Autobombe, die außer Sprengstoff, Beuteln mit Nägeln und Butangasflaschen auch die Hälfte des Uranpulvers beinhaltete. Als Sprengstoff diente Hexogen. Der eingestellte Zeitpunkt der Explosion lag hinter dem des elektrischen Rollstuhls.

Erik konnte die restliche Strecke zum Haus von Parviz Jafra nicht weiterfahren, obwohl sie nur noch knapp einen Kilometer betrug. Er war vollkommen paralysiert. Er war in dem Moment sogar davon überzeugt, sich nie wieder bewegen zu können. Nie wieder würde es auf der Welt etwas anderes geben als dieses Auto, in dem er saß, und diese Kassette, die er da hörte.

»Nachdem ich Katharina die erste Partie Unterlagen übergeben hatte, schlief ich zum ersten Mal seit langer Zeit die ganze Nacht durch. Ohne Alpträume aus der unterirdischen Hölle der Mittelwerke, ohne grobkörnige Bilder von Planierraupen, die knochige Leichen in Massengräber schoben. Ingrid wusste nichts von meiner Spionagetätigkeit und nichts von dem Verhältnis mit Katharina. Aber Chruschtschow war dann doch nicht so, wie es zunächst den Anschein gehabt hatte. Ich begann meine Entscheidung zu bereuen. Und dann, 1956, ging Katharina überraschend nach Deutschland zurück. In die DDR. Oder doch eher nach Moskau, glaube ich. Und als sie weg war, hörte ich auf, In-

formationen weiterzugeben. Ich hatte fast Todesangst, die Russen könnten mir ernsthafte Schwierigkeiten machen. Ich wollte die ganze Episode vergessen, wollte mit Ingrid noch einmal von vorn anfangen. – Zwei Jahre später kamst du auf die Welt, als lange und sehnlichst erhofftes Kind …«

Die Stimme des Vaters wurde wieder schwächer. Die Gedanken, die Erik kreuz und quer durch den Kopf schossen, weigerten sich, eine vernünftige Ordnung anzunehmen.

»Ich brach die Verbindung zu den Russen ab. Zum Glück wurde das Zentrum für ballistische Flugkörper der Armee zu jener Zeit in die Zivilorganisation NASA überführt, und meine Aufgaben änderten sich. Endlich kam ich von den Waffen los. Von meiner Spionagetätigkeit für die Russen habe ich niemandem erzählt. Wenige Jahre später zogen wir nach Florida, und ich arbeitete intensiv in Cape Kennedy am Apollo-Programm mit. Aber Geheimnisse belasten den Menschen. Man muss sie mit jemandem teilen. Insgesamt zehn Jahre lang zögerte ich, bis ich es an einem Herbstabend wagte, Ingrid von Katharina und der Spionage zu erzählen …«

Der Vater seufzte schwer.

»Ingrid hatte nicht das geringste Verständnis für mich. Natürlich nicht. Letztlich weiß ich nicht, was der größere Schock für sie war, das Verhältnis mit Katharina oder die Spionage für die Russen. Wir hatten einen fürchterlichen Streit, in den ich sämtliche Scheußlichkeiten, die an ihrem Institut in Dahlem und später bei den Versuchen der Atomenergiekommission begangen worden waren, einbezog. Darüber zu diskutieren schien sie nicht sonderlich zu erschüttern, aber dass ich sie und Amerika hintergangen hatte, kam für sie der Blasphemie gleich. Sie wollte auf der

Stelle die Scheidung. Punkt. Dahinter steckte sicherlich noch manch andere alte Geschichte, aber mein Bekenntnis hatte den Entschluss zur Scheidung ausgelöst.«

Erik war schockiert über den Scheidungsgrund, aber zugleich erleichtert, endlich die Wahrheit zu erfahren. Oder zumindest Vaters Version der Wahrheit ... Er ließ den Wagen an und fuhr nun doch weiter, er musste es tun, um diese alptraumhafte Atmosphäre des totalen Stillstands zu brechen.

»Am Ende war die Scheidung auch für mich eine Erleichterung, denn ich konnte mich nicht mit Ingrids billigender Haltung gegenüber den alten und neuen Grausamkeiten abfinden. Am liebsten hätte ich das alleinige Sorgerecht für dich gehabt, um dich möglichst weit von Ingrid wegzubringen. Aber du hast deine Mutter vergöttert ...«

In der Stimme seines Vaters schwang tiefe Bewegung mit, die sich auf Erik übertrug. Er wischte sich mit einer Hand über die feuchten Augen, griff aber sofort wieder mit beiden Händen zum Lenkrad, als er das Straßenschild der Kempshott Road sah.

»Ingrid konnte Menschen in ihren Bann ziehen, so wie sie es auch mit mir seinerzeit getan hatte. Und dann zeigtest du auch noch Interesse für die Biologie, und deine Mutter war begeistert. Ich opponierte, aber du warst intelligent und begabt und in deinem Interesse vollkommen arglos.«

Vor dem Haus mit der Nummer 72 parkte ein großer, grüner Ford. Erik schaute auf das Nummernschild und erkannte sofort, dass es mit Katjas Angaben übereinstimmte.

»Ich konnte es dir ja auch nicht verbieten. Ich hoffte nur, du würdest der Menschheit durch deine Arbeit etwas Gutes tun können. Im Gegensatz zu deinen Eltern ...«

Erik musste auf die Bremse treten, weil ein silbergrauer Mercedes Vito die Fahrbahn blockierte. Über eine Rampe wurde gerade ein elektrischer Rollstuhl in den Lieferwagen geschoben.

War der Mann, der den Rollstuhl schob, Parviz Jafra?

»Ich weiß, dass du jetzt schockiert und enttäuscht bist. Aber ich hoffe inständig, dass du mir eines Tages verzeihen kannst …«

Erik fuhr langsam weiter, bis er einen freien Parkplatz entdeckte. Der Besitzer des Fords würde sein Gesicht sicher nicht wiedererkennen, darum beschloss er, zu Fuß an dem Haus vorbeizugehen.

»Zum Schluss möchte ich noch einmal auf das zurückkommen, was ich meinte, als ich über die Erbärmlichkeit der Supermächte sprach …«

Erik schaltete den Kassettenrecorder ab, nahm die Kassette heraus, steckte sie ein und stieg aus dem Wagen. Die Tatsache, dass sich sein Vater auch noch als Spion entpuppt hatte, war nun völlig absurd. Er verstand die persönlichen Motive seines Vaters, er verstand dessen Missbilligung der amerikanischen Doppelmoral, er verstand, dass ein wacher Geist schon damals eine Vorstellung vom Gleichgewicht des Schreckens zwischen den Großmächten entwickeln konnte, aber dennoch wollte er es nicht glauben … Nicht auch noch das.

Er ging auf das Haus zu, vor dem der graue Vito stand, konnte sich in Gedanken aber nicht von seinem Vater lösen. Was sagte es über den Charakter eines Menschen aus, wenn er als Spion tätig war? Die Entscheidungen eines jungen Wissenschaftlers in einem totalitären Regime zu Kriegszeiten konnte Erik noch irgendwie begreifen, aber nicht die Spionage. Erik spürte, wie er sich plötzlich mit seiner Mutter solidarisch fühlte, für die es ein noch viel größerer Schock gewesen sein musste, von dem Ehebruch *und* der Spionage ihres Mannes zu erfahren. Er wollte so bald wie möglich mit ihr reden.

Abid machte das Tor von Parviz' kleiner Garage auf und ging hinein. Der dunkelgrüne Vauxhall war sauber, glänzte aber nicht zu sehr.

Abids Name bedeutete »Funke« oder »Feuer«, und das passte gut zu Parviz' Bruder. Er war einfallsreich und clever, darum hatte es ihm keine besonderen Schwierigkeiten bereitet, den gebraucht gekauften Vauxhall-Kleinlieferwagen zu restaurieren und zur Kopie eines Fahrzeugs von *Envrionmental Maintenance Services* zu machen. Die passende Farbe war leicht zu finden gewesen, ebenso der richtige Buchstabentyp für die Aufschrift. Auch das Nummernschild war die Kopie eines existierenden Schildes an einem Wagen der Firma, und für den Parkausweis galt das Gleiche. Sogar das Antidiebstahlgitter, das innen an den Heckscheiben angebracht war, hatte Abid bei dem Hersteller geordert, der auch die echten Fahrzeuge des Park-Services belieferte.

Nicht einmal die Mitarbeiter der Firma hätten erkannt, dass sich das von Abid präparierte Fahrzeug von den übrigen Firmenwagen unterschied – außer vielleicht in einer Hinsicht: Die Sprengstoffladung war so schwer, dass die Federung etwas nachgab.

Im Laderaum des Vito, der vor der Garage auf der Straße stand, befestigte Saiid den schweren Rollstuhl mit Gurten.

»Beeil dich!«, trieb ihn Utabar von der Straße aus leise an.

Saiid zog den letzten Gurt straff, ließ den Verschluss einschnappen und stieg aus. Auf dem Gehweg ging ein etwa fünfzigjähriger Mann an dem Lieferwagen vorbei und schaute sie kurz an. Saiid registrierte den Passanten, denn er passte von seiner Erscheinung her überhaupt nicht in die Gegend.

Zusammen mit Utabar verstaute Saiid die Aluminiumrampe im Laderaum. Rashid wartete an der Haustür. Als Saiid die Hecktür des Wagens schloss, fiel ihm auf, dass derselbe Mann von eben auf der anderen Straßenseite erneut an ihnen vorbeiging.

Saiid stieg vorne in den Wagen und fragte Parviz, der am Steuer saß: »Kennst du den Fußgänger da?«

»Nein. Wieso?«

Saiid antwortete nicht, sondern wartete, bis auch Utabar eingestiegen war.

Sobald der die Tür zugemacht hatte, fuhr Parviz los.

Erik eilte zu seinem Wagen. Das Treiben der Männer mit dem elektrischen Rollstuhl kam ihm seltsam vor. Keiner von ihnen brauchte so ein Gefährt, um sich fortzubewegen. Und der Dunkelhaarige am Steuer glich exakt Katjas Beschreibung des Fahrers im grünen Ford. In der Garage hatte ein dunkelgrüner Kleinlieferwagen gestanden, auf dessen Hecktür eine weiße, offiziell wirkende Aufschrift gestanden hatte, die Erik aber nicht hatte lesen können.

Im Gehen rief er Griffin an und teilte ihm mit, was er gesehen hatte.

»Was soll das alles, verdammt noch mal?«, fragte Griffin aggressiv. »Hören Sie mir mal genau zu. Sie kommen jetzt sofort hierher, oder Sie werden große Schwierigkeiten bekommen ...«

Erik brach das Gespräch ab und öffnete die Zentralverriegelung seines Wagens. Sein Vertrauen in die Behörden ging mittlerweile gegen Null. Er stieg ins Auto und warf die Tür zu.

Im selben Moment ging die Beifahrertür auf, und ein unbekannter Mann, dessen Hautfarbe in Richtung Mittelmeer oder Naher Osten wies, setzte sich neben Erik.

»Keine Bewegung, oder du bist sofort tot«, sagte der Mann und drückte Erik den Lauf einer Waffe in die Rippen.

59

»Bitte, Erik, sei so lieb und ruf mich an. Ich möchte mit dir reden«, sprach Ingrid auf den Anrufbeantworter, da sich ihr Sohn nicht meldete.

Sie ertrug den Gedanken nicht, dass ihr einziger Sohn womöglich den Kontakt zu ihr komplett abbrach. Erik war ihr Ein und Alles, schon immer war er das gewesen, und er würde es auch immer bleiben. Sie bereute zutiefst, ihre Zunge nicht im Zaum gehalten zu haben, als er sie besucht hatte.

Wieder ging Ingrid zur Kommode und nahm ein gerahmtes Foto herunter, auf dem sie den wenige Monate alten Erik auf dem Arm hielt. Das war die beste Zeit ihres Lebens gewesen. Trotz ihrer vierzig Jahre hatte sie gut in die Mutterrolle hineingefunden. Körperlich und geistig war sie in einwandfreier Verfassung gewesen, im Gegensatz zu Rolf, der es damals schwer gehabt hatte. Fast die ganze Zeit nach dem Umzug nach Amerika war er unruhig und distanziert gewesen, aber in der Gegenwart des Jungen hatte auch er sich wenigstens ein bisschen entspannen können. Im Nachhinein war Ingrid der Grund für Rolfs Verhalten in all seiner Brutalität deutlich geworden, aber damals hatte sie noch nichts gewusst.

Ein Tränenfilm ließ das Bild vor ihren Augen verschwimmen. Jetzt hatte sie alles verloren. Rolf war tot, und sie hatte einen ernsten, tiefgreifenden Streit mit Erik gehabt, der möglicherweise zum Bruch führen würde. Würde sie ihren Sohn verlieren? Würde er sie so sehr verabscheuen, dass er sie fallen ließ? Und ihre Enkelkinder? Würde sie die jemals wiedersehen? Oder war sie dazu verurteilt, einsam und verlassen zu sterben?

Eine unglaubliche Niedergeschlagenheit überkam sie, so gewaltig, dass ihr das Bild aus den Händen fiel. Das Glas zersplitterte auf dem Fußboden, und Ingrid legte schluchzend die Hände vors Gesicht.

Der Kofferraumdeckel des Fords wurde zugeschlagen, und Erik war von vollkommener Dunkelheit umgeben. Er lag auf der Seite, seine Hände und Füße waren mit Isolierband gefesselt. Jede Bewegung war ausgeschlossen. Den Mund hatten sie ihm zuerst zugeklebt, und zum Schluss auch noch die Nase. Sie wollten ihn tatsächlich ersticken.

Eiskalte Panik packte ihn. Er versuchte zu schreien, brachte aber nur ein jämmerliches Wimmern zustande. Irgendwann einmal hatte er einen Alptraum gehabt, in dem er im Dunkeln aufgewacht war und begriffen hatte, dass er im Sarg lag, zwei Meter unter der Erde. Er hatte geschrien, doch auf dem verlassenen Friedhof hatte ihn niemand gehört.

Aber das hier war kein Traum. Er spürte, wie das Auto losfuhr.

Er musste die Nase freibekommen, sofort! Er wand sich und versuchte seine Hände loszureißen, aber das Klebeband gab nicht nach. Über dem Mund saß das Band so straff, dass es sich nicht lösen würde. Und das war das Schlimmste.

Mit aller Kraft rieb Erik sein Gesicht am Boden des Kofferraums. Dann blies er kräftig Luft durch die Nase und spürte endlich, dass sich der Rand des Isolierbands zumindest an einem Nasenloch ein wenig löste. Er bekam dadurch nicht sehr viel Luft, aber immerhin war das ein Aufschub.

Im selben Moment aber wurde ihm klar, dass ihm das alles letztlich nicht mehr helfen würde. Sie brachten ihn irgendwohin, wo sie seine Leiche entsorgten. Sobald sie den Kofferraum öffneten und feststellten, dass er noch lebte, wäre die Folge schlicht und einfach eine schnelle, kaltblütige Hinrichtung.

Nervös blickte Jack auf die Uhr und riss eine Dose Energy-Drink auf. Er rückte sich die Kopfhörer zurecht und leerte die Dose in einem einzigen Zug.

Erneut versicherte er sich, dass er keine SMS von Malek Bahrami erhalten hatte. In seinem Handy steckte eine Prepaid-Karte von Vodafone. Die ganze Operation war die geheimste, vielleicht auch die fragwürdigste, bei der Jack Bloom je mitgemacht hatte. Und das, obwohl er seit Jahren an inoffiziellen Aktionen der geheimsten Behörden der USA beteiligt war.

Der überwiegende Teil der Überwachungsgeräte, die im Laderaum des Renault-Lieferwagens mit der Aufschrift einer Installationsfirma montiert waren, befanden sich nicht in Betrieb, denn weder in Maleks Kleidung, noch in der Wohnung von Parviz waren Wanzen versteckt worden, von Kameras ganz zu schweigen. Es durfte nicht das geringste Risiko eingegangen werden. Malek war auf sich allein gestellt.

Dieselbe Zurückhaltung galt für die gesamte Operation. In London waren lediglich sechs Mann daran beteiligt, und die standen in keinerlei Kontakt zum örtlichen CIA-Personal.

Die Luke zur Fahrerkabine ging auf und Craig Lambert spähte herein.

»Noch immer nichts, Jack?«, fragte er, wobei es ihm gelang, seine Sorge zu verbergen.

»Ich hätte es dir schon gesagt«, gab Jack zurück.

Lambert überlegte kurz, dann sagte er: »Lass uns die Stelle checken, wo die Bombe hochgehen soll. Für den Fall, dass Malek aus irgendeinem Grund keine Nachricht schicken kann.«

Aus irgendeinem Grund – in Jacks Ohren klang das überhaupt nicht gut.

Lambert schloss die Luke, und kurz darauf setzte sich der Wagen in Bewegung. Jack seufzte und legte den Beckengurt an. Er hasste es, beim Fahren im Laderaum zu sitzen, ihm wurde dabei oft schlecht. Zum Glück war es nicht weit.

Craig Lambert saß in schmutzigen Jeans, Turnschuhen und Windjacke am Steuer des Lieferwagens und fuhr in Richtung

Zentrum. Auf dem Beifahrersitz saß, ebenso leger angezogen, David Stone, der Chef der Gruppe.

Keiner von beiden sagte ein Wort, denn es gab nichts zu reden. Beide waren gegen die Operation gewesen, weil sie das Risiko für zu groß hielten, aber die Führungsebene in Washington hatte der Versuchung nicht widerstehen können. Das Atomprogramm der Iraner musste um jeden Preis gestoppt werden, und die einzige effektive Methode bestand in einem Luftangriff auf Nuklearanlagen. Doch ein solcher Schlag musste in den Augen der Weltöffentlichkeit gerechtfertigt sein. Wenn jedoch die Zelle einer iranischen terroristischen Vereinigung London mit einer echten schmutzigen Bombe bedrohte, könnte niemand auf der Welt mehr den Vorwurf »erfundener Beweise« erheben.

Lambert fuhr auf der Blackfriars Bridge über die Themse und über den Holborn Viaduct weiter zur Newgate Street. Vor dem Abendhimmel ragte der Hauptsitz von Merril Lynch auf. Bald würden die Angestellten der Geldinstitute in dieser Gegend nach Hause strömen, um am nächsten Tag im gleichen Strom in ihre Büros zurückzukehren. Lambert bog links in die King Edward Street ab und hielt vor dem kleinen Postman's Park an.

»Warte hier, ich gehe an der Stelle vorbei«, sagte Stone und stieg aus.

Gemächlich ging er auf die Grünanlage zu, die im Schatten von Häusern und Bäumen lag. An einer Seite wurde sie von einer Wand mit Vordach gesäumt. Dort waren Ende des 19. Jahrhunderts dekorative Keramikplatten angebracht worden, die an gewöhnliche Bürger erinnerten, die das Leben anderer Menschen gerettet hatten.

Unter dem Dach war keine Spur von der Tasche zu sehen, die dort unter einer Bank hätte versteckt sein sollen.

Stone wollte schon wieder gehen, als er genau an der Stelle, wo die große Lonsdale-Sporttasche mit der Bombe stehen sollte, eine zusammengefaltete Zeitung entdeckte. Er trat näher und sah, dass an der Zeitung mit einer Büroklammer ein Blatt Papier befestigt war.

Stone nahm es in die Hand.

> *Ihr wollt uns als Täter darstellen. Ihr bekommt, was Ihr wollt: die Bombe wird explodieren. Aber an einem anderen Ort, zu einer anderen Zeit.*

Stone spürte, wie das Entsetzen durch seine Glieder fuhr. Mit zitternden Fingern tastete er nach dem Mobiltelefon in seiner Tasche.

60

Parviz und Saiid saßen in dem Mercedes Vito, der im dichten Verkehr durch Holborn in Richtung West End kroch. Sie hatten die Botschaft an Maleks amerikanische Spießgesellen im Postman's Park hinterlegt, wo sie die Tasche mit der Bombe ursprünglich deponieren wollten.

Aufgrund der dichten Wolkendecke war es fast dunkel an diesem Nachmittag. Parviz musste scharf bremsen, als vor ihm ein Taxi am Zebrastreifen vor dem U-Bahnhof Chancery Lane anhielt.

»Pass doch besser auf!«, fuhr Saiid ihn an, und schaute durch das Plexiglasfenster in den Laderaum. Der mit Gurten befestigte elektrische Rollstuhl hatte sich aber nicht bewegt.

Saiid blickte auf die Uhr. Sie hatten es nicht eilig, bis zum Leicester Square im Herzen des touristischen London waren es nur noch zwei Kilometer. Allerdings musste man sich im Zentrum auf überraschende Verkehrsstockungen gefasst machen, durch Straßenarbeiten oder Unfälle – oder durch Terroralarm.

Ingrid fasste sich wieder. Das konnte sie, darin hatte sie Übung.

Sie griff zum Telefon und rief ihre Schwiegertochter an, die gerade beim Einkaufen war. Zunächst war Katja sehr unfreundlich und reserviert, aber als Ingrid nach Erik fragte, klang Sorge in Katjas Stimme durch.

»Er wollte ... zur Polizei gehen, wegen ... wegen einer bestimmten Angelegenheit«, sagte Katja. »Aber ich habe gerade erfahren, dass er dort immer noch nicht angekommen ist, obwohl er sich schon vor einiger Zeit auf den Weg gemacht hat.«

»Zur Polizei?«, fragte Ingrid. »Warum das denn?«

»Das musst du Erik selbst fragen ...«

»Hat es mit dem Uran zu tun?«

»Ich kann darüber jetzt nicht reden. Ich stehe bei Tesco an der Kasse. Wir telefonieren später.«

Ingrid gab sich Mühe, ihren aufsteigenden Zorn zu beherrschen. War Erik, dieser kleine Idiot, auf die Idee gekommen, der Polizei gegenüber wegen des Urans den Mund aufzumachen?

Andererseits: Was gab ausgerechnet ihr das Recht, anderen Menschen den Verrat von Informationen über das Uran vorzuwerfen?

Sie wusste ohnehin nicht, was sie von dieser ganze Sache halten sollte. Nach Jahrzehnten in der Versenkung war das Thema auf einmal völlig überraschend wieder aufgetaucht. Der Amerikaner war zwar freundlich gewesen, aber es hatte ihr Angst gemacht, als er vor zwei Monaten vor ihrer Tür gestanden hatte, auch wenn sie sich zugleich ein wenig geschmeichelt gefühlt hatte.

Der Mann hatte sich als CIA-Mitarbeiter David Stone vorgestellt und ihr einige Fragen zu einem alten Thema stellen wollen. 1968 hatte Ingrid nämlich an die CIA weitergeleitet, was Rolf ihr über das Uranversteck am Ende des Krieges in Deutschland verraten hatte. Im Nachhinein hatte sie ihre Enthüllung bereut, denn sie hatte Rolf versprochen, für immer über das Thema zu schweigen. Sie hätte ohnehin allen Grund gehabt, vorsichtig zu sein, denn Rolf hätte im Gegenzug das ein oder andere aus ihrer Jugend zu erzählen gewusst ...

Im Juni 1968 war Ingrid aber dennoch voller Zorn zu Will Moose von der CIA marschiert. Dieser Mann war in der wissenschaftlich-technischen Abteilung für das Programm zur Erforschung radioaktiver Stoffe zuständig, das Ingrid bestens bekannt war. Ursprünglich hatte ihre Absicht darin bestanden, der CIA etwas völlig anderes zu verraten – nämlich dass Rolf ihr in der Vorwoche gestanden hatte, zehn Jahre zuvor geheime Informationen über die Atomraketenentwicklung an die Russen weitergegeben zu haben.

Rolfs Bekenntnis war die größte Erschütterung in Ingrids Leben gewesen. Schon die Spionage allein wäre für sie vollkommen unfassbar gewesen, aber noch bitterer erschien es ihr, von Rolfs Verhältnis mit Katharina erfahren zu müssen – sowie sein zehnjähriges Schweigen über so große Dinge. Rolfs Nerven waren dem nicht gewachsen, und er selbst hätte das verstehen müssen. Aber offensichtlich hatte er die bittere Wahrheit geahnt: Ingrid würde seinen Seitensprung nicht hinnehmen, und erst recht nicht die Sache mit der Spionage für die Kommunisten. Daran konnte auch der Lauf der Zeit nichts ändern, wenngleich Rolf das gehofft haben mochte.

Ingrid hatte ihn kühl davon in Kenntnis gesetzt, dass sie keinen einzigen Tag mehr mit ihm zusammen verbringen werde. Und am Tag nach dem Geständnis, während der zehnjährige Erik in der Schule war und Rolf an seinem Arbeitsplatz, hatte Ingrid bei der CIA einen Termin vereinbart.

Drei schmerzhafte Tage später hatte sie dann Will Moose getroffen, in der festen Absicht, Rolf zu denunzieren. Denn gab es eine Garantie dafür, dass er nicht auch Informationen über seine aktuelle Tätigkeit beim Apollo-Programm verriet? Dinge, für die sich die Sowjetunion ernsthaft interessierte?

Aber im letzten Moment, sie war schon in Mooses Büro, überkam Ingrid die Reue. Sie konnte doch nicht den Vater ihres Sohnes wegen Spionage anzeigen. Wäre sie aber unverrichteter Dinge wieder gegangen, hätte das natürlich seltsam gewirkt – denn Moose wusste bereits, dass es um Enthüllungen über den Ehemann ging. Also verriet Ingrid in ihrer Not, dass Rolf in den letzten Kriegstagen an einer Operation beteiligt gewesen war, bei der die Nazis angereichertes Uran versteckt hatten. Einzelheiten konnte sie nicht mitteilen, denn die hatte sie selbst nicht.

Noch einmal versuchte sie Erik anzurufen. Vielleicht hatte er ihre Nachricht gehört. Aber er meldete sich noch immer nicht.

Die Fußgänger auf der Lambeth Bridge über die Themse waren mit einem überraschenden Anblick konfrontiert: Der weiße Renault-Lieferwagen einer Installationsfirma raste mit heulender Sirene an den anderen Autos vorbei, der rechte und linke Scheinwerfer blinkten abwechselnd auf. Hinter dem Kühlergrill blinkte ein Blaulicht, und ein zweites war mit einem Magnet am Dach befestigt.

»Die Nummer von dem Klempner hätte ich auch gern«, sagte ein Mann im Trenchcoat zu einem anderen Fußgänger, während sie am Zebrastreifen warteten.

»Eine negative Antwort will ich nicht hören«, sagte David Stone auf dem Beifahrersitz des Lieferwagens der Installationsfirma aufgebracht in sein Spezialmobiltelefon. »Die Lage hier ist kritisch. Ich wiederhole: kritisch.«

Das war die gravierendste Klassifizierung: Sie beschrieb eine Situation, in der eine konkrete und unmittelbare Gefahr dringende Maßnahmen erforderte, die Vorrang vor allem anderen hatten.

»Holt mir die Frau, und wenn sie mit der Königin beim Abendessen sitzt«, bemühte sich Stone um Lockerheit, obwohl er panisch um die nötige Autoriät rang.

»Dort ist sie tatsächlich«, hieß es am anderen Ende der Leitung. »Woher wusstest du das?«

»Scheiße, dann soll sie eben auf den Nachtisch verzichten!«

Vor dem Thames House, dem Hauptquartier des Sicherheitsdienstes MI5, bremste Lambert scharf.

Stone rannte mit Telefon und Aktentasche die Treppe zu dem Haupteingang unter dem Bogengewölbe hinauf.

Lambert ging um den Wagen herum und wurde sogleich von einem Sicherheitsbeamten in Zivil angehalten.

»Wie Sie sehen, ist das Halten hier verboten«, sagte der Mann strikt.

Lambert öffnete die Hecktür. Der kreidebleiche Jack stieg aus, taumelte und übergab sich.

»Entschuldige, Jack«, sagte Lambert. »Hat's sehr geschaukelt?«

Der Sicherheitsbeamte wedelte nervös mit der Hand. »Sie müssen unverzüglich das Fahrzeug entfernen ...«

»Wir haben jetzt keine Zeit«, sagte Lambert und zeigte seinen Ausweis. »Craig Lambert, CIA. *Code red.*«

Auf einen Schlag wurde die Miene des Beamten ernst. »Kann ich irgendwie behilflich sein?«

»Passen Sie auf den Wagen auf, solange wir bei euch zu Besuch sind.«

61

Die Tür des Aufzugs im dritten Stock des MI5-Hauptquartiers war noch nicht richtig offen, da stürzte David Stone bereits auf den Flur. Um seinen Hals baumelte der Besucherausweis, den er in der Eingangshalle erhalten hatte, und begleitet wurde er von Michael Aldrich, dem Kontaktmann zur CIA in der Anti-Terrorabteilung des MI5.

Die beiden eilten in Aldrichs Büro und schlossen sofort die Tür.

»Malek Bahrami ist aufgeflogen«, sagte Stone außer Atem und schob die Hand in die Innentasche seiner Jacke. »Aber die Bombe ist noch immer im Besitz der Gruppe.«

Er zog ein Blatt Papier aus der Tasche. »Das hier haben sie an der Stelle hinterlegt, wo die Tasche mit dem Sprengsatz stehen sollte.«

Aldrich sah sich das Blatt an. Er erstarrte, ließ das Schreiben sinken und fixierte Stone, als sähe er ein Gespenst vor sich. »Verfluchte Arschlöcher.«

»Das ist noch milde ausgedrückt«, meinte Stone.

»Ich meine euch.« Aldrich sah Stone in rasender Wut an. »Du willst doch nicht ernsthaft behaupten, dass diese Typen eine schmutzige Bombe haben?«

»Möglicherweise haben sie eine.« Stone mochte Aldrich nicht mehr in die Augen schauen. »Malek hatte einen defekten Zünder installiert. Aber da er aufgeflogen ist, kann es sein, dass sie darauf gekommen sind und das Ding gegen einen funktionierenden ausgetauscht haben. Wir müssen also davon ausgehen, dass sie eine funktionierende schmutzige Bombe haben.«

Seinen Worten folgte eiskalte Stille.

»Ihr verdammten Amis«, zischte Aldrich. »Müssen immer andere für eure Fehler büßen? Weißt du, was das hier bedeutet?«

»Beruhige dich, Mike.«

»Beruhigen? Hier können demnächst Hunderte von Menschen sterben, Tausende oder Zehntausende können verstrahlt werden, ganze Stadtviertel von London sind vielleicht über Jahre hinweg unbewohnbar. Könnt ihr uns da nicht mal rechtzeitig informieren?«

Aldrichs Wut war berechtigt. Aber was hätte Stone ihm sagen können? Die Operation war topsecret. So geheim, dass sogar dem CIA-Verbindungsmann beim MI5 nur ein Teil der Wahrheit mitgeteilt worden war.

»Fängst du schon an, an eure eigene Propaganda zu glauben, mit der ihr versucht, einen fetteren Etat zu kriegen, um eure Arbeitsplätze zu sichern?«, fragte Stone. »Wir haben es mit U-235 zu tun. Das ist übler als Bleipulver, okay, aber es ist, Gott sei Dank, auch kein Cäsium oder Polonium.«

»Hör auf, das Ganze runterzuspielen! Was machen wir jetzt?«

»Wir müssen den Fall in aller Stille und vor allem schnell erledigen, in bestem Einvernehmen. Wo ist die Leitung von Felix? Hol sie her!«

Aldrich beugte sich über die Sprechanlage. »Griffin und Rose, kommt sofort zu mir. Sofort.«

Katja stellte die Einkaufstaschen auf der Treppe ab und suchte nach dem Schlüssel. Emil schleppte auch noch einen Beutel, und Olivia schlug den Kofferraumdeckel zu.

Das Sicherheitsschloss an der Haustür war offen. Sofort überkam Katja ein unangenehmes Gefühl. Sie war fest davon überzeugt, dass sie vorhin abgeschlossen hatte.

In der Diele sah sie als Erstes die ausgeleerte Schublade der Kommode. Sie stellte die Taschen wieder ab, drehte sich um und schickte Emil auf der Stelle wieder hinaus. Aber der Junge hatte bereits einen Blick in die Diele geworfen.

»Wer hat das denn gemacht?«

»Wartet im Auto«, sagte Katja möglichst ruhig und bugsierte Emil vor sich her zum Wagen.

»Bei uns waren Einbrecher«, rief der Junge seiner Schwester zu.

Katja machte die Wagentür auf und schob Emil und Olivia hinein.

»Mama, was ist denn passiert?«, wollte Olivia erschrocken wissen.

»Nichts Schlimmes. Wartet hier, ich sehe zuerst mal drinnen nach.«

Katja ging ins Haus zurück. Das Herz schlug ihr bis zum Hals. Sie hatten immer Angst vor Einbrechern gehabt, aber bis jetzt waren sie verschont geblieben.

Das Chaos war perfekt. Der Fußboden war übersät von Dingen aus den Schränken, Regalen und Kommoden. Katja eilte ins Arbeitszimmer, sah zu ihrer Erleichterung aber, dass der Computer noch auf seinem Platz stand. Sie hatte schon lange keine Sicherheitskopien mehr von ihren Dateien gemacht.

Auf ihrem Weg durch die Zimmer verwandelte sich der Schock allmählich in Wut auf den Einbrecher. Gut, Einbrecher stahlen, aber warum mussten sie unbedingt alles durcheinander schmeißen?

Sie ging ins Kinderzimmer hinauf, auch dort war alles auf den Kopf gestellt worden. Erik hatte in der Zeitung gelesen, dass Einbrecher der Küche und den Kinderzimmern am wenigsten Aufmerksamkeit schenkten, aber dieser hier hatte offenbar eine Ausnahme gemacht. Katja suchte Olivias mit Blumen verzierte Schmuckschachtel, in der sie zur Täuschung der Diebe ihren eigenen Schmuck aufbewahrte. Alles war noch da.

»Mama«, rief Olivia besorgt an der Haustür.

»Ich bin hier oben! Geh zurück ins Auto und warte, ich komme gleich!«

Katja rief bei der Polizei an, wo man ihr versprach, in etwa einer Stunde einen Streifenwagen zu schicken. Dann schloss sie sorgfältig die Haustür ab und ging zum Auto, wo die Kinder aufgeregt durcheinanderredeten.

»Ich bringe euch zu Vivian«, sagte sie, als sie sich ans Steuer setzte.

»Kommt die Polizei zu uns?«, fragte Emil. »Ich will sehen, wie die Polizei kommt und Fingerabdrücke nimmt und DNA-Proben und …«

»Hör auf. Ihr wartet bei Vivian. Am besten bleibt ihr auch über Nacht dort.«

»Vivian ist langweilig«, murmelte Emil demonstrativ.

Abids Handflächen schwitzten am Lenkrad des dunkelgrünen Vauxhall-Kleinlieferwagens. Das Gewicht des Sprengsatzes im Laderaum beeinträchtigte die Beschleunigung des Fahrzeugs enorm.

Er bog nach Norden auf die A23, die Brixton Road, ab, die ins Londoner Stadtzentrum führte. Bei der Suche nach der geeigneten Stelle für den Anschlag hatten sie sich gefragt, welches in London der heiligste Ort von allen war, wo ein Anschlag am spektakulärsten wäre, wo er die weitreichendsten Folgen hätte.

Die Antwort war eindeutig gewesen. Die Stelle war zwar auch die am schärfsten bewachte und insofern das anspruchsvollste Objekt für ihre Operation, aber das konnte ihnen nur recht sein. Sie nahmen die Herausforderung an.

Abid bog halb links in die Kennington Road ab und folgte ruhig dem Verkehrsstrom. Bis Whitehall waren es noch gut zwei Kilometer. Dort befanden sich das Parlament, Downing Street, die wichtigsten Ministerien … das administrative Herz des Vereinigten Königreiches.

Im Büro von Michael Aldrich im dritten Stock des MI5-Hauptquartiers herrschte Hochspannung. Versammelt waren drei Briten und drei Amerikaner. Jack Bloom war noch immer blass und wirkte hinter der großformatigen Antenne seines Laptops, als ginge es ihm sehr schlecht. David Stone hatte seine Jacke in die

Ecke geworfen und die Hemdärmel aufgekrempelt. Trotzdem war er rot und verschwitzt. Er nahm das Mobiltelefon vom Ohr.

»Die Wohnung von Parviz Jafra ist leer. Dort sind bis jetzt nur ein paar Blutspuren gefunden worden. Und in einem Zimmer Reste von Uranpulver. Es wird alles gründlich durchsucht, aber man wird dort wohl kaum einen Stadtplan mit Kreuzchen vorfinden«, sagte er.

»Die Lage ist de facto hoffnungslos, wenn wir keine Hinweise bekommen«, kommentierte Aldrich. »Ich habe das Bereitschaftsprogramm initiiert. Aber vorläufig lassen wir es als Übung laufen.«

Das sollte man am besten möglichst *lange* unter der Bezeichnung Übung laufenlassen, dachte Stone. Er dachte an die vermeintlich sichere Information aus zuverlässiger Quelle, die sie unmittelbar nach dem Anschlag auf das World Trade Center erhalten hatten. Angeblich war in Manhattan eine Atombombe deponiert gewesen. Um Panik zu vermeiden, hatten sie darüber nicht einmal dem Bürgermeister von New York Bericht erstattet. Die Information hatte sich dann als falsch erwiesen.

Griffin bat um das Wort. »Erik Narva, der DNA-Forscher, den ich erwähnt habe, und der auf den Spuren seines Vaters ist ...«

»Ich kenne ihn«, sagte Stone. »Und noch besser kenne ich seine Eltern.«

»Dieser Narva hat mir vor einer Stunde angekündigt, er werde mir eine Kassette mit dem Testament seines Vaters bringen, auf der auch Fakten genannt werden, die seine früheren Behauptungen stützen.«

»Warum hat mir das keiner gesagt?«, wollte Stone wissen.

»An deiner Stelle würde ich nicht allzu laut nach unserer Informationspolitik fragen«, gab Griffin zurück. »Narva war schon auf dem Weg hierher, da rief er mich an und teilte mit, er sei bei Parviz Jafra vorbeigefahren. Narva glaubt oder weiß, dass der Mann Tagebücher besitzt, hinter denen Narva selbst her ist. Ich habe ihn in aller Strenge aufgefordert, sofort hierherzukommen ...«

»Hast du versucht, ihn anzurufen?«, fragte Stone.

»Selbstverständlich. Auch seine Frau hat inzwischen schon nach ihm gefragt. Aber bei ihm ist nur die Mailbox an.«

»Gib mir die Nummer.«

Griffin schrieb sie rasch auf einen Zettel, und Stone tippte sie umgehend in sein Telefon.

»Hier Erik Narva. Bitte hinterlassen Sie eine Nachricht nach dem Signalton …«

Stone wartete den Ton ab und sagte dann ruhig: »Herr Narva. Hier spricht David Stone. Ich bin ein Kollege von Herrn Griffin. Rufen Sie mich bitte sofort an. Wir haben es hier mit einer extremen und gefährlichen Bedrohungslage zu tun. Sie hatten Recht mit Ihren Befürchtungen, wir glauben Ihnen. Ich wiederhole, rufen Sie mich sofort an!«

»Sir, der Boss kommt«, teilte ein junger Beamter von der Tür aus mit.

Im selben Moment betrat eine Frau in dunkelrotem Kostüm den Raum. Agneta Wheeler-Dawson, die Chefin des MI5, war tatsächlich gerade beim Essen gewesen, als man sie alarmierte.

Aldrich schilderte ihr kurz die Lage.

Wheeler-Dawsons Erfahrung und Intelligenz war schon daran zu erkennen, dass sie sich keine Sekunde damit aufhielt, jemandem Vorwürfe zu machen oder zu lamentieren, sondern sofort fragte: »Ist Felix zusammengerufen worden?«

»Ja, in erweiterter Form. Das Bereitschaftsniveau ist auf fünf erhöht worden.«

Felix war die operative Einsatzgruppe, die für den Fall einer schmutzigen Bombe vorgesehen war. Dem Team gehörten Vertreter der Anti-Terroreinheit SO15 von Scotland Yard, dem Sicherheitsdienst sowie von Feuerwehr, Notfalldienst, Personen- und Katastrophenschutz an. Die Gruppe kam im Lageraum der Polizei des Großraums London zusammen, wo auch die Aufnahmen von all den Tausenden Kameras eingingen, die installiert waren, um London zu überwachen, aber auch von den Kameras der Mautstationen, die alle Autokennzeichen fotografierten. Niveau fünf, die höchste Bereitschaftsstufe, bedeutete, dass auch Polizisten, die nicht im Dienst waren, den Befehl erhielten, sich an der verstärkten Kamera- und Straßenüberwachung zu beteiligen.

»Das Anheben der Bereitschaftsstufe wird den Medien nicht verborgen bleiben, aber Einzelheiten dürfen auf keinen Fall an die Presse«, sagte Aldrich.

»Ich dachte, du hättest gerade gesagt, die Gruppe mit der Bombe hat vor, der ganzen Welt die ursprünglich geplante Inszenierung zu enthüllen.«

»Natürlich streiten wir alles ab«, sagte Stone. »Man wird ihnen nicht glauben, sie haben gar keine Beweise. Auch mit Malek sind wir nach möglichst knappem Schema verfahren ... Aber auf diese Dinge können wir später zurückkommen, jetzt sollten wir erst mal die Zündung der Bombe verhindern!«

»Bei uns läuft die Bereitschaft auf Maximum«, sagte Aldrich. »Wir werden gleich die Führung vom SO15 treffen, die tragen die operative Verantwortung.«

Stone nickte, obwohl ihm die Information ein Graus war. Mit dem Sicherheitsdienst MI5 konnte man auch über geheime politische Dinge verhandeln, aber bei der Anti-Terroreinheit, die der *Metropolitan Police* unterstellt war, handelte es sich um eine reine Polizeiorganisation.

»Wir brauchen bald Entscheidungen von höchster Ebene«, fuhr Aldrich fort.

»Die werden wir bekommen«, versprach Wheeler-Dawson. »Ich werde darum bitten, Cobra einzuberufen.«

Das Cobra-Komitee, das sich aus Vertretern der im Hinblick auf Sicherheitsfragen wichtigsten Ministerien und Behörden zusammensetzte, trat nur in akuten Gefahrensituationen zusammen. Der Name des Komitees war ein Kürzel von dessen Versammlungsort, dem *Cabinet Office Briefing Room,* der sich in den Kellerräumen der Residenz des Premierministers in der Downing Street befand.

Eine akutere Gefahrensituation als diese war schwer vorstellbar.

62

Erik war im Kofferraum des fahrenden Pkws von vollkommener Dunkelheit umgeben.

Er lag noch immer auf der Seite, die angewinkelten Knie dicht am Oberkörper und die Arme so eingeklemmt, dass das Blut in den Adern nur schwerlich zirkulieren konnte. Die Kassette in seiner Brusttasche drückte. Immerhin konnte er inzwischen schon wieder etwas atmen. Mit dem Ohr, das auf den Boden gepresst war, nahm er das Motorgeräusch auf. Es änderte sich mit den unterschiedlichen Drehzahlen, manchmal war die Frequenz so niedrig, dass man es eher spürte als hörte. Das Surren der Reifen auf dem Asphalt wurde bei Unebenheiten immer wieder von scharfen Schlägen unterbrochen. Die häufigen Neigungen, Beschleunigungen und Bremsungen ließen auf eine Fahrt im Stadtgebiet schließen.

Die missliche physische Lage und die Übelkeit waren aber nichts gegen das, was sich in Eriks Kopf abspielte. Auf die entsetzlichste Art schien nun eine düstere Gleichung komplettiert zu werden: Das in Plöggers Tagebuch erwähnte angereicherte Uran war in die Hände von Terroristen geraten, die aller Wahrscheinlichkeit nach vorhatten, es als Bestandteil einer schmutzigen Bombe einzusetzen. Der Stoff, den Eriks Vater einst im Dienste der Nazis hergestellt hatte, würde unter Umständen schon bald in London explodieren. Das Produkt aus den Händen seines Vaters drang dann in die Haut und die Lungen Hunderttausender Menschen ein – und würde vom Wind schon bald auch zu Katja und den Kindern getragen werden.

Erik versuchte mit aller Kraft, seine Panik unter Kontrolle zu halten und nach einem Ausweg zu suchen – doch der war nun alles andere als in Sicht. Die Verzweiflung lähmte ihn von Sekunde zu Sekunde mehr. Seine Gedanken flüchteten sich immer wieder zu der Kassette, zu den Worten seines Vaters, in die Zeit, als er, Erik, noch ein kleiner Junge war, als sie noch die Familie waren, die er nach der Scheidung seiner Eltern so schmerzhaft vermisst hatte.

Aber dann verließ ihn die Kraft, und er konnte weder über die Vergangenheit noch über die Katastrophe nachdenken, die ihnen bevorstand. Er versank in einen tauben Zustand der Resignation.

Ingrid trat entschlossen an den Schreibtisch. Sie hatte ihre Entscheidung getroffen.

Je mehr sie über den Besuch des CIA-Beamten vor zwei Monaten nachdachte, umso mehr Sorgen machte sie sich. David Stone hatte damals nach Rolfs Uranversteck gefragt, und sie hatte ihm dasselbe erzählt wie 1968 Will Moose, Stones Kollegen aus der vorigen Generation. Außerdem hatte sie Stone gesagt, sie wolle mit der ganzen Sache nichts mehr zu tun haben. Sicherheitshalber hatte sie hinzugefügt, der in Finnland lebende Rolf wolle darüber noch weniger reden, schon gar nicht mit Amerikanern. Zum Glück war der Mann auf diese unvorsichtige Bemerkung nicht eingegangen. Ingrid hatte niemals gewollt, dass Rolf von ihrem Verrat der Sache an die CIA erfuhr. Bis zum Schluss wollte sie ihn in dem Glauben lassen, dass *sie* niemanden verriet oder betrog, niemals, sondern stets zu ihrem Wort stand.

Stone war Ingrid mit respektvollem Interesse begegnet, denn selbstverständlich hatte er ihre Akte bei der CIA gelesen. Zu der Frage, warum die CIA an dem Uran interessiert war, hatte Ingrid dem Mann allerdings keinerlei Hinweis entlocken können.

Dann, Wochen nach Stones Besuch, war Rolf nach Berlin geflogen. Warum? Um, aus welchem Grund auch immer, das Versteck zu suchen. Da war Ingrid sich ziemlich sicher.

Hatte Erik doch Recht gehabt mit seinem Verdacht, Rolfs Tod sei zumindest dubios? Gab es einen Zusammenhang mit Stones Besuch?

Die CIA hatte sich im Laufe ihrer Geschichte schon so vieler Attentate und illegaler Handlungen schuldig gemacht, und Ingrid hegte nicht die geringsten Zweifel, dass vergleichbare Taten auch heute denkbar waren – nicht unbedingt im offiziellen Vorgehen der CIA, sondern gewissermaßen aus dem im Schatten des dichten, unüberschaubaren Geheimdienstdschungels gedeihenden Unterholz heraus. Hatte Ingrid also mit ihrer Denunziation von 1968 Rolfs Tod Jahrzehnte später letztlich verursacht? Wahrscheinlich würde Erik ihr auch das noch vorwerfen.

Am meisten aber ärgerte sich Ingrid darüber, dass sie mit Erik über das Uranversteck gesprochen hatte. Der Junge war doch wohl nicht auf die Idee verfallen, der Sache auf den Grund zu gehen oder sonstwie in dem Thema zu stochern? Hatte Katja etwa darauf angespielt? War Erik womöglich in Gefahr?

Ingrid zog die Schreibtischschublade auf und wühlte darin. Sie musste etwas unternehmen, bevor es zu spät war. Mit zitternden Händen nahm sie aus der Schublade den Zettel mit der Telefonnummer von David Stone.

Ein schwarzer Jaguar verließ in hohem Tempo die Ausfahrt der MI5-Zentrale und bog nach Norden in die Millbank ein, auf dem Weg zur Downing Street und dem Lageraum in der Residenz des Premierministers.

»Wenn die Behauptung der Terroristen über die schmutzige Bombe zutrifft, sind wir ohnehin zu spät«, sagte Agneta Wheeler-Dawson auf dem Rücksitz zu dem neben ihr sitzenden Stone. Sie sprach mit fester Stimme, aber man sah, dass sie nervös war.

»Agneta, ich fürchte, diese Leute machen keine Scherze ...«

Eines von Stones Mobiltelefonen klingelte. Der Anruf kam aus der CIA-Zentrale in den Vereinigten Staaten.

»Ja?«, meldete sich Stone.

»Hier ist ein Anruf aus England für dich. Von einer Ingrid Stormare.«

»Ich kann jetzt nicht«, sagte Stone barsch, bevor er begriff, welche Bedeutung der Anruf genau in dieser Situation haben konnte. »Oder doch, stell das Gespräch durch.«

»Hier ist Ingrid Stormare, guten Abend«, sagte die Stimme einer alten Frau.

»Frau Stormare, wie geht es Ihnen?«, fragte Stone so freundlich wie möglich. Er blickte auf Wheeler-Dawson, in deren Augen Skepsis aufblitzte: Wie konnte der Mann ausgerechnet jetzt mit einem Frauenzimmer plaudern? Stone setzte das Gespräch unbeirrt fort.

»Sie waren vor etwa zwei Monaten bei mir.«

»Ich erinnere mich sehr gut daran, Frau Stormare. Ist Ihnen etwas Neues eingefallen?«

»Ich sagte ihnen, ich hätte niemandem etwas von dem Uranversteck erzählt. Aber mittlerweile ist mein Sohn Erik bis zu einem gewissem Punkt mit den Dingen vertraut und interessiert sich sehr …«

»Wo ist Ihr Sohn jetzt?«

»Ich weiß es nicht«, sagte die Frau gequält. »Das bereitet mir ja gerade Sorgen. Ich will wissen, was los ist. Könnten wir uns morgen treffen?«

»Ich rufe Sie später zurück.«

»Nein. Ich muss jetzt …«

»Einer unserer Leute wird sich mit Ihnen in Verbindung setzen. Warten Sie solange in Ruhe ab.«

Stone legte auf.

»Scheint ja ein wichtiges Gespräch gewesen zu sein«, merkte Wheeler-Dawson trocken an.

Stone antwortete nicht.

»Ihr habt verlangt, dass wir uns aus eurer Operation heraushalten – und das ist nun das Resultat«, fuhr Wheeler-Dawson mit eisiger Stimme fort. »Ich will auch den Rest von all dem hören, was ihr mir verheimlicht habt. Alles. *Und zwar sofort.*«

»Du weißt, dass das alles sehr komplexe ...«

»Ich warne dich, David. Du solltest jetzt besser reden.«

Stone schaute der MI5-Chefin in die Augen und richtete den Blick dann nervös auf die Rückenlehne des Vordersitzes. Seine Miene verdüsterte sich.

»Ich muss mich darüber mit meinem Vorgesetzten beraten.«

»Ach, den gibt es? Ich dachte, ihr seid autark und in Langley kommt euch niemand in die Quere.«

Stone seufzte resigniert. Sie passierten gerade das Parlamentsgebäude. »Du weißt, wie es mit dem Beweismaterial zu Saddams Massenvernichtungswaffen gelaufen ist ...«

»Und ob ich das weiß«, sagte Wheeler-Dawson lakonisch.

»Zur Legitimation des Angriffs brauchten wir Beweise für die Existenz von Massenvernichtungswaffen, aber die haben wir nicht gefunden. Das hat uns den Boden unter den Füßen weggezogen und die Welt gegen uns aufgebracht. Im Iran dürfen wir diesen Fehler nicht wiederholen. Und im Gegensatz zum Irak stellt der Iran eine gewaltige Gefahr für den Weltfrieden dar. Wir müssen im Iran zuschlagen, aber wir brauchen einen echten Grund für die Offensive. Wir brauchen einen realen, konkreten Beweis für die Gefährlichkeit dieses Staates, damit die Welt unser Vorgehen akzeptiert. Genauer gesagt muss der Beweis sogar von einer solchen Qualität sein, dass die Öffentlichkeit einen Angriff geradezu *verlangt*.«

»Und ihr habt beschlossen, euch diesen Beweis in London zu beschaffen und dafür gesorgt, dass eine echte Bombe hierherkommt.«

»Die Geschichte musste echt sein. Also musste auch die Bombe echt sein. Und die Situation, in der MI5 und Polizei im letzten Moment ein Attentat verhindern, musste ebenfalls authentisch sein. Ihr hättet euch jede Menge Achtung verschafft und Unterstützung in den Verhandlungen, bei denen euer Etat festgesetzt wird. Hätte man euch im Voraus über die Operation in Kenntnis gesetzt, hättest du sie nicht akzeptiert. Darum war es besser, dass du nichts davon wusstest.«

»Wie habt ihr der Gruppe das U-235 besorgt?«

»Malek Bahrami, einer unserer eingeschleusten Agenten, die wir über das Bundesamt für Verfassungsschutz in Berlin bekommen haben, hat von einem Fund berichtet, den sein Kontaktmann, ein Berliner Trödelhändler, gemacht hatte. Im Nachlass eines Physikers aus der Nazizeit waren Dokumente aufgetaucht. Sie tangierten die Kernforschung, und aus ihnen ging hervor, dass eine kleine Menge angereichertes Uran kurz vor Kriegsende versteckt worden war. Wir nahmen Routineüberprüfungen vor und stießen in unseren Archiven auf eine Person namens Ingrid Stormare, die uns bereits 1968 die Information weitergab, ihr Mann sei beim Verstecken einer Portion angereicherten Urans von den Nazis dabei gewesen. Diese Frau Stormare war eine alte Bekannte von uns. Sie hatte in den Sechzigerjahren schon als Cäsiumexpertin für die CIA gearbeitet und sensible Untersuchungen der Auswirkungen von Radioaktivität durchgeführt. Wir lenkten Maleks Gruppe auf die Spur des Verstecks, weil sich damit für sie ein Weg zur schmutzigen Bombe auftat. Damit kein Verdacht aufkam, konnten wir ihnen das Uran nicht vor die Haustür legen, sie mussten es sich selbst besorgen. Zwar kam es dabei zu unvorhergesehenen Zwischenfällen, aber am Ende hat dann doch alles geklappt ... Bis uns jetzt klar wurde, dass Malek enttarnt worden ist ...«

»Ihr habt also beschlossen, auf dem Boden eures engsten Verbündeten ein enormes Risiko einzugehen.«

»Ein Transport des Urans von Deutschland in die Vereinigten Staaten wäre nicht zuverlässig möglich gewesen.«

»Was für eine Erklärung!«, schnaubte Wheeler-Dawson.

Der Jaguar hielt vor dem Tor von Downing Street an, das von bewaffneten Polizisten bewacht und nun für den Wagen geöffnet wurde. Die Vorrichtung zum Schutz vor Terrorangriffen senkte sich hydraulisch in den Asphalt.

Stone schaute Wheeler-Dawson erneut in die Augen. »Das hier ist nichts als die wahnsinnige Aktion von Terroristen. Zu keinem Zeitpunkt hat es daran eine Beteiligung von unserer Seite gegeben. Die Terroristen werden versuchen, die Amerikaner als Strippenzieher zu denunzieren, aber das lässt sich natürlich leicht als Propaganda von Wahnsinnigen darstellen. Über das Ganze wissen nur wenige Leute in der obersten Führung der CIA Bescheid, sonst niemand – außer diesem Erik Narva.«

»Und seine Mutter.«

Stone lachte nervös auf. »Du hast ein gutes Gedächtnis. Aber mit dem biographischen Hintergrund, den diese Ingrid Stormare hat, wird sie den Mund nicht allzu weit aufreißen.«

63

Erik sog mühsam soviel Luft ein wie irgend möglich. Inzwischen hatte der Wagen beschleunigt und war eine Weile ziemlich schnell gefahren. Vermutlich fuhren sie jetzt auf der Autobahn. Wie lange die Fahrt schon dauerte, vermochte Erik nicht zu sagen. Sein Zeitgefühl war längst durcheinandergeraten.

Dann waren zahlreiche Kurven gekommen, wie auf einer Nebenstrecke. Und jetzt ging es nur noch im Schritttempo voran.

Erik war es egal, er hielt sich in der Landschaft seiner Kindheit auf. Er sah sich im Wasser am golden leuchtenden Canaveral Beach spielen. Er und sein Vater warfen sich den rot-weiß gestreiften Wasserball zu. Die Mutter saß mit einer großen Sonnenbrille unter dem Sonnenschirm und nahm den Proviant aus dem Korb. Erik und sein Vater rannten zu ihr. Erik umschlang sie so fest, dass sich ihrer aller Wangen berührten. Sie lachten. Erik griff nach der Sonnenbrille der Mutter und nahm sie ihr langsam ab. Ihre Augen dahinter waren feucht von Tränen.

Plötzlich blieb das Auto stehen. Es war vollkommen still. Und es waren auch keine Verkehrsgeräusche mehr zu hören. Sie mussten sich an einem abgelegenen Ort befinden. Hier würden sie ihn dann also hinrichten. Erik rechnete damit, dass jeden Augenblick der Kofferraumdeckel geöffnet wurde.

Im Anti-Terrorzentrum der Polizei des Großraums London verfolgte Dick Merrick das hektische Treiben seiner englischen Kollegen. Die Beamten kontrollierten endlose Reihen von Monitoren, saßen in kleinen Gruppen mit Kopfhörern an Mikrofonen, telefonierten oder sprachen in Funkgeräte.

Merrick war im Rahmen etlicher anspruchsvoller Feldeinsätze der CIA in Südamerika und im Nahen Osten eingesetzt worden. Er hatte bislang in allen noch so gefährlichen Situationen kühlen Kopf bewahrt. Doch die aktuelle Lage ließ ihn vor Entsetzen erstarren. Es war nicht so sehr die Gefahr – daran war Merrick gewohnt, und er hatte gelernt, Angst und Panik unter Kontrolle zu halten –, aber jetzt war er mit etwas viel Gewichtigerem konfrontiert: mit einem tragischen Fehler, den sie selbst gemacht hatten. Ihr eigener Irrtum richtete womöglich menschlichen und materiellen Schaden von unfassbaren Ausmaßen an. Ein gewaltiges Schuldgefühl beherrschte seine Gedanken und störte seine Konzentration. So ein Schuldgefühl war etwas Neues für ihn, er hatte keine Ahnung, wie er damit umgehen sollte.

Sie mussten ihren Fehler mit allen Mitteln vertuschen, sonst bekämen Langley, das Weiße Haus und die Vereinigten Staaten den Hass der ganzen Welt zu spüren.

Stones Anruf war unmissverständlich gewesen.

Merrick wählte die Nummer, die Stone ihm gegeben hatte. Es meldete sich Ingrid Stormare.

»Guten Abend, Frau Stormare. Mein Vorgesetzter David Stone hat mich gebeten, Sie anzurufen. Sagen Sie mir, was Sie auf dem Herzen haben?«

»Ich muss die Wahrheit erfahren ... Hat der Tod meines früheren Mannes mit der Angelegenheit zu tun, wegen der mich Stone besucht und befragt hat?«

Merrick suchte fieberhaft nach der richtigen Antwort. Die Frau war alt, aber nicht dumm, er musste sich genau überlegen, was er sagte.

»Nichts am Tod von Rolf Narva deutet, nach Aussage der Deutschen, auf ein Verbrechen hin, aber wir gehen der Sache nach. Natürlich ist alles möglich.«

»Wissen Sie, nach dem Besuch von Mr. Stone ist zu viel passiert, als dass es ein Zufall sein könnte. Mein Mann ist nach Jahrzehnten nach Deutschland zurückgekehrt, er ist dort gestorben, und jetzt ist mein Sohn ... Er weiß alles Mögliche. Ich befürchte, dass er in Gefahr ist. Haben Sie das Uranversteck gefunden?«

Die Frage der alten Frau traf direkt den Kern der Sache. Merrick überlegte, wie er am besten reagieren sollte. Keine Antwort war auch eine Antwort.

»Ich kann über diese Dinge nicht am Telefon reden.«

»Können wir uns morgen treffen?«, schlug Frau Stormare vor.

»Selbstverständlich. Oder vielleicht besser gleich?«

»Das ist mir auch recht.«

»Gut. Mein Kollege Craig Lambert wird in Kürze bei Ihnen vorbeischauen.«

Merrick beendete das Gespräch und spürte, wie das Adrenalin in seinen Blutkreislauf einströmte. Er war wieder ganz er selbst.

»Craig«, rief er und winkte seinen Mitarbeiter zu sich. Dabei schrieb er etwas auf einen Zettel.

»Die alte Stormare hat angerufen«, flüsterte er. »Sie scheint ziemlich viel zu wissen. Vielleicht zu viel, wenn man bedenkt, was für ein schwaches Herz sie hat.«

Merrick reichte Lambert den Zettel. »Hier ist ihre Adresse. Statte ihr einen Besuch ab.«

Lambert nahm den Zettel und sah sich die Adresse an. »Bist du dir sicher?«

»Es gibt keine andere Möglichkeit. Sie gehört zu den Kronzeugen.«

Lambert nickte langsam und wandte sich ab, um zu gehen.

»Eines noch«, sagte Merrick. »Vielleicht erleichtert es dich ein bisschen, wenn du weißt, dass die alte Dame seinerzeit eine Naziwissenschaftlerin war. Hat unter Mengele Menschenversuche gemacht.«

In Lamberts Blick schimmerte ein Hauch von Überraschung. Dann drehte er sich um und verschwand zwischen den schwer ausgerüsteten britischen Polizisten.

64

Der silbergraue Mercedes Vito schwamm im Verkehrsstrom auf der Shaftesbury Avenue in West End mit.

Parviz konzentrierte sich ganz auf das Fahren, das war eine gute Methode, um die Spannung zu mildern. Am Cambridge Circus kam der Verkehr ins Stocken, und es war schwierig, nach links abzubiegen.

»Vorsicht«, rief Saiid.

Im selben Moment bemerkte auch Parviz die zwei Teenager vor sich. Er bremste erschrocken und kam gerade noch vor zwei Mädchen zum Stehen, die bei Rot über die Ampel gingen. Wütend drückte er auf die Hupe und erhielt eine Flut lautstarker Flüche als Antwort.

Die Charing Cross Road war verstopft, und auf den Gehwegen drängten sich die Menschen. Als sie sich Newport Court näherten, wurden Parviz und Saiid überrascht. Die Stelle, an der sie den Rollstuhl ausladen wollten, war mit einem Band abgesperrt, hinter dem ein kleiner Bagger und ein Zelt mit dem Logo der *British Telecom* standen.

»Und jetzt?«, fragt Saiid nervös, obwohl er sich Mühe gab, den Gelassenen zu spielen. Sie hatten noch etwas Zeit, aber jede Minute war kostbar. »An die Ersatzstelle?«

Parviz nickte fast unmerklich, setzte den Blinker und bog in die Great Newport Street in Richtung Covent Garden ein. Das Objekt – Leicester Square – war eine Fußgängerzone, und es war sinnlos, es über die direkt dorthinführenden Straßen zu versuchen, das Gleiche galt für Charing Cross nach Süden in Richtung Trafalgar Square, das hatten sie bei ihren Ortsbegehungen festgestellt. Die Gegend wurde sehr genau von Überwachungskameras erfasst, und jeder Stopp wäre aufgefallen.

Die Stelle vor dem Bürogebäude in der Garrick Street, die sie als Ersatz ausgesucht hatten, war von zwei Lieferfahrzeugen blockiert.

»Und jetzt?«, fragt Saiid noch aufgeregter als zuvor.

»Ich fahre da vorne rechts in die New Row und halte am Straßenrand. Von da aus kann ich mit dem Rollstuhl näher heran.«

In der lautlosen Finsternis hingen die Gerüche von Motoröl und Frostschutzmittel. Eriks Hände waren inzwischen kalt und taub von den engen Fesseln.

Erik versuchte herauszubekommen, was um ihn herum geschah, aber er hörte nur das Rauschen seines Blutes. Er hielt den Atem an, doch die Herzschläge klangen dann nur noch stärker und schneller. Zum ersten Mal in seinem Leben fühlte er sich total hilflos.

Wie leicht es diesen Männern fallen würde, ihn aus dem Kofferraum zu heben und in irgendeinen Graben zu werfen. Oder warum sollten sie sich die Mühe machen, ihn zu tragen? Leichter wäre es, ihn selbst gehen zu lassen und ihn dann an der geeigneten Stelle zu töten. Wenn sie wenigstens seine Leiche irgendwo liegen ließen, damit seine … Nichts wäre für Katja und die Kinder schlimmer als die Ungewissheit. Und für seine Mutter …

Er erschrak. Eine Wagentür wurde geöffnet. Man hörte die undeutlichen Worte von Männern. Und plötzlich durchfuhr es Erik wie ein Blitz: Er würde nicht aufgeben. Wegen Katja, Olivia und Emil würde er bis zum Schluss kämpfen. Er musste einen Weg finden. Mit aller Kraft versuchte er noch einmal, Hände und Füße auseinanderzuziehen, aber das Klebeband hielt ihn fest im Griff.

Denk nach!, sagte er sich immer und immer wieder. Denk nach! Mit dem Kopf und den gefesselten Händen versuchte er einen Gegenstand zu ertasten. Irgendeinen. Die Stimmen der

Männer kamen jetzt näher. Sie standen unmittelbar vor dem Kofferraum.

Unter Aufbietung all seiner Kräfte gelang es Erik, den Rücken nach hinten zu schieben. Dabei stieß sein Arm gegen etwas Weiches. Mit den fast tauben Händen betastete er das weiche Etwas. Es fühlte sich wie Stoff an. Wie ein Kleidungsstück. Erik hörte, dass sich die Männer draußen noch immer unterhielten. Er schob sich immer näher an den Gegenstand in seinem Rücken heran und tastete über den Stoff.

Plötzlich erreichte er dessen Rand und eine Art Öffnung.

Er schob die Hände ein Stück weiter und spürte erneut etwas Weiches. Erik betastete den Gegenstand und begriff auf einmal: er hatte die Hand eines anderen Menschen ertastet.

Die Hand war kalt. Eriks Schrei wurde durch das Klebeband vor dem Mund erstickt.

Im selben Moment ging der Kofferraum auf. Zu Eriks Überraschung schenkten ihm die Entführer keinerlei Beachtung, sondern zerrten die hinter ihm liegende Leiche heraus und schlugen den Kofferraumdeckel wieder zu.

Erik verstand überhaupt nichts mehr. Aber wenigstens lebte er. Fragte sich nur, wie lange noch.

Katja war unruhig, solange sie nach dem Einbruch von ihren Kindern getrennt sein musste. Die ganze Zeit hatte sie Angst, ihnen würde etwas zustoßen.

Viel zu schnell fuhr sie die letzten dreihundert Meter bis zu Vivians Haus, dann schlug sie die Tür zu und eilte in das von wildem Wein überwucherte viktorianische Haus.

»Wo ist Papa?«, schallte es Katja aus dem farbenfrohen Wohnzimmer entgegen. Olivia wirkte verstört, Vivian sah von der Tür aus besorgt zu.

»Er hat noch zu tun. Aber er kommt bald, keine Sorge«, sagte Katja und musste all ihre Willenskraft aufbieten, um wenigstens einigermaßen normal zu klingen. Sie merkte, dass Olivia etwas spürte, aber zum Glück stellte ihre Tochter keine weiteren Fragen. Noch im Auto hatte Katja mehrere Male versucht, den MI5-Beamten Griffin anzurufen, bei dem sie mit Erik gewesen war, aber er war noch immer nicht zu erreichen.

»Möchtest du eine Tasse Tee? Was hat die Polizei gesagt?«, fragte Vivian.

Katja wollte gerade antworten, als ihr Handy klingelt.

»Katja …« Ingrids Stimme klang seltsam bewegt. »Ich habe versucht, Erik zu erreichen, habe ihm auch Nachrichten hinterlassen, aber er meldet sich nicht. Ich will mit ihm reden, könntest du ihn bitte zur Vernunft bringen? Dieses Schweigen hat doch keinen …«

»Das ist im Moment nicht das Problem. Ich erreiche Erik selbst nicht«, sagte Katja und war trotz allem erleichtert, Ingrids Stimme zu hören. Sie überlegte, ob sie ihrer Schwiegermutter von dem Einbruch erzählen sollte. Nein, das war sinnlos. Während sie sprach, ging sie in Vivians Atelier, wo es nach Ölfarben roch. »Erik wollte bloß etwas erledigen, und jetzt meldet er sich nicht, wenn man ihn anruft. Er ist verschwunden. Ich mache mir Sorgen um ihn.«

Ingrid schwieg am anderen Ende der Leitung. Dann murmelte sie: »Was habe ich nur getan …«

»Genau das frage ich mich auch. *Was* hast du eigentlich getan?«

»Hat er mit der Polizei gesprochen?«

»Ja. Ich war mit ihm dort. Aber sie haben uns nicht ernst genommen.«

»Was habt ihr ihnen denn erzählt?«

In Katja stieg Wut auf. »Keine Sorge«, fuhr sie ihre Schwiegermutter an, »wir haben nichts über dich erzählt. Es ist unglaublich. Dein Sohn ist verschwunden, aber du machst dir lediglich um deinen Ruf Sorgen.«

»Katja, so habe ich das nicht gemeint …«

»Ich kann jetzt nicht weiterreden. Ich bin müde«, sagte Katja und beendete das Gespräch.

Im hell erleuchteten unterirdischen Konferenzraum der Residenz des Premierministers in der Downing Street saßen Männer und Frauen mit angespanntem Blick. Sie wirkten ausgesprochen ernst, während sie sich anhörten, was der Amtschef des Premierministers, Kabinettsekretär Sir Albert Cook, zu sagen hatte.

»*Good afternoon, ladies and gentlemen*«, begann Cook schnell und schroff. »Ich habe Sie zusammengerufen, da laut Informationen des MI5 eine terroristische Vereinigung hier in London über eine explosionsbereite schmutzige Bombe verfügt.«

Die Anwesenden wechselten besorgte Blicke. Auf ihnen allein lastete die Verantwortung für das Inselreich.

»Möglicherweise ist die Bombe bereits an den vorgesehenen Ort gebracht und der Zündzeitpunkt eingestellt worden«, fuhr Cook fort. Am Konferenztisch brach Unruhe aus.

»Ich bitte Agneta Wheeler-Dawson weiterzumachen.«

»Danke«, sagte die MI5-Chefin und warf intuitiv einen Blick auf David Stone, der als Vertreter der CIA am Tisch saß.

»Nach Geheimdienstinformationen handelt es sich um die Zelle eines terroristischen Netzwerks, das sich hauptsächlich aus deutschen Staatsbürgern iranischer Herkunft zusammensetzt. CIA und BfV observieren die Gruppe seit einiger Zeit. Heute hat sich die Lage überraschend und entscheidend zugespitzt. Wir haben erfahren, dass Angehörige der Zelle in London aufgetaucht sind und eine radiologische Bombe mit angereichertem Uran bei sich haben.«

»Woher stammt diese Information?«, fragte der Leiter der Anti-Terrorabteilung der Polizei des Großraums London, ein Mann namens Hunt.

Wheeler-Dawson richtete erneut den Blick auf Stone. »David Stone von der CIA kann diese Frage beantworten.«

Stone nahm den Ball gelassen auf. »Einer unserer V-Männer hat Kontakt zu der Gruppe. Aber wie es aussieht, ist der V-Mann enttarnt worden, und die übrige Gruppe agiert selbstständig. Wir wissen aber, dass sie im Besitz eines Sprengsatzes sind, den sie mit waffenfähigem U-235-Pulver in einer Größenordnung von hundert bis zweihundert Gramm gekoppelt haben.«

»Woher hat denn die Gruppe das Pulver?«, wollte Hunt wissen.

Stone blickte auf Wheeler-Dawson, die keine Miene verzog. »Sie haben in Deutschland ein Uranversteck aus dem Zweiten Weltkrieg gefunden«, sagte Stone.

Ein Raunen ging durch den Raum.

»Ich wusste nicht, dass die Deutschen während des Krieges über angereichertes Uran verfügten«, wunderte sich Hunt.

»Warum sind Sie nicht sofort eingeschritten, als Sie erfuhren, dass die Gruppe eine solche Bombe hat?«, fragte Sir Albert vorwurfsvoll.

»Wir haben die Bestätigung gerade erst erhalten.«

»Das ist ja unfassbar! Ein Geheimdienst erfährt von einer Bombe, wenn sie bereits sprengbereit irgendwo in London liegt? Obwohl Sie einen V-Mann eingeschleust hatten? Warum war sich der MI5 nicht früher über die Gefahr einer solchen Katastrophe bewusst?«

Alle Blicke richteten sich auf die MI5-Chefin. Besonders Stone wirkte dabei äußerst aufmerksam.

»Wie Mr. Stone bereits konstatiert hat, ist die Gruppe in Deutschland aktiv gewesen, wo auch das U-235 herstammt. Nichts deutete darauf hin, dass sich das Interesse auf London richten würde. Jetzt bleibt uns leider keine Zeit mehr, uns darüber zu streiten, was man hätte tun sollen. Stattdessen müssen wir uns darauf konzentrieren, was unternommen werden muss. Im besten Fall bleibt uns noch ein wenig Zeit. Wir haben bereits die Felix in Bereitschaft versetzt und brauchen jetzt die offizielle Absegnung, um Felix zu aktivieren.«

»Wie hoch wird denn die Zerstörungskraft dieser Bombe eingeschätzt?«, fragte Cook.

Wheeler-Dawson erteilte Stone mit einem Nicken das Wort.

»Für unsere Begriffe handelt es sich um eine ziemlich kleine, im Prinzip typische RDD. Mit TNT oder NG oder Ähnlichem als

Sprengmittel, weshalb die Zerstörungskraft vollkommen vom Ort der Detonation abhängt. Die Zahl der unmittelbar betroffenen Opfer kann von Null bis zu mehreren Hunderten reichen. Aber der Uranstaub wird sich von der Detonationsstelle her ausbreiten, und je nach Wetterlage kann das sehr weiträumig geschehen. Wenn man den Staub einatmet oder schluckt, wirkt er toxisch, ist jedoch nicht annähernd so giftig wie Cäsium, Polonium, Radium oder vergleichbare Isotope. Aber er beschädigt die DNA der Zellen und verursacht langfristig Krebs. Darum muss man sich darauf einstellen, ein großes Gebiet zu isolieren und zu reinigen. Das wird ein riesiges und langwieriges Unterfangen. Und natürlich wird eine Detonation bedeutsame psychologische und wirtschaftliche Folgen haben. Die Immobilienpreise in ganz London werden einbrechen – aber das alles muss ich Ihnen ja jetzt nicht weiter ausführen.«

»Haben Sie eine Einschätzung, wo die Bombe platziert sein könnte?«

»Natürlich ist ein mögliches Ziel die City, das würde die Finanzmärkte für lange Zeit ins Chaos stürzen. Oder eine touristische Gegend in West End. Oder sogar hier in Whitehall, falls die Terroristen darauf aus sind, den Kern der Administration zu treffen.«

Die Mitglieder des Komitees sahen einander nervös an.

65

Erik ist verschwunden.

Katjas Worte kreisten unablässig in Ingrids Kopf. Sie schienen in den großen Räumen des Hauses zwischen den hohen Vasen widerzuhallen.

Katja wusste eindeutig mehr, als sie sagte. Aber nach allem, was gewesen war, konnte Ingrid durchaus verstehen, dass ihre Schwiegertochter ein gewisses Misstrauen ihr gegenüber hegte.

Die Porträts an den Wänden starrten Ingrid stumm an. Vater, Mutter, zwei Onkel. Alle blond. Sehr skandinavisch.

Diese kräftezehrende Mischung aus Schuldgefühlen und Angst bereitete Ingrid Übelkeit. Rastlos ging sie von einem Zimmer ins andere, von Fenster zu Fenster. In ihrem Kopf herrschte ein einziges Chaos. Was konnte sie nur tun?

Zum Glück kam jetzt dieser Mann von der CIA. Zum Glück hatte sie Stone angerufen. Diese Leute würden ihr helfen. Sie konnte jetzt nur abwarten.

In solchen Stunden war kein Mensch gern allein, dachte Ingrid. Wie wäre es gewesen, wenn das Leben mit Rolf anders verlaufen wäre? Wenn Katharina nicht in die Vereinigten Staaten gekommen wäre? Was für ein Leben hätten sie dann geführt?

Ingrid ging ins Schlafzimmer, öffnete den Schrank und nahm einen alten Karton aus dem obersten Fach heraus. Sie griff hinein und fand ein Schulzeugnis von Erik. Wie stolz der kleine Kerl nach Hause gerannt kam und seine ausgezeichneten Zensuren in Mathematik und Biologie präsentiert hatte, weil er wusste, seine Eltern würden sich so darüber freuen.

Wie sehr Ingrid sich nach jenen Zeiten zurücksehnte! Wie

sehr sie Rolf vermisste – diesen sentimentalen Dummkopf, der sein Leben lang mit seinem schlechten Gewissen gerungen hatte, der geglaubt hatte, ein besonders starkes Rückgrat zu haben, der aber in Wahrheit ein kindischer, feiger Betrüger gewesen war. Dennoch hatte Ingrid ihren Entschluss zur Scheidung bereut. Katharina war als Lockvogel Moskaus raffiniert vorgegangen, und Rolf war ihr in die Falle getappt. So wollte Ingrid es sehen.

Sie nahm ein Foto in die Hand, auf dem ein gutaussehender junger Mann posierte. »Ach, Rolf«, seufzte Ingrid laut, drückte das Bild an die Brust und schloss die Augen.

Als sie gleich darauf die Augen wieder öffnete, war es, als explodierte die Gegenwart in all ihrer Grausamkeit vor ihr. Wo lag die Verbindung zwischen Vergangenheit und Gegenwart? Wie gehörte das alles zusammen?

Ingrid versuchte, sich zu konzentrieren. Zuerst ging sie die Ereignisse in chronologischer Reihenfolge noch einmal durch: Vor zwei Monaten kamen zwei Männer von der CIA und erkundigten sich nach dem Uran. Kurze Zeit später flog Rolf nach Deutschland und kam dort ums Leben, und wie es schien, hatte auch seine Reise etwas mit dem Uranversteck zu tun. Nach Rolfs Tod fuhr Erik nach Berlin, kam dem Uran auf die Spur – und jetzt war er verschwunden.

Eine unangenehme Ahnung ergriff von Ingrid Besitz. Warum, um Himmels willen, hatte die CIA nach all den Jahren etwas über das Uranversteck wissen wollen? Ingrid wusste aus eigener Erfahrung, wozu eine Großmacht – sei es Nazideutschland, die Sowjetunion oder die Vereinigten Staaten – imstande war, wenn es darum ging, die eigenen Interessen zu wahren.

Nach und nach dämmerte ihr die schlimmstmögliche Variante. Sie gab sich Mühe, ihre Panik im Zaum zu halten. Immer deutlicher fügte sich ein Baustein auf den anderen. Für die CIA verband sich mit dem Uranversteck etwas derart Brisantes, dass Rolf eliminiert worden war – und vielleicht auch Erik.

Und jetzt kam jemand von der CIA zu ihr nach Hause. *Jeden Moment.*

Polizist Carey von der Londoner *Metropolitan Police* stieg im Sonderdepot der Polizei in Euston in den CBRN-Overall. Um ihn herum legten Dutzende von Kollegen, die zu Hause oder an ihren Einsatzstellen alarmiert worden waren, die gleiche schwere Schutzausrüstung an, die für chemische, biologische oder radioaktive Bedrohungen entwickelt worden war. Dazu gehörte auch ein geschlossener Kopfschutz mit einer Plexiglasscheibe vor den Augen.

In den Köpfen von Carey und seinen Kollegen kreiste unablässig dieselbe Frage: Dies war doch wohl nur eine Übung, so wie bei den letzten Malen? Immer mehr Männer und Frauen strömten ins Magazin, um ihre Ausrüstung zu holen. Das Depot von Euston war einer von vielen scharf bewachten Stützpunkten in ganz London, wo diese Ausrüstungen aufbewahrt wurden. Falls in allen Depots das Gleiche geschah wie in Euston, würden bald Tausende von Wesen durch die Innenstadt von London laufen, die aussahen wie Angreifer aus dem Weltraum.

Die Aufgabe der *Metropolitan Police* bestand darin, das Areal abzusperren, in dem es im Fall eines Anschlags zu chemischem, biologischem oder radioaktivem Niederschlag kommen würde.

Carey konnte sich gut vorstellen, welche Panik ihr Erscheinen auf den Straßen Londons auslösen würde. Wie ein Lauffeuer würden sich die Nachrichtenbilder von Personen in Schutzanzügen auf der ganzen Welt verbreiten.

Saiid packte Parviz unter den Armen und hievte ihn von seinem Platz am Steuer des Mercedes. Er setzte ihn in den weinroten Rollstuhl, den er zuvor über die Rampe aus dem Laderaum und neben das Auto gefahren hatte. Die New Row war eine kurze, stille Seitenstraße. Das Stimmengewirr der vorübergehenden Menschen brodelte in der warmen Luft.

Saiid und Parviz achteten darauf, sich außerhalb der Reichweite von Überwachungskameras zu bewegen, aber es gab auch versteckte und mit Teleobjektiven ausgerüstete, und sie durften kein Risiko eingehen. Auf gar keinen Fall durften sie das Interesse der Passanten auf sich lenken.

»Die Decke«, sagte Parviz, und Saiid nahm die blaue Wolldecke vom Fahrerzsitz. Er reichte sie Parviz, der sie sich um die Beine schlang.

»Der Strom ist knapp, es wäre klüger, wenn ich dich ein Stück schieben würde«, sagte Saiid.

»Red keinen Blödsinn«, gab Parviz flüsternd zurück. »Wir können den Wagen nicht an so einer Stelle stehen lassen. Ich komme schon klar.«

Saiid wusste, dass Parviz recht hatte. Nach verdächtig geparkten Fahrzeugen wurde aus Angst vor Autobomben fast schon neurotisch Ausschau gehalten. Genau deshalb hatten sie als Versteck für den einen Sprengsatz auch den Rollstuhl gewählt, obgleich die Wirkung der Bombe aufgrund der reduzierten Größe wesentlich schwächer sein würde als die einer Autobombe.

Ohne ein weiteres Wort drückte Parviz auf den Schalter in der Armlehne, und der Rollstuhl setzte sich mit summendem Elektromotor nach Westen in Richtung Leicester Square in Bewegung.

Saiid sah Parviz kurz nach, dann stieg er in den Wagen und fädelte sich unverzüglich wieder in den Straßenverkehr ein. Am liebsten hätte er Abid angerufen, aber jede Kommunikation bedeutete jetzt ein unnötiges Risiko.

66

Das Navigationsgerät, das als leuchtender Farbtupfer am Armaturenbrett angebracht war, teilte mit, dass das Fahrziel erreicht war. Craig Lambert bremste ab und fuhr im Schritttempo an Ingrid Stormares Haus vorbei.

Leise schnurrend hielt der Chevrolet kurz hinter der Einfahrt an. Lambert machte den Motor aus und seufzte. War das wirklich notwendig? Sein unmittelbarer Vorgesetzter war John Merrick, aber ob auch David Stone, der Chef der Gruppe, seine Zustimmung gegeben hatte? Stone konnte er jetzt allerdings auf keinen Fall stören, denn der versuchte gerade, den MI5 und die Führung des übrigen britischen Sicherheitsapparates in Schach zu halten. Die Operation unter den gegebenen Umständen ehrenhaft zum Abschluss zu bringen, war eine äußerst anspruchsvolle Aufgabe. Im Grunde war es unmöglich.

So blieb ihm nur noch übrig, die Spuren zu beseitigen. Sie waren ein kleines Team, und sie mussten sich hundertprozentig aufeinander verlassen können. Jeder musste seinen Befehlen entsprechend handeln – zum Wohle der Organisation und des ganzen Landes. Merrick hatte recht: Ihre Aufgabe bestand darin, die Interessen der Vereinigten Staaten zu sichern, unter allen Umständen und in allen Situationen, und das forderte von ihm nun diesen Einsatz. Ja, es war notwendig.

Lambert stieg aus und ging entschlossen auf das Tor zu. Das Haus gefiel ihm. Es war keines von den üblichen britischen Backsteinhäusern, sondern eher ein modernes Gebäude im amerikanischen Stil. Die alte Dame hat Stil, dachte Lambert. Die englische Architektur hatte ihm noch nie gefallen. Der Anblick ihres

Hauses weckte in ihm die Sehnsucht nach seiner Heimat, nach den Laubwäldern von Vermont. Daran merkte er, dass er urlaubsreif war.

»Ja, bitte?«, fragte eine Frauenstimme, nachdem er geklingelt hatte.

»Frau Stormare?«, sagte Lambert so freundlich wie möglich. »Hier ist Craig Lambert.«

»Richtig, richtig«, murmelte Frau Stormare. Das Schloss der Gartenpforte ging surrend auf. »Bitte kommen Sie herein.«

Lambert ging durch den Vorgarten zur Haustür, wo die betagte, aber rüstig wirkende Dame bereits auf ihn wartete. Sie gaben sich die Hand, und Lambert trat ein.

»Beeindruckend. Sie haben ein phantastisches Haus. Und was für ein Interieur!«

»Danke.«

»Wohnen Sie allein in diesem großen Haus?«

»Der Gärtner kommt einmal die Woche, und an mehreren Tagen arbeitet eine Haushaltshilfe hier. Aber nur tagsüber.«

Gut, dachte Lambert.

»Lassen Sie uns in die Bibliothek gehen. Hier entlang, bitte«, sagte Frau Stormare.

Lambert folgte ihr. Die Bibliothek schien der einzige Raum zu sein, in dem derzeit Licht brannte. Eine dicke weiße, schwanzlose Katze starrte ihn mit unnatürlich großen, hellen Augen an, bis sie plötzlich aufzuckte und verschwand. Ihre Vorderpfoten wirkten kürzer als die Hinterpfoten. Lambert schauderte. Er hasste Katzen.

»Ich habe überlegt, wie der Beamte hieß, mit dem ich damals über das Uran sprach«, sagte Frau Stormare, als sie sich gesetzt hatten.

War sie so verkalkt, dass sie Stones Namen schon nicht mehr wusste, obwohl sie ihn kurz zuvor angerufen hatte?

»Nehmen Sie Platz«, sagte sie und deutete auf ein Sofa, vor dem ein kleiner Tisch aus Edelholz stand.

Lambert nickte höflich und setzte sich.

Die alte Dame nahm im Sessel gegenüber Platz. »Und kurz bevor Sie kamen, ist es mir wieder eingefallen. Moose. Sein Name war Will Moose.«

Vielleicht war es doch nicht unumgänglich, die Dame zu eliminieren, dachte Lambert zögernd.

»Das war die Flower-Power-Zeit. *Make love, not war.*« Sie lachte auf. »Ich unterhielt mich mit Herrn Moose über das Uranversteck. Waren Sie damals überhaupt schon auf der Welt?«

»Doch, doch, ein paar Jahre hatte ich da auch schon auf dem Buckel«, lachte Lambert verlegen.

»Aber am Tag, als John F. Kennedy ermordet wurde? Da waren sie bestimmt noch nicht geboren«, sagte die Stormare mit spöttischem Grinsen.

»Nun ... nein, war ich wohl nicht.«

Jetzt war es aber langsam genug, ansonsten würde das hier den ganzen Abend dauern, dachte Lambert. Und was das Schlimmste war: er würde womöglich noch anfangen, diese seltsame alte Frau zu mögen.

»Wie es Will Moose heute wohl geht?«

»Das kann ich nicht sagen.«

»Er wird sicher seine wohlverdiente Pension genießen, falls er noch am Leben ist ... Ich fragte mich nur: Damals wurde das Ganze in den Archiven begraben – wofür braucht die CIA heute plötzlich so ein Bröckchen Uran? Ihr habt in Amerika doch tonnenweise angereichertes Uran.«

»Jedes Gramm angereichertes Uran, das außerhalb der Buchhaltung auf diesem Planeten kursiert, ist zu viel. So ein Versteck kann gefährlich werden, wenn die falschen Leute darauf stoßen.«

»Ich muss allerdings zugeben, dass ich unsere Plutoniumversuche heute nicht mehr gutheiße. Aber wozu wäre eine Großmacht nicht bereit, wenn es gilt, sich zu verteidigen ... Wissen Sie übrigens, dass mein früherer Mann nach Jahrzehnten auf einmal wieder nach Deutschland gereist ist? Und dort ums Leben kam? Kurz nachdem ihr Kontakt zu mir aufgenommen hattet. Mein Sohn ist skeptisch, dass es sich beim Tod meines Exmannes um einen Verkehrsunfall handelt. Eine erstaunliche Koinzidenz, finden Sie nicht?«

Okay, dachte Lambert, dieser Einsatz ist also doch nicht für die Katz. Zum Glück. Er riss sich zusammen und stellte sich darauf ein, seinen Auftrag zu erfüllen. Das Etui steckte in der Innentasche seiner Jacke.

»Ich habe inzwischen bereut, Will Moose damals nicht alles erzählt zu haben. Ich meine, dass ich ihm nichts von dem anderen Versteck gesagt habe. Dem größeren.«

Bei Lambert schrillten sogleich die Alarmglocken. Seine Hand hielt kurz vor der Jackentasche inne. »Ach ja?«

»Ich werde uns etwas Tee holen«, sagte Frau Stormare und stand auf.

»Vielen Dank, aber…«

»Kein Aber. Und ein paar frische Muffins.«

Im selben Moment war sie aus der Tür.

Konnte das möglich sein? Konnte es irgendwo in Deutschland ein weiteres Uranversteck geben? Es wäre sicher sinnvoll, sich noch einen Moment lang anzuhören, was die alte Frau zu sagen hatte.

Sie kam mit einem Tablett wieder herein und stellte es auf dem Tisch ab. »Mit oder ohne Milch?«

»Ohne, bitte«, sagte Lambert und nahm seine Teetasse entgegen.

»Sie haben noch nicht die englischen Gepflogenheiten angenommen.«

»Das werde ich wohl auch nie lernen«, erwiderte Lambert und trank einen Schluck.

»Wie schmeckt er Ihnen? Ich finde diese Assam-Mischung mit einem Hauch von Rum großartig.«

»Sehr gut«, versicherte Lambert, obwohl das Getränk seiner Meinung nach einfach nur bitter schmeckte. Um der Höflichkeit Willen nahm er trotzdem einen weiteren Schluck, in der Hoffnung, die Frau zum Sprechen zu bringen.

»Was wollten Sie gerade über ein zweites Uranversteck sagen?«

»Welches zweite?«

»Das Uranversteck, das sie vorhin erwähnten.«

»Das bilden Sie sich ein, Herr Lambert«, sagte die alte Frau, und auf einmal klang ihre Stimme nach kaltem Stahl.

Sie wirkte plötzlich überhaupt nicht mehr senil, ganz im Gegenteil.

»Stattdessen möchte ich hören, ob Sie meinem Sohn Erik Narva etwas angetan haben. Aber das werden Sie mir ja sicherlich nicht sagen, nicht wahr?«

Im selben Moment spürte Lambert einen brennenden Schmerz in der Speiseröhre und in der Brust. Er rieb sich heftig den Oberkörper, aber die Schmerzen nahmen nur weiter zu. Lambert legte die Hand an den Hals, sprang auf und starrte Ingrid Stormare ungläubig und entsetzt an. Er machte einige Schritte zur Tür, dann brach er von Krämpfen geschüttelt zusammen.

Aus Lamberts Mund quoll blutiger Schaum. Ingrid wandte den Blick ab, ihr Herz hämmerte zum Zerspringen.

Kurz darauf hörte das Röcheln auf. Mit zitternden Händen stellte Ingrid Lamberts Teetasse aufs Tablett zurück und trug es in die Küche, nicht ohne einen widerwilligen Blick auf den leblosen Körper des Amerikaners geworfen zu haben.

»Charlie, geh weg da!«, sagte sie mit schwacher Stimme, aber die Katze starrte von der Türschwelle in den Raum.

Ingrid wusch die Tasse sorgfältig aus und stellte sie zum Abtropfen auf das Gitter. Dann nahm sie die Scherben der zerbrochenen Glasampulle aus dem Spülbecken und gab sie mit zitternden Fingern in eine kleine braune Flasche, deren gelbliches Etikett deutsch beschriftet war. Ingrid schaute in die Flasche hinein und stellte fest, dass die zweite Strychninampulle noch unversehrt darin war. Sie hatte sie mitgenommen, als sie zum letzten Mal das Institut für Eugenik in Dahlem verließ. Die Ampullen waren für sie selbst und für Rolf vorgesehen gewesen, zur Sicherheit, obwohl sie damals nicht einmal wusste, wo Rolf sich aufhielt. In den USA hatte sie die Ampullen später heimlich aufbewahrt. Mehr als sechzig Jahre lang hatten sie bereitgelegen, für den Fall eines besonders schlimmen Tages. Und nun war dieser Tag gekommen.

Ingrid nahm die Rumflasche vom Tisch und stellte sie in den Schrank zurück. Strychnin löste sich in Wasser nur schwer auf, aber in Alkohol dafür umso leichter. Sie ging durch das dunkle Haus zurück in die Bibliothek, wo Lamberts verkrümmter Leib auf dem Parkett lag. Die leblosen Augen starrten zur Decke. Ein Rinnsal blutigen Schaums lief vom offenen Mund am Ohr vorbei auf den Fußboden. Zum Glück hatte sich Charlie inzwischen davongemacht.

Ingrid wurde übel. Der Boden unter ihren Füßen schwankte, und ihr war, als müsste sie sich jeden Moment erbrechen. Sie verachtete sich, ihre Schwäche und ihr Alter. In jungen Jahren war sie schrecklichere Anblicke gewöhnt gewesen. Wesentlich schrecklichere.

Jetzt wäre sie am liebsten aus dem Zimmer gerannt und hätte die Tür hinter sich zugeschlagen, aber sie zwang sich, zu der Leiche zu gehen. Mühsam kniete sie sich hin und schob die Hand in die Innentasche seiner Jacke. Sie spürte etwas Hartes und zog ein Plastiketui heraus. Schnell öffnete sie es und seufzte sogleich vor Erleichterung auf. Das Etui enthielt eine Spritze mit aufgezogener Flüssigkeit.

Sie hatte also recht gehabt. Der Mann war gekommen, um sie zu töten.

Jetzt musste sie seine Leiche so schnell wie möglich loswerden. Die CIA würde ihren Mitarbeiter bald vermissen. Ingrid packte Lambert entschlossen unter den Armen und versuchte ihn anzuheben, aber der Tote bewegte sich nur wenige Millimeter. In Ingrids Rücken und Armen dagegen breitete sich ein irrsinniger Schmerz aus.

Ich muss es schaffen, dachte sie im Kampf gegen die Panik. Ich muss!

Mit äußerster Anstrengung schaffte Ingrid es trotz der Schmerzen, die Leiche die wenigen Meter bis zur Tür der Bibliothek zu schleppen. Dann sank sie vollkommen erschöpft in den Sessel. Sie stellte sich vor, dass Lena am nächsten Morgen zwei Tote vorfinden würde: Ingrid, die einen Herzinfarkt erlitten hatte, und daneben einen unbekannten Mann.

Ingrid versuchte, möglichst kühl zu überlegen, was zu tun war. Sie könnte das Auto des Mannes vor die Haustür fahren und seine Leiche irgendwie in den Wagen befördern. Dann könnte sie Auto und Leiche auf einen Schlag loswerden, indem sie an die Küste fuhr und das Auto im Meer versenkte. Jetzt musste sie erst mal Zeit gewinnen. Eindeutige Beweise durften in ihrem Haus nicht gefunden werden.

Sie stand auf und schaffte es nur mit größter Anstrengung, den Toten durch die Eingangshalle bis an die Haustür zu ziehen. Anschließend lehnte sie sich keuchend an die Tür, um sich auszuruhen. Als nächstes durchsuchte sie die Hosentaschen des Mannes und fand die Autoschlüssel. Rasch zog sie sich etwas über, machte die Tür auf und schrie auf vor Schreck.

Vor ihr stand Katja, die Hand nach dem Klopfer ausgestreckt.

»Was machst du denn hier?«, fragte Ingrid voller Panik. Das hatte ihr gerade noch gefehlt.

»Entschuldige, ich wollte dich nicht erschrecken.«

Katja schaute ihre Schwiegermutter durchdringend an.

»Die Pforte war offen. Ich mache mir einfach solche Sorgen um Erik. Und du hast am Telefon so erschüttert geklungen, dass ich dachte, wir könnten vielleicht miteinander reden. Wo wolltest du hin?«

»Wieso?«

»Du hast einen Mantel an.«

Langsam trat Ingrid nach draußen und zog die Tür hinter sich zu.

»Ich wollte nur einen kleinen Spaziergang machen. Es gibt so viel nachzudenken … Ich bin so unruhig, da … da dachte ich, ein bisschen Gehen tut gut.«

»Reden tut uns vielleicht auch gut. Lass uns reingehen.«

Katja griff nach der Tür, um sie wieder aufzustoßen.

»Nein, bitte jetzt nicht. Ich bin sehr müde. Fahr nach Hause, wir reden ein andermal.«

Katja musterte Ingrid erstaunt. »Dein Sohn ist verschwunden, Ingrid. Willst du wirklich nicht versuchen herauszubekommen, was es damit auf sich hat?«

»Natürlich will ich das, aber später. Ich rufe dich ...«

»Du wolltest doch spazieren gehen ... Ich komme einfach mit. Mir gehen auch ein paar Sachen durch den Kopf.«

Ingrid seufzte gequält. »Glaube mir. Es ist besser, wenn du nach Hause fährst.«

»Warum soll das besser sein?« Katja war verärgert und neugierig zugleich. »Ist jemand bei dir?«

»Natürlich nicht.« Ingrid bemerkte selbst das unangenehme Zittern in ihrer Stimme.

»Bei uns wurde eingebrochen.«

»Wie schrecklich.«

»Alles ist durchwühlt worden ... Ist bei dir alles in Ordnung?«

»Ja. Wir unterhalten uns später. Könntest du jetzt nicht bitte einfach gehen?!«

Katja sagte nichts, sondern schaute Ingrid nur unverwandt an.

Ingrid wollte die Haustür gewaltsam zuziehen, aber Katja schob einen Fuß dazwischen.

»Was ...«, fing Ingrid überrascht an, aber Katja stieß mit aller Kraft die Tür auf. Ingrid musste zurückweichen.

Hinter der Tür lag ein toter Mann am Boden. Katja starrte ihn wie versteinert an.

»Großer Gott!«, sagte Ingrid, schloss kurz die Augen und versuchte sich zu beherrschen. »Musst du dich unbedingt in *alles* einmischen?«

Ingrid ließ sich auf die Bank in der Eingangshalle sinken. »Ich weiß, was du denkst. Dass dies das reinste Mörderhaus ist. Hier vergifte ich abends Männer und begrabe sie in meinem Garten. Bei jedem deiner Besuche kommen Geheimnisse ans Tageslicht. Aber sieh mal«, sagte Ingrid, kniete sich neben dem Toten hin, nahm das Etui aus der Innentasche der Jacke und zeigte Katja die Spritze mit der Injektionsnadel. »Dieser Amerikaner ist gekommen, um mich zu töten. Aber ich wusste es und kam ihm zuvor. Was hätte ich tun sollen? Es war Notwehr.«

»Wer ist das?«, konnte Katja nur mit Mühe flüstern. »Was hat das alles zu bedeuten?«

Ingrid vergrub das Gesicht in den Händen. Sie spürte, wie ihre Selbstbeherrschung schwand. Tränen rannen ihr über die Wangen.

»Diese – Schweine ... sie haben Rolf umgebracht! Womöglich stecken sie auch hinter Eriks Verschwinden ... Und das alles ist meine Schuld.«

»Wen meinst du? Was redest du da?« Katjas Stimme kippte vor Entsetzen.

»Die Amerikaner. Die CIA. Eine andere Erklärung kann ich nicht sehen.«

»CIA? Ingrid: Willst du damit sagen, dieser Mann hier ist von der CIA?«

Ingrid nickte und wischte sich mit dem Taschentuch die Tränen aus dem Gesicht.

»Die CIA hat versucht, dich zu ermorden? Und du meinst, die CIA hat Rolf umgebracht und Erik verschleppt? Ist dir eigentlich klar, wie das klingt, was du da von dir gibst?«

»Ja, natürlich ist mir das klar. Aber es ist nun mal wie es ist.«

Ingrid hatte sich inzwischen wieder gesetzt und Katja ließ sich neben ihr auf die Bank sinken. Das alles war vollkommen absurd. Aber natürlich war es nicht ausgeschlossen. Absolut alles war möglich. Hatte der Einbruch bei ihnen zu Hause etwa auch damit zu tun? Natürlich.

»Ich verstehe das alles nicht. Warum sollte die CIA so etwas tun? Erik hat doch gerade vermutet, es könnten Terroristen am Werk sein.«

Katjas Worte ließen Ingrid zusammenfahren. »Haben Terroristen vor, Rolfs Uran einzusetzen?«

»Das weiß ich nicht. Aber so etwas hat Erik vermutet.«

Ingrids Atem wurde heftiger, und das Blut wich aus ihrem Gesicht.

Katja nahm ihre Hand. »Ingrid, wir haben es hier mit sehr komplexen Zusammenhängen zu tun, die wir gar nicht verstehen können. Aber wir müssen uns jetzt zusammentun. Und als erstes müssen wir diese Leiche aus dem Weg schaffen.«

»Ja. Sie muss schnell aus dem Haus heraus.«

»Zuerst müssen wir genau überlegen, wie wir vorgehen. Schaffen wir sie zunächst mal aus der Eingangshalle weg, falls jemand kommt.«

Ingrid und Katja packten Lambert an den Armen, um ihn in die Bibliothek zurückzuschleppen. Beim ersten Ruck fiel der Kopf des Toten schlaff nach hinten – ein fürchterlicher Anblick, der durch den blutigen Schaum vor seinem Mund noch verstärkt wurde. Katja wandte den Blick ab. Ingrid wunderte sich, dass ihre Schwiegertochter überhaupt fähig war, in so einer Situation zu handeln. Aber der Mensch war zu allem fähig, wenn er dazu gezwungen war.

»Wie ... woran ist er denn gestorben?«, fragte Katja.

»Lass uns später darüber reden.«

In dem Moment klingelte es.

Katja und Ingrid erschraken. Entsetzt schauten sie sich im Halbdunkel der Eingangshalle an.

»Wie können sie jetzt schon hier sein?«, flüsterte Ingrid.

»Bei uns wurde eingebrochen. Falls eines mit dem anderen zusammenhängt, können dieselben Einbrecher auch hier aufkreuzen. Wir müssen die Polizei benachrichtigen.«

»Nicht, bevor wir die Leiche aus dem Haus geschafft haben.«

Es klingelte erneut.

»Vielleicht ist es die Polizei«, sagte Ingrid nun sogar mit einer gewissen Hoffnung. »Vielleicht wissen sie etwas über Erik.«

Starr vor Angst ging Ingrid zum Monitor der Sprechanlage. Auf dem Bildschirm sah sie einen jüngeren Mann in Windjacke. Im Hintergrund stand ein Auto. Das Bild war nicht deutlich genug, um die Gesichtszüge des Mannes erkennen zu können.

Ingrid räusperte sich. »Ja, bitte?«

»Ingrid Stormare?«, fragte der Mann. Er sprach nicht wie der Inbegriff eines Briten, hatte aber auch keinen identifizierbaren Akzent.

Ingrid überlegte fieberhaft. Wer war der Mann? War er von der CIA? Ein Kollege von diesem Lambert?

»Ich habe wichtige Informationen über Ihren Exmann Rolf und Ihren Sohn Erik«, sagte die Stimme am Tor.

Ingrid war wie elektrisiert. Sie schaute Katja an, die nach einer Weile der Verwirrung nun langsam und skeptisch den Kopf schüttelte.

»Was für Informationen?«

»Das kann ich Ihnen hier nicht sagen. Machen Sie auf.«

»Wer sind Sie?«

»Ich bin vom deutschen Verfassungsschutz.«

Ingrid und Katja sahen sich an.

»Ist Erik am Leben?«

Der Mann schwieg einen Moment.

»Ja. Er ist am Leben.«

Rashid wartete eine Weile vor der Sprechanlage, bis sich das Tor langsam öffnete. Dann stieg er zu Utabar in den Wagen.

Rashid war zufrieden mit sich. Er hatte die übrigen Mitglieder der Gruppe davon überzeugt, dass es allen Grund gab, bei dem Plan zu bleiben, den Malek aus mittlerweile bekannten Gründen abgelehnt hatte: Um alle Spuren zu tilgen, mussten sie auch Rolf Narvas Exfrau beseitigen, denn die alte Dame wusste von dem Uranversteck. Malek hatte Rolf Narva in Berlin gefragt, wer etwas davon wüsste, und Narva hatte gestanden, vor vielen Jahren seiner Frau davon erzählt zu haben.

Im Nachhinein betrachtet: Für wie blöd hatte Malek sie eigentlich gehalten?

Ingrid und Katja schleiften Lamberts Leiche so rasch es ging in die Bibliothek, schlossen die Tür ab und sahen dann auf dem Monitor zu, wie ein VW Passat auf das Grundstück gefahren kam und vor der Haustür anhielt. Der Mann, der eben noch an der Sprechanlage gestanden hatte, stieg aus dem Wagen. Jetzt waren seine Züge deutlicher zu erkennen.

»Das gefällt mir nicht«, flüsterte Katja. »Der sieht nicht aus wie ein deutscher Polizist. Hier stimmt doch was nicht. Mach nicht auf!«

»Der Schein kann trügen. Wenn sie Terroristen jagen, müssen sie vielleicht selbst wie Terroristen aussehen. Versteck dich im Nebenzimmer und ruf Hilfe, falls etwas passiert.«

Zögernd ging Katja nach nebenan.

Ingrid holte tief Luft und öffnete die Tür. Vor ihr stand ein ordentlich angezogener Mann mit dunklen Augenbrauen und sah sie ausdruckslos an.

»Wir haben Ihnen etwas mitgebracht«, sagte der Mann und machte eine Kopfbewegung zum Auto.

Über die Schulter des Fremden hinweg konnte Ingrid sehen, wie ein zweiter Mann den Kofferraum öffnete, kurz aus dem Blickfeld verschwand und dann etwas auslud. Ingrid kniff die Augen zusammen. Ihr wurde heiß und kalt, als sie begriff, was sie dort sah: einen Mann mit gefesselten Händen, der sich nun schwankend aufrichtete.

Entsetzt sah Ingrid zu, wie der Gefesselte in Begleitung des anderen Mannes auf sie zukam. Seine Beine schienen ihn kaum zu tragen.

Die Männer näherten sich der Haustür, und Ingrid sah das graue Klebeband vor dem Mund des Gefesselten. Sein Gesicht war von Schrammen und getrocknetem Blut überzogen, die Kleidung zerrissen und voller dunkler Flecken. Er roch nach Benzin.

»Erik«, stöhnte Ingrid, als sie ihren Sohn erkannte.

Der Mann, der als Erster gekommen war, stieß Ingrid in die Eingangshalle, sein Kollege führte Erik herein und riss ihm das Klebeband vom Mund.

»Was habt ihr mit ihm gemacht?«, fragte Ingrid. Es zerriss ihr das Herz, ihren Sohn so kraft- und wehrlos vor sich zu sehen.

»Es …« Erik musste sich anstrengen, um den Satz herauszubekommen. »Es ist alles in Ordnung, Mutter.«

Im Zimmer nebenan glaubte Katja, den Boden unter den Füßen zu verlieren, als sie Eriks Stimme hörte. Ein gewaltiges Gefühl der Erleichterung trieb ihr Tränen in die Augen.

»Sieh nach, ob das Haus leer ist«, sagte eine Stimme im Befehlston.

Diese Worte setzten Katja sofort in Bewegung. Sie musste sich ein Versteck suchen und Hilfe holen. Gleichzeitig wurden ihr zwei Dinge klar: Bevor sie die Leiche in die Bibliothek geschleift hatten, hatte sie ihre Jacke ausgezogen, und die hing jetzt an der Garderobe in der Eingangshalle. Und in der Jackentasche war ihr Handy. Außerdem hatte sie die Schuhe nicht ausgezogen. Ihre Schritte auf dem Parkett würden sie verraten.

Sie streifte rasch die Schuhe ab, nahm sie in die Hand und lief los. Aber die Angst lähmte ihre Schritte, die wenigen Meter quer durch den Raum kamen ihr endlos vor. Es war, als würde sie sich selbst in Zeitlupe rennen sehen und als würde dieser Film immer wieder angehalten werden … Zum Glück war vorläufig nichts zu hören.

Katja betrat den Gang, der zu den Schlafzimmern führte. Dann wurde ihr schlagartig klar, dass sie sich auf der falschen Seite des Hauses befand. Hier gab es keine Tür nach draußen.

Sie ging in Ingrids Schlafzimmer und verschwand in dem angrenzenden großen Ankleideraum. Leise zog sie die Tür zu und sah sich im schwachen Lichtschein verwirrt um. Der Raum war voller Kartons, Bücher und Ordner, auf deren Rücken sie zu ihrem Erstaunen die Namen von einigen Gendo-Projekten las.

Katja drehte sich um und sah einen Vorhang an der Rückwand des Raumes. Sie hörte draußen Geräusche, zog den Vorhang einen Spaltbreit auf und sah dahinter Kleider in einer ordentlichen

Reihe auf der Stange hängen. Sie steckten in Zellophan und waren zum Teil offenbar Jahrzehnte alt.

Katja fragte sich, wie lange der Mann brauchen würde, in allen Zimmern nachzusehen, und wann sie den Ankleideraum verlassen könnte. Sie musste Hilfe holen, ganz gleich, wie.

Während sie noch die Situation abwägte, fiel ihr Blick auf eine weiße, in Zellophan verpackte Jacke. Sie zog sie hervor und erschrak: ein Laborkittel, uraltes Modell, womöglich aus der Kriegszeit. Warum, um Gottes willen, hob Ingrid so etwas auf?

Als sie den Kittel zurückhängte, stieß der Bügel gegen die Rückwand. Katja erstarrte. In der Stille vervielfachte sich auch das geringste Geräusch. Sekundenlang stand sie reglos da und lauschte.

Als sie nichts hörte, schob sie sich zwischen die Kleider, denn die Rückwand hatte seltsam hohl geklungen. Anstatt einer massiven Mauer vermutete sie dort nur eine dünne Holzplatte. Katja ertastete sie und stieß auf eine Schraube, die sich bewegte – genauer gesagt bewegte sich die Platte, in der die Schraube befestigt war.

Im selben Moment hörte Katja Schritte. Sie hielt den Atem an und drückte sich hinter den Kleidern an die Wand. In ihren Ohren rauschte das Blut. Würde jemand in die Kammer kommen? Wieder griff sie nach der Schraube und zog langsam daran, wie an einem Griff. Eine Luke ging auf, aber sie war klein – zu klein, um einen Menschen durchzulassen.

Zum Glück entfernten sich die Schritte wieder, und Katja atmete auf. Trotzdem musste sie noch etwas warten, bevor sie den Ankleideraum verließ. Sie schob eine Hand in die Luke und holte einen kleinen, schweren Gegenstand hervor. Im spärlichen Licht, das durch die Kleider sickerte, betrachtete sie den Gegenstand. Es war eine alte Leica, an deren Objektiv eine Zusatzapparatur befestigt war. Katja legte die Kamera zurück und tastete nach den anderen Gegenständen in der Nische. Sie bekam ein kleines Glas zu fassen und nahm es heraus.

In dem Moment hörte sie schnelle Schritte, und gleich darauf wurde die Tür zum Ankleideraum aufgerissen. Mit dem klickenden Geräusch des Schalters ging das Licht an.

Durch die Kleider hindurch blickte Katja zur Tür. Die Textilien in ihren Folien hingen ziemlich dicht nebeneinander. Katja schloss die Augen und rührte sich nicht. Der Mann würde sie nicht unbedingt sehen können. Sie hörte, wie er hier und da die Kleidungsstücke an der Stange auseinander zog. Dann hielt er inne. Vielleicht ging er in die Hocke, um unter die Kleider zu schauen. Katja blickte nach unten und sah Schuhe und Stiefel auf dem Fußboden stehen. Kurz darauf stand der Mann unmittelbar vor ihr. Es war still, als würde er überlegen, an welcher Stelle er hinter die Kleider blicken sollte.

Links, flehte Katja innerlich.

Im selbem Moment fiel ihr Blick auf das Schraubdeckelglas in ihrer Hand. Als sie sah, was sich darin befand, gab der Boden unter ihr nach: In dem Glas lagen Augen in Formalin. Nur mühsam unterdrückte sie ihren Schrei.

Abid blickte sich um. Inmitten der Halteverbotsschilder in Whitehall erhoben sich mehrere Meter hohe Schutzkonstruktionen, hinter denen sich die Residenz des Premierministers in der Downing Street befand. Neben dem schwarzen Tor war eine Drehsperre für Fußgänger installiert. Auf beiden Seiten standen Polizisten mit Maschinenpistolen vor der Brust. Zwanzig Meter hinter dem Zaun sah man die schwarz-gelbe Panzersperre aus dem Boden ragen.

Abid richtete den Blick wieder auf die Straße. Natürlich hatten sie diesen Straßenabschnitt schon in den vorläufigen Planungen verworfen. Hier konnte man nicht einmal für kurze Zeit anhalten.

Big Ben zeigte 18 Uhr 35. Abid war ungefähr im Zeitplan, vielleicht sogar einige Minuten zu früh. Ruhig fuhr er weiter, um bei einer neuen Runde die Zeit totzuschlagen.

Parviz wich den Blicken der entgegenkommenden Passanten aus. Das war leicht, allein schon wegen der niedrigen Sitzhöhe des Rollstuhls. Damit die Zeit verging und um Strom zu sparen, blieb er in der kurzen Fußgängerzone St. Martin's Court eine Weile stehen.

Eine knappe halbe Stunde noch.

Plötzlich trat jemand vor ihn hin.

»Entschuldigung, kann ich Ihnen irgendwie helfen?«, fragte eine junge Frau.

»Danke, ich warte nur auf einen Freund«, antwortete Parviz.

Jedesmal, wenn er angehalten hatte, war er ebenfalls von besorgten Passanten angesprochen worden. Was würde er tun, wenn ihn ein Polizist ansprach? Wahrscheinlich würde auch in dem Fall seine bisherige Antwort ausreichen.

Parviz fuhr ein Stück weiter, dann hielt er an, um in den Bücherkisten vor einem Antiquariat zu stöbern. Er fühlte sich äußerst unwohl auf seinem Sitz, auch wenn er wusste, dass ihm das Uranpulver noch nicht gefährlich werden konnte. Aber wenn mit dem Timer oder mit dem Zünder etwas nicht stimmte? Wenn die Explosion früher als geplant ausgelöst wurde?

Parviz wäre am liebsten aufgestanden und davongegangen, aber noch hatte er nicht die richtige Stelle erreicht. Nicht weit entfernt quoll der Leicester Square über vor Menschen. Weggehen konnte er erst in allerletzter Sekunde – ein leerer Rollstuhl hätte viel zu viel Aufmerksamkeit erregt. Parviz musste so lange sitzen bleiben, wie er sich nur traute.

67

Mit der Waffe in der Hand kam der Mann auf Ingrid zu.

»Ich frage Sie noch einmal.« Er drückte ihr die Pistole an die Schläfe. »Ist noch jemand im Haus?«

»Lass sie in Ruhe!« Eriks Aufschrei klang bemitleidenswert kläglich, aber sein Mut trieb Ingrid stolze Muttertränen in die Augen.

Der Eindringling warf einen Blick auf Erik und grinste.

»Vielleicht ist die alte Dame bereit zu sterben«, sagte der Mann und nahm die Waffe von ihrer Schläfe. Sogleich trat er vor Erik und drückte ihm den Lauf an die Stirn. »Aber ob sie auch bereit ist, zuzusehen, wie ihr Sohn stirbt?«

»Was sind das für Leute?«, fragte Ingrid auf Schwedisch.

»Das sind Terroristen, die anscheinend aus dem Uran eine schmutzige Bombe gebaut haben«, antwortete Erik ebenfalls auf Schwedisch.

»Ruhe!«, brüllte der Mann und stieß mit der Waffe heftig gegen Eriks Stirnbein.

Da fiel ein Schuss. Ingrid fuhr zusammen.

Sie haben Katja gefunden.

»Was war das?«, fragte Erik neben ihr. »Wer hat da geschossen?«

Ingrids qualvoller Blick irrte über Eriks erschrockenes Gesicht.

Nun hörte man aus einer unbestimmten Richtung ein Geräusch, das klang, als würde etwas über den Fußboden geschleift.

Der Mann schafft Katjas Leiche hierher, dachte Ingrid voller Panik. Gleich wird Erik seine tote Frau zu Gesicht bekommen.

Dann sah Ingrid den Mann. Er näherte sich der Eingangshalle, in der einen Hand hielt er eine Waffe, mit der anderen schleifte er etwas hinter sich her. Ingrid schloss die Augen, sie konnte nicht hinsehen …

»Wer ist das?«, fragte der erste Eindringling.

Mit fest zusammengekniffenen Augen stand Ingrid da.

»Antwortet! Wer ist der Mann?«

Der Mann?

Ingrid riss die Augen auf und sah Lamberts Leiche vor sich liegen. Da begriff sie, was geschehen war: Der Eindringling hatte das Schloss zur Bibliothek kaputtgeschossen und den toten Lambert entdeckt.

Ingrid sah Erik an, der mit großen Augen auf den Toten starrte. Dann richtete er den Blick schockiert auf Ingrid.

»Das Haus ist leer, aber der hier hat in der Bibliothek gelegen«, sagte der zweite Eindringling. »Offensichtlich vergiftet … Mit was für einer Dame haben wir es hier eigentlich zu tun?«

Fieberhaft versuchte Ingrid innerlich die Puzzleteile zusammenzusetzen. Laut Erik verfügten die Terroristen über eine schmutzige Bombe. Aber warum hatte die CIA versucht, sie, eine alte Frau, zum Schweigen zu bringen? Um Spuren zu verwischen, wie schon so oft zuvor? Aber welche Spuren?

»Dieser Mann ist ein amerikanischer CIA-Agent«, sagte Ingrid. »Er ist gekommen, um mich zu töten.«

In einer anderen Situation hätte Eriks verdutztes Gesicht geradezu komisch gewirkt.

Ingrids Worte schienen eine elektrisierende Wirkung auf die Eindringlinge zu haben, denn sie führten sogleich einen heftigen Wortwechsel in ihrer Sprache.

»Sehen Sie, wir haben einen gemeinsamen Feind«, unterbrach Ingrid die Diskussion der beiden. Sie musste alles versuchen, denn Erik schien vollkommen paralysiert zu sein.

Erik hatte das Gefühl, sein Verstand stagnierte. Seine Intelligenz hatte ihm geholfen, an die Spitze der Wissenschaft zu gelangen, sie hatte ihm die größten Errungenschaften seines Lebens beschert, aber jetzt, da er sie am dringendsten bräuchte, schien sie ihn im Stich zu lassen. Unter Aufbietung aller Willenskraft griff er den von seiner Mutter geäußerten Gedanken von dem gemeinsamen Feind auf und räusperte sich.

»Wir müssen die Amerikaner gemeinsam stoppen …«, stotterte er und kam sich vor wie ein Idiot. Es klang absurd, aber vielleicht nicht in den Ohren der Terroristen. Jeder Satz, jede noch so kleine Regung war gut, wenn man damit Zeit gewinnen konnte – jeder Aufschub war recht, um Gedanken und Kräfte zu sammeln.

Einer der Männer trat unmittelbar vor Erik und seine Mutter hin.

»Ach ja?«, fragte er verächtlich.

Und im selben Augenblick versetzte er Ingrid einen kräftigen Schlag an die Schläfe. Er schlägt eine wehrlose alte Frau, dachte Erik, aber dann fiel ihm der tote CIA-Mann ein. Vielleicht war sie gar nicht so wehrlos …

Seine Mutter sank zu Boden.

Gleichzeitig sah Erik aus dem Augenwinkel die Waffe des anderen Mannes auf sich niedersausen. Der harte Schlag traf ihn am Hals. Er spürte einen zuckenden Schmerz, dann wurde es schwarz um ihn herum.

68

Parviz sah auf die Uhr. Bis zur Explosion waren es noch achtzehn Minuten. Der Elektromotor summte schon schwächer, obwohl er den Geschwindigkeitsregler bis zum Anschlag gedrückt hielt.

Die Fußgänger machten dem Rollstuhlfahrer höflich Platz – dennoch war es eng. Vor dem Hippodrom herrschte dichtes Gedränge. Im Hintergrund dröhnte der Verkehr auf der Charing Cross Road.

Parviz fuhr hartnäckig weiter auf den Platz zu, in den die breite Fußgängerzone mündete. Die Leute gingen mit gezielten Schritten ins Kino, ins Musical, in Restaurants, zum Einkaufen. Nur wenige schlenderten, aßen ein Eis und sahen den anderen Menschen zu.

Parviz befürchtete, die Schaltuhr könnte um einige Minuten falsch gehen, sodass er es nicht mehr weit genug vom Rollstuhl weg schaffen würde. Verstohlen hielt er nach Kameras auf Masten und an Wänden Ausschau, aber das war schwierig zwischen all den Menschen und von so weit unten, denn er durfte sich nicht zu auffällig recken und den Hals verdrehen.

Das Verlassen des Rollstuhls war der gefährliche Moment. Sie hatten nach langer Suche an der Südwestecke des Leicester Square eine Stelle gefunden, die am ehesten im toten Winkel der Überwachungskameras lag. Aber bis dort würde der Strom in der Batterie auf keinen Fall reichen – nicht einmal bis zu der Ersatzstelle, die nur noch hundert Meter entfernt lag.

Die Mitte des Platzes wurde von einer fast kreisrunden Grünanlage eingenommen, deren Bänke allesamt besetzt waren. Parviz fuhr am Publikum vorbei, das sich im Halbkreis um einen

Pantomimen geschart hatte, und hielt unter dem Baum hinter einer roten Telefonzelle an. Eine Überwachungskamera war auch hier nirgendwo zu sehen, aber vermutlich befand er sich dennoch im Gesichtsfeld eines Objektivs. Trotzdem musste diese Stelle gut genug sein. Die Menschen strömten in zwanzig Metern Entfernung an Parviz vorbei, und niemand schenkte ihm Beachtung.

Entschlossen schlug er die Wolldecke zur Seite, stand schwerfällig auf, zog einen Zettel aus der Tasche und legte ihn auf den Rollstuhlsitz: DEFEKT. WIRD ABGEHOLT.

Es fiel ihm nicht leicht, so zu gehen, dass es hinkend und mühsam aussah, er zugleich aber schnell genug vorankam.

Katja zitterte noch immer nach dem Schreck, den der Schuss ihr eingejagt hatte – und das Schraubglas in ihrer Hand.

Der Mann hatte den Kleiderraum verlassen, ohne sie entdeckt zu haben. Kurz darauf war der Schuss gefallen. Hatten sie Ingrid erschossen? Oder Erik?

Katja schlich zur Kammertür, machte sie vorsichtig auf und trat ins Schlafzimmer.

Sogleich spürte sie, dass hier etwas vor sich ging. Hatten die Männer das Haus verlassen? Die Angst lähmte Katja so sehr, dass ihr Gehirn den Geruch, den sie wahrnahm, nicht auf Anhieb deuten konnte. Erst nach und nach begriff sie …

Rauch.

Rasch ging Katja zur Schlafzimmertür und öffnete sie behutsam einen Spaltbreit. Sofort schlug ihr starker Brandgeruch entgegen.

Sie hatten tatsächlich das Haus angezündet!

Katja spähte in den Gang und sah an dessen Ende bereits lodernde Flammen. Sie rannte zum Wohnzimmer, und blieb an der Tür stehen.

Die Vorhänge und ein Teil der Möbel hatten bereits Feuer gefangen. Das Feuer hatte Wände und Decke erfasst, eine dichte Rauchwolke hing im Raum. Darunter, mitten im Zimmer, lag der

CIA-Mann. Aber er war nicht allein. Neben ihm lagen Ingrid und Erik. Waren sie – tot?

Ohne sich um die Hitze zu kümmern, stürzte Katja zu Erik, packte ihn unter den Armen und zerrte ihn in die Eingangshalle, wobei sie innerlich flehte, er möge nur bewusstlos sein. Nachdem sie Erik bis an die Haustür gezogen hatte, rannte sie ins Wohnzimmer zurück und schnappte sich Ingrid, die im Vergleich zu Erik leicht war wie ein Kind. Katja betete, dass sie noch lebten. Kaum hatte sie auch Ingrid bis an die Tür geschafft, sah sie das ganze Wohnzimmer in wirbelwindartigen Flammen auflodern. Voller Entsetzen drückte sie die Klinke der Haustür, doch die Tür ließ sich nicht öffnen.

Katja beugte sich über Ingrid und tastete in deren Taschen nach dem Schlüssel, aber er war fort, natürlich! Die Männer hatten ja abgeschlossen. Das Feuer breitete sich in Windeseile aus. Die Hitze brannte bereits auf Katjas Haut, und der Rauch stieg ihr in die Lungen, dass sie husten musste. Auf keinen Fall würde sie es durch die Flammen zur Hintertür in der Küche schaffen, geschweige denn, dass sie Erik und Ingrid dorthin zerren könnte. Und das Fenster neben der Haustür war zu schmal.

Panisch nach Luft schnappend packte sie Erik und Ingrid und zerrte sie unter äußerster Kraftanstrengung die zehn Meter zum Esszimmer. Hustend nahm sie dort die ägyptische Vase in die Hand, hob sie hoch über den Kopf und schleuderte sie durch das Panoramafenster. Noch während die Glasscherben klirrend auf den Boden fielen, schlugen die Flammen – vom Sauerstoff genährt – blitzartig höher, und das Feuer schien zu explodieren.

Katja hörte hinter sich ein markerschütterndes Kreischen, sie drehte sich um und sah Charlie über das Parkett laufen und durch das Fenster in den Garten springen. Katja nahm den Kerzenständer vom langen Esstisch und schlug damit schnell die noch verbliebenen Glasstücke aus dem Fensterrahmen. Dann umfasste sie Erik so gut es ging und schaffte es tatsächlich, ihn hochzuheben.

Sobald sie Erik durch das Fenster befördert und auf den Rasen gewälzt hatte, drehte sie sich wieder um, aber die Hitze schlug ihr schmerzhaft ins Gesicht. Sie ging in die Hocke, packte Ingrid und zog sie über die Glasscherben bis unmittelbar ans Fenster heran. Mit letzter Kraft hievte sie auch ihre Schwiegermutter nach draußen und sprang selbst hinterher ins Freie.

Im Blumenbeet ließ sich Katja zu Boden sinken und schnappte nach Luft. Aber sofort zwang sie sich, wieder aufzustehen. Sie zog erst Erik, dann Ingrid noch ein Stück weiter vom Haus weg. Erst danach ließ sie sich völlig erschöpft neben Erik auf der Erde nieder und tastete nach dem Pulsschlag am Hals ihres Mannes. Ein unkontrollierbares Zittern erfasste all ihre Glieder. Dann spürte sie ein leichtes Puckern der Halsschlagader. Aus dem zertrümmerten Fenster schlugen die Flammen.

»Was ist passiert? Ist noch jemand im Haus?«

Zunächst begriff Katja nicht. Sie drehte sich um und sah einen fremden Mann hinter sich.

Er beugte sich über sie und sah besorgt auf Erik und Ingrid.

»Ist noch jemand drin?«, wiederholte der Mann seine Frage.

»Wir müssen sie noch weiter vom Haus wegschaffen«, sagte Katja und packte Ingrid, die ja so viel leichter war.

Der Mann griff nach Erik und fragte noch einmal: »Antworten Sie mir, ist noch jemand im Haus?«

»Nein«, fuhr Katja ihn an und zog Ingrid auf den Rasen neben der Einfahrt. Sie würde jetzt nichts von der Leiche sagen, die noch im Haus lag. Der Rauch reizte noch immer ihre Atemwege, sie hustete, dass ihr die Tränen in die Augen traten. Dann fühlte sie Ingrids Puls. Ingrid lebte, war aber weiterhin bewusstlos.

»Rufen Sie doch einen Krankenwagen!«, rief sie dem Mann zu.

Im selben Moment verstummte sie: Erik bewegte sich. Katja stürzte auf den Rasen zu ihrem Mann.

»Katja«, sagte Erik schwach. »Alles in Ordnung?«

Katja nickte und spürte, wie Angst und Erleichterung zugleich ihr die Kehle zuschnürten. Dann drückte sie ihren Kopf an Eriks Hals.

»Und Mutter?«

»Ingrid ist bewusstlos«, brachte Katja mit Mühe heraus.

Der fremde Mann neben ihnen beendete sein kurzes Telefonat.

»Ich bringe Sie ins Krankenhaus, das geht schneller, als auf den Krankenwagen zu warten. Die Feuerwehr ist alarmiert. Aber das Haus wird nicht mehr zu retten sein.«

Katja nickte und stand auf. Der Mann half erst Erik in den Van, dann klappte er die hinteren Sitze um, damit Ingrid darauf liegen konnte.

Der Wagen setzte sich in Bewegung und passierte die Schaulustigen, die sich inzwischen versammelt hatten und entsetzt auf die hohen Flammen starrten, die aus dem Haus schlugen.

Erik lehnte erschöpft den Kopf gegen die Nackenstütze.

»Wasser«, bat er.

Der Mann nahm eine Flasche Mineralwasser aus der Mittelkonsole. Katja hielt sie ihrem Mann an die Lippen.

»Was ist passiert?«, fragte Erik mühsam.

»Wir reden im Krankenhaus. Jetzt ruh dich erst mal aus.«

Plötzlich versuchte Erik sich aufzurichten. »Ausruhen? Sie haben die Bombe ...«

Der Fahrer schaute über den Spiegel nach hinten. »Was sagen Sie da?«

Erst da fiel Katja etwas auf, was sie bis dahin nicht beachtet hatte. Der Mann sprach mit amerikanischem Akzent.

Erik hielt sich vor Schmerzen den Kopf. »Wir müssen die Polizei verständigen«, sagte er mit Nachdruck. »Die Terroristen haben einen Rollstuhl mit Elektromotor, ich glaube, dass die Bombe darin versteckt ist ... oder im Auto, in so einem dunkelgrünen Kleinlieferwagen mit zwei Sitzen ...«

»Welche Automarke?«, fragte der Mann und sah Erik aufmerksam durch den Rückspiegel an.

»Ich weiß es nicht, vielleicht Citroën oder Vauxhall oder so etwas.«

Der Mann nahm eine Hand vom Steuer, griff nach seinem Telefon und drückte eine einzige Taste.

»Mr. Narva meint, die Bombe könnte in einem elektrischen Rollstuhl oder in einem dunkelgrünen Kleinlieferwagen sein.«

Erik und Katja sahen einander entsetzt an. Wer war der Mann? Woher kannte er Eriks Namen?

»Wo bist du?«, redete der Mann weiter in sein Mobiltelefon.

»*Im Bereitschaftszentrum von Scotland Yard*«, drang es aus dem Telefon. »*Was für ein Rollstuhl? Farbe?*«

Der Fahrer drehte sich zu Erik um und wiederholte die Frage.

»Weinrot«, sagte Erik, der zu kraftlos war, um Fragen zu stellen oder Widerstand zu leisten. Dafür war keine Zeit mehr. Es konnte jetzt nur noch darum gehen, die Bombe zu entschärfen, bevor sie gezündet wurde, ganz gleich, wer der Mann am Steuer war.

Katja sah Erik ängstlich an. Auch Erik geriet zusehends in Panik. Ein zufälliger Passant war der Mann jedenfalls nicht. Er hatte sofort gewusst, wovon Erik sprach. Und ein CIA-Agent hatte versucht, Ingrid umzubringen …

»Ob er zu Ingrids Haus gekommen ist, um seinen Kollegen zu suchen?«, flüsterte Katja auf Finnisch. »Hat er deswegen unbedingt wissen wollen, ob noch jemand im Haus ist?«

»*Hat der Benutzer des Rollstuhls besondere Kennzeichen?*«, fragte die Stimme aus dem Telefon.

»Ein dunkler Typ«, sagte Erik unsicher, und dachte dabei über Katjas Frage nach. »Leicht lockige Haare …«

»Nichts Außergewöhnliches? Eine Narbe, Brille, irgendetwas Markantes?«

»Weiß ich nicht. Ich habe ihn nur kurz gesehen.«

»Und der grüne Kombi, hatte der auf der Seite eine Aufschrift?«

»Er stand in der Garage, ich konnte die Seiten nicht sehen. Aber über der hinteren Stoßstange stand ein weißer Text …«

»*Bring Mr. Narva hierher. Sofort!*«

Nachdem er Branson den Befehl erteilt hatte, legte Stone das Telefon aus der Hand. Narva war der Einzige, der zumindest theoretisch etwas über die Terroristen wissen konnte. Ein Strohhalm war jetzt besser als nichts.

»Wir haben eine Kamerabeobachtung von einem Elektrorollstuhl an der Ostseite von Leicester Square. Eine Streife überprüft ihn.«

Mit einem Satz war Stone an der Monitorwand des Bereitschaftszentrums von Scotland Yard, wo mittlerweile weitere Beamte eingetroffen waren, speziell von der Anti-Terroreinheit SO15.

»Die Nummer 47«, sagte ein Mitarbeiter und zeigte auf einen Monitor.

Stone sah sich das von schräg oben aufgenommene farbige Videobild an, an dessen rechtem Rand eine zur Freude der Touristen aufgestellte Telefonzelle zu erkennen war. Dahinter schimmerte ein weinroter, leerer Elektrorollstuhl hervor.

»Kann man den Film zurückspulen?«

»Kleinen Moment.«

Stone starrte auf den Monitor, wo am oberen Bildrand die Uhrzeit rückwärts rannte. Im Schnellsuchlauf erschien ein Mann im Rollstuhl.

»Noch mal langsam die Stelle, wo der Mann weggeht …«

Stones Puls schlug höher. Der dunkelhaarige Mann im Rollstuhl schlug die Wolldecke zur Seite und stand auf. Er legte einen Zettel auf den Sitz und ging davon. Er bewegte sich zwar schwerfällig, brauchte aber ganz offensichtlich kein Hilfsgefährt.

»Die nächste Streife ist jeden Moment vor Ort«, sagte einer der Beamten, die vor der Monitorwand standen.

»Räumt sofort die gesamte Gegend und schickt ein Bombenkommando hin!«, sagte Stone, ohne eine Miene zu verziehen.

69

Katja krallte sich so stark in ihren Sitz, dass die Knöchel an den Händen weiß hervortraten. Das Auto raste über die Mill Road auf das Zentrum von Cobham und die Portsmouth Road zum Krankenhaus.

»Ist ihnen deine Hilfe nun doch gut genug«, sagte Katja bitter.

»Ich glaube nicht, dass ich mit meinen Informationen jetzt noch eine große Hilfe sein kann.«

Erik drehte sich zu Ingrid um, die einen Laut von sich gegeben hatte. Katja streckte sich nach hinten, um den Kopf ihrer Schwiegermutter etwas anzuheben. Sie würde den Inhalt dieses Glases nie mehr aus dem Kopf bekommen. Oder war das alles nur Einbildung gewesen? War sie inmitten dieser absurden Situation – übergeschnappt? Vielleicht war es das Beste, so zu denken. Was immer sie auch gesehen hatte, es war jetzt vom Feuer vernichtet worden. Auf keinen Fall würde sie Erik etwas davon sagen, niemals.

Branson fuhr mit rasender Geschwindigkeit und telefonierte. An Bord hatte er noch immer das Ehepaar Narva und eine halb bewusstlose alte Frau.

»*Jesus Christ*«, stieß Stone am anderen Ende der Leitung schockiert aus. »Sie haben es getan ... Die Scheißkerle haben es mitten in London getan. Am Leicester Square ist eine RDD in einem Elektrorollstuhl versteckt. Wir haben sie gerade stumm gemacht. Wahrscheinlich ist Material drin, das wir aus der Lonsdale-Tasche kennen, aber neu zusammengestellt. Kann also sein, dass sie noch etwas in der Hinterhand haben.«

Branson wusste, was Stone meinte. Die Erfahrung hatte gezeigt, dass es Terroristen fast ausnahmslos auf eine Serie, mindestens aber zwei Detonationen anlegten.

Die Kreuzung Portsmouth Road kam rasend schnell näher. Das Ehepaar Narva auf der mittleren Sitzbank hatte sich zu der alten Frau umgedreht, die mit angezogenen Beinen ganz hinten lag. Branson gab noch mehr Gas, und anstatt zum Krankenhaus abzubiegen, fuhr er in Richtung A3 weiter, die nach London hinein führte.

»Was ist? Warum fahren Sie nicht zum Krankenhaus?« rief Erik wütend. »Meine Mutter braucht einen Arzt!«

»Wir haben jetzt Dringenderes zu erledigen«, sagte Branson. Er blickte in den Spiegel und sah, wie die beiden sich verzweifelt anschauten.

Dazu hatten sie mehr Grund, als sie ahnten.

Abid fuhr auf der Horse Guards Road, die am östlichen Rand des St. James-Parks entlangführte, nach Süden und sah voller Erwartung auf die Uhr. Jeden Moment musste es am Leicester Square zur Detonation kommen.

Bis zu dem Zeitpunkt, an dem die Sprengladung im Laderaum des Kleinlieferwagens gezündet wurde, waren es hingegen noch sechzehn Minuten. Relativ viel Zeit, aber auch nicht zu viel. Es war besser, jetzt keine Runde mehr zu fahren.

Abid blickte sich unauffällig um, aber er registrierte trotzdem auf der linken Seite die mit Maschinenpistolen ausgerüsteten Polizisten vor dem massiven schwarzen Tor, das die Downing Street nach Westen hin abschloss. Rechts im Park waren rund um den Teich zahlreiche Leute unterwegs, viele von ihnen schoben einen Kinderwagen. In dieser Gegend befand sich nicht nur der administrative Kern des Landes: knapp achthundert Meter weiter, am anderen Ende des Parks, stand der Buckingham Palast.

Abid richtete den Blick auf den gut zweihundert Meter entfernten Straßenabschnitt gegenüber dem Finanzministerium. Dort sollte er den Wagen abstellen. Während er in normalem

Tempo weiterfuhr, war ihm klar, dass er auf den Bildern zahlreicher Überwachungskameras zu sehen war.

Wie oft zuvor stand an der vorgesehenen Stelle ein Taxi und ein Stück weiter – ein Polizeiauto. Abid war erleichtert. Die schlimmste Variante wäre gewesen, wenn an der Straße genau so ein dunkelgrüner Kleinlieferwagen gestanden hätte, wie er selbst einen fuhr. In dem Fall wäre er an die Ersatzstelle im Birdcage Walk am Südrand des Parks gefahren. Dann wäre die Entfernung bis Whitehall aber unnötig groß gewesen.

Abid setzte den Blinker und drosselte das Tempo. Gerade stieg ein japanisches Touristenpärchen in das Taxi. Abid hielt hinter dem Taxi an, ließ den Motor laufen und nahm einige Papiere aus dem Handschuhfach, die er sich scheinbar genau ansah. Er hatte in die echten Autos von *Enviromental Maintenance Services* hineingeschaut, und so wie die Gegenstände dort verstreut waren, hatte er sie auch in seinem geklonten Fahrzeug drapiert: Wasserflasche und Chipstüte auf dem Beifahrersitz, abgegriffener Stadtplan in der Türablage.

Am sinnvollsten wäre es gewesen, die Zeitschaltuhr erst jetzt zu stellen, aber das Risiko war einfach zu groß: In unmittelbarer Nähe befanden sich auf einem Laternenpfahl Überwachungskameras, die in drei Richtungen schauten.

Die Türen des Taxis gingen zu, und der Wagen fuhr davon. Nun war der Blick auf das zwanzig, dreißig Meter weit entfernt stehende, leere Polizeiauto frei. Dessen gelb-rote Heckstreifen leuchteten in der Abenddämmerung.

Nachdem er einige Minuten lang in seinen Papieren geblättert hatte, griff Abid nach dem Werkzeugkasten im Fußraum vor dem Beifahrersitz und stieg aus. Den Motor ließ er laufen. Das war eine klare Botschaft an die in der Gegend patrouillierenden Polizisten, dass es sich nur um einen kurzen Halt handelte. Sollte jemand auf die Idee kommen, das Auto zu stehlen, dann war das umso besser – besonders wenn die Fahrtrichtung danach Whitehall hieß.

Auf dem Rücksitz des dahinrasenden Vans spürte Erik, wie Katja seine Hand nahm. In der Victoria Street überholte der Fahrer ein Auto nach dem anderen, betätigte unablässig die Lichthupe und scherte sich keinen Deut um die Verkehrsregeln. Über rote Ampeln fuhr er mit Dauerhupe. Eriks Mutter begann sich zu regen, sie kam langsam wieder zu Bewusstsein.

Nach Cobham hatte Erik den Fahrer aufgefordert, zum Molesey Krankenhaus nach Esher zu fahren, aber der Mann war ohne ein Wort zu sagen weiter durch Wandsworth, Hammersmith und Kensington in Richtung Londoner Innenstadt gerast.

»Der Fahrer ist bestimmt von der selben Institution, wie der Mann, der versucht hat, deine Mutter umzubringen«, sagte Katja auf Finnisch. Ihr Gesichtsausdruck war erstaunlich gelassen, nur die Augen verrieten Erik ihre Angst. Er war unfassbar stolz auf seine Frau – jeder andere Mensch wäre an Katjas Stelle längst durchgedreht.

»Katja«, sagte er so fest, wie er nur konnte, »es wird sich alles regeln, irgendwie.« Dann drückte er sie an sich.

Als er die fremde Sprache hörte, blickte der Fahrer über den Spiegel nach hinten, aber er reagierte nicht weiter, sondern nahm trotz der rasenden Geschwindigkeit sein klingelndes Handy, meldete sich und hörte eine Weile zu. Seine Gleichgültigkeit war Besorgnis erregend, es war, als seien Katja und Erik für ihn gar nicht mehr existent. Nach dem Telefongespräch bremste der Mann scharf und bog so abrupt nach links ab, dass Erik mit dem Kopf gegen das Seitenfenster schlug.

»Hören Sie mir genau zu«, rief der Amerikaner plötzlich Erik zu und beschleunigte wieder. »Am Rand vom St. James-Park, ganz in der Nähe von Downing Street, steht ein Auto von der Firma *Enviromental Maintenance Services*, die für die technischen Anlagen in den Parks zuständig ist. Könnte das der Text sein, den Sie über der Stoßstange des Lieferwagens in der Garage der Terroristen gesehen haben?«

»Ja, das könnte durchaus sein ...«

Der Amerikaner drückte wieder lang auf die Hupe und bog

noch mal nach links ab. Nach einigen hundert Metern sah man rechts die Westminster Bridge. Wegen des stehenden Verkehrs fuhr der Amerikaner auf dem Gehweg weiter. »Nach der Kreuzung dort müsste man das Fahrzeug auf der rechten Seite sehen. Das Bombenräumkommando ist schon unterwegs ...«

Der Fahrer bremste, denn auf der Straße stand quer ein Zivilfahrzeug der Polizei mit blinkendem Blaulicht. Der Amerikaner machte das Fenster auf und zeigte dem bewaffneten Mann in Zivil eine laminierte Karte. Der Mann trug um den Oberarm ein Band mit der Aufschrift POLICE.

»Wir haben von der Zentrale die Anweisung erhalten, das Fahrzeug zu identifizieren.«

»Halten Sie an der ersten Parkzufahrt an, von dort ist der Wagen zu sehen. Und entfernen Sie sich dann unverzüglich, wir haben Befehl, eine Schutzzone der Kategorie fünf noch vor dem Eintreffen des Bombenräumkommandos einzurichten.«

»Keine Angst, wir bleiben nicht eine Sekunde länger als nötig«, gab der Fahrer zurück und trat aufs Gas.

Das Motorengeräusch ging im Lärm eines herannahenden Hubschraubers unter, dessen Echo von den prächtigen, reich verzierten weißen Fassaden ringsum widerhallte. Erik und Katja stießen gegeneinander, als der Van über die hohe Bordsteinkante vom Gehweg auf die Fahrbahn wechselte.

»Stop! Nicht näher heran!«, rief jemand per Megaphon, aber der Fahrer gab weiter Gas. Innerhalb der abgesperrten Zone war es gespenstisch leer. Auf dem roten Belag der breiten Horse Guards Road fuhr kein einziges Auto, auf den Bürgersteigen und den Wegen zum Park war nicht ein Mensch zu sehen. Nur der hinter ihnen landende Hubschrauber wirbelte Staub und Blätter auf.

Erik nahm das Dröhnen des Helikopters kaum wahr, seine gesamte Aufmerksamkeit war auf den dunkelgrünen Kleinlieferwagen gerichtet, der gegenüber dem Finanzministerium am Straßenrand stand.

Der Fahrer hielt an und deutete mit der Hand darauf. »Dort, der dunkelgrüne ...«

»Ich sehe ihn. Aber ich muss näher ran.«

Erik öffnete die Tür. Das Dröhnen des Helikopters, der gerade den Boden berührte, ließ ihn am ganzen Körper erzittern. Er stieg aus, den Blick noch immer auf das Heck des dunkelgrünen Wagens gerichtet, der dort mit laufendem Motor stand.

»Bleiben Sie stehen«, schrie der Fahrer und folgte Erik.

Der Luftstrom der Rotorblätter zerzauste Erik das Haar und blies ihm Sand ins Gesicht. Er machte ein paar vorsichtige Schritte und rieb sich die Augen. »Das ist der Wagen. Zumindest sieht er genau so aus.«

David Stone drängte mit den anderen aus dem Lageraum der Residenz des Premierministers ins Freie. Draußen heulten Sirenen, und das Dröhnen eines landenden Hubschraubers war zu hören. In der Horse Guards Road war am Rand des St. James-Parks, in unmittelbarer Nähe zu Downing Street, ein verdächtiges Fahrzeug ausgemacht worden, das vom Roboter des Sprengkommandos umgehend untersucht werden sollte. Da der Wagen so nahe an der Residenz des Premiers stand, hatte man beschlossen, das gesamte Viertel unverzüglich zu evakuieren.

»Schneller bitte«, rief ein Ermittler von Scotland Yard in Zivil und winkte dabei. Stone drängte sich mit den anderen durch den engen Gang.

»Das ist ja alles verdammt schiefgegangen«, sagte Wheeler-Dawson zu ihm, ohne eine Miene zu verziehen.

Stone hatte keine Ahnung, was er darauf antworten sollte.

Erik schaute auf den Mann in dem Schutzanzug, der aus der Schiebetür des Helikopters stieg. Die Helikoptergeräusche ebbten langsam ab, es wurde ruhiger. Der Sprengmeister in dem Spezialoverall trug eine Kombination aus schwerem Helm und Gesichtsschutz in der Hand.

Der Amerikaner eilte ihm entgegen und rief: »Narva bestätigt: Er ist so gut wie sicher, dass es der Wagen ist, den er bei den Terroristen gesehen hat.«

»Alles klar. Verzieht euch.«

Erik drehte sich um und erstarrte, als er seine Mutter aus dem Van steigen sah. Sie hatte Blut auf der Wange und zitterte am ganzen Körper. Schwer atmend lehnte sie an der Wagentür.

»Haben sie das Uran aus Deutschland für die Bombe benutzt?«, fragte Ingrid mit erstaunlich klarer Stimme.

»Es sieht ganz so aus«, antwortete Erik. Da ist es nun, Vaters Erbe, hätte er hinzufügen können, aber welchen Sinn hätte das nun noch gehabt?

»Los, in den Wagen!«, befahl der Amerikaner. Über eine Rampe zogen die Männer vom Sprengkommando in ihrer schweren Ausrüstung einen Bombenentschärfungsroboter auf Rädern aus dem Helikopter. Der Chef des Teams, der als erster ausgestiegen war, setzte seinen Helm auf und befestigte Sauerstoffmaske und Plexiglasschutz vor dem Gesicht.

»Verschwindet!«, rief er durch den kleinen Lautsprecher an seinem Schutzanzug. »Die Bombe kann jeden Moment hochgehen.«

»Sie wissen doch sicher, was passiert, wenn ein radiologischer Sprengkörper explodiert?« Eriks Mutter richtete sich auf und sprach den Chef des Sprengkommandos entschlossen an. »Dann wissen Sie auch, welche physiologische Toxizität und Genotoxizität U-235 besitzt, wenn es eingeatmet wird? Was es mit der DNA der Zellen macht ...«

»Halt die Fresse und steig in den Wagen!«, brüllte der Amerikaner mit rotem Gesicht.

Hatte seine Mutter nun endültig den Verstand verloren, begriff sie denn nicht den Ernst der Lage? Erik fasste sie am Arm. »Mutter, wir steigen jetzt sofort wieder ein ...«

»Die Autobombe muss sofort in einen geschlossenen Raum gebracht werden«, sagte seine Mutter zum Chef des Bombenräumkommandos und riss sich von Erik los. »In ein Gebäude, ein Parkhaus oder etwas Entsprechendes. Nur so lässt sich der freigesetzte Uranstaub wenigstens in Teilen aufhalten ...«

»Einsteigen!«, schrie der Amerikaner und richtete zu Eriks Erschütterung die Waffe auf seine Mutter. »Sofort!«

»Ihr könnt fahren, ich bringe das Fahrzeug in einen geschlossenen Raum«, sagte die Mutter ruhig und ging auf den grünen Kleinlieferwagen zu. Erik schaute ihr fassungslos nach.

Dann kam der Amerikaner zu sich. »Komm zurück, du verdammte Idiotin, oder ich schieße!«

Der Leiter des Sprengkommandos blieb wie angewurzelt stehen. Erik sah sein ernstes Gesicht hinter dem Plexiglasschutz.

»Die Frau hat Recht«, sagte der Brite und richtete den Blick auf Erik. »Ist sie Ihre Mutter?«

»Ja.«

»Wieso kennt sie sich mit diesen Dingen aus?«

»Sie ... ist Expertin für Strahlenbiologie«, antwortete Erik gequält. Erschüttert starrte er auf den Rücken seiner Mutter, die entschieden auf das Fahrzeug zusteuerte.

Der Bombenspezialist überlegte nur kurz und schaute dann den Amerikaner an. »Hast du nicht verstanden, was ich gesagt habe? Hör auf mit der Knarre herumzufuchteln. Die Frau hat Recht. Aber ich kann keinen von meinen Männern auffordern, sich ans Steuer dieses Bombenfahrzeugs zu setzen. Lass sie gehen, oder tu es selbst.«

Der CIA-Agent ließ irritiert die Waffe sinken.

Der Chef des Bombenkommandos wandte sich an Eriks Mutter und rief: »Lady! Wir machen die Zufahrt zum Personalparkplatz des Queen Elizabeth Conference Centre für Sie auf! Links und gleich danach wieder rechts! Wenn die Schranke geschlossen sein sollte, fahren Sie einfach durch und dann so weit Sie kommen! Wir bringen unseren Roboter hin.«

Die Mutter drehte sich zu Erik um und hob die Hand. Über ihr Gesicht huschte ein Lächeln.

Ein echtes Lächeln.

Erik kämpfte gegen die Tränen an, aber vergebens.

»Wir werden dafür sorgen, dass Ihre Mutter sicher aus dem Parkhaus herauskommt«, sagte der Chef des Sprengkommandos. »Jetzt wird die Gegend komplett geräumt. Entfernen Sie sich.«

Katja nahm Erik am Arm und zog ihn in den Van. Der Amerikaner trat sogleich zornig aufs Gas und machte eine rasante Kehrtwendung. Erik drehte sich um und sah aus dem Fenster. Seine Mutter ging erhobenen Hauptes auf das grüne Auto zu, öffnete die Tür und stieg ein. Dann bog der Amerikaner um die nächste Ecke und Erik verlor seine Mutter aus dem Blickfeld.

»Unglaublich – deine Mutter hat wirklich – Mut«, flüsterte Katja respektvoll.

Erik schwieg einen Moment, dann erwidert er: »Nein. Sie betrachtet es nicht als Risiko. Sie hat ihre Wahl getroffen.«

Stone trat mit den anderen Teilnehmern des Cobra-Komitees auf die mit Zäunen und Anti-Terrorsperren abgeriegelte Downing Street. Hinter dem Gebäude hörte man eine wirre Kakophonie aus Sirenengeheul und dem Lärm eines Hubschraubers im Leerlauf.

Vor der Tür wartete ein dunkelgrauer, gepanzerter Kleinbus, überall standen Polizeiautos und Polizeimotorräder mit blinkendem Blaulicht. Das gesamte Regierungsviertel zwischen Themse und St. James-Park wurde evakuiert. Gemäß der Prioritätenliste waren als Erste der Premierminister und die Mitglieder der Regierung in das Krisenhauptquartier außerhalb von London gebracht worden.

Stone stieg in den Bus, wo die Sitzung des Cobra-Komitees sogleich fortgesetzt wurde. Das Fahrzeug stand in direkter Verbindung zum Bereitschaftszentrum der Metropolitan Police, von wo aus die größte Krisenoperation, die es in London zu Friedenszeiten je gegeben hatte, geleitet wurde.

Erik und Katja hielten sich ganz fest, als der CIA-Beamte den Van im Slalom durch den Sperrring aus Polizeiautos in Richtung Westminster Bridge steuerte. Gelbe Leuchtwesten, Maschinenpistolen und Splitterschutzwesten zogen vorbei. Die Polizisten erweiterten den Sperrgürtel, indem sie sich selbst immer weiter von der Gefahrenstelle weg bewegten.

Erik zählte innerlich die Sekunden und fragte sich, wie lange seine Mutter brauchen würde, bis sie ins Parkhaus gefahren war und sich von dort wieder entfernt haben würde …

Er blickte sich um. Die Regierungsgebäude blieben rasch zurück. Wenn seine Mutter doch nur in Sicherheit wäre!

Im selben Moment ließ eine gewaltige Detonation die Erde erzittern. Gleich darauf stieg eine schwarzgraue Rauchsäule zum bewölkten Himmel auf.

In Eriks Gesicht spiegelte sich stummes Entsetzen.

70

Ins Führerhaus des Feuerwehrautos drang außer dem Heulen der eigenen Sirene das Jaulen aus den Martinshörnern der Krankenwagen. Durch die große Windschutzscheibe sah man den St. James-Park und rechts das Gebäude des Innenministeriums.

Im Lautsprecher des Funkgeräts rauschte es. »*Achtung, an alle Einheiten. Wir haben eine Warnung erhalten: Wir haben es möglicherweise mit einer schmutzigen Bombe zu tun. Annäherung nur mit NCB-Schutz. Die Strahlung in der Umgebung der Detonationsstelle muss sofort gemessen und gemeldet werden.*«

Die Feuerwehrmänner sahen sich entgeistert an. Nach der Ecke Storey's Gate sahen sie vor sich das von Rauch und Staubwolken umhüllte Queen-Elizabeth-Konferenzzentrum. Schwarzer Rauch quoll aus der eingestürzten Zufahrt zur Tiefgarage, vor der die Schranke aus den Angeln gehoben war.

David Stone musste seine gesamte Willenskraft aufbieten, um einigermaßen ruhig zu bleiben. Er zog sich das Gummiband des Mundschutzes über den Kopf und schaute auf das alptraumhafte Panorama vor dem Busfenster: schwarzer Rauch breitete sich in Richtung Parlament und Themse aus.

Auf die Stille des Schocks folgte das Heulen der Sirenen. Dann begannen die Businsassen nach und nach, mit ihren Handys zu telefonieren. Sie gaben Anweisungen und hörten sich Berichte an.

Auch Stone nahm sein Telefon zur Hand. Er rief Branson an, der zu Ingrid Stormare gefahren war, weil Lambert sich nicht mehr gemeldet hatte. Branson hatte ihm von dem brennenden

Haus und später aus dem Van Bericht erstattet; er hatte die Stormare sowie Erik Narva und dessen Frau bei sich gehabt – jene drei Personen, die als einzige zu viel wussten.

»Hier ist Mellor«, meldete er sich bei Branson mit falschem Namen, obwohl die Verbindung maximal kodiert war. »Wie ist die Lage?«

»Ich bin im Auto mit den Narvas. Frau Stormare hat das Auto mit der Bombe in eine Tiefgarage gefahren und ist vermutlich bei der Explosion ums Leben gekommen.«

»Bring die Beute aus dem Nest und räum das Nest leer! Keine Spuren.«

Stone gab seinen Befehl nicht leichten Herzens.

In der Westminster Bridge Road östlich der Themse legte Branson das Telefon aus der Hand und sah in den Rückspiegel. Die Narvas saßen blass auf dem Rücksitz und hielten sich fest umschlungen.

»Wo bringen Sie uns hin?«, fragte die Frau, als sie seinen Blick bemerkte. »Wir müssen zu unseren Kindern ...«

»Ruhe«, fuhr Branson sie an und drehte das Radio lauter.

»... ist Chaos ausgebrochen. Nach ersten Mitteilungen der Polizei fand die Explosion in einer Tiefgarage statt. Den am Explosionsort vorgenommenen Messungen zufolge handelt es sich um eine radiologische Bombe beziehungsweise um eine so genannte schmutzige Bombe, weshalb ...«

Branson schien sich auf die Nachrichten zu konzentrieren, in Wahrheit aber bereitete der unmissverständliche Befehl seines Vorgesetzten ihm großes Kopfzerbrechen. Er ließ keinen Spielraum für Interpretationen. Solche Befehle waren leicht zu erteilen, aber sie auszuführen war etwas ganz anderes. Zumal allein, ohne jede Unterstützung.

Dennoch wollte Branson lieber die Verantwortung für diese Sache übernehmen als in Stones Haut zu stecken.

Rashid zog die Latexhandschuhe an. Auf dem Kopf trug er eine enge Schwimmhaube, deren Rand nicht ein Haar durchließ.

Das Radio lief.

»... werden im Umkreis von einem Kilometer um den Explosionsort evakuiert. Unter anderem werden der Buckingham Palast, Victoria Station und Trafalgar Square geräumt. Es handelt sich um die größte Evakuierungsmaßnahme, die es zu Friedenszeiten in London gegeben hat. Vor Ort werden Zelte aufgestellt, in denen alle Personen, die sich im Umkreis von dreihundert Metern von der Explosion befunden haben, entkleidet und mit Wasser abgespritzt werden ...«

Der kleine Drucker spuckte das Foto aus, das sie von Malek gemacht hatten. Das dazugehörige Schreiben war bereits ausgedruckt.

Rashid steckte Schreiben und Foto in das Kuvert, das er zuvor mit der Adresse der Nachrichtenagentur Reuters in Canary Wharf bedruckt hatte. Abid würde den Brief an Ort und Stelle abliefern.

Erik beobachtete aufmerksam den Fahrer, der nun die Geschwindigkeit reduzierte und den Blinker setzte. Das Auto bog in eine schmale, schäbige Gasse in Walworth ein.

»Einer gerade eingetroffenen Meldung zufolge wird die Regierung in einer Stunde an einem geheimen Evakuierungsort außerhalb von London zusammenkommen ...«

Der Van hielt vor einem alten, verlassenen Lagergebäude. Nach dem Hexenkessel Whitehall waren sie nun von vollkommener Stille umgeben.

»Wo sind wir hier?«, fragte Erik misstrauisch.

»Raus!«, befahl der Amerikaner barsch.

Erik warf einen Blick auf Katja und spürte, wie die Panik von seinen Gedanken Besitz ergriff. Nicht schon wieder, nicht auch Katja.

Erik stieg aus und blieb vor einer mit Moos überzogenen Backsteinwand stehen. Der Hof grenzte an der anderen Seite an ein leeres Grundstück mit wildem Gestrüpp, auf dem Autowracks gestapelt waren. Katja trat neben Erik und nahm seine Hand.

»Wir hauen ab«, sagte Erik auf Finnisch. »Lass uns in verschiedene Richtungen laufen …«

»Maul halten«, sagte der Amerikaner, ohne die Stimme zu erheben, zwei Meter neben dem Van. Es war auch ganz unnötig zu schreien, denn mehr als Worte sagte die Waffe, die er in der Hand hielt. Seine ganze Haltung strahlte Hektik und Nervosität aus.

Ohne Katjas Hand loszulassen, trat Erik schützend vor seine Frau.

»Bleib hinter mir«, sagte er auf Finnisch. »Wir müssen …«

»Halt endlich die Schnauze«, fuhr der Mann ihn an. »Wo ist die Kassette?«, fragte er und richtete den Lauf der Waffe auf Erik.

Die Frage kam so überraschend, dass Erik einen Moment brauchte, bis er begriff, was der Mann überhaupt meinte: Die Kassette, die sein Vater besprochen hatte. Wie konnte der Amerikaner davon wissen?

71

»Antworte! Wo ist die Kassette?«

Erik hustete. Seine Gedanken tobten wild durcheinander. War der Mann wirklich von der CIA? Was wollte er mit dieser Kassette? Ging es um die Informationen über das Uran?

»Ich weiß es nicht. Sie ist ... irgendwo ...«

Plötzlich richtete der Mann die Waffe auf Katja. »Deine Frau stirbt in drei Sekunden, wenn du mir nicht sagst, wo die Kassette ist.«

Erik holte tief Luft. »Legen Sie die Waffe weg. Ich habe die Kassette. Sie ist in meiner Tasche.«

Der Mann wirkte misstrauisch.

»Soll ich sie herausholen?«, fragte Erik.

»Aber vorsichtig. Und ganz langsam.«

Erik hielt den Blick auf den Amerikaner gerichtet und schob seine zitternde Hand in die Brusttasche.

»Gib sie her«, sagte der Amerikaner.

Erik streckte die Hand aus. Der Mann kam näher, schnappte sich die Kassette und steckte sie in seine Jackentasche. Dabei fixierte Erik die ganze Zeit den Finger des Mannes auf dem Abzug.

Er würde sie töten. Alle beide.

Plötzlich schnellte Katja vor und warf sich auf den Mann. Ein Schuss ging los – aber die Kugel schlug irgendwo im Freien ein. Erik versuchte wütend, dem Amerikaner die Waffe aus der Hand zu schlagen. Katja kam ihm zu Hilfe, umfasste die Pistole, aus der ein weiterer Schuss fiel. Die Kugel jagte nur wenige Zentimeter an Eriks Kopf vorbei.

Mit beiden Händen drehte Katja die Pistole zum Himmel, doch plötzlich schlug ihr der Mann mit der freien Hand so heftig in den Magen, dass sie sich zusammenkrümmte. Endlich bekam Erik die Hand mit der Waffe zu fassen und trat dem Mann so fest er konnte mit dem Knie zwischen die Beine, während Katja dem Amerikaner ihre Finger in die Augenhöhlen drückte.

Aber der Mann ließ nicht los. Auf einmal befreite er sich mit einem kräftigen Ruck und es löste sich ein weiterer Schuss.

Katja schrie auf. Erik blickte erschrocken zu seiner Frau. Dann sah er, wie der Amerikaner zu Boden sank. Rasch färbte sich seine Jacke blutrot.

Einen Moment lang war es still. Erik streckte sich nach der Pistole, die auf dem Boden lag. Da machte der Amerikaner eine blitzschnelle Bewegung und schnappt sich seine Pistole. Er rappelte sich ächzend auf und tastete mit der freien Hand nach der Kassette, die ihm aus der Jackentasche gerutscht war.

Erik starrte den Mann an, dann ging er auf ihn zu, ohne auf die Waffe zu achten.

»Bleib, wo du bist!«, keuchte der Amerikaner.

Erik blieb stehen.

Der Mann richtete die Pistole auf ihn. Intuitiv hob Erik die Hände und schaute dabei auf die Hand des Mannes, die die Waffe umklammert hielt ... Erik versuchte zu verstehen, dass dies sein letzter ...

Ein Schuss ertönte. Katja schrie auf.

Erik rechnete damit, zu spüren, wie die Kugel in seinem Körper einschlug – aber nichts geschah. Sein Blick fiel auf das Einschussloch im Schädel des Amerikaners, der kraftlos zusammenbrach.

Erik traute seinen Augen nicht. Langsam drehte er sich zu dem leeren Grundstück um, von wo der Schuss gekommen war. Aus dem Gebüsch tauchte ein Mann von etwa fünfzig Jahren auf. Er hielt ein Gewehr in der Hand – und Erik erkannte ihn sofort. Es war der Mann, der in Helsinki in die Wohnung seines Vaters eingedrungen war.

Noch bevor Erik einen klaren Gedanken fassen konnte, stürzte Katja in seine Arme. Zusammen sahen sie zu, wie der Mann neben dem Amerikaner in die Hocke ging, die Kassette nahm und in die Richtung davonging, aus der er gekommen war.

Erik und Katja sahen sich an. Lange. Sie wussten nicht, ob sie lachen oder weinen sollten.

Eine Weile nachdem der Mann verschwunden war, hörte man, wie ein Auto angelassen wurde. Erik wollte schon losrennen, aber Katja hielt ihn am Arm fest.

»Ich sehe nur nach, was es für ein Auto ist ...«, sagte Erik.

»Nein, das tust du nicht«, entgegnete Katja entschieden. »Unser Bedarf an Informationen in dieser... dieser...«

Erik schloss die Augen und drückte Katja an sich. Ihm war schwindlig, aber er achtete nicht darauf. Eng umschlungen standen sie da und hörten nur auf den Atem und den Herzschlag des anderen. Erik sah vor seinem inneren Auge noch einmal das Bild seiner Mutter, wie sie auf den grünen Lieferwagen zuging und lächelte. Das Lächeln seiner Mutter...

»Sind die Kinder in Gefahr?«, fragte Katja plötzlich. Erik spürte, wie sich die Muskeln seiner Frau anspannten. »Wie weit wird der Fallout ...«

»Nein. Ich glaube nicht, dass sie in Gefahr sind. Du hast doch gehört, was sie im Radio gesagt haben. Aber komm, wir bringen sie sicherheitshalber sofort aus London weg, am besten zu Johanna nach Lewis.«

Katja suchte in ihrer Tasche nach dem Handy. »Ich muss die Kinder anrufen.«

Erik wischte sich die Haare von der schmutzigen Stirn und ging zum Van des Amerikaners. Er sah nach, ob der Schlüssel steckte. Der Wagen begann ihn zu interessieren. War dies das Fahrzeug eines amerikanischen Geheimdienstmitarbeiters?

»Ich habe eine Nachricht auf der Mailbox«, sagte Katja. »Sie ist bestimmt von den Kindern ...«

Erik öffnete das Handschuhfach. Leer. Er ging zur Heckklappe und machte sie auf. Aus einer Eingebung heraus öffnete er auch den in den Kofferraumboden eingelassenen Deckel. Der Raum darunter war mit einer Wolldecke ausgelegt. Darauf stand eine schwarze Tasche. Die Tasche enthielt ein faustgroßes Gerät, das Erik nicht kannte, sowie einen normalen Kassettenrecorder.

Erik sah sich das andere Gerät genau an, bis er verstand: Es war ein Demagnetisierungsgerät, mit dem man das Magnetband einer Kassette innerhalb weniger Sekunden zerstören konnte.

»Die Nachricht ist von Rechtsanwalt Tirkkonen aus Helsinki«, sagte Katja mit dem Handy am Ohr. »Er hat versucht, dich zu erreichen und dann schließlich bei mir angerufen ... Er wollte sich versichern, ob die Kassette angekommen ist. Und er wollte mitteilen, dass gestern bei ihm eingebrochen wurde, zu Hause und in der Kanzlei. Es scheint aber nichts weggekommen zu sein.«

Erik legte die Tasche in das Auto zurück und wunderte sich, dass Tirkkonen eine solche Nachricht hinterlassen hatte. Was gingen ihn die Einbrüche an?

Katja sprach weiter. »Heute hat er aber doch gemerkt, dass ein Dokument fehlt. Die Quittung von DHL für die Sendung, mit der er dir Rolfs Kassette geschickt hat.«

Erst jetzt horchte Erik auf. Konnte das wahr sein? Konnte tatsächlich jemand so verzweifelt hinter dieser Kassette her sein?

Bis vor kurzem hätte Erik das auf keinen Fall geglaubt. Aber der Mann, der vorhin aus dem Nichts aufgetaucht war, hatte den Amerikaner umgebracht, um an die Kassette zu kommen. Das war eine Tatsache, vor der man die Augen nicht verschließen konnte. Seit wann war ihnen der Mann gefolgt?

Gab es in Vaters Erbe noch etwas ... Und was konnte dieses Etwas sein, nach all dem Entsetzlichen, was bereits bekannt war?

Das Mobilfunknetz war überlastet, aber schließlich gelang es Erik, Tirkkonen in Helsinki anzurufen.

»Ist die Kassette angekommen?«, fragte der Anwalt sofort. »Ich habe auf Ihre Bestätigung gewartet ...«

»Die Kassette ist angekommen. Entschuldigen Sie bitte, ich habe vergessen, es Ihnen mitzuteilen. Aber ich konnte nur einen

Teil davon abhören, denn dann ... dann ist sie mir abhanden gekommen«, stotterte Erik.

»Abhanden gekommen? Wie das?«

»Ich kann Ihnen das jetzt nicht näher erklären. Ich möchte ...«

»Für mich ist es wichtig zu wissen, ob Sie die Kassette wiederbekommen.«

»Warum?«

»Weil ich etwas Unerlaubtes getan habe. Um zu garantieren, dass der letzte Wunsch meines Klienten auch wirklich in Erfüllung geht. Die Anweisung Ihres Vaters lautete, Ihnen die Kassette persönlich zu überreichen. Äußerst widerwillig akzeptierte ich Ihren Vorschlag, eine Kurierfirma zu beauftragen, denn das birgt ja immer ein gewisses Risiko. Darum habe ich von der Kassette eine Kopie gemacht ... Den Inhalt habe ich mir natürlich nicht angehört. Und ich werde die Kopie sofort vernichten, wenn Sie mir sagen ...«

»Nein, vernichten Sie sie auf keinen Fall! Bringen Sie die Kassette in ein Bankschließfach, bis ich sie abhole. Seien Sie extrem vorsichtig mit der Kopie«, sagte Erik erleichtert. »Ich bin Ihnen sehr dankbar für Ihr vorausschauendes Verhalten.«

»Das gehört zu meinem Beruf«, sagte Tirkkonen leise.

In der Nachrichtenagentur Reuters wurde mit Hochdruck gearbeitet. Die ganze Stadt befand sich in Aufruhr, aber die Redaktion arbeitete systematisch und diszipliniert. Es wurden Informationen aus verschiedenen Quellen gesammelt und für die ganze Welt zu Nachrichten destilliert.

»Das hier ist gerade hereingekommen«, sagte Redakteurin Helen MacCormack zu Peter Doyle, dem stellvertretenden Redaktionsleiter, und reichte ihm ein Foto und einen Computerausdruck.

Es war üblich, dass nach einem Attentat Botschaften bei den Nachrichtenagenturen eingingen, in denen jemand die Verantwortung für die Gewalttat übernahm. Doyle wusste aber, dass Helen ihn nicht mit irgendwelchem Mist behelligen würde. Er warf einen Blick auf das Foto, auf dem ein ängstlicher Mann im Blitzlicht in die Kamera schaute.

Am unteren Rand des Begleitschreibens befand sich eine Bildunterschrift: *Malek Bahrami, ein Verräter, der für die Vereinigten Staaten gearbeitet hat. Er war am Bau der schmutzigen Bombe beteiligt und hat seine Landsleute betrogen.*

Doyle überflog das Schreiben. Darin wurde behauptet, die USA hätten den Bau der Bombe initiiert. Der Ton des Schreibens war sachlich, nahezu trocken, der Text enthielt keine Spur von dem traditionellen Eifer der Fanatiker – und sie hatten die technischen Details der Bombe exakt beschrieben.

»Die Verschwörungstheoretiker lassen wirklich nie lange auf sich warten«, sagte Doyle und gab seiner Kollegin das Schreiben zurück.

»Meinst du nicht, es könnte mehr dahinter stecken?«, merkte Helen an.

»Schwer zu sagen«, antwortete Doyle. »Aber was können wir tun? Wir bräuchten die Bestätigung aus einer anderen Quelle. Sollen wir im Weißen Haus anrufen?«

Helen seufzte. »Ich werde das trotzdem an den MI5 weiterleiten. Eine so exakte Beschreibung der Bombe kann nicht jeder liefern.«

David Stone trat in der Halle von Howard's House, wohin der Kleinbus das Cobra-Komitee gebracht hatte, einige Schritte zur Seite.

Aus dem Hauptquartier der CIA in Langley hatte ihn eine Bitte um Rückruf mit höchster Sicherheitsstufe erreicht. Dahinter steckte Leslie Cummings, der Leiter der wissenschaftlich-technischen Aufklärung. Cummings war ihm schon einmal auf die Pelle gerückt, damals, als ihm klar geworden war, dass bei der Uranoperation ein Mann namens Rolf Narva beteiligt war.

Cummings hatte verboten, Narva in die Sache hineinzuziehen, denn Narva war »heiß«. Mit dieser Formulierung waren besonders wichtige Personen gemeint, die einer außergewöhnlichen Sicherheitsstufe zugeordnet waren. Die Gründe für die Einstufung waren allerdings geheim – in Narvas Fall so geheim, dass man nicht einmal Stone die Akte von Rolf Narva gezeigt hatte.

Trotzdem hatte Stone hartnäckig auf die Erlaubnis gedrängt, Narva einsetzen zu dürfen, denn die Gelegenheit, eine U-235-Quelle außerhalb der Armee und der Geheimdienste nutzen zu können, war einzigartig.

Schließlich war die Erlaubnis gekommen. Und Stone hatte den Eindruck gewonnen, dass es für den Erhalt der Erlaubnis keineswegs hinderlich gewesen war, dass der betagte Narva zum Schluss der Operation womöglich sein Leben verlor.

»Ihr steckt bis zum Haaransatz in der Scheiße«, erklärte Cummings von Langley aus.

»Danke für die Information. Sonst noch was?«

»Ich habe von Merrick gehört, dass Lambert und Branson tot sind und die Kassette verschwunden ist«, sagte Cummings, wobei er fast ein wenig nervös klang, obwohl er in der Behörde zu den Männern mit den besten Nerven zählte.

»Diese Information habe ich auch erhalten.«

»Ist Narvas Sohn dazu gekommen, die Kassette abzuhören?«

»Woher soll ich das wissen?«, rief Stone aufgebracht. »Ich weiß ja nicht einmal genau, worum es sich bei der ganzen Sache mit der Kassette überhaupt dreht.«

»Du musst die Kassette zurückholen. Stellt die russische Botschaft unter Sonderüberwachung ...«

»Seid ihr jetzt vollkommen durchgedreht?«, schrie Stone. »Kapiert ihr nicht, dass hier in London das totale Chaos herrscht? Die Russen können von mir aus in Kensington treiben, was sie wollen, und ich kann dir garantieren, dass wir keinen einzigen Mann übrig haben, um nach irgendeiner Kassette zu suchen.«

»Wir schicken Verstärkung. Und es muss dringend geklärt werden, ob Erik Narva die Kassette gehört hat.«

Stone versuchte sich zu beherrschen. »Ihr solltet vielleicht allmählich mal akzeptieren, dass die Russen diese Kassette längst abgehört haben. Es besteht also kein Grund mehr, sie zu vernichten. Damit ist es auch bedeutungslos, ob Narva sie gehört hat oder nicht.«

Cummings seufzte am anderen Ende der Leitung frustriert und sagte: »Ich werde auf das Thema noch einmal zurückkommen.«

Stone fluchte leise vor sich hin. Dann machte er sich auf den Weg zu dem großen Saal, der als Beratungsraum für Cobra reserviert war. Cummings' wissenschaftlich-technische Abteilung hatte ihre Ansprüche in der Phase geltend gemacht, als Jack vom brennenden Haus der Stormare Bericht erstattet hatte.

Der Befehl von Cummings hatte Stone dabei erstaunt: Erik Narva hatte angeblich eine von seinem Vater besprochene Kassette bei sich, und diese Kassette sollte vernichtet werden.

Als er den Verhandlungstisch erreichte, schlug Stone sofort die denkbar aufgeregteste Stimmung entgegen.

»Das Weiße Haus sammelt Verbündete, um Nukleareinrichtungen im Iran zu bombardieren«, hörte er den Kabinettschef aus der Downing Street sagen.

72

Katharina Kleve saß in ihrem Sessel und schaute unverwandt auf den tragbaren Fernseher in einer Ecke ihres Zimmers.

Das Programm der ARD wurde noch immer von der Bombenexplosion in London bestimmt, so wie die Programme fast aller anderen Sender auch. Der Reporter stand mit dem Mikrophon in der Hand auf dem Dach eines Gebäudes und schaute direkt in die Kamera.

»Die Parlamentsgebäude hinter mir am anderen Ufer der Themse liegen innerhalb des abgeriegelten Areals. Nur das Fehlen von Menschen und Autos im gesamten Stadtteil verrät die Auswirkungen der radiologischen Bombe. Bei einer Pressekonferenz der britischen Regierung außerhalb von London wurde soeben mitgeteilt, dass die Messergebnisse nur den Explosionsort selbst als schwer verstrahlt ausweisen, also die Tiefgarage sowie das darüber befindliche Gebäude …«

Katharina seufzte tief auf und fuhr sich mit steifen Fingern durchs Haar.

»Wäre die Autobombe im Freien explodiert, hätte die Gegend um Whitehall samt Ministerien, Kanzleien und Parlament für mehrere Jahre im Rahmen umfangreicher Dekontaminationsmaßnahmen geräumt werden müssen. Die Behörden haben inzwischen bestätigt, dass eine freiwillige Zivilperson das Auto in die Tiefgarage gefahren hat. Die betreffende Person kam bei der Explosion ums Leben, als sie die Garage verlassen wollte. Ihre Identität wurde bislang nicht bekannt gegeben …«

Es klopfte scharf an der Tür, und im selben Moment kam die Pflegerin herein. »Sie haben Besuch, Frau Kleve.«

Ein etwa fünfzigjähriger Mann mit ernstem Gesicht betrat den Raum.

Erik. Rolfs Sohn.

Katharina seufzte. »Schon wieder Sie.«

»Sie erinnern sich an mich?«, fragte der Mann erfreut und gab ihr die Hand.

»Nehmen Sie Platz«, sagte Katharina und machte eine Kopfbewegung zu dem Sessel neben ihr.

Erik schaute kurz auf den Fernseher, und das Lächeln verschwand aus seinem Gesicht. Katharina schaltete das Gerät aus. Drückende Stille lag im Raum.

»Ich weiß nicht, ob Sie es gehört haben, aber mein Vater ist in Gottow ums Leben gekommen«, sagte Erik. »An dem Ort, an dem er als junger Mann an der Entwicklung der Atombombe mitgearbeitet hat.«

Während er sprach, musterte er Katharina Kleve aufmerksam.

»War es ein Unfall?«, fragte sie. »Doktor Mayer achtet nicht genug auf die Sicherheit. Behauptet jedenfalls Hans.«

Auf Eriks Gesicht machte sich Enttäuschung breit.

»Und … Ingrid?«, fragte Katharina und nahm einen Zettel in die Hand, den sie zuvor beschrieben hatte.

Erik war total enttäuscht, als er merkte, dass Frau Kleve ebenso verwirrt war wie bei seinem vorigen Besuch. Er hatte gehofft, sich mit der ehemaligen Geliebten seines Vaters wenigstens ein bisschen unterhalten zu können.

»Ingrid ist vor zwei Tagen in London ums Leben gekommen.«

Plötzlich hielt ihm Frau Kleve den Zettel hin, auf den sie mit undeutlichen Buchstaben geschrieben hatte: *Wir werden Überwacht. Ich frage gleich nach der Kassette. Antworten Sie, dass Sie sie nicht abgehört haben. Und vergessen Sie alles – zu Ihrem und meinem Wohl. Das mit Rolf tut mir leid. Verschwinden Sie.*

Erik starrte ungläubig auf die Worte.

»Rolf ist immer Risiken eingegangen«, sagte Frau Kleve und legte den Zettel weg. »Und er war nicht sonderlich zuverlässig. Ich bin nicht ganz so verwirrt, wie es bisweilen vielleicht aussieht oder klingt. Ich kann mich sehr wohl erinnern, dass Rolf letzte Woche hier war... Er hat mir von einer Kassette erzählt, die er besprochen hat, eine Art Testament. Ist sie bei Ihnen schon angekommen?«

Erik überlegte fieberhaft. Was, zum Teufel, ging hier vor? *Jetzt noch*?

»Ja, ich habe die Kassette erhalten ... Aber ich hatte kaum Gelegenheit, sie mir anzuhören ... und jetzt ist sie mir abhanden gekommen.«

»Gut.« Frau Kleve lächelte. In ihre braunen Augen waren neuer Glanz und neue Wärme getreten, und in ihren runzligen Wangen zeichneten sich Grübchen ab. »Rolf war einer, der den Mund nicht halten konnte. Und er hat selbst darunter gelitten.«

Wieder kehrte Stille zwischen ihnen ein. Frau Kleve ergriff Eriks Hand und streichelte sie zärtlich. »Sie haben viel von Rolf. Ich meine äußerlich. Aber mit den Söhnen verbessert sich das Geschlecht ... Sie sind sicher keiner, der den Mund nicht halten kann.«

Das Lächeln der Frau steckte Erik an. Sie nickte in Richtung Tür.

Erik wurde wieder ernst. »Es war... Es war schön, Sie zu sehen. Ich muss jetzt gehen und in Helsinki das Begräbnis organisieren. Auf Wiedersehen, Frau Kleve.«

»Auf Wiedersehen, Erik.«

An der Tür blieb Erik noch einmal stehen. »Ich wünschte, Sie würden auch Ihre Erinnerungen aufschreiben oder diktieren. Ich möchte sie lesen, mehr als Sie sich vielleicht vorstellen können ...«

»Gehen Sie jetzt«, brummte Katharina Kleve.

Erik machte die Tür hinter sich zu und ging den Gang entlang zur Eingangshalle. Katharina Kleve war alles andere als verwirrt. Aber wer hörte sie ab?

Unvermutet ging eine der Türen im Gang vor ihm auf. Erik blieb stehen. Er starrte auf den Mann, der vor ihm aufgetaucht war.

Es war derselbe Mann wie in der Wohnung von Eriks Vater in

Helsinki, derselbe Mann, der in England vor Eriks und Katjas Augen den Amerikaner erschossen hatte.

Sie standen sich gegenüber und fixierten sich. Erik hatte nicht das Gefühl, als würde Gefahr von dem Mann ausgehen, im Gegenteil.

»Sie haben mir das Leben gerettet«, sagte er leise. »Aber sie haben einem Sohn das Testament seines Vaters genommen.«

»Ich weiß, dass es für dich bestimmt war«, sagte der Mann auf Englisch mit russischem Akzent. »Aber in gleichem Maße gehört es mir.«

Der Russe streckte die Hand aus, die Erik leicht irritiert ergriff.

Der Händedruck war fest und warm. Dann drehte sich der Mann um und kehrte in das Zimmer zurück, aus dem er gekommen war. Die Tür schnappte ein.

Erik rührte sich nicht, die seltsamen Worte des Mannes klangen in seinen Ohren nach.

»Aber in gleichem Maße gehört es mir.«

Mehr als die Worte irritierte Erik das Aussehen des Mannes. Bei näherer Betrachtung kam er ihm irgendwie bekannt vor...

Ja. Er hatte etwas von Vater an sich – und von Erik selbst.

Erik wurde schwindlig. Er klopfte an die Tür, hinter der der Mann verschwunden war. Niemand öffnete. Erik drückte die Klinke, aber es war abgeschlossen.

Er klopfte fester. Nichts geschah.

Da machte er kehrt, eilte zum Zimmer von Katharina Kleve und hämmerte dort mit aller Wucht gegen die Tür.

»Hör auf«, sagte eine Stimme hinter ihm.

Der Russe war wieder im Gang aufgetaucht.

Langsam gingen sie aufeinander zu. Einen Meter voneinander entfernt, blieben sie stehen.

»Geh zu deinem Auto«, sagte der Mann ernst. »Ich komme nach.«

Wie betäubt ging Erik nach draußen. Kaum saß er am Steuer seines Mietwagens, ging die Beifahrertür auf, und der Russe setzte sich neben ihn.

»Ich heiße Andrei«, stellte sich der Mann vor – auf Finnisch.

Erik schaute ihn an. Er traute seinen Ohren nicht.

»Meine Mutter flog im Mai 1956 von Amerika nach Moskau. Dort wurde ich im Dezember desselben Jahres geboren. Die Wahrheit über meinen Vater habe ich immer gekannt.«

Es herrschte Stille im Auto.

»Welche Wahrheit?«, fragte Erik nach einer Weile, auch wenn er die Antwort bereits ahnte.

»Du hast es längst erraten. Meine Mutter ist Katharina Kleve. Und mein Vater hieß Rolf Narva.«

Auf einmal wurde Erik ganz ruhig. Es gab Dinge, die waren so groß und so wahr, dass man sie einfach nur hinnehmen konnte. Ohne Fragen zu stellen, ohne sie in Zweifel zu ziehen. Was er gerade erfahren hatte, kam Erik geradezu logisch vor. Und es tröstete ihn.

Andrei öffnete die Tür, um auszusteigen. Mit pochendem Herzen legte Erik ihm die Hand auf die Schulter.

Es war die Schulter seines Bruders.

Andrei stieg aus und sagte durch die offene Beifahrertür: »Ich habe aus Vaters Wohnung in Helsinki ein Bild von ihm mitgenommen. Ein zweites Foto habe ich mir aus dem Archiv des GRU kopiert. Du bekommst es stattdessen.«

Andrei reichte Erik ein kleines Schwarz-Weiß-Foto, das mit Teleobjektiv gemacht worden war. Man sah darauf einen dreißig- bis vierzigjährigen Mann über die Straße einer amerikanischen Stadt gehen. Den Autos und Kleidern nach zu schließen musste die Aufnahme in den Fünfzigerjahren gemacht worden sein. In einer Ecke war das Bild mit einem russischen Stempel versehen worden.

»Wir werden uns nicht wiedersehen. Leider«, sagte der Russe. »Lebe dein Leben weiter und vergiss alles, was du gesehen und gehört hast. Das ist für alle das Beste, Erik.«

Dann schlug er die Beifahrertür zu. Erik war nahe daran, ihm zu folgen, entschied sich aber anders und sah dem Mann hinterher, der auf das Pflegeheim zuging.

Andrei.

Katharina saß im Sessel und war in Gedanken versunken.

Obwohl sie einst beschlossen hatte, Rolf ihr ganzes Leben lang zu hassen, wollte oder konnte sie diesen Hass nicht auf Erik übertragen. Im Gegenteil. Sie hatte auch Rolf nichts Böses gewollt. Aber es war ihr nichts anderes übrig geblieben, als Baryschnikow anzurufen, denn das Pflegeheim kostete Geld, und davon hatte sie nicht mehr allzu viel.

Sie griff nach dem Zettel, auf den sie die Warnung an Erik geschrieben hatte, zerriss ihn in kleine Fetzen und warf sie in den Papierkorb. Dann drückte sie die Klingel und legte sich hin. Frau Scheller erschien in der Tür.

»Sagen Sie Baryschnikow, er soll zu mir kommen«, sagte Katharina.

Es vergingen einige Minuten, dann betrat ein Mann das Zimmer, der fast so alt war wie Katharina.

»Entfernen Sie das Mikrofon«, sagte Katharina.

»Es gibt kein Mikrofon.«

»Treiben Sie keine Spielchen mit mir, Baryschnikow. Schaffen Sie es fort. Es ist vorbei.«

Der Mann schnaubte demonstrativ und ging zu dem dreieckigen Tisch in der Zimmerecke. Er nahm die Porzellanuhr, zwischen deren Verzierungen sich eine kleine Öffnung befand, in beide Hände und verließ den Raum. Vielsagend schlug er die Tür hinter sich zu.

Dann rief Katharina Andrei zu sich.

»Hast du es ihm gesagt?«, fragte sie ihren Sohn.

»Ja.«

»Gut. Das Familienerbe ist etwas Wichtiges.«

»Mutter, ich muss jetzt gehen. Anna wartet.«

»Geh nur«, sagte Katharina und schloss beruhigt die Augen.

73

In die Fenster des obersten Stockwerks im Hauptquartier des russischen Militärgeheimdienstes GRU am Rande des alten Flughafens Chodinka schien die Morgensonne.

Auf dem blank polierten Mahagonitisch stand ein Kassettenrecorder. Mit exakten Bewegungen legte der Major eine Kassette ein.

»Soll ich zum Anfang zurückspulen?«, fragte er Oberst Woronin, der ihm auf der anderen Seite des Tisches gegenübersaß.

»Nein. Gehen wir davon aus, dass Erik Narva sie bis zu dieser Stelle hier gehört hat.«

Der Oberst lehnte sich zurück und lauschte mit großem Interesse der Kassette, die ein Kurier von London nach Moskau gebracht hatte.

Der Oberst hatte von der Existenz der Kassette erst eine Woche zuvor erfahren, durch die Mitteilung eines pensionierten Beamten namens Baryschnikow, der beim GRU einst auf Flugkörpertechnik spezialisiert gewesen war. In den Jahren des Kalten Kriegs war Baryschnikow mit Spionageaufträgen in den Vereinigten Staaten betraut gewesen, und wenige Wochen zuvor hatte er einen Anruf von einer seiner damaligen Agentinnen erhalten, von Katharina Kleve, die in einem Berliner Pflegeheim ihren Lebensabend verbrachte. Nach ihrer Pensionierung war die Frau von Moskau in ihre Ostberliner Heimat zurückgekehrt. Ihr Sohn arbeitete aufgrund seiner Finnischkenntnisse im Helsinkier Büro des GRU. Hin und wieder hatte Frau Kleve über die Jahre hinweg Kontakt zu Baryschnikow gehabt.

Diesmal hatte sie ihm mitgeteilt, überraschend Besuch bekommen zu haben – von einem Amerikaner, der sich bei ihr nach ihrem Exmann Hans Plögger und nach Rolf Narva erkundigt hatte. Besonders interessierte ihn offenbar, ob die beiden in den letzten Kriegstagen eine gewisse Menge angereichertes Uran versteckt haben.

Katharina Kleve hatte es für das Klügste gehalten, dem Amerikaner gegenüber die verwirrte, nur noch in ihren Erinnerungen lebende Greisin vorzuspielen, denn sie wollte niemandem etwas verraten, am allerwenigsten einem Amerikaner. Bald darauf hatte sie einen noch überraschenderen Besucher gehabt: Rolf Narva, den sie in den Fünfzigerjahren als Spion angeworben hatte. Auch ihm gegenüber gab sie sich verwirrt, denn sie vermutete, die beiden Besuche könnten miteinander zu tun haben.

Der Major drückte auf die PLAY-Taste und drehte die Lautstärke höher. Der Mann auf der Kassette sprach englisch.

»Ich hoffe nur, dass du, Erik, der Menschheit durch deine Arbeit etwas Gutes tun kannst. Im Gegensatz zu deinen Eltern. Und dass du dir stets der Verantwortung des Wissenschaftlers bewusst bleibst. Ein Wissenschaftler darf niemals die Augen vor der Menschheit verschließen, in der er wirkt, auch wenn er noch so sehr nach objektiver Wahrheit strebt. Ich weiß, du wirst erschüttert und enttäuscht sein, wenn du dies alles hörst. Aber ich hoffe inständig, dass du mir eines Tages verzeihen kannst.«

Der Oberst wünschte, der Alte würde endlich mit dem Geschwätz aufhören und zur Sache kommen.

»Zum Schluss möchte ich noch einmal auf das zurückkommen, was ich meinte, als ich von der Erbärmlichkeit der Großmächte sprach. Als ich im Frühjahr 1956 meine Verbindung zu Katharina und den Russen abbrach, glaubte ich, Katharina nie mehr zu begegnen. Sie war verbittert und

enttäuscht. Ich hatte Angst, entdeckt zu werden, aber alles ging weiter wie zuvor.
Besonders nachdem du auf die Welt gekommen warst, konzentrierte ich mich mit neuer Tatkraft auf meine Arbeit. Die ersten Schritte der Russen zur Eroberung des Weltraums waren überzeugend gewesen und hatten das Weiße Haus in Panik versetzt. Dann, am 25. Mai 1961, proklamierte Kennedy unser Ziel: den Menschen auf den Mond zu bringen. Von Braun und wir alle durften endlich etwas anderes tun als Waffen zu entwickeln. Endlich durften wir uns dem widmen, wovon wir unser Leben lang geträumt hatten.«

Der Oberst lächelte vor sich hin und legte die Fingerspitzen beider Hände gegeneinander.

»Außer mir waren im Rahmen der Apollo- und Saturnus-Programme nahezu vierhunderttausend Menschen mittel- und unmittelbar beschäftigt. Apollo nahm etwa ein Prozent des Bruttosozialprodukts der USA in Anspruch. Auf uns lastete ein immenser Druck. Noch immer tut es mir leid, dass ich in deiner Kindheit so wenig Zeit für dich hatte.
Aber so viel wir auch arbeiteten, wir waren von unserem Ziel Lichtjahre entfernt. Doch dann zeichneten sich die ersten Erfolge ab – bis wir es im Juli 1969 schließlich geschafft hatten. Über hundert Milliarden Dollar, unzählige Millionen von Arbeitsstunden, zehn Jahre geballte Anstrengung einer ganzen Nation. Es war der größte Propagandatriumph des Kalten Kriegs, aber was hatte man bei all dem Einsatz konkret gewonnen? Dreihundertzweiundachtzig Kilo Mondgestein.«

Triumphierend stand der Oberst auf. Endlich!

Erik saß am Schreibtisch seines Vaters in Helsinki und schaute aus dem Fenster aufs Meer.

Der Rechtsanwalt seiner Mutter aus England hatte angerufen. Am Abend vor ihrem Tod hatte sie ihm mitgeteilt, wo sie beerdigt werden wollte: neben Rolf, nicht allein. Mehr hatte sie nicht gesagt, nur ihren Namen und diese eine Bitte. Erik würde sie respektieren. Darum hatte er die Überführung seiner Mutter nach Helsinki veranlasst.

Er selbst würde mit Katja und den Kindern nach Finnland ziehen und im Ferienhaus auf der Insel vor Porvoo ein Sabbatjahr einzulegen. Olivia und Emil waren von der Idee begeistert gewesen. Und Katja ebenfalls. Jetzt würden sie den vielen Worten über eine ökologischere Lebensweise endlich Taten folgen lassen. Ihr Brot würden sie mit der Publikation von Artikeln über die Chancen und Gefahren der Gentechnologie verdienen, und später würden sie versuchen, in den Dienst eines Pharmaunternehmens oder einer Forschungseinrichtung zu treten, um das zu tun, worum es bei der Genforschung letzten Endes ging: nach Heilungsmöglichkeiten für Krankheiten zu suchen, menschliches Leid zu lindern.

Erik hatte bereits den Verkauf seiner Gendo-Anteile an die anderen Mitbegründer der Firma vereinbart. Zunächst hatte er sogar mit dem Gedanken gespielt, das ganze Unternehmen abzuwickeln, doch er verspürte eine allzu große Verantwortung gegenüber den Mitarbeitern. Stattdessen hatte er beschlossen, den Erlös aus dem Verkauf der Anteile der gemeinnützigen Institution *GeneWatch* zu spenden, die über die Gentechnologie und deren Einhaltung ethischer Werte wachte und auch Gendo im Blick behalten würde.

Unmittelbar nach seiner Ankunft in Helsinki war Erik bei Rechtsanwalt Tirkkonen gewesen, um die Kopie der von seinem Vater besprochenen Kassette abzuholen. Und in drei Stunden würde er bei der Sicherheitspolizei »im Zusammenhang mit dem Mord an Robert Plögger« vernommen werden. Mehr hatte ihm die SiPo vorab nicht verraten wollen, worauf Erik den Entschluss gefasst hatte, der SiPo nicht mehr preiszugeben, als sie ihrerseits ihm zu enthüllen bereit wäre. Er hatte nicht vor, einer zu sein, der den Mund nicht halten kann – wie Katharina Kleve es ausgedrückt hatte.

Außer später an diesem Abend, wenn er Markku Plögger treffen würde, denn der hatte das Recht, alles zu hören, was mit dem Tod seines Sohnes in Zusammenhang stand. Die Kassette von Eriks Vater hatte mit dieser Tragödie jedoch nichts zu tun.

Alles in allem war Erik entschlossen, die Empfehlung seines Halbbruders ernst zu nehmen. Er war entschlossen, weiterzuleben und zu vergessen.

Andrei.

Offenbar hatte sein Vater nie etwas von seinem zweiten Sohn erfahren. Oder würde Erik auf der Kassette noch etwas über Andrei hören?

Während er der Stimme seines Vaters vom Band noch einmal von Anfang an gelauscht hatte, hob Erik die noch immer auf dem Fußboden verstreuten Sachen auf und verstaute sie in Regalen, Schubläden und Schränken. All die persönlichen Dinge, die seinem Vater jahrzehntelang gedient hatten, und all die Fotos zu sehen und zu berühren und dabei die Stimme des Vaters vom Band zu hören – das hatte er jetzt gebraucht.

Als er an die Stelle gekommen war, die er noch nicht gehört hatte, setzte er sich und versuchte sich zu konzentrieren. Dann sah er überrascht auf: sein Vater hatte angekündigt, noch etwas zur Erbärmlichkeit der Großmachtpolitik zu sagen. Bezog sich das auf das Apollo-Programm, von dem er nun sprach?

Erik hielt den Atem an.

»Konnte irgendjemand ernsthaft davon ausgehen, dass nach all der Arbeit und nach all den Risiken, nach all den Opfern, die das Apollo-Programm gefordert hatte, die einzigartigen Mondmineralien im Wert von über hundert Milliarden Dollar überall hin verteilt worden wären, auch außerhalb der Vereinigten Staaten? Selbst an Wissenschaftler des Erz-

feindes Sowjetunion? Auch wenn wir aus Propagandagründen tatsächlich so getan haben, als gäben wir ihnen etwas davon ab …«

Erik beugte sich über den Lautsprecher.

»Bereits im Februar 1965 entdeckte die US-Luftwaffe in der Antarktis einen ziemlich frischen Riesenmeteoriten von vierhundert Kilogramm Gewicht, der daraufhin heimlich zur NASA nach Huntsville transportiert wurde. De facto wusste nur der innerste deutsche Kreis etwas davon, denn auf dessen Verschwiegenheit konnte man sich verlassen. Kein Deutscher hätte geheime Informationen verraten, denn dann wäre womöglich im Gegenzug seine Vergangenheit preisgegeben worden. In der Praxis brachte die NASA ihre deutschen Wissenschaftler durch Erpressung zum Schweigen.«

Eriks Blick wanderte über die Wand zu dem eingerahmten Gruppenbild von Mitarbeitern des Apollo-Programms, das er nun mit ganz anderen Augen sah.

Auf einmal sprang er auf und eilte mit großen Schritten zur Zimmertür, um sie zu schließen, denn die Akustik in der Wohnung war nicht sonderlich gut.

»Als der Apollo-Flug dann auf die Erde zurückkehrte, untersuchten verlässliche Geologen zunächst heimlich das Mondgestein. Dabei machten sie eine sehr interessante Entdeckung. Schon allein deretwegen wurde die endgültige Entscheidung getroffen, das Mondgestein ausschließlich der NASA, der US-Armee und einigen weiteren, besonders vertrauenswürdigen amerikanischen Institution zu überlassen. Nicht einmal die Astronauten wussten, dass wir das echte Gestein in unseren Tresoren einschlossen. Was in die Welt verschickt wurde, war auf der Erde gefundenes Meteoriten-

material, mit dem man beim Zerteilen ein bisschen was angestellt hatte. Angeblich war es erstaunlich, wie sehr die beiden Minerale einander glichen. Bestenfalls die Russen schöpften Verdacht, denn sie besaßen zum Vergleich knapp zweihundert Gramm echte Gesteinsproben vom Mond, die sie sich mit der Lunar-Sonde geholt hatten. Das größte Problem bestand darin, dass unser Material natürlich magnetisch war, obwohl auf dem Mond kein Magnetfeld existierte.«

Erik erinnerte sich tatsächlich, irgendwo gelesen zu haben, der Wissenschaft sei der Magnetismus des Mondgesteins nach wie vor ein Rätsel.

»Diese Information über den Austausch des Mondgesteins gegen Meteoritenbestandteile war und ist nach wie vor nur wenigen Wissenschaftlern aus dem Umfeld der strategischen Forschung in den Vereinigten Staaten bekannt. Aber wie gesagt, die Russen schöpften Verdacht und schickten im Herbst 1971 noch einmal Katharina zu mir. Damals war ich von Ingrid bereits geschieden, sodass ich in den Augen der Russen sicherlich als empfänglich für eine Anwerbung galt. Und um ein Haar hätte Katharina auch wirklich Erfolg gehabt … Sie ahnte, dass ich mehr über das Mondgestein wusste. Aber je mehr sie und ihre Hintermänner mich lockten und schließlich auch unter Druck setzten, umso strikter lehnte ich ab. Ihr damaliges Verhalten habe ich Katharina nie verziehen. Unser Verhältnis zerbrach. Das Wissen über das Schicksal des Mondgesteins blieb geheim, und es sollte auch weiterhin geheim bleiben.«

Es knackte zweimal gedämpft auf dem Band. Erik schaute prüfend auf den Recorder, aber der lief ganz normal.

Schon sprach sein Vater weiter, aber seine Stimme klang nun verändert.

»So, Erik. Ich werde diese Kassette jetzt etwas aktualisieren. Heute ist der 21. Juli 2007. Ich habe zuvor von dem echten Mondgestein des Apollo-Programms gesprochen, das sofort heimlich untersucht wurde. Gerade heute, in der Zeit des neu ausgebrochenen Wettkampf ums All zwischen den Vereinigten Staaten, China und Russland, ist eine Beobachtung, die anhand des echten Mondgesteins damals gemacht wurde, auf völlig neue Art wichtig geworden …«

Aus dem Kassettenrecorder drangen die Worte von Rolf Narva. Im Besprechungsraum des GRU-Hauptquartiers in Moskau saßen neben drei Offizieren auch drei Zivilisten am Tisch und hörten zu: der Leiter der Abteilung Weltraumgeologie aus der russischen Raumfahrtbehörde *Roskosmos*, der Forschungsleiter des Sojus-Raketenunternehmens *NPO Energia* sowie ein Bereichsleiter des Gas- und Ölkonzerns *Gazprom*.

Oberst Woronin, der die Versammlung leitete, war zufrieden mit sich. Es war die richtige Entscheidung gewesen, die Mitteilung von Baryschnikow ernst zu nehmen, obwohl damals nur eine schwache Ahnung von der Bedeutung jenes Hinweises von Katharina Kleve existiert hatte. Die Frau hatte erzählt, dass Rolf Narva sie im Pflegeheim besucht und dabei von einer Kassette gesprochen hatte, die so etwas wie ein Testament sei und auf der er alles erzählte.

Kleve und Baryschnikow hatten beide gewusst, dass Narva in der Kartei des GRU nach wie vor als Informationsquelle mit Toppriorität geführt wurde, denn man vermutete, dass er über bedeutsame Kenntnisse aus den Apollo-Jahren verfügte, die bis heute geheim geblieben waren.

Oberst Woronin hatte also sicherheitshalber über die Botschaft in Helsinki Mitarbeiter in Narvas Wohnung geschickt, um nach der Kassette zu suchen. Sie fanden sie nicht, aber stattdessen fanden sie die Buchungsbestätigung eines Berliner Hotels und die Kontaktdaten von Narvas Rechtsanwalt. Narvas Hotelzimmer in Berlin wurde ergebnislos überpüft, das Gleiche galt für Erik Narvas Zimmer im selben Hotel. Später wurde das Büro von Rechtsanwalt Tirkkonen in Augenschein genommen, und dort fand sich dann die DHL-Quittung für eine Sendung an Erik Narva in England.

Es war offensichtlich, dass Rolf Narva in Berlin in etwas hineingezogen worden war, von dem Woronin nichts wusste, und dessen Charakter sich dem GRU nicht erschloss. Sie interessierten sich nur für die Kassette. Den Schwerpunkt der Suche danach verlegten sie nach England, in die Wohnung von Erik Narva, erweiterten den Radius dann aber auf das Haus von dessen Mutter. Als der GRU-Mitarbeiter dort eintraf, stand das Haus bereits in Flammen, aber der Kollege sah Erik Narva mit seiner Frau und seiner Mutter im Wagen eines unbekannten Mannes davonfahren. Der GRU-Mitarbeiter folgte ihnen, da er das Haus nicht mehr betreten konnte, und wurde dadurch Zeuge der Ereignisse, die letztlich unter nahezu chaotischen Umständen zur geglückten Übernahme der Kassette führten.

Jetzt kam das Band an die Stelle, die Woronin nicht oft genug hören konnte.

»Ich werde bei diesem Thema nicht ins Detail gehen, Erik, denn der Fachbereich ist dir fremd. Doch in groben Zügen sieht es so aus: Im Jahr 1951 begann die Armee der Vereinigten Staaten mit geheimen Forschungen zu einem Fusionsreaktor. Sechs Jahre später wurde ein Teil der Forschungsergebnisse öffentlich gemacht. Man begann, nach passendem Brennmaterial für den Fusionsreaktor zu suchen. Ein absolut überlegener Kandidat wäre ein leichtes Heliumisotop namens Helium-3 gewesen, aber davon gibt es auf der Erde nur sehr geringe, an Mineralien gebundene Mengen. Man war also gezwungen, sich auf Deuterium und Tritium zu konzentrieren, die aber mit Blick auf den Fusionszweck wesentlich schwächer waren.«

Die Russen, die um den Tisch herum saßen, sahen einander an und nickten, mit aufmerksamen Mienen.

»Bis man 1965 feststellte, dass in dem aufgespaltenen Meteoriten, den man als ›Probe‹ des Apollo-Flugs beschafft hatte, Helium-3 gebunden war. Das gab den Anlass, den Mondgesteinsproben, die Apollo 11 als erstes mitbrachte, mit besonderem Interesse zu begegnen. Und tatsächlich wurden die Erwartungen honoriert: Auf dem Mond schien es eine bedeutende Menge Helium-3 zu geben, mehr als in einem Meteoriten …«

Die Fachleute lächelten zufrieden. Jener Satz, jene wenigen Worte waren an sich schon Lohn genug für all die Arbeit und all das Geld, die in die Beschaffung von Narvas Kassette gesteckt worden waren.

»In NASA- und Armeekreisen gingen wir der Sache heimlich auf den Grund, denn Helium-3 ermöglichte im Prinzip auch sehr weite Weltraumflüge. Weiteren Wissenschaftskreisen wurde der Zusammenhang von Helium-3 und der Fusionsforschung erst 1985 zugänglich gemacht. Und jetzt, da man damit begonnen hat, um die letzten Gas- und Ölvorräte der Erde zu konkurrieren, richten sich die Blicke erneut zum Mond. Seine Helium-3-Vorkommen bieten praktisch eine unbegrenzte Menge sauberer, sicherer Energie. Aber das bedeutet leider, dass auch das Wettrennen zum Mond wieder Formen wie im Kalten Krieg angenommen hat. Denn zur wahren Weltmacht kann nur das Land aufsteigen, das über mehr verfügt als versiegende Gas- und Ölvorräte.«

Oberst Woronin merkte, dass die Stimme auf der Kassette immer kräftiger geworden war, nachdem der Sprecher auf das Thema gekommen war, das ihn unüberhörbar faszinierte. Auch die Zuhörer am Tisch lauschten gebannt Narvas Ausführungen.

»Präsident Bush benannte Helium-3-Experten für das Beratungskomitee der NASA. Die NASA wiederum ließ Russland überraschend bei dem neuen Mondprogramm außen vor, dessen Ziel darin bestand, bis zum Jahr 2024 eine dauerhafte Kolonie auf dem Mond zu gründen. Letzte Woche sprach ich mit einem ehemaligen Kollegen und erfuhr, dass Lockheed Martin bei dem Helium3-Projekt der USA stark engagiert ist.

Der Interpretation der Russen zufolge wollen die Vereinigten Staaten alle anderen Nationen an den Rand drängen und das Monopol für das Helium-3 auf dem Mond für sich gewinnen. Darum wird Russland, wie die russische Weltraumbehörde Roskosmos *und der Raketenhersteller* NPO Energia *verlauten lassen, bis zum Jahr 2015 einen ständigen Stützpunkt auf dem Mond errichten …«*

Die Vertreter der betreffenden Institutionen sahen einander an und machten sich Notizen.

»Und im Gegensatz zu den Amerikanern sprechen die Russen offen über das vorrangige Ziel ihres Mondprogramms, nämlich den Abbau von Mineralien, insbesondere von Helium-3. Dessen Transport zur Erde soll spätestens von 2020 an in industriellem Maßstab organisiert und durchgeführt werden. Das vom Kreml protegierte Unternehmen Gazprom *unterstützt das Vorhaben.*

Den größten Energiemangel wird es freilich in China geben. Darum will das Land bis 2020 auf dem Mond sein. Auch die Chinesen haben offen als wichtigsten Grund ihres Vorhabens die Rohstoffvorkommen auf dem Mond angegeben, allen voran Helium-3 …«

Erik begriff, dass die Kassette jeden Moment zu Ende sein würde. Das Geheimnis, das sein Vater preisgab, berührte nicht nur die Geschichte, sondern auch Gegenwart und Zukunft. Dadurch erschienen die Versuche unbekannter Männer, die Kassette zu zerstören oder ihrer habhaft zu werden, mit einem Mal beängstigend logisch.

»Das Ganze ist extrem wichtig und sehr vielversprechend, Erik. Auch Deutschland und Indien schicken ihre eigene Sonde auf den Mond, mit der Absicht, die Abbaubarkeit von Helium-3 zu erkunden. Aus sechs Tonnen Helium-3 lässt sich genügend Energie gewinnen, um den Jahresenergiebedarf von Großbritannien zu decken. Aber entscheidend ist, herauszufinden, wie das Helium-3 auf dem Mond verteilt ist. Darum ist das Mondgestein mittlerweile auch in konkreter Hinsicht wertvoller, als wir es uns je haben vorstellen können. In den USA gilt es als äußerst weitsichtige Entscheidung, das echte Mondgestein ausschließlich unter der Verfügungsgewalt der Vereinigten Staaten behalten zu haben. Allein die Erkenntnis, dass die Mineralien, die für Mondgestein gehalten wurden, in Wahrheit gar nicht vom Mond stammten, wäre zum Beispiel für die Russen äußerst wertvoll im Hinblick auf die Berechnungen, die sie für ihr neues Mondprogramm anstellen.«

Erik trat beim Zuhören an eines der Regale, das er mit Büchern vom Fußboden gefüllt hatte. Und da war es, zwischen allen anderen: ›Return to the Moon: Exploration, Enterprise, and Energy in the Human Settlement of Space.‹

Rückkehr zum Mond. Erik las den Text auf der Rückseite sorgfältiger als bei seinem letzten Besuch. Harrison H. (Jack) Schmitt war der letzte Astronaut, der den Mond besucht hatte und als einziger von ihnen ein Mann der Wissenschaft, nämlich Geologe. Das Buch handelte von seiner derzeitigen Lebensaufgabe, der Beschaffung von Helium-3 vom Mond. Noch einmal las Erik die Widmung:

Für Rolf, am 14.2.2007 – die alten Zeiten kommen nicht wieder, aber neue, gute Zeiten liegen vor uns … Jack.

Nachdenklich legte Erik das Buch aus der Hand. Sein Vater würde die neuen Zeiten nicht mehr erleben.

»Was fehlt noch? Aufgeschreckt durch den Druck von Katharina und den Russen stieg ich bei der NASA aus und landete mit vierundfünfzig Jahren bei der Firma Lockheed, mit der ich zu NASA-Zeiten viel zusammengearbeitet hatte. Ende der Siebzigerjahre interessierten sich die Amerikaner zusehends mehr für die Vergangenheit der in Deutschland angeworbenen Wissenschaftler. Ingrid und ich, wir waren nervös, nicht zuletzt deswegen, weil wir nicht wollten, dass du in der ›New York Times‹ die Wahrheit über unsere Vergangenheit lesen musst. Ich war bereits im Ruhestand, darum zog ich nach Helsinki, und deine Mutter ging nach England, um in deiner Nähe zu sein.
Das war wohl das Wichtigste. Mit dieser Kassette breche ich mein Schweigegelöbnis – gegenüber der Raumfahrtbehörde der Vereinigten Staaten und … gegenüber Katharina. Ich versprach ihr, sie niemals als Spionin zu enttarnen. Und sie versprach, mich nicht zu verraten. Zwischen uns herrschte ein Gleichgewicht des Schreckens. Aber mit dieser Kassette breche ich mein Versprechen … Und ich habe nicht vor, dies hinter ihrem Rücken zu tun. Gestern erhielt ich einen Brief von ihr, und nun habe ich die Absicht, sie noch einmal in meinem Leben in Berlin zu besuchen. Ich werde ihr von der Kassette erzählen, und ich glaube nicht, dass sie es mir übel nehmen wird.
Wie ich zu Beginn gesagt habe, bitte ich dich, die Kassette nach dem Abhören in einem versiegelten Umschlag deinem Anwalt zu übergeben. Die Wahrheit über mein Leben soll als Erbe weitergereicht werden. Emil und Olivia bekommen die Kassette dann nach deinem Tod.«

Die Stimme des Vaters zitterte ein wenig.

»Also dann. Zeit zum Abschiednehmen«, sagte er nun auf Finnisch und mit dem Bemühen, heiter zu klingen.

Erik biss die Zähne zusammen. Er sah durch das Fenster aufs Meer hinaus. Schaumkronen überzogen die Ostsee mit hellen Flecken, die Schiffe und Container im Hafen leuchteten im Sonnenlicht.

»Ich habe ein wechselhaftes Leben führen dürfen, das durch dich und deine Familie unfassbar bereichert worden ist. Ich weiß, wie sehr dich viele Dinge auf dieser Kassette erschüttern … nicht zuletzt das, was deine Mutter getan hat. Aber ich vertraue darauf, dass du mit allem, auch mit den Folgen, umzugehen weißt. Das war alles, Erik …«

Dem Vater versagte die Stimme, aber er fasste sich schnell wieder.

»Lebe wohl, Erik … Vielleicht werden wir uns irgendwann auf einer Wolke begegnen«, sagte der Vater und lachte kurz auf. *»Aber hoffentlich erst nach langer, langer Zeit …«*

Erik schluckte und lauschte eine Weile auf das leise Rauschen. Er saß regungslos da und ließ seine Gedanken in dem Rauschen des Bandes versinken, das sich langsam mit der Meeresbrandung vermischte.

Lebe wohl, Vater.

Lebe wohl, Mutter.

Sie waren nun beide fort. Bald würden sie unter einem gemeinsamen Grabstein auf dem Friedhof Hietaniemi ruhen. Aber beider Gene lebten in ihm fort. In ihm, und in Olivia und Emil …

Im Guten wie im Bösen. Im ganzen Spektrum des Lebens.

Erik betrachtete das Foto, das die Russen heimlich von seinem Vater auf der Straße einer amerikanischen Stadt gemacht hatten.

Dann legte er das Bild aus der Hand, trat ans Fenster und sah auf die Straße, wo gerade ein alter, eckiger Volvo-Kombi anhielt. Katja parkte rückwärts in eine enge Lücke ein.

Erik eilte ins Treppenhaus und auf die Straße hinunter. Katja stieg aus dem Wagen, die Haare mit einem Tuch zusammengebunden, die Kinder sprangen heraus und tobten los, nach dem Flug voller überschüssiger Energie und voller Erwartung auf das Neue, das kommen würde. Der Kofferraum war mit Koffern, Taschen und verschnürten Kartons vollgestopft.

Der Umzugstransport.

Erik umarmte alle drei, länger als sonst. Aus dem Autoradio drang eine männliche Stimme bis auf den Gehweg:

»In wenigen Minuten setzen wir den Bericht unseres Korrespondenten über die Folgen des Bombenattentats von London fort, aber zunächst unterbrechen wir die Übertragung kurz für eine Meldung, die uns gerade aus dem Nahen Osten erreicht ...«

Erik hörte die Aufregung in der Stimme des Sprechers, und es jagte ihm einen Schauer über den Rücken. Weil die Kinder so laut durcheinanderredeten, setzen sich Erik und Katja in den Wagen, um besser hören zu können.

»Gerade eben haben die Luftstreitkräfte der Vereinigten Staaten den Iran angegriffen und nukleare Forschungseinrichtungen des Landes bombardiert. Präsident George Bush hält in diesem Moment eine Ansprache im Weißen Haus. Darin äußert er die Ansicht, das Bombenattentat von London sei der klare Beweis dafür, dass es zu einem Militärschlag keine Alternative mehr gebe. Iran hat angekündigt, für den völkerrechtswidrigen Angriff Vergeltung zu üben. Die israelische Armee befindet sich in Alarmbereitschaft, und in ganz Israel ist mit der allgemeinen Mobilmachung begonnen worden ...«

Erik schaltete das Radio aus. Sollte die Welt ihm doch gestohlen bleiben. Ihm und seiner Familie. Wenigstens für eine Weile.

Katja und er sahen sich an, dann blickten sie auf ihre Kinder. Jetzt würden sie es gut haben miteinander. Die Insel und das Meer warteten. Und die Herausforderungen eines neuen Lebens.

Anmerkung des Verlags zu den im Roman vorkommenden Figuren

Alle Wissenschaftler auf deutscher Seite sind historische Persönlichkeiten – außer den Hauptfiguren Ingrid, Rolf, Katharina und Hans. Viele der Nazis sind authentisch und finden sich zum Beispiel in Ernst Klees Nachschlagewerk ›Das Personenlexikon zum Dritten Reich. Wer war was vor und nach 1945‹ (Frankfurt am Main, 2005). Alle Angaben zu diesen Personen sind überprüft. Es wird nichts behauptet, was nicht durch mehrere historische Quellen belegt wäre. Das gilt auch für die Wissenschaftler sowie verschiedene Institutionen. Der Autor geht an keiner Stelle über das längst Dokumentierte hinaus.

Ausführliche Hintergrundinformationen und Bildmaterial zu diesem Roman finden Sie auf unserer Homepage im Ilkka-Remes-Autorenspecial unter www.ilkka-remes.de.